Orlando Furioso

Thomas R. P. Mielke, 1940 als Sohn eines Brasilienpastors in Detmold geboren, lebt in Berlin. Nach der Ausbildung zum Fluglotsen und dem Besuch der Werbeakademie Hamburg arbeitete er drei Jahrzehnte als Kreativdirektor in internationalen Werbeagenturen. Neben Krimis und preisgekrönter Science-Fiction schrieb er historische Bestseller wie »Gilgamesch« und »Attila«. Seine Romane erreichen sechsstellige Auflagen und wurden in mehrere Sprachen übersetzt, darunter Spanisch, Russisch, Türkisch und Arabisch. Im Emons Verlag erschienen »Colonia – Roman einer Stadt«, »Karl Martell – Roman eines ›Königs‹«, »Jakob der Reiche – Roman eines Bankiers« und »Karl der Große – Der Roman seines Lebens«.

Astrid Ann Jabusch, 1958 in Hagen geboren, ist gelernte Uhrmacherin und Elektrotechnikerin und lebt heute in Berlin. Sie ist Lektorin, Autorin und Mitglied der Mörderischen Schwestern. Oft arbeitet sie im Team mit ihrem Partner Thomas R. P. Mielke.

Dieses Buch ist ein Roman. Die Handlung ist mit dem Kenntnisstand der Renaissance frei erfunden, wenn auch mit diversen historischen oder legendären Bezügen.

THOMAS R.P. MIELKE & ASTRID ANN JABUSCH

ORLANDO FURIOSO

Der Roman vom Rasenden Roland

Nach dem Originalepos von
Ludovico Ariosto aus dem Jahr 1516

emons:

Bibliografische Information der Deutschen Nationalbibliothek
Die Deutsche Nationalbibliothek verzeichnet diese Publikation in der Deutschen Nationalbibliografie; detaillierte bibliografische Daten sind im Internet über http://dnb.d-nb.de abrufbar.

FSC
www.fsc.org
MIX
Papier aus verantwortungsvollen Quellen
FSC® C083411

Umschlagmotiv: shutterstock.com/Kjpargeter, shutterstock.com/VectorTradition
Umschlaggestaltung: Franziska Emons, Nina Schäfer
Gestaltung Innenteil: César Satz & Grafik GmbH, Köln
Druck und Bindung: CPI – Clausen & Bosse, Leck
Printed in Germany 2016
ISBN 978-3-95451-774-9
Überarbeitete Neuausgabe

Vorwort

Der Orlando furioso, das heißt der vor Eifersucht wahnsinnige, wütende, rasende Roland, gilt seit einem halben Jahrtausend als das unterhaltsamste Epos der Weltliteratur voller rätselhafter Verwicklungen, rasanter Verfolgungen, phantastischer Szenen, erotischer Abenteuer und satirischer Zeitkritik.

Aber das Werk ist keinesfalls ein historischer Roman, sondern ein Füllhorn der Phantasie. Auch wenn einem viele Orte und Personen bekannt vorkommen, gibt es ebenso viele imaginäre Plätze und Namen, Zusammenhänge und Geschichten, die Ludovico Ariosto ganz anders erzählt, als wir sie kennen. Zudem nennt er auch Namen und Orte so, wie es ihm gefällt, und nicht, wie sie geschichtlich exakt zur Zeit Karls des Großen bezeichnet worden wären.

Hierdurch ergibt sich ein buntes Kaleidoskop, bei dem manches rätselhaft und spannend bleibt, vieles aber auch erstaunlich klar wird mit dem, was Menschen zu allen Zeiten bewegt, wenn es um Ehre und Intrigen, Kampf und Verbrechen und letztlich immer um Glauben und Liebe geht.

Dramatis Personae

Angelica
Prinzessin von Cathay (China), kommt nach Paris, um durch ihre Schönheit und eine Wunderlanze die besten Ritter Kaiser Karls des Großen für die Verteidigung ihres bedrohten fernen Königreichs zu gewinnen.

Astolf
Prinz von England, einer der tollkühnsten, wenn auch nicht stärksten Ritter im Kampf gegen verführerische Zauberinnen, Ungeheuer und um Orlandos irgendwo verlorenen Verstand.

Bradamante
Gräfin von Marseille, der weiße Ritter Karls des Großen, weicht keinem ehrenhaften Kampf gegen die Ungläubigen aus – bis der ungetaufte Sarazene Ruggiero ihr Herz erobert.

Orlando
Graf von Brava an der Dordogne, erster Paladin und Neffe von Karl dem Großen, verliebt sich wahnsinnig in die Prinzessin von Cathay, wird rasend vor Eifersucht und vergisst darüber, das Abendland und Kaiser Karl zu verteidigen.

Rinaldo
Graf von Montalban, Heerführer Karls des Großen, Bruder von Bradamante, wird zum erbitterten Rivalen von Orlando, flieht aber vor Angelica, als diese ihn begehrt.

Ruggiero
Sarazenenheld, durch den sich die Eroberer aus dem islamischen Spanien und Afrika den großen Sieg über die Heere Karls des Großen erhoffen, gerät durch seine Liebe zur Christin Bradamante immer wieder in Bedrängnis.

Ein alphabetisches Verzeichnis weiterer Personen findet sich ab Seite 546.

1. Gesang

Oh ja, ich will das Hohelied über die Zeit der Ritter und der edlen Damen singen, über furchtlose Recken, finstere Gesellen und die feine ritterliche Art. Ich will euch erzählen, was alles geschehen ist, als die Sarazenen von Afrika und Spanien her ins Reich der Franken eindrangen.

Die heidnischen Eroberer waren jung und glühten vor Begeisterung für ihren König Agramant, der den Stolz des Königs vom Frankenreich und römischen Kaisers Karl brechen wollte. Ich werde euch über Graf Orlando berichten und über die unglaublichen Vorgänge, die bisher immer wieder verschwiegen wurden. Kein Wunder, denn dieser Mann, der sonst als klug und umsichtig galt, wurde plötzlich von Liebeswahn und rasender Eifersucht geschlagen.

Beginnen wir gleich mit dem Grafen Orlando, der hell und heiß für die schöne Angelica entflammt war. Sie kam aus dem fernen Ostreich ihres Vaters Galafron. Orlando war es gewohnt, seine Gegner zu besiegen. Zusammen mit berühmten Rittern hatte er in Angelicas Festung Albracca in Cathay ebenso wie in Indien gekämpft und sich bei den Medern und Tartaren hohe Auszeichnungen errungen. Jetzt war er mit seiner Angebeteten in den Westen zurückgekehrt.

Ja, hier setzt jetzt meine Geschichte ein, vor nunmehr siebenhundert Jahren, in der Orlando und Angelica das Heerlager Karls des Großen vor den steil aufragenden Pyrenäen erreichen.

Der Aufmarsch der Franken und ihrer Verbündeten sollte König Agramant und seinen Heerführer, den spanischen König Marsilo, noch vor den schroffen Bergen abschrecken. Doch Agramant dachte nicht an Umkehr. Im Gegenteil – wieder und wieder brachen seine Krieger in langen Zügen in das Reich der Franken ein.

Als Graf Orlando im fränkischen Heerlager eintraf, bemerkte er die schlechte Stimmung. Hier lachte niemand mehr. Er verstand nicht, was geschehen war. Doch dann erfuhr er, dass Kaiser Karl den Befehl gegeben hatte, die schöne Angelica unter die Obhut des Baiernherzogs Naims zu stellen, bis die Schlacht gegen die Sarazenen geschlagen war. Derjenige sollte Angelica zur Frau bekommen, der in den kommenden Kämpfen die meisten Heiden tötete.

Karl konnte sich keine Rivalitäten unter seinen besten Rittern leisten. Er hoffte, dass die schöne Trophäe seinen Kriegern Ansporn war, härter und siegreicher als je zuvor zu kämpfen. Doch die vereinten Christenheere konnten dem Ansturm der Muselmanen dennoch nicht standhalten. Die Reihen der Kämpfenden brachen auf, die Sarazenen setzten nach, und unter dem Ansturm der Eroberer kapitulierten die fränkischen Verteidiger und wandten sich zur Flucht. Der Herzog von Baiern und viele andere gerieten in Gefangenschaft.

Die Schöne aus dem fernen Königreich nutzte das Schlachtengetümmel und floh. Sie schnappte sich eines der Pferde, saß auf und preschte querfeldein davon. Angelica schaffte es bis zu einem schützenden Hain. Dort begegnete ihr ein bewaffneter Krieger zu Fuß, der sein Pferd suchte. Sie zügelte das Pferd und erschrak, als sie den Krieger erkannte. Es war kein Geringerer als Graf Rinaldo, Herr von Montalban und Sohn von Herzog Haimon. Auch er verfolgte sie schon lange mit seiner närrischen Verehrung. Wo war sein Pferd? Ritt er nicht üblicherweise den Hengst Bajard?

Der Ritter starrte die junge Frau auf ihrem Pferd an. Die Schönheit der Prinzessin ließ ihn augenblicklich Bajard und die Sarazenen vergessen.

Es schien, als würde Angelica die ungeheure Kraft spüren, mit der Rinaldos Liebesnetz sie einzufangen drohte. Sie wendete augenblicklich auf dem engen Weg und ließ den Hengst zurückjagen. Mit verhängtem Zügel und in vollem Lauf wollte sie schnell fort von dem Mann, der sie so heftig begehrte. Sie achtete nicht mehr darauf, welchen Weg das schnelle Pferd nahm. Zweige klatschten gegen ihren Körper. Dichter, dunkler Wald wechselte mit hellen und sonnigen Lichtungen. Bergauf, bergab trug sie das Pferd, bis sie schließlich am ganzen Körper zitternd ein Flussufer erreichten.

Aber auch hier war sie nicht sicher. Auf einem Stein hockte schmutzig, schweißbedeckt und voller Blut der heißblütige Ferragu, Neffe des Spanierkönigs Marsilo. Durstig und erschöpft nach dem Kampf kniete er am Wasser und trank gierig. Dabei fiel sein Helm in den Fluss und sank zum Grund. Dieser Helm hatte Angelicas Bruder Argalia gehört, bevor Ferragu diesen im Zweikampf tötete. Angelica schrie vor Schmerz auf.

Jetzt sprang der Spanier hoch und lief ins Wasser, um den Helm herauszuholen. Seine Wangen waren bleich, aber in seinen Augen sah Angelica Begehrlichkeit. Für einen Moment kam ihr die Idee, dass der Mann, der ihren Bruder besiegt hatte, sie vielleicht vor dem wilden Rinaldo schützen könne. Kaum hatte sie das gedacht, als Ferragu ohne den Helm wieder ans Flussufer kam und bereits in die Richtung lief, in der er Rinaldo vermutete. Der war viel näher, als Angelica geahnt hatte. Mit gezückten Schwertern stürzten die beiden Männer aufeinander zu. Sie kannten sich aus vorangegangenen Kämpfen. Auch ohne ihre Pferde waren sie gleich stark. Sie hieben die Eisen so grimmig gegeneinander wie Hämmer auf den Amboss. Schlag um Schlag verbrauchten sie ihre Kraft.

Unbemerkt setzte sich Angelica mit dem wunderbaren Pferd wieder in Bewegung. An der nächsten Wegbiegung gab sie ihm die Sporen und jagte davon. Der Hengst flog über die Felder. Er brach durch Dornendickichte und verschwand mit seiner Reiterin.

Am Kampfplatz bemühten sich die beiden Rivalen noch immer vergeblich, den anderen in den Sand zu schlagen. Keiner war dem anderen überlegen. Der Heide und der Christ wurden immer schwächer. Schließlich schlug Rinaldo einen Vergleich vor. Seine Lippen zitterten, während er darum rang, in seinem Zorn die richtigen Worte zu finden.

»Ja, schlage nur zu!«, keuchte er. »Jedes Mal, wenn du mich triffst, triffst du auch dich selbst. Ich bin zu stark für dich … selbst wenn wir bis zum Morgengrauen unsere Kraft vergeuden, ist es unwichtig für dich, ob ich dann tot oder dein Gefangener bin … auch wenn du mich besiegst … hast du zum Schluss verloren. Denn während wir uns hier völlig sinnlos schlagen … ist sie schon über alle Berge.«

Er schnaubte und ließ sein Schwert erneut gegen das des Spaniers krachen.

»Überlege doch mal«, sagte er dann. »Es wäre viel vernünftiger, wenn wir zusammenhielten. Du liebst sie ebenso wie ich. Deshalb sollten wir beide ihre Flucht verhindern. Und wenn wir sie dann haben, soll das Schwert entscheiden.«

»Verdammt, wir sind wirklich Narren!«, antwortete Ferragu und schlug noch einmal zu. »Aber mir gefällt, was du mir vorschlägst. Lass uns vernünftig sein und unseren Zorn vergessen. Ich biete dir sogar mein Pferd an, damit wir ihr gemeinsam folgen können.«

Rinaldo hätte nicht im Traum mit dieser Ritterlichkeit gerechnet. Sie waren Nebenbuhler um die Gunst einer schönen Frau, streitende Rivalen und auch noch von unterschiedlichem Glauben. Doch sie gaben sich die Hand, gingen zum guten Pferd des Spaniers und saßen auf. Als das Pferd vier Sporen zugleich spürte, schoss es wie ein Pfeil davon.

»Was nun?«, fragte Ferragu an einer Weggabelung. Auf beiden Wegen waren Hufspuren zu sehen. In welche Richtung war Angelica geflohen?

»Jeder von uns nimmt einen der beiden Wege«, sagte Rinaldo. »Ich gehe zu Fuß und als Erster. Du reitest hier noch ein wenig hin und her, ehe du den anderen Weg nimmst. So hat keiner von uns beiden einen Vorteil.«

»Einverstanden«, sagte der Spanier. »Aber vorher hole ich mir noch den verdammten Helm aus dem Fluss dahinten.«

Ferragu erreichte die Stelle, an der er seinen Helm verloren hatte. Er war auf den Grund des Wasserlaufs gesunken. Vorsichtig tauchte der Spanier danach, aber der Helm hing fest. Ferragu musste wieder auftauchen. So kam er nicht weiter. Zurück am Ufer, brach er einen langen Zweig aus dem Gebüsch ab. Er schnitzte sich eine Rute, aber auch damit bekam er seinen Helm nicht aus dem Fluss.

Stunde um Stunde verging mit vergeblichen Versuchen. Vor Anstrengung war sein Kopf hochrot geworden. Längst hatte er Rinaldo und Angelica vergessen.

Kurz bevor die Dunkelheit hereinbrach, erkannte er endlich den Grund für seine vergeblichen Mühen. Mitten im Fluss stand bis zur Brust ein anderer, der sich jetzt drohend aufrichtete. Es war ein Ritter in einer Eisenrüstung. In seiner rechten Hand hielt er den Helm.

»Was willst du, widerlicher Bauernfänger?«, schrie die Gestalt im Wasser. »Es nützt dir nichts, denn ich behalte diesen Helm, den mir Gott zugedacht hat. Sein Verlust soll dir den gleichen Schmerz zufügen, den du mir angetan hast. Weißt du nicht mehr? Ich bin es, der, den du erstochen hast, als ich dich treulos genannt habe. Argalia, der Bruder von Angelica. Als ich starb, hast du mich gebeten, dir meinen Helm für vier Tage zu leihen. Und du hast versprochen, danach deine gesamte Rüstung, deine Waffen und diesen Helm zu mir in den Fluss zu werfen – und nichts davon gehalten! Aber das Schicksal gibt dir meinen Helm kein zweites Mal, selbst wenn du dich noch so sehr anstrengst.«

Ferragu starrte wie gelähmt auf die Gestalt im Wasser. Er konnte nicht glauben, was er sah und hörte. Ja, es stimmte, dass Argalia ihn beleidigt hatte und er ihn daraufhin im Zorn erstochen hatte.

»Müh dich nicht länger um diesen schönen Helm«, spottete der Geist. »Besorge dir einen anderen. Graf Orlando zum Beispiel hat einen sehr schönen. Vielleicht gefällt dir ja auch der Helm von Mambrin. Aber auf diesen Helm hier hast du keinen Anspruch mehr.«

Ferragu wusste, dass der Schatten des Getöteten mitten im Fluss die Wahrheit sagte. Trotzdem schwor er sich beim Leben seiner Mutter, dass er so lange keine andere Kopfbedeckung aufsetzen würde, bis er diesen Helm zurückhatte. Er hielt den Hohn und die Beschimpfungen vom Geist des Toten nicht mehr länger aus. Voller Zorn gegen sich selbst zog er wie ein geprügelter Hund davon. Er wollte Rinaldo wiedersehen.

Angelica floh noch immer durch den endlosen und dunklen Wald und über menschenleere Einöden. Bei jedem Schatten erfasste sie wieder die Furcht vor Rinaldo, und sie floh schneller.

Sie hatte jedes Zeitgefühl verloren und wusste nicht mehr, wo sie sich befand. Völlig erschöpft erreichte sie schließlich ein kleines Wäldchen, in dem die Luft nach Blüten duftete. Eine mit Blumen bedeckte Wiese führte zu zwei kleinen Bächlein, die leise murmelnd zum Meer hinplätscherten. Das Geräusch des klaren Wassers kam ihr wie ein lieblicher Gesang vor. Angelica atmete auf. Sie fühlte sich sicher an diesem paradiesischen Platz. Die Hatz und die Hitze waren ihr zu viel gewesen. Sie musste eine Weile ausruhen. Völlig entkräftet glitt sie vom Rücken ihres Pferdes, ging über die Blumenwiese und ließ das Tier ungezügelt grasen.

Im Bachwasser spiegelte sich eine Dornenhecke aus roten Rosen. Hoch über dem Rosengebüsch spendete eine dichte Eichenkrone köstlichen Schatten. Angelica fand einen schmalen Durchschlupf und sank mit einem tiefen wohligen Seufzer in das zarte Gras inmitten des Rosengebüschs. Kaum hatte sie ihren Kopf in die Armbeuge gebettet, als sie auch schon vom Gott des Schlafes aufgenommen wurde.

Kurz darauf schreckte sie wieder hoch. Ein Geräusch! Schritte vielleicht, die sich ihrem Versteck näherten. Sie lauschte einen Augenblick, dann stand sie leise auf, um sich Gewissheit zu verschaffen. Durch das Gewirr der Rosenzweige erkannte sie am Bach einen Mann in Waffen. Weil sie nicht wusste, ob er Freund oder Feind war, hielt sie die Luft an und wagte nicht den leisesten Ton. Der Mann am Bach sang leise vor sich hin, ging zum Wasser, blieb stehen und stützte sein Kinn in die Hand. Lange, unendlich lange blieb er wie zu Stein erstarrt am Bachufer stehen.

Endlich, nach vielen Stunden, stimmte er mit einer tiefen, angenehmen Stimme ein Klagelied an. Er sang sehr leise, aber Angelica verstand die anrührenden Worte von süßer Sehnsucht und der Liebesflamme, die er verloren hatte. Dann seufzte er und weinte so heftig, als wäre ein Wasserfall aus Tränen in ihm angestaut gewesen.

»Oh, ihr Gedanken«, stieß er hervor, »die ich gleichzeitig so heiß und eisig fühle und die mir das Herz verwunden! Ich bin zu spät gekommen. Ein anderer pflückt jetzt die süße Frucht. Was hatte ich denn? Kaum einen Blick, ein Wort. Ein anderer holte sich ihr Herz und ihren Mund. Mir bleibt weder die Blüte noch die Frucht. Warum soll ich dann noch länger leiden wegen ihr? Eine Jungfrau ist wie eine Rose in einem lieblichen Garten, die sich an den Zweigen wiegt, solange sich kein Schäfer und keine Herde nähern. Der sanfte Westwind und das Morgenrot schmeicheln ihrer Anmut. Verliebte junge Mädchen und ihre Burschen begehren sie als Schmuck des Busens und der Stirn. Aber wie schnell welken Anmut und Schönheit. Ein Mädchen, das die unschätzbare Blüte nicht genauso hütet wie ihr Leben und das Augenlicht und das sich dann einfach so jemandem hingibt, ist wertlos.«

Die Stimme des schönen Ritters zerbrach fast vor lauter Liebesleid. Angelica spürte eine eigenartige Erregung in sich. Sie hatte jedes Wort gehört. Sie wusste längst, wer er war und dass sie selbst gemeint war. Es war, als würde er sie mit dem Klagelied von seiner unerfüllten Liebe überschwemmen und davontragen.

Aber sie wollte nicht. Kein Mann konnte sie auf diese Art erweichen. Aber es konnte nützlich sein, wenn sie diesen Verliebten zu ihrem Beschützer machte. Wozu noch auf einen besseren warten? Dieser hier war treu und zuverlässiger als viele andere. Doch sie wollte ihn nicht verletzen oder ihm falsche Hoffnungen machen. Jedes Entgegenkommen von ihr musste seinen Irrtum nur verstärken. Trotzdem beschloss sie, ihn als nützliches Werkzeug zu benutzen. Danach würde sie ihm klarmachen müssen, wie sinnlos seine Werbung war.

Sie trat wie Diana und Venus zugleich aus der Dornenhecke.

»Friede sei mit dir, König Sakripant«, sagte sie. »Gott schütze dich ebenso wie meinen guten Namen. Er wird nicht dulden, dass du mich so falsch einschätzt. Ich habe dir nie Hoffnungen gemacht!«

Sakripant, der König von Circassien, strahlte, als er Angelica sah. Er konnte sich nicht zurückhalten, lief auf sie zu und schloss seine Herrin, seine Göttin überschwänglich in die Arme.

Auch Angelica wurde für einen Augenblick schwach. Sie schlang ihre Arme so heftig um seinen Hals, wie sie es im heimatlichen Königreich Cathay niemals getan hätte. Aber es war nicht Liebe zu ihm, sondern die Hoffnung, dass sie endlich mit seiner Hilfe in ihr heimatliches Schloss Albracca in Cathay zurückkehren könnte. Am Ufer des Baches erzählte sie ihm, was geschehen war, seit sie ihn zu Gradass, dem König der Serikaner, im Osten geschickt hatte, um von dort Hilfe zu holen. Sie berichtete, wie

Graf Orlando ihr Leben geschützt und sie immer wieder verteidigt hatte. Sie offenbarte ihm außerdem, dass ihre jungfräuliche Rose selbstverständlich so unverletzt war wie am Tag ihrer Geburt. Sakripant glaubte ihr alles.

Wenn Orlando, dieser berühmte Ritter von Anglant, nicht genug Mumm gehabt hat, dachte Sakripant, sich die wunderschöne Beute zu holen, dann habe ich nicht vor, seinem Beispiel zu folgen.

Er betrachtete sie von oben bis unten.

Wenn ich mir dieses Weib entgehen lasse, dachte er weiter, würde ich das für alle Ewigkeit bedauern! Aber ich denke nicht daran! Ich will die jugendfrische Rose pflücken, bevor die Zeit den Duft verweht. Natürlich wehrt sie sich noch, gibt sich abweisend. Das gehört dazu. Selbst wenn sie weint, vor Verzweiflung klagt, wenn sie in Zorn gerät, sich wehrt und schreit – nein, sie entkommt mir nicht!

Er holte tief Luft, und seine Nasenflügel bebten. Plötzlich ahnte Angelica, wie sehr sie sich geirrt hatte. Zu spät! Sie konnte nicht mehr fliehen. Verzweifelt blickte sie sich um.

In diesem Augenblick brach ein gewaltiger Lärm aus dem nahen Wald. König Sakripant fuhr zusammen. Zorn und Enttäuschung verfärbten sein Gesicht. Er stutzte, sah noch einmal zu Angelica und griff dann zu seinem Helm. Mit ein paar schnellen Schritten lief er zu seinem Pferd, zog die Gurte fest, sprang in den Steigbügel und saß auf. Schon preschte aus dem Wald ein Ritter hervor, wie Sakripant ihn noch nie zuvor gesehen hatte: stolz und kampfbereit, mit weißer Zier am Helm, einer schneeweißen Rüstung und weißem Schild.

Sakripant konnte seine Wut und die Enttäuschung über das verpatzte Liebesabenteuer nicht mehr verbergen. Ohne Vorrede forderte er den weißen Ritter auf der Stelle zum Zweikampf auf.

Der weiße Ritter antwortete nicht. Aber er senkte seine Lanze und gab seinem Pferd die Sporen. König Sakripant brachte sein Pferd in Position, dann stürmten sie quer über die Blumenwiese aufeinander zu. Wie zwei Gewitter, die sich gegenseitig übertrumpfen wollten, krachten sie gegeneinander. Schon beim ersten Aufprall brachen ihre Schilde auseinander. Aber sie kämpften weiter wie zwei wilde Stiere. Die Erde bebte, und nur die guten Panzerrüstungen verhinderten, dass sie sich die Leiber gleich in Stücke schlugen.

Sakripants Schlachtross kippte tödlich verletzt zur Seite. Auch das Pferd des weißen Ritters brach in die Knie. Aber ein kräftiger Flankenschlag mit den Sporen holte es wieder hoch. Sakripant dagegen stürzte zu Boden, und sein Pferd begrub ihn unter sich. Mit einem einzigen Schwertschlag hätte der weiße Ritter Sakripants Ende herbeiführen können. Stattdessen drehte sich der weiße Ritter um und jagte auf seinem Pferd wie vom Sturm getrieben davon.

Es dauerte fast eine Stunde, bis sich der König von Circassien vom Gewicht seines toten Pferdes befreit hatte. Um ein Haar hätte ihn der Kampf niedergestreckt, aber das Schlimmste war, dass Angelica alles mit angesehen hatte. Die Scham färbte Sakripants Wangen tiefrot. Ihm war so heiß wie nie zuvor.

»Nimm es nicht so schwer«, sagte die Prinzessin von Cathay. »Es war nicht deine Schuld, dass du gefallen bist. Es war dein Pferd. Es wollte eigentlich noch weitergrasen und war noch nicht zum Kampf bereit. Außerdem hat sich der weiße Ritter viel zu schnell in Sicherheit gebracht. Und nach den alten Regeln gilt derjenige als unterlegen im ritterlichen Kampf, der ohne Not das Feld räumt.«

Er wusste, dass sie ihn damit nur trösten wollte. Während sie noch sprach, galoppierte ein anderer heran. Mit seiner Tasche und seinem Horn war er als Bote zu erkennen. Mann und Pferd wirkten sehr erschöpft.

»Verzeiht mir!«, rief er Angelica und Sakripant schon aus dem Wald heraus zu. »Habt ihr hier irgendwo einen weißen Ritter gesehen, mit einem weißen Federbusch oben auf dem Helm?«

»Ja«, knurrte Sakripant. »Den du da suchst, der hat mich gerade erst unter mein Pferd geworfen, ehe er auf und davon ist. Wenn du ihn kennst, dann will ich jetzt unbedingt seinen Namen wissen.«

»Ganz wie du willst«, antwortete der Bote. »Aber ich warne dich! Wenn du ein berühmter Mann bist, sieht es um deinen Namen von jetzt an ziemlich düster aus.«

»Was soll das heißen?«, schnaubte Sakripant.

»Du bist von einer edlen Dame aus dem Sattel gehoben worden«, antwortete der Bote. »Eine verdammt gute Kämpferin, berühmt und mutig, diese Gräfin von Marseille! Und vor allem schön. Ja, du hörst richtig, es war Rinaldos Schwester, die Heldin Bradamante, die dir auf dieser Wiese deine Ehre stahl.«

Noch ehe Sakripant irgendetwas sagen konnte, ritt der Bote weiter und verschwand. Der König von Circassien war so verdutzt, dass er kein Wort herausbrachte. Wieder stand er mit schamrotem Gesicht vor Angelica. Dann presste er seine Lippen zusammen und ging zu Angelicas Pferd, bereitete die Riemen für einen Ritt zu zweit vor und führte es bis zu ihr an den Bach.

»Komm«, sagte er nur.

Sie waren kaum zwei Meilen zusammen auf Angelicas Pferd geritten, als erneut Lärm durch den Wald schallte. Kurz darauf brach ein reich mit Gold geschmückter Hengst durch das Unterholz. Er setzte über Büsche und den Bach, entblätterte die tief hängenden Zweige und zerschmetterte alles, was ihn auf seinem Weg aufhielt.

»Wenn trübe Luft und dicht verschlungene Zweige mein Auge nicht täuschen«, sagte Sakripant, »dann ist das das Zauberpferd Bajard. Es scheint, als wolle er uns nur zeigen, dass wir über ihn verfügen sollen.«

König Sakripant stieg ab. Er ging auf Bajard zu, um ihn an seinem Zaumzeug zu ergreifen. Aber das Zauberpferd antwortete ihm mit seinen Hufen. Blitzschnell drehte es sich und schlug nach Sakripant aus. Die Stöße waren so gewaltig, dass sie einen Berg aus Eisen zertrümmert hätten. So aber berührten sie Sakripant nur sanft. Bajard wollte den Sarazenen nicht verletzen, aber auch nicht als Reiter haben. Das Zauberpferd wandte sich zu Angelica. Es tänzelte und sprang wie ein Hündchen vor ihr hin und her. Voller Demut neigte Bajard dann vor ihr den Kopf. Er erkannte sie, denn aus ihren Händen hatte er schon in ihrer Burg Albracca gern sein Futter genommen – damals, als sie noch heiß in Rinaldo verliebt gewesen war und er ihr nur kalt und herzlos den Rücken zugewandt hatte.

Angelica fasste mit der Linken die Zügel des wundersamen

Pferdes und streichelte ihm sanft den Bug. Das kluge Tier war zutraulich wie ein Lämmchen. Doch da nutzte König Sakripant die Gelegenheit. Er schwang sich in die Sattelmulde von Bajard. Dann jedoch stürmte stolz und waffenklirrend Graf Rinaldo heran.

Angelica erschrak so sehr, dass sie wie ein Huhn vor den Klauen des Adlers floh. Rinaldo verfolgte sie rastlos und ohne Gnade. Vorbei die Zeit, in der sie ihn geliebt hatte. Ihre Stimme bebte, und ihre Wangen waren bleich, als sie Sakripant um Schutz und Hilfe bat.

»Ich hatte schon einmal dein Vertrauen«, sagte der König von Circassien. »Aber ich bin zu gering und unfähig für einen Kampf gegen Rinaldo.«

Angelica wusste nicht mehr, was sie tun sollte. Unsicher und verlegen stand sie vor ihm, während Rinaldo sich erneut näherte. Er war bereits so dicht, dass er dem Sarazenen die Faust entgegenstrecken konnte. Erst jetzt erkannte er sein Pferd. Und er erkannte die Jungfrau, für die sein Herz noch immer lichterloh brannte, ganz gleich, ob sie nun fern oder wie jetzt ganz nah war.

2. Gesang

Launischer Amor, warum machst du es so schwierig, wenn du zwei Herzen anrührst? Und was vergnügt dich so, wenn sich die Seelen in tiefstem Liebesleid nur quälen? Verlangst du, dass ich diejenige kalt behandle, die sich so heiß nach mir sehnt – um dafür diejenige zu lieben, die mich aus ganzem Herzen hasst?

Du hast Angelica zum Idealbild für den jungen Mann gemacht, sie aber findet ihn inzwischen grob und widerwärtig. Sie würde lieber sterben, als ihn zu erhören.

»Elender Heide!«, schrie Rinaldo. »Sofort runter da von meinem Pferd! Das wäre ja noch schöner, wenn sich jeder hergelaufene Lügner so mir nichts, dir nichts an einer anständigen jungen Dame vergreifen und obendrein noch mein wunderbares Pferd stehlen könnte!«

»Du lügst doch selbst!«, schrie Sakripant zurück. Der König von Circassien platzte fast vor Zorn. »Wer hier der Dieb ist, muss sich noch entscheiden – nach allem, was ich von dir weiß. Unter Ehrenmännern entscheidet einzig und allein das Schwert.« Er richtete sich noch höher auf, lachte abfällig und rief: »Aber in einem Punkt gebe ich dir gern recht: Eine so begehrenswerte Jungfrau wie diese Schöne dort gibt es kein zweites Mal unter der Sonne!«

Rinaldo zuckte zusammen. Das Lob des wild entschlossenen Rivalen schmerzte ihn mehr als die vorangegangenen Beleidigungen. Die beiden Männer belauerten sich wie ungestüme Hunde, bereit, sich gegenseitig zu zerfleischen. Sie reckten sich, kniffen die Augen zusammen und schnaubten, als wollten sie jeden Augenblick ihre Zähne in den anderen schlagen. Und dann brach tatsächlich der Kampf los.

In jeder anderen Situation wäre Graf Rinaldo als Fußkrieger eindeutig unterlegen gewesen. Aber sein Gegner benahm sich plötzlich sehr sonderbar. Der Streiter Mohammeds hing wie ein unerfahrener Knabe auf dem Rücken von Bajard und schlug mit zunehmender Verzweiflung die Sporen in die Flanken des widerspenstigen Rosses. Auf den Befehl, zu stehen, schoss Bajard nach vorn. Dann drehte er sich wie ein Kreisel, stieg auf der Hinterhand hoch und weigerte sich, seinen Reiter weiterhin zu tragen. Er sprang hoch, schlug aus und zeigte alle Tücken, zu denen widerspenstige Hengste fähig waren.

Es hatte keinen Sinn. König Sakripant sah, dass er das Pferd nicht mehr in den Griff bekam. Er schwang sich mit einem weiten Sprung zu Boden. Sofort krachten die beiden Männer mit aller Wucht zusammen. Ihre Schwerter schlugen wie Schmiedehämmer gegeneinander. Funken flogen nach allen Seiten.

Es war ein Kampf, wie er so gnadenlos noch nicht gesehen worden war. Mit langen Hieben und kurzen Querschlägen der flachen Klinge zeigten beide, welche Meisterschaft in ihnen steckte. Doch dann zeigte Rinaldo, dass er noch zulegen konnte. Der Heidenkönig Sakripant riss seinen Schild hoch. Aber Rinaldos Schwert krachte wieder und wieder durch die schützenden Platten aus feinstem Stahl. Jeder Schlag von Rinaldos Schwert Fusberta gellte wie ein schmerzhafter Aufschrei durch den Wald. Das ganze Tal dröhnte. Wie Eis zersplitterten Stahl und Knochen. Einer der letzten Schläge war so hart, dass der Circassier betäubt den Schildarm sinken ließ.

In diesem Augenblick erkannte Angelica, in welche Richtung der fürchterliche Kampf ging. König Sakripants Gesicht war bereits bleich und blutleer. Aber auch Angelica hatte kaum noch Farbe auf ihren schönen Wangen. So wie Sakripant das Schwert Rinaldos fürchten musste, erschrak sie vor seiner Liebe.

Ihr Hass auf Rinaldo und seine flammenden Gefühle wurde so groß, dass sie sich nicht länger zurückhalten konnte. Sie riss ihr Pferd herum und ließ es auf dem engen, rauen Pfad durch den Wald jagen.

Wieder und wieder blickte sie sich angstvoll um. In ihrer Furcht achtete sie nicht darauf, dass ihr ein anderer entgegenkam. Es war ein Mönch, ein Eremit. Das Erste, was sie von ihm erkannte, war ein gewaltiger Bart, der ihm wie altes Moos bis auf die Brust fiel. Doch dieser zerzauste Bart kam ihr wie ein gütiges Zeichen des

Schicksals vor. Der Eremit sah fromm und bieder aus. Er war vom Fasten vieler Jahre so mitgenommen, dass der kleine graue Esel, auf dem er eher hing als ritt, ihn leicht tragen konnte.

Das Bild der Flüchtenden mit dem lieblichen Gesicht rief in dem Einsiedler einen Rest von Menschenliebe wach. Angelica zügelte ihr Pferd. Unsicher, misstrauisch und schwer atmend blieb sie einige Schritte vor dem Eremiten und seinem Esel stehen. Sie wagte nicht, ihn nach dem Weg zum Meer oder zum nächsten Hafen zu fragen. Der Mönch sah sie mit großen, aber leeren Augen an, als wäre dieser Blick zu lange nur nach innen gerichtet gewesen.

Erst ganz allmählich kehrte wieder Leben in den Blick des Einsiedlers zurück. Es war, als könne dieser Mann hypnotisieren oder zaubern. Angelica spürte, dass etwas wie eine sanfte Hand über ihr Herz streichelte. Sie verstand seine Worte nicht, aber sie fühlte, dass sie trösten sollten.

»Hab keine Angst«, sagte er leise. »Es wird schon bald vorbei sein.«

Er zog ein abgenutztes Buch aus seiner Kutte und begann laut zu lesen. Angelica und ihr Pferd wagten kaum zu atmen. Wie gebannt starrten sie auf den Eremiten, dessen Esel fast zu Stein geworden war, so still stand er zwischen den Büschen. Und dann, mitten im Satz, wurde die Stimme des Mönchs herrisch und befehlend.

Im selben Augenblick rutschte ein Schatten aus den Buchseiten. Angelica sah einen Geist, der sich zur Gestalt eines Dieners verdichtete. Ohne irgendeine weitere Anweisung drehte dieser sich um und ging den Weg zurück, den Angelica bereits geflohen war.

Als der Geist bei den beiden matt gekämpften Männern ankam, war der Kampf längst noch nicht zu Ende, und Hass knisterte noch immer zwischen ihnen.

Der Geist, der nur dem Eremiten diente, stellte sich, ohne zu zögern, zwischen die beiden Männer.

»Könnt ihr Herren mir sagen, mit Verlaub, warum ihr euch gegenseitig niederschlagen wollt?«, fragte er. »Was habt ihr davon, wenn euch jeder Knochen im Leib wehtut, nachdem euer Kampf zu Ende ist? Und was soll der Kampf, wenn der Graf Orlando ohne einen einzigen Hieb gerade die Schöne als seine eigene Beute nach Paris bringt, um die ihr beiden euch in eurem Zweikampf prügelt?«

Er hob den Kopf ein wenig, schnupperte dem Duft der frischen Waldblüten nach und seufzte dann: »Ja, ja, es stimmt. Ich sah ihn mit der wunderschönen Angelica auf dem Weg zur Seine. Und was euch nicht sehr freuen wird: Sie haben beide über euch gelacht.«

Er unterbrach sich erneut, hob seine linke Hand und betrachtete einzeln die Finger. »Noch könntet ihr es schaffen, ihm den Spott auszutreiben. Aber es wäre klug, wenn ihr das tun würdet, bevor Orlando und die Dame sicher in Paris sind.«

Sakripant und Rinaldo wirkten plötzlich so jämmerlich, als wären sie bei einem kaiserlichen Turnier schon beim Einreiten vom Pferd gefallen.

»Ach, ich war taub und blind!«, schnaubte der König der Circassier wütend.

»Ich ebenfalls«, stimmte Rinaldo bitter zu. »Aber ich schwöre, wenn ich Orlando, diesen frechsten von allen Grafen Kaiser Karls, erwische, dann reiße ich ihm eigenhändig das falsche Herz aus seiner Brust.«

Als wenn er es gehört hätte, tauchte der Hengst Bajard hinter dem dienstbaren Geist des Eremiten auf. Er hatte sich die ganze Zeit auf dem Waldpfad zurückgehalten. Rinaldo sah ihn, zeigte grimmig seine Zähne, pfiff ihn heran und zog sich mühsam auf sein Pferd.

Als hätte Bajard nur darauf gewartet, dass sein Herr wieder auf ihm ritt, preschte er los. Er hatte beobachtet, wie die Prinzessin aus ihrem Zelt floh, und war von Anfang an auf ihrer Spur geblieben. Nun wieherte er freudig und flog davon. Gehölz brach unter ihm zur Seite, und wo die Hufe den Waldboden berührten, blieb nur schwarz zerstampfter Staub zurück. Weder Dornen noch Felsen konnten das Zauberpferd von seiner Bahn abbringen. Rinaldo allein hätte nicht einmal einen Ausgang aus dem großen schwarzen Wald gefunden, geschweige denn den Weg, der zu dem Mädchen führte, nach dem sein Herz sich verzehrte.

»Paris! Paris!«, hämmerte es voller Sehnen in ihm.

Die Nacht kam und verging so schnell, als wäre es gar nicht erst dunkel geworden. Sowohl Bajard als auch Rinaldo ahnten inzwischen, dass ihnen der Diener des schlauen Eremiten nicht die Wahrheit gesagt hatte. Doch jetzt war es zu spät zur Umkehr.

Sie ritten von morgens bis abends, bis sie endlich die Gegend erreichten, die noch immer nach Blut und Tod roch. Hier hatte Kaiser Karl mit seinen verbündeten christlichen Heeren die furchtbare Niederlage gegen die Sarazenen erlitten. Überall auf dem weiten Feld wurde aufgeräumt. Rinaldo beobachtete von einer kleinen Anhöhe aus das Treiben, dann ritt er zu den Zelten des Kaisers. Rundherum waren Bauern und anderes Volk damit beschäftigt, Vorräte für ein neues Heer in halb zerstörten Scheunen anzuhäufen. Tagelöhner und Hörige schufteten halb nackt in Gräben und an neuen Wällen, die mit Reisigzäunen verstärkt wurden. Von Norden her trafen Vorboten eines neuen großen Heeres ein, das aus Albion kommen sollte.

»Karl will es offensichtlich noch einmal wagen«, murmelte Rinaldo erstaunt. »Er will erneut ins Feld und sehen, ob er das Kriegsglück nicht auf seine Seite zwingen kann.«

Er sollte schnell merken, wie recht er hatte. Es war, als hätten alle nur auf ihn, den Sohn Herzog Haimons, gewartet. Kaum ritt er in das kaiserliche Lager ein, als ihn auch schon ein paar andere Paladine abfingen.

»Wo warst du denn die ganze Zeit?«, rief einer der Panzerreiter.

»Sofort zum Kaiser!«, forderte ein anderer.

»Was soll das?«, protestierte Rinaldo. »Wollt ihr mich nicht einmal absitzen und nach dem langen Ritt ausruhen lassen?«

»Du wirst dir seine Gunst verscherzen, wenn du nicht heute noch nach England aufbrichst, wie das alte Albion jetzt genannt wird.«

»Unmöglich!«, widersprach Rinaldo. »Ich habe nicht geschlafen und brauche einen Ruhetag.«

»Wenn du in dieser Lage deinen Kopf durchsetzen willst, dann hast du ihn schon morgen nicht mehr«, lachte einer der Paladine rau.

Rinaldo biss die Zähne zusammen, während er den falschen Ratschlag verfluchte, der ihn so überstürzt ins Lager von Kaiser

Karl zurückgeführt hatte. Noch immer wie benommen meldete er sich zurück. Er hörte, wie der Befehl an ihn wiederholt wurde. Und wie schon so oft neigte er nur den Kopf, legte die geballte Hand auf seine linke Brust und kniete nieder zum Zeichen des Gehorsams.

Nur wenig später saß er wieder auf dem Rücken seines Pferdes. Er war so wütend und erschöpft, dass ihm nicht auffiel, dass sich mit jedem Hufschlag, mit jedem Augenblick der Abstand zu seiner angebeteten Angelica vergrößerte. Sie hatte ihm sein Herz gestohlen, doch seine Treue galt nach wie vor dem Kaiser.

Die Überfahrt mit Bajard kam ihm endlos vor. Die Männer im Hafen von Calais hatten ihn gewarnt. Aber Rinaldo hörte nicht und dachte auch nicht mehr. Während im Westen ein schwarzes Unwetter aufzog und sich die Wellen über den Meerestiefen aufpeitschten, blieb Rinaldo mit verbissenem Gesicht, nur durch ein kurzes Seil gesichert, unmittelbar am Mast stehen. Mit raschen Wogenschlägen schickte der Sturm immer neue Wassermassen dem kleinen Boot entgegen. Schaum und Gischt trieben wie aus dem Maul riesiger Pferde über das kleine im Sturm tanzende Schiffchen hinweg.

Das Unwetter wühlte die See auf, und die Flut schäumte bis hinauf zum Mastkorb. Dann, als nichts mehr gegen den Sturm voranging, griffen die Schiffer in die Takelage. Sie wollten umdrehen und in den Hafen zurückkehren. Aber es war zu spät. Sie fanden ihre Richtung nicht mehr. Und selbst der Wind johlte nur noch voll Spott über sie hinweg.

»Nein!«, dröhnte er. »Aus meinen Wirbeln kommt ihr nicht heraus! Für eure Frechheit blase ich euch Todesangst in eure Herzen, bis ihr noch lauter heult als ich.«

Von vorn, von hinten und von oben brach der Sturm über Rinaldo und die zähen Seeleute herein. Krach! Hier riss ein Segelfetzen, nur zaghaft ausgerollt gegen den Wind. Krach! Dort schlug ein Mastbaum hart zur Seite. Hilflos hob sich das Schiff bis auf die Wassergipfel und stürzte schwer zurück.

Niemand, nicht einmal ein Magier oder frommer Eremit, konnte jetzt noch irgendetwas für Rinaldos Leben geben.

Ich bin auch sehr besorgt um Graf Rinaldo, aber ich muss noch derart viele wichtige Fäden ausspinnen, dass ich jetzt nicht länger bei ihm bleiben kann. Soll der Sturm ihn weitertragen! Ich will euch lieber berichten, wie es der edlen Jungfrau Bradamante erging, nachdem sie den Circassier vom Pferd geworfen hatte.

Gräfin Bradamante, die schöne Blume aus der Ehe des edlen Herzogs Haimon von Clermont und seiner Gattin Beatrix von Baiern, war längst ebenso berühmt wie ihr Bruder Rinaldo. Karl der Große schätzte sie und freute sich, wenn sie ebenso wie ihr Bruder überall in seinem Reich für ihre Tapferkeit gelobt wurde.

Einer ihrer glühendsten Verehrer war ein junger Recke, der mit König Agramant aus Afrika gekommen war. Er hieß Ruggiero wie sein Vater, der ein Vasall von Karl gewesen war und aus der Stadt Reggio in Italien stammte. Seine Mutter Galaciella war eine Tochter eines afrikanischen Königs und entfernt verwandt mit Agramant.

Der Ruhm von Ruggieros Geschlecht väterlicherseits reichte noch viel weiter zurück: Nach der Eroberung von Troja hatten die siegreichen Griechen überall nach Astyanax, dem Sohn von Trojas Helden Hektor, gesucht, um alle Nachkommen des großen Königs Priamos auszulöschen. Aber die Griechen um Odysseus fanden Astyanax nicht. Der junge Held war nach Sizilien entkommen. Dort heiratete er die Königin von Syrakus und zeugte seinen Sohn Polydor. Er wurde der Vater von Chlodwig und von Konstans, dem Vater von Pippin und einem Großvater Karls des Großen.

Nachkomme von Konstans' Bruder Chlodwig wurde Ruggiero II., der Herr von Reggio. Nachdem er Galaciella geheiratet hatte, ermordete Beltram seinen Bruder Ruggiero II. Er wollte auch Galaciella töten, doch es gelang ihr, über die wilde See zurück nach Afrika zu fliehen. Noch am Strand gebar sie Zwillinge, ehe sie vor Erschöpfung starb.

Einer der Zwillinge war Ruggiero III. – der junge Ritter, den Bradamante seit ihrer ersten kurzen Begegnung unablässig suchte. Das Schicksal hatte sie in verschiedene Richtungen geschickt.

Seit Sakripant, König von Circassien, wegen ihr die Erde geküsst hatte, war sie durch den Wald geritten. Schließlich gelangte sie an eine kleine Quelle inmitten einer Waldlichtung. Ein kleiner Bach gluckerte durch eine Wiese, und hohe alte Bäume umsäumten den schönen Hain mit kühlem Schattenkranz. Auf der südlichen Seite der Lichtung schützte zusätzlich ein Halbkreis kleiner Berge vor der Mittagsglut.

Bradamante überlegte, ob sie eine Pause einlegen sollte. Sie ließ den Blick über die Wiese und den Bach schweifen und entdeckte einen einsamen Ritter direkt an der Quelle. Er lag im Halbschatten dicht gewachsener Hecken mit wunderschönen Blüten und blickte versonnen in den Himmel hinauf. Sein Pferd war an einem Buchenbaum angebunden. Schild und Helm hingen direkt neben dem kleinen Quellteich. Bradamante sah, dass der traurige und müde Ritter geweint haben musste. Sein Gesicht wirkte so traurig, dass sie mitfühlend auf ihn zuging und nach der Ursache für seine Trauer fragte.

Er erschrak nicht einmal, sondern blickte sie nur leidend an.

»Ich war der Anführer von Fußkriegern und Reitern«, antwortete er tonlos. »Der Kaiser hatte mich an einen Platz befohlen, an dem wir seinen Schwager Marsilo, den König Spaniens, aufhalten sollten, sobald er über die Pyrenäen ins Frankenreich käme. Ich bin sehr traurig, aber ich will dir erzählen, was mir widerfahren ist.«

»Ich hatte auch ein Mädchen bei mir, das ich liebte und von dessen Heiterkeit und Schönheit mein Herz vollkommen eingefangen war. Während ich nun auf den König der Spanier wartete und dabei meiner Liebsten zusah, die ein wenig herumging, sah ich plötzlich einen schwer bewaffneten Mann auf einem Ross mit Flügeln direkt von der Rhône her auf uns zufliegen. Als dieser Kerl – ich weiß nicht, ob er ein Mensch, ein Geist oder ein Ungeheuer war –, als der mein Mädchen sah, stürzte er sich wie ein Falke auf sein ahnungsloses Opfer.

Ein greller Blitz zuckte von seinem Schild auf, betäubte meine Liebste, und schon hob er die Bewusstlose hoch und verschwand mit ihr im Himmel. Ich fühlte mich, als wenn ein Falke mir als der Glucke mein Küken weggenommen hätte. Aber ich kann nicht fliegen, weil das nun mal nicht meine Natur ist. Bei Gott, ich weiß, dass es mir lieber gewesen wäre, wenn mir die Lanze oder das Schwert die Brust zerrissen hätten.

Sechs Tage bin ich von morgens bis abends durch Felsen und Gestein geritten, vorbei an Klüften und an Schlünden, wo es keinen Weg mehr gab und keine Menschenseele mehr zu sehen war. Ich kam in ein ödes, grauenhaftes Tal mit Felsenklippen, düsteren Höhlen und einem wilden Durcheinander von Steinen und Geröll. Mitten in dieser fürchterlichen Wildnis sah ich ein Schloss auf einem Felsen. Es war so schön und prächtig, wie ich es noch nie zuvor gesehen hatte.

Es war sehr hell und nicht aus Lehm oder aus Stein gefügt. Mir kam es vor, als hätten Dämonen dieses Schloss gebaut und es anschließend auch noch durch Zaubersprüche gesichert. Der ganze Bau war mit stählernen Ringen rund um die Außenwände befestigt. Wo sonst das Wasser eines Grabens plätscherte, ergossen sich Feuer und heiße Höllenfluten. Das Schloss hatte nicht einen einzigen Rostfleck auf seinem hellen, glatten Stahl. Ich wusste sofort, dass der Entführer mit dem geflügelten Pferd sich hier versteckte, wenn er nicht bei Tag und Nacht das weite Land durchstreifte. Und ich wusste, dass er über meine Wut und meine Flüche lachte, während er meine Geliebte und mein Herz fest gefangen hielt. Irgendwann kamen zwei Ritter mit einem Zwerg, der sie an den Abgründen vorbeiführte. Sofort erwachte meine Hoffnung wieder. Aber dann sah ich, dass die beiden Ritter nicht mehr aufbieten konnten als ich selbst.

Ich kannte sie. Der eine war Gradass, der König von Serikana, der nur hinter Graf Orlandos Zauberschwert Durindana und Graf Rinaldos Hengst Bajard her ist. Er wurde von Ruggiero begleitet, der bei den Franken ebenso wie bei den Sarazenen als ganz besonderer Ritter gilt. Der Zwerg erklärte mir, warum die beiden Männer in die fürchterliche Gegend vorgedrungen waren.

›Sie wollen ihre Kraft am Schlossherrn messen‹, sagte er, ›und herausfinden, welcher Zauber seinen gehuften Vogel fliegen lässt.‹

Ich nutzte sofort die Gelegenheit, wünschte ihnen für den Kampf den Sieg und bat sie, dass sie mir, falls sie dann noch lebten, meine Geliebte mitbrachten. Ich erzählte ihnen alles, was geschehen war. Sie versprachen, meine Bitte zu erfüllen und meinen

Kummer zu beenden. Ich beobachtete, wie sie den Felsenpfad immer weiter hinaufstiegen. Sie erreichten den zwei Steinwurf großen Platz vor dem unheimlichen Schloss. Für einen Moment waren sich die beiden Herausforderer nicht einig, wer von ihnen beginnen sollte. Sie ließen das Los entscheiden, und Gradass blies daraufhin als Erster mit aller Kraft in sein Kampfhorn. Der gesamte Fels mit der stählernen Burg dröhnte unter der lärmenden Herausforderung. Augenblicklich öffnete sich oben ein Tor, und der Schlossherr zeigte sich als Panzerreiter auf seinem Flügelross.

Er schwebte ein kleines Stück nach oben und zog wie ein Kranich, der immer schneller schreitet, um dann abzuheben, los. Ganz sanft glitt er höher. Dann erst ließ das Pferd seine Flügel mächtig ausschlagen. Es stieg in steilen Kurven höher in den Himmel als der Adler. Dann drehte es sich und schoss so schnell herab, dass es mit einem scharfen Knall die Lüfte spaltete.

Gradass spürte großen Schmerz im Rücken. Er hatte nicht gesehen, wie schnell der Zauberer auf seinem Flügelross ihn angriff. Als Gradass jetzt zurückschlug, zerteilte er nur die Luft. Er traf nichts, was er brechen oder verletzen konnte. Das Flugpferd jagte weiter, während das starke Ross des Sarazenen einfach umkippte. Es war die beste Stute, die jemals einen Sattel getragen hat.

Erneut schoss das geflügelte Pferd mit seinem Panzerreiter bis zur Sternenhöhe hinauf. Dann drehte es sich und kam wieder in das Bergtal zurück. Diesmal galt der Angriff aus der Luft Ruggiero, der nicht aufgepasst hatte, weil er zu sehr auf Gradass achtete. Im letzten Augenblick erkannte Ruggiero die Gefahr.

Er wich zurück und konnte sich gerade noch ein wenig drehen. Der Stoß des Magiers glitt an ihm ab. Das grauenhafte Spiel wiederholte sich noch mehrmals. Bald traf es den einen an Brust, Stirn oder Beinen, dann den anderen in den Rücken und an anderen Stellen. Das Pferd und sein Panzerreiter waren einfach viel zu schnell, um ihnen auszuweichen. Jeder Stoß und jede Abwehr gingen ins Leere.

Während der ganzen Angriffe blendete helles Licht die beiden Herausforderer. Sie sahen überhaupt nicht mehr, wohin sie schlugen. Dennoch dauerte das Ringen mehrere Stunden bis zur Abenddämmerung. Langsam verblassten alle Farben um die stählerne Burg herum. Jetzt erst wurde der Schild des Zauberers an seinem Arm sichtbar. Er war von einem roten Seidentuch verdeckt. Ich wusste nicht, warum dieser Schild jeden mit Blindheit schlagen konnte. Er glänzte tiefrot wie edler Porphyrstein, aber sein Licht war tödlich für jeden, der mit ungeschütztem Blick hineinsah.

Auch mich erfasste eine Lähmung, obwohl ich ziemlich weit entfernt stand. Ich weiß nicht, wann ich wieder zu mir kam. Aber als ich dann aus der Starre erwachte, war nichts mehr von den mutigen Herausforderern zu sehen. Auch der Zwerg blieb verschwunden. Das Tal war dunkel.

Wenn du mich fragst, ich denke, dass der Zauberer auf dem Flügelross die beiden Helden mit dem Licht des Schildes so gelähmt hat, dass er sie einfangen und in sein Stahlschloss bringen konnte. Damit war in mir auch der letzte Hoffnungsstrahl verloschen. Und du musst zugeben, dass es kaum ein härteres Los gibt als meins und kein Liebesleid, das größer ist als der Schmerz in meinem Herzen.«

Der Ritter sank in seine stumme Trauer zurück. Bradamante wusste nicht, dass sie dem Grafen Pinabello zugehört hatte, einem Mitglied der verschlagenen, missgünstigen Familie Anselms von Hauterives, die aus Maganza, auch Mainz am Rhein genannt, stammte. Jedes Mal, wenn er Ruggieros Namen nannte, hatten ihre Augen aufgeleuchtet. Und als der Ritter von den unwürdigen Leiden der beiden Männer durch den Zauberer und sein fliegendes Pferd berichtete, hatte sie ebenso gelitten wie er selbst bei der Erinnerung.

»Ruh dich jetzt aus«, sagte sie schließlich. »Noch ist nicht alles verloren. Mag sein, dass wir beide zusammen doch noch etwas erreichen können, wenn du mir den Weg zeigst.«

»Ich soll dir den Weg zeigen? Noch einmal über diese schrecklichen Berge an den Klüften entlang und zu dem Platz, an dem ich mein ganzes Glück verloren habe? Willst du etwa den Felsenpfad hinauf bis zu diesem Kerker aus Stahl steigen? Nun ja, ich sehe, dass du es versuchen wirst. Aber beklage dich nicht, wenn dich später die Reue plagt.«

Sie sahen sich kurz an, dann nickte sie. Er schwang sich auf sein Pferd und bot ihr sein Geleit. Sie wollten gerade losreiten, als sie mit lauten Rufen aufgehalten wurden. Es war der Bote, der sich sehr schnell näherte.

»Habt ihr gehört?«, rief er Gräfin Bradamante zu. »Die Sarazenen siegen überall. Montpellier ist schon gefallen, Narbonne brennt. Und die gesamte Küste von Aigues-Mortes in der Provence gehört bereits den kastilianischen Eroberern. Sogar Marseille ist schon bedrängt, und es wird fallen, wenn du ihm nicht sehr schnell Schutz bringst. Die Bedrohten haben mich ausgeschickt, um dich zu finden. Denn ohne dich gibt es keine Hoffnung mehr.«

Das gesamte Gebiet zwischen der Rhône und dem Var gehörte Bradamante. Die Tochter Herzog Haimons hatte es von Kaiser Karl für ihren Mut und ihre Tapferkeit erhalten. Jetzt schüttelte sie unschlüssig den Kopf. Einerseits war es eine Ehre und eine Pflicht für sie, ihren bedrängten Städten augenblicklich zu helfen. Andererseits war ihre Sehnsucht nach Ruggiero so groß, dass sie ihn einfach wiedersehen musste. Sie entschied sich daher für den Weg zum Zauberer. Und wenn sie ihn schon nicht befreien konnte, dann wollte sie an der Seite ihres Liebsten ebenfalls gefangen sein.

Sie sagte dem Boten, was sie vorhatte. Dann machte sie sich auf den Weg, auch wenn Pinabello ein finsteres Gesicht machte, nachdem er jetzt erfahren hatte, wer die Jungfrau in der weißen Rüstung war.

Ihre beiden Familien waren miteinander verwandt, aber schon lange zerstritten. Wie alle aus dem Stamm der Mainzer beneidete und hasste auch Graf Pinabello Bradamante für den Ruhm, den sie und ihr Bruder Rinaldo durch ihre Tapferkeit erworben hatten. Noch wusste sie nicht, wer er war. Nicht auszudenken, was geschehen würde, wenn sie als Angehörige des Hauses Clermont herausfand, dass er zu den Mainzern gehörte. Zu viel Blut war in der Vergangenheit zwischen ihren Häusern geflossen, zu viele Schilde waren gegenseitig zerschlagen worden.

Bradamante ahnte nicht, dass ihr Begleiter bereits überlegte, ob er sie allein lassen oder töten sollte. Pinabello wurde immer finsterer. Während sie weiterritten, verdichteten sich die Furcht und der alte Hass in ihm. Erst als er nach einem dunklen Waldstück unvermutet einen Berggipfel vor sich aufragen sah, merkte er, dass er sich verirrt hatte. Bradamante war die ganze Zeit arglos hinter ihm geblieben.

»Wir sollten uns nach einer Herberge umsehen, ehe es ganz dunkel wird«, sagte er. »Wenn ich mich recht entsinne, steht auf der anderen Bergseite im Tal ein gutes Schloss. Am besten ist, wenn du hier wartest, während ich bis zum Felsenrücken reite und nachsehe, ob meine Vermutung richtig ist.«

Sie dachte überhaupt nicht an einen Hinterhalt. Pinabello ließ sein Pferd über Felsspalten springen und an steilen Wegstücken immer höher klettern. Dann entdeckte er eine Höhlung mitten in der Felswand. Sie war gut dreißig Ellen groß. Als er näher kam, stellte er fest, dass die Öffnung mit Hammer und Meißel gehauen worden war. Sie senkte sich nach rechts und ließ ganz unten eine Pforte erkennen.

Pinabello zögerte nicht lange. Er sah einen Lichtschein wie von Fackeln und betrat ein hohes, geräumiges Felsenzimmer. Plötzlich hörte er, dass die Gräfin von Marseille ihm folgte. Damit hatte er nicht gerechnet. Auf diese Weise konnte seine Tücke nicht gelingen. Er ging zum Höhleneingang zurück. Wie selbstverständlich führte er sie immer höher bis unter einen großen, lose hängenden Felsbrocken direkt über ihnen.

»Da unten ist ein Mädchen«, log er schnell. »Wahrscheinlich eingeschlossen. Ich konnte nur erkennen, dass sie sehr traurig aussah. Ich wollte sie retten. Aber als ich schon ziemlich weit hinabgestiegen war, kam von innen her ein Mann und hat sie wieder ins Innere geholt.«

Bradamante sah ihn mit großen Augen an. Sie glaubte ihm ohne den geringsten Verdacht und war sofort bereit, die Unbekannte zu retten. Sie blickte sich um, sah eine Ulme und schlug mit ihrem Schwert den längsten der Äste ab.

»Halt den Ast fest!«, befahl sie Pinabello. »Hier am abgehauenen Ende. Ich klettere über die Zweige nach unten.«

Ihr heimtückischer Begleiter konnte den gut gemeinten Vorschlag nicht ablehnen. Schon hing sie in den Zweigen über der Kluft. Sie streckte ihre Füße aus und hielt sich mit den Händen im dünnen Blattwerk fest.

»Dann wird das Springen dir ja schmecken«, grinste Pinabello. »Wenn doch das ganze hassenswerte Haus Clermont jetzt bei dir wäre, dann würde ich euch alle mit einem Schlag auslöschen.«

Er ließ den Ast los und verfolgte höhnisch lachend, wie Bradamante senkrecht in die Kluft stürzte. Das war das Ende für die edle Jungfrau. Jedenfalls dachte und hoffte er das.

Aber es kam ganz anders. Der abgeschlagene Ast stieß federnd auf, brach und spaltete sich. Bradamante flog in das Blattwerk. Ohne den Zweig hätte sie keinen Augenblick den Absturz überlebt. So aber verlor sie nur die Besinnung.

3. Gesang

Bei dem, was ich hier vorhabe, braucht man einen langen Atem und Flügel für die Worte. Das ganze Unternehmen ist nur mit viel Begeisterung und noch mehr Ausdauer zu schaffen. Letztlich singe ich dieses Lied nicht nur zur Erbauung meiner Leser, sondern auch zum Ruhm meines Herrn Ippolito d'Este. Solltest du mich irgendwann mit besserem Arbeitsgerät fördern, verspreche ich, dass ich mein Lob noch besser und wie in Stein gehauen formuliere.

Im Augenblick musst du mit dem zufrieden sein, was ich hier mit stumpfem Meißel nur grob in die Steine schlage. Ich hoffe, dass ich alles später noch verfeinern und vertiefen kann. Zunächst jedoch zurück zu diesem üblen Mörderbuben, gegen dessen Heimtücke weder Mut noch eine gute Rüstung schützen.

Der Verbrecher aus dem Geschlecht der Mainzer nahm an, dass die Jungfrau nach dem Sturz unten am Grund zerschmettert war. Erst im Nachhinein schien er zu begreifen, was er getan hatte. Kreidebleich wandte er sich um. Um auch noch die letzte Spur zu verwischen, nahm er Bradamantes Ross für seine Flucht. Er ahnte nicht, dass ihm sein mörderischer Plan noch zum Verhängnis werden sollte.

Unterhalb der Felsenklippe kam die Gräfin langsam wieder zur Besinnung. Sie wankte etwas und spürte Schmerzen. Aber sie hatte sich nichts gebrochen und war auch nicht ernsthaft verletzt. Noch immer etwas benommen ging sie langsam durch eine Pforte.

Es war nicht dieselbe, die Pinabello kurz zuvor untersucht hatte. Anders als jene führte diese direkt in den zweiten, größeren Höhlenraum. Er war so hoch wie eine ehrwürdige Kapelle mit schlanken hellen Alabastersäulen, über denen sich ein feingliedriges Gewölbe spannte. Bradamante sah einen Altar auf einem Stufenpodest. Eine Lampe auf der obersten Stufe erhellte nicht nur den Hauptraum, sondern auch noch den kleineren Vorraum, bis zu dem Pinabello vorgedrungen sein musste. Sie neigte den

Kopf, murmelte leise ein Gebet und dankte Gott von ganzem Herzen für seinen Beistand. Dann sank sie auf die Knie, um vom Allmächtigen weitere Hilfe zu erflehen. Hinter ihr knarrte ein Türchen, das sie bisher noch nicht bemerkt hatte. Sie schrak zusammen und wollte sich bereits zur Seite werfen. Doch dann sah sie eine Frau mit langem offenem Haar und einem leichten, luftigen Kleid. Sie war barfuß und kam wie eine gute Bekannte auf die Kniende zu.

»Oh, edle Bradamante!«, rief sie. »Dem Himmel sei Dank, dass du endlich hierhergefunden hast. Der Geist von Merlin hat dein Erscheinen schon vor Wochen genau für diesen Tag und diese Stunde vorausgesagt. Seither warte ich hier auf dich, um dir die Wünsche zu erfüllen, die dein Innerstes bewegen.«

Bradamante sah sich verwirrt in dem geheimnisvollen Altarraum um. Merlin war tot, das wusste sie. Schon seit Jahrhunderten. Aber vielleicht war ja noch immer etwas von der Kraft des Zauberers in seinen Gebeinen verborgen.

»Dies ist die alte, weit verehrte Halle«, erklärte die Barfüßige, »die sich der weise Merlin damals bauen ließ. Du kennst doch sicher die Geschichten von König Artus und Viviane, die vorgegeben hat, den Zauberer Merlin zu lieben, und ihn dann ein Grabmal für sich bauen ließ. Das Fleisch von Merlins Körper verwest so langsam, wie sie es vorausgesehen hatte, als er auf sie hereinfiel und sich zur Probe lebend in seinen Sarkophag legte.«

Bradamante brauchte einen Augenblick, bis sie begriff, dass die weise Frau über Ereignisse berichtete, die viele Jahre her waren.

»Sein Leib, sein Körper ist vergangen«, sagte sie. »Aber sein Geist lebt weiter, bis die Posaunen himmlischer Heerscharen am Jüngsten Tag erklingen. Merlin ist längst ein heiliges Orakel. Er kann das Künftige ebenso deuten wie das Vergangene. Deshalb bin auch ich aus fernen Landen bis hierher geeilt.«

Bradamante spürte insgeheim ein Schaudern. Sie leckte sich über die Lippen. Sie war kurz zuvor schon einmal zu leichtgläubig gewesen. Oder träumte sie jetzt nur?

»Wie kommt der alte Zauberer darauf, dass ich so wichtig sein könnte?«, fragte sie bescheiden. »Was ist Besonderes an mir, dass der Seher meine Ankunft schon Monate zuvor verkündet hat?«

Die barfüßige Frau lachte vergnügt. Sie nahm Bradamante am Arm und ging mit ihr zu einer Kammer, die schon auf den ersten Blick großartig und prachtvoll wirkte. Als sie zum Sarkophag kamen, glänzte der glatte helle Stein wie rotes Feuer. Hier, wo noch nie ein Sonnenstrahl die Berghöhlungen erhellt hatte, leuchtete und funkelte plötzlich alles so hell wie an einem schönen Sommertag im Freien. Bradamante wusste nicht, ob das Licht direkt aus dem Marmor kam, durch Räucherwerk oder durch die Stellung der Gestirne.

Kaum war sie vor den Sarkophag getreten, als aus der toten Hülle des alten Zauberers die Stimme seines Geistes aufklang. Sie erschien Bradamante so lebendig, als hätte Merlin jahrhundertelang nur auf sie gewartet.

»Schön, dass du da bist, du keusche, tugendreiche Maid. Ich wünsche dir alles Glück der Welt. Du bist die Auserwählte, die uns ein Geschlecht beschert, das eines Tages in Italien und in der ganzen Welt verehrt sein wird. Das alte Blut, das in zwei Strömen einst von Troja kam, wird sich in dir wieder vereinen. Wenn das geschieht, werden sich in deinen Nachkommen alle Wonnen, alle Blüten und die ganze Zier des menschlichen Geschlechts zwischen dem Indus und dem Tejo in Spanien, dem fernen Nil und dem Donaustrom wiederfinden. Aus deinem Stamm werden mächtige Markgrafen, Herzöge und Kaiser wachsen. Dazu Feldherren, Kapitäne und Ritter voller Mut und Geisteskraft. Damit das alles eintritt und des Himmels Wille sich erfüllt, der dir in seiner Gnade den jungen Ruggiero als Gemahl zugedacht hat, musst du nur deinen Weg mutig und unbeirrt weitergehen. Sei unbesorgt, es gibt kein Hindernis, das du nicht überwinden kannst. Du wirst den Räuber, der deinen Liebsten jetzt gefangen hält, im ersten Ansturm überwinden.«

Nach dieser Prophezeiung hüllte sich der alte Zauberer wieder in Schweigen und überließ es der Zauberin Melissa, Bradamante jeden Einzelnen ihrer zukünftigen Erben vorzustellen. Im selben Augenblick wallten von allen Seiten ungezählte Geister in den Raum.

Es war, als würden sie aus allen Mauernischen, allen Höhlungen und vielleicht sogar aus den Höllentiefen kommen. Die Geister zukünftiger Menschen trugen die unterschiedlichsten Trachten und Gewandungen.

»Halt!«, rief Melissa den Geistern zu. »Nicht hier … versammelt euch in der Kapelle … aber erst, wenn ich euch rufe!«

Noch ehe Bradamante verstand, wurde sie von Melissa in den Kapellenraum gezogen. Die Zauberin stellte Bradamante in die Mitte eines Kreises, den sie zuvor auf den Boden gemalt hatte. Auch mit ausgestreckten Armen blieb noch immer eine Spanne Abstand bis zur Linie. Sicherheitshalber hängte Melissa ihr auch noch ein Pentagramm als Schutz gegen die Zudringlichkeit gewisser Geister um den Hals.

»Du musst völlig ruhig bleiben«, flüsterte sie dann und nahm ihr Zauberbuch auf. »Ich beschwöre jetzt die Geister deiner Nachkommen.«

Kaum gesagt, schossen auch schon die ersten Geister in die Kapelle. Dreimal umkreiste jeder Geist die erstarrte Bradamante, ehe er zur Gruft von Merlin weiterschwebte.

»Die ganze Nacht würde nicht reichen, um die Namen all deiner Nachkommen zu beschwören. Es muss dir reichen, wenn du von den wichtigsten erfährst. Aus dir heraus und dem Samen von Ruggiero wird als Erster euer Sohn Ruggerino entstehen. Er wird dereinst den Mord an seinem Vater, deinem Gatten, durch die Mainzer blutig rächen. Durch seine Heldentaten wird Karl der Große die Langobardenkrone von König Desiderius erobern. Zum Dank dafür wird ihm der Kaiser des Heiligen Römischen Reiches die Herrschaft und die ehedem venezianischen Burgen von Este und Calaon als Lehen übergeben. Dein Sohn wird dadurch als erstes Haupt der Familie d'Este in die Geschichte eingehen.«

Name um Name wurde im großen Buch der Zauberin vor Bradamante aufgeblättert. Sie erfuhr, wie nach dem Aussterben der echten Welfen einer von ihren Nachkommen Herzog von Baiern und Braunschweig wurde, hörte von Kaisern, Päpsten, der heiligen Mathilde und ihrer Bergfestung Canossa, vom bösen Friedrich Barbarossa, der schönen, klugen Isabella in Ferrara und schließlich von deren Gatten Alfons d'Este und seinem Bruder Ippolito, der schon mit vierzehn Jahren Kardinal werden sollte.

Sie hörte die Geschichten von Italern, Griechen, Spaniern, von Franken und von Schwaben – so lange, bis sie ein helles Lachen neben sich hörte.

»Damit soll es genug sein«, sagte die weise Frau vergnügt. »Es würde wirklich zu lange dauern, um dir alles zu berichten, was hier im großen Buch der Vergangenheit und Zukunft aufgeschrieben ist. Aber ich denke, dass wir die Schatten all der Namen erst einmal zurückschicken.«

Sie schloss ihr Zauberbuch, obwohl Bradamante gerade von den letzten Namen gern noch etwas mehr erfahren hätte.

»Es ist nicht gut, wenn du von den jüngsten Ereignissen allzu viel weißt«, sagte die Frau mit leiser Wehmut in der Stimme. »Du sollst nicht traurig werden, sondern froh. Pass auf – sobald es hell wird, sollst du zu dem Schloss aufbrechen, in dem der fürchterliche Zauberer Atlante deinen geliebten Ruggiero festhält. Ich selbst werde dich so lange als deine Führerin begleiten, bis wir aus dem finsteren Wald heraus sind. Alles andere erzähle ich dir später auf dem Weg zum Ozean im Westen. Von dort aus kannst du dann den Weg allein finden.«

In den folgenden Stunden redeten die beiden Frauen noch viel miteinander. Auch Merlin gab ihnen noch einige gute Ratschläge. Als sie aus der Höhle traten, stieg die Sonne strahlend schön über den Bergen und den Wäldern auf. Noch einmal mussten sie durch die Dunkelheit des dichten Blätterdaches. Aber Bradamante fürchtete sich nicht. Sie vertraute der weisen Frau an ihrer Seite.

Der Weg war lang. Er führte durch die Berge und über öden Grund. Sie gingen an felsigen Klüften entlang, passierten Bergbäche und wagten sich an Abgründen vorbei.

»Wenn du als Amazone, Kriegsgott Mars oder Pallas Athene auftrittst, kannst du deinen Liebsten nicht befreien. Selbst wenn du über ein Heer verfügen könntest, zahlreicher noch als das von Karl dem Großen, könntest du gegen den Zauberer nichts ausrichten. Das Felsenschloss mit seinen Stahlwänden ist einfach viel zu hoch. Der Herr des Schlosses kann nicht nur auf seinem Flügelross durch die Lüfte schweben, wie es ihm gefällt. Er hat einen Wunderschild, aus dem er Licht so abschießen kann, dass jedes Auge geblendet wird, die Sinne schwinden und die Getroffenen gelähmt sind.«

Melissa wartete eine Weile. Dann sagte sie: »Es gibt nur einen Schutz gegen die Heimtücke des Zauberlichts. König Agramant, der Oberste des Sarazenenheeres, hat der Fürstin Angelica von Cathay von seinem Baron Brunell einen Zauberring stehlen lassen. Dieser Ring schützt vor jedem Zauberangriff. Und was das Beste ist: Brunell reitet nur wenige Meilen vor uns. Er will wie du im Auftrag seines Königs Ruggieros Fesseln auf dem Fels zerschlagen. Agramant will ihn haben, koste es, was es wolle.«

»Dann muss ich mich ja nicht nur vor dem Magier, sondern auch vor diesem Brunell vorsehen?«, fragte Bradamante verstört. Die weise Frau an ihrer Seite lachte.

»Nur keine Angst«, sagte sie aufmunternd. »Ich sage dir noch, wie du deinen Liebsten aus dem Zaubergrab befreien kannst.«

»Und was muss ich dafür tun?«

»Wir werden gleich die Küste erreichen«, antwortete die weise Frau. »Sobald wir dort sind, musst du drei Tage lang am Strand entlang nach Süden gehen. Am dritten Abend kommst du an ein Gasthaus, in dem du auch Brunell begegnest.«

»Wie erkenne ich ihn?«

»Das ist nicht besonders schwer. Er ist kaum sechs Spannen groß und hat wollige schwarze Haare. Obwohl seine Haut dunkel ist, wird dir sein Gesicht mit dem wilden Bart und den struppigen Augenbrauen bleich vorkommen. Seine Nase ist platt, und seine kurze, eng anliegende Kleidung ähnelt eher der eines Boten als der eines Adligen.«

»Und wie soll ich mich ihm nähern?«

»Das ist ganz leicht«, sagte die weise Frau. »Sprich ihn auf Spuk und Aberglauben an und dass du mehr darüber wissen willst. Sag ihm einfach, dass du Lust hättest, dich dem Hexenmeister einmal im Kampf zu stellen.«

»Aber das ist die Wahrheit ...«

»Genauso soll es sein. Sag ihm ein Stück der Wahrheit, damit du alles andere leichter verbergen kannst. Und erwähne auf keinen Fall, dass du irgendwas über seinen Zauberring weißt. Er wird dir von sich aus anbieten, mit ihm zu reiten. Und wenn es dazu kommt, bleibe so lange hinter ihm, bis ihr dicht vor den Mauern der stählernen Festung angekommen seid.«

Bradamante hob die Brauen und sah die weise Frau fragend an. Eine Antwort fehlte ihr noch. Aber sie ahnte bereits, wie sie lauten musste.

»Dann töte ihn«, sagte Melissa ohne jedes Mitleid. »Es kann gelingen. Aber nur dann, wenn du mit keiner Geste, keinem Wort vorher verrätst, was du beabsichtigst. Er müsste sonst den Ring nur ein Mal küssen, um dadurch unsichtbar zu werden.«

Sie gingen über die letzte Anhöhe. Aus der Düne wurde ein langer, breiter Strand. Es war genau die Stelle, an der sich die Garonne westlich von Bordeaux mit dem Ozean verband. Zum Abschied umarmten sie sich.

Gräfin Bradamante drehte sich um und ging sofort los, so lange, bis sie schließlich in der Abenddämmerung das Wirtshaus und Brunell fand.

Sie erkannte ihn sofort. Ohne zu zögern, fragte sie ihn: »Woher kommst du? Und wohin gehst du?«

Bereits mit seinen ersten Antworten belog er sie nach Strich und Faden. Aber Bradamante war vorgewarnt und gab nun ihrerseits auf seine Fragen falsche Antworten, als er ihren Namen wissen wollte und alles andere über ihre Familie. Die ganze Zeit achtete sie angespannt darauf, dass seine Hände ihr nicht zu nahe kamen. Selbst wenn er ihr nur eine Kleinigkeit stahl, konnte sie das bereits verraten.

Noch während sie miteinander sprachen und sich gegenseitig abschätzten, rauschte und dröhnte es plötzlich wie ein Gewitter am Nachthimmel. Sofort sprangen der Wirt und seine Gäste erschrocken auf und liefen schnell zur Tür.

4. Gesang

Sich zu verstellen ist zumeist kein Zeichen eines anständigen Charakters. Andererseits kann die Anpassung an die Gegebenheiten auch nützlich und manchmal sogar lebensrettend sein. Das gilt schon deshalb, weil man im Erdenleben nicht nur auf Freunde trifft. Hier gibt es allzu oft mehr Dunkelheit als Licht, und manche Menschen sind von vornherein nur auf Betrug und Eigennutz aus.

Um einen echten Freund zu finden, dem man vertrauen kann, muss man lange prüfen. Konnte die schöne Freundin Ruggieros nach allem, was sie von der Fee über den zwielichtigen Dieb Brunell gehört hatte, ihm irgendetwas glauben?

»Gnädige Jungfrau Maria!«, rief Bradamante, ohne die Geierklauen von Brunell aus den Augen zu lassen. »Was ist das für ein Toben?«

Zusammen mit dem Wirt der Herberge und den Gästen starrten sie nach oben. Es war, als würde plötzlich ein Komet am Himmel auftauchen, und wie bei einem echten Wunder schwebte ein mächtiges Flügelross mit einem Ritter in seinem Sattel durch den Äther. Seine Schwingen leuchteten in vielen Farben. Auch die eiserne Rüstung des Reiters strahlte nach allen Seiten. Sie kamen von Osten her und sanken langsam tiefer.

»Kaum zu glauben!«, stieß der Wirt hervor, der sonst nicht leicht zu beeindrucken war. Bradamante, der Wirt und die Gäste beobachteten, wie sich das eigenartige Gespann hoch zu den Sternen hob und dann wieder so dicht über den Boden streifte, dass Staub aufwirbelte. Bei jedem Anflug griff der Reiter nach irgendetwas vom Boden, gleichgültig, was es war. Selbst Kinder schienen nicht sicher vor ihm zu sein.

»Das muss tatsächlich der Magier von der Zauberburg in den Pyrenäen sein!«, rief der Wirt. »Da öffnen sich die Mauern nur durch Zaubersprüche. Leuchtend und schön, aus hellem Stahl sollen sie sein. So prächtig, dass man nie etwas Schöneres unter der Sonne sah. Aber noch nie ist irgendjemand von dort zurückgekommen. Es heißt, dass jeder der Besucher und Verirrten im Stahlschloss abgeschlachtet wird.«

Bradamante schüttelte sich vor Grausen über die Erklärungen des Wirtes.

»Ich will dorthin!«, rief sie laut und deutlich. »Wenn jemand weiß, wie ich zu diesem Hexenmeister komme, dann soll er mich jetzt führen. Ich brenne schon fast vor Lust auf einen Kampf mit diesem Hexer.«

»Einen Begleiter suchst du?«, fragte Brunell sofort. »Dann nimm doch mich. Ich habe eine Karte für den Weg und ein paar andere nützliche Kleinigkeiten, mit denen ich mich überall beliebt mache.«

»Einverstanden«, stimmte Bradamante zu. »Dann gehen wir zusammen.«

Sie verhandelte kurz mit dem Wirt und kaufte ein Pferd von ihm. Die Nacht war kurz, und als der Morgentau die Wiesen badete, machte sich das ungleiche Paar vom Strand her gleich durch eine enge Felsschlucht auf den Weg. Brunell ritt mal vor und mal hinter ihr. Sie zogen bis zu den Pyrenäengipfeln und erreichten Höhen, die noch über den Wolken lagen. An einigen Stellen kamen sie sogar so hoch, dass sie die Küsten von Frankreich und von Spanien gleichzeitig im Osten und im Westen sehen konnten – den Atlantik auf der einen Seite, das Mittelmeer auf der anderen. Der beschwerliche Weg war so steil, dass sie an schroffen Felsenschlünden in tiefe Täler blicken mussten. Und dann sahen sie mitten in den Bergen den Felsen mit der stählernen Festung. Es schien, als würde die Burg des Magiers wie eine Säule die schweren Wolken hoch am Himmel tragen.

»Da ist die Felsenfeste«, sagte Brunell. »Verstehst du jetzt, warum hier niemand wieder rauskommt?«

Bradamante betrachtete die behauenen glatten Wände der Feste. Nirgendwo befand sich irgendein Halt für Hände und Füße – keine Stufe, keine Treppen, einfach nichts. Sie spürte, dass sie keine Zeit verlieren durfte. Es wurde Zeit, dass sie ihren Begleiter tötete, um endlich an den Ring zu kommen. Doch sie brachte es nicht fertig, den waffenlosen Dieb einfach umzubringen. Stattdessen packte sie ihn und band ihn, ehe er sich's versah, an den Stamm einer zerzausten Tanne. Dann nahm sie ihm den Ring vom Finger. Er jammerte und bettelte, versprach ihr viel und beschimpfte sie zugleich. Sie hob nur die Schultern und ging mit festen Schritten bergabwärts zum Sockel des hohen Festungswalls. Nichts regte sich. Kurz entschlossen griff sie nach ihrem Horn und blies mit aller Kraft hinein.

»Komm raus, du Nekromant!«, rief sie, so laut sie konnte. »Ich bin es, Gräfin Bradamante von Marseille, die Tochter des berühmten Herzogs Haimon, Schwester von Graf Rinaldo und eine Kämpferin, die dich und deine Geister das Fürchten lehren wird!«

Schon kurz darauf tauchte der geflügelte Hengst mit einem Reiter auf. Verwundert stellte Bradamante fest, dass der Mann im Sattel ganz und gar nicht so aussah, wie ihr der Hexenmeister bisher beschrieben worden war. Vor diesem Reiter fürchtete sie sich nicht. Er trug weder eine Lanze noch Keule oder Schwert. Nur in seiner Linken trug er den Schild, von dem ein leichtes rotseidenes Tuch wehte. In der Rechten hielt er ein Buch, aus dem er jetzt auch noch zu lesen begann.

Bradamante blickte verwundert auf die eigenartigen Erscheinungen, die aus dem Buch kamen. Zuerst sah sie blinkende Lanzen, die so gefährlich wirkten, dass selbst geübte Kämpfer davon Abstand hielten. Anschließend gaukelte ihr der Magier einen Tanz von Knüppeln und Keulen vor. Sein wundersamer Hengst war jedoch kein Trugbild, sondern eine Kreuzung aus einem Greifen und einer Pferdestute. Vom Vatertier hatte er seine Federn, den Schnabel, die Vorderfüße und das Schwingenpaar. Der Rest stammte vom Muttertier. Bradamante erinnerte sich daran, dass derartige Wesen Hippogryphen genannt wurden und den Legenden nach in den Bergen im Norden und im Eismeer vorkamen.

Sie wusste plötzlich, dass der Reiter das Zwittertier tatsächlich aus dem Norden geholt und einen Monat dafür gebraucht hatte, es zu zähmen. Sie wunderte sich darüber, woher sie all diese Antworten bereits kannte. Das alles konnte nur an der Kraft des Ringes liegen, der gleichzeitig einen Schutz gegen alle Arten von Täuschung bot. Trotzdem musste sie sich heftig gegen weitere Finten des Zauberers zur Wehr setzen. Sie sprang mit ihrem Pferd von einer Seite auf die andere und wehrte Schläge ab, die sie nicht kommen sah, sondern als harte peitschende Sturmböen an ihrem Körper empfand.

Und dann trat genau das ein, was die weise Seherin Melissa vorausgesagt hatte: Der Magier setzte seine stärkste Waffe ein. Überzeugt davon, dass Bradamante durch das lähmende Licht augenblicklich zu Boden stürzen würde, riss er den Seidenschleier von seinem Schild. Sie wusste durch die Magie des Rings, was er dachte: Er wollte sie nicht mit einem harten Blitz umbringen, sondern Katz und Maus mit ihr spielen.

Bradamante achtete genau auf das rote Seidentuch. Als er den Lähmstrahl noch einmal verstärkte, schloss sie die Augen und ließ sich wie zur Willenlosigkeit erstarrt auf den Boden fallen. Sie zuckte noch ein wenig, als sei sie schwer getroffen, und hoffte, dass der Magier auf ihre Täuschung hereinfiel.

Gleich darauf flogen Mann und Vogelpferd direkt auf sie zu.

Sie blinzelte durch ihre halb geschlossenen Augen. Der Magier deckte seinen Strahlenschild wieder ab und hängte ihn an den Sattelknauf. Dann stieg er vom Pferd und kam langsam auf sie zu. Alles in Bradamante spannte sich wie bei einer Wölfin, die im Dickicht auf den Rehbock lauert. Als er sich unvorsichtig über sie beugte, packte sie ihn. Ohne sein Buch, aus dem er sonst die Zauberwaffen holte, konnte er sich nicht wehren.

Sie warf ihn auf den Boden. Der Zauberer wirkte plötzlich wie ein schwacher Greis, der nicht fassen konnte, dass er überwältigt worden war.

Für einen Augenblick hatte sie den unbändigen Wunsch, ihm den bösen Kopf vom Rumpf zu schlagen. Doch als sie dann noch einmal in sein Gesicht sah, fand sie eine derartige Rache jämmerlich und unwürdig. Er sah so traurig aus mit seinem weißen Kinnbart und den tiefen Runzeln im Gesicht, dass sie Mitleid mit ihm hatte. Er musste mindestens siebzig Jahre alt sein.

»Bei Gott, Jüngling, nimm es dir … mein Leben!«, weinte der Greis. Sie merkte, dass er es ernst meinte.

»Erst will ich wissen, was das alles hier bedeutet, warum die Burg hier steht und warum du mit dem mörderischen Zauber die halbe Welt in Angst und Schrecken versetzt.«

»Es ist nicht Bosheit und kein Übermut«, jammerte der Alte unter Tränen. »Nein, als ich diese schöne Burg auf die Felsenspitze setzte, geschah das nicht zum Menschenraub oder aus Habsucht. Es war vielmehr die liebevolle Sorge um einen jungen Ritter. Ich wollte ihn vor seiner eigenen Hitzigkeit beschützen. Der Himmel zeigte mir, dass er Christ werden und durch Verrat sterben sollte, wenn ich ihn nicht beschütze. Nirgendwo unter der Sonne zwischen dem hohen Norden und dem Südpol hat es jemals einen so schönen und zugleich tapferen jungen Mann gegeben. Ich fand ihn, als er noch ein Kind war, und zog ihn auf, bis ihn das Schicksal mit König Agramant in den Krieg gegen Kaiser Karl nach Frankreich führte. Da wollte ich ihn hier verbergen, dass er nicht nach Frankreich zieht. Damit er nicht in Einsamkeit verkommt, habe ich zur Gesellschaft noch andere edle Ritter und junge Damen hier in dieses Felsenschloss gebracht. Sie haben alles, was ihr Herz begehrt. Sie singen, essen, tanzen, dürfen sich in die feinsten Gewänder kleiden und genießen jeden Luxus, den es unter dem Himmel gibt. Ich erfülle ihnen jeden Wunsch – bis auf den nach der Rückkehr in die Welt der Kriege und des Todes. Und nun kommst du, um alles, was ich mühsam aufgebaut habe, mutwillig zu zerstören.«

Bradamante blickte ihn lange und verwundert an.

»Wenn dein Herz so edel ist wie dein Gesicht, dann wirst du mich verstehen«, sagte der Alte. »Ich gebe dir als Zeichen meines guten Willens meinen Strahlenschild dort am Sattel, dazu auch das Flügeltier, mit dem du jederzeit durch die Lüfte reiten kannst. Wenn es sein muss, kannst du auch noch zwei oder drei von den Bewohnern meines Schlosses mitnehmen … ach, nimm sie alle mit! Sie sollen meinetwegen alle frei sein! Aber den einen, meinen geliebten Ruggiero, den musst du mir lassen!«

Er zögerte einen Augenblick, dann sah er, dass seine Angebote immer noch nicht ausreichten.

»Ich sehe schon, du kannst nicht anders. Das ist sehr grausam für mich. Doch wenn es sein muss, dann nimm ihn mit, nachdem du mir zuvor eine letzte Bitte erfüllt hast: Töte mich und befreie meine Seele, die vorhin schon fast aus meinem alten Körper fliehen wollte.«

»Dein ganzes Jammern nützt dir nichts«, sagte sie nur. »Der Zauberschild und das Flügelpferd gehören sowieso schon mir. Oder hast du die Macht, sie mir wieder wegzunehmen? Freiwillig gebe ich dir nichts zurück. Ich traue dir nicht, und du sollst erst dann sterben, wenn die Gefangenen in Freiheit sind. Los also! Und immer ein paar Schritte vor mir her!«

Der alte Zauberer fügte sich in sein Schicksal. Mit seiner eigenen Kette gefesselt, ging er auf die undurchdringlich wirkende Steilwand der stählernen Festung zu. Bereits nach wenigen Schritten erkannte Bradamante einen Spalt im Fels. In ihm stiegen in weitem Bogen Stufen hoch bis zu einem großen Tor.

Oben angekommen, nahm der Magier ein Felsenstück mit geheimnisvollen Zeichen von der Torschwelle. Sofort stieg aus Feuertöpfen dichter Qualm auf. Bradamante hatte die ganze Zeit genau aufgepasst. Jetzt aber reagierte sie eine Winzigkeit zu spät. Sie war nicht darauf vorbereitet, dass der Alte mit neuer, plötzlich aufwallender Energie gegen die Rauchtöpfe am Boden trat.

Noch mit dem Klirren der letzten Scherben verschwand die gesamte Burg aus Stahl. Nackt und vollkommen leer blieb der Fels zurück, ohne Türme, ohne Wände und ohne Zinnen. Und mit der Burg war auch der Zauberer verschwunden.

Bradamante sah Dutzende von völlig überraschten jungen Rittern und Damen, die aus ihren Vergnügungen gerissen worden waren. Einige sahen aus, als wollten sie gerade etwas kosten, was nun nicht mehr da war. Andere wirkten, als suchten sie die Musiker für ihren Tanz. Erstaunt entdeckte Bradamante auch die Könige Gradass und Sakripant, dazu viele Ritter, die ihren Bruder Rinaldo bei seinem Zug ins ferne Cathay begleitet hatten. Sie sah sich einen nach dem anderen an. Und dann entdeckten sie sich beide zugleich. Ruggiero strahlte, als er seine Liebste sah, und ihr Herz begann wie wild zu rasen.

Sie war ihm wertvoller als sein Augenlicht, sein Blut oder sein Leben. Seit dem Tag, an dem er sie zum ersten Mal ohne ihren Helm gesehen hatte, war sein Herz liebeswund. Damals war er hinzugekommen, als sie gegen den gewaltigen König Rodomont von Sarza in Algerien gekämpft hatte. Ruggiero hatte zuerst nicht bemerkt, dass in der Rüstung ein Weib steckte. Erst später, als sie sich wiedersahen, hatten sie sich ineinander verliebt – und wieder verloren. Seither suchten sie sich überall.

Als er jetzt hörte, dass es das Mädchen seiner schönsten Träume war, das ihn aus der Stahlfestung gerettet hatte, konnte er sein Glück kaum fassen. Er umarmte sie und schwebte gemeinsam mit ihr über die Treppen ins Tal hinunter. Sie näherten sich dem Flügelhengst und dem an seiner Seite hängenden Wunderschild. Der Hippogryph bewegte sich kaum. Erst als Bradamante seine Zügel greifen wollte, wich das sonderbare Tier zurück, stieg ein wenig in den hellen Himmel hinauf und landete einige Schritte von ihr entfernt. Sie folgte ihm. Er flatterte erneut hoch, ließ sich herab und blieb dicht vor ihr stehen. Der geflügelte Hengst benahm sich wie eine tänzelnde Krähe, wenn ein Hündchen hinter ihr herjagt.

Hinter Bradamante ritten Gradass und Sakripant. Zusammen mit den anderen, die jetzt wieder in Freiheit waren, verfolgten sie bergauf, bergab das geflügelte Pferd. Über steile Bergspitzen und an sumpfigen Tälern entlang versuchte jeder, den geflügelten Hengst für sich selbst einzufangen. Der aber näherte sich plötzlich Ruggiero. Es schien, als wollte er sich von ihm ergreifen lassen. Doch als der junge Ritter nach den Zügeln des Tieres fassen wollte, sträubte es sich. Verärgert ließ Ruggiero die Zügel seines Hengstes Frontin los. Er schwang sich in die Steigbügel des Hippogryphen und stieß ihm die Sporen in die Seite. Das Vogelpferd lief wie ein Straußentier über den Boden. Dann endlich bewegte es seine Flügel und stieg nach oben.

Regungslos starrte Bradamante dem Davonfliegenden nach. Ruggiero war gegen den Willen des Hippogryphen machtlos. Das eigenartige Flugtier reagierte weder auf den Zug der Zügel noch auf Schenkeldruck. Die Berge und die Täler unter ihnen sanken so weit zurück, dass Ruggiero sie kaum noch voneinander unterscheiden konnte. Von der Erde aus war er nur noch als winziger Punkt im Sternbild des Krebses zu sehen. Es war, als würden Flügelross und Reiter vom Sonnenwind westwärts in die Richtung verweht, die neuerdings nach Indien führen sollte.

Zur selben Zeit kämpfte ein anderer ebenfalls gegen starke Winde und den Sturm des Schicksals. Das kleine Schiff, das gegen jeden guten Rat aus dem Hafen von Calais aufgebrochen war, trieb im Sturm weit nach Westen ab. Irgendwann drehte sich der Orkan ins Sternzeichen des Großen Bären, und das Schiff strandete in wildem Sturm an der Westküste des Schottenlands.

In Kaledoniens Eichenwäldern und den grünen Matten des Hochlandes klangen seit Jahrhunderten die Waffen edler Recken gegeneinander. Hier konnte niemand bestehen, der nicht stark genug war. Jene, die nur gekommen waren, um mit gewonnenen Kämpfen in Schottland zu prahlen, lebten längst nicht mehr. Andere hatten Ruhm errungen, ohne ihn zu suchen. Gallas, Galvan und sogar Lanzelot hatten hier mit König Artus und Tristan ihre legendären Schlachten überstanden. An vielen Stellen im Land kündeten Denkmäler und Ehrenzeichen vom Ruhm der alten Ritter der Tafelrunde und der neuen Kampfgefährten.

Feuchte, dunkle Nebelschwaden zogen über die aufgepeitschten Wogen. Als Rinaldo endlich wieder zu sich kam, fand er glücklicherweise seine Waffen am Strand. Zu seiner großen Freude entdeckte er auch Bajard in der Nähe. Die Seeleute waren gerade dabei, ihr Boot wieder freizuziehen.

»Fahrt weiter!«, rief er den Schiffern zu. »Nehmt den Seeweg nach Berwick an der Ostküste!«

Allein und ohne Knappen oder Pferdeknechte ritt er in die unheimlichen Wälder Schottlands hinein. Schon bald wusste er nicht mehr, wo er sich befand. Beherzt versuchte er mal den einen Weg, dann wieder einen anderen. Als hätte ihn Bajard auch diesmal wieder zu einer richtigen Stelle geführt, erreichten sie schließlich die Gittertore eines kleinen Klosters.

Rinaldo rief durch die Dunkelheit. Sofort näherten sich Mönche und öffneten das Tor. Sie führten ihn mit seinem Pferd zu einem Stall. Rinaldo stieg ein wenig schwerfällig aus dem feuchten Sattel und löste die Schnallen und Knoten seiner Rüstung. Einige der jüngeren Mönche kümmerten sich um Bajard. Rinaldo bekam warmes Wasser und trockene Handtücher. Anschließend führten sie ihn ins Refektorium ihres Klosters, wo die anderen Mönche schon seit Anbruch der Dämmerung zusammensaßen.

Sie brachen ihm schwarzes Brot ab und häuften köstlich duftende Speisen in eine Schale. Es war die beste Stärkung, die Rinaldo je zu sich genommen hatte. Der Abt des Klosters erzählte ihm, dass er und seine Mönche den größten Teil ihrer Ernte für Durchreisende und Verirrte aufwendeten. Anschließend berichtete Rinaldo von sich.

»Ein Paladin Kaiser Karls wie ich darf keine Zeit mit Müßiggang verschwenden«, erklärte er den Mönchen. »Nur wer seine Geschicklichkeit täglich übt und seinen Mut immer wieder neu beweist, kann als Ritter Erfolg haben. Mich interessiert, was einen Mann in diesen Wäldern erwartet. Gibt es noch größere Herausforderungen außer der Kälte und dunklem Nebel in Schottland? Turniere vielleicht oder Preise, die man mit Mut und guten Fähigkeiten für sich gewinnen kann?«

»Schon möglich«, antwortete der Abt zurückhaltend. »Es soll da draußen tatsächlich seltsame Abenteuer geben. Genaueres kann ich dir auch nicht sagen. Es kommt ja nie jemand aus diesem Wald zu uns zurück.«

»Seid ihr in Schottland immer so sparsam mit euren Auskünften?«, fragte Rinaldo.

»Schon möglich«, entgegnete der Abt. Er musterte das Gesicht des Paladins, dann sagte er: »Nun gut, also hör zu! Du kommst genau zu einem Zeitpunkt, in dem besondere Tapferkeit benötigt wird. Keine Geringere als Ginevra, die Tochter unseres Königs, braucht dringend die Hilfe eines ritterlichen Helden.«

»Was ist geschehen?«, fragte Rinaldo sofort.

»Das Ganze ist eine bösartige Intrige von Baron Lurcan«, berichtete der Abt. »Er hat Ginevra zu Unrecht bei ihrem Vater angeklagt. Er behauptet, dass er gesehen hat, wie sie sich nachts zu ihrem Geliebten auf den Burgsöller hinaufziehen ließ.«

»Nicht schlecht«, lachte Rinaldo. »Oder ist das nicht wahr?«

»Teils, teils«, antwortete der Abt ernst. »Dummerweise gilt hier in Schottland das Gesetz, dass sie ihre Unschuld zu beweisen hat und nicht der Ankläger seine Verleumdung.«

Rinaldo schüttelte ungläubig den Kopf. »Was ist das für ein raues Königreich?«

»So ist es Gesetz«, gab der fromme Abt zurück. »Hinzu kommt, dass hier jede Frau, ganz gleich, wie hoch sie steht, des Todes ist, wenn sie sich einem anderen als dem angetrauten Gatten hingibt. Deshalb hat der König überall verkünden lassen, dass derjenige seine Tochter Ginevra zur Frau bekommt, der die Verleumdung innerhalb eines Monats nach der Anklage mit dem Schwert zerschlägt. Zusätzlich bekommt der Mutige reichlich Land und eine Schatztruhe, wie es sich als Mitgift für eine Königstochter gehört.«

»Das heißt, sie stirbt, wenn kein Verteidiger erscheint«, sagte Rinaldo. »Aber auch dann, wenn der Verteidiger den Verleumder nicht besiegt.«

Der Abt hob seine Hände. »Natürlich kannst du weiter durch die Wälder streifen und irgendwelche kleinen Abenteuer suchen«, sagte er dann. »Aber Ginevra ist eine der lieblichsten und schönsten Frauen von hier bis Indien. Und du würdest so reich werden, dass du ausgesorgt hast. Dazu gewinnen dein Name und der deiner gesamten Familie so viel Ruhm durch einen Sieg über das böse Lästermaul, dass dieser Glanz noch auf deine Kindeskinder fällt.«

Rinaldo blickte den Abt ernst an.

»Es ist ein miserables Gesetz, das Liebe mit dem Tod bestraft. Sterben sollen alle, die das zulassen! Ja, ehrwürdiger und frommer Abt: Wer grausam Liebe verbietet, hat selbst kein Recht, zu leben!«

Er lachte kurz.

»Nun gut, du hast mich überredet! Ich werde die Prinzessin retten! Aber ich brauche einen Führer, der mir den schnellsten Weg durch den Wald und zu dem Kläger zeigt, den ich besiegen muss.«

Der Abt und seine Mönche atmeten erleichtert auf.

»Ich begreife das alles nicht«, sagte Rinaldo, als er die Freude in den Gesichtern sah. »Wie kann man einerseits Temperament und Eroberungslust im Kampf mit Gegnern loben und dann die gleiche Glut verdammen, wenn ihr Ziel Liebe heißt? Männer werden für jede Eroberung, auch bei den Frauen, hoch gelobt und sogar bewundert. Wenn aber eine Frau zum Beispiel zwei Männern ihre Liebe schenkt, wird sie sofort verachtet. Das ist ein Unrecht im Gesetz.«

Die Nacht war kurz, und als der Morgen rot und weiß heraufzog, wurde Rinaldo von der seltenen schottischen Sonne geweckt. Der Abt stellte einen der Novizen und ein Pferd für eine Weile frei. Der Junge sollte Rinaldo als Knappe durch den finsteren Wald begleiten. Er stammte aus der Gegend und kannte den Weg.

Sie wollten bereits quer über den Wiesengrund reiten, als sie plötzlich jammerndes Geschrei hörten. Rinaldo hob die Hand. Er ließ Bajard und auch das Pferd des Knappen nur noch mit vorsichtigen Schritten weitergehen. Dann sahen sie zwei Kerle, die zwischen sich ein junges, hübsches Mädchen festhielten. Sie hatten ihre Schwerter erhoben und waren drauf und dran, das Gras unter sich mit Blut zu färben. Das Mädchen warf den Kopf zurück. In Todesangst und mit weit aufgerissenen Augen blickte sie vom einen zum anderen.

Rinaldo erkannte, dass hier keine Zeit für ritterliche Etikette war. Er gab Bajard die Sporen und preschte auf die Kerle zu. Sie warfen sich sofort zurück, drehten sich wie Zwillinge im selben Takt um und schlugen sich so schnell in die Büsche, dass Rinaldo ihnen nicht mehr folgen konnte. Er wendete das Zauberpferd und preschte zum Mädchen zurück, um zu hören, warum sie um ein Haar durch die Schwertgesellen umgebracht worden wäre. Mit einer Hand hob er sie auf und setzte sie zum Knappen auf das Pferd. Sie war ungewöhnlich hübsch, obwohl der Schreck ihr noch ins Gesicht geschrieben war.

»Wir reiten gleich ein bisschen langsamer«, versprach er ihr. »Dann kannst du mir erzählen, wie du in diese Lage gekommen bist.«

Immer noch von Todesangst gezeichnet, lächelte sie ihm zu.

5. Gesang

Sämtliche Tiere auf der Erde, ob sie nun friedlich oder Räuber sind, haben gemeinsam, dass sie ihre Weibchen achten. Im Wald sieht man den Bären friedlich mit der Bärin, die Löwin kann unbesorgt bei ihrem Löwen ruhen, Wolf und Wölfin tun sich nichts, und selbst die Jungkuh hat keine Angst vor ihrem wilden Stier.

Ich frage mich deshalb, welche verdammte Pest die Menschen befallen hat, dass sich die Gatten ständig streiten und beschimpfen. Wie viele kratzen oder schlagen sich? Wie viele Tränen flossen schon in Ehebetten? Mehr noch – wie oft hat blinder Zorn die Laken auch mit Blut getränkt?

Wer eine Frau schlägt oder gar versucht, ihr die zarte Seele mit Gift oder Dolch aus ihrem Leib zu treiben – der kann einfach kein Mensch sein, sondern bestenfalls ein Teufel!

Genau das dachte auch Rinaldo, als er die schöne Dalinda im Schottenwald entdeckte, wo sie durch Mörder beseitigt werden sollte.

»Es gibt so viele grausame Geschichten hier, von denen ihr euch anderswo nichts träumen lasst«, seufzte das Mädchen. »Hier scheint die Sonne nicht so wie bei euch im Süden. Und die Herzen können kälter sein als Eis.«

Sie schluchzte, dann sagte sie: »Sie wollten mich ermorden, weil ich zu viel wusste.«

»Du musst keine Angst mehr haben«, sagte Rinaldo, während sie langsam durch das dicht bewaldete Tal ritten. »Du kannst mir wirklich vertrauen.«

Zum ersten Mal lächelte das junge Mädchen etwas.

»Ich kam schon früh als Maid auf das Schloss und bin fast wie eine Schwester mit der Königstochter aufgewachsen«, erzählte sie. »Die Herren mochten mich, und auch die Damen waren freundlich zu mir. So lange jedenfalls, bis mich Amor mit seinem Pfeil mitten ins Herz traf.«

Jetzt lächelte auch Rinaldo – aber so, dass sie es nicht sehen konnte.

»Oh ja! Es war das größte Unglück, das mir passieren konnte«, sagte sie mühsam beherrscht. »Alles war gut … bis ich zur Sklavin meiner eigenen Gefühle wurde.«

»Und wer war der Glückliche?«, fragte Rinaldo vorsichtig.

»Poliness, der Herzog von Albany.«

»Alle Achtung!«, meinte Rinaldo anerkennend. »Das hört sich doch sehr gut an.«

»Es war die Hölle!«, protestierte sie sofort. »Mein Herz flog zu ihm, und ich konnte nichts, einfach gar nichts gegen dieses unheimliche Sehnen tun. Sobald ich sein Gesicht nur sah oder auch nur ein Wort von ihm hörte, war ich völlig wehrlos. Ich liebte ihn und glaubte alles, was er sagte. Und ich wollte nicht wahrhaben, dass es in seinem Herzen vielleicht anders aussah als in meinem.«

Rinaldo wusste, wie schwierig derartige Angelegenheiten sein konnten.

»Ja, ich ließ mich betören«, fuhr sie fort. »Weil ich es so wollte. Ich suchte so schnell seine Umarmung, dass ich nicht darauf achtete, wo wir einen Platz für unsere Liebe fanden – es war das Schlafgemach von meiner Herrin.«

»Oh, das ist gut«, stieß Rinaldo lachend hervor. »Aber auch gefährlich. Oder irre ich mich da?«

»Eigentlich nicht«, berichtete sie weiter. »Das Schlafgemach der Prinzessin liegt ziemlich hoch im Schloss. Es gibt dort einen Durchlass zu einem Söller. Von dort aus habe ich immer wieder eine Strickleiter heruntergelassen, sobald die Sehnsucht mich überfiel.«

»Und die Prinzessin?«, fragte Rinaldo. »Wo war sie, wenn du mit deinem Herzog in ihrem Bett gelegen hast?«

»Ich weiß nicht, ob sie jemals etwas bemerkt hat«, antwortete das Mädchen. »Aber sie litt in vielen Nächten unter Schlaflosigkeit. Mal war es der kalte Nebel, mal die schlimme Hitze, die sie durch die Gänge und Gemächer des alten Schlosses wandern ließ. Der Teil mit dem alten Söller liegt neben einem Turm, der schon halb verfallen ist und in dem sich nie einer der anderen Bediensteten aufhielt. Immer wenn sie keine Ruhe fand, wussten wir, dass der Herzog unbemerkt zu mir heraufsteigen konnte. Wir nutzten ihre Schlaflosigkeit und die Einsamkeit in diesem Schlosswinkel schamlos für unsere Liebesglut.«

»Wie lange ging das so?«, fragte Rinaldo.

»Viele Wochen und Monate«, fuhr sie mit entschlossener Aufrichtigkeit fort. Der fremde Ritter hatte ihr das Leben gerettet. Sie wollte deshalb nichts beschönigen.

»Ja, ich war maßlos in meinen Liebesflammen. Und ich war blind. Ich wollte einfach nicht bemerken, dass ich ihm viel weniger bedeutete als er mir. Nach und nach wurde mir aber immer deutlicher, dass er an eine andere dachte, wenn er mich in den Armen hielt. All seine Liebesschwüre galten nicht mir.«

»Sondern?« Rinaldo ahnte bereits, was sie antworten würde.

»Der Prinzessin«, sagte sie. »Ich weiß nicht, ob sein Herz von Anfang an für sie entflammt war oder ob er sie erst begehrte, als er bereits bei mir lag.«

»Hat er das etwa zugegeben?«, fragte Rinaldo.

»Ja«, antwortete das Mädchen. »Sofort und ohne irgendwelche Bedenken. Natürlich hat er gleich behauptet, dass seine Liebe zu mir etwas ganz anderes sei als die zu Ginevra. Er hat gesagt, dass er ihr gegenüber nur heuchele, damit sie so schnell wie möglich seine Gemahlin werde. Wenn das geschafft sei, könnte er vom König alles bekommen, was gut für ihn und für uns beide sei.«

»Hast du das wirklich geglaubt?« Rinaldo schüttelte verständnislos den Kopf.

»Ich liebte ihn«, antwortete sie nur. »Außerdem hat er geschworen, dass er mein Opfer nie vergessen werde und dass ich bis in alle Ewigkeit seine einzige und große Liebe sei.«

»Du hast doch nicht etwa bei der Prinzessin für ihn geworben?«

»Gewiss«, antwortete sie. »Bei jeder denkbaren Gelegenheit habe ich ihn gelobt und seine Vorzüge gepriesen. Ich habe ihn als Engel, als unbesiegten Helden und als jungen Gott bezeichnet. Aber was ich auch an Vorzügen erfand – es machte einfach keinen Eindruck auf die Königstochter. Sie liebte bereits heimlich einen anderen. Er heißt Ariodant und ist wie ein schöner leuchtender Stern aus der Ferne hier im trüben Schottland aufgetaucht.«

»Ariodant, Ariodant …«, wiederholte Rinaldo. »Müsste ich ihn kennen?«

»Ich weiß es nicht«, antwortete Dalinda. »Er kam mit seinem jüngeren Bruder Lurcan aus Italien. Bereits in kurzer Zeit hat er sich hier so bewährt, dass er als Held verehrt wird. Der König liebt ihn mehr als jeden anderen Adligen an seinem Hof. Er hat ihm bereits Kastelle, Burgen und ganze Städte aus dem Besitz der Krone übereignet.«

»Und er?«, fragte Rinaldo gespannt. »Wie steht er zu Ginevra?«

»Ebenso wie sie zu ihm«, lachte jetzt das Mädchen, und ihre Augen blitzten. »Die beiden sind wie vom Himmel füreinander bestimmt. Das war auch der Grund dafür, dass sie immer zorniger auf mich wurde, je länger ich versuchte, ihr den Herzog von Albany einzureden. Mit jedem Misserfolg schnürte sich mein Herz immer mehr zusammen. Ich war verzweifelt, denn ich musste einsehen, dass ich die Vereinbarung mit dem Herzog nicht erfüllen konnte. Sein Zorn wuchs von Tag zu Tag. Nicht nur auf mich, sondern auch über die Beleidigung, dass die Königstochter ihm, dem stolzesten Ritter auf der ganzen Erde, einen anderen vorzog.«

»Dann waren es Hass und gekränkte Eitelkeit, mit denen das Unglück hier begann«, überlegte Rinaldo und nickte.

»Ja, was Poliness nicht bekommen konnte, wollte er nur noch zermalmen und vernichten. Ich ahnte nicht einmal, dass ich nur Werkzeug seiner Pläne war.«

Dalinda seufzte, dann fuhr sie mit ihrem Bericht fort:

»Poliness riss mich immer tiefer in seine hinterhältigen Machenschaften. Inzwischen war klar, dass er sie begehrte und nicht mich. Ich stellte ihn zur Rede.

Er schlug vor, dass ich warten solle, bis die Prinzessin schlief. Dann sollte ich mich kleiden und frisieren, wie sie es immer tat. Wenn er mich in ihren Kleidern sehen würde, könnte er sicher erkennen, dass ich nicht geringer sei als sie und dass er sich die Gefühle für sie nur eingebildet hatte.

Ich habe erst viel später erfahren, dass er den ganzen Plan lange vorbereitet hatte. In dieser Zeit hat er sein Intrigennetz auch über den jungen Ariodant geworfen. Sie waren Freunde gewesen, ehe die Rivalität über Ginevras Gunst zum Ausbruch kam. Poliness warf ihm vor, dass er ihre Freundschaft hintergangen habe. Dennoch wolle er ihm die Augen über Ginevra öffnen.

Ariodant ließ sich nicht so leicht überreden wie ich. Er widersprach dem Herzog von Albany und pries seine unvergängliche Liebe zu Ginevra. Schließlich schworen die beiden Ritter auf die Bibel, dass derjenige freiwillig aufgeben würde, dem Ginevra weniger Gunst erwies. Ariodant war sicher, dass Ginevra niemals einen anderen als ihn heiraten würde. Er war von ihrer Treue und Tugendhaftigkeit überzeugt.

Poliness lachte nur und nannte Ginevra eine Heuchlerin, die Ariodant hinterging. Er höhnte sogar, dass sich Ginevra über so viel reine Liebe lustig machte, wenn sie in seinen, des Herzogs Armen lag.

Als er sah, was er mit seinen Lügen anrichtete, bohrte er noch tiefer in Ariodants wundem Herz. Er behauptete, dass sie jeden Monat sechs oder sieben Nächte und manchmal sogar zehn in wilder Liebeslust mit ihm verbrachte.

›Das ist die Wahrheit über sie‹, sagte er zu seinem Rivalen, ›und nicht deine ach so edlen keuschen Schwärmereien.‹

Ariodant glaubte ihm nicht. Er wollte bereits nach seinem Schwert greifen und auf Herzog Poliness losgehen. Der konnte gerade noch die Hände heben.

›Moment, Moment!‹, wehrte er ab. ›Du sollst mit eigenen Augen den Beweis dafür erhalten, dass alles wahr ist, was ich sage.‹

Ariodant konnte nicht glauben, was Poliness behauptete. Bis zum Äußersten beherrscht, ballte er seine Fäuste, dann stieß er hervor: ›Nun gut, ich will es mit eigenen Augen sehen! Aber gnade dir Gott, wenn du gelogen hast.‹

›Du hörst von mir, wenn es so weit ist‹, antwortete der Herzog von Albany und ließ Ariodant stehen.

Zwei Tage später gab der Herzog von Albany Ariodant ein Zeichen.

›Es ist so weit‹, flüsterte er ihm im Vorbeigehen zu. ›Heute Nacht an der Ruinenmauer vor dem Söllerturm.‹

Ariodant war inzwischen misstrauisch gegen seinen früheren Freund. Er dachte an eine üble Falle, denn es war nicht schwer, im Dunkel der Ruinen ein paar gekaufte Totschläger zu verstecken. Allein würde er gegen eine Übermacht nichts ausrichten können. Deshalb bat er seinen Bruder Lurcan, ihn zu begleiten. Zusammen konnten sie es mit einem Dutzend Angreifer aufnehmen.

Lurcan erfuhr nur, dass er sich im Abstand von einem Steinwurf in der Dunkelheit verstecken sollte. Ariodant schärfte ihm ein, sich nur dann zu zeigen, wenn er gerufen wurde. Sie umarmten sich, und Ariodant näherte sich vorsichtig der dunklen Ecke, an der das Treffen mit dem Herzog von Albany abgesprochen war.

Ich trug in dieser hellen Mondnacht ein weißes Kleid mit goldenen Streifen, die vor der Brust gekreuzt waren. Dazu hatte ich ein Netz aus Goldfäden über mein Haar gelegt. Es war dasselbe, das die Königstochter oft trug, wenn sie sich bei Hofe zeigte. Jedermann kannte diesen Haarschmuck, den es kein zweites Mal in ganz Schottland gibt. Als ich dann im Mondschein Poliness' Lockruf hörte, trat ich so weit auf den Balkon, dass ich in meiner ganzen Gestalt von drei Seiten aus gesehen werden konnte.

Der Ruf des Herzogs hatte auch Lurcan unsicher gemacht. Er dachte, dass sein Bruder ihn zu Hilfe rief. Er lief deshalb bis auf zehn Schritt an das Versteck seines Bruders heran. Ich aber ahnte nichts von den verborgenen Zeugen unter mir. Um es besonders gut zu machen, bewegte ich mich auch noch so, wie ich es seit vielen Jahren von der Prinzessin kannte. Ich glaubte ja, dass ich damit meinem geliebten Poliness nur helfen würde, sich von der falschen Liebe zu Ginevra zu befreien. Wenn ich mich früher in den Nächten vorsichtig verborgen hatte, so wollte ich jetzt deutlich gesehen werden. Ja, edler Herr, ich war es, die Ginevra durch meine Verkleidung, meinen Gang und meine Gesten in ihr Unglück riss.

Die Brüder im verfallenen Gemäuer konnten mich ebenso deutlich erkennen wie Poliness. Als er dann aufstieg und mich noch stürmischer als sonst in seine Arme riss, ahnte ich nicht, dass uns auch fremde Augen sahen. Ich küsste ihn wild vor Verlangen. Mir war, als ob auch er mich heißer küsste und mich mehr begehrte als je zuvor.

Es muss entsetzlich für Ariodant gewesen sein. Aber ich ahnte nichts von seinem Schmerz. Er wollte sich bereits mit entblößter Brust in sein Schwert stürzen und hätte es bestimmt getan, wenn sein Bruder ihm gehorcht und etwas weiter zurückgeblieben wäre. So aber kam er im rechten Augenblick, um den Verzweifelten zu retten. Er riss ihn zurück und schrie ihn an.

›Bist du von Sinnen? Spare deinen Tod für eine bessere Sache als für den Treuebruch irgendeines Weibes! Sie ist es, die sterben muss, und nicht du, mein Bruder! Lass aus Verzweiflung Hass entstehen. Los, nimm dein Schwert und hole dir den Beweis für ihre Untreue.‹

Aber Ariodant muss so enttäuscht gewesen sein, dass er einfach nicht den Mut fand, sich noch in derselben Nacht dem Kampf mit dem unerwarteten Rivalen zu stellen. Wir hörten später, dass er wortlos weggegangen sei. Außer seinem Bruder hat niemand gesehen, wie sehr er wirklich litt.

Es gab die wildesten Gerüchte überall am Königshof. Ganz Schottland suchte nach ihm. Aber er war und blieb verschwunden. Acht Tage später tauchte ein fremder Pilger auf, der etwas wusste. Er wurde sofort an die Tafel des Königs geführt.

›Ich sage gleich‹, begann er, ›was ich zu berichten habe, lässt keine Hoffnung mehr zu.‹ Er zögerte einen Moment, blickte einmal in die Runde und sagte dann: ›Ariodant ist zu dem Felsen geritten, der wie ein Schiffsbug weit ins Meer hinaus in Richtung Irland ragt. Glaubt mir, ich wäre glücklich, blind zu sein, damit ich nicht gesehen hätte, was ich euch jetzt berichten muss. Aber er wollte, dass ich hierherreite, um als Zeuge seines Todes auszusagen. ›Ich kann nicht länger leben‹, rief er mir zu. ›Weil mir Ginevra zu viel angetan hat und ich zu viel gesehen habe.‹ Dann stürzte er sich kopfüber vom Felsen hinab in die grausigen Wogen. Ich konnte ihn nicht hindern und auch nicht retten, als es geschehen war.‹

Ginevra sprang auf und lief laut schreiend in ihr Schlafgemach. Noch während sie davoneilte, zerriss sie sich ihr Kleid, zerkratzte sich die Brust und zerwühlte ihr schönes goldenes Haar. Alle am Hof waren bestürzt nach den Worten des Pilgers. Entsetzt wiederholten sie die letzten Worte Ariodants. Sie fragten sich, was er Schreckliches gesehen haben konnte, dass er sich selbst das Leben nahm. Und dann schwoll der böse Verdacht wie eine schwarze Welle an. Noch wagte niemand, das offen auszusprechen, was sie bereits dachten.

Lurcan hatte nicht verhindern können, dass sein Bruder sich dem Tod hingab. Aus seinem Schuldgefühl und aus dem Zorn über diejenige, die er als Ursache für das ganze Leid ansah, wurde immer mehr Hass. Schließlich klagte er die Königstochter offen im großen Rittersaal vor ihrem Vater an:

›Mein Bruder starb, weil seine Liebe zu einer keuschen edlen Königstochter viel zu groß war. Er hatte sein ganzes Leben ihr gewidmet und alles getan, um das Wohlwollen des königlichen Vaters zu gewinnen. Und was tat sie? Sie hat ihn ohne jede Scham mit einem anderen betrogen.‹

Natürlich wollten alle wissen, mit wem Ginevra ihre Liebe zu Ariodant verraten hatte. Aber Lurcan konnte auf diese Frage keine Antwort geben. Der ganze Hof erstarrte vor Entsetzen, als allmählich klar wurde, was die Anschuldigungen des jungen Lurcan bedeuteten. Auch der König wusste, dass er dem Gesetz der Schotten folgen musste. Wenn innerhalb des nächsten Mondes niemand kam, der Lurcan die Behauptung als infame Lüge vorwarf und zugleich bereit war, mit dem Schwert dagegen zu kämpfen, dann war der Schottenkönig nach alter Tradition verpflichtet, zu richten – sogar die eigene Tochter.

Selbst die Besten, die an die Unschuld der Prinzessin glaubten, fürchteten sich vor der Waffenhand des jungen Italieners, der seinen Bruder rächen wollte. Und der Einzige, der es dennoch gewagt hätte, ist zu weit entfernt. Ich meine Zerbin, den Bruder von Ginevra. Er kämpft und siegt überall in den Nachbarkönigreichen. Niemand weiß, wo er sich zurzeit befindet.

Trotzdem gab der König nicht auf. Er wollte wissen, was wirklich geschehen war, und ließ alle Hofdamen und Mägde zusammenholen, die etwas über die Tage und Nächte seiner Tochter aussagen konnten. Ich wusste, dass ich den König nicht belügen konnte. Aber ich wollte auch nicht mich selbst und Poliness in tödliche Gefahr bringen. Deshalb verließ ich mitten in der Nacht mein Bett und schlich zu ihm.

Er sah sofort, wie ernst die Lage war, und versprach, dass er mich auf einer Burg verstecken würde – nicht weit von hier entfernt. Noch in derselben Nacht sollten zwei Diener von dieser Burg aus aufbrechen, um mir sicheres Geleit zu geben. Einerseits liebte ich Poliness noch immer mehr als mein eigenes Leben. Doch andererseits kamen mir immer wieder warnende Gedanken. Ich wollte einfach nicht glauben, dass ich nur sein Werkzeug gewesen war. Ich weiß nicht, ob du das verstehst. Aber ich ahnte bereits, was geschehen würde, als mich seine Schergen mitnahmen, um mich angeblich in Sicherheit zu bringen, bis Ginevra hingerichtet war. Was dann geschehen ist und was sie wirklich mit mir machen sollten, das hast du selbst miterlebt.«

Rinaldo hatte während der ganzen Zeit eine eigenartige Erregung gespürt. Obwohl er eigentlich ausgeschickt worden war, um aus Britannien für Kaiser Karl neue Schwerthände gegen den Ansturm der Sarazenen heranzuholen, lockte ihn der Kampf um das Leben einer unschuldigen Prinzessin mehr als alles andere.

»Es war sehr gut, dass du mir alles aufrichtig gebeichtet hast«, beruhigte er Dalinda. Bereits kurze Zeit später sahen sie die kleine Stadt Sankt Andreas zwischen dicht bewaldeten Berghängen. Finstere Regenwolken hüllten die Bergspitzen ein. Und dann überholten sie die ersten Bauern, Pferdeknechte und Knappen.

Rinaldo achtete kaum auf das, was ihm in fremder Sprache zugerufen wurde. Dann aber hörte er etwas, was er verstand. Er richtete sich sofort wieder in seinem Sattel auf.

»Habe ich richtig gehört?«, fragte er Dalinda hinter sich.

»Du meinst, was der Knappe da eben rief?«, antwortete sie. »Ja. Wenn es stimmt, dann kommen wir bereits zu spät. Und ein fremder Ritter hat sich vor dir eingefunden, der sich für Ginevras Unschuld schlagen will.«

»Wer ist es?«, fragte Rinaldo sofort. »Was spricht man hier am Straßenrand? Welche Zeichen zieren Helm und Schild?«

»Sie wissen es nicht«, antwortete Dalinda, während Rinaldo das Pferd schneller traben ließ. »Er hält sein Gesicht verschleiert. Und auch sein Knappe hat geschworen, dass er seinen Herrn nicht kennt.«

Wenig später erreichten sie die Königsburg von Schottland. Rinaldo schlug gegen die Seitenpforte. Nur eine kleine Luke öffnete sich. Der Pförtner drückte seinen Kopf heraus und rief:

»Alle weg! Das ganze Volk ist weg, um sich den Zweikampf anzusehen. Wenn ihr ebenfalls noch etwas mitbekommen wollt, müsst ihr euch sputen. Der Kampfplatz ist nicht hier, sondern am anderen Ende von Sankt Andreas.«

»Ich muss dorthin«, sagte Rinaldo sofort, und seine Stimme duldete keinen Widerspruch. Der Pförtner zog den Kopf ein und öffnete das große Tor zur Burg. Rinaldo ließ sein Pferd unter dem Torbogen hindurchgehen. Die Hufe schlugen laut und hallend auf das Kopfsteinpflaster einer völlig menschenleeren Straße.

»Sitz ab!«, sagte er schnell zu Dalinda. »Dort vorn ist ein Gasthaus. Dort kannst du auf mich warten. Es wäre jetzt nicht gut, wenn wir zusammen weiterreiten.«

Sie verstand, dankte ihm noch einmal mit einem tiefen Knicks, raffte ihre Röcke zusammen und verschwand im Eingang der Herberge.

Rinaldo gab seinem Pferd kurz die Sporen. Dann galoppierte er an den geduckten Häuschen der Altstadt von Sankt Andreas entlang. Nur wenige Speerwurflängen weiter sah er bereits den Kampfplatz. Eine große Menge Volk, Männer, Frauen und Kinder, stand in einem großen Geviert am flachen Wiesengrund. Genau in der Mitte prallten zwei Ritter mit aller Wucht wieder und wieder gegeneinander. Das Klirren ihrer Rüstungen, das Schnauben ihrer Pferde und das scheppernde Schlagen der Eisenschwerter schallten durch das enge Tal.

Sechs weitere Ritter zu Fuß standen mit Schwert und Harnisch rechts und links neben dem Kämpferpaar. Rinaldo erkannte einen weiteren, der als Hofmarschall die Oberaufsicht hatte. Das musste der Herzog von Albany sein, dessen Verschlagenheit der ganze Plan entsprungen war.

Rinaldo zwängte sich Stück um Stück weiter. Bajard schaffte es durch das Gedränge bis vor die Königstribüne. Während die beiden anderen Ritter auf ihren Pferden unablässig aufeinander einschlugen, wandten sich die ersten Damen und Herren aus dem Hofstaat bereits Rinaldo zu. Sie wollten wissen, was der Fremde vorzubringen hatte.

»Hört mich an und unterbrecht sofort den unseligen Kampf! Ich bin es, der die Wahrheit bringt über alles, was geschehen ist! Lurcan, der Kläger, ist ebenso getäuscht worden wie sein unglücklicher Bruder Ariodant. Ganz gleich, wer die beiden dort sind, die aufeinander einschlagen – auch sie sind Opfer von Betrug und Lüge. Brich den Kampf sofort ab, mein König, damit ich dir alles erklären kann.«

Was kaum einem anderen in einer derartigen Situation möglich gewesen wäre, gelang Rinaldo durch sein stolzes Auftreten. Ginevras Vater hob die Hand und unterbrach damit den Kampf der beiden Ritter. Auf ihren wild schnaubenden Pferden kamen sie zur Königstribüne, ebenso wie der Herzog von Albany und die sechs Schiedsrichter.

Rinaldo wartete, bis sich die Aufregung auf der Tribüne und im umstehenden Volk so weit gelegt hatte, dass er mit klarer, lauter Stimme sprechen konnte. Und dann berichtete er so knapp wie möglich, was er von Dalinda über den schnöden Plan von Poliness erfahren hatte. Der Herzog von Albany schüttelte wieder und wieder aufgebracht den Kopf. Doch sein Gesicht verlor zunehmend an Farbe.

»Alles nicht wahr!«, stieß er hervor.

»Du nennst mich Lügner?«, rief Rinaldo laut. »Dann soll jetzt und gleich das Schwert entscheiden, wer von uns beiden hier die Wahrheit spricht!«

Aus einem ersten Aufstöhnen des Volkes wurden zustimmende Rufe. Schließlich wollten Hunderte die Behauptung von Ginevras Unschuld und Poliness' Lügen durch den Kampf bewiesen sehen.

»Ja, er ist falsch und grausam«, bestätigte einer der Ritter neben dem König.

»Stolz und verworfen«, rief ein anderer.

»Böse und schlecht«, ein dritter.

Rinaldo fühlte eine Woge von Zustimmung. Er beugte sich zur Seite, ließ sich die Lanze von seinem Knappen geben und ritt bis in die Mitte des Turnierplatzes. Die Lanze steil nach oben gereckt, verneigte er sich zum König und nach allen Seiten zu den Versammelten. Dann senkte er die Lanze, klappte sein Visier nach unten und stürmte direkt auf den Herzog von Albany zu.

Poliness hatte gerade noch Zeit, sein Helmvisier über dem bleich gewordenen Gesicht zu schließen. Es dauerte nur ein paar Hufschläge, dann krachte Rinaldos Lanze aus vollem Ritt mitten in die Brust des bösen Herzogs. Poliness flog sechs Ellen weit vom

Pferd. Rinaldo sprang ebenfalls zu Boden. Mit einem harten Ruck riss er ihm den Helm vom Kopf. Aber Poliness konnte nicht mehr kämpfen. Demütig, blass und zu Tode getroffen bat er nur noch um Gnade.

»Los, Kerl! Gib jetzt die Wahrheit zu!«, brüllte Rinaldo.

»Ja, es ist wahr«, jammerte der Herzog. »Alles war ganz genau so, wie dieser Ritter euch gesagt …«

Er kam nicht weiter und brach mit einem letzten Aufschrei ab. Für einen Augenblick herrschte atemlose Stille auf dem schottischen Turnierplatz. Rinaldo ließ den toten Herzog von Albany in seiner blutglänzenden Rüstung ins Gras zurückgleiten. Dann stand er wieder auf, ging zum König und Ginevra, nahm seinen Helm ab und verneigte sich. Im selben Augenblick stieg ein ungeheurer Jubel in die Höhe. Nur die beiden anderen Ritter, die sich bereits um Ehre oder Tod für die Königstochter geschlagen hatten, standen mit gesenkten Waffen etwas abseits.

Beschämt hatte Lurcan mit angesehen, wie seine gutgläubig vorgebrachten Beschuldigungen von Rinaldo eindeutig widerlegt worden waren. Der andere, der doch noch für die Ehre und die Unschuld der Königstochter eingetreten war, hatte sein Visier noch nicht geöffnet. Selbst als der König die beiden jetzt zu sich heranwinkte, folgte nur Lurcan der Aufforderung. Der andere blieb regungslos auf seinem Pferd. Auch jetzt noch wollte er sich nicht vor allen anderen zu erkennen geben.

6. Gesang

Irgendwann rächt sich jede böse Tat. Selbst wenn für lange Zeit kein Kläger kommt und sogar Gott nachsichtig erscheint, wird irgendwann die Erde sprechen und die Luft aufschreien.

Poliness war im Wahn gefangen, dass das Opfer seiner Untat schon begraben war. Nur Dalinda störte noch sein Wohlbefinden. Sie musste weg. Doch dieser Schritt zu viel bedeutete das Ende. Er musste alles hergeben: Freunde, den Besitz, sein Leben und – was noch schlimmer war – auch seine Ehre.

Ginevra beugte sich auf der Tribüne zu ihrem Vater und sprach mit ihm. Der König nickte. Dann rief er mit befehlender Geste den unbekannten Ritter zu sich.

In atemlosem Schweigen warteten alle darauf, dass sich der Fremde zu erkennen gab. Er führte sein Pferd direkt neben Bajard und Rinaldo. Für einen endlos langen Augenblick blieb sein Visier noch geschlossen. Dann hob er langsam mit beiden Händen seinen Helm vom Kopf.

Ein ungläubiges Aufstöhnen ging durch die Reihen des Hofstaates und das gesamte hier versammelte Volk. Sie alle sahen den Edlen, den das ganze Land beweint und betrauert hatte.

»Ja, es ist wahr!«, rief Ariodant und sah dabei nur die geliebte Ginevra an. »Ich habe mich vom hohen Fels ins Meer geworfen, weil ich nicht leben konnte ohne deine Liebe. Erst als die Wogen mich hin und her warfen, erwachte ich aus meiner Trauer. Jetzt, da ich mich selbst in tödlicher Gefahr befand, erkannte ich, dass du, Ginevra, nach den härtesten Gesetzen von Schottland ebenfalls sterben musstest. Ich wollte plötzlich leben, weil mir klar wurde, dass mein Bruder, der in jener Nacht ebenfalls gesehen hatte, was ich selbst sah, dich anklagen musste.«

Ariodant stockte, und man spürte, wie schwer ihm die Entscheidung gefallen war.

»Ich kämpfte mich zurück zum Ufer, und es war sehr hart, kann ich euch versichern. Auf einem weiten Umweg kehrte ich zu meinem Pferd zurück und ritt hierher. Dabei wurde mir klar, dass ich dich, meine geliebte Ginevra, nur retten konnte, wenn ich meinen eigenen aufrichtigen Bruder im Kampf besiegte. Ich wusste, dass er ein geübter Kämpfer ist. Auch ihm sollte das Herz brechen, wenn er den Bruder sterben sieht, für dessen Ehre die Königstochter gerichtet werden sollte. Deshalb durfte vor dem Kampf niemand wissen, wer ich wirklich war.«

»Aber hier kennt dich jeder«, warf jetzt der König ein. »Wie konntest du dann als Herausforderer auftreten?«

»Ich habe mir ein anderes Pferd besorgt, dazu das schwarze Gewand und den schwarzen Schild hier. Mit eigener Hand habe ich die Ränder grün und gelb bemalt. Die Farben alten Laubs sind bei uns Rittern aus Italien das Zeichen der Verzweiflung und der Todessehnsucht.«

»Nicht einmal dein Knappe war hier bekannt«, rief der König.

»Ich nahm mir einen Bauernjungen und lehrte ihn, wie er mir folgen sollte«, antwortete Ariodant.

Ginevra hatte die ganze Zeit wie gelähmt neben ihrem Vater gesessen. Sie hörte jedes von Ariodants Worten, sah jede seiner Bewegungen und sehnte sich wie nie zuvor in seine Arme.

»Er hat's gewagt«, rief Rinaldo, »obwohl er wusste, dass er für Ginevra entweder sein eigenes oder das Leben seines Bruders opfern musste. Deshalb ist er es auch, der ihre Hand endlich verdient hat.«

Ein ungeheurer Jubel beantwortete Rinaldos Forderung. Die Damen und Herren auf der königlichen Tribüne sprangen begeistert auf und klatschten in die Hände. Auch das Volk rund um den Turnierplatz jubelte und warf die Mützen hoch. Es dauerte sehr lange, bis endlich wieder so viel Ruhe eingekehrt war, dass der König von Schottland seinen Willen laut und froh verkünden konnte.

»Weil es dir, edler Rinaldo, dazu dem ganzen Hofstaat und dem Volk so gut gefällt, will ich von heute an den treuen Ariodant als meinen Schwiegersohn begrüßen. Ich gebe ihm die Hand meiner geliebten Tochter und dazu das Herzogtum von Albany, das durch Verrat und Sühne wieder frei ist.«

»Vergesst Dalinda nicht!«, rief Rinaldo in die Fröhlichkeit

hinein. »Die große Sünderin wurde zum Opfer ihrer Liebe. Und ihr seht selbst, welche Verwirrung durch das Herz entstehen kann. Ich schlage vor, dass ihr Dalinda ziehen lasst, meinetwegen bis in die Karpaten. Dort soll es Nonnen geben, bei denen sie in vielen stillen Stunden über das Übermaß von Wollust sinnen kann.«

Unterdessen unternahm Ruggiero den abenteuerlichsten Ritt seines Lebens. Er hatte oft genug bewiesen, dass er kein Feigling war. Aber diesmal schüttelte sich sein ganzer Körper vor Anspannung, während das Vogelpferd hoch über die Meerenge von Gibraltar aufstieg. Es raste so schnell nach Westen in Richtung Indien, dass selbst die Blitze in den Wolken hinter ihm zurückblieben. Dennoch kam Ruggiero der rasende Flug wie eine Ewigkeit vor.

Irgendwann erschien es ihm, als hätte sich das Greifenpferd allein durch die wahnwitzige Geschwindigkeit des Fluges so mit Luft vollgesogen, dass es endlich langsamer wurde. Der Hippogryph ging in eine weite Kurve über und senkte sich langsam kreisend auf einem Inselarchipel nieder.

Während sich die Schwingen des Vogelpferdes nur noch sanft bewegten, erkannte Ruggiero bebautes Land unter sich, sanft abfallende Hügel, Wiesen und klare Bäche, die bis zu schattigen Stränden führten. Ruggiero hatte nie zuvor etwas derart Liebliches gesehen. Als er noch tiefer kam, sah er zudem Blaubeerbüsche, Myrten und Palmen, Zitronen und goldene Orangen. Überall blühten die Bäume und trugen zugleich Früchte. Die Blätter der Bäume boten Schutz vor der heißen Sonne. Dazu hörte er den Gesang von Nachtigallen.

Das geflügelte Pferd glitt langsam über Hecken aus Buschröschen, Lilienfelder und Heideland. Die milde Luft schmeichelte Ruggieros Gesicht. Er sah Hasen und Kaninchen, dazu stolze Hirsche und äsendes Damwild. Ohne Scheu sprangen die Böcke in langen Sätzen über die grünen Auen.

Ruggiero wartete, bis der Hippogryph dicht über der Erde war. Er glitt aus dem Sattel und fiel weich in eine Blumenwiese. Trotzdem hielt er den Zügel weiter fest. Er wollte nicht, dass sein wunderbares, aber eigensinniges Flugtier noch einmal entkam. Kurz entschlossen band er die Zügel an eine Myrte.

Erst jetzt wurde ihm bewusst, welchen phantastischen Flug er hinter sich gebracht hatte. Ohne Pause hatten das fliegende Pferd und er wohl an die dreitausend Meilen zurückgelegt.

Er legte seinen Schild ins Gras neben eine murmelnde Quelle, zog seine Handschuhe aus und nahm den schützenden Helm vom Kopf. Dann blickte er zu den Bergen hinüber, über denen helle Wolken am blauen Himmel standen. Ein leiser, milder Luftzug kühlte seine erhitzte Stirn. Der Sommerwind rauschte ein wenig durch die Tannen und Buchen hinter der Quelle. Ruggiero sank auf die Knie, hielt seine Hände ins wohlig kühlende Quellwasser und befeuchtete seine trockenen Lippen. Er war noch immer ganz benommen von dem, was er vollbracht hatte. Respektvoll blickte er zum geflügelten Ross hinüber.

Der Hippogryph wirkte unruhig und begann, an seinem Zügel zu ziehen. Ruggiero richtete sich auf. Das Tier riss immer stärker an den Myrtenzweigen. Blätter fielen zu Boden, dann krachten bereits erste Äste. Dennoch gelang es dem geflügelten Pferd nicht, sich loszureißen.

Ruggiero ließ Schild und Helm an der Quelle zurück und eilte auf das Pferd zu. Im selben Augenblick hörte er eine dumpfe Stimme. Ganz so, als würde die Myrte Zorn über das heftige Reißen empfinden, zischte und murrte die Stimme aus dem Inneren des Baumes. Und dann platzte die Rinde auf.

»Wenn du so schön und edel bist, wie du aussiehst, dann nimm doch bitte dieses Tier von meinem Baum«, ächzte die Stimme aus dem Baum. »Es reißt an mir und zieht und schmerzt mich. Dabei reicht mir, was mich jetzt schon quält.«

Ruggiero löste hastig die Zügel von den Zweigen. Ohne zu wollen, schämte er sich.

»Entschuldige«, sagte er schnell. »Ich konnte ja nicht ahnen, dass sich zwischen dem Laub ein Geist verbirgt.«

Er starrte noch immer ungläubig auf den Myrtenbaum. Dann sagte er: »Wenn du mir sagen würdest, wer du bist und wie du dich in diese knorrige Pflanze verirrt hast, könnte ich dir vielleicht helfen.«

Im selben Augenblick erbebte der Baum von den Wurzeln bis zum Wipfel. Die Rinde wurde feucht und schien zu schwitzen wie frisches Holz. Und dann erzählte er, was mit ihm und vielen anderen vor ihm geschehen war.

»Du zwingst mich – ja, du zwingst mich zu einer Antwort, die mir schwerfällt. Ja, ich bin Herzog Astolf, Sohn von König Otto von England und Paladin Karls des Großen. Ich sah auch einmal so jung und schön aus wie du. Die Frauen mochten mich. Doch was mir hier geschah, ist meine eigene Schuld.

Ich kam zusammen mit Rinaldo und den anderen aus dem Königreich Cathay hier an, von Osten übers Meer bis Indien. Wir waren dort in einem Kerker gefangen, bis uns Graf Orlando mit seiner Riesenkraft befreite. Zusammen flohen wir westwärts immer an den Küsten entlang, an denen Jahr für Jahr der Nordwind Überschwemmungen und Unheil anrichtet.

Eines Morgens kamen wir hier an diesem Strand an. Wir wollten ohne Argwohn nur die Insel etwas erkunden, als wir ein wunderschönes Schloss entdeckten, von dem das ganze Meer zu überblicken war. Inzwischen weiß ich, dass es einer Hexe, einer Magierin namens Alcina, gehört.

Wir fanden sie, wie sie einsam am Meeresufer stand. Ohne jedes Netz und ohne Angel rief sie jede Menge Fische bis ans Ufer. Wir waren fasziniert von diesem einmaligen Schauspiel. Delphine huschten in flinken Haufen auf sie zu, mit offenem Maul näherten sich Thunfische, dann sogar Walrosse und Robben mit ihren greisen Mienen.

Die Zauberin lockte Lachse und Barben, den Butt und sogar den Meeraal wie eine Herde Haustiere bis zu sich heran. Ob du es glaubst oder nicht – schließlich erschienen sogar Pottfische, Butsköpfe und Wale. Die Rücken dieser Tiere ragten wie Berge aus dem Wasser. Und einer hatte einen riesigen Kragen aus Speck, der sich um seinen Hals ballte, und seine Schulter ragte elf Schritte in die Höhe.

Als Alcina mich entdeckte, spürte ich bereits an ihrem Blick, dass ich ihr gefiel. Schon da hätte ich merken müssen, dass irgendetwas mit ihr nicht stimmte. Aber ich war nach all den vielen schlimmen Dingen, die wir erlebt hatten, und dem wundersamen Aufmarsch all der Fische völlig eingenommen von ihrer Anmut. Ich musste ihr einfach zuhören, als sie uns ansprach.

›Willkommen hier auf meiner Insel‹, sagte sie fröhlich zu uns. ›Ich würde mich sehr freuen, wenn ihr heute Nacht meine Gäste sein könntet. Hier, seht nur, was ich bei der Jagd alles aus dem Meer geholt habe. Die schönsten Fische jeder Sorte. Fast noch mehr als Sterne am Himmel.‹

Wir nickten eifrig, weil wir gesehen hatten, dass sie die Wahrheit sagte, und fühlten uns plötzlich sehr leicht und verspielt. Draußen vom Meer her hörten wir die Melodie einer Sirene – so schön und lieblich, dass sie sogar einen Sturm gestillt hätte. Vor mir lag der Walfisch still im Wasser. Ich musste natürlich der Erste sein, der auf ihn kletterte. Rinaldo winkte mit den Armen und wollte mich davon abhalten. Sein Vetter Dudo, der Sohn des großen Dänen Ogier, ebenfalls. Aber ich achtete nicht auf sie. Alcina lachte nur und rannte vergnügt auf mich zu.

Wir erreichten gleichzeitig den Walfisch und liefen bis zur höchsten Stelle seines Rückens. Im selben Augenblick bewegte er sich wieder und schwamm ins Meer hinaus. Ehe ich begriff, was geschah, waren wir bereits so weit vom Strand entfernt, dass ich nicht mehr zurückschwimmen konnte. Ich sah gerade noch, dass Rinaldo sich in die Wellen stürzte, um mir zu folgen. Umsonst, denn plötzlich kam ein Sturm auf. Das Meer wurde giftig grün, und der Himmel bedeckte sich mit schwarzen Wolken. Ich weiß nicht, was aus dem tapferen Rinaldo geworden ist. Alcina versuchte, mich zu trösten, umschlang mich mit ihren weichen Armen und hielt mich während des ganzen Unwetters fest an sich gedrückt.

Irgendwann erreichten wir wieder das Ufer. Alcina sagte mir, dass ihr der größte Teil der Insel gehöre. Erst später erfuhr ich, dass sie ihn ihrer tugendhaften Schwester Logistilla weggenommen hatte. Alcina und ihre andere Schwester, die Fee Morgana, entstammen einer inzestuösen Verbindung ihres Vaters. Sie hatten gegen Logistilla ein Heer aufgestellt und ihr mehr als hundert Schlösser weggenommen. Zum Schluss haben sie die keusche Jungfrau auf die andere Seite des Gebirges dort drüben verjagt.

Die steilen Felsen und der Fjord bilden eine Scheidewand, so ähnlich wie das Königreich der Schotten von der Insel England abgetrennt wird.«

»Und diese Logistilla?«, fragte Ruggiero. »Lebt sie denn immer noch jenseits der Berge?«

»Ja«, antwortete Astolf aus dem Baum. »Aber das bisschen, was sie jetzt noch hat, soll ihr ebenfalls geraubt werden.«

»Nun gut«, meinte Ruggiero. »Ich weiß jetzt, wie du die Insel hier in Gut und Böse unterteilst. Aber wie wurdest du zur Pflanze?«

»Ahnst du das nicht?«, seufzte Astolf. »Alcina hat mich nicht nur auf dem Rücken des Wals umarmt, sondern immer tiefer in ihr Liebesnetz verstrickt. Sie hatte nur noch mich im Kopf, machte sich schön und umkoste mich so heftig, dass ich mich nicht gegen die Verlockung wehren konnte. Wenn wir uns umarmten, genoss ich die Wonne ihrer zarten Glieder. Ihr ahnt ja nicht, wie schön die Liebe sein kann. Die meisten Menschen spüren nur einen Tropfen davon und wissen nicht, dass es dazu noch einen ganzen Brunnen gibt. Ja, ich vergaß alles, was jemals war. Ich wollte nur noch sie. Aber auch sie liebte mich so sehr, dass sie keinen anderen Mann mehr wollte. Ich war ihr Ein und Alles.« Astolf seufzte tief.

»Es tut sehr weh, wenn ich an diese Zeit denke. Aber noch schlimmer ist die Erinnerung an die Lust, die sie mich spüren ließ. Ich dachte, dass mir ihre Liebe für alle Zeit gehört. Es zerriss mich fast, als sie mich plötzlich fallen ließ und mit der gleichen Glut für einen anderen entflammte.«

»Ohne dich beleidigen zu wollen«, sagte Ruggiero, »mir scheint diese Dame ziemlich flatterhaft und unersättlich.«

»Du kannst mir nicht mehr Leid zufügen als sie«, klagte Astolf aus der Myrte. »Fast zwei Monate war ich ihr Geliebter. Dann hat sie mich davongejagt.«

»Einfach so?«

»Ja, einfach so«, antwortete er. »Alles, was du hier siehst, sind ehemalige Liebhaber dieses verfluchten Weibes. Die Tannen dort, die Ölbäume, die Palmen und die Zedern – das alles sind Männer, die sie in den Armen hielten. Ich bin zum grünen Myrtenbaum geworden. Doch selbst die Quelle dort, die wilden Tiere, ja ganze Wäldchen: alles ehemalige Geliebte von ihr. Du musst dich verdammt vorsehen hier. Wenn du auf irgendetwas trittst, könnte es ein Geliebter der Zauberin gewesen sein!«

»Unglaublich!«, stieß Ruggiero hervor. »Aber ich danke dir für deine Warnung.«

»Du musst gewarnt sein, wenn du auf dieser Insel überleben willst«, bestätigte Astolf. »Ich habe mein Gesicht verloren. Möglicherweise ist auch schon mein Verstand verdunkelt. Aber vielleicht kannst du die Gefahr rechtzeitig erkennen.«

»Ich kann dir gar nicht sagen, wie gern ich dir helfen würde. Aber ich weiß nicht, was ich tun soll«, sagte Ruggiero. »Gibt es nicht irgendeinen Weg, der mich zu der betrogenen Jungfrau Logistilla führt? Ich meine, irgendeinen Pfad an den Fallen der Zauberin Alcina vorbei?«

»Gut, dass du danach fragst«, antwortete Astolf. »Es gibt tatsächlich einen solchen Weg. Allerdings ist dieser Weg ebenso gefährlich wie die direkte Begegnung mit der Zauberin, denn in den Bergen wohnen wilde Kerle, eine fürchterliche böse Sippschaft. Sie sind wie eine Menschenmauer, die jeden totschlägt, der aus dem Reich der Hexe fliehen will.«

Ruggiero sprach noch eine Weile mit dem gebannten Astolf. Er war der Vetter seiner geliebten Bradamante. Schon deshalb musste er etwas für seine Rettung tun. Er dankte ihm noch einmal für alles, was er erfahren hatte. Dann ging er zum Flügelpferd zurück.

Ruggiero sah den Hippogryphen an. Er war ihm immer noch nicht ganz geheuer. Deswegen entschied er, lieber zu Fuß zu gehen und den Hippogryphen am Zügel hinter sich herzuführen.

Nach kaum zwei Meilen an der Küste entlang lag plötzlich die wunderschöne Stadt der Zauberin vor ihm. Obwohl sie noch ein ganzes Stück entfernt war, blendete ihn fast die große Mauer um die Stadt. Sie umfasste ein großes Areal, reichte knapp bis an die Wolken heran und glänzte so hell und metallisch, als bestünde sie aus schierem Gold.

Ruggiero überlegte, wie er möglichst ungesehen zur Stadt kommen konnte. Dann verließ er den breiten Weg, der in gerader

Richtung bis zu den Toren führte. Er ging nach rechts und folgte der Abzweigung, die immer enger und steiniger wurde, je mehr er sich den steilen Felswänden der Berge näherte. Hier gab es nur noch Geröll und keine Ausweichmöglichkeit mehr. Ruggiero fürchtete sich nicht. Trotzdem wurde ihm recht mulmig, wenn das Geröll unter seinen Füßen abwärtspolterte.

Und dann geschah genau das, wovor ihn Astolf gewarnt hatte: Unmittelbar vor ihm tauchten schrecklich anzusehende Waldgesellen auf. Fauchend und zischend sprangen sie ihm in den Weg. Ruggiero hatte nie zuvor derartige Dämonenfratzen gesehen. Köpfe von Affen und Katzen starrten ihn an, die auf nackten Menschenleibern saßen. Er erkannte stampfende Bocksfüße, scharrende Bärentatzen, Wesen mit Zentaurenkörpern, dazwischen höhnisch grinsende junge Burschen und vollkommen verhutzelte Alte, deren Haut wie ein Ledermantel schlapp um den nackten Körper hing.

Ruggiero sah einen, der ohne Sattel oder Zügel blitzartig um die Felsenkante vor ihm schoss, danach ein Paar auf einem Ochsen und einem Esel. Einer der jungen Burschen sprang auf den Zentauren. Andere griffen sich Kraniche, Strauße und sogar einen Adler, um auf ihnen zu reiten. Sie bliesen, lärmten, kreischten auf Hörnern und Muscheln und drängten wild durcheinander. Ruggiero erkannte Männer, Frauen und dann Wesen, die sogar beides waren. Einige schleppten Haken mit sich, andere Strickleitern, Stemmeisen und Eisenfeilen.

Mitten im Durcheinander der monströsen Scheusale ritt ihr dickbackiger Anführer auf einer Riesenschildkröte. Rechts und links von ihm gingen jeweils zwei kräftige Männer, die den feisten Anführer auf seinem Reittier festhielten. Er war so betrunken, dass sein Kopf immer wieder nach vorn fiel. Einer seiner Begleiter musste ihm ständig den Schweiß von der Stirn wischen. Ein anderer fächelte ihm unablässig frische Luft zu. Noch während Ruggiero auf die eigenartige Prozession starrte, fauchte ihn ein nackter Kerl mit einem Hundekopf an. Er fletschte seine Zähne und versuchte, den fremden Ritter zurückzubellen.

»Na schön, ihr Ungeheuer!«, schrie Ruggiero die Höllenbrut an und riss sein Schwert hoch. »Glaubt doch nicht, dass ich vor euch fliehe, solange ich das hier noch in der Hand habe.«

Er stieß das Schwert nach vorn, und seine Spitze war nur einen Fingerbreit vom Geifermaul des Menschenhunds entfernt. Irgendwoher bekam die Monstergestalt einen scharfen Speer. Sie schwang ihn hoch. Aber Ruggiero reagierte schneller. Sein Eisen stieß ungebremst in den Wanst des Wesens, durchbohrte ihn und ragte eine Handbreit aus dem Rücken hervor. Ruggiero wollte vorspringen, behielt den Schild in der anderen Hand. Der Platz war viel zu eng für einen ordentlichen Kampf nach ritterlichen Regeln. Er konnte nur um sich schlagen und alles, was ihm zu nahe kam, in Stücke hauen.

Dem einen Angreifer zerschnitt sein Schwert den Schädel bis zum Maul. Dem anderen hieb er bis aufs Brustbein. Die gute Klinge spaltete Helm, Schild und Panzer. Aber obwohl er kämpfte wie noch nie zuvor, spürte er, dass er so nicht gewinnen konnte. Die wilde Brut der Ungeheuer bedrängte ihn von allen Seiten. Aber lieber würde er hier sterben, als ein Gefangener dieser kreischenden Ungeheuer zu werden. Da nahte aus dem großen Tor in der goldenen Stadtmauer Hilfe. Auf einem hermelinweißen Einhorn kamen zwei junge Mädchen angeritten. Ruggiero sah schon von Weitem an ihrer Kleidung, dass sie aus königlichem Hause waren. Schnell, aber ohne Hast, anmutig und hoheitsvoll näherten sich die beiden Reiterinnen der Stelle, an der Ruggiero sich gegen die wilden Kreaturen der Zauberin Alcina wehrte.

Plötzlich war der ganze Spuk vorbei. Fauchend verschwanden die mörderischen Monster. Die beiden wunderschönen Mädchen boten Ruggiero von ihrem Reittier herab ihre feinen Hände zum Gruß. Er spürte, wie er rot wurde. Stammelnd versuchte er, ihnen für ihr Auftauchen in höchster Not zu danken.

»Du kannst gern mit uns kommen«, sagte die eine.

»Wir würden uns sehr freuen, wenn du uns zurück zum goldenen Tor begleitest«, bestätigte die andere.

Ruggieros Herz klopfte kräftig. Benommen folgte er dem weißen Einhorn mit den königlichen Mädchen. Je näher sie dem Portal über dem großen Stadttor kamen, umso mehr sah Ruggiero von dem überreich geschmückten Eingang in die goldene Stadt. Unmengen seltener Edelsteine zierten die Torrahmen. Vier dicke Säulen aus reinen Diamanten hielten das große Tor.

Überall liefen üppige Mädchen lachend umher. Gekleidet in knappe grüne Kleider und mit Blumenkränzen auf dem Kopf, sparten sie nicht an eindeutigen Gesten Ruggiero gegenüber. Er wäre vielleicht sogar interessiert gewesen, wenn sie sich etwas züchtiger gezeigt hätten. Ihm war, als sei er in der Heimat des Liebesgottes Amor angekommen.

Schöne junge Menschen vergnügten sich bei frohen Festen, Tanz und Spiel. Wohin er auch sah, er entdeckte nirgendwo grauhaarige Weisheit oder griesgrämige Einwohner. Die ganze Stadt erschien ihm wie ein ewig andauernder fröhlicher Apriltag. Jünglinge und Mädchen saßen an munter sprudelnden Quellen und sangen innig süße Lieder. Andere erzählten sich im Schatten grüner Bäume ihre schönsten Liebeserlebnisse. Junge Liebesgötter flogen leicht wie Schmetterlinge durch die Bäume. Der eine suchte ein frisches Herz für seinen Pfeil, der andere triumphierte nach jedem Treffer.

Noch ehe sich Ruggiero sattsehen konnte, wurde ein feurig flinker brauner Hengst zu ihm geführt. Er war in prächtiges Geschirr gekleidet, mit riesigen Juwelen, purem Gold und schöner Stickerei bis in die feinsten Schnallen. Ruggiero hatte noch nie zuvor ein so reich geschmücktes Pferd gesehen. Er sah sich nach dem Hippogryphen um. Ein blonder Knabe führte das sonst so eigenwillige Zwittertier weg. Gleich darauf wandten sich die beiden Schönen auf dem Einhorn an Ruggiero.

»Edler Ritter«, begann die eine. »Wir wissen, was dein starker Arm bereits vollbracht hat.«

»Und deshalb bitten wir dich heute um einen Dienst für uns«, fuhr die andere fort. »Du hast ja gesehen, dass diese Insel zweigeteilt ist. Die Stadt hier und die Ebene gehören der Zauberin Alcina. Der Weg zur anderen Seite der Insel wird durch einen Sumpf und das steile Gebirge abgegrenzt.«

»Es wäre möglich, zwischen Berg und Sumpf zur anderen Seite zu gelangen«, sagte die Erste wieder. »Aber genau dort bewacht die fürchterliche Eriphyle den Steg, der über den Sumpf hinwegführt.«

»Du kannst dir dieses Mannweib überhaupt nicht vorstellen«, fuhr die Zweite fort. »Selbst für starke Ritter ist sie eine Riesin.

Mit langen Zähnen, Gift im Biss und scharfen Bärenkrallen, die mit einem Schlag alles zerfetzen können.«

»Aber der Schrecken dieses Weibes ist noch viel schlimmer. Nicht nur, dass sie die Straße und den Steg bewacht. Sie läuft auch in die Gärten auf der anderen Seite und greift sich alles, was sie packen kann. Sie ist die Krötenmutter all der schrecklichen Geschöpfe, die du am Berg gesehen hast.«

Ruggiero blickte die beiden Mädchen auf dem Einhorn mit großen Augen an. Dann räusperte er sich, nahm die Schultern zurück und sagte: »Seid unbesorgt! Ein echter Ritter trägt seinen Helm und Harnisch nicht, weil er auf leichte Beute aus ist, sondern damit er andere beschützt oder auch befreit. Es ist mir deshalb eine Ehre, wenn ich zauberhaften Wesen wie euch beiden Beistand leisten darf.«

Die beiden Mädchen hauchten ihm Dankesworte entgegen und glitten anmutsvoll von ihrem weißen Einhorn. Zusammen mit Ruggiero gingen sie zu der kleinen Brücke über dem Sumpf. Schon konnten sie Eriphyle im Sumpf erkennen. Sie bewegte sich in ihrer mit Edelsteinen und Wasserpflanzen behängten Rüstung dicht am Ufer entlang.

7. Gesang

Wer seine angestammte Heimat verlässt, begegnet oftmals Dingen, von denen er bis dahin keine Ahnung hatte. Wenn er dann heimgekehrt davon berichtet, wird er schnell als Lügner abgestempelt. Das dumme Volk kann eben nicht viel weiter als bis zur eigenen Nasenspitze sehen.

Ich fürchte daher, dass mir die gleichen dummen Leute auch nicht glauben, was ich jetzt erzählen werde.

Erstaunt erkannte Ruggiero, dass sich das gewaltige Weib einen Wolf zum Schlachtross ausgewählt hatte, der so groß war wie ein Stier. Sie ritt ohne Zügel in ihrem ungewöhnlichen Sattel. Über dem geschmückten Brustharnisch trug Eriphyle einen sandfarbenen Umhang, der nach der letzten Mode bei Hofe zugeschnitten war.

Ruggiero erkannte auf ihrem Helm eine bis zum Platzen angeschwollene Giftkröte. Eine zweite dieser grässlichen Unken hockte in der Mitte ihres Schildes.

»Das ist sie«, sagte eines der jungen Mädchen ängstlich.

»Sie sperrt von früh bis spät den Übergang zur anderen Seite.«

Ruggiero nahm seine Lanze und ging in Angriffsstellung. Die wilde Sumpfkriegerin auf der anderen Seite brüllte und schmähte ihn. Als sie erkannte, dass Ruggiero nicht vor ihr zurückwich, sprengte sie ihm auf ihrem Wolf kühn und schnell entgegen. In vollem Lauf legte sie ihre Lanze zurecht. Die Erde bebte. Aber Ruggieros Lanze traf sie direkt unter ihrem Helm. Die Wucht war so stark, dass ihr mächtiger Körper in hohem Bogen sechs Ellen zurück auf den Boden krachte. Ruggiero setzte ihr sofort nach. Er riss bereits sein Schwert hoch und wollte zuschlagen, als er hinter sich die beiden Mädchen rufen hörte.

»Genug!«, bat hastig die eine. »Es reicht doch, dass du sie besiegt hast.«

»Ja, steck dein Schwert wieder ein«, sagte die andere. »Die Brücke ist doch wieder frei. Und wir können jetzt weitergehen.«

Ruggiero konnte die Bitten der beiden hübschen Mädchen

einfach nicht abschlagen. Er steckte sein Schwert weg und folgte gemeinsam mit den Mädchen dem Weg durch ein kleines Wäldchen am Fuß der Berge. Er führte ohne jede Biegung nach oben.

Als sie endlich in der Höhe angekommen waren, wichen die Bäume zurück, und vor ihnen lag eine weite Wiese. In ihrer Mitte stand ein Palast, der zu den lieblichsten gehörte, die Ruggiero je gesehen hatte. Noch während sie sich näherten, erschien Alcina inmitten ihres Hofstaates vor dem ersten Tor. Sie grüßte ihn so anmutig und hoheitsvoll, als hätte sie ihn sehnsüchtig erwartet. Ihr gesamtes Gefolge neigte den Kopf vor ihm. Einige knieten sogar nieder, als wollten sie ihm wie einem großen Herrn und König dienen.

Ruggiero erinnerte sich daran, was der Gefangene im Myrtenbaum über Schönheit und Jugend in der Umgebung der Zauberin gesagt hatte. Tatsächlich sah er ringsherum nur Jugend und Schönheit gleichen Alters. Alcina selbst strahlte wie die Sonne über die funkelndsten der Sterne. Ruggiero konnte sich keine schönere Frau vorstellen. Er schmolz bei ihrem Anblick dahin. Sie sah es und entwand sich lachend seinen sehnsüchtigen Blicken. Ihm schienen ihre langen blonden Locken wie pures Gold.

Er trank ihren Anblick wie ein Verdurstender. Ihre Stirn hatte die sanfte Schönheit von Elfenbein, die Wangen trugen zartes Rosenrot. Sie war weder zu groß noch zu klein. Unter zwei feinen schwarzen Brauen funkelten schwarze Augen mit geheimnisvollem Sonnenglanz. Sie sah Ruggiero zärtlich an, während er ihre wohlgeformte Nase und die Grübchen zu beiden Seiten ihres zinnoberroten Mundes bewunderte. Als sie ihre Lippen öffnete, wurden perlweiße Zähne sichtbar. Ihr Hals und ihre zarten Brüste waren ebenfalls so weiß wie Milch. Ruggiero wurde fast verrückt, als er daran dachte, was ihm noch verborgen war. Selbst ihre kleinen, zierlichen Füßchen erregten ihn.

Ruggiero vergaß alle Warnungen, die er aus dem Myrtenbaum gehört hatte. Lieber glaubte er, dass Astolf durch eigene Schuld in einen Baum verwandelt worden war. Vielleicht war er ein Undankbarer, ein Verräter und hatte ihm nur Böses über die wunderschöne Zauberin erzählt, weil er sie hasste und sich rächen wollte. Selbst Bradamantes Bild verblasste gegen die Reize der schönen Alcina.

Die Zauberin ließ Ruggiero nicht mehr zur Besinnung kommen. Bei Tisch erklangen Harfen, Leiern, Zithern und viele andere Instrumente in schönster Harmonie. Sänger traten auf und priesen phantasievoll die Freuden und die Leiden der Liebe. Selbst das berühmte Prunkmahl, das Königin Kleopatra für Marc Anton ausgerichtet hatte, war nichts gegen all das, was Alcina für Kaiser Karls Paladin auffahren ließ.

Sobald die Speisen abgetragen waren, ließ sie heitere Spiele beginnen. Dabei musste jeder seinen Nachbarn leise etwas Geheimnisvolles fragen. Unter diesem Vorwand flüsterte sie Ruggiero süße Worte ins Ohr. Früher als gewöhnlich beendete die Zauberin die Spiele. Blutjunge Pagen traten mit Fackeln in den Saal und geleiteten Ruggiero in ein schönes kühles Schlafgemach. Die Pagen brachten noch Gebäck und gewürzten Feuerwein, dann verneigten sie sich noch einmal tief und entfernten sich.

Ruggiero war aufgeregt wie noch nie zuvor. Erwartungsvoll schlüpfte er in die duftigen Linnen, die so fein waren wie von Arachnes Hand gewebt. Er lauschte auf jeden Laut in dem nächtlichen Palast. Doch nichts regte sich, und jedes Mal, wenn er glaubte, Schritte gehört zu haben, sank er enttäuscht in seine Kissen zurück, wenn sie verhallt waren. Aber dann endlich kam sie doch noch. Sie hatte lange Zeit gebraucht, um sich mit allerfeinsten Spezereien, Duftölen und ganz besonderen Wassern für ihn schön zu machen.

Als er sie endlich vor sich sah, schmolz er unter ihrem Blick dahin. Er dachte keinen Augenblick daran, dass er Ersatz für den in eine Myrte verwandelten Astolf war. In Ruggieros Adern brannte es wie aus Schwefeltonnen.

Ihr Umhang glitt hinab. Darunter trug sie nichts als einen dünnen Seidenschleier und ein feines weißes Hemdchen wie aus Schnee gewirkt.

Kein Efeu konnte einen Baum fester umschlingen, als die beiden sich jetzt umarmten. Ihr Atem mischte sich als süßer Hauch in ihren Mündern. Es roch, als wären Indiens Blumen die allerschönsten Düfte entsprungen.

Gegenseitig schenkten und nahmen sie sich alles, was ihnen höchste Lust bereitete. Sie ließen nichts unversucht. Tagelang schwebte Ruggiero in einer Wolke voller Glück. Die Liebenden kleideten sich in die prächtigsten Gewänder. Sie besuchten Feste und Gelage, Bäder, Schauspiele und ritterliche Turniere. Wenn sie müde waren, lasen sie im Schatten einer Quelle die großen Dichter und freuten sich darüber, was diese über Glück und Liebe geschrieben hatten.

Die unbeschwerten Tage und die wilden Nächte im Reich der Zauberin Alcina ließen Ruggiero alles vergessen, was vorher gewesen war.

Zur selben Zeit stieß der Sarazenenkönig Agramant gegen Karl den Großen in Paris bedrohlich vor. Rinaldo war noch immer nicht aus England zurückgekehrt. Auch Bradamante, die sonst jederzeit für den Kaiser die Waffen anlegte, wurde tagelang nicht gesehen. Seit Ruggiero vor ihren Augen auf dem Hippogryphen verschwunden war, suchte sie ihn überall. Sie ritt über weite Felder, durchstöberte Wälder, fragte in Dörfern und Städten, ließ kein Tal aus und schreckte vor keinem Berghang zurück. Doch nirgendwo hatte jemand auch nur eine Nachricht von ihrem Liebsten. Anfänglich blieb sie sehr vorsichtig, dann befragte sie sogar feindliche Sarazenenkrieger nach ihm. Sie arbeitete sich von einem Lagerplatz zum nächsten vor und durchsuchte ganze Zeltreihen.

Jeder andere wäre längst gefangen genommen worden. Aber sobald Bradamante merkte, dass ein Sarazene misstrauisch wurde, steckte sie den Zauberring, den sie Brunell abgenommen hatte, in den Mund und wurde für alle anderen unsichtbar.

Sie glaubte fest daran, dass Ruggiero noch lebte. Wenn er sein Leben unrühmlich im Kampf oder durch einen Unfall verloren hätte, wären diese Nachrichten wie Lauffeuer bis zum Sonnenuntergang geeilt. Aber nichts dergleichen war geschehen. Sie wusste nicht einmal, mit welchem Ziel er losgeflogen war. Sie suchte weiter und weiter und sah als letzte Hoffnung nur noch den Ort, an dem die Gebeine Merlins in der Grotte lagen. Sie beschloss, dorthin zu gehen und ihre Verzweiflung am Sarkophag des Zauberers herauszuschreien, bis selbst der kalte Marmor Mitleid für sie empfand. Vielleicht wusste auch Melissa etwas.

Bradamante ahnte nicht, dass die Fee tatsächlich Tag für Tag ihre Würfel gefragt hatte, um herauszulesen, was mit Ruggiero geschehen war. Deshalb wusste sie, dass er noch lebte, aber sowohl seine Geliebte als auch seine Pflicht gegenüber seinem Kriegsherrn längst vergessen hatte. Noch ehe Bradamante bei ihr eintraf, überlegte sie bereits, wie sie verhindern konnte, dass er mehr und mehr verkam. Der Zauberer Atlante war nur daran interessiert gewesen, Ruggiero aus dem Kriegsgeschehen zu nehmen. Um sein Leben zu erhalten, hatte er seine Ehre aufs Spiel gesetzt, als er ihn auf Alcinas Insel bringen ließ. In ihren weichen Armen sollte er vergessen, wem er Treue, Liebe und Gehorsam geschworen hatte.

»Ich weiß, warum du kommst«, sagte Melissa sofort, als Bradamante eintraf. »Lass dein Herz jubeln, denn dein Geliebter lebt.«

»Wo ist er? Hast du ihn gesehen? Wann kann ich zu ihm?«

»Die Wahrheit wird ein schwerer Schlag für dich sein«, antwortete die weise Frau mitfühlend. »Dein Ruggiero befindet sich in diesem Augenblick in den Armen der Zauberin Alcina, dreitausend Meilen von hier entfernt.«

Bradamante blieb wie vom Blitz getroffen stehen. Es war, als würde sie der Tod umarmen.

»Das ist nicht wahr!«, presste sie hervor.

Die Magierin nahm sie in die Arme. »Leider doch, Bradamante. Aber auch wenn die Wahrheit dich zutiefst verletzt – du wirst ihn wiedersehen. Ich schwöre dir, Ruggiero kommt schon bald zu dir zurück.«

»Aber wie?« Bradamante liefen Tränen über die Wangen.

»Hast du den Ring vergessen?«, fragte die weise Frau. »Mit seiner Kraft verliert der ganze Spuk sofort seine Wirkung. Wenn ich den Ring zu Alcinas Insel bringen kann, dann hole ich Ruggiero für dich hierher zurück.«

Sie streckte ihre Arme aus und sah Bradamante liebevoll an.

»Ich reite in der Abenddämmerung der Nacht entgegen. Wenn die Sonne wieder aufgeht, werde ich bereits in Indien sein.«

»Kann ich … kann ich nicht auch irgendetwas tun?« Bradamante streifte den Ring ab und gab ihn Melissa.

»Du musst mir jetzt vertrauen«, sagte die Fee. »Während ich weg bin und deinen geliebten Ritter zurückhole, kannst du dich um deine Ländereien und Städte in der Provence kümmern. Es wäre gut, wenn dich die Menschen dort in diesen kriegerischen Zeiten wiedersehen würden.«

»Ja, du hast recht«, sagte Gräfin Bradamante, obwohl alles in ihr aufgewühlt war und danach drängte, Melissa auf ihrem Flug nach Indien zu begleiten.

Als die Sonne unterging, war Bradamante bereits auf dem Weg in ihre heimatlichen Ländereien. Für Melissa stand inzwischen ein rabenschwarzes Pferd bereit, das nur an einem Fuß so rot war, als wäre es gerade erst aus Höllenflammen hervorgezogen worden. Sie schwang sich barfuß in den Sattel. Sicherheitshalber und um den Zauber nicht zu beschädigen, nahm sie den Ring vom Finger. Dann schoss sie mit wehendem Haar in die Nacht nach Osten.

Als die Sonne vor ihr wieder aufging, landete sie auf ihrem schwarzen Pferd auf der Insel der Zauberin Alcina. Sie wusste, dass sie keine Zeit verlieren durfte. Wie alle Feen konnte sie ihren Körper beliebig verwandeln. Sie konzentrierte sich und veränderte ihr Erscheinungsbild. Zuerst wuchs sie um eine Spanne und verstärkte ihre Gliedmaßen. Sie wurde massiger, stärker und breiter, glich aber erst in groben Zügen dem Mann, in den sie sich verwandeln wollte. Sie ließ ihre Haut etwas runzliger werden und lange Barthaare vom Kinn herabhängen. Jetzt endlich glich sie äußerlich vollkommen dem alten Geisterbeschwörer Atlante.

Sie räusperte sich, bewegte sich zur Übung so, wie sie ihn kannte, und verstellte ihre Stimme, bis sie keinen Unterschied mehr merkte. Vorsichtig verbarg sie sich an einer Stelle im Schloss, von der aus sie beobachten konnte, wann Alcina Ruggiero wieder verließ. Sie musste sich sehr lange gedulden. Offensichtlich brachte es die Hexe nicht über sich, ihren Schatz auch nur für ein Stündchen allein zu lassen.

Schließlich kam er doch allein in den frischen, lieblichen Morgen. Er schlenderte ein wenig ins Tal bis zu einem Bach, dessen Wasser in leichten Wellen bis in einen klaren, wunderschönen See plätscherte. Ruggiero strahlte wohlige Zufriedenheit aus. Kostbare Gewänder aus feinen weichen Stoffen umhüllten seinen jugendlichen Körper. Dazu trug Ruggiero eine Halskette aus wertvollen Edelsteinen, die ihm bis auf die Brust hing. Um seine beiden Arme trug er je eine glänzende Spange. Auch seine Ohren waren durchbohrt. An kleinen, zierlichen Goldfäden hingen Ringe mit zwei so großen Perlen, wie es sie in ganz Indien nicht noch einmal gab. Alles an ihm wirkte übertrieben und verweichlicht. Nur sein edler Name erinnerte noch an den einst männlichen und starken Ritter.

Melissa trat ihm in den Weg. Für Ruggiero sah es so aus, als würde plötzlich sein väterlicher Beschützer Atlante vor ihm stehen. Melissa zog die Brauen zusammen und blickte ihn ebenso streng an, wie sie es bei dem alten Magier gesehen hatte.

»Was soll das?«, fauchte sie ihn mit Atlantes Stimme an. »Habe ich mir deshalb mit dir all die Jahre so viel Mühe gegeben, damit du mir so dankst? Habe ich dir nicht das Mark von Löwen und Bären eingeflößt? Habe ich deshalb dem Knaben Ruggiero gezeigt, wie man in dunklen Höhlen sogar Schlangen erwürgt, wie man dem Eber mit der Hand die Hauer ausbricht und wie man dem Tiger und dem Panther mit einem Ruck die Klauen ausreißt? Habe ich all das getan, damit du für die Zauberin Alcina zu einem lächerlichen Lustknaben wirst?«

Ruggieros Mundwinkel zuckten weinerlich. Er hob abwehrend die Hände.

»Sehe ich jetzt das vor mir, was mir die Sterne, die Orakel und viele andere Zeichen immer wieder offenbart haben? Wo ist mein Traum, dass du in deiner Jugend durch deine großen Fähigkeiten, deine Kraft und deine Waffentaten mehr Ruhm als alle anderen für dich erkämpfst? Ich hatte so sehr gehofft, dass du in einer Reihe mit Cäsar, Alexander dem Großen und anderen Helden stehen würdest. Aber wie sehe ich dich jetzt? Als Sklaven von Alcina, die mit dir machen kann, was ihr gefällt.« Melissa hob die Hände, obwohl er nicht einmal den Versuch gemacht hatte, irgendetwas zu erwidern.

»Gut, gut«, sagte sie scheinbar nachgiebig. »Es kann ja sein, dass dich das alles nicht mehr interessiert. Wie sollen deine Nachkommen bei einem solchen Vorfahren einmal Roms alte Größe und Italiens Glanz zurückerobern? Was hat denn diese Zauberin Alcina? Ist sie denn besser als irgendeine Hure, die ihre Gunst noch vielen anderen schenkt? Lass dich doch nicht so leicht blenden, Ruggiero!«

Melissa holte den Zauberring hervor und hielt ihn Ruggiero entgegen. »Steck diesen Ring an deinen Finger. Dann geh zu ihr und sieh dir ihre angeblichen Reize noch einmal ganz genau an. Der Ring wird dir die Wahrheit sagen – ganz ohne ihre Künste und Betrügereien.«

Ruggiero blickte beklommen zu Boden. Nur zögernd streckte er seine Hand aus. Das reichte Melissa, um ihm den Zauberring auf den Finger zu streifen. Im selben Augenblick ging ein Beben durch den schönen Körper des jungen Mannes. Es war, als würde er jetzt erst bemerken, in welch lächerlicher Verkleidung er sich bewegte.

Schamrot riss er sich den übertriebenen Schmuck von Hals und Armen. Gleichzeitig veränderte auch Melissa wieder ihre Gestalt. Die weise Frau zeigte sich wieder so, wie sie wirklich aussah. Jetzt, nachdem die tückische Verzauberung durch Alcina zerbrochen war, wollte Ruggiero wie ein Verdurstender jedes Wort trinken, das ihm Melissa berichtete. Sie erklärte ihm, warum sie auf die Insel gekommen war, und erzählte ihm von seiner tapferen, traurigen Bradamante, die sich in heißer Liebe Tag und Nacht nach ihm sehnte.

»Sie kann nicht leben ohne dich und hat mich hergeschickt, damit ich dich aus dieser Hörigkeit befreie. Sie gab mir ihren Zauberring. Aber ich bin sicher, sie hätte mir sogar ihr eigenes Herz mitgegeben, um dich zu retten.« Während sie berichtete, spürte Ruggiero einen immer größer werdenden Zorn in sich. Seine Wut wurde schließlich so groß, dass er nur noch Hass und Verachtung für Alcina empfand.

Melissa hielt ihn nicht auf, als er ungeduldig ins Schloss zurückkehren wollte. Alles in ihm drängte jetzt danach, die Zauberin zu stellen. Er lief über die Plätze an goldgeschmückten Portalen und glatten Marmorsäulen entlang. Dann sah er sie in ihrem Saal. Ruggiero hielt den Ring mit der anderen Hand bedeckt, bis er vor ihr stand. Dann ließ er den Zauberring seine ganze Kraft entfalten. Aus der wunderschönen Frau, die ihn entzückt und verzaubert hatte, wurde sofort ein altes, hässliches und zusammengeschrumpftes Weib, das ihm grässlicher vorkam als alle Schrecken der Welt zusammen.

Es kostete ihn große Anstrengung, um sich nicht zu verraten. Aber er zeigte ihr nicht, wie widerwärtig ihm ihre spärlichen grauen Haare, ihr zahnloser Mund und ihr schrumpeliger Anblick waren.

»Ich bin wieder zurück von einem schönen kleinen Spaziergang«, sagte er mit leichter Stimme. »Wenn du nichts dagegen hast, möchte ich meine schönste Rüstung ausprobieren.«

Er passte auf, dass er sich nicht verriet. Aber die Alte vor ihm nickte nur mit schiefem Mund. Ruggiero holte tief Luft und ging in den Nebensaal, wo seine Rüstung und die Waffen auf einer edelsteinverzierten Truhe lagen. Er wappnete sich von Kopf bis Fuß und überprüfte alle Riemen von Harnisch und Beinschienen. Er lächelte, als er sein erprobtes Schwert Balisarde an die linke Seite seines Gürtels hängte. Dann nahm er den blinkenden Schild auf, dessen Glanz jeden betäubte, der ungeschützt hineinsah. Er verhüllte ihn wie üblich mit dem Seidenschleier und hängte ihn über seine Schulter.

»Ich wollte nur überprüfen, ob ich bei all den Köstlichkeiten und bei deiner wunderbaren Fürsorge nicht schon zu dick für meine Rüstung geworden bin«, lachte er der Alten zu. Sie merkte nicht, dass er nur heuchelte, und räkelte sich in einer Weise in ihren Sitzkissen, die er bis vor Kurzem noch als sehr erregend und verführerisch empfunden hatte.

Ohne weiter auf sie zu achten, verließ er ihre Gemächer. Im Stall wartete Melissa schon auf ihn. Sie zeigte ihm ein besonders gutes rabenschwarzes Pferd, das sie für ihn ausgesucht hatte.

»Nimm das hier«, sagte sie. »Es heißt Rabikan und ist schnell wie ein Pfeil.«

»Soll ich nicht doch lieber das geflügelte Pferd nehmen, mit dem ich hierhergekommen bin?«, fragte Ruggiero. Das Vogelpferd stand nur ein paar Schritte entfernt im selben Stall.

»Du weißt doch selbst, wie schwer das Flügelross zu reiten ist«, antwortete Melissa. »Es ist besser, wenn ich ihm in den nächsten Tagen beibringe, was Reiter oder Reiterin von ihm erwarten. Außerdem würde sofort auffallen, wenn du den Stall hier auf dem Flügelross verlässt.«

Ruggiero nickte und führte den Rappen zum Stalltor. Melissa erklärte ihm den Weg durch die Berge zu Logistilla.

»Bleib still und reite so langsam wie irgend möglich, bis du das Tor direkt vor dir siehst«, sagte sie noch. »Dann aber musst du dir das letzte Stück freikämpfen.«

Sie sahen sich kurz in die Augen, lächelten beide, dann stieg Ruggiero auf. Er schnalzte kurz mit der Zunge. Rabikan gehorchte sofort. Er tänzelte kurz, dann schritt er stolz und wie zu einem wichtigen Turnier durch die Seitenstraßen von Alcinas Stadt. Unmittelbar vor dem Tor sah er die Wachen. Es waren viel mehr, als er erwartet hatte. Trotzdem konnte er nicht zurück. Er schnalzte nochmals, hob den Schild von der Schulter und riss mit der Rechten sein Schwert aus der Scheide. Furchtlos stürmte er auf die Torwächter zu.

Sein Schwert fuhr in die Bewaffneten und schaffte ihm augenblicklich freie Bahn. Tote und Verwundete blieben hinter ihm zurück.

Als Alcina von seiner Flucht erfuhr, war er bereits weit von ihrem Schloss entfernt.

8. Gesang

Passt auf, ihr Zauberer und Zauberinnen! Wir wissen, dass ihr mitten unter uns seid, auch wenn wir euch nicht gleich erkennen! Oh ja, ihr könnt euch gut verstellen und Herzen wie mit Eisenbändern fesseln. Ihr täuscht mit kleinen Tricks und hübschen Lügen den Ahnungslosen die große Liebe vor.

Wenn eure Opfer einen Zauberring besäßen, der sie vor Lug und Trug bewahrt, würden sie hinter aller Schminke und allen wohlgeformten Worten die Wahrheit schnell erkennen – wie jetzt Ruggiero.

Ruggiero folgte dem Weg durch das Wäldchen außerhalb der Stadt. Hinter sich konnte er keine Verfolger entdecken. Aber ihm kam bald aus der anderen Richtung ein Berittener entgegen. Ruggiero griff sofort an den Knauf seines Schwertes. Aber der andere war unbewaffnet und sah nicht wie ein Ritter oder Stadtwächter aus. Während sie aufeinander zuritten, entdeckte Ruggiero den Falken auf der linken Faust des anderen. Jetzt wusste er, wo er ihn schon einmal gesehen hatte: Der Falkner gehörte zu Alcinas Jagdgefolge. Er ritt auf einem schäbigen Klepper und wurde von einem räudigen Jagdhund begleitet.

Ruggiero dachte nicht daran, dem anderen auszuweichen. Er gab Rabikan ein wenig Schenkeldruck und ließ ihn schneller werden. Völlig überraschend stellte der Falkner sein eigenes Pferd quer, um Ruggiero aufzuhalten.

»He du!«, rief er ihm barsch entgegen. »Wohin so eilig?«

Ruggiero dachte nicht daran, ihm zu antworten. Er wollte weiter, ohne sich jetzt noch von einem Knecht der Zauberin aufhalten zu lassen. Der Falkner hob den Arm mit seinem Jagdvogel.

»Halt!«, rief er Ruggiero zu. »Denkst du etwa, dass du diesem schnellen Häscher hier entkommen könntest?«

Er ließ den Falken aufsteigen. Ruggieros Pferd sprang nach vorn. Aber der Falke war schneller. Der Jäger glitt von seinem Pferd und befreite es schnell von seinem Zaumzeug. Ruggiero war die ganze Angelegenheit zu dumm, deshalb gab er Rabikan die Sporen.

Er ahnte nicht, wie sehr er sich verschätzt hatte! Das so klapprig wirkende Pferd des Jägers tobte plötzlich wie ein wütender Sturmwind auf ihn zu. Es fletschte die Zähne, und seine Hufe hämmerten über den Boden. Dicht hinter ihm rannte der Falkner, als hätte er glühende Kohlen im Nacken. Auch der zuerst altersschwach wirkende Köter setzte mit weiten Sprüngen und tropfenden Lefzen hinter Ruggiero und Rabikan her. Ruggiero war so verdutzt, dass er viel zu lange brauchte, um sich zu entscheiden.

Der Falkner war zu Fuß schon dicht an ihn herangekommen. Bis auf einen kräftigen Stock war er unbewaffnet. Es widerstrebte Ruggiero, sein Schwert gegen den Verfolger zu ziehen. Aber er musste etwas tun, denn schon holte der andere mit seinem Stock gegen ihn aus. Gleichzeitig verbiss sich der hechelnde Köter in Ruggieros linkes Bein. Jetzt kam auch noch der wild gewordene Klepper heran und schlug dreimal nach links und rechts aus. Über ihnen schoss der Falke in engen Kreisen um sie herum. Mit seinen Klauen schlug er blutige Wunden in Ruggieros Arme. Das Geschrei des Falken machte auch Rabikan so wild, dass er nicht mehr auf Sporen oder Zügel reagierte.

Derartig in die Enge getrieben, riss Ruggiero doch sein Schwert aus der Scheide und richtete es gegen den Jäger, den Hund und den Vogel. Aber die Angreifer scherten sich nicht um die Bedrohung. Sie griffen weiter an und bedrängten Ruggiero immer heftiger. Der Falkner schlug mit seinem Stock auf ihn und Rabikan ein.

Das war zu viel!

Ruggiero konnte nicht länger Rücksicht auf das ritterliche Gebot der Waffengleichheit nehmen. Schon hörte er das Lärmen von Trompeten, Glocken und Trommeln von der Stadt her. War seine Flucht bereits entdeckt worden? Kurz entschlossen stieß er sein Schwert in die Scheide zurück und riss mit der freien Hand den Seidenschleier von seinem magischen Schild.

Die Lichtblitze wirkten schnell, der Jäger fiel. Der Falke stürzte wie abgeschossen aus der Luft. Den Hund traf es mitten im Sprung, und zum Schluss fiel auch noch der alte Klepper. Bewegungslos, aber nicht tot, lagen sie allesamt vor Ruggiero.

Er betupfte mit dem roten Seidentuch seine Wunden, hängte es wieder über den Schild und ließ den Rappen wieder Tritt aufnehmen. Und schon glaubte er sich in Sicherheit.

Alcina hatte inzwischen erfahren, dass ihr Geliebter geflohen war. Als sie von den toten und verwundeten Wächtern hörte, zerriss sie sich die Kleider, zerwühlte ihr Haar und beschimpfte sich als törichtes altes Weib. Dann rief sie alle Bewaffneten zu den Waffen.

»Schafft ihn mir wieder herbei! Tot oder lebendig!«, schrie sie mit schriller Stimme. Dann schickte sie die eine Hälfte ihrer Krieger hinter Ruggiero her. Die andere befahl sie zum Hafen auf die Schiffe. Schon kurz darauf verdunkelten sich die Wellen unter dem Schatten all der Segel, die jetzt die Verfolgung aufnahmen. Alcina war so rachsüchtig, dass sie alle verfügbaren Wächter ausschickte und kein einziger mehr zu ihrem Schutz zurückblieb.

Genau diese Blöße nutzte Melissa aus. Die weise Frau hatte nur auf eine günstige Gelegenheit gewartet, um einen Zauber nach dem anderen unwirksam zu machen. Sie zerschnitt Alcinas Zaubersiegel an Fenstern und Türen, löste magische Knoten, die an feinen Schnüren quer durch die Säle liefen, und verwischte die Pentagramme auf dem Boden.

Nachdem sie das ganze Schloss und die Stadt von aller Magie gereinigt hatte, lief sie zu den verwunschenen Liebhabern der Zauberin und gab ihnen ihre wahre Natur zurück. Aus jungen Rittern, die für ihre leichtfertige Liebe in Felsen, Bäume, Quellen oder Tiere verwandelt worden waren, wurden wieder junge mutige Männer in voller Rüstung. Einige wollten so schnell wie möglich Ruggieros Spur folgen. Die anderen durften endlich in ihre Heimat nach Persien, Indien, Griechenland oder zum Skythenstrand am Nordufer des Schwarzen Meeres zurückkehren. Ehe sie gingen, schworen sie der weisen Frau für immer tiefste Dankbarkeit.

Als Ersten befreite Melissa Astolf, den Prinzen von England. Er konnte gar nicht aufhörten, ihr zu danken.

»Schon gut«, antwortete sie. »Wir müssen noch deine Waffen finden.«

»Ich besiege auch so jeden Herausforderer«, prahlte der junge Prinz. »Aber ich hätte doch gern die goldene Lanze, die früher dem Bruder von Angelica gehörte. Damit stoße ich jeden aus dem Sattel, den die Spitze auch nur leicht berührt.«

»Ich kann mir denken, wo die Lanze ist«, meinte Melissa. Sie fand die goldene Lanze und ging mit Astolf in den Schlosshof. Hier holten sie den Hippogryphen aus dem Stall, sattelten ihn und stiegen auf. Diesmal gehorchte das geflügelte Pferd sofort. Sie flogen über die Wälder und an der Bergbarriere vorbei, über den Sumpf und bis in Logistillas Teil der Insel.

Unterdessen kämpfte sich Ruggiero durch unwirtliches Gelände. Es wurde immer heißer. Gegen Mittag war die Hitze zwischen den kahlen Felsen so unerträglich, dass die Luft flirrte und der Sand am Boden zu kochen schien. Die gleißende Sonne, in der sogar Glas geschmolzen wäre, hatte bis zum weiten Meer hin alles Land verbrannt. Ruggieros Pferd wagte kaum noch einen weiteren Schritt. Winzige Vögel saßen bewegungslos im Schatten unter heißen Steinen. Einzig eine unsichtbare Grille zirpte aus verdorrten Sträuchern.

Ruggieros Lippen schwollen an. Er atmete die unerträgliche Luft und sah bereits feurige Schlieren vor seinen Augen. War das noch ein letzter böser Zauber? Die Rache des verschmähten Weibes, dessen wahre, hässliche Gestalt er aufgedeckt hatte? Um ihn drehte sich alles. Schritt für Schritt keuchten er und der Rappe Rabikan weiter durch die Hölle.

Viele tausend Meilen entfernt feierte Rinaldo am Hof des Königs von Schottland die Rettung Ginevras und ihre Vermählung mit Ariodant. Die lange Wartezeit hatte ihn viel Geduld gekostet. Es war Zeit, sein eigenes Anliegen vorzubringen. Mitten hinein in die Ausgelassenheit der frohen Tafelrunde bat er ums Wort. Der König nickte ihm zu, und Rinaldo stand auf. Es dauerte noch eine ganze Weile, bis sich die vergnügten Gäste dem jungen Ritter zuwandten.

Endlich war es so weit. Rinaldo hob die Hand.

»Die ganze Christenheit ist in Gefahr!«, rief er über den weiten Platz hinweg. »Kaiser Karl und seine Paladine werden in Paris belagert. König Otto von England ist ebenfalls mit seinen Rittern dort eingeschlossen. Der ganze Süden Frankreichs ist blutgetränkt und übersät mit den Namen schlimmer Schlachten. Wir brauchen Hilfe, wenn wir nicht untergehen wollen. Hilfe von euch und allen anderen christlichen Königreichen.« Rinaldo sah den alten König an. Der nickte sofort und sagte: »Des Kaisers Bitte ist für mich Befehl. Bereits in zwei, drei Tagen werden so viele Bewaffnete und Reiter zur Verfügung stehen, wie wir entbehren können. Das Heer der Schotten wird kämpfen, wie wir es gewohnt sind, und so die Ehre des großen Kaisers wiederherstellen.«

Rinaldo neigte dankbar den Kopf.

»Zu gern würde ich mich selbst an die Spitze meines Heeres stellen«, rief der König der Schotten, »aber ich bin zu alt und zu gebrechlich. Ich hoffe, dass mein Sohn Zerbin schnell gefunden wird. Er soll die Führung unserer Helden übernehmen. Deshalb befehle ich, dass schon morgen früh Schatzmeister in alle Himmelsrichtungen des Reiches reiten und alles aufkaufen, was sie an Waffen, Pferden, Futter und Verpflegung für viele Menschen bekommen können. Und dazu natürlich gute Männer aller Art. Damit wir keine Zeit verlieren, breche ich das Fest jetzt ab. Wir wollen morgen früh bei Sonnenaufgang mit unserem Werk beginnen.«

Keiner der Anwesenden zeigte sich verstimmt. Obwohl sie alle noch sehr gern länger gegessen, getrunken und getanzt hätten, herrschte schon kurze Zeit später Stille in Schottlands Königsstadt Sankt Andreas.

Die Nacht war kurz, und als die Sonne aufging, saß Rinaldo wieder im Sattel. Der alte König, Ginevra und der halbe Hofstaat verabschiedeten ihn mit Tränen in den Augen. Er ritt mit einem kleinen Bogen an ihnen vorbei, dann gab er seinem Pferd leichten Schenkeldruck und ritt in Richtung Berwick am Tweed.

Bereits in der Nacht zuvor waren berittene Boten des Königs hier eingetroffen und hatten das schnellste Schiff Schottlands vorbereiten lassen. Noch vor der Mittagsstunde konnte Rinaldo an Bord gehen. Sofort fielen die Taue von den Pollern. Das Schiff nahm Fahrt auf, und ein günstiger Wind von Norden trieb es in schneller Fahrt an der Ostküste von England entlang bis in den weiten Trichter der Themsemündung. Obwohl sie Glück hatten und genau zur Flut aus dem Salzwasser der Nordsee in die Themse einfuhren, mussten die Seeleute sich zusätzlich in die Ruder legen, um das Schiff bis nach London zu treiben.

Nachdem sie angelegt hatten, ritt Rinaldo zu einer Nebenpforte des Königsschlosses. Er wollte kein großes Aufsehen erregen. Hier ließ er sich beim Prinzen von Wales melden. Obwohl die Wachen der Engländer misstrauisch waren, genügten schließlich die Siegel des Kaisers und von König Otto auf den Empfehlungsschreiben, die er bei sich trug.

Der Prinz von Wales begrüßte ihn mit allergrößtem Respekt. Rinaldo musste immer wieder von den Kämpfen der Verteidiger des Abendlandes gegen die Ungetauften berichten. Nach und nach trafen immer mehr Grafen und Barone, Peers und Earls aus dem ganzen Land ein. Rinaldo musste wieder und wieder von den Kämpfen erzählen. Schließlich waren so viele Bewaffnete versammelt, dass sie nach den Schotten ein zweites Heer zur Verteidigung von Paris bilden konnten. Bald legten die ersten Segler vom Kai ab und nahmen Kurs die Themse abwärts in Richtung Calais.

Inzwischen war Angelica auf ihrer Flucht vor Rinaldo immer tiefer in ihr Unglück geraten. Noch im Wald hatte sie ganz auf die Hilfe des frommen Einsiedlers gesetzt. Sie konnte nicht ahnen, wie verhängnisvoll dieser Entschluss noch für sie werden sollte.

All ihre Gedanken waren auf das Meer gerichtet. Dort musste es Schiffe geben, von denen sie eines auf die andere Seite der Welt in ihr Königreich Cathay zurückführte. Sie war bereit, jede Entbehrung auf sich zu nehmen, wenn sie dadurch nur Rinaldo entkommen konnte. Ungeduldig drängte sie den alten Mönch zur Eile. Er benahm sich inzwischen ebenso störrisch wie sein schäbiger Esel. Dabei kicherte er immer wieder, rollte mit seinen Augen und grinste sie auf eine unverschämte Art an. Sie achtete nicht darauf und gab stattdessen ihrem Pferd die Sporen.

»Halt! Nicht so schnell!«, jammerte der alte Mönch hinter ihr. »Auch wenn dein Anblick mein Blut schon schneller fließen lässt, können unsere Beine dir doch nicht eiliger folgen.«

Er zappelte auf seinem Esel hin und her. Aber das störrische Tier dachte nicht daran, auch nur einen Schritt in Trab zu fallen. Der Mönch blieb immer weiter hinter Angelica zurück. Als er sie fast aus den Augen verloren hatte, setzte er erneut seine Zauberkünste ein. Während er über den Esel fluchte, rief er mit geheimnisvollen Sprüchen alle widerlichen Dämonen herbei, die er kannte.

Sie kamen in großer Zahl. Er wählte einen aus und befahl ihm, was er tun sollte:

»Folge der Spur des Mädchens auf diesem Weg. Sei wie ein Jagdhund, der die Füchse und die Hasen hetzt und mit guter Nase auch das scheueste Wild aufspürt.«

Der Dämon zitterte vor Erregung. »Huch ja!«, hechelte er verzückt. »Ich will das Pferd erschnüffeln, seinen Leib aufreißen und dann genüsslich die Prinzessin von Cathay zerfetzen.«

»Dummkopf!«, schalt ihn der Eremit. »Du hast ja keine Ahnung, was man mit so einem Mädchen noch alles machen kann. Ich verbiete dir, sie auch nur zu berühren. Schlüpfe in ihr Pferd und führe es, ohne dass sie es merkt, zum Meeresstrand.«

Genauso kam es. Angelica bemerkte nicht einmal, dass ihr Pferd ohne jeden Übergang von einer anderen Macht gelenkt wurde. Sie ritt einen Tag um den anderen und erreichte schließlich die breite Flussmündung nordwestlich von Bordeaux. Ganz in der Nähe fand sie auch das Wirtshaus, in dem Bradamante Brunell mit dem Zauberring getroffen hatte, doch davon wusste sie nichts. Ohne dass sie es bemerkte, führte der Dämon ihr Pferd immer mehr zum Wasser hin. Sie zog an den Zügeln. Aber der Renner benahm sich jetzt ebenso störrisch wie der Esel. Er kam immer weiter vom Ufer ab und geriet in immer tieferes Wasser. Angelica hatte Mühe, sich im Sattel zu halten. Sie raffte ihr Kleid nach oben und zog die Beine hoch. Milde Winde ließen ihr Haar weit nach hinten wehen. Nirgendwo war ein größerer Sturm in Sicht. Ihr Pferd reagierte nicht mehr auf die Zügel. Plötzlich hatte sie einen schrecklichen Verdacht. Das Pferd, der Mönch und die

Zauberkraft der Bäche in den Ardennen ließen sie Schlimmes ahnen. Sie weinte vor Hilflosigkeit.

Die Uferlinie war inzwischen schon so weit entfernt, dass sie keine Möglichkeit mehr sah, zurückzuschwimmen. Sie musste auf dem Pferd bleiben, das sie immer weiter über das Meer hinweg entführte. Wellen und Strömung trugen sie nach Nordwesten.

Tage und Nächte vergingen, während Angelica und ihr Pferd immer weitertrieben. Irgendwann tauchten düstere Felsen mitten im Meer auf. Riesige Wellen brachen donnernd gegen die kahlen Klippen. Gischtschleier vernebelten die bereits vom Abenddunkel umschatteten Höhlen im Fels des elendigen, grauenhaften Eilands inmitten der Wasserwüste.

Der Dämon in ihrem Pferd brachte sie an einen schmalen unwirtlichen Uferstreifen. Dort rutschte sie aus dem Sattel und blieb wie betäubt zwischen der donnernden Brandung und den steilen Felswänden stehen. Stumm und mit glasigem Blick starrte sie in das letzte Licht des Himmels.

Endlich, als es schon fast dunkel geworden war, brach es aus ihr heraus. Sie schluchzte laut, schüttelte sich wie unter großen inneren Schmerzen und schrie:

»Verfluchtes Schicksal! Warum quälst du mich so? Ich irre Tag und Nacht durch fremde Gegenden, ohne Freunde, ehrlos und bloß. Was willst du noch? Meine Heimat und den Thron habe ich bereits verloren, mein Bruder ist tot. Schick mir doch eine wilde Bestie, damit sie mich verschlingen kann und so mein Leid beendet.«

Im selben Augenblick löste sich eine Gestalt aus dem Schatten der Felsen. Angelica zuckte zusammen. Doch ihre Angst wich. Der Fremde hatte seine Hände wie zum Gebet vor der Brust zusammengelegt und den Kopf etwas nach vorn geneigt. Sie ahnte nicht, dass es der Eremit war, der schon sechs Tage vor ihr mit Zauberkraft auf den turmhohen Klippen angekommen war und sie von oben her die ganze Zeit beobachtet hatte.

»Hilf mir«, rief Angelica ihm zu. »Lass mich an diesem fürchterlichen Platz nicht allein.« Sie erkannte in der Dunkelheit den Eremiten noch immer nicht. Aufgeregt und immer wieder von lauten Schluchzern unterbrochen, berichtete sie ihm, was mit ihr bisher geschehen war.

»Beruhige dich doch, schöne Fremde«, sagte er schließlich. Er ging auf sie zu und legte beschützend die Arme um ihre Schultern. Ahnungslos schmiegte sie sich an ihn.

»Es wird ja gut«, sagte er immer wieder. »Alles wird gut.«

Seine Hand glitt über ihren Hals und ihre Schultern. Wie zufällig lag sie plötzlich auf ihrer Brust. Er fasste fester zu und versuchte, sie zu küssen. Ihr ganzer Körper bäumte sich auf. Sie wehrte sich und wollte ihn zurückstoßen. Geschickt holte er ein kleines Fläschchen aus dem Gewand, schnippte den Verschluss auf und spritzte ihr ein paar Tropfen in die Augen.

Gleich darauf wich die Spannung aus ihrem schlanken Körper. Ihre Augenlider senkten sich wie unter großer Müdigkeit. Er ließ sie vorsichtig zu Boden gleiten. Dann küsste er sie erneut auf die halb geöffneten Lippen und auf ihre Brüste. Er war so wild, weil er sich jetzt endlich von der wehrlos Schlafenden holen wollte, was er begehrte. Er streichelte sie am ganzen Körper. Doch dann bekam er Schwierigkeiten mit seinem Hengst. Der war noch ungehorsamer als sein Esel. Wenn er sich doch nur aufgebäumt hätte! Aber er wollte den Kopf nicht heben. Verärgert legte er selbst Hand an. Aber in seinem Alter wollte der faule Klepper einfach nicht mehr springen. Er schüttelte und plagte ihn, versuchte, ihn zu locken. Aber der alte Hengst wollte einfach nicht mehr aufrecht zur Tat schreiten. Schließlich gab der geile Mönch seine Mühen auf und schlief erfolglos an der Seite der Königstochter aus Cathay ein – fast so erschöpft, als wenn ihm alles, was er erträumte, doch noch gelungen wäre.

Noch weiter nördlich von den Felsenklippen, bis zu denen der schändliche Mönch Angelica getrieben hatte, westlich von Irland befand sich eine Insel namens Ebuda. Sie gehörte zu den Hebriden. Von der ursprünglichen Bevölkerung lebten nur noch wenige. Früher einmal hatte auf Ebuda ein mächtiger Fürst über das Volk geherrscht. Seine Tochter war so schön gewesen, dass Proteus, der Herr über Neptuns Meeresgetier, sich augenblicklich in sie verliebte, als er sie eines Tages am Strand sah.

Sie erwiderte die Liebe des ungewöhnlichen Seeherrschers ebenso innig und wurde schwanger. Als ihr Vater, der Fürst, davon erfuhr, geriet er dermaßen in Wut über die schändliche Verbindung, dass er seine eigene Tochter gnadenlos und ohne jedes Mitleid hinrichten ließ.

Proteus rächte sich in seinem ohnmächtigen Zorn. Krank vor Wut und Liebe zugleich, brach er in seiner Verzweiflung alle Gesetze der Ordnung zwischen Wasser und Land. Er schickte zuerst Robben, dann Walrösser und schließlich alle Raubfische über die Insel. Sie vernichteten Schafe und Ochsen und entvölkerten ganze Dörfer. Als dann das Land verlassen war und nicht mehr bestellt wurde, befragten die Überlebenden ein Orakel. Sein Rat war, dem Herrscher des Ozeans und der Tiefe ein in Anmut und Schönheit gleichwertiges Mädchen zu geben. Gleichzeitig warnte das Orakel, dass Proteus sehr wählerisch sei. Er würde keine Jungfrau anerkennen, die nur so ähnlich wie die Fürstentochter aussah.

»Und was dann?«, fragten die Ratsuchenden.

»Dann wird der wilde Proteus Tag für Tag ein neues junges Mädchen von euch verlangen – so lange, bis ihm endlich eine zusagt.«

Die Bewohner von Ebuda jammerten und klagten. Aber Tag für Tag schickten sie eine neue hübsche Jungfrau aus ihren eigenen Reihen zum Meer. Hier hatte der zornige Neptun einen gewaltigen Kraken als Wächter zurückgelassen. Jeden Morgen holte sich das Ungeheuer Orka die Unglückliche.

Schließlich gab es auf der ganzen Insel keine jungen Mädchen mehr – bis auf die in geheimen Verstecken. Jetzt wurde entschieden, dass auch erwachsene Frauen zum Überleben der Gemeinschaft geopfert werden mussten. Jede Frau auf der Insel Ebuda gehörte zu den Todgeweihten. Einige Besucherinnen, die nichts ahnend auf Schiffen von Irland oder Schottland anreisten, wurden sofort gepackt und ebenfalls zu Opfern bestimmt. Mutige Männer von der Insel schifften sich sogar bis England ein, um dort Jungfrauen zu rauben. Sie kauften Ahnungslose auch gegen gute Münze oder ließen sie mitkommen, nachdem sie ihnen schöne Augen gemacht hatten.

Eines dieser Schiffe hatte sich so weit aufs Meer hinausgewagt, dass es nach langer Suchfahrt neues Holz für die Rumpfplanken und dringend frisches Wasser benötigte. Der Kapitän ließ an der felsigen Küste ankern. Er schickte eine Gruppe Matrosen an Land, die Holz und frisches Wasser beschaffen sollten. Bereits nach kurzer Suche stießen die Männer am Strand auf das seltsame schlafende Pärchen.

»Mein Gott, ist die schön!«, stieß einer der Matrosen voller Bewunderung aus, als er Angelica vor sich liegen sah.

»Wie, zum Teufel, kommt so ein Prachtweib in die Arme eines Kuttenfurzers?«, knurrte ein zweiter.

»Auf jeden Fall ist sie garantiert nicht die Tochter dieses frommen Vaters«, lachte der dritte anzüglich. Die Matrosen hatten schwere Arbeit und Schlepperei auf der Insel erwartet. Was sie jetzt gefunden hatten, machte sie ausgelassen und fröhlich. Sie priesen Fortuna und waren sich schnell einig, dass ihre Zufallsbeute viel zu schön für das Ungeheuer war. Sie rissen den alten Mönch grob zur Seite und hoben das wunderschöne Mädchen so sanft hoch, wie sie nur konnten.

Angelica erwachte und wehrte sich sofort. Die sturmerprobten Matrosen hatten alle Hände voll zu tun, um sie zu bändigen. Sie ahnten nicht, dass bereits Könige wie Agri-Khan ganz Skythien am Schwarzen Meer bewaffnet hatten, um sie zu erobern. Sie wussten auch nicht, dass König Sakripant sein Reich und seine Ehre für sie hingegeben hatte. Und sie hatten auch nichts davon gehört, dass ihre Schönheit nicht nur den fernen Osten in Aufruhr versetzt, sondern auch noch Paladine Kaiser Karls wie Orlando und Rinaldo vollkommen verwirrt hatte.

Die Matrosen fesselten sie und brachten ihre beiden Gefangenen auf das Schiff. Der Mönch wurde zu weiteren Gefangenen unter Deck gebracht. Angelica durfte an Deck bleiben.

»Bindet sie unter dem Großsegel an den Mast«, befahl der Kapitän und ließ sofort die Anker lichten. Ohne weiteren Zeitverlust nahm das große Schiff wieder Fahrt auf. Sein Ziel war die Schreckensinsel, wo das Ungeheuer Orka bereits nach dem frischen Fleisch von einer schönen Jungfrau lechzte.

Im Hafen von Ebuda strömten Männer und alte Weiber zusammen, um sich anzusehen, welche Menschenfracht dieser Kaperfahrer mitgebracht hatte. Ein Raunen ging durch die Menge, als Angelica gefesselt durch ihre Reihen geführt wurde. Ihre Schönheit erinnerte alle an die unglückliche Tochter des Fürsten.

»Ja, ganz genauso hat sie ausgesehen«, murmelte der Leuchtturmwärter.

»Sie ist ja fast noch schöner«, staunte ein anderer.

Angelica wurde in einem Turm der Stadtmauer eingekerkert. Tag um Tag verging.

»Deine engelsreine Schönheit hat das Mitleid vieler Männer hier geweckt«, berichtete der Oberwächter. »Sie wollen dich so lange wie irgend möglich verschonen.«

Er sagte ihr nicht, dass es von diesem Tag an keinen Ersatz mehr für sie gab und dass in der Stadt bereits geweint wurde, weil sie am nächsten Morgen an der Reihe wäre.

Es war ein trauriger, laut klagender Zug, der Angelica auf diesem Weg begleitete. Das Jammern der Bewohner von Ebuda klang bis zum Himmel hinauf. Als sie dann nackt an einen Uferfelsen gekettet wurde, erwarteten nicht wenige, dass sich der große kalte Stein durch einen Blitzstrahl Gottes spalten würde, um sie doch noch zu retten.

Es war zum Herzerweichen, wie stolz und zugleich hilflos das wunderschöne Mädchen in seinen Ketten hing. Gegen ihren Willen musste sie angesichts des Todes an Orlando denken. Wie viele andere wäre er sofort gekommen, um sie zu retten. Aber wer von all denen, die sie kannte, wusste davon, auf welch grausame Art sie ihr Leben verlieren sollte?

Bei Orlando in Paris stand es ebenfalls sehr schlecht. Rundum eingekesselt, wehrten sich die Belagerten verzweifelt gegen immer neue Angriffe der Sarazenen. Unter ihrem Anführer Agramant warfen die Heiden sogar Feuerbälle in die Stadt. Viele der Menschen in der hölzernen Stadt glaubten bereits, dass das Ende gekommen sei. Überall stiegen Hilfeschreie und Gebete zwischen den brennenden Häusern von Paris in den Himmel.

Während sich vor den Mauern die Sarazenenkrieger zum letzten, alles entscheidenden Sturm versammelten, zogen plötzlich schwere Wolken von Westen her auf. Und dann brach ein Unwetter los, das so viel Wasser in die Brände goss, wie es sämtliche Eingeschlossenen niemals geschafft hätten. Die Feuersbrunst erstickte, als es von keiner Menschenmacht mehr Hilfe gab. Dankbar erkannte Karl der Große, dass Gott ihn doch noch nicht verlassen hatte.

Noch lange nachdem der große Regen überstanden war, wälzte sich Orlando in seinem Bett unruhig hin und her. Wirre Gedanken kamen und gingen, während er unablässig an seine schöne verschwundene Geliebte denken musste. Seine Empfindungen waren so unstet wie Sonnenstrahlen auf den Wellen eines Baches. Obwohl es stark geregnet hatte, spürte er noch immer die Hitze der Feuersbrunst, vermischt mit einer Glut in seinem Inneren, die nie verloschen war, seit Kaiser Karl Angelica im Lager vor Bordeaux von ihm getrennt hatte.

»Wie konnte ich das alles zulassen, mein Herz?«, stöhnte er leise. »Warum habe ich nicht sofort protestiert, als der Kaiser dich dem Baiernherzog Naims übergab? Oh ja, ich weiß, Angelica, ich hätte dich und unsere Liebe mit meinem Schwert beschützen müssen. Sie hätten nicht gewagt, dich fortzureißen, wenn ich nur mutiger gewesen wäre. Wo bist du, mein geliebter Traum? Wo irrst du jetzt umher? Wenn mir der Allmächtige die Nachricht schickt, dass dir etwas zugestoßen ist, will ich mein Leben durch eigene Hand beenden, und meine Seele soll verdammt sein.« Orlandos Sehnsucht gaukelte ihm duftende Blumenbeete an grünen Uferrändern vor, mit kleinen Statuen aus Elfenbein und Purpur, wie von Amors Hand gemalt.

Er sah zwei Sterne und erkannte sich selbst und Angelica in ihnen. Er fühlte sich so glücklich, dass er auch noch mutig war, als ein Wind aufkam, der sich schnell zum Sturm entwickelte. Die Kraft des Sturms war stärker als alles, was sonst aus Nord und Ost und West über die Felder fegte. Er verlor den Halt, den er dem Mädchen an seiner Seite versprochen hatte. Sie entglitt ihm in ein Nebelgrau, und aus dem Glücksgefühl wurde Verzweiflung.

»Was ist das?«, schrie er. »Weg mit diesen Bildern!« Zugleich hörte er, wie sie nach ihm rief.

»Orlando, mein Orlando!«

Obwohl er wusste, dass er nur träumte, riss ihn der Schmerz in seiner Brust in die Richtung, aus der der Hilferuf Angelicas gekommen war. Im selben Augenblick hörte er eine andere Stimme.

»Nein!«, rief sie laut und hart. »Schlag dir das aus dem Kopf. Aus dir und ihr kann nichts mehr werden. Jedenfalls nicht in diesem Leben.«

Orlando erschrak so sehr, dass er schweißgebadet aufwachte. Der Traum hatte ihn verwirrt. Drohte seiner geliebten Angelica tatsächlich Gefahr?

Er schwang sich hoch und stürzte zu seinen Waffen. Ohne groß nachzudenken, raffte er alles zusammen, was er für einen Kampf an Kleidung und Ausrüstung benötigte. Hastig und ohne Hilfe eines Knappen kleidete er sich an. Er schleppte seine Waffen zu den Stallungen. Dort fand er seinen Hengst Brigliador und sattelte ihn eigenhändig. Ehe er losritt, entschied er sich noch, diesmal auf seine überall bekannten Farben Weiß und Rot zu verzichten. Stattdessen wählte er ein schwarzes Zeichen für seinen Schild und die Helmzier. Schwarz kam seinem Seelenzustand viel näher als alles andere. Rüstung und Schild stammten vom Sarazenenkönig Almont, den er aus Rache für seinen Vater schon vor Jahren im Kampf getötet hatte.

Es war Mitternacht, als er unbemerkt losritt. Er meldete sich weder bei seinem Onkel Karl dem Großen noch bei seinem getreuen Gefährten Brandimart ab. Dem Hauptmann der Torwache der Seinebrücke flüsterte er ins Ohr: »Lass dich nicht täuschen, ich bin's, der Graf.«

Sofort wurde für ihn die Fallbrücke herabgelassen. Dann ritt er in gerader Linie auf die Lager der Feinde zu.

Am nächsten Morgen, als die Sonne wie mit goldenem Haar umkränzt aufging und die feuchten Nebelschatten aus den Wiesen flohen, erfuhr Karl, dass sein Neffe ohne Erlaubnis Paris verlassen hatte. Der Kaiser war verletzt. »Wenn dieser Kerl nicht sofort wiederkommt, werde ich eigenhändig dafür sorgen, dass er diese Untreue bitter bereut«, dröhnte er wütend.

Orlandos bester Freund Brandimart konnte nicht länger ertragen, wie sich der Zorn des Kaisers immer weiter steigerte. Er wusste, was Orlando zu diesem Schritt gebracht hatte, und wollte ihm beistehen. Doch selbst seiner Gemahlin Flordelis gegenüber verriet er nichts davon. Sie war hübsch anzuschauen und hatte einen hellen, feinen Geist. Schon deshalb hielt er es für zu gefährlich, sie in seinen Plan einzuweihen. Er wartete bis zum Einbruch der Dunkelheit und verließ dann an den Zelten der Belagerer vorbei heimlich Paris.

Flordelis wartete in dieser Nacht, am nächsten Tag und auch noch eine Woche. Nach einem Monat hielt sie es vor Sehnsucht und Verlangen nach dem geliebten Brandimart nicht mehr aus. Ohne einen Führer machte sie sich auf den Weg, um ihn zu suchen.

9. Gesang

Was doch der Unhold Amor alles anstellt mit einem Herzen, das ihm ganz verfallen ist! Hat nicht die Macht der Liebe sogar den besten Paladin des Kaisers von den Fahnen fliehen lassen? Denselben Ritter, dem sonst nichts wichtiger war als die Verteidigung des Christentums und der heiligen Kirche?

Blind ist er vor Verliebtheit, kümmert sich nicht im Geringsten um den Kaiser und Gott!

Andererseits kann ich ihm aber verzeihen, denn eigentlich bin ich auch nicht anders. Immer nur gut zu handeln fällt mir eben schwerer, als sich an Verbotenem zu vergnügen.

Der schwarze Ritter preschte durch die Nacht. Er dachte nicht an seinen Kaiser, seine Kampfgefährten und an seine Freunde, die er in Paris zurückließ. Alle Gedanken und Gefühle in ihm kreisten um Angelica. Er ging davon aus, dass seine Angebetete eine Gefangene der Sarazenen war. Deshalb ritt er zu den Anhöhen südlich der Seine, auf denen noch am Vorabend dicht an dicht die bunten Zelte der Belagerer gestanden hatten.

Verwirrt erkannte er, dass die stolzen Zelte nicht mehr dort waren. Das bunte Tuch lag nass, zerfetzt und schmutzig in großen Wasserlachen. Überall saßen Menschen auf halb entwurzelten Bäumen. Er zählte Dutzende jämmerlich wirkender Sarazenenkrieger, die sich vor der Regenflut ins Geäst geflüchtet hatten. Einige waren bereits so erschöpft, dass sie wieder hinuntergefallen und im Schlamm eingeschlafen waren. Andere hatten nicht einmal mehr zu ihren Waffen greifen können, um sie in Sicherheit zu bringen.

Es zuckte in Orlandos Händen. Es wäre leicht für ihn gewesen, mit seinem guten Schwert Durindana wie der Sensenmann über die Wehrlosen hinwegzufegen. Aber er war zu ritterlich, um Schlafende und Wehrlose zu erschlagen. Stattdessen fragte er einige, die noch ansprechbar waren, ob sie etwas von Angelica wüssten. Die ganze Nacht lang beschrieb er immer wieder ihre wunderschöne Gestalt und ihre Kleidung, in der er sie zuletzt gesehen hatte. Stunde um Stunde verging ohne jedes Ergebnis.

Als die Morgensonne aufging, wurde erst das ganze Ausmaß des nächtlichen Unwetters in den Lagern der Sarazenen deutlich. Orlando wurde klar, dass er als Paladin von Kaiser Karl von den Heiden keine Auskunft bekommen würde. Kurz entschlossen sprang er von seinem Pferd und führte es hinter einen Busch. Dann ging er an den erschöpft ausgestreckten Sarazenenkriegern entlang, suchte sich den größten aus und entkleidete ihn. Schnell legte er die fremdartige, verhasste Kriegsgewandung an. Sie war so nass wie alles ringsumher.

Glücklicherweise beherrschte Orlando die Sprache und Dialekte der Sarazenen. Keinem Einzigen fiel auf, dass er eigentlich ein Franke war.

Drei Tage lang suchte er auf diese Weise nach seiner Angelica. Dann holte er seine schwarze Rüstung aus dem Versteck und legte sie wieder an. Er ritt durch Städte und Dörfer, ohne eine Spur von der Prinzessin zu entdecken. Seine Suche führte ihn bis in die entferntesten Gegenden des Frankenreiches. Er suchte in der Auvergne ebenso wie in der Gascogne, ritt bis in die Provence und nach Nordwesten zu den Bretonen. Weder in den flachen Landen der Picardie noch in den Pyrenäen, in denen bereits die Spanier zu Hause waren, fand er den geringsten Hinweis auf das Mädchen, dem seine ganze Sehnsucht galt.

Der Sommer verging, und es wurde Oktober. Als die Blätter fielen und der November die Pflanzen vollends von ihrem Blätterkleid entblößte, suchte Orlando immer noch nach ihr. Er sah, wie die Zugvögel nach Süden entschwanden, ließ sich auch von Schnee und Eis in den Wintermonaten nicht aufhalten und kam im Frühling erneut zum Fluss, der die Bretonen von den Normannen trennt. Der sonst so stille Strom bewegte sich in hohen, wilden Wogen auf das nahe Meer zu.

Orlando erreichte die Stelle, an der früher eine Brücke die beiden Ufer miteinander verbunden hatte. Jetzt war sie von der Wucht des Wassers mitgerissen worden. Er suchte eine Weile nach einem anderen Übergang, als sich unerwartet ein kleines Boot durch die wilden Wellen näherte. Verwundert entdeckte

Orlando, dass kein Fährmann, sondern ein junges Mädchen den Nachen steuerte. Sie winkte ihm, als hätte sie auf ihn gewartet. Er ritt dicht ans Ufer.

»Kannst du mich aufnehmen und mit deinem Boot auf die andere Seite bringen?«, rief er ihr zu.

»Natürlich kann ich das«, rief sie fröhlich zurück. »Aber nur, wenn du mir schwörst, dass du für mich einen Kampf bestehst.«

»Daran bin ich gewöhnt«, lachte Orlando. »Was ist das für ein Kampf?«

»Der beste und gerechteste der Erde«, gab sie zurück und steuerte den Nachen auf ihn zu. »Du musst mir schwören, dass du dich dem König von Irland anschließen wirst, noch ehe dieser Mond vergangen ist.«

»Und warum sollte ich das tun?«, fragte Orlando.

»Weil er mit einem großen Heer, mit einer schönen Flotte ausziehen will, um die Hebrideninsel Ebuda so zu verheeren, dass keiner von ihren Bewohnern mehr übrig bleibt.«

»Warum sind sie verhasst?«, fragte Orlando ahnungslos.

»Weil sie an allen Küsten und Flüssen die schönsten Mädchen und Frauen rauben. Nach einem alten Schwur brauchen sie Tag für Tag ein neues Menschenopfer für das Meeresungeheuer, das vor der Küste ihrer Insel wacht. Sie schrecken nicht davor zurück, sich als Kaufleute und Piraten zu verkleiden, um Tag für Tag und Jahr für Jahr neue Frauen einzufangen, die hier geopfert werden. Es gibt keinen anderen Weg mehr, um diese Schrecken zu beenden, bis auf die endgültige Vernichtung dieser Inselräuber.«

»Ich bin dabei«, rief Orlando sofort. »Und ich schwöre auch, dass ich die Unglücklichen rächen will.«

Im selben Augenblick schossen ihm furchtbare Gedanken durch den Kopf: Konnte Angelica vielleicht auch schon zu den Opfern gehören? Hatte das Ungeheuer sie bereits gefressen? Oder kam er gerade noch zur rechten Zeit?

Noch ehe die Sonne des nächsten Tages untergegangen war, brachte ihn das Mädchen an Bord eines Schiffes, das bei Sankt Malo in Richtung Irland in See stach. Das Schiff kreuzte an den

Küsten der Bretagne bis zu den weißen Klippen, nach denen England Albion genannt wurde.

Der Südwind legte sich, und ein steifer Nordwestwind kam auf. Er zwang die Seeleute, schnell die Segel herabzulassen. Trotzdem wurde Orlandos Schiff innerhalb eines einzigen Tages dorthin zurückgetrieben, von wo es vier Tage zuvor losgefahren war. Verzweifelt hielt der Steuermann das Schiff auf See, damit es nicht wie Glas an der felsigen Küste der Normandie zerschellte. Am fünften Tag veränderte sich das Wetter, und aus dem wilden Sturm wurde ein milder Wind, der sie auf leichten Wellen bis nach Antwerpen segeln ließ.

Der Schiffer war völlig erschöpft. Mit seinem zerzausten Schiff dümpelte er dicht am Ufer in die breite Mündung der Schelde hinein. Aus den Feldern am Ufer tauchte ein alter weißhaariger Mann auf. Mit tiefen Verbeugungen bat er Orlando um einen Besuch bei seiner Herrin.

»Sie ist sehr schön und liebreizend«, sagte er. »Sie will auch hierher zum Schiff kommen, um dir ihre große Not zu schildern. Ich bin sicher, dass du ihr helfen wirst, so wie schon andere Ritter vor dir. Niemand hat bisher die Bitte meiner Herrin ausgeschlagen.«

Orlando zögerte nicht lange und sprang an Land. Ohne Aufenthalt folgte er dem Greis. Sie erreichten bald das Schloss der Unbekannten. Man sah, dass sie in großer Trauer lebte. Im ganzen Schloss waren schwarze Decken ausgebreitet. Als Orlando ihr gegenübertrat, grüßte sie ihn mit hoffnungsloser Stimme und bat ihn, Platz zu nehmen.

»Ich bin Olympia, die einzige Tochter des Grafen von Holland. Ich hatte noch zwei Brüder«, sagte sie traurig. »Mein Vater schlug mir keine Bitte aus. Ich war froh und glücklich, all die Tage, bis zu jenem Tag, an dem er kam.«

»An dem wer kam?«

»Bis zu dem Tag, an dem Biren kam«, wiederholte sie. Und dann erzählte sie ihre tragische Geschichte.

»Herzog Biren von Seeland kam zu Schiff aus seiner Heimat Dänemark bei uns vorbei. Er wollte in den Krieg an die Biskaya ziehen, um für Karl den Großen gegen die Sarazenen zu kämpfen. Er war so schön und jung und stolz, dass ich mich rettungslos in ihn verliebte. Auch ihn hatte Amors Pfeil sofort ins Herz getroffen.

Bösartige Stürme hielten ihn und sein Gefolge vierzig Tage lang in Antwerpen fest. Mir erschien die Zeit wie ein kurzer Augenblick, so schnell ging sie vorbei. Als mein Liebster schließlich aufbrach, versprachen wir uns, uns nach dem Ende seines Kriegszuges auf ewig zu binden und uns zu vermählen.

Kurz nachdem der Herzog von Seeland aufgebrochen war, kamen Boten aus Friesland zu meinem Vater. Das Königreich der Friesen ist ja nicht weit entfernt. Die Adligen aus Friesland baten bei meinem Vater um meine Hand für Arbant, den einzigen Sohn ihres Königs.

Ich sagte meinem Vater, dass ich mein Wort niemals brechen würde und nicht mehr leben wolle, wenn es zwischen ihm und dem Friesenkönig zu einem Handel komme. Mein lieber Vater, der mich immer nur glücklich sehen wollte, konnte meine Tränen nicht ertragen. So schwer es ihm auch fiel – er brach die Verhandlungen mit Frieslands Adel sofort ab.

Der stolze Friese geriet in Wut, als die Gesandten zu ihm zurückkehrten. In seinem Hass schwor er unserer ganzen Familie den Tod. Er ist ein hervorragender, aber auch verschlagener Feldherr. Weder Mut noch irgendeine List können ihn besiegen. Außerdem hat er eine Waffe, wie ich sie noch nie zuvor gesehen habe. Sie ist aus Eisen, schwarz und zwei Arme lang. In ihr befindet sich ein enges Rohr, in das er Blei und geheimnisvollen schwarzen Staub füllt. An einer Stelle dieses Rohres ist ein kleiner Schlitz, wie von einem Arzt geschnitten, wenn er zur Ader lässt. Sobald in diese Öffnung ein Funke aus dem Feuerstein schlägt, donnert und blitzt es gleichzeitig, fliegt krachend das Blei aus dem Feuerrohr und verbrennt, durchbohrt und zerschmettert alles, was es trifft.

Durch diese heimtückische Waffe hat er zweimal die Linien unseres Heeres aufgerissen und meine beiden Brüder umgebracht. Beim ersten Mal fiel der eine, indem das Blei durch seinen Stahlpanzer schlug und in sein Herz eindrang. Der andere Bruder wurde so getroffen, dass die Kugel von hinten in den Rücken schlug und aus der Brust wieder herauskam, als er schon aufgegeben hatte und fliehen wollte.

Der Friese kam bis zur letzten Burg, die uns noch geblieben war. Mein Vater stellte sich ebenso tapfer wie alle anderen auf die Mauern. Aber der Friese kam nicht näher zum offenen, ehrlichen Kampf. Stattdessen schoss er sein Blei meinem Vater aus sicherer Entfernung zwischen die Augen. Er starb nach meinen Brüdern, und dadurch wurde ich die Erbin von ganz Holland.

Aber das ist nicht alles. Nur wenn Prinz Arbant mein Gatte würde, wollte der Friese mein Volk in Frieden lassen. Aber ich konnte nicht! Meine Holländer beschworen und bedrängten mich. Sie drohten, mich und mein gesamtes Erbe dem Friesenkönig auszuliefern, damit er nicht das ganze Land verwüstet.

Als ich mich weiter weigerte, schlossen sie einen Friedensvertrag und übergaben mich mitsamt der Stadt Antwerpen dem Friesen. Erneut bot er mir Frieden gegen einen Ehebund mit seinem Sohn an. Ich wollte sterben. Aber nicht, ohne mich an ihm zu rächen. Deshalb verstellte ich mich und erklärte mich bereit, seine Schwiegertochter zu werden. Gleichzeitig weihte ich zwei junge Männer in meine wahren Pläne ein.

Die beiden waren Brüder und mit mir zusammen an meines Vaters Hof aufgewachsen. Ich wusste, dass ich mich auf sie verlassen konnte. Ich schickte einen per Schiff nach Flandern und trug ihm auf, erst in meiner Hochzeitsnacht zurückzukommen. Den anderen behielt ich bei mir. Er sollte sich in meinem Schlafgemach verstecken.

Während der König von Friesland überall verkünden ließ, dass ich seinen Sohn heiraten würde, verbreitete sich schnell die Nachricht, dass Herzog Biren von Seeland mit vielen Schiffen nach Holland zurückkehrte. Ich hatte sofort nach der Schlacht, in der mein erster Bruder erschossen wurde, einen Kurier Richtung Spanien geschickt, damit Biren erfuhr, wie es um uns steht. Er brach sofort auf, um mir beizustehen. Deshalb erfuhr er nicht mehr rechtzeitig, dass auch mein zweiter Bruder und mein Vater nicht mehr lebten.

Sobald der Friesenkönig von Birens Heimkehr hörte, ließ er seine Schiffe seeklar machen. Die Schlacht auf offenem Meer muss grauenhaft gewesen sein. Herzog Birens Flotte wurde besiegt und versank. Davon erfuhr ich jedoch nicht ein Wort.

So wie die Dinge lagen, musste ich Arbant sofort heiraten. Wie vorgesehen, wurde ich am Abend nach der großen Hochzeitsfeier in das Schlafgemach geführt. Dort hatte sich einer meiner jungen Freunde hinter den Vorhängen verborgen. Er wartete, bis mein Gemahl erschien. Dann schlug er ihm mit einem Beil den Schädel ein. In meinem Zorn nahm ich ein Messer und schnitt dem Friesen zusätzlich die Kehle durch. Er stürzte um wie ein Ochse in den Schlachthaushallen.

Das war der erste Teil meiner Rache an König Cimosco – und diesen Namen nenne ich dir ganz bewusst erst jetzt. Natürlich wusste ich, dass der böse Friese jetzt seinen ganzen Hass gegen mich richten würde.

Deshalb raffte mein Gefährte aus Kindertagen alles an Kostbarkeiten zusammen, was er in der Eile finden konnte. Er hatte bereits ein langes Seil vorbereitet, wand es mir um den Leib und ließ mich dann bis zum Meer hinab. Sein Bruder wartete unten bereits mit seinem Boot. Nachdem wir zu dritt an Bord waren, kamen wir mit Gottes Schutz, gutem Wind und der ablaufenden Flut glücklich bis nach Flandern.

Einen Tag später kehrte der Friesenkönig mit seiner Flotte und seinem Heer nach Antwerpen zurück. Er platzte fast vor Stolz auf die gewonnene Seeschlacht und Herzog Birens Gefangennahme. Laut jubelnd zog er mit seinen Männern durch die Straßen und wollte jetzt die Hochzeit seines Sohnes feiern. Doch er fand Grauen und den weinenden Hofstaat vor. Er klagte Tag und Nacht um seinen Sohn. Sein Hass auf mich und alle, die mit mir zu tun gehabt hatten, wuchs ins Unermessliche. Jeden Verdächtigen ließ er erschlagen oder vertreiben. In seinem Zorn wollte er auch Biren töten. Doch dann gab ihm die Tücke seines Herzens ein, dass Biren die ideale Schlinge war, um mich einzufangen.

Er zog mit ihm nach Seeland und ließ überall verbreiten, dass Biren sterben müsse, wenn es ihm nicht gelinge, unsere Freunde und Verwandten davon zu überzeugen, mich innerhalb eines Jahres auszuliefern. Mein Tod soll Birens Leben retten.

Seither habe ich alles versucht, was ich tun konnte, um den

armen Herzog aus der Gefangenschaft herauszuholen. Ich habe sechs unserer Schlösser in Flandern verkauft. Mit diesem Geld habe ich versucht, friesische Wachen zu bestechen. Es war umsonst. Ich wollte Hilfe aus England und Deutschland kaufen. Aber bis auf schöne Worte habe ich nichts für mein Gold bekommen.

Jetzt habe ich nichts mehr, nur noch mich selbst, um meinen Liebsten aus der Hand des bösen Königs auszulösen. Und wenn es wirklich keine Hilfe für mich gibt, dann werde ich mein Leben für ihn opfern. Aber ich traue Cimosco nicht und fürchte seine Lügen. Denn was passiert, wenn ich jetzt zu ihm gehe?«

»Ja, du hast recht«, sagte Orlando nachdenklich. »Dann hat er euch beide in der Gewalt und könnte euch leicht betrügen.«

»Genau das fürchte ich«, sagte die schöne Grafentochter. »Er kann mich quälen und in den Tod schicken. Aber so wie ich ihn kenne, ist sein Hass viel zu groß. Er wird, auch wenn ich tot bin, den Herzog nicht gehen lassen.«

»Aber ich hörte, dass du schon einige andere darum gebeten hast, dir zu helfen.«

»Ja, das ist wahr«, antwortete sie. »Aber keiner hat bisher den Mut gehabt, sich bei dem Friesenkönig für mich einzusetzen. Dabei soll nichts anderes geschehen, als Cimosco an sein einmal gegebenes Wort zu erinnern, nachdem ich umgekommen bin.«

»Was?« Orlando war entrüstet. »Kein Graf, kein Paladin, kein Ritter hatte ein gutes Schwert für ein gegebenes Wort bereit?«

»Oh doch«, antwortete sie. »Viele hätten liebend gern für mich gekämpft, aber sie fürchteten sich vor der Waffe, gegen die keine noch so gute Panzerung schützt.« Sie sah Orlando mit festem Blick an. »Aber wenn dein Mut deinem kämpferischen Gesicht und deiner Herkulesgestalt entspricht und wenn du dir zutraust, auf Einhaltung des Versprechens zu dringen, dann gebe ich mich ganz in deine Hand, und ich will sterben, damit mein Liebster leben kann.«

»Ich bin kein Freund von langen Reden«, sagte Orlando. »Aber ich gebe dir mein Wort, dass ich alles tun werde, was du von mir verlangst. Ich nehme dich jetzt mit auf mein Schiff. Aber du wirst an Bord bleiben, wenn ich mir ein Pferd suche und allein zum Friesenkönig reite.«

Solange er sein Schwert hatte und seine Kraft nicht nachließ, wollte er für die Grafentochter und ihren Herzog kämpfen. Zugleich war er wild entschlossen, die ganze Angelegenheit so schnell wie möglich zu beenden. Schließlich musste er weiter zu der Insel, auf der noch immer Tag für Tag junge Frauen dem Ungeheuer aus dem Meer geopfert wurden.

Der Steuermann des kleinen Schiffes kannte sich im Labyrinth der Flussarme und Meeresbuchten gut aus. Er umschiffte die Inseln und führte Orlando und Olympia sicher durch die flacheren Gewässer. Olympia blieb an Bord, als Graf Orlando das Schiff in voller Rüstung verließ. Er beschaffte sich einen schwarzgrauen dänischen Hengst, der noch größer, stärker und schneller war als sein Streitross Brigliador, das er in der Bretagne zurückgelassen hatte.

Orlando ritt nach Dordrecht. An den Tortürmen sah er überall Bewaffnete. Der neue Herrscher Seelands fühlte sich offensichtlich nicht sicher. Inzwischen hatte Orlando erfahren, dass ein Vetter des gefangenen Herzogs mit einer Streitmacht unterwegs war.

»Meldet mich König Cimosco«, rief Orlando den Wachen zu. »Sagt ihm, dass ein freier umherziehender Ritter vor der Stadt steht, um ihn herauszufordern. Sagt ihm, dass ich mit Schwert und Lanze gegen ihn kämpfen will, und zwar mit folgenden Bedingungen: Bezwingt er mich, liefere ich ihm die holländische Grafentochter aus, die seinen Sohn Arbant getötet hat. Im Gegenzug soll euer König mir sein Wort verpfänden, dass er mir Herzog Biren übergibt, wenn ich im Kampf der Sieger bleibe.«

Einer der Wächter lief sofort los, um dem Friesenkönig die Herausforderung zu überbringen. Aber Orlando machte sich nichts vor. Nach allem, was er über Cimosco gehört hatte, musste er mit neuen Hinterhältigkeiten rechnen.

Seine Vermutungen waren nicht aus der Luft gegriffen. Als der Friesenkönig den Boten gehört hatte, ließ er sofort dreißig Bewaffnete aufsitzen. Er befahl ihnen, durch das gegenüberliegende Tor der Stadt auszureiten und dem Ritter den Rückweg abzuschneiden. Gleich darauf gürtete er sein Schwert und machte sich zusammen mit seiner Leibwache zu dem Tor auf, vor dem Orlando wartete, und ging scheinbar auf Orlandos Forderungen ein. Doch Orlando merkte sofort, dass der Friesenkönig den Kampf verzögern wollte. Als er sich umdrehte, erkannte er, dass sich von hinten schwer gerüstete Friesenkrieger näherten. Aber der Friesenkönig war zu leichtsinnig. Im Vertrauen darauf, dass dreißig Bewaffnete in seiner Nähe und eine gleich große Gruppe von außen her genug waren, um den Fremden einzufangen, hatte er darauf verzichtet, sein fürchterliches Feuerrohr mitzunehmen.

Graf Orlando fürchtete die Krieger und die Schlingen des heimtückischen Netzes nicht. Er senkte seine Lanze. Furchtlos sprengte er auf seinem Pferd dort auf die Friesen zu, wo sie am dichtesten vor dem Stadttor standen. Die Lanzenspitze fuhr durch den Körper des Ersten, dann durch den Zweiten, Dritten, Vierten. Sechs passten auf den Schaft, mehr nicht. Der Siebente glitt, ebenfalls tödlich getroffen, wieder von der Spitze.

Die toten Friesen steckten wie Frösche auf der Lanze. Orlando riss sein Schwert heraus und begann mit einem fürchterlichen Hauen und Stechen. Zuerst ein Mann zu Fuß, dann ein Berittener. Und wo er zuschlug, färbte sich die Kleidung der Getroffenen rot.

König Cimosco schrie nach seinem Feuerrohr. Aber seine Bewaffneten gehorchten ihm nicht mehr. Sie wichen vor Orlandos Kampfkraft zurück und versperrten so sogar die Brücke, die der König im letzten Augenblick noch hinter sich hochziehen lassen wollte. Cimosco floh. Orlando setzte ihm auf seinem schweren Kaltblüter hinterher. Aber Cimoscos Streitross war schneller. Er erreichte sein Schloss und ließ in aller Hast sein Feuerrohr aufstellen. Jetzt musste er nur noch so lange warten, bis Orlando um die letzte Straßenecke kam. Kaum war das geschehen, schoss Cimosco seine Wunderwaffe ab.

Über dem Schloss blitzte und krachte es wie bei Gewitter. Der Boden schwankte, zitterte und bebte. Vom Himmel her dröhnte der Schall zurück und brach sich an den Häuserwänden. Das glühende Geschoss, das alles zerfetzte, selbst wenn es Fels war, verfehlte den Paladin des Kaisers, fuhr aber mitten in die Brust seines Pferdes.

Der schwere Kaltblüter brach unter Orlando zusammen. Geschickt sprang sein Reiter aus dem Sattel. Es war, als hätte ihm die Berührung mit der Erde neue Stärke gegeben. Er kam so wild und fürchterlich wieder hoch, dass selbst der Kriegsgott Mars vor so viel Kraft erschrocken wäre. Der Friesenkönig, der nach dem Schuss schnell sein Pferd bestiegen hatte, suchte sein Heil jetzt in der Flucht. Aber Orlando ließ Cimosco nicht entkommen.

Mit langen, schnellen Sätzen sprang er hinter ihm her. In vollem Lauf hob er sein Schwert. Mit scharfer Schneide spaltete er den Kopf des Friesenkönigs bis zum Hals hinab in zwei Hälften.

Aus der Ferne erklang Lärm von Waffengeklirr. Durch das offene Tor preschte der Vetter des Herzogs von Seeland mit seinen Truppen in die Stadt hinein. Ohne einen einzigen Schwertschlag gelangten sie zu der Stelle, an der Orlando den Friesenkönig niedergemacht hatte. Sämtliche Bewohner der Stadt waren wie gelähmt vor Schrecken über die ungeheure Kraft des fremden Ritters. Viele aus dem Gefolge des toten Friesenkönigs flohen. Die Wachen an der Stadtmauer und die Bevölkerung baten um Gnade und boten an, gemeinsam mit den Befreiern gegen die Friesen zu ziehen.

Langsam wurde klar, dass viele, die sich auf Cimoscos Seite gestellt hatten, nur aus Angst den Kopf vor ihm geneigt hatten. In Wahrheit weinten viele noch um den eingekerkerten Herzog Biren. Orlando stellte sich zwischen die Herzogtreuen und die anderen, die, nur um das eigene Leben zu erhalten, zu den Friesen übergegangen waren.

»Vertragt euch wieder!«, rief er allen zu. »Schließt euch wieder zusammen und vertreibt die letzten Friesen aus dem Land. Und dann befreit Herzog Biren, der zurückkam, weil er seiner Liebsten helfen wollte.«

Die Sieger suchten nicht mehr lange nach den Schlüsseln des Verlieses. Sie stürmten zum Schloss, zertrümmerten die Türen und schleppten Biren ins Freie. Sie nahmen ihn auf die Schultern und zogen im Triumph zum Landungsplatz hinaus, an dem Olympia von Holland gewartet hatte. Die ganze Stadt jubelte den beiden zu, als sie sich unter Freudentränen umarmten. Wieder und wieder dankten sie Orlando. Die Bürger schworen Biren erneut die Treue.

Der aber übergab alle Reichsgewalt, Burgen und Güter in Holland seinem Vetter. Er selbst wollte mit Olympia zurück nach Holland gehen und sie dort endlich heiraten.

»Sobald ich genug Männer zusammenhabe, werde ich gegen Friesland ziehen«, sagte Biren zu Orlando. »Zuvor gebe ich Cimoscos Tochter meinem jüngeren Bruder zur Gemahlin. Somit erreichen wir das Gleiche, was der arglistige Friesenkönig gewollt hat, doch unter unseren Bedingungen.« Orlando bekam die freie Auswahl aus der großen Beute, die sie in der Stadt Dordrecht und Cimoscos Schloss gemacht hatten. Doch er wollte weder Gold noch Geschmeide.

»Ich nehme nur die Feuerbüchse«, sagte er. »Nie wieder soll damit in feiger Weise ein ritterlicher Kampf verhindert werden. Derartige Mordmaschinen haben nichts mehr mit dem Kräftemessen Mann gegen Mann zu tun. Ich werde alles mit auf mein Schiff nehmen und weit vom Land entfernt im tiefen Meer versenken. Das Feuerrohr ebenso wie das Pulver, die Bleikugeln und alles, was dazugehört.«

Er hielt sein Wort. Als sie nach langem Abschied aufs Meer hinausgefahren waren, nahm Orlando das Feuerrohr, sah es an und warf es ins Meer. Ein guter Wind blähte die Segel seines Schiffes. Orlandos Gedanken galten jetzt nur noch der Rettung Angelicas vor dem fürchterlichen Ungeheuer.

10. Gesang

Wenn ich die berühmten Liebespaare aller Zeiten mit der Liebe von Olympia vergleiche, dann bekommt sie bei mir ohne Frage den ersten Platz. Aber lest selbst, wie er ihre Liebe vergalt. Frauen glauben oft zu bereitwillig die Schwüre des Geliebten. Doch der will nur schnell zum Ziel gelangen. Deshalb der gute Rat, den ich den Frauen gebe:

Lasst euch nicht zu schnell betören. Hütet euch besonders vor den jungen Männern mit hübschen Gesichtern und glatter Haut. Ihre Gefühle sind nichts als Strohfeuer – heute für eine, morgen für eine andere.

Ihr müsst aber nicht denken, dass ich euch die Liebe ganz verleiden will. Nein, ohne die Liebe verkümmert auch die Lust wie eine Rebe, die keine Stütze mehr hat.

Pflückt lieber die reifen Früchte, von denen ihr wisst, dass sie süß und gut sind.

Olympia merkte viel zu spät, dass sie sich an Biren verschwendete. Bei der Eroberung von Dordrecht hatte er die Tochter des Friesenkönigs gefangen genommen und zur Ehefrau für seinen Bruder bestimmt. Allen, die das hörten, erschien diese Entscheidung nur recht und billig. Auch Olympia hatte nichts dagegen. Sie merkte nicht, dass sich seine Liebe bereits an dem Tag abgekühlt hatte, als er die schöne, erst vierzehnjährige Friesenprinzessin zum ersten Mal sah.

Sie war für ihn wie eine Rosenknospe, die hervorbrach, als die Sonne höher stieg. Biren entflammte wie Zunder, als er das Mädchen über den Tod ihres Vaters weinen sah. Ihre Tränen waren wie kaltes Wasser auf die Liebesglut zu Olympia. Die wollte er nicht mehr sehen. Er dachte nur noch daran, wie sich seine Liebe zur Friesenprinzessin erfüllen konnte.

Sobald sie allein waren, liebkoste er sie mehr, als es gut für sie beide war. Alle, die das sahen, tadelten ihn nicht, sondern lobten, dass er sich so liebevoll um die arme Kleine kümmerte.

Ohne weitere Zwischenfälle verließen die Schiffe mit Biren und den Frauen Hollands Küste. Sie steuerten in Richtung Schottland. Mitten im Meer wurde die fröhliche Gruppe des Herzogs plötzlich durch einen starken Gegenwind abgetrieben. Das Land an der rechten Seite verschwand in der Ferne. Schon bald wussten sie nicht mehr, wo sie sich befanden. Erst am Abend des dritten Tages gelangten sie zu einer öden, trübseligen Insel.

Sie ankerten in einer Bucht, und Olympia ging an Land. Ohne den geringsten Verdacht speiste sie am Strand fröhlich mit ihrem untreuen Gatten. Anschließend ging sie zusammen mit ihm in das Zelt, das ihnen zum Schlafen errichtet worden war. Die anderen Männer ruderten zu ihren Schiffen zurück, um dort zu übernachten. Olympia fühlte sich noch immer ein wenig matt von ihren Ängsten auf dem schwankenden Schiff. Sie hatte lange keinen Schlaf gefunden. Jetzt schmiegte sie sich an ihren Herzog und genoss das Gefühl der Geborgenheit in seinen Armen. Langsam verschwanden alle quälenden Gedanken, und sie schlief fester ein als ein Murmeltier.

Biren wartete, bis sie tief und gleichmäßig atmete. Dann erhob er sich vorsichtig und leise von ihrem Lager. Er hatte seine Kleidung bereits zuvor zu einem kleinen Bündel zusammengewickelt. Vollkommen nackt schlüpfte er aus dem Zelt, lief zum Wasser und weckte seine Leute. Fast lautlos entfernten sich die Schiffe und nahmen den Weg ins offene Meer.

Am nächsten Morgen erwachte Olympia mit wohligen Gefühlen. Noch halb schlafend streckte sie ihre Hand nach dem Geliebten aus. Sie fand nichts und versuchte es noch einmal. Wieder nichts. Jetzt suchte sie mit ihrem Fuß nach seinem. Aber auch unten auf dem Lager war alles leer. Sie öffnete die Augen und blickte sich verwundert um. Jetzt griff die Furcht nach ihrem Herzen und vertrieb Geborgenheit und Glück. Mit einem Ruck richtete sie sich auf.

Der Platz an ihrer Seite war tatsächlich leer. Mit einem lauten Aufschrei stürzte sie aus dem Zelt ins Freie. Verzweifelt lief sie zum Strand und blickte im letzten Mondlicht auf die leere See hinaus. Laut aufschluchzend schlug sie sich gegen die Brust und raufte sich wie wild das Haar. Nie war ein Strand ihr derart leer und trostlos vorgekommen. Sie rief, so laut sie konnte, seinen Namen.

Er kam als hohles Echo aus den Höhlen an den Küstenfelsen zu ihr zurück.

Voller Verzweiflung lief sie zu einem hohen Felsen. Die Wogen hatten ihn im Lauf der Jahre so weit ausgehöhlt, dass er wie ein Bogen über das Meer hinausragte. Ohne auf ihre Hände, ihre nackten Füße zu achten, kletterte sie über einen steilen Pfad nach oben. Kurz vor dem Horizont sah sie die geblähten Segel der Schiffe ihres fliehenden Gemahls. Während sie in ihrem Schmerz kreidebleich auf die Knie sank, rief sie immer wieder seinen Namen.

»Dass du so grausam sein kannst!«, klagte sie. »Wo willst du hin, mein Biren? Dein Schiff hat doch noch nicht die rechte Last an Bord. Wenn du mich holst und mitnimmst, wird es auch nicht schwerer sein, denn meine Seele ist doch längst bei dir.«

Sie winkte mit den Händen und sogar mit ihrem wehenden Nachtkleid. Aber die Winde bliesen den Untreuen immer weiter fort. Drei Mal versuchte sie, sich mit einem Anlauf vom Felsen hinab ins Meer zu stürzen. Jedes Mal gab sie im letzten Moment auf. Sie schloss für einen langen Atemzug die Augen. Dann ging sie an den Platz zurück, an dem die Arme Birens sie so liebevoll umschlossen und zugleich belogen hatten.

Mit dem Gesicht nach unten warf sie sich erneut auf ihr Lager. Sie weinte lange. »Warum waren wir nicht mehr zwei, als ich erwachte? Oh Biren, Biren! Was soll ich tun? Wer kann mir hier beistehen? Wer tröstet mich und trocknet meine Tränen? Hier ist doch niemand. Und ich habe auch kein Schiff. Und wenn ich hier vor lauter Angst sterbe, wer schließt mir meine Augen? Wer soll mich begraben, wenn es nicht Wölfe aus dem Wald sind, die mich mit ihren Leibern zudecken?«

Sie schluchzte laut, riss sich an den goldenen Haaren, sprang auf und lief erneut zu dem Felsen, der über die Uferbrandung bis ins Meer hinausragte. Hier blieb sie stehen und bewegte sich nicht mehr. Leblos und so, als sei sie selbst aus Stein, starrte sie über die weiten Wasser.

Weit entfernt von der schrecklichen Insel im Atlantik wankte Ruggiero durch die sengende Wüste. Die Sonne quälte ihn, seine Rüstung glühte unter den gnadenlosen Strahlen, und auch sein Pferd konnte sich kaum auf den Beinen halten. Durstig und kraftlos taumelte er zu einer Felsenkante. Was er dort sah, kam ihm wie ein Trugbild vor: Direkt vor ihm erstreckte sich das Meer. Im flachen Wasser stand ein Turm, dessen Schatten bis zum Strand fiel. Dort lagen drei junge Frauen auf kostbar wirkenden Teppichen. Sie waren gekleidet wie die Mädchen am Hof der Zauberin Alcina. Ruggiero starrte mit brennenden Augen auf die phantastische Szene. Die drei labten sich an feinstem Backwerk und kosteten dazu von edlen Weinen. Ruggiero leckte sich über die ausgedörrten Lippen. Schritt um Schritt zwang er sich, auf die drei zuzugehen. Dann entdeckten sie die schwankende Gestalt.

»Durst!«, hauchten seine Lippen nur noch.

»Willkommen, schöner Ritter«, rief ihm die Erste zu.

»Willst du dein Wandern nicht unterbrechen?«, fragte die Zweite.

»Komm in den Schatten«, sagte die Dritte. »Hier kannst du dich erfrischen.«

Die Erste sprang auf, um ihm behilflich zu sein. Die Zweite füllte ein Kristallglas bis zum Rand mit perlendem Schaumwein. Sein Durst war fast unerträglich, als er das sah. Aber er war vorsichtig und wollte sich nicht auf die verführerischen Angebote einlassen. Noch war Alcina hinter ihm her, um ihm den Weg in das Reich ihrer Schwester Logistilla abzuschneiden. Er biss die Zähne zusammen und zwang sich, unbeirrt weiter durch den heißen Sand zu reiten.

Als die drei Frauen merkten, dass sie ihn nicht locken konnten, brach eine Flammenwand zwischen ihnen auf, die nach Schwefel und Salpeter stank. Das Meer bäumte sich auf und schlug mit wilden Wellen gegen das Ufer. Eine schwarze Sturmwand schien sich auf Ruggiero zu stürzen.

»Du bist kein Ritter und kein Edelmann!«, schrie eine der drei. »Du hast die Waffen, die du trägst, ebenso gestohlen wie das Pferd, das du am Zügel führst. Gevierteilt sollst du werden, gepfählt und dann verbrannt, du Dieb, Verbrecher und größter Lumpenhund der Erde!«

Es kostete ihn alle Kraft, um nicht hinzuhören. Endlich liefen die drei zu ihrem Boot. Mit starken Ruderschlägen und unter wüsten Schmähungen trieben sie es am Ufer entlang.

Ruggiero wusste nicht, wie lange er das alles noch aushalten würde. Schließlich erreichte er die Meerenge, hinter der das Reich der guten Fee Logistilla begann. Er war fast völlig entkräftet, als er sah, wie ein alter Fährmann auf der anderen Seite seinen Nachen losband. Schnell kam er näher.

»Du kommst sehr spät«, rief der Fährmann. »Ich habe schon auf dich gewartet.«

»Ich danke Gott, dass er mich hierhergebracht hat«, stöhnte Ruggiero und bestieg das Boot. Der Fährmann nickte wissend und nahm die Ruder auf. Während er das Boot mit steten Ruderschlägen über das stille Wasser des Meeresarmes vorantrieb, lobte er seinen Passagier.

»Du hast dich gerade noch rechtzeitig aus den Verstrickungen der Zauberin befreit«, sagte er. »Wenn du auch noch aus ihrem Zauberbecher getrunken hättest, wärst du wie alle anderen von ihr verwandelt worden. Aber bei Logistilla wirst du eine ganz andere Schönheit finden, nicht diese leere äußerliche wie bei Alcina, sondern eine, die von innen kommt und die Seele nährt.«

Er lächelte, während sie sich dem guten Ufer näherten.

»Ich sage dir, du kannst ihr vertrauen. Sie wird dich völlig andere Künste lehren als Musik und Tanz, Badefreuden oder Festgelage. Ihre Liebe beschränkt sich nicht auf dein Verlangen nach ihrem schönen Körper, sondern hebt dich höher als den Adler in den Himmel voller Glück.«

Sie waren bereits weit von Alcinas Ufer entfernt, als plötzlich Schiffe in der Meeresbucht auftauchten. Sie hielten direkt auf das kleine Boot zu. Am jenseitigen Ufer sammelten sich sämtliche Krieger, die Alcina noch zur Verfügung standen.

»Jetzt wird es ernst, Graf Ruggiero«, rief der Fährmann. Die Ruderer der bösen Zauberin schlugen so hart ins Wasser, dass die Gischt bis über ihre Köpfe schäumte.

»Wenn du nicht sterben oder gefangen werden willst, wird es allmählich Zeit, dass du deinen Zauberschild enthüllst!«, mahnte der Fährmann.

Ruggiero zögerte nicht einen Augenblick länger. Er riss den

Seidenschleier vom Schild und richtete den Lichtstrahl gegen die Verfolger. Einer nach dem anderen warf die Arme hoch und versuchte, sich vor dem gleißenden Blendstrahl zu schützen. Aufschreiend stürzten sie vorn und hinten von den Schiffen. Von einem Aussichtsturm in Logistillas Land wurde eine Glocke geläutet. Sofort eilten die Verteidiger in ihre Alarmstellungen. Sie richteten große Katapulte zum Wasser aus, beluden ihre ledernen Wurfschlingen mit Steinen und ließen die Geschosse gegen die Schiffe der Verfolger krachen.

Gerade noch rechtzeitig erreichte der alte Fährmann mit dem Verfolgten die Hafenmauer. Ruggiero stolperte an Land. Sofort fingen ihn vier junge Mädchen auf, die ihm von Logistilla aus dem Schloss entgegengeschickt worden waren. Der Fährmann rief vom Boot her ihre Namen. Er nannte sie die kluge Phronesia, die kühne Andronika, die ehrliche Dicilla und die keusche Sophrosyne.

Die vier jungen Frauen führten Ruggiero in die Sicherheit der Festung. Gleichzeitig quollen die Verteidiger Logistillas aus allen Toren. Schiff um Schiff verließ den Hafen zum Kampf gegen die Flotte der rachsüchtigen Zauberin. Hörner bliesen zum Angriff, und dann begann eine fürchterliche Schlacht in der Bucht unterhalb der Burg.

Alcinas Flotte schloss so dicht auf, dass kein Fleckchen Wasser mehr vor dem Hafen von Logistillas Reich zu sehen war. Aber genau diese wütende Ansammlung wurde zu ihrem Untergang. Mit jedem Schuss trafen die Krieger Logistillas. Feuer flog in die geblähten Segel, Mastbäume brannten, und die Schiffe sanken.

Alcina konnte nicht mehr siegen. Ihr blieb nur noch ihr eigenes Schiff für eine demütigende Flucht. Die meisten ihrer Männer waren ertrunken oder verbrannt. Kaum jemand sah, dass sie jetzt Tränen in den Augen hatte. Mehr noch als die Niederlage und das große Sterben kränkte sie, dass Ruggiero ihr entkommen war.

Nie zuvor hatte ein menschliches Auge so etwas Herrliches wie Logistillas Schloss gesehen. Die Mauern wirkten kostbarer als Porphyr und Diamant. Nirgendwo sonst waren ähnlich wertvolle Steine für den Bau von Mauern verwendet worden. Es kam Ruggiero vor, als wären hier Baumeister des Himmels mit überirdischen Materialien am Werk gewesen.

Dann erkannte er den wahren Unterschied zu allen anderen edlen Steinen: Die Mauern waren wie Spiegel. Wer dort hineinblickte, sah nicht seinen Körper, sondern konnte tief bis in die eigene Seele blicken. Ganz gleich, ob sie gut oder böse war, zu klein geworden, weil sie immer nur getadelt wurde, oder aufgebläht durch falsche Schmeicheleien – im Spiegel glänzte die Wahrheit jeder Seele so klar und deutlich wie das Licht der Sonne.

Bewundernd blickte Ruggiero hoch und sah auf himmelhohen Bögen schwebende Gärten, in denen duftende Bäume wuchsen, die das ganze Jahr über zugleich Blüten und Früchte trugen. Die edlen Bäume wurden umringt von Büschen, die keinen Winter kannten. Er sah Veilchen und Lilien, Rosen und Jasmin. Logistilla hatte das alles zu einem duftenden immerwährenden Garten vereint.

Ruggiero spürte sofort, dass er hier willkommen war. Noch ehe sein Erstaunen über die Blütenpracht verklungen war, stürmten Astolf und viele andere junge Edle auf ihn zu. Sie schlugen ihm auf die Schulter, hoben ihn hoch und führten ihn lachend und mit fröhlichen Reden ins Innere des Schlosses in einen lichten Saal mit hellen Steinsäulen, Blumen und plätschernden Brunnen. Bedienstete brachten köstliche Speisen und Getränke. Ruggiero aß und trank, ließ sich verwöhnen. Dazwischen ruhte er in weichen Kissen. Zwei Tage vergingen auf diese Weise. Dann wandte sich Ruggiero an den jungen Herzog Astolf.

»Ich möchte Logistilla gern für alles danken.«

»Das würde ich auch gern tun«, antwortete der junge Herzog von England. »Außerdem möchte ich sie bitten, dass ich wieder in den Westen zurückkehren darf. Aber bisher hat sie keiner von uns gesehen.«

»Zeigt sie sich denn nicht?«

»Ich weiß nicht«, antwortete Astolf. »Aber vielleicht könnten wir Melissa um Hilfe bitten. Sie ist schon ebenso lange hier wie wir.«

Ruggiero nickte. Gemeinsam gingen sie zu Melissa und fragten sie.

»Natürlich helfe ich euch«, sagte Melissa sofort. »Kommt, gehen wir zusammen zur Herrin dieses verwunschenen Reiches.«

Noch am selben Tag kam es zu der ersehnten Begegnung. Melissa trug im Namen der Ritter alle Wünsche vor. Logistilla hörte sich alles geduldig an. Dann sagte sie: »Ich bitte euch dringend, wenigstens noch zwei Tage zu warten. In der Zeit will ich darüber nachdenken, wie ihr in eure Heimat zurückkehren könnt.«

Nach zwei Tagen standen sie erneut vor Logistilla. Die Fee überreichte Ruggiero ein Zaumzeug aus Samt.

»Nimm das«, sagte sie freundlich. »Ich habe es extra für dich angefertigt. Wenn du es so anlegst, wie ich es dir hier zeige, kannst du den Hippogryphen – halb Flügelross, halb Greifenvogel – mühelos steuern. Aber zuvor musst du den Gebrauch des Zaumzeugs auf schnellen Pferden üben.«

Ruggiero war einverstanden, und er übte mit den neuen Zügeln, bis er schließlich selbst die wildesten Rösser meisterlich beherrschte.

Der Tag des Abschieds kam schneller als erwartet. Ruggiero dankte Logistilla von ganzem Herzen.

Gemeinsam gingen sie zum Stall des Greifenvogels. Ruggiero legte ihm das neue Zaumzeug an, bestieg ihn und verabschiedete sich von den vielen jungen Männern, die allesamt zurückblieben. Er hob noch einmal seine Hand, dann drückte er den starren Zügel des Zaumzeugs einen Fingerbreit nach unten. Der Hippogryph lief sofort los, als hätte er bereits ungeduldig auf die Anweisung gewartet. Ruggiero wollte nicht hoch über Meeresfluten fliegen, sondern noch einmal sehen, wo er bereits gekämpft, gelitten und gesiegt hatte.

Von Indien aus ließ er sein Flügelross über die Uferlinien des Ostmeers fliegen. Von Gibraltar aus flog er immer westwärts bis Indien. China erschien unter ihm, das Königreich Cathay. Dann folgte Mangitanien. Er sah die große Stadt Quinsay von oben, die auch Nanking genannt wurde.

Wenn er genug hatte, ließ er das Flügelross irgendwo landen. Dann nahm er sich ein Nachtlager in einem Gasthaus und aß zu Abend. Er flog über den Himalaja und ließ Serikanien, das Reich von König Gradass, rechter Hand unter sich. Von Skythien aus bog er zum Kaspischen Meer ab, dann zu den Sarmaten, wo der mächtige stille Don die Grenze zwischen Asien und Europa bildete.

Er ließ sich über die weiten Länder der Russen tragen, bog bei den Ruthenen wieder nach Westen ab, überflog Pommern und dann Preußen.

Eigentlich sehnte er sich danach, so schnell wie möglich seine geliebte Bradamante wiederzusehen. Aber weil er jetzt schon einmal dabei war, genoss er das Vergnügen, nach Lust und Laune durch die Luft zu schweifen. Er flog auf den Schwingen des Flügelpferdes über Polen, dann nach Ungarn und in einer weiten Kurve über die Landstriche Germaniens.

Jetzt reizte ihn auch noch der wilde Norden. Und ganz zum Schluss erkundete er auch noch die fernsten Winkel der großen Insel England. Die Tage zogen so an ihm vorbei und schließlich auch die Monde. Er war so süchtig, immer neues Land zu sehen, über die Meere hinzusegeln und sich am Abend die besten Landeplätze auszuwählen, dass er schon fast vergessen hatte, zu welchem Ziel er aufgebrochen war. Erst als er eines Morgens über die Themse und die große Stadt London flog, erinnerte er sich wieder daran, dass Kaiser Karl von hier Verstärkung angefordert hatte.

Er landete am Themseufer auf einer Wiese vor der Stadt. Hier hatten sich Fußvolk und Reiter versammelt. Überall zogen mit Trommelklang und Kriegsfanfaren neue Kontingente auf. Die ersten waren Ritter der Krone. Sie wurden von Rinaldo angeführt. Er war noch immer dabei, Bewaffnete für seinen Kaiser zu beschaffen.

Ruggiero ritt an Rinaldos Seite. Er fragte ihn nach der Herkunft der vielen bunt gekleideten Bewaffneten.

»Sie kommen aus allen Gegenden von Schottland, England und den Inseln«, erklärte Graf Rinaldo bereitwillig. »Sobald die Musterung vorbei ist, wird dort am Themseufer das ganze Heer in Gruppen eingeteilt. Jede Einheit steigt dann in eines der im Hafen wartenden Schiffe. Sie alle ziehen los, um Karl den Großen und seine Franken gegen die Sarazenen aus Afrika zu verstärken. Der Kaiser wartet dringend auf dieses frische Heer.«

Ruggiero bewunderte die vielen Gruppen der Krieger und ihre völlig unterschiedlichen Wappen. Die Erkennungssymbole reichten von gespaltenen Hirschköpfen und grünen Drachen über Blitze und Vögel in der Sonne bis zu Kreuzen, Kronen und Palmenzweigen. Noch während Graf Rinaldo ihm die Fahnen ihrer Anführer erklärte, sammelten sich immer mehr Neugierige um ihn und sein eigenartiges Reittier.

Ruggiero tat zunächst so, als würde er nichts bemerken. Trotzdem freute es ihn, dass die Männer ihr Erstaunen nicht verbergen konnten und mit offenen Mäulern auf ihn und den Hippogryphen starrten. Um sie noch mehr aus der Fassung zu bringen und ihnen vorzuführen, was er alles konnte, senkte er den Zügel am Hals des Wundertieres ein wenig und gab ihm behutsam etwas Druck in die Flanke.

Mit einem Flügelschlag schoss das Greifenpferd über die Köpfe der Versammelten hinweg steil nach oben. Es stieg hoch in den Himmel und ließ die anderen staunend und erschreckt zurück.

Ruggiero kreiste noch eine Weile über England und sah sich die verschiedenen Landstriche etwas genauer an. Dann ließ er das Greifenpferd in Richtung Westen über Irland treiben. Danach ritt er weiter über das Meer und nahm Kurs auf die Küsten der Bretagne.

Plötzlich erblickte er unter sich Angelica. Sie war vollkommen allein und in Ketten an den nackten Fels geschmiedet. Im ersten Augenblick dachte Ruggiero, dass er nur die Statue eines nackten Mädchens sah – ein Idealbild aus weißem Marmor, das ein Künstler am kahlen Felsen aufgestellt hatte. Gleich darauf erkannte er aber Tränen im Gesicht des wunderschönen Bildwerks. Sie rannen wie durch Schnee über die weißen Wangen. Ein sanfter Windhauch spielte in ihrem golden schimmernden Haar.

Als Ruggiero direkt in ihre Augen sah, erfasste ihn große Sehnsucht nach seiner Bradamante. Seine Augen wurden feucht vor Mitleid und von liebevollen Gefühlen. Er zog mit seinem strengen Zügel den Kopf des Hippogryphen etwas an. Vorsichtig landete er dicht vor der unglücklichen Schönen.

»Wer ist der Unmensch, der dich hier angekettet hat?«, stieß er hervor. »Du dürftest nur von Amors Band gefesselt sein und nicht durch Eisen, das dir deine schönen Hände zerquetscht.«

Bereits bei seinen ersten Worten färbten sich ihre Wangen, schließlich sogar alle unbedeckten Körperteile in scheuem Rot. Am liebsten hätte sie ihr Gesicht in ihren Händen verborgen.

Ruggiero verstand sie nicht, weil sie zu leise sprach. Zugleich näherte sich Lärm von der See her. Dann brach ein Ungeheuer durch die Wogen wie ein rasendes Schiff. Gierig vor Hunger auf eine neue Jungfrau als Morgenmahlzeit, rauschte das Scheusal auf das Ufer zu. Halb tot vor Schrecken hing Angelica in ihren Ketten. Sie konnte nicht einmal mehr schreien.

Ruggiero zögerte keinen Augenblick. Er ergriff seine Lanze und rammte die Spitze gegen das Ungeheuer. Die Augen und Zähne des Monsters erinnerten ihn an ein ungeheuer großes Schwein. Ruggiero rammte die Lanze genau dorthin, wo er die Augen sah. Aber er prallte zurück, als wären sie aus Stahl. Er wendete sofort sein Flügelross und nahm einen neuen Anlauf. Das Ungeheuer nahm wohl an, dass ihm das Greifenross mit seinem Reiter den Leckerbissen stehlen wollte. In wilder Wut wendete es in der aufschäumenden Gischt. Diesmal traf Ruggiero die Bestie hinter dem Ohr, dann in den Rücken und in den Schweif. Aber es gelang ihm nicht, die harte Haut des Ungeheuers zu durchschlagen. Das Monster jaulte, kreischte und pfiff. Schließlich fiel Ruggiero sein Wunderschild ein.

So vorsichtig wie möglich näherte er sich Angelica und steckte ihr den Zauberring an den kleinen Finger. Es war derselbe Ring, den seine liebste Bradamante dem betrügerischen Brunell weggenommen und den Melissa zur Insel der Zauberin Alcina gebracht hatte. Solange er selbst den Ring am Finger hatte, konnte sein Schild nicht blitzen. Außerdem wollte er die schönen Augen der nackten Jungfrau schützen.

Gerade noch rechtzeitig drehte er sich um. Das Monster aus der Tiefe bedeckte bereits den halben Strand. Es wälzte sich an die Felswand heran. Ruggiero wartete bis zum letzten Augenblick, ehe er das Seidentuch von seinem Zauberschild riss und damit eine zweite Sonne über dem Meer aufgehen ließ.

Der gleißende Strahl traf mitten ins Auge des Ungeheuers.

Mit einem gewaltigen Krachen kippte das Monster um. Schaum brodelte auf. Ruggiero riss sein Schwert hervor und stürmte auf das gelähmte Ungeheuer zu. Aber sosehr er auch zustach – nirgendwo drang der Stahl in die Haut ein.

»Hör auf, hör auf!«, rief die Jungfrau in ihren Fesseln. »Deine Waffen sind machtlos gegen diesen Schuppenpanzer. Binde mich lieber los, ehe es wieder zu sich kommt.« Sie weinte so herzerweichend, dass sich alles in Ruggiero zusammenzog. »Lass nicht zu, dass dieses Ding mich frisst«, schluchzte sie verzweifelt. »Nimm mich lieber mit und wirf mich dann irgendwo ins Meer.«

Ruggiero schämte sich, dass er nicht eher daran gedacht hatte, sie von ihren Ketten loszulösen. Er beeilte sich, während sie vor Angst am ganzen Körper zitterte. Schnell nahm er sie auf den Sattel des Flügelpferdes. Der Hippogryph schrammte mit seinen Hufen durch Geröll und Sand am Ufer und stieg dann vor dem Felsen auf. Ruggiero ließ die befreite Jungfrau hinter sich rutschen. Dabei blickten sie sich gegenseitig derartig liebevoll an, als würden sie bereits tausend Küsse tauschen.

Ursprünglich hatte er um Spanien herumfliegen wollen. Aber jetzt wurde sein Begehren so heftig, dass er das Greifenpferd über das Meer dorthin lenkte, wo sich das raue Land der Bretagne weit in den Ozean hinausschob. Sie flogen zu einem schattigen Hain unmittelbar hinter der Küste. Das Greifenpferd landete direkt neben einer frischen Quelle. Dort glitten sie aus dem Sattel. Ruggiero schlug auf die Gelenke, an denen der Hippogryph seine Seitenflügel einziehen konnte. Nur die Schwanzflügel ließ er weiterhin ausgestreckt. Ruggieros Verlangen kannte keine Grenzen mehr, als er sie jetzt so schön und nackt vor sich sah. Er konnte es gar nicht erwarten, die hinderliche Rüstung loszuwerden. Aber noch nie zuvor hatte er sich derart ungeschickt vor einem Mädchen ausgezogen. War ein Knoten offen, verhedderten sich seine ungeduldigen Finger gleich in zwei neuen. Die schöne nackte Jungfrau stand wie benommen zwischen ihm und dem schnaubenden Greifenpferd. Alles, was Ruggiero noch zurückhielt, waren die verdammten Knoten.

11. Gesang

Selbst ein schwaches Zaumzeug kann ein starkes Pferd in seinem Lauf noch lenken. Doch nur sehr selten schafft es der Verstand, lustvolle Leidenschaft zu zügeln. Es ist wie bei dem Bären, wenn er Honig gerochen hat.

Ruggiero war so gefangen von den Reizen des Mädchens, dass er seine geliebte Bradamante völlig vergessen hatte. Selbst wenn er in diesem Augenblick an sie gedacht hätte, war es bereits zu spät. Schild und Lanze lagen bereits am Boden, und er selbst war so gut wie nackt.

Die Schöne vor ihm senkte schamhaft ihren Blick. Da entdeckte sie den Ring an ihrem Finger, den sie so lange vermisst hatte. Sie hatte die Zauberwaffe bei sich gehabt, als sie zum ersten Mal ins Frankenreich kam – ebenso wie ihr Bruder die Zauberlanze mit sich führte, die er dann an den Paladin Astolf verloren hatte. Mit dem Ring hatte sie zuvor fern im Osten Graf Orlando aus den Ketten der Zauberin Dragontina befreit. Er hatte sie unsichtbar gemacht, als sie ihn in den Mund steckte. Nur so war sie damals aus dem Gefängnisturm der bösen Alten entkommen. Noch in der Festung hatte ihr Brunell den Ring vom Finger gestohlen. Ohne den Ring hatte sich auch das Glück gegen sie gewandt und sie zum Schluss sogar aus ihrem Königreich vertrieben. Vorsichtig zog sie den Ring vom Finger, steckte ihn rasch in den Mund und hoffte, dass er noch wirkte.

Es schien zu klappen! Atemlos beobachtete sie, wie Ruggiero nach allen Seiten blickte und sich dann wie närrisch im Kreis herumdrehte. Dann begriff er, dass sie durch seine eigene Dummheit verschwunden war. Verärgert und zugleich beschämt beschwerte er sich über ihre Undankbarkeit. Er konnte sie nicht sehen und schimpfte deshalb in verschiedene Richtungen.

»Ist das der Dank für meine Hilfe?«, rief er. »Das ist zu grausam, Mädchen! Ich wollte dir den Ring doch schenken. Du musst ihn mir nicht stehlen. Meinetwegen nimm auch noch mein Zauberschwert und dieses einmalige Flügelpferd. Wenn dir das immer noch nicht reicht, dann nimm mich selbst auch noch dazu – von mir aus als deinen Sklaven. Aber du musst dich zeigen, hörst du? Ich komme um, wenn ich dein wunderschönes Gesicht nicht sehe. Bitte, Angelica, treib kein so böses Spiel mit mir. Ich weiß doch, dass du mich sehen und hören kannst.«

Wie ein Blinder tastete er mit ausgestreckten Armen durch die Luft und hoffte, dass er sie auf diese Weise einfangen und umarmen konnte.

Angelica war längst weg. Sie lief, so schnell sie konnte. Es dauerte nicht lange, bis sie direkt vor sich eine Höhle sah. Niemand war zu sehen. Ohne zu zögern, durchsuchte sie die eigenartige Behausung. Dort entdeckte sie Krüge mit Stutenmilch und frisch gebackenes Brot. Schnell aß und trank sie.

Vor der Höhle entdeckte sie einen sanften Hang, der in ein liebliches Tal hinabführte. Dort weidete eine große Herde von Stuten mit ihren Fohlen. Als die Sonnenhitze zu groß wurde, kehrten die Pferde über Mittag in die Höhle zurück. Angelica ruhte sich aus und verlor langsam ihre Angst vor den Schrecken der letzten Monate.

Gegen Abend fand sie in der Höhle unter Männerkleidung ein grobes Gewand, das sie selbst wie eine Pferdehirtin aussehen ließ. Sie lächelte, als sie daran dachte, wie viele bunte Kleider aus Samt und Seide und anderen kostbaren Stoffen sie früher einmal besessen hatte. Aber sie klagte nicht, sondern fühlte sich auch in der Gewandung eines Pferdehirten wieder stark und voller Hoffnung. Sie hatte jetzt genug geruht und ging ins Tal hinab. Im letzten Tageslicht suchte sie sich die beste unter allen Stuten aus. Mit ihr wollte sie endlich ins Morgenland und ins Königreich Cathay zurückkehren.

Ruggiero suchte noch lange nach der undankbaren Schönen. Schließlich sah er ein, dass sie nicht mit ihm spielte, sondern tatsächlich verschwunden war. Als er auf die Lichtung zurückkam, stieg das geflügelte Pferd gerade über den Baumwipfeln auf und flog davon. Es hatte sich während seiner Abwesenheit von seinem Zaumzeug befreit. Er entdeckte die Zügel bei seiner Kleidung neben der Quelle. Ruggiero fluchte. Dass ihm der geflügelte Hengst nach all dem Ärger entwischt war, war in der fremden Gegend sehr ärgerlich, noch mehr, dass Angelica ihn überlistet hatte. Und weil aller schlechten Dinge drei waren, musste er auch noch auf den Zauberring verzichten, den er als Unterpfand der Liebe über die gute Fee Melissa von seiner Bradamante erhalten hatte.

»Strafe muss sein!«, sagte er schließlich zu sich selbst. Dann kleidete er sich wieder an und stieg in seine Rüstung. Wenigstens der Zauberschild war ihm noch geblieben. Er entschloss sich, dem Weg der Sonne zu folgen und in westlicher Richtung zu gehen. Bald stieß er in einem breiten Tal auf einen Weg durch den dichter werdenden Wald. Nach wenigen Schritten hörte er Waffenlärm hinter Gebüsch und Sträuchern.

Eilig brach Ruggiero durch die Zweige und sah zwei ungewöhnliche Streiter. Der eine kämpfte behände und mutig wie ein Paladin vom Hofe Karls des Großen. Der andere war ein riesiger, grobschlächtiger Kerl, der wild um sich schlug. Mit seiner schweren Keule schlug er immer wieder auf den geschickt mit Schwert und Schild parierenden Ritter ein. Direkt vor den beiden lag das Pferd des Ritters in seinem Blut. Es hatte bereits alle viere von sich gestreckt.

Ruggiero hoffte, dass nicht der riesige Grobian, sondern der tapfere Kämpfer gewinnen würde. Im selben Augenblick krachte die Keule des Wilden auf den Helm des Ritters. Er brach zusammen und schlug in seiner Eisenrüstung scheppernd auf den Boden. Der Riese sprang hinzu und wollte seinem Opfer den Helm abreißen, um ihn endgültig zu erschlagen. Dann, als der Riese das Helmvisier aufriss, erkannte Ruggiero, wem da so übel mitgespielt wurde. Von diesem wunderschönen Gesicht hatte er tage- und nächtelang geträumt. Sie war es, seine lange vermisste, wunderbare geliebte Bradamante. Ruggiero sprang vor und riss sein Schwert heraus. Mit einem lauten Schrei warf er sich zwischen die Ohnmächtige am Boden und den Wüterich.

»Halt!«, schrie er. Aber der Riese dachte nicht daran, seine Beute aufzugeben. Er packte Bradamante wie ein Wolf, der sich das beste Lamm aus der Herde holte, und warf sich die Besinnungslose über die Schulter. Dann verschwand er mit seiner Last einfach aus Ruggieros Blick. So schnell wie möglich rannte Ruggiero dem räuberischen Riesen hinterher. Der Waldweg wurde etwas breiter, und das Dickicht öffnete sich nach beiden Seiten. Dann sah er vor sich eine große, weite Wiese.

Genug davon! Ich muss mich wieder um Orlando kümmern, der Cimoscos Feuerrohr ins tiefste Meer geschleudert hat, damit keine Spur mehr von ihm übrig bleibt. Leider vergeblich, denn der Teufel, dieser Feind des Menschen, passte auf. Er hatte die fürchterliche Waffe ersonnen.

Erst vor wenigen Generationen hat er dafür gesorgt, dass das höllische Gerät durch einen Zauberer aus mehr als hundert Schritten Tiefe aus dem Meer gezogen wurde. Cimoscos Feuerrohr wurde zu den Deutschen gebracht, die allerlei Versuche mit ihm anstellten, bis sie begriffen, wie das Donnerrohr die Blitze wirft.

Die grauenhafte Kunst erreichte dann sehr schnell Italien, Frankreich und die anderen Länder. Groß oder klein, schwer oder leicht, heißen diese Waffen dann Bombarde, Mörser oder auch Kanone.

Armer Soldat, wirf deine Waffen ins Schmiedefeuer. Sie taugen nichts mehr. Nimm stattdessen die Flinte oder Arkebuse auf die Schulter, denn ohne die bekommst du zukünftig keinen Sold mehr.

Du Abschaum einer Erfindung, wie konntest du jemals in eines Menschen Kopf entstehen? Helden sind überflüssig, denn deine Blitze lassen jeden Feigling siegen.

Aber folgen wir dem Paladin, der voller Sehnsucht nach Ebuda segelt, wo dem Ungeheuer schöne Frauen zum Verspeisen vorgeworfen werden.

Je ungeduldiger Orlando wurde, umso schwächer trieb der Wind sein Schiff voran. Er wechselte von links nach rechts, kam nur noch kaum spürbar von hinten und blies ihnen dann sogar entgegen. Orlando hielt die ständigen Verzögerungen kaum noch aus. Endlich, nach einer quälend stillen und für ihn viel zu friedlichen Fahrt an Irland vorbei, erreichten sie die Küste der kleinen Insel Ebuda.

»Du kannst den Anker setzen und an Bord bleiben«, sagte Orlando zum Schiffer. »Ich nehme das Boot und rudere allein zu den Felsen für das Jungfrauenopfer.«

»Ganz allein? Ist das nicht zu gefährlich?«

»Ich weiß schon, was ich tue«, antwortete Orlando schroff. »Gib mir noch deinen größten Anker und deine stärksten Taue.«

Die Seeleute ließen ein Beiboot zu Wasser und warfen die von Orlando geforderte Ausrüstung hinein. Dazu nahm er sein gutes Schwert Durindana mit. Dann stieg er in das Boot und ruderte los.

Als er sich bis auf Steinwurfweite dem Felsen genähert hatte, hörte er eine Frau weinen. Er suchte den Felsen ab und entdeckte am Ufer ein nacktes Weib, dessen zarte weiße Füße von der Brandung umspült wurden. Sie hing mit gesenktem Kopf in ihren Fesseln. Orlando war noch zu weit entfernt, um ihr Gesicht zu erkennen. Er stemmte sich in die Riemen, um ihr so schnell wie möglich näher zu kommen. Plötzlich brodelte das Wasser vor ihm. Gewaltige Wellenberge schossen hoch, und aus der Tiefe des Ozeans dröhnte ein grauenhafter Schrei.

Jetzt sah Orlando das monströse Ungeheuer. Es erinnerte ihn an regenschwere Sturmwolken, wenn sie aus finsterem Tal aufsteigen und rings um sich finstere Nacht verbreiten. Ebenso wie die plötzlichen Gewitterwolken dehnte sich die Bestie schnell nach allen Seiten aus. Sie tauchte auf, drängte das Meer zurück und peitschte immer neue Wogen auf.

Orlando schlang das Tauende durch die Ankerösen und gab dem kleinen Boot einen geschickten Seitenschwung, um zwischen das angekettete Mädchen und das Meeresungeheuer zu kommen. Das Untier kam rasend schnell näher. Es riss sein Maul so weit auf, dass darin ein Ritter samt seinem Pferd Platz gehabt hätte.

Aber Orlando wich nicht zurück. Im Gegenteil, zusammen mit dem Anker und dem kleinen Boot schoss er auf einem Wasserschwall in das Maul des Monsters. Er schwang den Anker wie eine Schleuder, ließ ihn los und verkeilte die Schaufeln des Eisenhakens zwischen Gaumen und Zunge des mörderischen Wesens. Das Ungeheuer Orka bekam seine Kiefer nicht mehr zu. Die mörderischen Zähne vorn im Maul standen jetzt so hoch über Orlando, dass er sie nicht einmal im Sprung erreicht hätte.

Das war der Augenblick, in dem er sein gutes Wunderschwert sprechen lassen konnte. Er riss es aus der Scheide und stach und schlug mit seiner ganzen Kraft nach allen Seiten in den dunklen Monsterschlund. Es war, als würde sich das Meeresungeheuer wie eine Festung wehren, in die bereits die Feinde eingedrungen waren. Wieder und wieder versuchte es, ihn auszuwürgen, und tauchte ab. Der Schmerz trieb es sofort wieder hoch. Von außen waren nur die Schuppenspitzen inmitten blutig kochender Gischt zu sehen.

Orlando, der noch immer im Maul des Ungeheuers um sich schlug, erkannte, dass ihn der Wasserschwall jeden Augenblick ertränken konnte. Er schlang das andere Ende des Seils fest um seinen Körper und sprang ins Meer hinaus. Mit aller Kraft, die seine Lungen hergaben, schwamm er auf die Klippe zu, an der das Mädchen angebunden war. Dort stemmte er sich mit beiden Beinen gegen einen Felsbrocken und zog Faust um Faust den Ankerhaken und das Ungeheuer näher zum Strand. Das Monster wehrte sich wie ein wilder Stier. Aber es kam nicht los. Es dröhnte, krachte und toste, während die Sonne im roten Nebel ihre Strahlenkraft verlor.

In diesen fürchterlichen Kampf hinein ließ sich plötzlich auch Proteus sehen. Das Lärmen hatte ihn aus seiner Ruhegrotte in der stillen Tiefe des Ozeans gelockt. Als er erkannte, was Orlando mit Orka machte, befahl er allen Fischen und allen Lebewesen des Meeres, so schnell wie möglich zu fliehen. Alte und junge Wasserwesen, Nymphen und Nereidenschwärme mit aufgelösten Haaren eilten aufgeregt durch die Fluten. Sogar Neptun befahl seinen Delphinen, ihn schnellstmöglich weit fort – am besten bis in die Gegend von Äthiopien – zu ziehen.

Orlando beendete mit einer letzten Kraftanstrengung den mörderischen Wettkampf. Mit einem harten Ruck zog er den Rest des Ungeheuers an den Strand bis vor die Felsen.

Plötzlich war alles ruhig. Er ließ das Ankerseil los und wartete, bis die Zuschauer, die überall über den Felsenklippen erschienen waren, laut schreiend auf ihn zukamen. Er dachte, dass sie ihn loben und in ihm einen Helden sehen würden. Aber das Gegenteil geschah. Verwundert hörte der Graf, wie die Männer sich beklagten, dass Proteus nun in seinem Zorn Heere von neuen Ungeheuern schicken würde. Am liebsten hätten sie Orlando gleichfalls totgeschlagen. In ihrer Angst und Wut hoben sie Schwerter und Spieße und rückten immer näher. Orlando hatte keine andere Wahl. Er zog sein gutes Schwert Durindana und zeigte es dem Pöbel. Aber die Bauern von der Insel sahen nur einen erschöpften Fremden ohne jede Rüstung. Er hatte keinen Harnisch angelegt und keinen Eisenschild. Sie ahnten nicht, dass seine Haut hart wie Diamant war.

Als sie ihn überfielen, mähte die Durindana zehn Mal die Köpfe, mit jedem Schlag gleich drei. So blieben dreißig Männer von Ebuda neben dem toten Ungeheuer am Strand. Der Rest floh schneller, als Orlando ihnen nachrufen konnte. Er wollte sich gerade zur Felsenwand umdrehen, an der noch immer die Schöne in den Seilen hing, als Schreie von der anderen Seite laut wurden.

Er hatte nicht bemerkt, dass in der Zwischenzeit die Iren mit ihrer Flotte hinter den Felsen angekommen waren. Von allen Seiten stürmten sie die Insel. Sie machten alles nieder, was sich ihnen in den Weg stellte, ohne Rücksicht auf Alter und Geschlecht. Die Insulaner hatten jahrelang betrogen und geraubt und so viele Frauen verschleppt, dass nicht nur Irland, England und die Küsten der Bretagne leer gefegt waren. Jetzt zündeten die Iren Haus um Haus und Stadt um Stadt an. Sie machten alle Mauern dem Boden gleich und erschlugen jeden, ob er sich nun gegen sie zur Wehr setzte oder um Gnade flehte.

In all dem Getöse wandte sich Orlando endlich dem Felsen mit dem nackten Mädchen zu. Erst jetzt sah er, dass es nicht seine Angelica war.

»Olympia!«, stieß er hervor. »Wie kommst du denn hierher? Ich sah dich doch noch glücklich und jungverheiratet, als ich dich verließ.«

Bebend vor Angst und Erschöpfung schlug sie die Augen auf. Ihre Lippen zitterten, als sie ihn erkannte. Sie schämte sich dafür, dass sie nackt war. Dann schilderte sie Orlando, wie ihr verräterischer Gemahl sie ausgesetzt hatte, die Männer von Ebuda sie gefunden und in Ketten fortgeschleppt hatten. »Ich weiß noch nicht einmal, ob ich dir dafür danken soll, dass du mich vor dem grauenhaften Tod bewahrt hast«, weinte sie. »Denn jetzt muss ich weiterleben mit einem Herzen, das vor Trauer nicht mehr leben will.«

Schluchzend versuchte sie, ihren Schoß und ihre Brüste zu bedecken, dann erzählte sie von Birens Betrug an ihr.

Orlando bedauerte, dass sein Schiff noch nicht angekommen war. Er wäre jetzt liebend gern in einem Hafen mit ihr gewesen, um die schönsten Kleider für sie zu beschaffen. In diesem Augenblick kam der Anführer der irischen Eroberungsflotte in voller Rüstung zum Strand. Noch während er und seine Männer auf der anderen Seite der Insel kämpften, hatte er gehört, dass hier ein Ritter durch die Wogen schwimmen sollte – mit einem Riesenfisch am Haken, den er wie ein Schiff gegen den Meeresstrom heranzog. Obwohl Orlando noch immer nass, voller Schlamm und Blut war, erkannte ihn der König Obert von Irland sofort.

»Ich hab's gewusst«, rief er. »Von solcher Kraft – das konnte ja nur mein verdammter Milchbruder Orlando sein.«

Sie waren beide Edelknaben am Hof des Frankenkönigs gewesen. Erst vor einem Jahr war Obert nach dem Tod seines Vaters nach Irland gegangen. Jetzt nahm er seinen Helm ab und umarmte Orlando. Die beiden Männer lachten und schlugen sich immer wieder gegenseitig auf die Schulter. Dann erzählte Orlando seinem Jugendfreund, was mit der unglücklichen Olympia geschehen war.

»Ich hätte nie gedacht, dass dieser Biren so ein Schuft ist«, schnaubte Obert, nachdem er alles gehört hatte. Er sah, dass Olympia erneut in Tränen ausbrach. Trotz aller Leiden, die sie inzwischen überstanden hatte, entdeckte er in ihrem Blick eine Schönheit, die ihn bis ins Innerste des Herzens traf. Er sah ihre wohlgeformte Stirn, die Schönheit ihrer Wangen, ihrer Nase und verliebte sich augenblicklich in sie. Ihre runden Brüstchen sahen aus, als würden sie jederzeit Milch geben wollen. Dazwischen lag das Tal wie mit letztem Schnee an einem schönen Frühlingstag bedeckt. Er blickte auf ihre Hüften, auf die Wölbungen und Flächen ihrer Lenden und auf ihren spiegelglatten lichten Leib. Ihre Schenkel waren so weiß, dass er seinen Blick einfach nicht abwenden konnte. Er musste sich sehr zusammennehmen, um nicht jedes wunderbare Detail an ihrem Körper liebevoll anzusehen. In diesem Augenblick war sie für ihn wie Venus, Minerva und die schöne Helena zugleich.

Er konnte sich nicht vorstellen, dass Herzog Biren sie jemals so hüllenlos und schön gesehen hatte. Dann nämlich hätte er sie nie verlassen können. Er lächelte, ging auf sie zu und spürte, wie sie unter seinem Blick noch verwirrter wurde. Orlando sah, was hier geschah, und er war einverstanden.

»Ich werde sie nach Holland bringen und dafür sorgen, dass sie ihr Königreich zurückbekommt«, sagte Obert bestimmt. »Es muss doch möglich sein, dass wir Gerechtigkeit auch gegen den ehrvergessenen Ehemann erzwingen. Aber zunächst braucht sie etwas anzuziehen. Es sollen die schönsten Kleider herbeigeschafft werden.«

»Davon gibt es hier mehr als auf jeder anderen Insel«, grinste Orlando. »Jeden Tag eine Jungfrau. Und jeden Tag blieben hier Kleider zurück, die niemand mehr benötigt.«

»Das passt mir zwar nicht ganz«, antwortete König Obert, »aber für den Augenblick muss ich wohl zustimmen. Aber ich schwöre euch, dass ich die besten Schneider beauftragen werde, aus edlen Goldfäden und feinster Seide Gewänder zu nähen, die einer Königin würdig sind.«

Orlando war zufrieden mit dem unerwarteten Zusammentreffen von Olympia und Obert. Wenn der König von Irland die Angelegenheiten in die Hand nahm, würde der verräterische Herzog Biren seiner wohlverdienten Strafe nicht entgehen. Andererseits war Orlando enttäuscht und traurig. Schließlich war er nicht zur Rettung von Olympia gegen das Ungeheuer aus der Tiefe angetreten, sondern um Angelica zu befreien. Er wusste nicht einmal, ob sie überhaupt auf der Insel gewesen war. Es gab niemanden mehr, den er fragen konnte. Deshalb beschloss er, zusammen mit König Obert die Insel so schnell wie möglich zu verlassen.

Bereits am nächsten Tag machten sie sich mit ihren Schiffen zurück auf den Weg nach Irland. Orlando blieb nur einen Tag als Gast auf der grünen Insel. Dann trieb ihn die Sehnsucht weiter. Sie verabschiedeten sich, und Orlando erinnerte den König noch einmal an den Schwur, den er für Olympia gegeben hatte.

»Nicht nötig«, sagte Obert lachend. »Mehr als ein Eid verpflichtet mich mein Herz für sie.«

Auf diese Weise wurde sie seine Königin.

Nur wenig später zogen die Iren zusammen mit den Schotten und den Engländern wieder ins Feld. Zugleich sorgte Obert dafür, dass Holland wieder frei wurde. Er ließ Biren kein Stück von Friesland und brachte Seelands Volk zum Aufstand gegen ihn. Als er schließlich Biren mit dem Schwert erschlug, war das noch die geringste Strafe für die Verbrechen dieses Mannes.

Orlando ließ das salzige Meer und den Seewind hinter sich. Er traf wieder an dem Platz ein, an dem er sein Pferd Brigliador zurückgelassen hatte. Von dort machte er sich erneut auf die Suche nach Angelica.

Den ganzen ungewöhnlich ruhigen Winter hindurch quälte er sich kreuz und quer über Berge und durch Täler. Erst als die Sonne wärmer wurde und ein schöner Lenz Blumen und Blätter sprießen ließ, erhielt er wieder die Gelegenheit, sich als ritterlicher Held zu zeigen.

12. Gesang

Wie großartig und zugleich einfach war das in der Antike. Aber Orlando hatte keine Fackeln, die am Ätna angezündet leuchteten, und keinen Drachenwagen für die Suche auf der ganzen Welt und sogar in der Hölle. Er musste zusehen, wie er allein zurechtkam.

Orlando hatte inzwischen das ganze Frankenreich nach Angelica abgesucht. Für eine Weile überlegte er, ob er seine Suche zuerst nach Italien oder Germanien ausweiten sollte. Vielleicht war sie ja auch in Kastilien auf der spanischen Halbinsel. Und wenn er sie auch dort nicht fand, dann musste er eben über die Meerenge setzen und sich bis in die grausamen Wüstenregionen Libyens vorwagen.

Orlando wog wieder einmal das Für und Wider seiner nächsten Ziele ab, als er plötzlich einen Klageruf mitten aus dem Wald hörte. Ohne lange nachzudenken, preschte er auf die Stelle zu, von der das Wimmern gekommen war. Erstaunt erkannte er ein großes Pferd mitten im Wald. Ein ebenso riesiger Reiter hielt vor sich mit starkem Arm ein Mädchen im Sattel fest, das sich vergeblich gegen ihn wehrte. Sie sträubte sich und weinte. Als sie Orlando sah, rief sie ihn verzweifelt um Hilfe an. Orlando war sofort davon überzeugt, dass sie die verzweifelte Jungfrau Angelica war – seine geliebte, so lange verschwundene Angelica.

Er verlor fast die Besinnung, so hart krampfte sich das Herz in seiner Brust zusammen. Wie kam sie, seine Herrin und Göttin, in die Arme des Unholds?

»Halt!«, schrie er deshalb, und seine Stimme klang fürchterlich. Er spornte sein Pferd an und stellte sich mit ein paar schnellen Sätzen dem Riesen in den Weg. Der aber beachtete ihn nicht einmal. Er ritt weiter und preschte rücksichtslos durch die peitschenden Zweige. Orlando folgte ihm in den tiefen Wald hinein, aus dem wieder und wieder die Klagen des geraubten Mädchens schallten.

Er wusste nicht, wie lange sie ritten, bis der Wald sich vor ihnen öffnete. Sie kamen auf eine große Wiese, auf der ein prächtig verziertes und kunstvoll gebautes Schloss in den Himmel ragte. Orlando konnte die Verfolgten nicht mehr einholen. Er sah gerade noch, wie der Riese mit seiner Gefangenen durch ein goldenes Tor preschte. Als er nochmals hinsah, waren die beiden bereits verschwunden.

Ohne zu zögern, sprang Orlando aus dem Sattel. Er rannte auf das Schloss zu, drang ins Innere ein und flog wie ein Unwetter durch jedes einzelne Zimmer, jedes Gemach und jede Kammer. Er ließ keinen einzigen Raum aus, aber er fand nicht die geringste Spur des Riesen und des Mädchens. Über eine Treppe gelangte er in das obere Stockwerk. Aber auch hier – nichts.

Er sah goldene, mit seidenen Laken bespannte Betten. Erst jetzt fiel ihm auf, dass die Zimmer nicht durch Mauern und Wände, sondern durch kostbare Wandteppiche voneinander getrennt waren. Er suchte immer weiter, lief Treppen hinauf und hinab und machte sich immer größere Sorgen um das verschleppte Mädchen, das er für Angelica hielt. Er war so wirr vor Sorge um sie, dass es ihn noch nicht einmal verwunderte, als er Gradass vorbeilaufen sah. Ihm folgte König Sakripant. Von der anderen Seite kreuzten hastig sein alter Kampfgefährte Brandimart und andere seinen Weg. Sie rannten alle durcheinander und schimpften über den unbekannten Schlossherrn.

Orlando hörte, dass dem einen sein Pferd, dem anderen die Liebste gestohlen worden war. Dem fehlte dies, dem anderen jenes. Sie liefen hierhin, dahin und zurück – aber in dem verhexten Schloss gab es einfach keinen Ausgang. Viele von ihnen rannten deshalb schon seit Wochen und Monaten hin und her.

Auch Orlando lief vier Mal, dann sogar zum sechsten Mal durch das unheimliche Gebäude. Schließlich gab er auf.

»Alles Zeitverschwendung! Der Riese hat das Schloss mit Angelica bestimmt schon längst durch irgendeine Tür verlassen.«

Kaum hatte er das gedacht, als er auch schon ohne irgendwelche Schwierigkeiten wieder auf die Wiese hinauslief. Verwundert sah er sich das ganze Schloss von außen an. Es wirkte still und auf eine eigenartige Art abwartend. Vorsichtig sah er sich nach allen Seiten um. Dann bückte er sich und suchte auf dem Boden nach Spuren. Im selben Augenblick hörte er seinen Namen.

Die Stimme kam ihm so vertraut und liebevoll vor, dass er zusammenzuckte. Ein ungeheures Glücksgefühl rann durch seinen Körper. Dann sah er ihr wunderschönes Gesicht und hörte sie flehend nach ihm rufen.

»Komm, hilf mir! Komm zu mir!«, weinte sie. »Du kannst alles von mir haben. Selbst meine Unschuld schenke ich dir, die mir das Teuerste auf Erden ist. Lass nicht zu, dass ich vor den Augen meines geliebten Orlando von diesem schrecklichen Wegelagerer überwältigt werde. Töte mich lieber, denn eher will ich sterben, als diese Schmach zu erleiden.«

In seinem Innersten tobten die Gefühle. Außer sich vor Zorn, Sehnsucht und Rachedurst zugleich drang er ein weiteres Mal in das schlimme Schloss ein. Er durchsuchte jeden Raum nach ihr. Aber immer wenn er erneut ihre Stimme hörte, verschwand sie wie ein Spuk, sobald er näher sprang. Ihm kam der furchtbare Verdacht, dass er sich ihre Stimme nur einbildete, weil seine Sehnsucht nach ihr so groß geworden war.

Zugleich suchte auch Ruggiero immer noch nach seiner Bradamante. Er ging in dieselbe Falle wie Orlando und war dem Riesen auf die Wiese gefolgt, ohne dass sie einander bemerkt hätten. Auch ihm blieben im Inneren des Schlosses der Riese und die Jungfrau verborgen. Er lief ebenfalls durch alle Räume und über lange Gänge, untersuchte jeden Winkel und sah sogar unter den Treppen nach. Und wie Orlando verließ er schließlich das Schloss. Mit derselben verlockenden Stimme wurde auch er bei seinem Namen gerufen und ins Schloss zurückgeholt. Während Orlando die Stimme Angelicas hörte, klang sie für Ruggiero wie die seiner geliebten Bradamante. Sämtliche Männer in den Räumen dieses Schlosses glaubten, dass die Stimme ihrer Liebsten gehörte.

Keiner von ihnen ahnte, dass die eigenartigen Geschehnisse einem Plan des alten Zauberers Atlante von Carena folgten. Wie bereits in seinem stählernen Schloss wollte er, dass sein geliebter Ruggiero hier seine Zeit in süßer Liebesmüh zubrachte und nicht auf den Gedanken kam, in Kampf und Kriegslärm Ruhm und Tod zu suchen. Atlante gab nicht auf.

Am liebsten hätte er sämtliche Helden, die im Frankenreich für ihren Mut hoch gerühmt waren, ebenfalls in dem Schloss gefangen gehalten, damit sie seinem Ruggiero nicht mehr schaden konnten.

Unterdessen befand sich Angelica weiter auf dem Weg nach Indien. Sie trug noch immer das Hirtenkleid, das sie in der Höhle gefunden hatte. Auch andere nützliche Sachen aus der Höhle des Pferdehirten hatte sie mitgenommen. Das Wichtigste von allem aber war der wunderbare Ring, der sie unsichtbar machte, sobald sie ihn im Mund trug, und sie vor Zauber schützte, sobald sie ihn an einen Finger steckte.

Inzwischen hätte sie ganz gern einen Helden wie Orlando oder Sakripant als Beschützer bei sich gehabt. Keiner der beiden Männer brachte ihr Blut in Wallung. Aber auf ihrem langen Weg ins Morgenland musste sie immer wieder durch Orte, die so gefährlich waren, dass sie sich einen zuverlässigen Begleiter gewünscht hätte. Das Glück war ihr inzwischen mehr gewogen als zuvor. Deshalb gelangte sie durch einen finsteren Wald bis zu jener Wiese, an der der Zauberer Atlante sein vertracktes Labyrinthschloss aufgebaut hatte. Noch ahnte sie nicht, dass Orlando hier ebenso wie Gradass, Ruggiero und Sakripant gefangen war.

Da sie unsichtbar war, zögerte sie keinen Augenblick und ritt in die Schlossanlage hinein. Der Ring im Mund schützte sie. Sie durchsuchte das ganze Haus. Verwundert beobachtete sie Sakripant und Orlando, die irgendetwas suchten. Plötzlich erkannte sie den Grund für die Verwirrung der Männer. Sie sah ihr Bild an den Fenstern des verwunschenen Baus.

Das also war es!

Nur welchen von den Männern sollte sie sich zum Begleiter nehmen? Orlando war eindeutig der stärkste Kämpfer. Aber Sakripant als König von Circassien war ebenfalls ein stolzer Mann. Ihn konnte sie jederzeit zurückschicken, wenn er ihr als Begleiter nicht mehr passte. Sie beschloss daher, nicht den stärksten Mann zu wählen, sondern den, den sie am schnellsten wieder loswerden konnte.

Sie nahm den Ring aus dem Mund und steckte ihn an den Finger, um sich vor Sakripant zu zeigen. Aber kaum war ihre Gestalt für den König von Circassien sichtbar, als auch Orlando und Ferragu auftauchten. Der Spuk des Zauberers war sofort zusammengebrochen, als sie den Ring an ihren Finger steckte.

Die drei Männer krachten mit ihren Harnischen zusammen. Ihre Rüstungen schepperten. Nur zwei von ihnen trugen auch einen Eisenhelm. Ferragu aber wollte keinen anderen Helm tragen als jenen, den Orlando lange zuvor dem sterbenden König Almont entrissen hatte. Die Ritter hatten sich gegenseitig nicht erkannt, weil sie voll gerüstet und gewappnet waren.

Der Zauberer Atlante sah, wie der schöne Plan eines goldenen Käfigs für Ruggiero wieder einmal zunichtegemacht wurde. Ohnmächtig musste er zulassen, wie die Männer aufsaßen und der Angebeteten hinterherjagten. Angelica war es recht. Geschmeichelt ließ sie zu, dass sich die drei zugleich um ihre Gunst bewarben.

Meile für Meile spielte sie mit ihren drei liebestrunkenen Verehrern. Sie ließ sie aufrücken, gab ihnen Raum, wenn sie zu dicht herankamen, und entfernte sich so immer weiter vom verwunschenen Schloss. Als sie merkte, dass sie sich entscheiden musste, steckte sie erneut den Zauberring in den Mund und wurde unsichtbar.

Es war, als würde schierer Wahnsinn Herzen und Verstand der Männer durcheinanderbringen. Von einem Augenblick zum anderen sahen die drei sie nicht mehr. Angelica wollte nun keinen Begleiter mehr. Wozu hatte sie den Ring? Er war der beste Schutz. Und mit seiner Hilfe konnte sie allein den Weg zurück zu ihrem Vater Galafron bewältigen.

Die drei zurückgebliebenen Ritter eilten auf ihren Pferden kreuz und quer durcheinander. Mal suchte der eine hier, mal der andere dort.

Orlando war erbost. Er gab seinem Pferd die Sporen und ritt auf dem einzigen Weg weiter, den es durch den dunklen Wald gab.

Ferragu ließ sich nicht lange bitten und folgte dem Paladin. Auch König Sakripant begriff, dass er an dieser Stelle nicht weitersuchen musste. Er galoppierte hinter den anderen her, um ihnen nicht den geringsten Vorsprung zu lassen.

Angelica beobachtete, wie die drei an ihr vorbeipreschten. Ohne die geringste Hast folgte sie mit festem Zügelgriff ihren verwirrten Verfolgern. Als sich der Pfad im Wald verlor, wussten sie nicht weiter. Alle drei blickten zu Boden. Sie suchten nach einer Spur. Das war der Augenblick, in dem sich Ferragu wieder daran erinnerte, dass die beiden anderen eigentlich seine Todfeinde waren. Er ließ die Waffen klirren und starrte sie böse an.

»He, ihr zwei! Was sucht ihr hier?«, schrie er. »Gebt mir den Weg frei, oder ihr liegt tot am Wegesrand. Ich brauche euch nicht, wenn ich meiner Liebsten folge.«

»Hast du da Worte?«, schnaubte Orlando. »Für was hält der uns beide?« Er neigte seinen Kopf, wendete sein Pferd und stellte sich drohend vor Ferragu auf. »Pass auf, du elendiger Heide«, rief er ihm zu. »Du kannst von Glück reden, dass du keinen Helm aufhast. Sonst würde ich dir jetzt und auf der Stelle die Worte in dein Maul zurückschlagen.«

»Und warum tust du es nicht? Suchst du nach einer Ausrede?«, höhnte Ferragu. »Nehmt ihr beide doch ebenfalls den Helm ab. Und dann sage ich euch nochmals ins Gesicht, was ich von euch halte.«

»Leih du ihm deinen Helm«, bat Orlando den König von Circassien. »Tu es mir zuliebe, damit ich ihm ein für alle Mal die lästerlichen Reden austreiben kann.«

»Dann wäre ich der größte Esel von uns dreien«, antwortete Sakripant. »Leih ihm doch deinen Helm.«

»Ihr spinnt doch wirklich«, warf Ferragu ein. »Es geht doch überhaupt nicht um den Kopfschutz. Ihr hättet eure Helme längst verloren, wenn ich endlich den hätte, den der Graf Orlando jetzt in seinem Besitz hat.«

Orlando zeigte seine Zähne. »Ich glaube eher, dass du vor Angst schlottern würdest, wenn du ihn hier sehen würdest. Dann nämlich würdest du ihm freiwillig deine Waffen geben.«

»Ha!«, rief der Spanier und riss den Arm hoch. »Mit dieser Hand habe ich Orlando mehr als einmal besiegt. Ich hätte ihm mit Leichtigkeit auch seinen lächerlichen Helm abnehmen können und dazu alles, was er an Waffen bei sich trug.«

»Und warum hast du es dann nicht getan?«, warf Sakripant ein.

»Ich hatte einfach keine Lust dazu«, prahlte Ferragu. »Mir war nicht so. Aber nun ist das ganz anders.«

»Nun reicht es aber, großmäuliger Lügner!«, rief Orlando verärgert. »In welcher Zeit und in welchem Land willst du mich in einem Kampf besiegt haben? Ja, du hörst richtig. Der Paladin, den du in den Staub gezwungen haben willst, der steht hier vor dir. Und nun sieh zu, ob du meinen Helm bekommst.«

Orlando löste das Lederband, das den Helm unter seinem Kinn festhielt. Er hängte ihn an einen Buchenzweig und zog sein gutes Schwert Durindana aus der Scheide. Aber der Spanier war nicht nur ein Großmaul, sondern zugleich auch ein Ritter ohne Furcht und Tadel.

Er floh nicht, sondern zog ebenfalls sein Schwert. Geschickt hielt er Schwert und Schild wie ein Dach über seinen Kopf. Er hielt Orlandos erste harte Schläge aus. Sie schlugen beide hart mit ihren Schwertern zu. Schnell erkannte Orlando, dass Ferragu gegen jeden Hieb gefeit war. An einer einzigen Stelle waren sieben starke Eisenplatten übereinandergelegt. Es war die Stelle, durch die ein Kind im Mutterleib genährt wurde.

Hier also war der sonst so unbesiegbare und stolze Spanier verletzbar, und nur hier konnten selbst die stärksten Waffen ihm schaden.

Bei Orlando waren die Fußsohlen die empfindlichsten Stellen. Alles andere an ihm war hart wie Diamant. Beide Ritter trugen ihre Rüstungen deshalb nicht zum Schutz des Körpers, sondern wie einen kriegerischen Schmuck.

Der Kampf der beiden Helden wurde immer wilder. Der Spanier schlug und stach unermüdlich drauflos. Kein Einziger von seinen harten Stößen ging ins Leere. Der Franke antwortete mit gleicher Münze und brach mit jedem Hieb eine weitere Lücke in die Panzerplatten.

Angelica war noch immer unsichtbar. Sakripant hingegen glaubte, dass sie vorausgeritten war. Er beobachtete eine Zeit lang den Kampf der beiden gleichwertigen Helden. Dann entschloss er sich, dem Weg zu folgen, auf dem er die Verschwundene vermutete.

Für eine Weile sah auch Angelica noch zu. Aber ihr war nicht wohl dabei, dass es für beide Seiten immer gefährlicher wurde. Unsichtbar, wie sie war, nahm sie den Helm vom Baum, setzte sich und legte ihn in ihren Schoß. Es reizte sie, sich auszumalen, wie einer der beiden ihn entdeckte und mit Gewalt wiederholen wollte. Doch nichts dergleichen geschah. Deswegen wandte sie sich um und ritt auf ihrer Stute weiter.

Sie war bereits ein ganzes Stück entfernt, ehe Ferragu sah, dass der Helm nicht mehr am Buchenzweig hing. Er sprang sofort aus Orlandos Reichweite.

»Was soll das denn?«, schrie er. »Wo ist der andere, der eben noch hier rumstand? Und wofür schlagen wir uns eigentlich noch, wenn der Helm als Siegespreis nicht mehr da ist?«

Orlando sah sich um, starrte auf die leeren Zweige und erkannte, dass der Spanier recht hatte. Sakripant musste den Helm genommen haben, während die beiden anderen um die Trophäe kämpften. Orlando wurde rot vor Wut und gab seinem Hengst die Sporen. Ferragu folgte ihm auf seinem guten Pferd augenblicklich. Sie hatten Glück und fanden gleich die Spuren im Gras.

»Hier sind sie beide entlanggegangen. Ich nehme den Weg ins Tal«, schrie Orlando dem Spanier zu, »denn diese Spuren kenne ich. Sie gehören König Sakripants Pferd.«

»Dann wähle ich das Berggefälle«, antwortete Ferragu sofort.

Mittlerweile war Angelica an einer Quelle angekommen. Das frische Wasser im kühlen Schatten wirkte sehr einladend. Angelica dachte, dass ihr nichts passieren würde, solange sie sich durch den Zauberring jederzeit unsichtbar machen konnte. Sorglos stellte sie den Helm unter ein Gebüsch an der Quelle. Dann suchte sie den kühlsten Platz für ihr Pferd, band es an und ließ es grasen.

Kurz darauf kam der spanische Ritter herangeprescht. Er war ihrer Spur bis zur Quelle gefolgt. Als Angelica ihn hier mitten im Wald entdeckte, versteckte sie sich hinter ihrem Pferd. Der Ring, jetzt schnell den Ring! Da sah sie, dass der Helm inzwischen unter dem Busch hervorgerollt war. Sie konnte ihn nicht zurückholen. Er war zu weit entfernt für sie. In diesem Moment entdeckte Ferragu sie. Freudig und voller Übermut sprengte er ihr entgegen. Sie nahm den Ring in den Mund und konnte gerade noch unter seinem Blick verschwinden.

Verwirrt sah er sich nach allen Seiten um. Aber sie war weg wie ein Traumbild beim plötzlichen Erwachen. Seine Enttäuschung verwandelte sich schnell wieder in Ärger. Er verfluchte seine Götter und kehrte an die Stelle zurück, an der der Helm noch immer im Gras lag. Für eine Weile starrte er ihn misstrauisch an, dann bückte er sich und entdeckte am Innenrand einige Buchstaben. Sie besagten, dass der Helm einmal Orlando gehört und wann er ihn bei Agrismont im Süden Italiens an sich genommen hatte.

Entschlossen setzte sich der Spanier sein Beutestück auf den Kopf und band es fest. Damit hatte er endlich Ersatz für den Helm Argalias gefunden. Trotzdem blieb er weiter missmutig über das Verschwinden von Angelica.

Angelica fühlte sich mutlos und verlassen. Traurig zog sie weiter. Sie ärgerte sich darüber, dass sie den Helm an der Quelle zurücklassen musste.

»Was kümmert mich das alles?«, warf sie sich vor. »Warum befasse ich mich eigentlich mit diesen fremden Dingen? Nun gut, es war nicht richtig und nicht dankbar, dass ich Orlandos Helm genommen habe. Dabei wollte ich doch nur, dass die beiden Kampfhähne nicht länger aufeinander einschlagen. Und ganz bestimmt nicht wollte ich dem dummen Spanier auch noch einen Gefallen tun.«

Sie schimpfte leise, während sie weiter nach Osten ritt. In den folgenden Tagen blieb sie zumeist durch den Zauberring in ihrem Mund verborgen. Sie war mürrisch und gegen sich selbst unwillig, während sie ein Land nach dem anderen durchquerte.

Irgendwann auf ihrem langen Weg kam sie erneut in einen Wald. Sie wusste nicht einmal, wo sie sich befand, als sie plötzlich erschreckt wie aus einem Dämmerschlaf aufwachte. Unmittelbar vor ihr lagen zwei Leichen auf dem Boden. Zwischen ihnen bewegte sich ein Junge mit einer offenen Wunde in der Brust.

Ganz egal, wie es weitergeht, dachte Orlando, aber ohne einen anständigen Helm kann ich unmöglich herumreiten.

Er beschaffte sich eine neue Kopfbedeckung auf dem Markt in einer kleinen Stadt, von der er nicht einmal den Namen kannte. Kurze Zeit später gelangte er wieder nach Paris. Die Hauptstadt der Franken wurde noch immer von Feinden belagert. Orlando traf auf einen Haufen von Bewaffneten, die er sofort erkannte. Sie gehörten zu Manilard, dem alten Sarazenenkönig von Norizia in Nordafrika. Kurz darauf entdeckte er eine weitere Schwadron von Berittenen. Sie standen unter dem Kommando von Alzird, dem jungen König von Tremisenne in Algerien.

Orlando erkannte, dass die Sarazenen Paris inzwischen dicht umschlossen hatten. Aber das hieß auch: Wenn die Sarazenen sie noch immer belagerten, dann war die Frankenhauptstadt noch nicht erobert.

Unerkannt ritt er an den verschiedenen Lagern vorbei. Er hörte von Marsilo, dem Sarazenenkönig aus Spanien, dass er von der Mündung der Rhône bis nach Paris hin viele Siege errungen hatte. Mit Ausnahme von einigen wenigen uneinnehmbaren Burgen und Festungen gehörte inzwischen alles den Ungläubigen.

Orlando musste in weitem Bogen reiten, um nicht immer wieder auf Bewaffnete zu stoßen. Eigentlich hatte er nicht die geringste Lust, sich mit den Sarazenen anzulegen. Weder Paris noch Kaiser interessierten ihn. Ja, nur seine Sehnsucht nach Angelica war ihm wichtig.

Er ritt stolz an den Sarazenen vorbei. Nur König Alzird wollte ihn nicht passieren lassen. Erstaunt und mit Bewunderung in seinen Blicken sah er Orlando entgegen. Er musterte den harten Blick und den entschlossen wirkenden Mund des fremden Ritters. Alzird war noch jung. Gerade deshalb reizte ihn plötzlich der Gedanke, seine Kraft an der des Fremden zu probieren. Warum noch lange auf den Kriegsgott warten, wenn hier einer nahte, der genauso kampfstark war?

Alzird gab seinem Hengst die Schenkel. Ohne großes Überlegen preschte er auf Orlando zu. Er hatte keine Zeit mehr, seinen Fehler zu bereuen. Orlandos Lanzenspitze bohrte sich durch seine Rüstung und sein Herz. Mit leerem Sattel, leeren Steigbügeln floh der Hengst zurück. Die Krieger des schnell besiegten jungen Königs erhoben sich mit wütendem Geschrei. Noch ehe das letzte Blut aus der Brust des toten Herrschers quoll, stürmten seine besten Reiter auf Orlando zu. Wolken von gefiederten Pfeilen flogen auf den Paladin zu.

»Auf ihn! Auf ihn!«, schrien die Sarazenen. Sie quiekten wie junge Ferkel in den Klauen des Bären. Orlando fing mit seinem Harnisch und seinem Schild Tausende von Pfeilen, Lanzenstichen und Schwerthieben ab. Keulen krachten auf seinen Rücken. Es war, als würde der wilde Heereshaufen ihn wie einen wilden Wolf erschlagen wollen.

Orlando antwortete mit seinem blanken Flammenschwert, das schon so vielen den Tod geschickt hatte. Die Körper der Erschlagenen häuften sich rund um ihn. Rot flossen Ströme von Blut aus denen, die von Durindanas Eisen geküsst worden waren. Da halfen kein Helm und keine Rüstung. Der Tod folgte dem Schwert. Er war der Schnitter, und Durindana war ihm mehr wert als alle Sensen.

Die Sarazenen erkannten, dass sie sich geirrt hatten. Zu Pferd, zu Fuß und ohne Flankendeckung flohen sie in alle Richtungen. Jetzt zeigte sich, dass schiere Kraft und faltenlose Jugend allein keinen Wert haben. Nur der alte König Manilard dachte als Einziger weder an Flucht noch an den Schimpf der Feigheit. Er gab dem Tod furchtlos die Hand und richtete seine Lanze gegen den urgewaltigen Franken. Bereits beim ersten Zusammenstoß zersplitterte die Lanze am Schild des Paladins. Orlando zeigte nicht die geringste Regung. Er ritt an dem alten König vorbei, hob sein nacktes Schwert und schlug ihn mühelos aus seinem Sattel.

Der Hieb war nicht sauber gewesen. Er hatte Manilard mit der Breitseite getroffen. Ohne sich weiter um den betäubt am Boden Liegenden zu kümmern, spaltete und schmetterte er weiter alles nieder, was ihm unter sein Schwert kam. Das Wüten Durindanas nahm kein Ende – so lange nicht, bis sich auf dem großen Feld nichts Lebendes mehr regte.

Graf Orlando ritt unschlüssig hin und her. Er wollte nicht erneut Angelica verfehlen. Schließlich ritt er weiter über die Felder. Sofern er Menschen am Wegesrand traf, die keine Sarazenen waren, fragte er sie, ob sie nicht vielleicht eine wunderschöne Prinzessin gesehen hätten. Sein Weg führte ihn vor einen großen dunklen Berg. Dort sah er einen pulsierenden Lichtschein, der aus dem Berg heraus in den Abendhimmel blitzte.

Orlando durchstöberte das Gebüsch nach der Ursache des

eigenartigen Lichts. Schließlich entdeckte er einen schmalen Ritz im Berg, aus dem unablässig die Lichtblitze in die Nacht zuckten. Tagsüber hätte niemand das Versteck gefunden. Jetzt aber, in der Dunkelheit, zog das Licht Orlandos Blick wie magisch an. Er vermutete eine größere Höhle hinter dem Spalt. Doch eine verfilzte Dornenhecke versperrte ihm den Weg.

Er band sein Pferd an, überwand die Dornenhecke und schlich sich vorsichtig durch den Felsenspalt in die Berghöhle hinein. Er folgte einem Treppengang mit vielen Stufen. Tief unten öffnete sich die Höhle vor ihm. Aus dem Felsen waren kunstvoll Gewölbe herausgehauen. Orlando entdeckte an der rechten Seite der Höhle eine Fensteröffnung. Dann sah er ein Mädchen, das mitten in der Höhle an einem Feuer saß.

Orlando starrte wie gebannt in ihr feines Gesicht. Sie kam ihm so schön und reizend vor, dass er die Höhle auf einmal für das Paradies hielt. Aber aus ihren Augen traten Tränen, und ihr Mund erbebte vor Schmerz und tiefem Leid. Grund schien ein altes Weib zu sein, das nach alter Weiber Art das kaum fünfzehn Jahre alte Mädchen beschimpfte. Orlando konnte nicht verstehen, was sie sagte. Er stieg weiter in die Höhle hinab.

»Seid mir gegrüßt, edle Frauen«, sagte er, wie es sich gehörte.

Die Alte und das Mädchen standen sofort auf. Sie senkten ihre Köpfe, um den Gruß des Ritters zu erwidern. Doch sie schienen erschrocken.

Orlando trat vor das Mädchen. »Wer ist so barbarisch grausam, dass er ein so süßes Geschöpf wie dich in einer finsteren Höhle einsperrt?«

Ein herzerweichendes Schluchzen erschütterte das junge Mädchen. Leise erzählte sie, was ihr geschehen war.

13. Gesang

Die Ritter hatten es doch gut in jenen fernen Tagen. Wo sie auch hinkamen in all den finsteren Wäldern, Felsenschlünden, Bären-, Löwen- oder Drachenhöhlen – überall entdeckten sie, was selbst die Kenner heute nicht mehr in den stolzen Schlössern finden: allerliebste, unschuldige und wunderschöne junge Mädchen, die gerettet werden mussten. Ganz so, wie eines von ihnen erzählt:

»Ich weiß, dass ich furchtbar bestraft werde für alles, was ich sage. Die Alte da wird es dem Mann weitererzählen, der mich hier eingesperrt hat. Aber du sollst die Wahrheit erfahren. Ja, ich will lieber sterben als noch länger schweigen.

Ich heiße Isabella, und in ferner Vergangenheit war ich wohl die Tochter des Königs von Galizien. Das ist vorbei, jetzt bin ich nur noch ein Kind von Schmerzen und Leiden. Und an allem war nur dieser niederträchtige Gott Amor schuld. Zuerst sieht er dich verlockend an. Dabei umstrickt er dich bereits mit List und Trug. Ich war so glücklich, bevor er zu mir kam. Ich lebte hochgeboren, jung und schön, reich und wohlerzogen. Jetzt bin ich arm und vom Pech verfolgt.

Mein Vater hatte in der spanischen Stadt Bayon zum Turnier gerufen. Das muss vor zwölf Monaten gewesen sein. Der Einladung folgten viele tapfere Kämpfer von weit her. Als dann der Sohn des Schottenkönigs eintraf, wusste ich schon vom allerersten Augenblick, dass ihm allein der Sieg gehören würde.

Prinz Zerbins Ruhm war schon überall bekannt. Keiner der anderen Herren kam ihm an Mut und Schönheit gleich. Als wir uns dann gegenüberstanden, war ich ganz sicher, dass auch er errötete, weil er die gleiche Liebe in sich fühlte. Aber zu diesem Zeitpunkt konnten wir uns gegenseitig noch nicht sagen, was wir füreinander fühlten.

Das Turnier war viel zu schnell vorbei. Als er dann, ebenso wie alle anderen, heimwärts zog, erfuhr ich, wie grausam das

Gefühl der Liebe sein kann. Ich blieb zurück und musste Tag und Nacht nur an ihn denken. Ich war ganz sicher, dass auch in seinem Herzen die Glut weiterbrennen würde. Aber er konnte doch unmöglich um meine Hand bitten, denn er ist Christ, und ich bin Sarazenin. Deshalb plante er einen anderen Weg, um mich zu bekommen.

Als ich durch vertraute Boten von seinem Plan erfuhr, jubelte mein Herz, und ich war sofort einverstanden. Er selbst konnte nicht kommen und mich holen, weil er anstelle seines alten Vaters das Riesenheer aus englischen, irischen und schottischen Verbündeten von London aus nach Frankreich führen sollte. Deshalb schickte er seinen Vertrauten Odrich mit einem Schiff voller Bewaffneter. Bei Sankt Martha sollte er zu einem festgesetzten Zeitpunkt warten.

Als es dann so weit war, stand ich im Garten und war bereit zur Flucht. Die kampferprobten Krieger Odrichs drangen ungesehen in den Garten vor. Doch dann wurde meine Flucht bemerkt! Ich selbst gelangte glücklich auf das Schiff. Aber die Nachhut musste sich vor den Mauern der Stadt gegen das aufgebrachte Volk zur Wehr setzen, das meine vermeintliche Entführung verhindern wollte.

Manch einer fand den Tod, und viele wurden in die Flucht getrieben, während ich auf diese schlimme Art Heimat und Vaterhaus verließ. Ich schäme mich inzwischen von ganzem Herzen für alles, was damals geschah. Aber ich war so voller Sehnsucht nach meinem Zerbin, dass ich nichts anderes sehen und hören wollte.

Wir waren bereits in Höhe von Mugia in Galizien, als von Westen her ein Sturm aufzog. Er wirbelte das Meer auf und häufte eine Welle über die andere. Die Schiffsleute versuchten alles, um das Schiff und die Besatzung zu retten. Sie refften alle Segel, und um dem Sturm den Widerstand zu nehmen, schlugen sie sogar den Ausguck hoch im Mast ab. Wir trieben weiter und sahen plötzlich vor uns die scharfen Klippen von La Rochelle.

Während wir vom wilden Sturm vorangetrieben wurden, glaubten wir schon nicht mehr an Hilfe. Der Kapitän erkannte unsere aussichtslose Lage und machte mit letzter Kraft das kleine Rettungsboot für mich, Odrich und zwei Begleiter klar. Während das Schiff mit Mann und Maus unterging, wurde ich mit meinen drei Rettern an Land geworfen.

Ich dankte Allah für seine Liebe, seine Güte und dafür, dass ich jetzt doch noch meinen Geliebten wiedersehen durfte.

Ich trauerte nicht um meine untergegangenen Kleider und Juwelen und die kostbaren Dinge, die ich auf meiner Flucht mitgenommen hatte. All das gönnte ich gern dem Meer, solange mir die Hoffnung auf ein Wiedersehen mit Zerbin blieb. Als wir uns wieder etwas gesammelt hatten, suchte ich nach einer Herberge in der Nähe. Aber es gab keine. Unter uns tobten noch immer die Meereswellen, und über die Uferklippen fegte der Sturm.

In dieser ungewöhnlichen Situation veränderte sich auch etwas zwischen uns Überlebenden. Noch an Bord des Schiffes hatte jeder seinen Platz gehabt. Jetzt, nach dem Untergang des Schiffes und in der Einöde des Felsenufers, schien Zerbins engster Vertrauter Odrich seinen Auftrag zu vergessen. Alles, was er vorher für Zerbin gefühlt hatte, erkaltete. Gleichzeitig entflammte in ihm ein ganz anderes Feuer.

Vielleicht hatten diese Gelüste bereits an Bord begonnen, vielleicht hatte er dort nur nicht den Mut gehabt, sich einzugestehen, was er begehrte. Hier aber, an der menschenleeren Küste, starrte er plötzlich auf den zweiten Mann, der mit ihm und mir den Untergang des Schiffes überlebt hatte. Er hieß Almonio und stammte ebenfalls aus Schottland. Odrich kannte ihn als einen zuverlässigen und tapferen Kampfgefährten. Er bat ihn, nach Rochelle vorauszugehen und ein Pferd für mich zu beschaffen, denn es sei nicht ritterlich, wenn mir die Männer den Weg zu Fuß an den gefährlichen Klippen zumuteten.

Der brave, aufrichtige Almonio ahnte nichts und ging sofort in den Wald hinein. Irgendwo dahinter musste La Rochelle liegen. Als er zwei Stunden weg war, entschloss sich Odrich, den dritten Geretteten in seine Pläne einzuweihen. Er hieß Corebo von Bilbao und war mit Odrich zusammen aufgewachsen. Dennoch wies Corebo Odrichs Plan empört zurück. Er nannte ihn Verräter und zog sogar sein Schwert, um mich zu verteidigen. Ich nutzte die Gelegenheit, als ihre Schwerter wütend gegeneinanderschlugen, und lief weg.

Odrich brauchte nicht lange, um Corebo zu erschlagen. Schnell und ganz so, als hätte Amor ihm seine Flügel ausgeliehen, holte er mich noch vor dem Waldrand ein. Er packte mich nicht mit Gewalt, warf mich nicht nieder, sondern schmeichelte mir, versuchte, mich zu trösten, und sagte, dass er alles nur aus Liebe zu mir getan habe. Ich glaubte ihm nicht. Ich wäre eher in den Tod gegangen, als diesem üblen Mann willig zu sein. Er drohte mir, er bat, er schmeichelte. Dann wurde er rabiat, packte mich und wollte mich mit Gewalt erobern. Ich bat ihn, mich zu schonen, flehte ihn an, erinnerte ihn an seinen Treueschwur zu Zerbin. Alles umsonst!

Als ich erkannte, dass nichts und niemand ihn aufhalten konnte und er sich lüstern und gierig wie ein Bär über mich hermachen wollte, wehrte ich mich mit Händen und Füßen, biss und kratzte ihn und schrie so laut, dass es bis hoch zum Himmel schallte.

Ich weiß nicht mehr, wie lange das so ging. Doch meine Schreie mussten weit zu hören gewesen sein. Jedenfalls erschien in den Hügeln ein Haufen Leute, die in unsere Richtung rannten. Als Odrich sah, dass sie näher kamen, ließ er mich los und floh. Ich dachte bereits, dass endlich alles gut würde. Aber wie schon das Sprichwort sagt, kam ich vom Regen in die Traufe.

Sie fielen zwar nicht so wie Odrich über mich her, aber sie waren ebenso hinterhältig wie Zerbins verräterischer Freund. Sie fassten mich nicht an, weil sie wussten, dass sie mich als Jungfrau sehr viel teurer verkaufen konnten.

Schon fast neun Monate bin ich deshalb lebendig hier begraben. Ich habe keine Hoffnung mehr, auch wenn ich mich, wie stets, nach Zerbin sehne. Denn jetzt weiß ich, auf wen sie all die Zeit gewartet haben. Es ist ein Händler, der mich für einen Sultan der Levante kaufen will.«

Orlando hatte die ganze Zeit der zarten Stimme des Mädchens zugehört. Selbst der härteste Granit hätte sich bei den Worten des engelhaften Wesens augenblicklich erbarmen müssen. Aber es gab auch andere, die nichts dergleichen empfanden.

Sie kamen so plötzlich und überraschend in die Höhle gestürmt, dass Orlando wie aus einem Traum erwachte. Gut zwanzig Kerle polterten schwer bewaffnet mit Messern, Spießen und Stangen in die Höhle. Orlando sprang sofort auf. Der Erste, den er vor sich sah, hatte ein wildes, grausiges Gesicht mit einem einzigen Auge. Das andere war irgendwann einmal durch einen schweren Hieb zerhauen worden, der auch noch Fetzen von der Wange und der Nase mitgerissen hatte. Der Anführer der wilden Horde stutzte, als er Orlando sah. Dann wandte er sich überrascht und zugleich belustigt zu seinen Männern um.

»Was ist denn das? Ein neuer Vogel ist ins Netz gegangen. Einer, für den wir nicht einmal die Netze ausgelegt hatten.« Er wandte sich zu Orlando und musterte ihn halb bewundernd und halb abfällig. »Sieh an, sieh an«, stieß er dann hervor. »Einen so prächtigen und wohlgeratenen Ritter habe ich noch nie gesehen. Hat irgendjemand dir den Wink gegeben, dass ich gerade jetzt so einen wunderbaren Mantel, wie du ihn hier hast, gut brauchen kann? Und dass du ganz genau die Waffen bei dir trägst, die ich mir immer wünschte?«

Orlando sprang einen Schritt zurück. »Na, hol es dir doch, wenn du es bezahlen kannst. Aber in meiner Münze und nicht in der von Händlern.«

Er bückte sich und riss ein langes, brennendes Holzscheit von der Feuerstelle. Ohne zu zögern, rammte er es dem Räuber genau dort in den Kopf, wo sich sein Nasenstumpf mit den Augenbrauen traf. Jetzt völlig blind, schrie der Anführer der wilden Männer nur noch einmal auf. Dann fuhr sein Leben in die Hölle.

Orlando warf das Holzscheit weg. Mit beiden Händen riss er den Bohlentisch mit einer zwei Spannen dicken Platte hoch. Es war der Tisch, an dem die ganze üble Sippe ihre Mahlzeiten einnahm. Leicht, wie die Spanier ihren Degen führen, warf er den schweren Tisch gegen die Männer, die gerade auf ihn zustürzen und ihn niederwerfen wollten.

Der Wurf war so gewaltig, dass er dem Ersten sofort die Brust zerquetschte, zwei weiteren die Arme und die Hände. Und einem flog sogar das Hirn heraus. Es kroch über den Boden wie Schlangen, die aus dem Winterschlaf geweckt werden. Wem jetzt die Knochen nicht zermalmt waren, der floh mit lautem Schreien. Nur sieben von zwanzig lebten noch. Sie stürzten zum Ausgang der Höhle. Orlando fing sie ab. Er griff sich einen Strick und schlang ihn so schnell um die Überlebenden, dass keiner sich mehr wehren konnte. Ohne große Mühe schleifte er die sieben Gefesselten vor die Höhle. Er warf das Ende des langen Seils über die starken Zweige einer Esche. Dann zog er jeden Einzelnen von den Erbärmlichen an einen Ast des Baumes. Auf diese Art siebenfach gehenkt, wurde der Rest der Räuberbande zum Futter für die Raben.

Als sie allesamt an ihren Hälsen hingen, floh auch das alte Weib heulend und kreischend aus dem Höhleneingang. Sie raufte sich die Haare und stürzte unter ihren aufgehängten Spießgesellen hindurch ins Waldesdickicht. Ihre Schritte wurden vor Entsetzen immer schwerer. Sie taumelte zu einem nahen Fluss. Dort stieß sie fast mit einem Ritter in voller Rüstung zusammen, der dort gerade vorbeikam.

Orlando ließ die Alte laufen und kümmerte sich um die Prinzessin von Galizien. Isabella weinte und bat ihn, sie jetzt nicht zu verlassen. Er tröstete sie und versprach ihr, sie eine Weile zu begleiten. Als die Sonne purpurn wie in einem Bett aus Rosen aufwachte, verließen sie die Räuberhöhle. Sie zogen viele Tage lang weiter, bis ihnen ebenfalls ein Ritter begegnete. Der aber berichtete, dass er gerade aus einer furchtbaren Gefangenschaft zurückkehrte.

Unterdessen hatte Bradamante, die tapfere Tochter von Herzog Haimon, lange Zeit vergeblich auf Ruggiero gewartet. Aber sie saß keineswegs untätig in ihrem Schloss in Marseille. Tagtäglich mussten sie und ihre Männer gegen marodierende Trupps von bewaffneten Heiden kämpfen, die plündernd über die Berge des Languedoc bis zur Rhône kamen und in die Provence einfielen. Jetzt zeigte sie, dass sie auch als Gräfin fähig war. Aber inzwischen waren Monate vergangen, ohne dass Ruggiero zurückgekehrt war. Auch die ständigen Kämpfe gegen die wilden Sarazenen konnten sie nicht mehr ablenken. Immer öfter rannen Tränen über ihre Wangen, wenn sie sich ausmalte, welche grausamen und bösen Dinge dem Geliebten widerfahren sein konnten. Sie wurde immer trauriger.

Völlig unerwartet erschien eines Tages die gute Fee Melissa bei ihr. Bradamante schöpfte sofort wieder neue Hoffnung, denn schon einmal hatte Melissa ihrem sehnsüchtigen Herzen Heilung gebracht und den Zauber der Hexe Alcina beendet. Melissa tat alles, um die schöne Kriegerin zu beruhigen.

»Mach dir keine Sorgen um Ruggiero«, sagte sie fröhlich. »Er ist gesund und frisch und liebt dich heiß und innig. Ich gebe zu, dass ihn unser alter Widersacher Atlante erneut eingefangen hatte. Aber wenn du jetzt ein Pferd nimmst, kann ich dir den Weg zeigen, auf dem du ihn in die Freiheit holen kannst.«

Sie erzählte Bradamante, wie Atlante Ruggiero mit einem Trugbild eingefangen hatte. »Er sorgt dafür, dass jeder seiner Gefangenen genau den Menschen sieht, den er schon lange mit heißem Sehnen sucht. Auch wenn sie niemanden finden, klammern sie sich mit aller Kraft an ihre Hoffnungen und Wünsche.«

»Aber was soll ich tun, wenn ich tatsächlich in Ruggieros Nähe komme?«, fragte Bradamante unsicher.

»Sobald du dicht genug am verhexten Schloss bist, kommt er zu dir heraus, und du wirst denken, dass du deinen Ruggiero siehst. Genau in diesem Augenblick beginnt die schwerste aller Prüfungen für dich. Der, den du für deinen angebeteten Geliebten hältst, wird nach Hilfe rufen und behaupten, dass er sich allein nicht retten kann. Selbst wenn es dir das Herz zerreißt, musst du stärker sein und ihn sofort töten. Ich weiß, dass es für dich viel verlangt ist, einen Menschen umzubringen, der genauso aussieht wie Ruggiero. Aber du tötest niemals ihn, sondern nur ein Trugbild und den Magier, der so viele quält. Wenn du versagst und den Zauberer durch dein Zögern weiterleben lässt, wirst du deinen Ruggiero niemals wiedersehen und ihn für alle Zeit verlieren.«

Bradamante überlegte nicht lange. Sie ließ sich sofort ihre Ausrüstung bringen, um die Fee zu begleiten. Melissa drängte von Anfang an zur Eile. Während sie vom frühen Morgen bis in die Abendstunden durch weite Gegenden ritten, verkürzten sie sich die Zeit, indem sie sich über alles unterhielten, was das tapfere junge Mädchen bewegte.

»Du weißt ja, dass du und Ruggiero zu dem Ahnenpaar werden sollt, dem über Generationen hinweg hervorragende Ritter, Halbgötter, Fürsten und Zierden dieser Welt nachkommen werden. Ich kenne die verborgenen Pläne der unsterblichen Götter, und ich kann sehen, was in Jahrhunderten geschehen wird.«

»Oh ja, meine kluge Führerin«, lächelte Bradamante stolz. »Ich habe nie vergessen, was du mir damals schon geweissagt hast. Du hast von stolzen Helden meines Geschlechts erzählt. Die ganze Zeit habe ich mich gefragt, ob es nicht auch eine große Dame unter meinen Nachkommen geben wird, deren Glanz über alle anderen hinwegleuchtet.«

»Derartige Frauen wird es viele geben«, antwortete Melissa. »Königs- und Kaisermütter, keusche Frauen und Säulen großer Reiche, sie werden berühmte Häuser aufbauen und in ihren Frauenkleidern ebenso würdig sein wie die Ritter in ihren Rüstungen.«

Bradamantes Gesicht glühte vor Freude, sodass Melissa sich gezwungen sah, sie in die Wirklichkeit zurückzuholen.

»Ja, es ist wunderbar, was ich von euren Nachkommen der Zukunft sehe«, sagte sie. »Aber nichts davon wird kommen, wenn du vergisst, in welcher Lage sich Ruggiero im Schloss des Zauberers befindet.«

Sie ritten Tag um Tag, bis Melissa ihr Pferd anhielt und in die Weite blickte. »Weiter kann ich dich nicht begleiten, wenn der schlimme Geisterbeschwörer Atlante mich nicht sehen soll«, sagte sie. »Ab hier ist alles sein Gebiet. Von jetzt an bist du also auf dich selbst angewiesen.«

Die beiden Frauen sahen sich lange in die Augen. Dann wendete die gute Fee ihr Pferd und ritt davon. Mit schwerem Herzen, aber fest entschlossen, so zu handeln, wie es vereinbart war, ritt Bradamante weiter. Keine zwei Meilen weiter sah sie den Mann, nach dem sie sich schon so lange sehnte. Er befand sich wie vorausgesagt in allerhöchster Gefahr. Zwei Riesenkerle schlugen mit großen Schwertern grausam auf ihn ein. Er erschien ihr bereits mehr tot als lebendig.

Bradamante wurde blass, als sie das Gesicht ihres Geliebten sah. Es wirkte so hilflos und von allem Glück verlassen, dass sie einfach nicht mehr an ihre guten Vorsätze denken konnte.

»Melissa hasst ihn!«, stieß sie unvermittelt hervor. »Ja, sie muss ihn einfach hassen, wenn sie mir geraten hat, dass ich ihn töten soll, den ich doch so liebe. Oh, welche Kränkung und Beleidigung muss er ihr zugefügt haben, dass sie sich derart an uns rächen will.«

Sie ritt noch näher an die Kämpfenden heran. Kein Zweifel, es war ihr Ruggiero. Niemals würde sie ihm ein Haar krümmen können!

Dann hörte sie einen jämmerlichen Hilferuf. Und wieder war sie sicher, dass es die Stimme des geliebten Mannes war. Er riss sich los und preschte mit verhängten Zügeln in den Wald. Die beiden wilden Riesen folgten ihm. Jetzt zögerte auch Bradamante nicht mehr. Sie musste hinterher und ihrem Ruggiero helfen!

Der Weg bis zum Palast war kurz. Sie folgte dem Geliebten und den Riesen ins Schloss. Doch dann verwirrte sich ihr Sinn, wie es andere vor ihr schon erlebt hatten. Sie durchforstete alle Räume, eilte nach oben, wieder nach unten und suchte immer weiter. Die Zauberworte des alten Atlante bewirkten sogar, dass Bradamante und Ruggiero miteinander sprachen, ohne sich zu erkennen.

14. Gesang

Ihr müsst jetzt nicht befürchten, dass sie für immer verzaubert bleibt. Ich werde sie und Ruggiero befreien, wenn es so weit ist. Aber eine Weile müssen sie noch warten, damit ich an anderer Stelle weitererzählen kann.

Ich kann nur hoffen, dass ihr mir nicht widersprecht, wenn ich zwischendurch König Agramant auftauchen lasse.

Ebenso wie Karl der Große sich nach neuen Männern und Anführern umsah, stellten auch die Sarazenen ein neues Heer zusammen. Überall dort, wo sich durch große Verluste im Kampf gegen die Franken und ihre Verbündeten Lücken ergeben hatten, wurden neu aus Spanien und Afrika eingetroffene Kämpfer eingereiht.

Die erste Heeresgruppe wurde dem starken und siegreichen König Marsilo von Spanien unterstellt. Sie bestand aus tapferen, altgedienten Männern und neu aus dem Winterlager hinzugekommenen Kämpfern. Agramant und Marsilo musterten Gruppe um Gruppe und Schar für Schar. Als Erstes zogen die Katalanen und die Männer von Navarra vorüber. Ihnen folgten Scharen aus ganz Spanien.

Ferragu, der Eisenspeer, führte die Truppen von Saragossa an. Der riesenhafte König Marbalust von Oran in Algerien zog mit seinen Kriegern an Agramant und Marsilo vorbei. Trotz ihrer Stärke wirkten sie angeschlagen. Sie trauerten um ihren Anführer Martasin, der von der Gräfin Bradamante von Marseille erschlagen worden war.

Als viertes Kontingent kam Brunell mit seinen Tingitanen aus Tanger. Mit gesenktem Blick zog er an den beiden Großkönigen vorbei. Seit ihm Bradamante vor der Burg von Atlante den Zauberring weggenommen hatte, war König Agramant über ihn verärgert. In seinem Zorn über die blamable Niederlage hatte er ihn zum Tod am Galgen verurteilt. Die Schlinge lag bereits um Brunells Hals, als sich Agramant doch noch milde stimmen ließ und ihm eine letzte Chance gab. Aber beim nächsten Fehltritt würde er hängen!

Nach Brunells Männern zogen Krieger von den Kanarischen Inseln und aus Marokko auf. König Rodomont von Sarza führte die Belmarinen aus Algier an. In Paris wurde er mehr gefürchtet als Agramant, Marsilo und alle anderen zusammen.

Ihm folgte der junge König Dardinell von Zamara, der nur noch einen Tag zum Leben haben sollte. Als sie vorbei waren, fehlten nur noch die Truppen von Norizia und Tremisenne. Die beiden Könige warteten, aber die Banner von Manilard und Alzird tauchten nicht auf. König Agramant war bereits verärgert über ihren Ungehorsam, als plötzlich ein Knappe auftauchte und sich in den Staub warf.

»Erbarmen, oh Erbarmen!«, rief er. »Die edlen Ritter und die Herren können nicht mehr kommen. Sie sind erschlagen und liegen tot im Feld. Sie und ihr sämtliches Gefolge erlagen einem einzigen Frankenritter. Ich bin der einzige Ritter, der ihm entkommen konnte. Aber er hätte sicherlich auch noch dieses ganze Heer erschlagen, wenn es ihm über den Weg gelaufen wäre.«

König Agramant, König Marsilo und die Berater schüttelten ungläubig die Köpfe. Nur Mandrikard, der Sohn des Königs der Tartaren, nahm den Bericht des Knappen ernst. Er war erst kurz zuvor aus Afrika eingetroffen. Mandrikard der Wilde, wie er wegen seiner vielen grausigen Abenteuer genannt wurde, stellte sich breitbeinig vor den bebenden, im Staub liegenden Knappen.

»Steh auf«, befahl er rau, »und dann sag mir, wie die Rüstung dieses fürchterlichen Helden ausgesehen hat.«

»Sein Waffenkleid war schwarz«, antwortete der Knappe mit erstickter Stimme. »Schwarz war der Harnisch und schwarz der Schild. Und kein Zierrat schmückte seinen Helm.«

Mandrikard zögerte keinen Augenblick. Er sprang auf seinen Hengst. »Ich schwöre euch, dass ich nicht zurückkehre, ehe ich den schwarzen Ritter gefunden habe!«, rief er den beiden großen Königen zu. Ohne eine Antwort abzuwarten, sprengte der wilde Tartarenfürst in feurigem Galopp davon.

Unterwegs traf er viel Volk, das dem schwarzen Ritter entkommen war. Mandrikard preschte weiter, bis er an den Ort des grauenvollen Schauspiels kam. Hier lagen noch die Toten, die von fürchterlichen Schwerthieben zerfetzt waren. Der Tartarenfürst sah, dass er den Richtigen suchte.

Mandrikard suchte bereits eineinhalb Tage nach dem schwarzen Ritter, als er eine schattige Wiese vor sich sah. Sie wurde von allen Seiten von einem Flusslauf umschlossen. Nur an einer Stelle entdeckte er einen schmalen Zugang. Hier hielten bewaffnete Reiter Wache. Ihr Anführer erkannte an seiner goldgeschmückten und mit Juwelen besetzten Rüstung sofort den hohen Rang des riesigen Reiters. Er kam auf ihn zu und neigte den Kopf.

»Wer seid ihr? Und was macht ihr hier?«, schnaubte Mandrikard unwillig.

»Zum Gruß, edler Herr«, antwortete der Anführer der Bewaffneten. »Wir bilden das Geleit für Doralis, die Tochter Königs Stordilan von Granada, die sich mit Rodomont, dem König von Sarza in Algerien, vermählen will. Wenn heute Abend das Lied der Grille verstummt, sollen wir sie zu ihrem Vater im Heer der Spanier bringen.«

Mandrikard hörte sich den eilfertigen Bericht mit unbewegtem Gesicht an. Er hatte Lust, den Mut der Männer aus Granada auf die Probe zu stellen.

»Sie soll sehr reizend sein, diese Prinzessin«, sagte er. »Ich will mich selbst überzeugen, ob sie wirklich so betörend ist. Also lass ihr ausrichten, dass sie kommen soll. Ich habe nicht viel Zeit und muss gleich weiter.«

»Du bist ein Narr von allererster Güte«, antwortete der Hauptmann unerschrocken.

Kaum ausgesprochen, sprengte der Tartar bereits auf ihn zu. Aus vollem Lauf stach er dem Spanier die Lanze durch die Brust. Der brach tot zusammen. Der wilde Mandrikard zog die Lanze aus dem Körper des Leblosen, denn er hatte keine anderen Waffen bei sich. Er hatte geschworen, so lange kein anderes Schwert in die Hand zu nehmen, bis er Graf Orlando die Durindana abgenommen hatte.

Die Wache der Prinzessin umringte den Tartaren.

»Wer von euch will mir hier den Weg versperren?«, schrie er die Spanier an. Dann legte er erneut seine Lanze an. Einer senkte ebenfalls seine Lanze, ein anderer zog den Degen. Doch

Mandrikard ließ seine Lanze wüten. Viele starben, ehe seine Waffe brach. Jetzt packte er den breiten Stumpf mit beiden Händen.

Der Fürst der Ungläubigen erlaubte nicht, dass jemand vor ihm floh. Als keine Wächter mehr im Eingang standen, ritt er über die Leiber der Toten hinweg. Er wollte sich endlich die Königstochter ansehen und prüfen, ob ihre außerordentliche Schönheit tatsächlich zu Recht besungen wurde.

Mandrikard entdeckte sie unter dem Blätterdach inmitten der grünen Aue. Eine Flut von Tränen floss bis zu ihrem schönen Busen. Sie erschrak noch mehr, als der riesige blutbefleckte Tartar vor ihr auftauchte. Zusammen mit ihrem Gefolge flehte Doralis zum Himmel. Erst jetzt erkannte Mandrikard, dass die Prinzessin noch von ihrem halben Hofstaat begleitet wurde. Er sah weise Berater, junge Mädchen und die schönsten Frauen Granadas um Doralis. Trotzdem hatte er nur Augen für die eine, die ihm sogar mit Tränen im Gesicht so unvergleichlich schön vorkam wie keine andere je zuvor.

Wie wunderbar müsste sie aussehen, wenn sie lachen würde, dachte er. Und wie könnte es sein, wenn mich ihre lieben Hände als Lohn des Sieges gefangen nehmen würden?

Aber dann schüttelte er sich und verwarf diese Gedanken wieder. Schließlich hatte er ihre Schutzwache niedergeschlagen, und sie gehörte ihm, gleichgültig, ob sie sich mit Tränen in den Augen wehrte oder nicht. Er hoffte, dass er ihr Leid schnell in pure Lust verwandeln konnte. Mit einem schnellen Handgriff packte er sie, hob sie auf ein weißes Schottenross und setzte es zusammen mit dem eigenen Pferd in Trab.

Nach den ersten Schritten drehte er sich noch einmal um. Halb höhnisch und halb gnädig ließ er den Hofstaat der Prinzessin hinter sich.

»Sie braucht euch nicht mehr!«, rief er ihnen zu. »Denn jetzt bin ich ihr Herr, Beschützer und Geleit.« Er lachte laut, dann fügte er hinzu: »Habt vielen Dank für alles, lebt wohl! Einen schönen Tag noch und gute Weiterreise!«

Keiner der Zurückgelassenen wagte auch nur ein Widerwort. Mit wehen Klagen verließen sie den Ort des Überfalls. »Wie schmerzhaft wird das alles für den Vater sein?«, sagten sie unter sich. »Und welche Wut wird jetzt ihr Bräutigam haben? Wenn er doch käme, um die Tochter von Stordilan zu befreien, ehe der Schreckliche mit ihr verschwunden ist.«

Mandrikard hörte nichts mehr davon. Er war so zufrieden über seine unverhoffte Beute, dass er es mit der Suche nach dem schwarzen Ritter nicht mehr so eilig hatte. Er dachte vielmehr daran, wo er möglichst bald ein Dach über dem Kopf und ein bequemes Lager finden könnte, um sein jäh entfachtes Liebesfeuer zu kühlen. Derweil tröstete er die schluchzende Doralis. Er sagte ihr, wie oft er schon gehört hatte, dass keine andere ihr gleiche. Er redete und redete auf sie ein und erfand alles Mögliche, um ihr zu gefallen.

»Ich habe meine Heimat und mein blühendes Königreich verlassen, um dich zu finden«, log er ihr vor. »Nicht, um im Frankenreich zu kämpfen, wie du vielleicht denkst, sondern um deine Liebe durch meine Liebe zu erringen. Wer kann dir etwas Stärkeres anbieten als ich mit meinem Stammbaum? Der mächtige König Agri-Khan hat mich gezeugt. Wer hat mehr Macht, wer kann mehr Land und Schätze bieten? Glaub mir, nur Gott hat größeren Besitz als ich. Wer hat mehr Mut? Den habe ich eben erst für dich bewiesen. Schon deshalb müsstest du mich lieben.«

Er schmeichelte ihr, lächelte ihr zu, spitzte die Lippen und versuchte alles, um ihr Herz zu trösten und dann zu erweichen. Tatsächlich schaffte er, was sie selbst zuvor nicht für möglich gehalten hätte. Er spürte, dass ihre Furcht vor ihm wich. Während sie weiterritten, sah sie ihm in die Augen und nahm seine Worte ohne Widerstand in sich auf. Sie war noch jung, und deshalb merkte sie nicht, wie ihr Entsetzen über die Ereignisse langsam abnahm und die Pfeile Amors sie schon manchmal sogar lächeln ließen.

Mandrikards heftige Bemühungen waren nicht umsonst. Er wurde fröhlicher, lachte nun ebenfalls, und als die Tiere im Wald sich langsam für den Abendfrieden betteten, ritten beide beinahe beschwingt nebeneinander.

Der rote Sonnenball war bereits zur Hälfte hinter den Horizont getaucht, als sie ein zartes Klingen von Pfeifen und Schalmeien hörten. Dann sahen sie Rauch aus einer kleinen Schäferhütte steigen. Alles war einfach, schicklich und mehr bequem als schön. Der Schäfer sah sie und kam von seiner Herde auf den Hof. Ohne große Worte lud er sie ein und bot ihnen die Gastfreundschaft, zu der er fähig war. Er brachte Wein und Brot, dazu Käse und etwas vom Gebratenen. Der Tartarenfürst und die Prinzessin von Granada nahmen es dankbar an. Der Schäfer überließ ihnen selbst die Felle, auf denen er sonst lagerte. Er fragte nicht und wollte auch nicht wissen, wie diese beiden ihre Nacht verbringen wollten.

Am nächsten Morgen bedankten sich der Sohn von Agri-Khan und die Prinzessin überschwänglich für die Freundlichkeit, mit der sie aufgenommen und bewirtet worden waren. Der Schäfer sah, dass sie ein Herz und eine Seele waren und wohl auch ins selbe Horn geblasen hatten. Sie ritten unbeschwert davon, streiften über die Wiesen und durch Wälder, bis sie an einen schönen Fluss kamen, der groß und schweigend langsam zum Meer strömte. Sie hielten an und bewunderten den schönen Strom. Er war so mächtig und majestätisch, dass er fast stillzustehen schien. Und wenn das Sonnenlicht in seine glatten Wasser schien, konnten sie klar und hell bis zum Grund hinabsehen. Sie blieben eine Weile versunken am Ufer stehen. Als sie sich endlich wieder umwandten, entdeckten sie direkt am Ufer vor einem schattigen Gebüsch zwei Ritter und ein junges Mädchen.

Im Heer der Mauren bereitete sich König Agramant darauf vor, das Heilige Römische Reich zur letzten großen Schlacht herauszufordern. Der Sarazenenheld Rodomont prahlte damit, dass er nicht eher ruhen würde, bis Paris und auch Rom eingeäschert seien. In diese Kriegsvorbereitungen erhielten die Sarazenen die Nachricht, dass von England her zur Verteidigung des Christenkaisers ein zusätzliches Heer anrückte.

Agramant ließ sofort alle Fürsten zu einem Kriegsrat zusammenrufen. Sie beschlossen, so viele Rüstungen und Waffen herstellen zu lassen wie irgend möglich. Gleichzeitig planten sie die Eroberung von Paris. Sie wussten, wie schwer ein Sturm auf diese Stadt selbst nach langer Belagerung war. Und sie wussten, dass sie jede nur denkbare Verstärkung benötigten, wenn sie ihr Ziel erreichen wollten.

König Agramant ließ aus allen Himmelsrichtungen Leitern herbeischaffen, dazu Bretter und Balken, Baumstämme und Bauholz für immer neue Schiffe und Brücken. Er teilte das Belagerungsheer. Die beiden Heeresgruppen sollten so angreifen, dass er selbst in der Mitte reiten konnte.

Unterdessen bereiteten sich auch die Verteidiger auf den letzten großen Angriff vor. Am Tag bevor das Schlachten beginnen sollte, feierten die Eingeschlossenen von Paris zusammen mit dem Kaiser ein Hochamt. Überall in den Kirchen und in den Heerlagern wurden Messen gelesen. Sämtliche verfügbaren Priester und Brüder in schwarzen, grauen und weißen Gewändern nahmen den Bewaffneten die Beichte ab. Sie feierten das Abendmahl, und ihre Sünden wurden ihnen so vergeben, als lägen sie bereits im Sterben.

Karl der Große ging mit seinen Leuten in die größte aller Kirchen von Paris zum Hochamt. Er wollte Vorbild für alle anderen sein, als er seinen Blick nach oben richtete und laut zu Gott dem Vater betete.

»Ich weiß, Herr, dass ich nur ein Sünder bin. Doch räche meine Fehler nicht an meinem Volk. Wenn aber dein Zorn bereits zu groß ist, dann bestrafe meine Schuld nicht durch die Hände deiner Feinde, sondern auf andere Weise. Denn wenn der Heide siegt, wird er hohnlachen, dass er dich nicht fürchten muss, wenn du deine Gläubigen untergehen lässt. Babylon wird deinen Glauben ausrotten, und die falsche Lehre der Sarazenen wird ihn zugrunde richten. Hilf uns deshalb und gib uns Mut! Wir haben um dein Grab gekämpft und es von diesen schlechten Hunden gesäubert. Lass uns nicht zweifeln und gönne uns die Erinnerung an deine Größe und Güte.«

Der fromme Kaiser sprach schmerzzerrissen und mit trübem Herzen, dass viele zweifelten und mit ihm mutlos wurden. Aber der Kaiser betete weiter – so lange, bis er spürte, dass sein Schutzengel sein Flehen aufnahm und es auf seinen Schwingen bis zum Erlöser himmelwärts hinauftrug. Von allen Seiten kamen Engelsboten im Reich Gottes an. Als die Seligen hörten, was in Paris geschah, wurden ihre Gesichter bleich vor Mitleid. Gemeinsam mit den Engeln zogen sie zum ewigen Bräutigam und baten ihn, den Christen unten auf der Erde die Bitten zu erfüllen und ihnen so zu helfen, wie sie es erflehten.

Der Allmächtige, bei dem jedes Gebet ankam, das von einem aufrichtigen Herzen ausging, hob die Augen und zeigte ebenfalls Mitleid. Dann winkte Gott den Erzengel Michael heran.

»Ein Auftrag für dich«, sagte er. »Begib dich sofort zum Entsatzheer der Christen, das im Norden Frankreichs an der Küste der Picardie vor Anker liegt. Führe es so schnell wie möglich und vor allem unbemerkt zu den Stadtmauern von Paris. Befiehl dem Schweigen, dich auf deinem Zug zu begleiten, damit kein Laut euch verrät. Dann steige zur Erde hinab und wecke die Zwietracht. Sie soll Zündschwamm und Feuerstein mitnehmen, damit sie im Heer der Ungläubigen Zank und Streit entzünden kann.«

Erzengel Michael breitete die Schwingen aus und schrieb eine helle Spur in den Himmel. Überall dort, wo er entlangflog, verzogen sich die Nebel, und die Sonne strahlte wieder. Zuerst musste er das Schweigen finden. Aber wo war der Gegner der gesprochenen Worte? Wo hielt er sich jetzt auf?

Michael fiel ein, dass er ein Mönch sein könnte, der sich in einem Kloster das Schweigegelübde auferlegt hatte.

Da muss es sein!, dachte der Engel. Ich werde es dort suchen, wo das Wort »Schweigen!« groß angeschrieben ist.

Er hoffte, dass er am selben Ort auch den Frieden, die Stille und die Liebe finden würde. Aber kaum hatte er die geweihten Klosterschwellen betreten, erkannte er, dass hier nicht geschwiegen wurde. Er sah weder Schweigen noch Demut oder Frieden, keine Liebe und keine Frömmigkeit. Auch wenn das alles früher einmal hier gewesen sein sollte – jetzt herrschten Schlemmerei, Stolz, Grausamkeit und Neid. Staunend sah der Engel, wie sich Zorn und Faulheit schon breitgemacht hatten. Die Mönche wirkten mürrisch und lustlos. Und mitten unter ihnen war die Zwietracht!

Als Gottes Wort ihn auf den Weg geschickt hatte, war er noch überzeugt gewesen, dass er die am Eingang der Hölle bei den Verdammten finden würde. Jetzt sah er sie, wie sie mitten zwischen heiligen Ämtern ihr zerstörerisches Werk tat. Sie war leicht an ihrem hundertfarbigen Gewand aus Lumpen zu erkennen. Das

Flickenkleid bedeckte Teile ihres Körpers und ließ andere nackt. Selbst ihre Haare stritten miteinander. Manche waren goldfarben und silbern, andere schwarz und grau. Sie waren teilweise als Zöpfe um den Kopf gebunden, andere schlangen sich frei um ihre Schultern und den Hals. Ihre Brust und ihre Hände waren voller Schmierereien und Klageschriften. »Vollmacht«, stand an einer Stelle, an einer anderen »Ladung«, »Kommentar« und »Protokoll«. Michael entdeckte »Rechtsauslegungen« und »Absichtserklärungen« und eine Schar unbedarfter Menschen, die vergeblich Rat suchten. Sie waren allesamt umringt von sogenannten Treuhändern, Advokaten und Notaren.

Erzengel Michael rief die Zwietracht an. Er befahl ihr, augenblicklich zu den Anführern der Sarazenen zu eilen. Dort würde sie ihre Fähigkeiten voll entfalten können und jede Art von schwerem Streit entfachen.

»Nur eine Frage noch«, rief er ihr nach. »Du kommst doch viel herum und weißt doch bestimmt, wo ich das Schweigen finde.«

Die Zwietracht lachte nur. »Das Schweigen suchst du? Ja, ich hab's irgendwo gesehen auf meinen Reisen. Frag mich nicht, wo. Natürlich haben viele das Schweigen hoch wie Gold gelobt, besonders, weil es sich mit keinem Wort verrät. Aber vielleicht hilft dir ein Freund von mir.« Die Zwietracht zeigte auf einen ihrer wuselnden Begleiter. »Siehst du den da? Das ist der Betrug. Er war schon öfter mit dem Schweigen unterwegs.«

Erzengel Michael betrachtete den Betrug von Kopf bis Fuß. Der schlug demütig die Augen nieder, gab sich freundlich und antwortete so sanft und bescheiden, dass es schon wie der Gruß des Engels klang. Aber genau besehen war er hässlich unter seinem langen Mantel, krank, aussätzig und trug einen in Gift getauchten Dolch in der Scheide.

»Kennst du den Weg zum Schweigen?«, fragte der Engel.

»Normalerweise hielt es sich bei den Tugenden im Kloster auf«, sagte der Betrug, »damals, als hier noch die strengen Regeln von Sankt Benedikt von Wert waren, aber das ist lange her. Inzwischen ist es nachts mit Zuhältern und Dieben unterwegs und deckt längst jede Niedertracht. Ich sah es bei Verrat und auch bei Menschenmorden und in dunklen Löchern bei den Geldfälschern.

Man braucht schon großes Glück, um es zu finden. Aber nach Mitternacht ruht es manchmal tief im Haus des Schlafes. Dort wirst du es ganz sicher finden.«

Erzengel Michael zögerte, denn es war der Betrug, der ihm diese Auskünfte gegeben hatte. Trotzdem glaubte er ihm. Er breitete die Schwingen aus und hob sich mit langen, ruhigen Flügelschlägen wieder in die Luft. Die Zeit war günstig mitten in der Nacht. Er kannte jene stille Klause, die das Haus des Schlafs war.

Mitten in Arabien und weit entfernt von jeder Siedlung gab es ein schönes Tal. Zwischen schattenspendenden Bergen erstreckte sich ein dichter Wald. Die Bäume standen so dicht beieinander, dass die Sonne das Dunkel unter dem Blätterdach auch mittags mit ihren gleißendsten Strahlen nicht durchdringen konnte. Der einzige Weg dorthin war angefüllt mit fast undurchdringlichem Dickicht.

In dieser abgeschiedenen Gegend befand sich eine weite Grotte. Ihr Eingang wurde von verschlungenen Efeuranken verdeckt. Der einzige Zugang führte in engen Windungen direkt an der Felswand entlang. Hier unten lag der Schlaf, um seine Ruhestunden zu verbringen. Feist und behäbig saß der Müßiggang neben dem Eingang. Gegenüber lag nachlässig die Faulheit auf der Erde, unwillig, auch nur einen Schritt zu gehen.

Gedankenlos stand das Vergessen vor der Tür. Es erkannte niemanden und ließ auch keinen eintreten. Es war zu gleichgültig, um sich für irgendeine Botschaft zu interessieren. Vor ihnen schlich das Schweigen auf sanften Filzschuhen umher. Vorsichtig näherte sich der Erzengel.

»Pst!«, hauchte er. »Ich will nicht stören, aber Gott hätte gern, dass du Rinaldos großes Heer, das er als Unterstützung für seinen König aufgebracht hat, bis nach Paris begleitest. Noch heute Nacht, und zwar so leise, dass kein Laut und kein Gerücht zu den Sarazenen dringt.«

Das Schweigen sagte nichts. Es nickte nur. Kurze Zeit später befanden sich die beiden wieder im Frankenreich über der Picardie. Während das Schweigen seine Aufgabe erfüllte, schenkte der Engel den Männern unter ihnen Kraft, um den langen Weg bis nach Paris an einem Tag zurückzulegen. Sie merkten nicht einmal etwas von diesem Wunder.

Das Schweigen zog sich langsam zurück. Zur Sicherheit ließ es über jedem einzelnen Heereshaufen dichte Nebelringe wallen. Während überall um Paris ein schöner klarer Tag begann, blieb das Heer aus England ohne Hörnerschall und laute Rufe. Nicht ein Ton war zu hören. Es schien fast so, als hätte das Schweigen auch noch die Belagerer taub und blind gemacht.

Die Gegner vor den Toren von Paris ahnten nicht, was sich unhörbar entwickelte. Aber es gab auch das Heer von König Agramant, das bereitstand, die Vororte zu besetzen, und schon vor den Mauern von Paris stand.

Wer sagen wollte, wie viele Männer an diesem Tag mit König Agramant angriffen, hätte ebenso gut die Grashalme in den Apenninbergen, die Meereswogen am Fuß des Atlasgebirges oder die Zahl der Sterne nennen können, die in der Nacht wach bleiben, um zu sehen, was Verliebte heimlich treiben.

Schon erklangen überall mit raschen Schlägen und fürchterlichem Dröhnen sämtliche Glocken von Paris. In allen Straßen, allen Kirchen hoben die Menschen ihre Arme zum Gebet. In lauten Sprechchören beteten und jammerten die einen, während die anderen Gott ihre Schätze boten, um ihm ein goldenes Bildnis zu errichten. Viele der Einwohner von Paris beschworen zusätzlich die Gebeine ihrer Ahnen.

Die Jüngeren, die noch nicht wussten, welches Unheil auf sie zukam, verachteten die zögerlichen Jammergreise und rannten auf die Mauern zu. Hier gab es kaum noch einen Unterschied zwischen Paladinen, Königen, edlen Herren und Bürgern. Alle wollten dicht an dicht Jesus Christus verteidigen und den Angriff der Sarazenen zurückschlagen. Einige hatten todesmutig bereits die Brücken heruntergelassen und beabsichtigten, gegen die Angreifer anzustürmen.

Karl der Große freute sich über die Kühnheit dieser jungen Burschen. Er ließ den mutigsten die besten Plätze geben, damit die Feinde keine freie Mauerbrüstung fanden. Auch die Geschütze wurden ausreichend mit Männern, die das Handwerk beherrschten, ausgestattet. Karl war überall – hier gab er den Befehl, sich besser zu schützen, dort half er anderen mit seinem Rat. Es gab für die Ungläubigen mehrere günstige Stellen an den Mauern, an denen sie angreifen konnten. Aber Agramant wollte sein Heer nicht aufteilen. Er ließ all seine Mannen über den Fluss setzen und kam von Westen her auf die Stadt zu. Auf diese Weise hatte er zwischen Paris und Spanien keine christlichen Städte oder Landstriche mehr in seinem Rücken.

Die Hauptstadt Frankreichs war eine einzige gut ausgebaute Festung. Karl der Große hatte überall starke Wehrgänge anlegen lassen, damit zwischen den einzelnen Festungswerken keine Lücken mehr blieben. Überall dort, wo das Gelände einen direkten Angriff wahrscheinlich machte, ließ er weitere Verstärkungen zusammenziehen. Es gab keinen einzigen Plan von König Agramant, den Karl nicht rechtzeitig voraussah.

König Marsilo von Spanien zeigte an, dass er mit seinen Heerführern bereit zum Angriff war. Auf den Wiesen am linken Seineufer hielten sich ungeduldig die Maurenführer Dardinell, Pulian, Sobrin und Marbalust bereit. Auch Rodomont, der König von Algerien, schrie vor Angriffslust.

Und dann stürmten die Ungläubigen heran wie die Mücken über eine süße Speise an einem heißen Sommertag. Es surrte, rauschte überall wie von rauem Flügelschlag. Und wie die Stare auf dem Weinberg, die sich auf die reifen Trauben stürzten, gingen die wilden Sarazenen geballt zum Angriff über. Der ganze Himmel dröhnte von ihrem Waffenklirren und Geschrei.

Die Christen oben auf der Mauer wehrten sich mit Steinen und mit Feuern, mit Lanzen und mit Schwertern gegen die Sarazenen vor der Mauer und auf den Sturmleitern. Wo einer von Pfeilen oder Lanzen getroffen zusammenbrach, nahm sofort ein anderer den Platz ein. Auch von den oben angekommenen Sarazenen stürzten viele von Hieben und von Stichen niedergemäht in die Gräben. Behauene Blöcke lösten sich von der Mauer, siedendes Wasser stürzte auf die Ungläubigen herab, drang wie heißer Regen durch die Helmöffnungen und verbrühte ihre Augen. Zusätzlich kippten die Verteidiger der Seinestadt kochenden Kalkschlamm von oben über die Eroberer auf den Sturmleitern. Aus heißen Kesseln schütteten sie Öl und Pech, Harz und Schwefel wie heiße Höllenglut. Schwaden von Flammen, gefolgt von Brandkränzen, die zuvor in Terpentin getränkt worden waren, flogen durch die Luft.

König Rodomont drängte mit einer zweiten Angriffswelle nach. Er führte einen Löwen in seinem roten Banner, der im Zaumzeug seiner Herrin seinen Rachen aufriss. Die Dame in dem Wappen stellte Rodomonts Braut, die schöne Doralis, dar. Er liebte sie mehr als seine Krone. Wenn er geahnt hätte, dass Mandrikard sie entführt hatte, wäre er mit Sicherheit nicht gegen Karl den Großen gestürmt, sondern gegen den Brauträuber.

Immer mehr Leitern schlugen gegen die Mauern von Paris. Die Sarazenen kletterten so dicht hintereinander hoch, dass keiner mehr zurückkonnte. Der Zweite trieb den Ersten, und der Dritte schob beide vor sich her. Jeder, der nur zögerte, musste mit Rodomonts Todesurteil rechnen.

Auch er blieb nicht zurück. Er war kein Feldherr, der aus sicherer Entfernung seine Haufen lenkte, sondern stürzte sich furchtlos ins Getümmel. Er hatte einen starken, festen Panzer aus vielen Lagen Drachenhaut angelegt. Die harten Schuppen, die das Untier einst trug, hatten bereits seinem Ahnherrn Nimrod Schutz geboten – demselben, der den Turm zu Babel baute, um Gott aus seinem Himmelssaal zu verjagen. Zur Schuppenhaut gehörten ein Helm und ein Schwert.

Rodomont fragte nicht, wie hoch die Mauer war. Er wollte auch nicht wissen, wie tief die Flut in den Gräben war. Er sprang über alle Hindernisse vor der Mauer in den Schlamm. Feuer, Steine und dichte Pfeilwolken prasselten auf ihn nieder. Er hielt den Schild schützend über sich und hätte jedem Gott auf diese Weise widerstanden. Blitzschnell stand er auf dem Laufgerüst, das die Verteidiger auf der Innenseite der Mauer aufgerichtet hatten. Er machte alles nieder, was ihm in den Weg kam. Sein Schwert spaltete immer neue Stirnen und schlug Tonsuren in die Hinterköpfe. Arme und Köpfe samt den Helmen flogen nach allen Seiten, und an der Mauer rann das Blut wie roter Regen hinab.

Rodomont ließ den Schild fallen. Er nahm sein Schwert in beide Hände und schlug damit auf Herzog Arnulf ein. Der Adlige von der Rheinmündung war nicht stark genug, das Unheil abzuwenden. Rodomonts Zweihänder spaltete seinen Kopf bis hinab zur Kehle. Er stürzte und hauchte seine Seele aus, noch ehe er am Boden lag.

Mit harten Querhieben tötete der Ungläubige ganze Scharen christlicher Krieger. Die Hälfte von ihnen stammte aus Flandern, die andere von der Küste der Normandie. Kaum hatte er sie allesamt umgebracht, da wurde Ludwig aus der Provence vom Schwert des wilden Sarazenen gespalten. Durchbohrt sank Arnold von Toulouse zu Boden. Immer mehr Christen starben unter den grimmigen Schwertschlägen des Eroberers. Während Rodomont oben aufräumte, kletterten seine Männer an mehreren Stellen gleichzeitig auf die Mauer. Die Verteidiger wichen zurück. Aber noch war der Sieg kein Kinderspiel.

Hinter der ersten großen Mauer der Pariser Stadtbefestigung lag ein tiefer Graben vor dem zweiten Mauerring. Entsetzt erkannten die Männer Rodomonts, wie viel hier noch zu tun war. Die zweite Mauer war ebenso dicht mit Frankenkriegern besetzt wie die erste. Pfeilschwärme kamen den Eroberern entgegen. Dann flogen Speere so dicht auf sie zu, dass sie zurückweichen mussten.

Erneut griff Rodomont ein. Er schrie seine wankelmütig gewordenen Männer an, lobte die einen und fluchte auf die anderen. Er stieß die Männer vor und zwang sie, weiterzukämpfen. Rücksichtslos riss er sie an den Haaren, am Hals und an den Armen in den Kampf. Wo das alles nicht half, zögerte er nicht und erschlug sie selbst, damit sie kopflos in den Graben stürzten und diesen dadurch füllten.

Rodomont schien überall zu sein. Es war, als wären ihm Schwingen gewachsen. Trotz seines großen Körpers und seiner schweren Waffen gelang ihm der Sprung über den fürchterlichen Graben, der zuvor dreißig Fuß breit gewesen war. Als er auf der anderen Seite aufkam, schepperte und krachte es nicht. Es klang vielmehr, als ob der starke Sarazenenkönig Schuhe aus Filz an seinen Füßen hätte. Er ließ sein Schwert erneut nach allen Seiten kreisen. Es drang so leicht durch das Blech der Rüstungen, als seien sie nicht aus Eisen, sondern aus morscher Baumrinde.

Inzwischen hatten die Franken ihre Fallen unter dem zweiten Wall mit Reisigbündeln aufgefüllt und mit Pech beschmiert. Von außen war nicht zu erkennen, dass der gesamte Erdwall ausgehöhlt und mit Töpfen voller Öl, Salpeter, Schwefel und geflochtenem Reisig angefüllt war. Die Franken warteten, bis die Hauptstreitmacht der Sarazenen über die erste Mauer bis zum zweiten Graben vorgedrungen war. Erst dann gab Karl der Große das Feuerzeichen.

An vielen Stellen gleichzeitig schossen Flammen empor. Sie vereinten sich über den Feuerhöhlen und fraßen sich schnell zu beiden Rändern des zweiten Grabens hin. Die Wand aus Feuer wurde so heiß und hoch, dass sie sogar das feuchte Angesicht des Mondes ausgetrocknet hätte. Schwarze Rauchwolken schossen zur Sonne hinauf und verfinsterten ihr Licht. Überall krachte und explodierte es in der Feuersglut. Mit jähem Knall schmetterten Lärm und Donner durch die Falle zwischen den beiden Mauern. Grauenhafte Schreie ertönten von den Todgeweihten. Elftausendachtundzwanzig Krieger hatten es unter Rodomonts Führung über den ersten Mauerring um Paris geschafft, und alle bis auf einen kamen im Meer aus Flammen und Schmerzen um.

Rodomont selbst rettete sich mit einem ungeheuren Sprung auf den inneren Verteidigungswall. Abfällig sah der Tollkühne auf die Verlorenen zurück. Dann blickte er zum Himmel hoch und schrie ihm seine ohnmächtige Wut entgegen.

15. Gesang

Man lobt den Sieger, gleichgültig, ob er durch Verstand oder Glück gewonnen hat. Sein Ruhm wird jedoch oft durch hohe Verluste geschmälert. Derjenige aber, der eine Schlacht ohne große eigene Opfer für sich entscheidet, wird fast wie ein Gott verehrt.

Zur selben Zeit stürmte König Agramants Heer ein anderes Stadttor. Er hoffte, dass hier weniger Wachen standen als dort, wo Rodomont angegriffen hatte. Den kampfgestählten Recken folgten gemeines Volk und Halbwilde, die nicht einmal einen Schild hatten.

Agramant hatte sich verrechnet, denn an dem Tor, an dem er einen leichten Kampf erhofft hatte, erwartete ihn Karl der Große. Er hatte Salamon aus der Bretagne und den Dänenkönig Ogier bei sich, dazu Herzog Naims von Baiern, die beiden Angelins und die beiden Guidos.

Die edlen Paladine wurden von Lombarden, Franken und Deutschen begleitet. Jeder der Krieger wollte in der Nähe des Königs einen besonders guten Eindruck machen und schlug sich von Anfang an mutig gegen die Angreifer.

Auf der fernen Insel von Alcina und Logistilla sehnte sich Astolf nach seiner Heimat. Die gute Fee Logistilla rüstete ihm eine hervorragende Galeere aus. Zusätzlich beschaffte sie ihm eine Geleitflotte, die ihn vor jedem Angriff der Zauberin Alcina schützen konnte. Als Kommandantinnen wählte Logistilla die starke Andronika und die temperamentvolle Sophrosyne aus.

Schließlich kam der Tag des Aufbruchs. Die Segelgaleere sollte in Richtung auf das Arabische Meer und den Persischen Golf fahren. Erst dort sollte Astolf den geraden Weg verlassen, um an der Küste entlang Kurs auf das Rote Meer zu nehmen.

Als die Flotte klar zum Auslaufen war, schenkte Logistilla dem englischen Prinzen zum Abschied ein nützliches Buch als Schutz vor Zauber.

»Du musst nur im Inhaltsverzeichnis nachsehen, wenn dir etwas ungewöhnlich vorkommt. Dort wirst du das Gegenmittel finden«, sagte sie. Zusätzlich schenkte sie ihm noch ein ganz besonderes Horn.

»Geh vorsichtig mit diesem Horn um«, warnte sie. »Die Töne aus ihm klingen so schrecklich, dass jeder, der sie hört, sofort die Flucht ergreift. Dagegen sind Erdbeben, Windgebrüll und Donner einfach nichts.«

Astolf bedankte sich für die großzügige Hilfe und die Geschenke. Dann ging er an Bord und ließ die Schiffe in See stechen. Die Flotte zog mit gutem Wind an reichen Städten an der grünen Küste Indiens entlang. Als sie Kurs nach Norden nahmen, passierten sie Ceylon und die Küste von Malabar. Sie glitten in den Persischen Golf. Dann legten die Schiffe ohne Furcht vor der Zauberin Alcina an.

Astolf bedankte sich und ging von Bord. Er bestieg Argalias Ross Rabikan. Der Hengst, der von Wind und Flammen gezeugt war und nur von Luft lebte, war bereits für Astolf gesattelt. Er machte sich sofort auf den Weg. Einige Male kamen ihm Wegelagerer und räuberische Haufen ziemlich nahe. Dann wieder sah er Löwen und giftige Drachen. Er fürchtete sich nicht, denn immer wenn es ihm zu gefährlich wurde, setzte er sein Wunderhorn an den Mund und blies hinein.

Auf diese Weise durchquerte er das glückliche Arabien. Er gelangte am Roten Meer an die Stelle, die die Kinder Israels trockenen Fußes überquert hatten, während die Krieger des Pharaos in einer von Gott gesandten Flut ertranken. Er ritt am Ägyptischen Kanal Trajans entlang auf die Nilmündung zu. Astolf hatte noch ein ganzes Stück des Weges vor sich, als ihm ein kleines Schiff entgegenkam. An seinem Heck saß ein Eremit mit einem langen weißen Bart. Der Alte winkte ihm zu und legte am Ufer an.

»Wenn dir dein Leben lieb ist, solltest du lieber in mein Boot kommen, damit ich dich ans andere Ufer hinüberbringen kann«, rief er dem Prinzen zu.

»Und was soll ich dort?«, fragte Astolf zurück.

»Ein bisschen überleben«, antwortete der Alte. »Wenn du auf dieser Seite weiterreitest, bist du bald tot. Zwei Stunden von hier steht das blutbefleckte Haus des Riesen Caligorant, der acht Fuß größer ist als normale Menschen. Der Kerl ist derart wild und grausam, dass noch nie ein Pilger oder ein Reiter lebend das fürchterliche Haus verlassen hat. Niemand kommt dort lebend vorbei. Entweder schlachtet er die Unglücklichen, zieht ihnen die Haut ab oder vierteilt sie. Manch einen verspeist er sogar lebendig.«

»Dazu müsste er mich erst einmal haben«, sagte Astolf furchtlos.

»Du sollst nicht spaßen mit solcher Grausamkeit«, antwortete der Eremit. »Der Kerl besitzt ein feinmaschiges Netz. Er legt es in den Straßenstaub und spannt ein Ende an seinen Dachfirst. Sobald sein Opfer nah genug ist, erschreckt er es mit lautem Gebrüll. Dann lacht der Kerl und schleppt seine Beute mitsamt dem Netz in sein Haus. Ihm ist egal, ob er einen Bewaffneten oder ein zartes Mädchen einfängt, einen Adligen oder einen Bettler. Denn er verschlingt alles und lässt nur abgenagte Knochen in der Wüste zurück. Sein Haus ist voll mit Fetzen von Menschenhaut. Deshalb, mein Sohn, kann ich dir nur raten, komm mit mir auf den richtigen, sicheren Weg zum Meer.«

»Ich danke dir, gütiger Vater«, antwortete Astolf kühn. »Aber ich bin ein Ritter, der Gefahr missachten muss. Das ist eine Frage der Ehre. Wenn ich jetzt fliehe, behielte ich vielleicht mein Leben, aber die Schmach der Feigheit ist schlimmer als der Tod für mich. Natürlich hoffe ich, dass Gott mir hilft, den grausamen Riesen zu besiegen.«

»Dann geh in Frieden, Sohn. Der Herrgott möge dich in seinen Schutz mit einschließen.« Der Eremit stieg in sein Boot zurück. Astolf gab seinem Pferd die Sporen und preschte am Nil entlang. Schon bald erreichte er einen sumpfigen Pfad, der zu dem Haus des Menschenfressers führte. Überall sah er abgeschlagene Köpfe, Arme und Beine. Es gab am ganzen Haus keinen Fleck, an dem nicht irgendwelche Körperteile hingen. Astolf ließ sein Pferd vorsichtig durch die abgenagten Knochen schreiten. In den Gräben rund um den Platz dünstete noch immer Menschenblut in der Sonnenhitze. Dann entdeckte Astolf Caligorant in seiner Eingangstür. Der riesige Mann freute sich wie ein kleines Kind, als er den Herzog kommen sah. Sofort verließ er sein Haus und schlug sich in den Sumpf. Wie üblich wollte er mit einem großen Bogen in den Rücken seines Opfers gelangen. Astolf nahm das

Horn, das ihm Logistilla zum Abschied geschenkt hatte, holte tief Luft und blies, so stark er konnte, hinein.

Der ungeheure Krach erschreckte den Riesen dermaßen, dass er zurückzuckte und flichen wollte. Astolf blies weiter, so lange und so laut, bis der Menschenfresser den Weg zurück nicht mehr erkennen konnte. Er stürzte in die ausgelegte Falle, verfing sich in seinem eigenen Netz und zappelte hilflos am Boden.

Astolf sprang vom Ross und stürmte mit dem blanken Schwert auf den Unhold zu. Er wollte die Tausenden rächen, die hier ihr Leben ausgehaucht hatten. Der mörderische Kerl konnte weder den Hals noch seine Arme bewegen. Er war gefesselt in einem Netz aus feinstem Stahl. Der Wüterich hatte es gefunden, als er den Tempel von Alexandria plünderte und die Stadt in Flammen setzte.

Astolf band ihm die Arme so fest an die Brust, dass sie keine Gefahr mehr darstellten. Anschließend löste er vorsichtig den Rest des Netzes vom Körper seines Gefangenen. Der Riese war inzwischen sanft und bescheiden wie ein kleines Mädchen. Astolf lud ihm das wunderbare Netz auf seine Schultern, dazu noch seinen Helm und den Schild. Dann stieg er wieder auf sein Pferd und zog das gefangene Ungeheuer hinter sich her.

Überall, wo Astolf sich mit seinem ungewöhnlichen Gefangenen zeigte, jubelten die Menschen.

»Jetzt kann man endlich wieder sicher reisen«, riefen sie.

Astolf freue sich über das Lob. Er ritt zu den Memphisgräbern und den Pyramiden kurz vor Kairo. Noch ehe er die große Stadt erreicht hatte, strömte ihm eine riesige Menschenmenge entgegen. Alle wollten den gefangenen Riesen sehen.

»Wie war es möglich«, riefen sie ihm entgegen, »dass du den Caligoranten überwinden konntest?«

Astolf wurde von der jubelnden Menschenmenge eingekeilt, dass er sich kaum noch bewegen konnte. Sie drängten von allen Seiten näher und priesen seinen Mut. Kairo war eine sehr große Stadt. Gut achtzehntausend Häuser mit mehr als drei Stockwerken reichten nicht aus, um alle Menschen aufzunehmen. Viele andere waren so arm, dass sie kein Dach über dem Kopf hatten und auf der

Straße schlafen mussten. Der Sultan hingegen war derartig reich, dass in seinem mit aller Pracht errichteten Palast fünfzehntausend abtrünnige Christen als seine Leibwache mit ihren Pferden, Frauen und Kindern wohnen konnten.

Astolf wollte sich nicht lange aufhalten. Ihn interessierte mehr das flache Land des Nildeltas. Kurz vor der Mündung ins Mittelmeer, wo das Land bei Damietta noch flacher wurde, sollte noch ein weiterer Unhold Angst und Schrecken verbreiten. Es hieß, dass der Kerl mit Namen Orril nicht nur die Bauern bedrängte, sondern auch jeden, der vorbeikam, bis nach Kairo verfolgte, ausraubte und erschlug. Sein Räubernest bestand aus einer turmartigen Festung unmittelbar am Ufer des Nils. Mehr als einmal war versucht worden, dem gnadenlosen Räuber ein Gefecht zu liefern. Doch jedes Mal überlebte er, selbst wenn er schon aus hunderttausend Wunden blutete. Es gab einfach kein Mittel, um ihn ein für alle Mal zu töten.

»Dann werde ich eben der Schicksalsgöttin zum Sieg verhelfen«, dachte Astolf und ritt, ohne zu zögern, nach Damietta weiter. Als der Turm am Nilufer vor ihm auftauchte, kämpfte Orril bereits gegen zwei Herausforderer gleichzeitig. Astolf erkannte die Söhne des edlen Frankenhelden Olivier von Vienne und Burgund sofort an ihrem Wappen – es waren der weiße Grifon und der schwarze Aquilante. Es sah schlecht aus für die Zwillingsbrüder mit den berühmten Namen. Dabei hatten die beiden bereits mehr Erfolg als alle anderen zuvor. Orrils fürchterliches Kampftier, eine Krokodilsbestie, die am Flussufer vor der Turmfestung lebte und sich ausschließlich von unvorsichtigen Flussschiffern und Fischern ernährte, lag bereits erschlagen am Ufer vor der Hafenmauer.

Der Kampf war wie verhext. Selbst wenn sie Orril gemeinsam Arme und Beine abschlugen oder ihm das Haupt bis zur Brust spalteten, heilten seine Wunden, und die abgehauenen Gliedmaßen wuchsen wieder an.

Erstaunt beobachtete Herzog Astolf, wie die beiden jungen Frankenritter ihm sogar den Kopf abschlugen. Orril sprang von seinem Pferd, tastete über den Boden, nahm den abgeschlagenen Kopf auf und fügte ihn wieder dort an, wo er hingehörte. Dann lachte er hämisch und kämpfte weiter.

Schließlich gelang es Grifon, den Kerl mit langem Arm zu packen. Er warf ihn in den Fluss, um ihn zu ersäufen. Aber der Kerl schwamm wie ein Fisch und kam an Land, als ob nichts gewesen wäre.

Astolf sah jetzt auch die beiden hübschen Mädchen am Rand des Kampfplatzes. Die eine hatte ein schwarzes, die andere ein weißes Kleid an. Astolf vermutete sofort, dass die beiden edlen Damen die Schutzfeen Bruna und Bianca waren, die vor Jahren die Zwillinge gerettet hatten, als Raubvögel sie ihrer Mutter Gismonda raubten. Nach kurzer Dämmerung stieg der Mond über dem unheimlichen Kampfplatz auf. Orril brach ab, trollte sich und verschwand in seiner Burg.

»Aufgeschoben ist nicht aufgehoben«, meinten die Feen. »Dann ist jetzt Pause bis zum Sonnenaufgang.«

Erst jetzt konnte Astolf die beiden Brüder begrüßen. Er stellte sich als der Leopardenritter vor, wie er am heimatlichen Hof genannt wurde, und erzählte ihnen, wie er den Riesen Caligorant besiegt und zu seinem Lasttier gemacht hatte. Die beiden Feenmädchen führten die Männer zum nahen Schloss. Hier war bereits ein köstliches Nachtmahl an einem lieblichen, frisch und hell sprudelnden Quellbach für sie vorbereitet.

Sie banden den Riesen an eine Eiche, die in vielen Jahren so hart und fest geworden war, dass sie sich nicht mehr ausreißen ließ. Sicherheitshalber wurde zehn Mann befohlen, den Wüterich die ganze Nacht über zu bewachen.

Während des köstlichen Nachtmahls sprachen sie über die ungewöhnlichen und wundersamen Fähigkeiten von Orril. Schließlich erinnerte sich Astolf an das Geschenk, das ihm Logistilla zusammen mit dem schrecklichen Blashorn gemacht hatte. Er nahm das Zauberbuch hervor und suchte im Inhaltsverzeichnis nach dem Begriff »Orril«. Zu seiner Überraschung war der Name tatsächlich verzeichnet.

»Man kann ihn überhaupt nicht töten‹«, las Astolf jetzt den anderen vor, »sondern immer nur verwunden, solange eins von seinen Haaren unverletzt bleibt.«

»Eins von seinen Haaren?«, fragten die beiden Mädchen wie aus einem Mund. »Irgendeines?«

Astolf schüttelte den Kopf. »Nein, nicht irgendeines, sondern ein ganz bestimmtes, das sich aber von allen anderen überhaupt nicht unterscheidet. Wer ihn töten will, muss genau dieses Haar ausreißen oder abschneiden.«

Die beiden Zwillinge, die den ganzen Tag vergeblich gegen Orril gekämpft hatten, blickten ihn zweifelnd an. Aber Astolf glaubte an das Zauberbuch von Logistilla. Zögernd stimmten sie zu, obwohl sie nicht glauben konnten, dass Orril durch ein einziges ausgerissenes Haar besiegt werden konnte.

Gleich bei Sonnenaufgang versammelten sie sich wieder auf dem Kampfplatz. Jetzt musste Astolf zeigen, was der geheime Rat aus dem Zauberbuch tatsächlich wert war. Orril erschien und schlug sofort zu. Der wilde Räuber kämpfte mit einer gewaltigen Keule, Prinz Astolf nur mit seinem Schwert. Die schwere Keule krachte auf ihn nieder. Er wehrte sie mit einem starken Schwertschlag ab, traf zuerst einen von Orrils Armen und ließ dann den anderen durch die Luft fliegen. Aus vollem Ritt bückte sich der wilde Angreifer, um den abgeschlagenen Körperteil wieder vom Boden aufzuklauben. Er fügte ihn ebenso schnell wieder an seinen Körper, wie ihn der mutige junge Ritter abgeschlagen hatte. Es war sinnlos. Selbst wenn er ihn in tausend kleine Stücke zerschlagen hatte, wäre es Orril immer wieder gelungen, sich erneut zusammenzusetzen.

Mit einem kräftigen Schlag trennte Astolf den Kopf des Ungeheuers zwischen Kinn und Schulter ab. Der Kopf mitsamt dem Helm rollte über den Boden. Diesmal wollte Astolf schneller sein. Er sprang von seinem Pferd, schoss auf den rollenden Kopf zu, packte ihn, sprang erneut auf sein Pferd und jagte direkt auf den Nil zu.

Orril ahnte nichts von Astolfs List. Er stocherte und tastete noch immer an der Stelle herum, an der er seinen Kopf vermutete. Doch dann begriff er, was geschehen war. Blind tastete er nach seinem Pferd, sprang hinauf und schlug es schnell in rasenden Galopp.

Der Kopf blieb weiter in Astolfs Händen. Sein Körper hingegen hatte keinen Mund für Zornesschreie. Rabikan schien zu ahnen, worum es ging. Er preschte weiter auf den Nil zu. In vollem Ritt suchte Astolf die wilde Haarpracht auf dem abgeschlagenen Kopf ab. Er konnte kein besonders auffälliges Haar entdecken.

»Dann muss ich eben alle abschneiden«, schnaubte Astolf grimmig. Wie viel hätte er jetzt für ein scharfes Rasiermesser gegeben! Er packte den abgeschlagenen Kopf fest an der Nase. Dann setzte er sein Schwert an der Kopfhaut an. Brauen, Haupthaar und schließlich auch das Nackenhaar flogen im schnellen Ritt zur Seite. Und dann hatte er Glück.

Das Gesicht am Kopf in seiner Hand wurde bleich. Die Augen verdrehten sich plötzlich und erstarrten gleich darauf. Bis zum Äußersten angespannt, wandte Astolf sich um. Er sah noch, dass der Körper des Ungeheuers wie ein nasser Sack aus dem Sattel kippte.

Astolf wollte für einen Augenblick den Leichenschädel weit in den Nil hinauswerfen. Dann überlegte er es sich anders, wendete sein Pferd und ritt langsam mit der Trophäe unterm Arm zum Kampfplatz zurück.

»Geschafft!«, stieß er hervor und warf den kahl rasierten Kopf vor den beiden Feenmädchen auf den Boden. Grifon und Aquilante schienen über seinen Sieg nicht sehr erfreut zu sein. Ihre langen Gesichter ließen deutlich ihren Neid erkennen. Aber sie waren höflich und ritterlich genug, um wenigstens den Kopf zu neigen. Die beiden Feenmädchen sahen ebenfalls verärgert aus. Astolf ahnte, warum sie sich nicht mit ihm freuten. Wahrscheinlich hatten sie die beiden Brüder zu ihrem eigenen Schutz nach Ägypten gelockt, um sie von den mörderischen Kämpfen der Christen und der Sarazenen im Frankenreich fernzuhalten.

Als der Verwalter von Damietta hörte, dass der schreckliche Schlossherr den Tod gefunden hatte, ließ er sofort Brieftauben mit der frohen Nachricht aufsteigen. Ganz Ägypten erfuhr auf diese Weise, dass der Schrecken des Nildeltas endlich besiegt war.

Unterdessen nahm sich Astolf noch einmal die beiden Brüder vor. »Ihr müsst nicht eifersüchtig sein, nur weil ich Orril besiegt habe. Es gibt noch viele große und sehr schwere Aufgaben für euch beide. Was interessieren euch die Streitereien im Orient? Die Verteidigung der Christenheit in eurer Heimat ist viel ehrenvoller.«

Grifon und Aquilante sahen ein, dass Astolf recht hatte. Obwohl die Feenmädchen weinten und sie nicht gehen lassen wollten, beschlossen sie, ins Frankenreich zurückzukehren.

»Es gibt zwei Wege nach Jerusalem«, erklärte ihnen Astolf. »Wir könnten die bequemere Straße am Meer entlang nehmen. Ich schlage aber vor, dass wir sechs Tage Zeit gewinnen, indem wir mitten durch die Wüste reiten. Dort gibt es an bestimmten Plätzen genügend Gras und Wasser. Alles, was wir sonst noch brauchen, können wir von hier mitnehmen.«

»Willst du etwa eine ganze Karawane ausrüsten?«, fragte Grifon.

»Nicht nötig«, lachte Astolf. »Vergesst nicht, dass wir hier ein Lasttier haben, das mehr als zehn Kamele tragen kann.« Jetzt zeigte sich, dass Caligorant doch noch nützlich werden konnte. Schon bald brachen sie auf und nahmen ihren Weg quer über die Halbinsel Sinai. Schon wenige Tage später erreichten sie den Berg, von dem aus sie das Heilige Land unter sich sahen.

Als sie durch das große Tor in die Stadt einreiten wollten, begegnete ihnen ein junger Mann, den sie bereits als guten Freund kennengelernt hatten. Er hieß Samsonet und stammte aus Mekka. Graf Orlando selbst hatte den klugen und trotz seiner Jugend bereits weithin angesehenen Mann getauft. Seine hellen Augen blitzten freudig, als er die Ritter vor dem Tor begrüßte. Er bot ihnen sofort die Gastfreundschaft in seinem Palast an.

»Ich bin zum christlichen Statthalter von Jerusalem ernannt worden«, berichtete er auf dem Weg. »Aber ich muss so schnell wie möglich eine zwei Meilen lange Mauer um den Kalvarienberg bauen. Nur wenn es mir gelingt, Jerusalem rechtzeitig in eine starke Festung zu verwandeln, kann ich die Eroberung durch den Kalifen von Ägypten noch verhindern.«

»Dann weiß ich schon, welches Gastgeschenk genau das richtige für dich ist«, lachte Astolf. »Ich schenke dir den Menschenfresser Caligorant. Er kann mehr Steine auf seinen Schultern tragen als zehn Zugtiere zusammen. Und das Netz, mit dem er seine Opfer einfing, schenke ich dir ebenfalls.«

Samsonet bedankte sich und überreichte Astolf als Gegengeschenk ein schönes wertvolles Schwertgehänge und feine Sporen mit starken Schnallen und kräftigen Zackenrädchen.

»Diese Ausrüstung hat einmal dem heiligen Georg gehört, der den Drachen für die Jungfrau erschlagen hat«, erklärte Samsonet. »Ich habe die Waffen aus Joppe mitgebracht, nachdem ich diese Stadt erobert hatte.«

Sie ruhten sich für den Rest des Tages aus. Am nächsten Tag besuchten sie den Gottesdienst. Noch während sie andächtig beteten und um die Vergebung ihrer Sünden baten, tauchte ein griechischer Bote mit einer Nachricht für den Ritter Grifon auf.

»Was gibt es?«, fragte Grifon ungnädig. Er wollte sich nicht stören lassen und in Ruhe weiterbeten.

»Das Unheil will es, dass deine wunderschöne geliebte Orrigille, die du fieberkrank in Konstantinopel zurücklassen musstest, dir leider, leider untreu wurde.«

»Was redest du da, Kerl?«, schnaubte Grifon verärgert.

»Du wirst nirgendwo eine ebenso Schöne und ebenso Niederträchtige finden, auch wenn du unter Tausenden suchen würdest«, behauptete der Bote. »Sie ist mit ihrem neuen Liebhaber namens Martan nach Antiochien gezogen, weil sie es einfach nicht mehr ausgehalten hat, nachts allein im Bett zu liegen. Sie war zu jung dafür. Und viel zu schön, verstehst du?«

»Du lügst!«, stieß Grifon leise hervor. Mit einer ärgerlichen Geste scheuchte er den anderen weg. Aber er konnte nicht mehr beten. Sein ganzes Denken kreiste nur noch um die untreue Orrigille.

Den Rest des Tages und die ganze Nacht seufzte er ständig vor sich hin, während die anderen aßen, tranken und das Leben in Jerusalem genossen. Gerade das machte ihn immer finsterer. Er sprach nicht einmal mit seinem Bruder Aquilante. Denn gerade der hatte ihn oft vor den Verführungskünsten der schönen Orrigille gewarnt. Schließlich wurden Grifons Zorn und Enttäuschung so stark in ihm, dass er beschloss, allein und ohne Wissen seines Bruders nach Antiochien zu reiten.

»Ich hole sie da raus«, sagte er zu sich selbst. »Genauso, wie sie mir das Herz aus meiner Brust gerissen hat.«

Er war wild entschlossen, sich fürchterlich zu rächen. Zugleich spürte er, dass er sie immer noch liebte.

16. Gesang

Wer liebt, muss viele Qualen erdulden. Auch ich habe das leidvoll erfahren müssen. Aber meine lustvollen und gequälten Seufzer halten sich die Waage, deshalb kann ich als ein Fachmann sprechen.

Grifon verließ heimlich Jerusalem. Seine Gefühle schwankten noch immer. Einerseits wusste er, dass er einen Fehler machte. Andererseits konnte er nichts gegen die Befehle seines Herzens tun. Selbst wenn Orrigille wirklich treulos, undankbar und verlogen sein sollte – er musste nach ihr suchen und sie wiedersehen.

Grifon wählte nicht den bequemen Weg zur Hauptstadt Syriens, sondern ritt über Rama nach Antiochien. Sechs lange Tage und Nächte später erreichte er endlich Damascus. Kurz vor den Mauern drängten sich Pferde und Reiter. Sie kamen von allen Seiten und strebten der Stadt zu, wo ein großes Turnier stattfinden sollte. Unter den anreisenden Festteilnehmern entdeckte Grifon auch einen Ritter in einer prächtigen Rüstung auf einem makellosen Pferd. Martan! Hinter ihm saß Orrigille. Sie trug ein kostbares Kleid aus blauer Seide mit goldener Stickerei. Neben dem Ritter und dem wunderschönen Mädchen ritten zwei Knappen mit den Waffen, dem Helm und dem Schild des Ritters.

Grifon ließ sich durch das eindrucksvolle Aussehen der beiden nicht täuschen. So vertraut und einig sie wirkten, so treulos und verräterisch waren sie wirklich.

Ihre Herzen schlagen tatsächlich im selben Takt, dachte Grifon. Und in der Treulosigkeit ergänzen sie sich in idealer Weise.

Im selben Augenblick entdeckte Orrigille den früheren Geliebten und erschrak. Ihr war klar, dass ihr neuer Begleiter trotz seiner schimmernden Rüstung Grifon unterlegen war. Mit großer Anstrengung zwang sie sich zu einem fröhlichen Gesicht und zu einer festen Stimme. Sie glitt vom Pferd und lief Grifon mit lauten Freudenschreien entgegen. Der junge Ritter verstand nicht, was geschah. Nur weil es sich gehörte, stieg er ebenfalls vom Pferd. Sie umschlang ihn und küsste ihn stürmisch.

»Oh Grifon, Grifon, mein geliebter Grifon«, keuchte sie und wirkte überglücklich. Tränen rannen über ihr Gesicht.

»Ist das der Dank für meine Treue, meine Zärtlichkeit?«, jammerte sie. »Ein ganzes Jahr musste ich jetzt schon auf dich warten. Die ganze Zeit habe ich gehofft, dass du nach Nikosia zurückkehrst, wo du mich fieberkrank zurückgelassen hast. Du ahnst ja nicht, wie schmerzhaft es war, als ich hörte, dass du nach Syrien geritten bist. Ich hätte mich vor Kummer und Sehnsucht fast umgebracht, wenn nicht mein besorgter Bruder Martan rechtzeitig erschienen wäre. Er hat mich die ganze Zeit beschützt und hierhergebracht. Ich konnte nicht länger auf dich warten, die Sehnsucht nach dir hätte mich sonst noch ins Grab gezogen.«

Benommen und unfähig, irgendetwas zu antworten, stand Grifon vor dem weinenden Mädchen. Wie sollte er jetzt blutige Rache für die angebliche Verführung seiner Geliebten nehmen? Nach dem, was Origille ihm unter Tränen berichtet hatte, war ihr Begleiter eher sein angehender Schwager, dem er seine Verehrung zeigen musste.

Sie saßen wieder auf und ritten zu dritt den Weg zu den Toren von Damascus weiter. Während in seinem Kopf immer noch alles durcheinanderwirbelte, plauderte der andere davon, was sie in der Stadt erwartete.

»Der König von Syrien veranstaltet ein großes, prächtiges Hoffest. Die besten Ritter aus allen Himmelsrichtungen sollen daran teilnehmen. Allen ist sicheres Geleit für die Zeit des Festes und des Rückwegs garantiert.«

Grifon beschloss, die Dinge zunächst so zu lassen, wie sie waren. Aber die offenen Fragen waren damit noch lange nicht beantwortet.

Agramant stürmte noch immer gegen das am besten bewachte Tor in der Stadtmauer um Paris. Zwischen Kaiser Karl und dem obersten König der Sarazenen wurde heldenhaft gekämpft. Dennoch zeigte sich schnell, dass die Sarazenen von ihren vorangegangenen siegreichen Kämpfen geschwächt waren. Zu viele ihrer besten Krieger waren gefallen, und die Nachgekommenen konnten sie noch nicht ersetzen.

Pfeilwolken flogen wie Hagelschauer gegen die Angreifer. Christen und Ungläubige schrien so laut vor Schmerz und Kampfeswut, dass selbst der Himmel unruhig zu werden schien. Doch während am Tor unermüdlich und verbissen gekämpft wurde, drang ein anderes Unheil nahezu unbehelligt in die Stadt ein. Rodomont hatte den entscheidenden Sprung auf den inneren Mauerring geschafft. Jetzt tobte er in seinem Drachenpanzer mitten unter dem erschreckten unbewaffneten Volk.

Die Veteranen erkannten die Gefahr zuerst. Sie klatschten in die Hände und stießen laute Warnungen aus. Sofort erhob sich ein Geschrei, und jeder, der noch konnte, floh und versteckte sich.

Der Heidenkönig kannte keine Gnade. Ohne Pause schlug sein Schwert zu. Er hieb Füße ab, ließ Köpfe weit vom Rumpf wegfliegen und spaltete die Wehrlosen vom Hals bis an die Hüfte. Kein Einziger stellte sich ihm entgegen. Sämtliche Opfer des Wüterichs wurden von hinten getroffen und erschlagen. Es waren so viele, dass sich unmittelbar vor der Brücke von Sankt Michel die Leichen häuften.

Rodomont stürmte weiter und schlug dabei wahllos um sich. Er fragte nicht, ob sein Schwert Priester oder kleine Kinder traf, zögerte auch nicht vor den rosigen Wangen der Jungfrauen. Er jagte Greise und alles, was er in das Reich des Todes schicken konnte.

Schließlich reichten ihm die Menschen nicht mehr. Er schlug Türen ein und warf Feuer auf die Dächer. Viele der Häuser waren aus Holz und brannten schnell. Und was nicht gleich lichterloh flammte, schlug Rodomont zusammen. Er legte alles auf seinem Weg in Schutt und Trümmer. Jetzt fehlte nur noch, dass Agramant am Tor die Oberhand gewann. Wenn das geschehen wäre, hätte Paris nicht überleben können.

Aber es kam anders. Von Norden her näherte sich Rinaldo mit dem neuen großen Heer aus Angeln und Schotten. Sie wurden immer noch vom Erzengel Michael und dem Schweigen begleitet. Während Rodomont im Inneren der Stadt wütete, ließ Rinaldo Brücken über die Zuflüsse der Seine schlagen. Er machte einen zwei Stunden langen Umweg nach links. Auf diese Weise wollte er den angreifenden Belagerern in den Rücken fallen.

Sechstausend erfahrene Bogenschützen und zweitausend leichte Reiter waren gleich nach der Landung in der Picardie den Parisern zu Hilfe gekommen. Die gesamte Ausrüstung des Entsatzheeres wurde auf demselben Weg herangeschafft.

Rinaldo und das Hauptheer überquerten auf ihrem Umweg über Brücken und auf Schiffen den breiten Lauf der Seine oberhalb der Stadt. Gleich darauf ließ Rinaldo die Brücken wieder abreißen. Das große Heer vereinigte sich wieder und stellte sich in Reih und Glied auf. Graf Rinaldo befahl sämtliche Heerführer zu sich. Er ritt vom Seineufer aus zu einer kleinen Anhöhe, von der aus er seine gesamte Streitmacht überblicken konnte.

»Ich muss euch nicht daran erinnern, dass ihr hier seid, um für Gott den Herrn zu kämpfen«, rief er den versammelten Adligen zu. Er musste laut rufen, denn es waren sehr viele, die sich um ihn scharten. »Der Kampf, den wir jetzt bestehen müssen, wird kurz, aber sehr schwer sein. Ihr seid hier, um euren König Otto und den ehrenhaften hohen Kaiser Karl aus der Gefahr zu retten. Nicht nur Paris wird euch zu Dank verpflichtet sein, wenn ihr die Stadt jetzt befreit. Nein, alle Frauen, Kinder und die Jungfrauen hinter Klostermauern werden euch ebenso rühmen wie die Völker rund um das Reich der Franken. Wenn ihr aber durch Neid und Feigheit das große Werk verspielt, werden mit den Mauern von Paris ganze Reiche wie Deutschland und Italien einstürzen. Kein christliches Land ist dann noch sicher. Glaubt nicht, dass die Insel England durch das Meer geschützt wird. Die Mauren haben schon bewiesen, dass sie durch Gibraltar segeln und zu euren Küsten gelangen können. Diese Gefahr wird noch größer, wenn sie sich im Frankenreich festsetzen. Wir kämpfen hier für unsere Kirche und unseren Glauben. Deshalb ist unsere erste Christenpflicht, dass wir uns gegenseitig helfen.«

Rinaldo sprach so mitreißend, dass alle Anführer des neuen Heeres aus England bereits losstürmen wollten. Es kostete Rinaldo viel Mühe, sie zu besänftigen.

»Leise!«, mahnte er. »Wir müssen leise vorrücken. Und nicht einmal die Fahnen dürfen knallend flattern.«

Endlich war es so weit. Ohne jedes verräterische Geräusch zogen die drei Heere am Fluss entlang. Prinz Zerbin, dem Sohn des Schottenkönigs, fiel die Ehre zu, als Erster anzugreifen. Der Herzog von Manchester führte den mittleren Stoßkeil. Die Krieger Irlands bildeten die dritte Gruppe.

Nachdem alle drei Heeresgruppen aufgestellt waren, ritt Graf Rinaldo am Seineufer entlang, bis er den König von Oran mit seinen Leuten entdeckte. Zusammen mit Fürst Sobrin hielten sie eine halbe Meile vor dem Hauptheer der Spanier Feldwache. Das war der Augenblick, auf den er und viele andere gewartet hatten. Zugleich lösten sich Erzengel Michael und das Schweigen von den Christenscharen, die sie unbemerkt nach Paris gebracht hatten.

Die Männer aus den vereinten Heeren der Engländer, Iren und Schotten stürzten sich mit einem ungeheuren Aufschrei auf die Barbaren. Trompeten schmetterten, und der lange unterdrückte Kampfesmut verwandelte sich in ein solch schreckliches Getöse, dass es vom Himmel widerhallte und das schiere Entsetzen in die Glieder der Ungläubigen fahren ließ.

Vor allen anderen flog Rinaldo auf die Sarazenen zu. Er legte seine schwere Lanze für den Angriff ein. Die Schotten waren nur einen Bogenschuss entfernt. Rinaldo preschte auf seinem Schlachtenhengst wie ein Windstoß voran, dem ein mächtiger Sturm nachfolgen sollte. Die Lanzen der Sarazenen bebten, ebenso die Füße mit den Sporen in den Steigbügeln. Denjenigen, die bereits im Sattel saßen, zitterten die Knie. Die meisten erkannten den berühmten Paladin. Nur ein Fürst namens Pulian ahnte nicht, wer der heranpreschende Reiter war, und ritt ihm im Galopp entgegen. Beide zielten sie mit ihren schweren Lanzen auf den Kopf des anderen. Es krachte, und sie trafen sich beide nach allen Regeln ritterlicher Kunst. Trotzdem stürzte nur der Sarazene tot aus dem Sattel. Rinaldo hatte das Glück des Tüchtigen.

Er fasste seine Lanze erneut fester und nahm sich den König von Oran vor. Im Gegensatz zu seinem ersten Gegner wirkte dieser Mann wie ein mächtiger Fleischklumpen. Rinaldo traf den Schild dieses Gegners nur am Rand. Trotzdem durchbohrte seine Lanze Stahl und Palmenholz und fuhr dem König von Oran in den Magen, ehe sie zerbrach. Es dauerte noch eine Weile, bis die kleine Seele den feisten Leib verließ. Rinaldo blickte dem Pferd des Sarazenen in die Augen. Für einen kurzen Moment dachte er, es sei ihm sogar dankbar dafür, dass er es an diesem heißen Tag von einer schweren Last befreit hatte.

Rinaldo hielt sich nicht lange auf. Sein Wunderschwert Fusberta blitzte auf und kreiste über den Köpfen. Weder Stahl noch Eisen in den Rüstungen hinderten die Schwertschneide daran, tief ins warme Fleisch zu dringen. Bei den Sarazenen gab es ohnehin kaum Eisenrüstungen und Harnische. Die meisten trugen Schilde aus Eichenholz und Leder, dazu Steppröcke und lange Tuchbahnen, die sie sich als Turban um den Kopf gewunden hatten.

Als Prinz Zerbin mit eingelegter Lanze heranpreschte, waren die ersten feindlichen Truppen bereits in die Flucht geschlagen. Nur der Maurenführer Sobrin hielt noch stand. Er hatte starke, tapfere Männer, die sich massiv zur Wehr setzten. Sie waren mutiger als die erste Schar. Neben ihnen irrte ein schlecht bewaffneter Haufen herum. Sie wurden von Dardinell angeführt, der mutlos wirkte, obwohl er eine stählerne Rüstung und einen besonders prächtigen Helm trug.

Jetzt kam das vierte Kontingent der Mauren mit König Isolier heran. Zu ihm kamen die mutigen Männer von Navarra. Gemeinsam nahmen sie den Kampf auf. Sie stießen gegen die schottischen Anführer Trason und Ariodant, den neuen Herzog von Albany. Wieder schmetterten die Hörner und Trompeten. Sie höhnten und verspotteten die Mauren. Zimbeln und Sarazenenmelodien mischten sich mit dem Gelärm von Kesselpauken, dem Rasseln von Kampfmaschinen und dem Geschrei der Verwundeten.

Schottische Bogenschützen sorgten mit ihren Wolken von Geschossen für Schatten über den Kämpfenden. Staub, heißer Atem und der Dunst von Schweiß und Blut befleckten die Wolken und die Nebel ringsherum. Manch einer hauchte an derselben Stelle sein Leben aus und blieb dort liegen, wo er kurz zuvor noch einen Feind besiegt hatte. Wo vorher Blumen in allen Farben geblüht hatten, rangen jetzt Heere miteinander, bis der Boden rot war.

Allen voran bewährte sich der schottische Kronprinz Zerbin. Er bewies den Männern von Navarra und Kastilien, dass sie ihn zu fürchten hatten. Die Sarazenenhelden aus Aragon und Barcelona sprengten gegen Zerbin. Gemeinsam rammten sie das Pferd unter dem jungen Schottenprinzen hinweg. Von drei Lanzen zugleich tödlich getroffen brach es unter ihm zusammen. Aber Zerbin kam sofort wieder auf die Beine. Mit dem Schwert rächte er sein getreues Pferd an jedem Einzelnen von ihnen.

Jetzt kamen Ariodant und Lurcan dicht an Zerbin heran. Sie sahen, dass sie für den Kronprinzen von Schottland unbedingt ein neues Pferd finden mussten. Lurcan erwies sich als ein echter Held. Er stach, schlug zu und tötete in einem fort. Herzog Lancesters Streiter kamen heran und griffen kraftvoll die spanischen Barbaren an. Die aber wehrten sich ebenso mutig und entschieden. Ihre Reiterei und das Fußvolk bestanden aus geübten Streitern. So entstand an dieser Stelle eine Begegnung der Besten. Nach langem Hin und Her entschied sich das Glück endlich gegen die Mauren. Die Heiden verloren einen Anführer nach dem anderen. Bei den Christen nahmen Mut und Kühnheit nur noch zu.

Auch Ferragu, der in der Nähe von König Marsilo geblieben war, begriff, dass sein Heer nur noch halb so groß war wie zuvor. Er selbst hatte sich nicht geschont und war immer dort aufgetaucht, wo die Schlacht am heißesten wogte.

Jetzt ritt auch König Agramant heran. Er hatte große Kontingente von Fußvolk und Reitern von den Mauern um Paris zurückgeholt. Sie wurden sofort gegen die heranrückenden Iren geschickt. Hier wollte er erst dann selbst eingreifen, sobald es nötig wurde, denn Sobrin hatte durch einen reitenden Boten um dringenden Beistand gebeten.

Mehr als die Hälfte des Sarazenenheeres ritt und marschierte deshalb mit König Agramant zurück. Allein vom Lärmen und Geschrei der Sarazenen erschraken die Schotten so sehr, dass sie ihre Ehre vergaßen und die Flucht ergriffen. Nur Zerbin, Lurcan und Ariodant wollten dem Ansturm standhalten. Zerbin hatte immer noch kein Pferd. Das wäre sein Tod gewesen, wenn Rinaldo nicht gehört hätte, in welcher fürchterlichen Lage sich Zerbin befand. Er spornte Bajard an und flog mit ihm zu der Uferstelle an der Seine, an der er gerade noch die Schotten fliehen sah.

»Wo wollt ihr hin?«, schrie er ihnen wütend nach. »Seid ihr

so großherzig heute, dass ihr diesen Hunden das Schlachtfeld überlassen wollt? Lob über euch! Ruhm und Ehre dafür, dass ihr in eurer Heidenangst den Königssohn allein und ohne Pferd inmitten der Feinde zurücklasst!«

Schnaubend ließ er sich vom Knappen eine mächtige Lanze geben und brach sich durch die anstürmenden Feinde hindurch eine Bahn. Ohne zu zögern, hob er den »Alvarache« genannten König der Kanarischen Inseln aus dem Sattel und ließ ihn tot zu Boden stürzen. Anschließend nahm er Agrikalt das Leben, dann verwundete er Soridan von den Inseln der Kapverden. Auch der wäre auf dem Platz geblieben, wenn Rinaldos Lanzenschaft beim letzten Stoß nicht zersplittert wäre. Erneut zog er Fusberta und schaffte für den Schottenprinzen Platz. Jetzt konnte Zerbin sich auf eins der vielen Pferde schwingen, die mit leeren Sätteln herumrannten. Kaum saß er sicher, als auch schon Agramant zusammen mit Dardinell, Sobrin und anderen Fürsten erschien.

Zerbin zeigte, dass er trotz der eben erst überstandenen Gefahr nichts von seinem Mut verloren hatte. Erneut schwang er machtvoll sein Schwert. Einen nach dem anderen schickte er zur Hölle. Rinaldo wollte den wichtigsten aller Gegner für sich haben. Als er den Anführer der Sarazenen erkannte, spornte er Bajard an, schoss auf Agramant zu und traf ihn so, dass der kopfüber auf die Erde stürzte.

Während die große Schlacht vor den Toren von Paris voller Wüten hin und her brandete, hatte Rodomont gnadenlos um sich geschlagen und Dutzende von Häusern in Brand gesteckt. Karl der Große bekam jedoch nichts davon mit. Nach dem Abzug König Agramants hatte er sich zusammen mit einigen Engländern in seinen Palast zurückgezogen, um das weitere Vorgehen zu besprechen. Da erschien ein Knappe. Er zitterte am ganzen Körper. Seine Stimme versagte fast.

»Ach Herr, ach Herr«, stöhnte er immer wieder, bevor er Meldung machen konnte. »Das Römische Reich geht heute für immer unter. Sieh hinaus. Dort steigt der Rauch zum Himmel. Er verdeckt die Flammen, die alles gierig auffressen. Hör nur das Jammern, das bis zum Himmel steigt. Ein einziger Heide wütet dort mit Schwert und Flammen. Ganz Paris flieht. Und alles bricht zusammen.«

Karl blickte den Knappen verwundert an. Ihm schien, als würde er wie aus einem Traum erwachen. Jetzt bemerkte auch er den Lärm, hörte die Glocken, wie sie um Hilfe riefen, und roch den Brandgeruch.

»Alle Herren und alle Bewaffneten sofort mit mir zum Marktplatz!«, befahl er.

Sie eilten durch die Säle der kaiserlichen Pfalz und sprangen auf die Pferde. Zusammen mit den besten Engländern galoppierte Karl durch die Straßen von Paris. Immer lauter schallten ihm die Klagen der Menschen aus der eingekesselten Stadt entgegen. Als Rodomonts Lärmen sich der Stadtmitte näherte, befahl der Kaiser, seine Heereszeichen mitten auf dem Marktplatz aufzupflanzen. Er wollte zeigen, dass dies alles immer noch sein Reich war.

17. Gesang

Wenn unsere Sünden allzu dreist werden, lässt der gerechte Gott gelegentlich grausame Tyrannen auftauchen, die sich am Blut der Menschen mästen.

Mir scheint, als wäre es schon wieder so weit.

Auf dem Weg zum Marktplatz von Paris sah Karl überall zerstörte Kirchen und Paläste. Ganze Stadtteile waren inzwischen zum Raub der Flammen geworden und völlig verwüstet.

»He, ihr da! Wohin wollt ihr?«, rief der Kaiser einem erschreckt fliehenden Haufen zu.

»Zur Burg, zum sicheren Palast«, antwortete einer aus der verwirrten Menge und wollte schon vorbeihasten. Karl streckte seine Hand aus und hielt ihn auf.

»Seid ihr denn närrisch?«, rief er ihm zu. »Wie soll denn diese Stadt noch eine Zuflucht für euch sein, wenn ihr euch feige aus euren Stadtvierteln vertreiben lasst? Begreift doch, dass es nur ein einziger Mann ist. Er wütet, aber er ist eingeschlossen von unseren Mauern. Wollt ihr ihn etwa entkommen lassen, nachdem er einen nach dem anderen umgebracht hat?«

Karls Wangen glühten vor Zorn. Die Häuser und Höfe der kaiserlichen Pfalz waren bereits vollständig durch Flüchtlinge verstopft. Halb Paris drängte sich am letzten Ort zusammen, der den mutlosen Bewohnern noch Schutz und Sicherheit versprach.

Und dann sah er ihn! Der grauenhafte Heide schlug noch immer wahllos um sich und warf seine Fackeln auf alles, was brennen konnte. Die Schlosswachen brachen mächtige Steinbrocken aus den Mauerzinnen und schleuderten sie dem Ungeheuer entgegen. Mit dem Mut der Verzweiflung bewarfen sie ihn mit Dachziegeln, wuchteten vergoldetes Gebälk von den Decken der Säle und warfen schließlich Säulen und Strebepfeiler auf den Schlossplatz.

Aber Rodomont wich nicht zurück. Im Gegenteil! Mit strahlend blitzender Rüstung trumpfte der König von Algier vor dem Haupttor auf. Es sah aus, als hätte sich eine Schlange aus Metall gehäutet und würde jetzt verjüngt ihre drei Zungen zischen lassen. Nichts hemmte den blutrünstigen Vormarsch des Sarazenenhelden. Er brach gewaltsam durch das große Tor und schleuderte die zerbrochenen Reste einfach zur Seite.

Hunderte von erschreckt aufgerissenen Augenpaaren blickten ihm vom Schloss aus entgegen. Die Frauen schlugen sich voller Verzweiflung gegen die Brüste und küssten ein letztes Mal die Freundinnen, die gleich darauf zu Opfern wurden.

In diesem Augenblick allerhöchster Gefahr erschien Kaiser Karl mit seinen Paladinen. Er sprach zu den Männern.

»Wart ihr Herren nicht bei mir, als wir bei Aspromont in Kalabrien den Heidenkönig Agolant und seine Söhne Trojan und Almont geschlagen haben? Bekommt ihr jetzt den Schwertarm nicht mehr hoch? Ein Edelmann steht auch im Angesicht des Todes mutig in der Pflicht und stirbt aufrecht, wenn er dadurch den Gegner schwächen kann. Ich weiß, dass ich nicht unterliegen kann, denn ihr macht mich zum Sieger!«

Mit diesen Worten gab er seinem Streithengst hart die Sporen. Mit eingelegter Lanze stürmte er gegen Rodomont. Ihm folgten sofort voller Kampfeslust die getreuen Paladine Ogier, Herzog Naims von Baiern, Olivier von Vienne und dazu der getreue König Otto von England und einige andere. Gemeinsam trafen sie Rodomont an der Stirn, quer über seine Brust und an vielen anderen Stellen.

Damascus, die schönste und größte Stadt des gesamten Morgenlandes, war nur sieben Tagesreisen von Jerusalem entfernt. Sie lag in einer schönen fruchtbaren Ebene, aus der nur im Osten ein kleiner Hügel die ersten Strahlen der Morgensonne abfing. Die Winter waren lieblich und die Sommermonate angenehm. Zwei Flüsse strömten durch die Stadt. Sie verteilten ihr kristallklares Wasser in kleinere Bäche und Kanäle. Dazwischen waren hübsche Gärten mit Blumen und schönen Pflanzen. Mit dem Wasser der Flüsse konnten auch zahllose Mühlen angetrieben werden. Außerdem versorgte es die Häuser, aus denen die köstlichsten Wohlgerüche wehten.

In den Hauptstraßen waren bunte Tücher zwischen die Häuser gespannt. Die Fenster und Türen waren mit feinsten Stoffen drapiert. Auch die Wände waren mit Zweigen und duftenden Kräutern geschmückt. Noch schöner sahen die Frauen mit ihren prächtigen Kleidern und dem wertvollen Schmuck aus.

Die ganze Stadt befand sich in festlicher Stimmung. An vielen Plätzen wurde Ball gespielt. Die Reiter waren mit ihren herrlichen Rossen zu sehen. Sie brannten darauf, sich am Hof des Königs von Damascus zu zeigen. Edle Herren zeigten, welchen Reichtum an Perlen und Geschmeide die Länder zwischen Indien und der Küste von Eritrea zu bieten hatten.

Grifon und seine Begleiter ritten in die Stadt ein. Sie sahen sich ohne Hast alles an, als ihnen ein Edler entgegengeritten kam. Er bat sie, seine Gäste zu sein und in seinem Palast zu wohnen. Dort wurden sie mit allerfeinster Höflichkeit aufgenommen. Bei einem üppigen Mahl erfuhren sie, dass König Norandin von Syrien für das Turnier am nächsten Tag jeden Mann eingeladen hatte, der das Recht besaß, die ritterlichen Sporen zu tragen. Das Turnier sollte bereits bei Sonnenaufgang beginnen.

Obwohl Grifon eigentlich aus anderen Gründen in diese Gegend gekommen war, fand er die Einladung interessant. »Ich kann nun mal nicht Nein sagen, wenn sich die Gelegenheit ergibt, mich zu bewähren. Aber findet das Turnier jährlich statt, oder will der König nur wissen, wie stark seine Helden sind?«

Ihr Gastgeber lachte. »Nein, dieses schöne Fest soll von jetzt an alle vier Monate stattfinden.«

»Und warum alle vier Monate?«, fragte Grifon.

»Es ist die Erinnerung an jene vier Monate in Trauer, in denen der König Tag und Nacht den Tod vor Augen hatte.«

»Darf man mehr über diese Vorfälle erfahren?«, fragte Grifon.

»Ja«, antwortete sein Gastgeber. »Ich will euch gern erzählen, was geschehen ist.«

»König Norandin hatte sein Herz bereits vor vielen Jahren an Lucina, die holde Tochter des Königs von Zypern, verloren. Schließlich heirateten sie. Nach der Hochzeit wollte er zusammen mit seinem Hofstaat und dem Gefolge seiner jungen Gemahlin hierher zurückkehren. Wir waren mit vollen Segeln unterwegs und guter Dinge. Doch dann traf uns zwischen den griechischen Inseln Karpathos und Rhodos ein grimmiger Sturm. Selbst Poseidon hätte sich davor gefürchtet.

Drei Tage und drei Nächte irrten wir durch die tobende See. Schließlich landeten wir vollkommen zerschlagen an einem schattigen Ufer am Fuße grüner Hügel. Wir schlugen unsere Zelte unter den Bäumen auf, die Diener legten Teppiche aus und brachten dann Vorräte heran. Auch der König wollte sich betätigen. Zusammen mit zwei Jägern ging er zu einem nahen Tal. Dort wollten sie etwas Wild erlegen.

Während wir ausruhten und langsam wieder fröhlich wurden, warteten wir auf die Rückkehr unseres königlichen Herrn. Plötzlich sahen wir einen schrecklichen Ork in unsere Richtung jagen. Gebe euch Gott, dass ihr niemals in eurem Leben so etwas Furchtbares sehen müsst!

Das Wesen sah aus wie ein schrecklich dicker Mensch mit grässlichen Knochenklumpen unter der Stirn, die es statt der Augen trug. Ich dachte schon, dass sich ein Stück des Berges losgelöst hatte und auf uns zurollte. Aber das Ungeheuer hatte so große Hauer, wie ich sie noch nie gesehen hatte, dazu eine riesige Nase und schmutzstarrende Haare auf der Brust. Obwohl es so unförmig war, lief das Untier flink wie ein Jagdhund, mit der Schnauze am Boden, und schien nach einer Fährte zu spüren. Wir erschraken zutiefst und flohen in alle Richtungen. Es nützte nichts, dass dieses Biest vollkommen blind war. Mit seinem Spürsinn fand es sich besser zurecht, als wenn es mit klarem Blick gesehen hätte. Wir hätten Flügel gebraucht, um ihm zu entkommen, denn es war schneller als der Wind. Zusammen mit dem König waren wir vierzig. Aber nur zehn von uns konnten unser Schiff schwimmend erreichen. Von den anderen dreißig klemmte sich der Abscheuliche so viele er konnte unter die Arme. Den Rest stopfte er in einen Beutel, der wie eine Hirtentasche an seiner Seite hing.

Das blinde Scheusal schleppte uns zu einer Höhle, die tief bis in die Marmorklippen reichte. Die Wände dieser Höhle waren weiß wie unbeschriebene Blätter. Hier lebte auch ein Weib mit schmerzzerquältem Gesicht. Sie war ebenso matt vor Kummer wie all die anderen Jungen und Alten, Frauen und Mädchen um sie herum. Über der Grotte, in der das Ungeheuer wohnte, befand sich noch eine zweite Höhle. Hier lebte seine Schafherde. Das Ungeheuer musste ein sehr guter Hirte sein, denn die Herde war sehr groß. Er spielte mit ihnen und sorgte rührend für sie. Lieber fraß er Menschenfleisch, als eines seiner Schäfchen zu töten.

Drei unserer besten Helden schluckte er mit Haut und Haar hinunter, noch ehe wir in seiner Höhle waren. Anschließend schob er den Felsbrocken vor der Stallhöhle zur Seite und scheuchte seine Schafe nach draußen. Dann schloss er uns in den Stall ein. Er selbst folgte seiner Herde in ein futterreiches Tal und blies dabei vergnügt auf seiner hölzernen Schalmei.

Als unser König von der Jagd zurückkam, sah er nur noch leere Zelte und den verlassenen Lagerplatz. Er hatte keine Ahnung, was geschehen war. Besorgt ging er zum Meer hinab. Als die Männer auf dem Schiff ihren König am Ufer sahen, schickten sie ihm sofort ein Boot und berichteten ihm aufgeregt, was geschehen war.

Obwohl er sich ebenfalls vor dem Ungeheuer fürchtete, folgte er, ohne zu zögern, den frischen Spuren im Sand. Seine Liebe zu Lucina war so groß, dass er nur noch den einen Gedanken hatte, sie so schnell wie möglich zu befreien.

Wir selbst fürchteten in diesen Stunden nichts mehr als die fröhlichen Klänge der Hirtenflöte. Sobald wir sie hörten, wussten wir, dass das Scheusal zurückkam, um wieder einen von uns zu verschlingen.

Glücklicherweise war nur die zerfurchte Alte in der Höhle, als unser König eintraf. Sie war das Weib des Ungeheuers. Trotzdem warnte sie unseren König. ›Flieh! Flieh! Du bist verloren, wenn er wiederkommt.‹

›Sei's drum‹, antwortete Norandin. ›Mein Unglück ist nicht mehr zu ändern. Wenn ich schon sterben muss, will ich es gern tun, wenn ich dabei nur in der Nähe meiner geliebten Frau sein darf.‹

Die Faltenreiche lächelte und seufzte leise. Norandin fragte sie, was aus den anderen geworden war. ›Sag mir vor allem, ob Lucina noch lebt.‹

›Ja, ja, sie lebt noch‹, beruhigte die Alte unseren König. ›Du musst nicht um sie fürchten, denn bisher hat der Ork noch nie ein Weib gefressen.‹ Sie deutete auf die anderen Frauen und Mädchen in der weißen Höhle. ›Natürlich darf hier niemand fliehen. Diejenigen, die das versucht haben, hat er wieder eingefangen, sie gefesselt, lebendig eingegraben oder nackt an einen Pfahl gebunden und der Sonnenglut ausgesetzt. Deine Leute hat er bisher noch nicht getrennt. Er hat sie in die Schafhöhle getrieben. Seine Nase sagt ihm schon, welches Geschlecht seine Beute hat. Manchmal verschlingt er vier oder gar sechs Männer am Tag.‹

›Kann man denn gar nichts für die Rettung der Verlorenen tun?‹, fragte der König verzweifelt. ›Gibt es nicht irgendeinen Weg, wie ich meine Königin befreien kann?‹

›Ihr Leben ist gesichert‹, antwortete das Weib. ›Aber deines ist in allergrößter Gefahr, wenn du nicht fliehst. Sobald er heimkommt, schnuppert er durch die ganze Höhle. Dann entgeht nicht einmal eine Maus seinem harten Griff.‹

›Ich werde nicht gehen‹, sagte König Norandin erneut. ›Nicht ohne Lucina.‹

So viel Festigkeit bewegte auch das Weib des Ungeheuers. ›Lass mich nachdenken‹, flüsterte sie. ›Wir brauchen schnell einen guten Plan. Warte, vielleicht geht das ja: Siehst du die Felle dort an der Decke? Das größte da, das könnte jetzt ein Gewand für dich sein. Schnell, reibe dich von Kopf bis Fuß mit Bocksfett aus diesem Topf ein, damit du deinen eigenen Geruch verlierst.‹

König Norandin zögerte keinen Augenblick. Er salbte sich mit dem ekelhaften Gestank, dann legte er sich das Bocksfell um und fiel auf alle viere. Schnell führte sie ihn vor den großen Felsen, der den Schafstall mit den neu hineingetriebenen Gefangenen verschloss.

›Warte hier, bis er mit der Herde zurückkommt. Dann misch dich unter sie, ohne dich zu verraten.‹

Stunde um Stunde verstrich. Der König verharrte in seiner stinkenden Verkleidung geduldig vor dem Felsen, der ihn von der Geliebten trennte. Schließlich nahte der Abend, und das Ungeheuer trieb mit Schalmeienklängen seine Schafherde zurück. Als guter Schäfer ließ er ihnen auch auf diesem Weg sehr viel Zeit, um noch dieses oder jenes Büschel Gras zu rupfen. Norandin musste alle Geduld zusammennehmen. Nur durch seine große Liebe zu Lucina besiegte er seine Angst. Der Ork rollte den großen Felsbrocken vom Höhleneingang fort, trieb seine Tiere hinein und setzte den Verschlussstein wieder vor das Felsenloch. Dann schnüffelte er überall herum, um sich sein Abendbrot zu suchen. Schließlich packte er zwei Männer und fraß sie langsam und genüsslich.

Oh, es war furchtbar, sage ich euch! Ich kann noch immer nicht vergessen, wie ich die Hauer des Scheusals direkt vor mir sah. Ja, es ist wahr, ich dachte schon, dass er mich greifen würde. Als er schließlich wieder fort war, legte der König sein Bocksfell ab. Sofort wollte er sein geliebtes Weib umarmen. Aber die jammerte und weinte, weil sie nicht mehr an Rettung glaubte.

›Ich war verzweifelt, weil ich ständig daran dachte, dass ich sterben muss. Aber mein Trost war, dass ich dich, mein Geliebter, fern und in Sicherheit vermutet habe. Aber jetzt ist alles noch viel schlimmer.‹

›Ich komme, um dich und die anderen zu retten. Wenn mir das nicht gelingt, dann will ich lieber mit dir zusammen sterben. Denn ohne dich, meine geliebte Sonne, ist alles nur noch Nacht. Aber wir können jederzeit auf die gleiche Weise diese Höhle hier verlassen, wenn ihr euch nicht scheut, ebenso zu stinken wie ich jetzt. Ihr müsst euch dafür nur mit Bocksfett einreiben, damit das Ungeheuer uns nicht am Geruch erkennt.‹

Des Königs Mannen und die Frauen in ihrer Begleitung schöpften wieder Hoffnung. Ohne zu zögern, stachen wir dann so viele Böcke ab, wie wir für den Königsplan benötigten. Wir wählten uns besonders die alten aus, die am meisten stanken. Mit dickem Fett aus den Eingeweiden rieben wir uns dann ein. Wir hängten uns die ekligen Schaffelle über Kopf und Schulter und nähten uns mit den Sehnen der geschlachteten Tiere gegenseitig ein.

Die Nacht verging sehr schnell, und als wir gleich nach Sonnenaufgang die Schalmei des Bösen hörten, drückten wir uns dicht an dicht durch die Höhlenöffnung. Er roch und schnupperte und betastete jedes Fell, das sich an ihm vorbeischob. Einer nach dem anderen von uns gelangte so ins Freie. Doch dann, als Letzte, kam Lucina. Sie hatte sich aus Ekel vor dem Schmierfett nicht so dick eingesalbt wie wir. Sei es, dass sie doch noch etwas nach Mensch roch, sei es, dass sie nicht so kroch wie ein Schaf oder dass sie leise aufschrie, als das Ungeheuer sie berührte – auf jeden Fall erkannte der Schreckliche jetzt den Betrug. Er riss das Fell von ihrem schönen Körper und stieß sie zurück. Wir hatten nur auf uns selbst geachtet. Doch als ich plötzlich ihren Aufschrei hörte, wandte ich mich um und sah, wie er sie zurück in die Schafhöhle scheuchte und sofort den großen Felsen wieder vor das Loch schob. Wir anderen krochen weiter und erreichten dicht an dicht die grüne Weide zwischen sanften Hügeln. Dort taten wir, als würden wir grasen, und warteten, bis sich die Bestie mit der feinen Nase in den Schatten legte. Nacheinander flohen wir über die Berge, hinter denen das Meer lag. Nur einer folgte uns nicht. König Norandin wurde von seiner Liebe zu Lucina zurückgehalten.

Als der Abend kam und der Ork seine Herde heimwärtsgetrieben hatte, wollte er sich wie üblich ein paar Männer holen, um sie zu verspeisen. Erst jetzt bemerkte der hungrige Ork, dass seine Gefangenen geflohen waren. Er wütete und fauchte Lucina zornig an.

›Dann wirst du es sein, die für alle büßt‹, dröhnte er. ›Nackt und mit schweren Ketten um Hals und Leib, Arme und Beine binde ich dich auf den hohen kahlen Felsen, bis die Sonne dich verdorrt.‹

Norandin sah und hörte alles. Der Schmerz zerriss ihn fast, als er sah, dass sie wegen ihm gequält wurde. Verzweifelt musste er mit ansehen, wie der Ork am anderen Morgen mit der restlichen Herde erneut die Höhle verließ. Sie weinte und winkte ihm traurig. An ihren Gesten sah er, dass sie ihn darum bat, sich selbst zu retten.

›Ja, geh!‹, hörte der König plötzlich die Stimme der Frau des Orks hinter sich. ›Flieh von diesem grausamen Ort. Du kannst hier nichts mehr für sie tun.‹

›Nein!‹, antwortete König Norandin. ›Ich gehe nicht. Und wenn ich gehe, dann nur mit ihr zusammen.‹

Sie hätten niemals eine Fluchtmöglichkeit gefunden, wenn nicht ein gütiges Schicksal ihnen geholfen hätte: Noch am selben Abend erschien eine Flotte unter dem Kommando von Lucinas Vater. Unsere nach Zypern geflohenen Gefährten hatten ihm berichtet, was geschehen war.

Die Fürsten Gradass und Mandrikard sahen schon von See aus die nackte, an den hohen Fels gekettete Königin von Syrien. Sie landeten, stiegen an der steilen Felswand hinauf und befreiten sie von ihren Ketten. Dann trugen sie die Bewusstlose zu ihrem Vater.

Am nächsten Morgen trieb der Ork wie jeden Tag seine Herde aus Schafen und Ziegen ins Weidetal. König Norandin befand sich als Hammel verkleidet noch immer unter ihnen. Vom blinden Hirten unbemerkt, näherte sich die Frau des Ungeheuers Norandin und berichtete ihm von der Rettung seiner Gattin.

Norandin dankte Gott und empfahl ihm auch die Frau des Orks und sein eigenes Weib, das vor großen Qualen bewahrt worden war. Dann lief er schnell den Schafen nach und tat so, als ob er grasen würde. Als der Ork wie üblich einschlief, verließ er die Herde und lief den ganzen Tag über bis zum Anbruch der Nacht, ehe er sich endlich wieder sicher fühlte. Er kam bis an die Küste von Kleinasien und fand dort ein Schiff, mit dem er heimkehren konnte.

Das ist nun genau drei Monate her. Seitdem haben seine Beauftragten ganz Rhodos, Zypern, dazu Schlösser und Städte im Türkenland, in Ägypten und in Afrika durchsucht. Aber alle Nachforschungen nach seiner Gattin blieben erfolglos.

Vor zwei Tagen kam endlich eine Nachricht von seinem Schwiegervater, in der es hieß, dass sein geliebtes Weib bei ihm in Zypern sei. Sie konnten sich nicht eher melden, weil ein böser Sturm sie viele Tage lang auf dem Meer herumgetrieben hatte.

Jetzt weißt du, warum wir hier in Damascus ein großes Fest feiern, das sich alle vier Monate wiederholen soll. Denn vier Monate lang hat sich unser König große Sorgen um Lucina gemacht und ist aus Liebe zu ihr sogar in das stinkende Zottelfell eines alten Hammels gekrochen.«

Obwohl bereits sieben Stunden vergangen waren, saßen die Gäste des Ritters von Damascus noch immer wie gebannt zusammen. Alle waren sich einig, dass König Norandin seine Liebe vorbildlich bewiesen hatte.

Sie beendeten das Gastmahl und zogen sich in ihre Gemächer zurück.

Der nächste Morgen begann heiter und schön. Kleine Kapellen mit Trompeten und mit Becken zogen durch die Straßen. Männer, Frauen und Kinder folgten ihnen bis zum großen Marktplatz. Die Straßen hallten wider vom Lärm der Waffen und vom Jubel bei den Zuschauern.

Grifon legte seine berühmte Rüstung an, die seine in der Schmiedekunst geschickte Schutzfee eigenhändig angefertigt hatte. Auch der Ritter aus Antiochien, Origilles vermeintlicher Bruder, rüstete sich. Ihr Gastgeber hatte bereits eine ganze Reihe von Lanzen bereitgestellt, die schwer in der Hand lagen. Zusammen mit der ganzen Familie und der Dienerschaft zogen sie zum großen Fest auf den Markt.

Grifon und der Ritter aus Antiochien standen zunächst etwas abseits. Sie wollten die eindrucksvolle Ankunft der Krieger beobachten.

Die Zusammenkunft der Schönen und Edlen auf dem Festplatz von Damascus hätte ebenso gut bei einem Turnier im Frankenreich stattfinden können. Viele waren nach fränkischer Art mit Harnisch, Helm und Lanze bewehrt. Die Damen warfen Blumen von Balkonen. Waffen klirrten, und Pferde drehten sich zum Klang der Hörner, Zimbeln und Pauken erwartungsvoll im Kreis. Wenn ein Reiter sein Pferd besonders gut zügelte, erhielt er Applaus. Andere, die sich in ihrem Übermut ungeschickt verhielten, wurden ausgelacht und bestenfalls mit Buhrufen belohnt. Als Preis für den Sieger des Turniers war eine herrliche Rüstung ausgesetzt. Der König hatte das Panzerkleid samt Waffenschmuck erst kurz zuvor einem Händler aus Armenien abgekauft. Zusätzlich stiftete er ein fein gewebtes Oberkleid mit kunstvollen Verzierungen aus Gold, Perlen und Edelsteinen. König Norandin wusste nicht, welche Bewandtnis es mit der wunderschönen Rüstung hatte. Wäre es anders gewesen, hätte er sie auf keinen Fall als Trophäe für den Sieger des Turniers gestiftet.

Als Grifon und seine Begleiter auf dem Kampfplatz eintrafen, waren bereits einige Lanzen gebrochen. Acht tapfere Männer, die zu den allerersten Familien des Morgenlandes gehörten, hatten sich zusammengetan und wollten bis Sonnenuntergang mit jedem kämpfen, der sie herausforderte. Sie wollten spielerisch kämpfen und nicht auf Leben und Tod.

Martan aus Antiochien sah im Kampfspiel mit den acht Herausforderern eine gute Möglichkeit, so zu tun, als wäre er mutig und ein Mann von Ehre. Alle Welt nannte ihn Martan den Feigen. Aber jetzt, in der Begleitung Grifons, fühlte er sich stark. Er stellte sich zwischen die Schranken und wartete, bis der harte Kampf zu Ende war, den zwei junge Ritter gerade begonnen hatten. Der eine von ihnen gehörte zu den acht jungen Lanzenbrechern, die bisher jeden Kampf gewonnen hatten. Jetzt stach er seinem Gegner eine schlimme Wunde ins Gesicht. Der Getroffene stürzte in den Sand und starb noch auf dem Kampfplatz. Ein Aufschrei ging durch die Zuschauer. Sie bedauerten den Tod des guten Ritters, dessen edles Wesen überall im Land bekannt war.

Martan der Feige fürchtete nun, dass es ihm ebenso ergehen könnte wie dem Unglücklichen. Zitternd drehte er sich um. Er wollte sich davonmachen. Aber Grifon trat ihm sofort in den Weg.

»Moment! Da vorn wartet dein Turniergegner auf dich«, rief er ihm zu und gab ihm einen Stoß.

Martan hatte keine Wahl. Ängstlich wandte er sein Pferd um, dann ritt er zögernd auf den stolzen Ritter zu, der ihm jetzt entgegenkam. Die Zuschauer glaubten, dass Martan nur ein scheues Pferd besaß. Grifon scheuchte ihn weiter. Doch Martan riss sein Pferd zur Seite und ließ es nach rechts ausbrechen.

Hinter ihm verwandelte sich das anfängliche Gelächter in wütendes Protestgeschrei. Die Zuschauer klatschten in die Hände und riefen ihm Schmähworte hinterher. Martan der Feige floh wie ein gehetzter Wolf dorthin zurück, wo sie ihr Gastgeber freigiebig bewirtet hatte.

Grifon schämte sich für das unrühmliche Schauspiel. Dann zeigten auch schon die ersten Zuschauer auf ihn und fragten höhnisch, ob er vom gleichen Schlag wie der feige Wicht sei. Er hatte keine andere Wahl. Mit zusammengebissenen Zähnen legte er die Lanze an, gab seinem Pferd die Sporen und preschte in vollem Lauf auf den Herrn von Sidon zu. Der erwartete ihn gelassen – so lange jedenfalls, bis er mit einem einzigen Stoß aus dem Sattel gehoben wurde und sich am Boden wiederfand.

Ein Aufschrei ging durch die Menge der Zuschauer. Jung und Alt hoben sich auf die Zehenspitzen, um besser zu sehen. Jeder von ihnen hatte gedacht, dass Grifon zu Boden gehen werde. Der aber hatte seine Lanze noch immer fest unter dem Arm. Sein zweiter Gang galt dem Fürsten von Lodici in Syrien. Sein Schild war so gut, dass Grifons Lanze splitterte. Zwei-, dreimal schwankte der Ritter, dann lag er ausgestreckt auf dem Rücken seines Pferdes. Aber der Kampf war nicht vorbei, denn er kam wieder hoch, richtete sich auf und zog kraftvoll sein Schwert. Er hielt es hoch über sich, während er auf Grifon zugeflogen kam.

Grifon riss sein Schwert ebenfalls hoch. Bereits der erste Hieb traf den anderen mitten auf die Schläfe, dann ein weiterer und ein dritter – bis der Fürst von Lodici betäubt aus dem Sattel kippte.

Dann wandte sich Grifon gegen zwei Brüder, die in jedem Turnier gewannen. Den ersten rammte Grifon mit der Lanze aus dem Sattel. Den anderen schlug er mit dem Schwert zu Boden. Jetzt öffneten sich die Schranken, und der Großwesir des Königs von Damascus, der zugleich Marschall aller königlichen Ritter Syriens war, forderte Grifon zum Kampf.

Grifon ritt an, zielte und rammte dann die Stahlspitze durch den Brustharnisch des Großwesirs. Der Stoß war so gewaltig, dass die Lanzenspitze eine Handbreit aus dem Rücken heraustrat. Für Grifon unerwartet, erhob sich sofort Jubel und Beifall. Die Bevölkerung freute sich über den Tod des Großwesirs, der überall als äußerst geizig bekannt gewesen war. Nur der König selbst konnte sich über das Ende des Großwesirs nicht amüsieren.

Der oberste Befehlshaber des königlichen Heeres und der Großadmiral fielen ebenfalls durch Grifons Lanze. Von allen acht blieb jetzt nur noch der Fürst von Sileucia bei Bagdad übrig. Grifon sah, dass er das beste Pferd und die beste Rüstung von allen hatte. Sie nahmen beide sofort den Kampf auf und trafen sich exakt an den gleichen Stellen ihres Helmvisiers. Aber Grifons Stoß war härter als der des Sarazenen. Der Fürst von Sileucia verlor den linken Steigbügel. Beide Männer ließen ihre gesplitterten Lanzenstümpfe fallen und griffen zu den Schwertern.

Bereits mit dem ersten Schlag, der einen Amboss hätte spalten können, zerschmetterte Grifon den Eisenschild des anderen. Nur die Tatsache, dass der Fürst von Sileucia eine Rüstung aus zwei Lagen Stahl trug, verhinderte, dass Grifons Schwerthieb ihm gleich die Hüfte zerschmetterte. Aber ein gewaltig harter Schlag des Syrers traf Grifons Visier mit solcher Kraft, dass es den Helm zertrümmert hätte, wenn er nicht durch Zauberkraft unzerstörbar gemacht worden wäre.

Die Zuschauer erkannten, dass der Sieg des fremden Ritters über den Fürsten von Sileucia nur noch eine Frage der Zeit war. Als der König das Zeichen für die Schiedsrichter des Turniers gab, begrüßten alle erleichtert das Ende dieses Kampfes.

Die acht, die es mit jedem aufnehmen wollten, waren geschlagen. Andere, die den ganzen Tag über am Turnier teilnehmen wollten, hatten bis auf den Unbesiegbaren keine weiteren Gegner mehr. Nicht einmal eine Stunde war vergangen, aber König Norandin wollte diesen Freudentag nicht auf diese Art beschließen. Er befahl, dass der Kampfplatz gereinigt und für neue Kampfspiele vorbereitet werden sollte. Er teilte die verbliebenen Waffenträger in zwei Gruppen ein.

»Wohlauf denn«, rief er schließlich. »Wir beginnen noch einmal von vorn. Und diesmal wird Sieg oder Niederlage nur zwischen gleichwertigen Gegnern ausgefochten!«

Verärgert kehrte Grifon in das Anwesen seines Gastgebers zurück. Er konnte noch immer nicht verwinden, welche Schmach ihm Martan durch seine Feigheit angetan hatte. Er stellte ihn zur Rede, aber das Lügenmaul stritt alles ab. Orrigille hielt zu ihm und bestätigte alles, was er vorbrachte. Grifon glaubte den beiden inzwischen kein Wort mehr, aber er sah ein, dass es klüger war, wenn er gute Miene zum bösen Spiel machte, damit die Bevölkerung von Damascus nicht noch einmal über sie spottete.

»Wir verlassen die Stadt«, sagte er deshalb. Er spürte, dass auch seine Kräfte gelitten hatten.

Zu dritt verließen sie das gastliche Haus.

Bereits nach einer halben Stunde spürte Grifon eine schwere Müdigkeit in sich. Er konnte seine Augen kaum noch offen halten.

Deshalb beschloss er, in der erstbesten Herberge Rast zu machen. Dort ließ er gerade noch die Pferde absatteln, dann schleppte er sich in sein Zimmer. In fast ohnmächtiger Erschöpfung ließ er sich entkleidet ins Bett fallen.

Unterdessen heckten Martan und Orrigille im Garten der Herberge einen neuen, betrügerischen Plan aus.

»Ich ziehe seine Kleider und seine Rüstung an«, sagte Martan. »Dann nehme ich sein Pferd und reite damit zum König, um mich als der Sieger vorzustellen.« Er schlich in den Raum, in dem Grifon schlief, und raffte sämtliche Kleider zusammen. Draußen kleidete er sich schnell an und bestieg den bereits wieder aufgezäumten und gesattelten Schimmel Grifons. Zusammen mit den Knappen und den Damen ihres Gefolges ritten er und Orrigille nach Damascus zurück. Sie erreichten den Turnierplatz, als das große Lanzenstechen gerade zu Ende ging.

»Wo ist der Ritter mit den weißen Federn als Helmzier?«, ließ der König gerade ausrufen. »Derjenige, der weiße Kleider trug und auf einem weißen Pferd ritt.«

Der falsche Sieger, der wie ein Esel im Löwenkleid in der falschen Rüstung steckte, ritt vor den König von Syrien. Norandin küsste und umarmte ihn und bat ihn, an seiner Seite Platz zu nehmen. Mit lauten Worten pries der König den Mut und die Geschicklichkeit, die Schlagkraft und die Ausdauer des Helden. Er fragte Martan nach seinem Namen und ließ ihn als Sieger des Turniers ausrufen. Auf allen Plätzen und allen Balkonen in der Stadt wurde der schändliche Name von Mund zu Mund weitergerufen.

Unter lautem Jubelgeschrei und mit Triumphmusik zog der König mit seinem Ehrengast und dessen Angebeteter durch die Straßen von Damascus.

Spät am Abend erwachte Grifon endlich aus seinem tiefen Schlaf. Er fühlte sich erholt und ahnte nicht, was ihn erwartete. Er stand auf und blickte sich nach seinen Kleidern um. Aber da war nichts Weißes, nur irgendwelche anderen Kleidungsstücke. Als er sich die fremde Kleidung genauer ansah, stieg ein Verdacht in ihm auf. Noch immer nackt, verließ er sein Zimmer und untersuchte die anderen Räume. Jetzt kam auch noch der Wirt hinzu.

»Nein«, sagte er. »Hier findest du nichts Weißes mehr von einer Rüstung oder irgendeiner Gewandung. Der weiße Ritter ist längst mit seiner Dame und dem Gefolge verschwunden.«

»Wohin?«, stieß Grifon hervor.

»In Richtung Damascus.«

Grifon blieb wie versteinert stehen. Schlagartig wurde ihm klar, was ihm Gott Amor die ganze Zeit verborgen hatte: Martan war nicht der Bruder seiner Orrigille, sondern ihr Geliebter.

Er verfluchte die eigene Dummheit und schämte sich dafür, dass er die Warnungen seines Bruders nicht ernst genommen hatte.

»Du musst wohl oder übel die zurückgelassene Ausrüstung des anderen nehmen«, meinte der Wirt spöttisch.

»Niemals!«, fauchte Grifon. Doch er hatte keine andere Wahl. Widerwillig und angeekelt legte er die Kleider des betrügerischen Feiglings an. Der primitive Helm war nicht einmal den Namen wert. Der Schild schien immer noch die Schande auszustrahlen, mit der der Lump sich auf dem Turnierplatz befleckt hatte. Grifon biss die Zähne zusammen, kleidete sich an und stieg dann auf Martans Pferd.

Er kam gerade noch in der letzten Stunde des Tages in Damascus an. Dass er dabei beobachtet wurde, bemerkte er nicht. Das prachtvolle Kastell des Syrerkönigs zu seiner Linken taugte eher zum Repräsentieren als zu Angriff und Verteidigung.

Während er näher ritt, hörte Grifon schon lautes Lachen und fröhliche Musik. Sie kamen aus dem Palast. Im Innenhof war zwischen laubenartigen Arkaden eine große, festlich geschmückte Tafel gedeckt. Der König, seine Edlen und ihre Damen feierten das Ende des ungewöhnlichen Turniertages. Durch hohe Fenster sahen sie nun Grifon in der Rüstung des feigsten Mannes seit Langem durch das Tor einreiten. Höhnisches Gelächter schallte ihm entgegen. Der Betrüger Martan saß unmittelbar neben dem König und war einer der lautesten Spötter. Nur einen Sessel weiter räkelte sich Orrigille.

»Was ist das für ein unverschämter Mensch?«, rief der König Martan zu. »Du selbst bist doch der Tapferste, den wir hier gesehen haben. Wie kommt ein Ritter wie du zu einem solchen Feigling als Begleiter?«

»Eigentlich kenne ich ihn gar nicht«, log Martan hochmütig. »Ich traf ihn zufällig auf der Straße von Antiochien. Dass er sich so feige verhalten würde, habe ich da noch nicht geahnt. Am liebsten hätte ich ihm heute Morgen die Turnierregeln derart deutlich eingebläut, dass er nie wieder eine Lanze oder ein Schwert berührt. Nur aus Achtung vor deiner königlichen Majestät habe ich mich zurückgehalten. Aber es wäre eine Zumutung, wenn mich der da noch einen Tag begleiten würde. Man sollte ihn besser gleich an einer Mauerzinne aufhängen. Das wäre allen Feiglingen eine gute Lehre.«

Orrigille nickte heftig zu Martans Worten.

»Wir wollen nicht übertreiben«, antwortete der König. »So schlimm war seine Feigheit auch nicht, dass er den Tod verdient hätte. Aber ich denke, das Volk wird sein Vergnügen daran haben, wenn wir ein neues Fest für die Bestrafung dieses Mannes ausrichten.« Norandins Paladine fielen über Grifon her, legten ihn in Ketten und steckten ihn in ein finsteres Verlies.

Am nächsten Morgen baten Martan und Orrigille schon kurz nach Sonnenaufgang um ihre Verabschiedung. Norandin verstand die Eile nicht, zumal er Martan zu dem bevorstehenden zweiten Fest laden wollte. Doch er fügte sich den Wünschen des Turniersiegers, beschenkte ihn reich und stellte ihm zusätzlich einen königlichen Schutzbrief für seine weiteren Reisen im Morgenland aus.

Gleich nachdem Martan und Orrigille mit ihrem kleinen Gefolge die Stadt verlassen hatten, wurde Grifon aus seiner Zelle geholt. Er musste ein Büßerhemd anziehen, wurde auf einen hohen Karren gesetzt und dann von zwei alten ausgemergelten Kühen durch ein Spalier johlender Zuschauer bis zum Festplatz gezogen. Auf dem demütigenden Weg sprangen immer wieder Krüppel, Bettlerinnen und Huren vor seinen Karren. Sie beschimpften ihn und gossen ihren giftigen Spott über ihn aus. Liebend gern hätte das Volk von Damascus ihn auch noch gesteinigt. Nur die Wachen und einige besonnene Stadtbewohner konnten das Schlimmste verhindern.

Zugleich wurde die jämmerliche Rüstung, die als eindeutiger Beweis gegen ihn galt, hinter dem Karren hergeschleift. Wie ein

Schwerverbrecher näherte er sich langsam dem Tribunal. Als er auf den Festplatz einbog, erklangen mächtige Trompetensignale, und die Verachtung des Volkes richtete sich gegen ihn, der ein Feigling und zugleich ein Fremder für sie war.

»Fortjagen!«, schrien einige.

»Erschlagt ihn!«, forderten andere.

»Hetzt ihn zu Tode!«, die Dritten.

Grifon biss die Zähne zusammen. Er wartete, bis ihm die Hände und die Füße vom Karren losgebunden wurden. Auf Befehl des Königs sollte er jetzt nach all den Schmähungen und Demütigungen freigelassen und aus der Stadt gejagt werden. Das wild gewordene Volk drängte von allen Seiten auf ihn ein.

Grifon sah nur noch eine Möglichkeit, sich zu verteidigen. Er griff nach dem Schild und dem Schwert, die die ganze Zeit hinter dem Karren her durch den Straßenschmutz geschleift worden waren. Das Volk, das auf ihn eindrang, war waffenlos. Aber das spielte jetzt keine Rolle mehr für ihn.

18. Gesang

Ein guter Herrscher urteilt, lobt oder straft erst, wenn er alle Gründe kennt – selbst wenn das Tage, Monate oder auch Jahre dauert.

Hätte der König von Syrien diese Tugend besessen, dann wäre nicht geschehen, was jetzt durch Grifons Zorn geschehen musste.

Grifon kam um den Karren herum. Er schlug wütend nach allen Seiten um sich, dass bereits nach zehn Hieben und Stichen gut dreißig Mann tot am Boden lagen. Entsetzt taumelten die anderen zurück. Sie rannten durch alle Straßen und Gassen und durch das Feld. Am Tor stürzten sie in wilder Panik übereinander. Aber Grifon kannte kein Mitleid mehr. Sein Schwert wühlte weiter in den Waffenlosen. Er wollte bittere Rache – so gnadenlos, dass er seinem Zorn jetzt freien Lauf ließ. Einige von denen, die ohne schwere Rüstung vor dem Tor erschienen waren, rissen auf der Flucht zurück ins Schloss ohne Rücksicht auf die anderen die erste Zugbrücke nach oben.

Grifon konnte zwei von denen packen, die die Flucht über die Zugbrücke nicht mehr geschafft hatten. Den Ersten schmetterte er so hart gegen die steinerne Schwelle, dass sein Kopf zerschellte und sein Gehirn ringsum auf den Boden rann. Den anderen schleuderte er so hoch über die Mauer, dass er auf das wogende Volk von Damascus zuschnellte. Denjenigen, die sich auf die Terrassen gerettet hatten, gefror das Mark in den Knochen, als sie sahen, wie der Unglückliche vom Himmel fiel.

Selbst ein Aufmarsch des Sultans vor den Toren von Damascus hätte keine größere Verwirrung stiften können. Das Lärmen der Waffen vermischte sich mit dem Geschrei von den Spitzen der Minarette. Trommeln und Trompeten verstärkten noch das fürchterliche Durcheinander.

In Paris verfolgte Karl der Große mit seinen besten Männern noch immer den wilden Rodomont. Sie holten ihn ein, dann flogen acht der besten Lanzen im ganzen Frankenreich zugleich auf ihn zu. Aber auch das brachte ihn nicht zu Fall. Jeder Stoß glitt von seinem unbezwingbaren Schuppenpanzer ab. Jetzt griffen weitere Edle an, unter ihnen auch der redliche Erzbischof Turpin, der als Chronist des Kaisers und Frankenkönigs berühmt geworden war. Zusätzlich griffen die beiden Briten Edward und Ariman ein.

Der stolze Sarazenenheld lechzte voller Grimm nur noch nach Blut. Wie Blitz und Donner gemeinsam vereinten sich sein Zorn und seine Gier nach Rache. Er schlug auf das Haupt des Nächststehenden ein. Es war Hugo von Dordogne. Trotz seines edlen, gut gearbeiteten Helms aus Stahl sank Hugo tödlich getroffen zu Boden. Sein Kopf war bis zum Mund gespalten. Auch Rodomont empfing ungezählte Schwerthiebe und Schläge. Jeder andere wäre längst kurz und klein geschlagen gewesen. Aber bei ihm zeigten sie nicht mehr Wirkung, als wenn einen Amboss Nadeln pikten.

Die Mauern von Paris waren längst ebenso wie die Schutzwälle verlassen. Nichts regte sich mehr auf den leeren Straßen. Die meisten Menschen drängten sich bereits nach wilder Flucht auf dem Marktplatz zusammen. Als sie ihren König und seine Paladine vor sich sahen, schämten sie sich für ihre zaghaften Herzen und griffen erneut zu den Waffen. Jetzt kamen auch die zuvor mutlosen Bewohner von Paris ihrem königlichen Herrn zu Hilfe.

Von den Dächern und aus allen Fenstern prasselte alles Mögliche auf Rodomont nieder. Es wäre leicht für ihn gewesen, die Unbewaffneten niederzumähen. Aber selbst wenn sie in Lagen vor ihm aufgereiht gewesen wären, wäre er noch in zwanzig Tagen nicht durch die immer größer werdende Menge hindurchgekommen.

Rodomont schien nicht recht zu wissen, was er jetzt machen sollte. Die Menge, in der er sich mehr und mehr verkeilte, nahm auch außerhalb des Marktplatzes kein Ende. Langsam sah er ein, dass er ausbrechen musste, solange er noch Kraft besaß.

In wilder Raserei ließ er sein Schwert kreisen und stürzte dorthin, wo gerade die Briten mit Edward und Ariman angeritten kamen. Es war, als würde ein wilder Stier aus seinen Schranken ausbrechen. Er arbeitete sich an ihnen entlang bis zur Seine vor und kam bis an die Insel mitten im Fluss. Hinter ihm formierten sich Krieger und Männer aus der Stadt, die jetzt immer mutiger wurden. Drei Mal ließ er sich durch die Verfolger reizen. Jedes Mal war er bereits am Wasser, aber dann fauchte er noch einmal wütend zurück und färbte sein Schwert nochmals mit Blut. Rund hundert Männer wurden dabei erschlagen.

Endlich wich seine Wut der Vernunft. Er sprang in die Seine und schwamm trotz voller Rüstung und all seiner Waffen, als hätte er sich ringsum mit Schwimmblasen behängt. Doch auch das Wasser kühlte nicht seinen Grimm. In diesem Augenblick kam jemand den Fluss entlang, der seinen Zorn und Hass schlagartig beendete.

Inzwischen bahnte sich an einer anderen Stelle der Stadt eine Wende an. Nachdem Erzengel Michael zusammen mit dem Schweigen das Heer der Engländer, Iren und Schotten nach Paris gebracht hatte, kümmerte er sich jetzt um die Zwietracht. Sie war bereits in Agramants Heer und drängte sich zwischen die Anführer der Sarazenen.

Gleichzeitig kam der Trug bei den Belagerern an. Zusammen mit dem Hochmut und der Heuchelei bereiteten sie das Feld für die Eifersucht vor. Sie kamen in Begleitung eines Zwerges, der das Massaker bei Mandrikards Überfall auf den Tross von Prinzessin Doralis überlebt hatte. Im allerletzten Augenblick hatte die Prinzessin ihn losgeschickt. Er sollte ihrem starken unbesiegbaren Geliebten berichten, was mit ihr geschehen war, damit er sie aus den Fängen des Entführers befreie.

Der Zwerg war zwar klein, aber er war noch immer so aufgebracht, dass ihn die Eifersucht bemerkte. Sie beschloss erfreut, mit ihm bis zu Rodomont zu gehen und ihn dort von dem Überfall berichten zu lassen. Auch die Zwietracht stieß dazu. Sie wurden sich schnell einig, dass Rodomont und Mandrikard sich hassen sollten. Die Voraussetzungen dafür waren ganz vorzüglich. Zusammen erreichten sie in dem Moment das Seineufer, als Rodomont den Fluss durchschwimmen wollte, um an jenem Ufer zu wüten.

Rodomont stutzte und richtete sich auf, als er den Zwerg sah. Der gnadenlose Kämpfer lächelte, stieg aus dem Fluss und ging dem Zwerg entgegen.

»Wie kommst du denn hierher?«, fragte er erfreut. »Und wie geht es unserer wunderschönen Herrin?«

»Nenne sie nicht deine oder meine Herrin«, jammerte der Zwerg. »Sie folgt jetzt dem, der uns gestern überfallen und sie mitgenommen hat.«

Das war der richtige Augenblick für die Eifersucht. Sie trat einen Schritt vor, umschlang den Sarazenenkönig und küsste ihn eiskalt wie eine Natter. Der Zwerg berichtete haarklein, wie Doralis' Begleiter erschlagen und sie selbst geraubt worden war. Rodomont stöhnte gequält auf. Rasend vor Missgunst sah er, wie die Zwietracht Stahl und Feuerstein gegeneinanderschlug. Sofort hielt der Hochmut seinen Zunder in die Funken. Rodomont reckte sich, bis sein Körper knirschte.

»Verflucht seien der ganze Himmel und die Erde!«, schrie er dann. Alles in ihm glühte und loderte. Seine Seele brannte so heftig, dass er kaum noch atmen konnte. Ihn trieb der Hass gegen den, der ihm seine Geliebte geraubt hatte. »Los jetzt!«, schrie er den Zwerg an. »Zeige mir den Weg!« Er wirbelte herum und blickte wild nach allen Seiten. »Ein Pferd, ein Pferd!«, schrie er.

Die Zwietracht sah, was aus dem Herzen des starken Mannes hervorbrach. Mit einem breiten Lachen wandte sie sich an den Hochmut.

»Hast du gehört? Das passt mir gut. Er soll sofort ein Pferd bekommen, damit die ganze Angelegenheit in Schwung kommt.«

Durch den vereinten Einsatz aller Kräfte gelang es Kaiser Karl schließlich, den großen Brand in Paris zu dämmen. Als Flammen und Glut gelöscht waren, schickte er Verstärkung zu den Toren, die nach Sankt Germain und Sankt Victor führten. Jeder, der noch kämpfen konnte, musste sich auf der weiten Ebene vor dem Tor von Sankt Marcellus einfinden und die Fahnen so lange flattern lassen, bis das Zeichen zum Angriff kam.

Auch die Sarazenen und König Agramant saßen inzwischen wieder in den Sätteln und griffen Prinz Zerbin an. Lurcan hatte sich gerade erst in einem scharfen Kampf gegen Fürst Sobrin bewährt. Jetzt fiel ein Schwarm von Mauren über Rinaldo her. Der Graf von Montalban schlug sie durch seinen Mut und mit sehr viel Glück in die Flucht. Karl traf inzwischen auf die Nachhut der Sarazenen. König Marsilo hatte ausgezeichnete spanische Kämpfer unter seiner Fahne versammelt. Karls Formation versammelte alle Fußkrieger in der Mitte, während ein starker Ring aus Berittenen sie schützte.

Mit einem ungeheuren Lärm von Trommeln und Trompeten ließ Karl seine Helden angreifen. Die Erde bebte, dann wichen die Heiden zurück, als wären sie bereits geschlagen. Es sah so aus, als würden sie vor der sicheren Vernichtung fliehen wollen. Doch da preschten Grandon und Falsiron mit dem grimmigen Serpentin und anderen mitten unter sie.

»Tapfere Brüder! Kampfgefährten! Haltet eure Stellung!«, brüllte Ferragu. »Das Glück wird auf unserer Seite sein, wenn ihr an eure Ehre und die reiche Beute denkt, die euch in Paris erwartet. Und denkt an die Schmach, wenn ihr jetzt aufgebt und zurückweicht.«

Seine Waffenknechte reichten ihm eine mächtige Lanze. Er legte an und ritt direkt auf den Ritter Berlingier zu. Der hatte gerade für acht der Sarazenenreiter endgültig ihren Kampf beendet.

Auch Rinaldo kämpfte so erfolgreich, dass er die erschlagenen Gegner nicht mehr zählen konnte. Wo immer er auftauchte, lösten sich die Fronten auf, und niemand wagte noch, ihm entgegenzutreten. Die tapferen Ritter Zerbin und Lurcan gerieten ebenfalls in Wut. Zerbin erschlug den Vorreiter der Männer von der Insel Djerba. Lurcan zerschrotete dem Anführer der Sarazenen aus Safi und Zamora in Marokko den Helm.

Aber nicht nur die Franken verfügten über siegreiche Kämpfer. Auch bei den Afrikanern zeichneten sich ganz besondere Helden aus. Dardinell von Zamora, der Sohn von König Almont, stieß mit seiner Lanze zuerst vier, dann noch drei weitere Christen aus dem Sattel. Nur drei von ihnen überlebten.

Trotz aller Tapferkeit konnte Dardinell seine Mauren nicht mehr aufhalten. Sie wichen vor den zahlenmäßig unterlegenen Franken mehr und mehr zurück. Dann kürzte Dardinell Wilhelm von Burnich, den längsten Mann im Heer der Engländer, um einen Kopf. Mit dem nächsten Schlag spaltete er Aramon, dem

Alten von Cornwall, das Haupt. Aramons Bruder wollte ihm noch zu Hilfe kommen, aber Dardinell schlug sein Schwert bis zur Gabelung des Magens. Der Nächste war Bogio von Vergall. Er hatte seiner Frau versprochen, dass er spätestens nach einem halben Jahr zurückkehren und sie küssen werde. Nun hieb ihm Dardinell durch das Herz, sodass ihm alle Versprechungen erlassen wurden.

Jetzt aber bemerkte Dardinell, dass Lurcan gefährlich nahe kam. Der hatte gerade einige Edle der Sarazenen getötet. Auch Altheus, den der junge König über alles liebte, wollte gerade noch dem grausamen Gemetzel entkommen. Er schaffte es nicht, denn Lurcan schlug ihm mit einem harten Hieb durch den Panzerkragen.

»Das kostet Rache!«, schwor Dardinell bei Mohammed und fasste seine Lanze fester. »Wenn ich dich jetzt tot zu Boden bringe, dann will ich deine Rüstung der Moschee stiften.«

Er griff in die Zügel, gab seinem Pferd die Sporen und preschte kraftvoll vorwärts. Dabei traf er Lurcan so hart in die Seite, dass seine Lanze nur noch mit ihrem letzten Ende aus dem Leib des anderen ragte. Augenblicklich fielen Dardinells Begleiter über den Besiegten her, um der Moschee die versprochene Beute zu sichern.

Wütend und voller Schmerz sah Herzog Ariodant, wie sein getreuer Bruder starb. Er riss sein Schwert heraus und schlug wahllos in die wilde Menschenmauer, die ihn von dem Mann trennte, der seinen Bruder aufgespießt hatte. Auch Dardinell sah Ariodant und wollte auf ihn zureiten. Doch kämpfendes Fußvolk zwischen ihnen verhinderte, dass sie zusammenkamen. Während der eine einen Sarazenen nach dem anderen in den Tod schickte, erschlug der andere gleichzeitig Schotten, Engländer und Franken.

Plötzlich tauchte in dem Getümmel Rinaldo auf. Als würde nichts und niemand zwischen ihm und Dardinell kämpfen, ritt er direkt auf den jungen König zu.

Das Kriegsglück hatte für Rinaldo die Ehre vorgesehen, schon bald den Jüngling zu erschlagen.

Mehrere tausend Meilen entfernt wütete Grifon so grausam unter den Bewohnern von Damascus, dass König Norandin eingreifen musste. Noch immer flohen verwirrte Menschen aus der Stadt. Doch dann rückte Norandins Heeresmacht an.

Grifon entdeckte einen kleinen Tempel, der von einem breiten Graben geschützt wurde. Nur eine Brücke führte in das heilige Geviert. Genau hier stellte er sich auf und erwartete den Angriff. Und dann kamen sie auch schon.

Mit bedrohlichem Geschrei sprengte eine gewaltige Reiterschar auf ihn zu. Er nahm sie gleich richtig an und schwang das Schwert mit beiden Händen. Nach diesem ersten Ausfall zog er sich schnell auf die Tempelbrücke zurück. Sie war so schmal und eng, dass niemand an ihm vorbeikonnte, um ihm in den Rücken zu fallen. Grifon sammelte seine Kräfte. Dann rannte er erneut nach vorn, um Reiter oder Fußknechte zu treffen.

Mutig und furchtlos schlug er senkrecht zu, dann wieder quer. Aber er merkte, dass er gegen die wilde Wut der empörten Menge und der Bewaffneten nicht ankam. Wieder und wieder musste er selbst schwere Schläge einstecken. Er wurde an der Hüfte hart getroffen, gleich darauf an der Schulter. Dennoch gab er nicht auf, taumelte weiter und zeigte, dass er unmöglich der Feigling sein konnte, für den alle ihn bisher gehalten hatten.

Der König von Damascus hob die rechte Hand zum Zeichen des Friedens. Norandin erkannte den Löwenmut an, mit dem dieser Mann gekämpft hatte. Aber das Volk verlangte weiterhin Genugtuung. Zu viele Tote, zu viele Wunden hatte es gegeben. Trotzdem blieb König Norandin bei seiner Entscheidung. Anders als das aufgebrachte Volk begriff er, wie tief und schwer dieser hervorragende Held in seiner Ritterehre gekränkt sein musste.

»Ich gebe zu, dass ich mich geirrt habe«, sagte er laut hörbar, nachdem Grifon sich als der Sieger des Turniers zu erkennen gegeben hatte. »Und ich gestehe dir, dass mir mein Fehler leidtut. Ich war getäuscht von einem anderen, und meine Unbesonnenheit hat einem schlechten Mann vertraut. Aber die Ehre, die du durch deinen Mut errungen hast, hat auch den Schimpf ausgeglichen, der dir durch unsere Unwissenheit zugefügt worden ist. Sag mir, was du von mir verlangst, um meinen Fehler wiedergutzumachen.

Ich will es tun, wenn du jetzt Städte, Schlösser oder Gold forderst. Verlange die Hälfte meines Landes – es gehört noch heute dir. Vor allen anderen Dingen schenke ich dir zusätzlich mein Herz. Gib mir die Hand, damit wir beide auf ewig in Liebe und in Treue unzertrennbar bleiben.«

König Norandin stieg von seinem Pferd und ging mit ausgestreckter Hand auf die schmale Brücke zu. Grifon schluckte ergriffen. Die Güte und die Herzlichkeit des Königs, der zu Fuß zu ihm kam, rührten ihn so sehr, dass sein Groll schlagartig verschwand. Er ließ das Schwert fallen, sank auf die Knie und neigte den Kopf. Ehrerbietig küsste er den Waffenrock des Königs. Norandin sah, dass Grifon aus zwei Wunden blutete. Er rief nach hinten nach einem Medicus, von dem er wusste, dass er ihn schnell heilen würde. Dann ließ er eine Trage bringen.

»Schafft ihn vorsichtig in die Stadt zurück bis zum Palast«, befahl er. »Er soll mein Gast sein, bis er wieder so weit bei Kräften ist, die eigene großartige Rüstung anzulegen.«

Astolf und Aquilante suchten derweil in Jerusalem noch immer nach Grifon. Seit er aus den Mauern verschwunden war, hatten sie jede heilige Stätte und jeden frommen Platz innerhalb und außerhalb der Stadt abgesucht. Sosehr sie sich auch den Kopf über den Grund von Grifons Verschwinden zerbrachen – sie kamen einfach nicht auf die Lösung des Rätsels, bis ihnen der griechische Pilger über den Weg lief. Er erzählte ihnen, wie Orrigille durch die Wüsten Syriens nach Antiochien aufgebrochen war – der Stadt, aus der ihr neuer Geliebter stammte.

»Hast du das etwa auch meinem Bruder erzählt?«, fragte Aquilante erschrocken. Als der griechische Pilger das bestätigte, war es Aquilante klar, was geschehen war. Er ging zu Astolf und erzählte ihm alles. Dann ließ er seine Waffen und seine Ausrüstung zur Küste bringen. Im Hafen von Joppe fand er ein gutes Schiff, das ihn schneller nach Norden bringen konnte als ein Ritt durch die felsige Wüste.

Bereits früh am nächsten Morgen verließ das Schiff den Hafen, passierte Tyros und später Beirut. Als sie im Golf vor Alexandretta ankamen, steuerte der Schiffer nach Osten den großen Fluss Orontes stromauf. Nach einer Weile legten sie an. Aquilante wartete, bis sein Pferd an Land gebracht worden war. Dann stieg er in voller Rüstung in den Sattel. Er nahm den direkten Weg stromauf und sah schließlich die Stadttore von Antiochien vor sich. Schon bald hörte er, dass Orrigille mit Martan nach Damascus aufgebrochen war, weil dort in diesen Tagen ein festliches Turnier stattfinden sollte. Aquilante zögerte nicht lange. Er wollte die beiden unbedingt finden, ehe sie auf Grifon stießen. Noch am selben Tag verließ er Antiochien wieder. Diesmal wählte er nicht den Seeweg, sondern die alte Handelsstraße über Lydia, Larissa und Aleppo.

Bis Damascus hatte er noch ein gutes Stück zu reiten, als ihm ein Berittener mit Gefolge entgegenkam. In prahlerischer Weise schleppten seine Diener und Knappen die wertvollsten Turnierpreise so vor sich her, dass sie jeder sehen konnte. Im ersten Augenblick dachte Aquilante sogar, dass Grifon in der weißen Rüstung steckte. Er stieß einen Freudenruf aus, wurde dann aber misstrauisch. Das war nicht das Gesicht, das zu seinem Bruder gehörte, nicht diese Brauen und nicht diese Augen. Jedoch das Pferd des weißen Ritters gehörte seinem Bruder! Dann aber musste der Unbekannte Martan sein, und in dem Mädchen an seiner Seite erkannte er jetzt auch Orrigille. Ein schrecklicher Verdacht schoss in ihm hoch. Er fürchtete plötzlich, dass Grifon durch die beiden umgekommen sein könnte.

»He, Kerl, du Schandfleck aller Ritter!«, schrie er Martan an. »Woher hast du das Pferd meines Bruders und woher seine Rüstung? Ist er tot? Lebt er noch? Na los, ich will alles wissen!«

Orrigille riss ihren Zelter herum und wollte fliehen. Aquilante preschte vor und schnitt ihr den Fluchtweg ab. Er schnappte sich den Zügel ihres Pferdes und ließ nicht mehr los. Martan saß kreidebleich und zitternd auf seinem Pferd. Das machte Aquilante noch wütender. Er riss sein Schwert hervor und setzte es auf die Kehle des anderen.

»Ich schneide dir die Gurgel durch und trenne dir den Kopf vom Rumpf und diesem Weib hier auch, wenn ihr beide jetzt nicht die Wahrheit ausspuckt.«

Martan wand sich hin und her, während er fieberhaft nach einer Ausrede suchte, wie er sein Handeln beschönigen konnte.

»Herr, dies ist meine Schwester«, stieß er schließlich hervor. »Sie stammt, wie ich, aus einer geehrten, tugendhaften Familie. Leider wurde sie von Grifon auf den falschen Weg geführt. Er verführte sie zu Schändlichkeiten, die nicht sittsam sind. Ich selbst habe sehr gelitten unter dem, was die beiden taten. Aber wie du siehst, bin ich nicht stark genug, um meine arme Schwester mit Gewalt zurückzuholen. Deshalb musste ich schlau sein, eine List anwenden. Nachdem ich sie davon überzeugt hatte, dass sie wieder zu einem anständigen Lebenswandel zurückkehren musste, machte ich mit ihr aus, dass sie fliehen sollte, wenn er schlief. Und nur damit er uns nicht aufhalten oder uns sofort folgen konnte, haben wir sein Pferd und seine Waffen mitgenommen. Es war die einzige Möglichkeit, wie du siehst. Nur auf diese Weise sind wir bis hierher gekommen.«

Aquilante sah Martan zweifelnd an. Alles, was er sagte, klang einleuchtend. Nur an einem Punkt hatte das Lügengebäude eine schwache Stelle: Bereits in Antiochien hatte er gehört, dass der Mann vor ihm der Geliebte und nicht der Bruder von Orrigille sei. Er spürte, wie das Blut in seinen Kopf stieg.

»Du bist ein elendiger Lügner!«, schrie er. »Ein falscher Hund! Ein Dieb.«

Sein Arm schoss vor, dann schlug er Martan mit der flachen Hand mitten ins Gesicht. Der Schlag war derart hart, dass der feige Lügner zwei Zähne schlucken musste. Er wehrte sich nicht einmal mehr, als ihm Aquilante die Hände auf den Rücken band. Dann wandte er sich an Orrigille. Sie stammelte alle möglichen Erklärungen und bat ihn unter Tränen um Schonung. Aber Aquilante dachte nicht daran. Mit einem zweiten Strick band er Martans Beine unter seinem Pferd fest, während er Orrigilles rechtes Bein an den Damensattel fesselte. Dann ritt er mit ihnen los. Auch die Knappen des Pärchens zwang er, ihm zu folgen.

Er schleppte sie an Burgen, Festungen und Städten vorbei bis nach Damascus. Aber er hätte sie auch tausend Meilen oder mehr hinter sich hergezogen und keine Mühen oder Qualen gescheut, um sie bis vor seinen Bruder zu bringen, damit der entscheiden konnte, was mit ihnen geschehen sollte.

Als er mit dem ganzen Gefolge und dem Zugvieh, das die

gestohlenen Turnierpreise trug, Damascus erreichte, hörte er, dass der Name seines Bruders auf allen Plätzen hoch gelobt wurde. Ehrbare Bürger, hochgestellte Damen und auch die Straßenjungen schwärmten davon, wie kraftvoll er seine Hiebe ausgeteilt hatte und wie ein elendiger Betrüger ihn dann um seinen Ruhm und seine Ehre gebracht hatte. Die Menschen von Damascus erkannten jetzt Martan in Grifons Rüstung.

»Seht, seht! Da ist der Feigling wieder«, spotteten sie.

Sie zeigten mit Fingern auf ihn. »Das ist der Elendige, der den tapferen Grifon im Schlaf beraubte und betrog.«

»Und da ist auch das undankbare, nichtsnutzige Weib, das diesen elendigen Schuft auch noch unterstützt hat.«

»Sie sind vom gleichen Schlag«, rief ein Ritter.

»Totschlagen!«, schrie die Menge. »Aufhängen! Vierteilt und verbrennt sie!«

Der Aufschrei breitete sich nach allen Seiten aus. Als Norandin, dem König von Syrien, die Nachricht von der Rückkehr Martans und Origilles überbracht wurde, war er so erfreut, als hätte man ihm ein zweites Königreich geschenkt. Er wartete nicht einmal ab, bis sein Gefolge für den Gang nach draußen angekleidet war. So wie er war, lief der König den gerade Angekommenen entgegen. Er begrüßte Aquilante als Rächer seines tapferen Gastes Grifon.

»Ich bitte dich in aller Form, sei auch du mein Gast«, rief er Aquilante entgegen. Dann wandte er sich an die hastig hinterhergekommenen Männer seines Gefolges. »Und die beiden da sollen in denselben Turm geworfen werden, in dem der edle Grifon schon einmal geschmachtet hat.«

Im Palast angekommen, eilten der König und Aquilante sofort zu den Gemächern, in denen Grifon noch immer auf dem Krankenbett gegen das Fieber seiner Wunden ankämpfte. Als Grifon die Augen öffnete und seinen Bruder erkannte, floss Rot über seine Wangen.

»Ja, ja, ich weiß«, stöhnte Grifon leise. »Wirf mir nur alles vor, was du kannst, denn du hast recht damit.«

»Ich werfe dir überhaupt nichts vor«, sagte sein Bruder. »Lass uns lieber beraten, mit welchen fürchterlichen Strafen wir diese beiden büßen lassen.«

»Sie haben es verdient«, stimmte auch König Norandin zu.

Grifon schloss erneut die Augen. Dann lächelte er. »Ich verzeihe beiden. Martan war wohl von ihrer Schönheit ebenso geblendet wie ich. Und sie war eben viel zu lange allein. Deswegen muss ich auch ihr verzeihen.«

»Nein, nein, so geht das nicht«, protestierte Aquilante.

»Wir dürfen nicht vergessen, welches Leid durch all das hier geschehen ist«, stimmte auch der König von Syrien zu. »Wir müssen sie nach Gesetz und Recht beide dem Henker übergeben.«

»Ich will nicht, dass sie sterben«, sagte Grifon. »Ich denke, dass es reicht, wenn der Henker Martan öffentlich auspeitscht.«

Schweren Herzens stimmte König Norandin zu. Bereits am nächsten Tag wurde Martan aus dem Verlies geholt, nackt ausgezogen und vor einer großen Menge Volks nach Recht und Verdienst ausgepeitscht. Anschließend durfte der winselnde Betrüger mit Schimpf und Schmäh davontaumeln.

Über Orrigille wollten der König und seine beiden Gäste nicht selbst entscheiden.

»Ich schlage vor, wir warten, bis Königin Lucina von ihrer Reise zurückkehrt«, sagte Norandin. »Wir können ihrem Urteil vertrauen, ganz gleich, ob es nun mild oder streng sein wird.«

Aquilante und Grifon stimmten dem Vorschlag zu. In den folgenden Tagen pflegte Aquilante seinen Bruder und gönnte sich auch selbst Muße und Erholung.

Für König Norandin war die Flut der Irrtümer der letzten Tage ebenfalls eine Lehre. Ihm blutete immer noch das Herz bei dem Gedanken, wie viel Schmach er über einen guten Ritter gebracht hatte. Er suchte ständig nach einer Möglichkeit, den heldenhaften Grifon doch noch zu ehren und ihm den Siegespreis zu verschaffen. Erst nach vielen schlaflosen Stunden kam König Norandin auf die rettende Idee. Grifon sollte den Siegespreis erhalten. Aber nicht hinter den Mauern des Palastes, sondern öffentlich und vor all denen, die bei der fälschlichen Verleihung zugesehen hatten. Als König Norandin zu diesem Entschluss gekommen war, sprang er von seinem Nachtlager auf.

»Verkündet überall im Land«, rief er dem wachenden Gefolge zu, »dass wir in einem Monat, von heute an gerechnet, zu einem neuen Kampfspiel nach Damascus einladen. Es soll noch größer und noch feierlicher werden als beim ersten Mal. Und diesmal soll der wahre Held den Siegespreis erhalten.«

Die Nachricht von dem neuen königlichen Turnier und einem Wettbewerb der besten Ritter verbreitete sich schnell durch das ganze Königreich. Sie drang auch bis Palästina vor und erreichte zuletzt Astolfs Ohr. Sofort beschlossen der Prinz von England und der Vizekönig von Jerusalem, an diesem Ereignis teilzunehmen. Samsonet galt schon lange als besonders tapferer, mutiger Mann. Seit er von Orlando getauft worden war und Karl der Große ihn zum Beschützer des Heiligen Landes ernannt hatte, waren sein Name und sein Ruhm noch strahlender geworden.

Die beiden Edlen bereiteten sich in aller Sorgfalt auf die Reise vor. Sie hatten keine Eile und beschlossen, jeden Tag nur ein kleines, bequemes Stück mit ihrem Tross zurückzulegen, um am Tag des großen Turniers frisch und ausgeruht in den Sattel steigen zu können.

Sie waren bereits eine Weile unterwegs, als ihnen an einer Wegkreuzung jemand entgegenkam, der auf den ersten Blick wie ein Ritter aussah. Aber dann erkannten sie an der ganzen Haltung und der Kleidung, dass es eine Frau sein musste. Es war, wie sich herausstellte, die Jungfrau Marfisa. Sie stand im Ruf, so hervorragend mit ihrem Schwert umgehen zu können, dass sie damit bereits den Thron von Persien erobert hatte. Außerdem hieß es, dass sie nur selten ihre Rüstung ablegte, ständig unterwegs war und mit jedem Ritter den Kampf suchte, um sich auf diese Weise Ruhm und Unsterblichkeit für ihren Namen zu verdienen.

Noch während sie auf Astolf und Samsonet zuritt, prüfte sie, ob sich die beiden jungen Fürsten für ein kleines Kräftemessen eigneten. Die beiden waren groß, mit breiter Brust sowie kräftigen Armen und Beinen. Kurz entschlossen spornte sie ihr Ross und galoppierte mit eingelegter Lanze auf sie los.

In diesem Augenblick erkannte sie Prinz Astolf. Sofort dachte sie daran, wie vorbildlich er ihr bei den Kämpfen im fernen Königreich Cathay gedient hatte. Sie richtete die Lanze wieder auf, zog ihren Kampfhandschuh aus und klappte das Visier hoch. Dann ritt sie auf ihn zu, freute sich und kam so dicht an ihn heran, dass sie ihn fast umarmen konnte.

»Astolf! Mein lieber Prinz von England, wie kommst du denn hier in diese Gegend?«

Das Gleiche wollte er von ihr wissen. Astolf war ebenso erfreut und überrascht, aber zunächst verneigte er sich vor ihr und zeigte alle Gesten der Huldigung, wie sie einer Dame zukamen.

»Wir wollen nach Damascus«, gab er Auskunft. »Dorthin hat der König von Syrien alle eingeladen, die sich gegenseitig ihre Waffenkunst und Tapferkeit beweisen wollen.«

»Da muss ich mit!«, sagte Marfisa sofort. »Das kann ich mir doch nicht entgehen lassen.«

Sie lachten und beschlossen, von nun an zu dritt weiterzureiten. Bereits am selben Abend kamen sie mit ihrem stattlichen Gefolge vor den Toren von Damascus an. Sie blieben draußen in der Vorstadt in einer sehr angenehmen Herberge. Hier fanden sie alles für die Nacht und konnten sich ungestört ausruhen. Früh am nächsten Morgen legten der Prinz von England, Samsonet und das Mädchen Marfisa ihre Rüstungen an und ritten zum Kampfplatz. Hier hatten sich bereits die Turnierteilnehmer in zwei Gruppen aufgestellt, die auf das Zeichen für den Beginn der Wettkämpfe warteten. Die Preise aus dem vorangegangenen Turnier wurden erneut vor der Tribüne ausgestellt. Zusätzlich hatte König Norandin weitere Siegespreise für den Tag gestiftet. Sie bestanden aus einem reich verzierten Schwert und einem wertvollen Streitkolben mit vielen Edelsteinen. Die kostbaren Waffen hingen am Sattel eines wertvollen Pferdes, auf das jeder adlige Besitzer stolz sein konnte.

Die neu Angekommenen erfuhren schnell, dass diese Siegestrophäen eigentlich nicht mehr zur Verfügung standen. Die ganze Stadt wusste, dass der König sie einzig und allein dem weißen Ritter übergeben wollte. Sie bildeten die Zugabe für die ersten Trophäen, die fälschlich an den Betrüger Martan gegeben worden waren.

Doch es kam anders.

Als Marfisa in Begleitung von Samsonet und Astolf auf den Platz ritt, stutzte sie plötzlich und zügelte ihr Pferd.

»Das kann nicht wahr sein!«, stieß sie hervor. »Das ist doch meine Rüstung.«

Sie hatte sie vor geraumer Zeit am Rand der Straße abgelegt, als sie dem Dieb Brunell nachgelaufen war, der ihr Schwert gestohlen hatte. Ohne zu zögern, ritt Marfisa zu ihrer Rüstung. Sie fragte nicht lange, riss sich ihre Rüstung vom Leib und legte dann den weißen Harnisch an.

Noch während sie sich erfreut ihre verloren geglaubte Rüstung ansah, empörte sich der König von Damascus so sehr, dass sein gesamter Hofstaat und sein Gefolge zu den Waffen griffen. Sie rissen ihre Schwerter hervor, senkten ihre Lanzen und dachten keinen Augenblick daran, dass erst vor kurzer Zeit ein vorschnelles und falsches Urteil großes Unglück über einen fremden Ritter und die ganze Stadt gebracht hatte.

Marfisa ließ sich nicht beeindrucken. Sie war fröhlich wie ein Kind. Ohnehin war sie erst richtig glücklich, wenn sie mitten im Waffenlärm stand, mitten im Gewirr der Pfeile und Lanzen. Auch jetzt zögerte sie keinen Augenblick. Sie senkte ihre Lanze und griff sofort das königliche Gefolge an. Dem Ersten stach sie die Lanzenspitze durch den Hals, den Zweiten spießte sie durch die Brust auf. Zwei weitere wurden von ihrem Pferd niedergetrampelt. Sie warf die Lanze weg und riss ihr Schwert hervor. Blutige Bäche flossen in den Sand, als sie den einen kopflos machte und den anderen aus dem Sattel schlug.

Auch Prinz Astolf von England und Vizekönig Samsonet ließen sich von Marfisas Kampfeswut anstecken. Sie waren mit ihr gekommen und mussten jetzt an ihrer Seite kämpfen. Also schlossen sie ihre Visiere und galoppierten ebenfalls mitten in das königliche Gesinde.

Dutzende von fremden Rittern, die zu einem harten, aber friedlichen Turnier gekommen waren, erlebten anstatt eines großen Festes ein Gemetzel. Die meisten wussten nicht einmal, warum. Sofort bildeten sich unter ihnen zwei Parteien. Die einen schlugen sich auf die Seite der Königlichen, ohne zu ahnen, dass sie das schnell bereuen sollten. Die anderen bemühten sich darum, die Kämpfenden zu trennen. Nur die Klügsten blieben dort, wo sie gerade waren, und warteten ab.

Grifon und Aquilante gehörten zu der Gruppe, die sofort den Raub des Siegespreises bestrafen wollten. Sie hatten nicht selbst gesehen oder gehört, wie Marfisa den König beleidigte. Aber sie hatten gesehen, wie sich Norandins Augen wie von Gift berauscht blutrot färbten. Und erst jetzt wurde ihnen zugerufen, was der Grund für diesen Zorn war.

Grifon sah die Schmach für König Norandin als persönliche Beleidigung an. Er nahm, ebenso wie die anderen, eine Lanze und flog augenblicklich auf die drei Neuankömmlinge zu. Astolf erkannte die Gefahr. Sofort gab er seinem wunderbaren Pferd Rabikan die Sporen und legte seine goldene Zauberlanze ein, die jeden niederwarf, den sie berührte. Ohne die geringste Mühe stieß er zuerst Grifon und dann Aquilante aus den Sätteln.

Jetzt zeigte auch der Vizekönig von Jerusalem, dass er seinen guten Ruf verdienterweise trug. Einen Ritter nach dem anderen stieß er vom Pferd. Die Menge zog es vor, schleunigst den Turnierplatz zu verlassen. König Norandin schäumte vor Wut. Ohnmächtig musste er mit ansehen, wie Marfisa sich die Siegesprämie nahm. Mit beiden Harnischen und beiden Helmen ritt sie stolz am König vorbei. Astolf und Samsonet folgten ihr schnell. Überall wurde ihnen Platz gemacht. Sie hielten erst, als das Fallgitter des Torturms sie aufhielt.

Auf dem Kampfplatz rappelten sich Grifon und Aquilante nur mühsam wieder auf. Sie schämten sich und ritten mit gesenkten Köpfen an König Norandin vorbei. Norandin selbst zog sämtliche Bewaffneten zu einem großen Haufen zusammen. In sicherem Abstand drängte sich das Volk.

»Haut sie! Haut sie!«, schrie es immer wieder.

Grifon erreichte als Erster die Torbrücke. Hier stellten sich die beiden Männer und das Mädchen mutig dem nächsten Waffengang. Überall war die Anspannung zu spüren. Doch da geschah etwas Unerwartetes. Grifon zügelte im selben Augenblick sein Pferd, als er den Prinzen von England an seiner Rüstung erkannte.

Grifon hatte es nicht bemerkt, als sie auf dem Turnierplatz viel zu schnell aneinandergeraten waren. Jetzt aber verflog sein Zorn. Er ritt auf Astolf zu und grüßte ihn höflich.

»Ich glaube, du musst uns erklären, wer deine Gefährten sind und warum diese junge Dame hier ohne jeden Respekt die Rüstung angezogen hat, die der König von Syrien als Preis für den Besten des Turniers ausgesetzt hatte.«

»Darf ich dir zunächst die edle Kriegerin Marfisa vorstellen?« Astolf lächelte und neigte den Kopf. »Und dieser junge Held neben ihr ist Samsonet, der Vizekönig von Jerusalem.« Er wartete, bis sich alle voreinander verneigt hatten. Dann sagte er: »Das mit der Rüstung kann ich dir leider auch nicht erklären. Ich habe es lediglich für meine Ritterpflicht gehalten, ihr beizustehen.«

Jetzt kam auch Aquilante heran. Er erkannte Astolf ebenfalls. Als er hörte, was dieser sagte, verschwand auch Aquilantes Zorn. Mittlerweile waren alle anderen Ritter und das königliche Gefolge so dicht herangerückt, dass sie die Gespräche aus sicherem Abstand verfolgen konnten. Als dann einer von ihnen auch noch den Namen der jungen, streitlustigen Frau hörte, drehte er sich sofort um, drängte sich an den anderen vorbei und stürzte vor seinen König.

»Marfisa!«, stöhnte er. »Oh Herr, es ist Marfisa, die Schreckliche! Flieht, flieht alle vor dieser fürchterlichen Kriegerin.«

König Norandin zuckte kaum merklich zusammen, als er den Namen hörte, den man im ganzen Morgenland nur mit Furcht nannte. Er wusste, dass keiner seiner Männer gegen die Unbesiegbare kämpfen würde.

Inzwischen hatten Aquilante und Grifon, Samsonet und Astolf so lange auf Marfisa eingeredet, bis sie ihren Bitten nachkam und ihren Zorn bezwang. Mühsam beherrscht ritt sie auf den zur Flucht bereiten König von Syrien zu.

»Ich weiß nicht, Herr, wie du dazu kommst, wertvolle Waffen und diese Rüstung hier als Trophäen im Turnier auszustellen«, rief sie. »Seit wann verschenkt ein König Dinge, die ihm nicht gehören? Ich habe meine Rüstung auf der Straße von Armenien nach Damascus abgelegt, damit ich schneller einen Räuber verfolgen konnte. Du glaubst mir nicht? Dann sieh dir dieses Wappen an. Die dreigespaltene Krone auf dem Siegespreis ist die gleiche, die du auf meinem Brustharnisch sehen kannst.«

»Das mag ja sein«, antwortete König Norandin. »Aber ich habe die Waffen und die Ausrüstung rechtmäßig bei einem armenischen

Händler gekauft. Ja, selbst wenn wirklich alles dir gehört hat, dann hätte doch ein Wort genügt, und ich hätte dir dein Eigentum zurückgegeben. Ich bin überzeugt, dass Grifon für eine angemessene Entschädigung ebenfalls auf deine Rüstung verzichtet hätte. Außerdem brauchst du mir nicht nachzuweisen, wer du bist. Das hast du bereits durch deinen Kampfesmut gezeigt. Also nimm deine Rüstung. Ich werde Grifon auf eine andere Weise entschädigen. Als Gegenleistung verlange ich nur, dass du Frieden gibst.«

»Ich brauche keine Entschädigung«, warf Grifon ein. »Aber es würde mich sehr stolz machen, wenn mir König Norandin wieder sein Vertrauen schenkt und wenn ich zugleich mit dir, Marfisa, ziehen dürfte.«

Marfisa fühlte sich geschmeichelt. Sie sah ein, dass sie mehr gewinnen konnte, wenn sie sich ebenfalls großzügig zeigte.

»Ich schenke dir die Rüstung«, sagte sie zu Grifon.

Aber der stutzte nur und antwortete: »Und ich gebe sie dir als Andenken an mich und diesen Tag zurück.«

Sie lachten alle, und an ihren fröhlichen Gesichtern erkannte auch das Volk, dass wieder Frieden und Liebe zueinander eingekehrt waren. Gemeinsam zogen sie zum Turnierplatz. Erst jetzt begann das große Fest, wie es schon zweimal vergeblich geplant war. Prinz Astolf und die Brüder Grifon und Aquilante nahmen nicht an den Wettbewerben teil. Sie ließen Samsonet diesmal den Ruhm. Dem Vizekönig von Jerusalem machte es viel Spaß, einen Gegner nach dem anderen in den Sand zu legen und sich so Preis um Preis zu holen.

Auf diese Weise vergingen zehn Tage in Heiterkeit, frohem Schwertergeklirr und Lanzenstechen. Sie hätten es auch länger ausgehalten, aber allmählich schob sich die Pflicht wieder in ihr Denken. Auch Marfisa sehnte sich danach, endlich mit den berühmten Paladinen Frankreichs ihre Kraft zu messen. Samsonet schloss sich ebenfalls an. Er bestimmte einen Stellvertreter, der in seiner Abwesenheit Statthalter von Jerusalem sein sollte. Nach einem langen Abschied ritten die fünf mit ihrem Gefolge aus der Stadt. Ihr Ziel waren das Meer und der Hafen von Tripolis.

Sie fanden ein großes Handelsschiff, das gerade mit allerlei Waren für das Abendland beladen wurde. Der alte Schiffer ließ mit sich reden und nahm sie mitsamt ihrem Gefolge und den Pferden an Bord. Der Himmel war wolkenlos und klar, als sie mit gutem Wind und vollen Segeln in See stachen. Sie genossen das angenehme Wetter, bis sie in den Hafen von Famagosta auf Zypern, der Insel der Liebesgöttin Venus, einliefen.

Hier blieben sie nicht lange, denn aus einem nahen Sumpf wehten so giftige Dünste in den Hafen, dass hier nicht nur die Menschen jung starben, sondern auch das Eisen an den Schiffen und Ausrüstungen verrostete. Sie waren deshalb froh, als sie mit Hilfe eines frischen Ostnordostwindes um Zypern herum bis nach Paphos segeln konnten. Hier stiegen alle aus und bewunderten die schöne Gegend.

Aber noch etwas anderes interessierte die gerade angekommenen Gäste: Sie hatten alle gehört, dass es hier schönere Mädchen und Frauen geben sollte als an irgendeinem anderen Ort. Es hieß, dass bei ihnen die Liebesglut nie erlosch.

Die Besatzung des Schiffes hingegen löschte die Ladung und schaffte neue Waren an Bord. Als das erledigt war, ließ der Kapitän erneut die Anker lichten. Der Wind war günstig, aber am Abend blies der Südwestwind immer stärker, wühlte das Meer auf und wurde schnell zum Sturm.

Wilde Brecher krachten so hart über das kleine Schiff her, als stürze ringsumher die Welt zusammen. Das Meer brüllte, und der Himmel antwortete mit gleicher Wut. Der alte Schiffer scheuchte die Matrosen von einer Seite zur anderen. Er pfiff mit einer grellen Pfeife seine Befehle. Auf diese Weise wurde der eine zum Rettungsanker befohlen, ein anderer musste die Segel reffen, ein weiterer umklammerte das Steuer. Einer hantierte am Mast, noch ein anderer warf alles über Bord, was jetzt entbehrlich war.

Die ganze Nacht über nahm das Unwetter noch zu. Als dann die Stunden kamen, in denen eigentlich der neue Tag anbrechen sollte, blieb alles schwarze Nacht. Jetzt sah auch der erfahrene Schiffer keine Hoffnung mehr. Er gab sein Schifflein auf, ließ die Segel vollends reffen und holte mit einem Pfiff den Mann vom Steuer weg. Das war die letzte Möglichkeit, die sie jetzt noch hatten: Sie ergaben sich der Wucht des Sturms und den wilden Meereswogen.

Während die aus dem Morgenland heimkehrenden Streiter in große Seenot gerieten, kämpften vor Paris die Sarazenen immer noch gegen das Verstärkungsheer aus England. Rinaldo stürmte immer wieder vor. Er öffnete die feindlichen Reihen, rötete ihre Rüstungen und Gewänder mit Blut und riss ihre Fahnen in den Sand.

Gerade erst hatte er Bajard die Sporen gegeben, als er mitten im Getümmel das rot-weiße Wappen von Graf Orlando sah. Aber es war Dardinell, der Sohn von König Almont, der sich damit schmückte. Nach den Ritterregeln gehörte es Orlando, denn er war es gewesen, der König Almont besiegt und seinen Helm und sein Schwert erobert hatte. Je näher Rinaldo dem Sarazenenkrieger kam, umso wilder wurde seine Entschlossenheit.

»He, du missratener Knabe!«, schrie er. »Jetzt reiße ich dich wie Unkraut aus. Zeig mir, wie du dieses Rot und Weiß in deinem Schild verteidigst. Und wenn du das gegen mich nicht schaffst, wird Graf Orlando dir noch leichter diese Farben abnehmen.«

»Dann komm doch her!«, rief Dardinell zurück. »Dann wirst du merken, wie ich die Farben schütze, die ich von meinem Vater übernommen habe. Glaub bloß nicht, dass ich fliehe, nur weil ich noch jung bin. Töte mich doch, wenn du kannst! Aber freiwillig gebe ich weder mein Wappen noch meine Ehre hin. Also komm schon, wenn du wissen willst, ob ich meine Herkunft wert bin.«

Er gab seinem Pferd die Sporen. Den Sarazenen stockte das Blut in den Adern, als sie sahen, dass ihr Prinz todesmutig auf Rinaldo den Schrecklichen lospreschte. Er traf, aber der Helm auf Rinaldos Kopf konnte viel vertragen. Der Paladin lachte nur.

»Jetzt zeige ich dir mal, wie ich dich zur Ader lasse, damit du dich gleich besser fühlst!«

Er spornte Bajard an und ließ dem Ross die Zügel schießen. Mit einem Stoß durchbohrte er die Brust des Sarazenenprinzen. Die Spitze brach im Rücken noch durch das Eisen seiner Rüstung. So wie der Mohn im Garten seinen Kopf senkt, wenn er zu reich im Saft steht, sank der junge Dardinell erbleichend auf den Boden.

Es war, als würde Wasser, das lange Zeit durch Dämme eingeschlossen war, plötzlich wieder freigelassen. Solange Dardinell die Sarazenen durch seinen Mut hinter sich geschart hatte, konnten sie sich noch gegen die Verteidiger der Christen stemmen. Als sie ihn sterbend vom Sattel gleiten sahen, stoben die Sarazenen nach allen Seiten auseinander.

Rinaldo rührte sich nicht mehr. Er ließ jeden fliehen, der jetzt fliehen wollte. Nur diejenigen, die noch zögerten, verscheuchte er durch kurze Ausfälle. Die Schotten unter ihrem tapferen Herzog Ariodant nahmen als Erste die Verfolgung auf. Sie wurden von Kaiser Karl selbst, den verbündeten Königen sowie den Herzögen, Grafen und Paladinen unterstützt.

Der Einzige, der im verwirrten Sarazenenheer jetzt noch die Übersicht behielt, war Spaniens König Marsilo. Er beschloss, keinen Widerstand zu leisten, um wenigstens noch das zu retten, was an Männern und Beute übrig war. So schnell wie möglich sammelte er die maurischen Fähnlein und zog sich mit ihnen in das befestigte Lager zurück. Stordilan, der König von Andalusien, und der König von Portugal folgten ihm hinter die Verschanzung. Um Agramant zu warnen, wurde ein Bote ausgeschickt.

Kurz darauf bliesen auch Agramants Trompeten zum Rückzug. Aber viele hörten die Signale nicht mehr. Sie sprangen verwirrt und feige in die Seine. Die meisten von ihnen konnten nicht schwimmen und ertranken. Nur einigen der Anführer gelang es, ihre Truppen vom Fluss fernzuhalten und sie ins sichere Lager zu retten. Insgesamt überlebte bestenfalls ein Drittel des gesamten Heeres.

Es war, als hätte der große Schöpfer weiteres Morden unterbunden. Achtzigtausend Tote lagen bereits auf dem Schlachtfeld und wurden zur Beute von Wölfen und Leichenräubern.

Die ganze Nacht über klang aus den Zelten der Mauren Jammern und Klagen. Wer nicht verwundet war, betrauerte den erschlagenen Cousin oder Freund. Viele weinten vor Schmerzen, andere aus Angst und Furcht vor dem nächsten Tag.

Im Heer der Sarazenen befanden sich auch zwei Fußkrieger ungewisser Abstammung. Sie waren in Tolomitt an der Küste der Cyrenaika geboren. Die beiden Mauren verband eine tiefe, schon liebevolle Verehrung mit Dardinell. Als seine treuesten Gefolgsleute waren sie mit ihm ins Frankenreich gekommen.

Kloridan war hochgewachsen, stark und schnell. Seit seiner Kindheit hatte er sich immer wieder als guter Jäger bewährt. Medor dagegen hatte ein Gesicht, das weiß wie Milch und rot wie Blut war. Mit seinen schwarzen Augen und seinem goldblonden Kraushaar war er ein so schöner Jüngling, dass sich kaum jemand seiner Anmut und seinem Liebreiz entziehen konnte. Wo er auch auftauchte, wirkte er wie ein Engel.

Zusammen mit anderen hatten die beiden den Auftrag, den Lagerwall zu bewachen und notfalls mit dem Leben zu verteidigen. Als es dunkel wurde und die ersten Sterne aufstiegen, sah Medor in ihnen das Gesicht des jungen toten Königssohns. Er empfand tiefe Trauer darüber, dass der noch immer ungeehrt und unbegraben auf dem Schlachtfeld lag.

»Oh Kloridan«, sagte er schmerzerfüllt zu seinem Waffenbruder neben sich, »ich kann dir gar nicht sagen, wie grauenhaft der Gedanke für mich ist, dass Wölfe und Raben Dardinells Leib zerfleischen. Ich ertrage es nicht, wenn Dardinell die ganze Nacht dort liegen bleibt. Ich muss ihn finden! Vielleicht gönnt mir Gott ja einen kleinen Schutz, damit die Franken mich nicht sehen. Falls ich aber Pech habe, kannst du den anderen erzählen, was meine Absicht war.«

Kloridan wunderte sich über die Entschlossenheit und Treue des blutjungen Mannes. »Tu es nicht!«, beschwor er ihn. »Du opferst dich umsonst, und Dardinell wird dadurch auch nicht wieder lebendig.«

Medor ließ sich nicht von seinem Vorsatz abbringen. Er war entschlossen, dem Leichnam seines Herrn ein Grab zu geben oder ehrenvoll zu sterben.

»Na gut, du Starrsinniger«, seufzte Kloridan. »Dann gehe ich eben mit. Lieber sterbe ich mit der Waffe in der Hand als durch die Trauer, weil du auch tot bist, mein lieber Medor.«

Sie übergaben ihren Postenplatz den nächsten Wachen und gingen in die Dunkelheit hinaus. Sie schafften es, alle Wälle, Gräben und Palisaden zwischen den Heeren zu überwinden. Die großen Feuer bei den Christen waren bereits niedergebrannt. Viele der Franken und ihrer Verbündeten waren erschöpft von der Schlacht und trunken vom Wein zwischen ihren Waffen und Gerätschaften eingeschlafen.

Kloridan hielt an. »So eine Gelegenheit kommt so schnell nicht wieder«, flüsterte er Medor zu. »Was denkst du? Sollen wir den verdammten Haufen, der unseren Herrn erstach, nicht gleich etwas zur Ader lassen? Halt du die Ohren und die Augen offen, dann verschaffe ich uns einen Weg mitten durch ihr Lager.«

Er schlich vorsichtig weiter. Das erste Zelt gehörte dem gelehrten Alpheus. Der Arzt und Astrologe war erst seit einem Jahr Berater des Frankenkönigs. Er, der sich selbst geweissagt hatte, dass er hochbetagt in den Armen seiner Frau von dannen gehen würde, bemerkte seinen Irrtum nicht mehr. Der kühne Maure stieß ihm das Schwert noch im Schlaf tief in den Schlund.

Vier weitere Franken im Zelt des Sterndeuters starben, ehe sie die Zeit fanden, auch nur den kleinsten Laut von sich zu geben. Nicht einmal Namen blieben von ihnen. Kloridan erstach einen, der schwer an einem leeren Weinfass lehnte. Blut und Wein sprudelten aus seinem kopflosen Hals. Kloridan wütete wie ein wild gewordener Löwe in einem vollen Stall. Aber auch Medors Schwert war nicht stumpf. Anders als Kloridan sah er keinen Sinn darin, einfache Krieger und unedles Volk zu töten. Stattdessen drang er bis zum Herzog von Labret vor. Er hatte schlafend seine Liebste so fest umschlungen, dass kein Lufthauch zwischen beide Körper passte. Medor enthauptete beide mit einem Hieb. Wie selig musste dieses Sterben für sie sein, wenn ihre Seelen, ebenso vereint, aufstiegen und sich aneinanderschmiegten.

Im nächsten Zelt erschlug er die beiden jungen Söhne des Grafen von Flandern. Sie waren erst vor wenigen Tagen von Karl zu Rittern geschlagen worden. Die beiden Sarazenen mit ihren scharfen Klingen näherten sich den Zelten, die für die Paladine und die edelsten der Ritter um das kaiserliche Hauptzelt aufgerichtet worden waren. Hier wachten Männer, die sich in vielen Schlachten Ruhm verdient hatten. Keiner war sich zu schade, nacheinander zur Wache für den Kaiser aufzustehen.

Kloridan und Medor sahen, dass sie nicht mehr weiterkamen.

Vorsichtig zogen sie sich wieder ins Dunkel am Rand des Frankenlagers zurück.

Die Leiber auf dem Schlachtfeld lagen so dicht, dass die beiden jungen Sarazenen zuerst vergeblich nach dem Leichnam ihres Herrn suchten. Dann aber, als Kloridan schon aufgeben wollte, hob Medor die Hände, blickte zum dunklen Himmel hinauf und flehte den unsichtbaren Mond um Hilfe an.

»Oh heilige Göttin«, rief er, »du bist die beste Jägerin, die jedes Wild verfolgt und jedes Untier im Land erkennt. Zeig mir den Königssohn, der dich stets angebetet hat und der uns durch den Tod entrissen wurde.«

Es konnte Zufall sein, aber sofort rissen die Wolken auf, und die Göttin Luna zeigte etwas von ihrem fahlen, unwirklichen Glanz.

Im Licht der Mondgöttin zeigten sich die Umrisse von Männern, Horizontlinien und Bergen. In der Ferne schimmerten deutlich sichtbar die beiden Hügel der Frankenhauptstadt – der Montmartre rechts und Montlhéry zur Linken. Das Mondlicht reichte aus, um ein rot-weißes Wappen auf einem Schild am Boden zu erkennen. Medor stürzte nach vorn. Dann fiel er auf die Knie, erkannte seinen Herrn und umschlang ihn weinend. Er herzte und küsste den Erschlagenen so innig, dass selbst der Nachtwind über dem Schlachtfeld von seinem Weg abbog, um dieser Totenklage zu lauschen.

Schließlich hoben die beiden jungen Männer den königlichen Leib auf ihre Schultern. So rasch wie möglich trugen sie ihn vom Feld. Im ersten Morgenrot kam ihnen jetzt ein Ritter entgegen, der die ganze Nacht damit verbracht hatte, fliehende Sarazenen zu jagen. Jetzt kehrte er mit seinen besten Männern zum Frankenlager zurück. Kloridan sah, dass sie bereits entdeckt worden waren. Die Pferde vor ihnen liefen schneller und kamen direkt auf sie zu, vermutlich in der Hoffnung, noch mehr geflohene Feinde aufzuspüren.

»Jetzt, Herzensbruder, müssen wir Dardinell fallen lassen!«, keuchte Kloridan. »Und dann nichts wie weg, so schnell wir können! Es wäre Dummheit, wenn zwei zugrunde gingen für einen Toten.«

Er ließ an seiner Seite den Leichnam fallen und dachte, dass es Medor ebenso machen würde. Aber der hing umso inniger an seinem Herrn und schleppte ihn auf seinen Schultern ganz allein weiter.

Prinz Zerbins Reiterei teilte sich in zwei Gruppen auf. Sie wollten beide einfangen – tot oder lebendig. Die erste Gruppe ritt auf die Stelle zu, an der sie Kloridan den Weg abschneiden wollte. Medor schleppte sich mit dem toten Dardinell zu einem alten, völlig verwilderten Waldstück. Hier stürzte er mit seiner Last ins Gebüsch, geriet in die Dornen und kam nicht mehr weiter.

19. Gesang

Kein Mensch kann wissen, ob er wirklich geliebt wird, solange er erfolgreich ist. Sobald sich aber dann das Glücksrad nach unten dreht, trennen sich die falschen von den echten Freunden. Die Speichellecker fliehen, und nur wer seinen Herrn wirklich liebt, liebt ihn auch über Unglück und Tod hinaus.

Wenn man im Herzen lesen könnte wie in einem Gesicht, würden die Bescheidenen schnell den Platz der Schmeichler einnehmen. Die Hohen würden dann die Letzten sein, die Niederen die Ersten.

Lasst uns deshalb wieder zu Medor gehen, der seinen Herrn im Tode noch genauso liebt wie im Leben.

Während Medor sich mit seiner Last im Dornengestrüpp des wilden Waldes verfing, hatte sich Kloridan so weit entfernt, dass er nicht einmal mehr das Lärmen der Verfolger hörte. Als er sich schließlich umdrehte, erkannte er entsetzt, dass der Freund mit seiner königlichen Last nicht mehr hinter ihm war. Scham und Reue pressten ihm das Herz zusammen.

»Oh, ich Narr!«, stieß er hervor. »Wie konnte ich dich, Medor, einfach zurücklassen?«

Ohne zu zögern, kehrte er um. Er stürmte wieder auf den Tod zu, aus dessen Nähe er bereits geflohen war. Schon bald hörte er Hufschlag und Kampfgeschrei. Und dann erkannte er, dass Medor im Dornengebüsch gefangen war und von hundert Reitern umringt war.

»Los! Packt ihn!«, schrie Zerbin. Medor versuchte, auszubrechen, und stolperte zwischen Eichen, Ulmen, Buchen hin und her, die ganze Zeit den Leichnam von Dardinell auf seinen Schultern. Schließlich versagten seine Kräfte, und er musste ihn ins Gras gleiten lassen.

Kloridan hatte nur noch einen Wunsch. Er wollte gemeinsam mit dem Freund sterben, wenn er ihm schon nicht helfen konnte. Aber ehe es so weit war, wollte er so viele Männer wie möglich mit in den Tod nehmen. Gut versteckt im Gebüsch, legte er den ersten scharfen Pfeil ein, zielte sorgfältig und schoss. Ins Hirn getroffen stürzte der erste Schotte zu Boden.

»Da ist er! Im Gebüsch!«, schrie einer der Schottenreiter. »Und ich sage …«

Er sagte gar nichts mehr. Kloridans zweiter Pfeil nagelte ihm die Zunge im Schlund fest. Zerbin wurde wütend. Er entdeckte Medor und ritt mit schnellem Schwung direkt auf ihn zu.

»Das sollst du büßen!«, schrie er, packte ihn an den goldenen Locken und riss ihn zu sich hoch. Doch noch im Schwung berührte ihn der sanfte Blick aus den schönen Augen des jungen Mannes. Plötzlich empfand er Mitleid und konnte ihn nicht töten.

»Ich bitte dich bei deinem Gott, sei nicht so grausam zu mir und lass mich, ehe du mich tötest, meinen Herrn begraben. Sobald Dardinell bestattet ist, kannst du mich umbringen oder mit mir machen, was du willst.«

Die Stimme des jungen Mauren klang so sanft und bescheiden, dass sich selbst ein Fels erbarmt hätte. Zerbin war ergriffen. Er war bereit, die Bitte des schönen jungen Gefangenen zu erfüllen. Aber ein anderer aus seinem Gefolge preschte mit eingelegter Lanze auf sie zu. Die Lanzenspitze streifte Medors Arm und stieß dann in seine weiche Brust. Wütend musste Zerbin mit ansehen, wie der rohe Stoß den schönen Jüngling auf den Boden warf.

»Was soll das?«, schrie der Prinz von Schottland seinen eigenmächtigen Paladin an. »Das büßt du mir!«

Der Krieger erkannte, wie ernst es Zerbin war. Ohne zu antworten, wendete er sein Pferd, gab ihm die Sporen und ritt weg. Medor brach zusammen. Jetzt kannte Kloridan kein Halten mehr. Er stürmte aus der Deckung und rannte auf die Schotten zu. Noch im Laufen warf er seinen Bogen weg und riss sein Schwert hervor. Es war ihm gleich, aus wie vielen Wunden er blutete. Mit letzter Kraft erreichte er die Stelle, an der blutend und bewegungslos Medor lag. Dort kippte Kloridan um und starb, noch ehe er den Waldboden berührte.

Die Schotten sahen die drei geschlagenen Sarazenen nur noch einmal an. Dann nahmen sie die Verfolgung des Ritters auf, der durch seine Eigenmächtigkeit Prinz Zerbin beleidigt hatte.

Nichts regte sich um den toten Sarazenenfürsten und die Körper der beiden jungen Krieger, die zurückgekehrt waren, um Dardinell zu begraben. Nur Medors Blut tränkte noch immer den Waldboden. Es würde nicht mehr lange dauern, bis das Leben aus dem jungen Körper endgültig herausgeflossen war. Doch da bewegte sich etwas im Wald.

Ein junges, ungewöhnlich schönes Mädchen kam an die Stelle, an der die blutenden Körper lagen. Sie war von königlicher Gestalt, hatte blühende Wangen und bewegte sich mit der Grazie einer Fürstin. Aber sie trug nur ein einfaches Hirtenkleid. Es war Angelica, die Tochter des Galafron aus dem fernöstlichen Königreich Cathay.

Seit sie den von Brunell gestohlenen Zauberring zurückbekommen hatte, fühlte sie sich der ganzen Welt überlegen. Sie war so stolz, dass sie nicht einmal großen, weltberühmten Namen erlaubt hätte, sie zu begleiten. Mehr noch – sie hasste sich dafür, dass sie vor Kurzem noch König Sakripant und Graf Orlando ihre lieben Freunde genannt und mit Rinaldo gescherzt hatte. Sie verstand nicht mehr, warum sie sich beide so lange und so tief in die Augen geblickt hatten.

Aber Gott Amor ließ eine solche Missachtung seiner Bemühungen nicht zu. Er sann bereits auf Vergeltung und versteckte sich hinter dem sterbenden Medor. Er hatte nur gewartet, bis Angelica auftauchte. Die spürte plötzlich Amors Pfeil in ihrer Brust, sah, wie der wunderschöne Jüngling die Augen öffnete und mit sanfter Stimme flüsterte, was geschehen war.

Angelica fühlte Mitleid und Bewunderung über so viel Treue. Sie war selbst einmal in der Heilkunst unterwiesen worden. Sie überlegte, wie das Kraut hieß, mit dem sie sein fliehendes Leben aufhalten und in ein frisches verwandeln konnte. Bald fiel ihr wieder ein, dass sie das gesuchte Heilkraut erst kürzlich gesehen hatte. Es hieß Diptam, Aschwurz oder Panazee und hielt das Blut in jeder Wunde zurück, beseitigte Krämpfe und linderte den Schmerz.

Sie lief, so schnell sie konnte, dahin zurück, wo das Kräutlein wuchs. Auf dem Weg zurück begegnete ihr ein Hirte auf einem Pferd, der nach einer entlaufenen Jungkuh suchte. Angelica bat ihn dringend um Hilfe. Der Hirte konnte ihr die Bitte nicht abschlagen. Zusammen ritten sie zu den drei Sarazenen. Ihr Blut hatte den ganzen Waldboden durchfeuchtet. Für einen Augenblick fürchtete Angelica, dass sie zu spät kam. Sie legte das Heilkraut zwischen zwei Steine, presste den Saft in ihre Hände und träufelte ihn vorsichtig auf Medors Wunden. Der Kräutersaft begann sofort zu wirken, die Blutungen versiegten. Es dauerte nicht lange, dann schlug Medor die Augen auf, lächelte Angelica an und seufzte. Sie warteten noch eine Weile, dann wollten sie ihm auf das Pferd des Hirten helfen. Aber Medor wehrte ab.

»Ich kann nicht fort von hier, ehe ich meinen toten Herrn begraben habe«, sagte er. »Erst wenn er in der Erde liegt und auch mein Freund Kloridan einen Platz neben ihm gefunden hat, darf ich an mich denken.«

Angelica und der Hirte zögerten nicht lange. Gemeinsam begruben sie die beiden toten Sarazenen. Als alles getan war, zogen sie langsam und so gut es ging, zum Haus des guten Hirten.

»Ihr könnt hierbleiben, bis er wieder ganz gesund gepflegt ist«, sagte er.

Angelica blickte ihn dankbar an. Der Hirte und seine Frau lebten zusammen mit ihren Kindern in dem kleinen Häuschen mitten im Wald.

Während Medors Verletzungen schnell heilten, wurden die Wunden in Angelicas Herz immer größer. Sie stammten von dem unsichtbaren Pfeil, den Gott Amor mit sicherer Hand auf sie abgeschossen hatte. Sie spürte, dass sie sterben würde, wenn ihr Verlangen nicht sehr bald erfüllt werden würde. Schließlich wurde ihr Gefühl übermächtig. Ihr Mund floss über, und sie flehte ihn mit heißem Blick an.

»Oh Medor, siehst du denn nicht, wie es um mich steht? Hab doch Mitleid mit den Schmerzen meines Herzens, die du mir zufügst und von denen du vielleicht gar nichts weißt.«

Vergessen waren Orlando und der König von Circassien. Sie hatte diesen Recken nie auch nur die kleinste Gunst für das gewährt, was diese in ihrem Liebeswahn für sie vollbracht hatten. Selbst Agri-Khan, den König der Tartaren, hatte sie grausam zurückgewiesen, ebenso Ferragu und tausend weitere Verehrer.

Und nun lag die stolze Edeldame in den Armen des Jünglings. Medor durfte die Rose pflücken, die noch kein anderer berührt hatte. Keinem anderen Mann war es bisher gelungen, in diesen Garten vorzudringen.

Später, als sie sich wieder daran erinnerten, wozu Anstand und Sitte sie verpflichteten, beschlossen sie, sofort zu heiraten. Gott Amor wurde ihr Brautführer, und die Frau des Hirten übernahm die Rolle der Brautmutter. Nach der kleinen Zeremonie feierten sie alle mit den einfachen Köstlichkeiten, die im Hirtenhaus zu finden waren. Anschließend genossen sie mehr als vier Wochen lang innigste Flitterwochen. Angelica konnte gar nicht genug von ihrem jungen Gatten Medor bekommen. Sie ließ ihn kaum aus ihren Armen. Aber sosehr sie auch an seinem Hals hing, ihr großes, sehnsüchtiges Verlangen nach ihm wurde nicht geringer.

Sie blieben Tag und Nacht zusammen. Wenn sie das Haus verließen, suchte sie sofort nach einer schönen grünen Wiese, um sich mit ihm im Gras zu rollen. Und wenn am Mittag die Sonne allzu heiß brannte, zogen sie sich in den Schatten einer Höhle zurück, die ihnen vorkam wie das sagenhafte Felsgemach, in das der antike Held Aeneas bei einem Sturm seine verbotene Liebe mit Dido gerettet hatte. Wie vergnügte Kinder tollten sie herum. Wo immer es ging, ritzten sie mit einem Messer ihre Namen ein und verzierten sie kunstvoll.

Nach den Flitterwochen wollten sie in den Fernen Osten in ihr Königreich Cathay reisen.

»Ich möchte gern, dass du dort gekrönt wirst, wie es dir als mein Gemahl jetzt zusteht. Es wird allmählich Zeit, dass wieder ein Mann auf den Thron meines Vaters kommt.«

Zum Dank für ihre Gastfreundschaft schenkte sie dem Hirtenpaar den goldenen Armreif, der trotz der Goldgier der Menschen von der furchtbaren Insel Ebuda immer noch ihren Arm schmückte. Sie sah den wertvollen, mit kostbaren Edelsteinen verzierten Armreif nachdenklich an. Wie lange war das her, dass sie ihn als Liebespfand von Orlando bekommen hatte?

Angelica hatte den Armreif sehr gemocht und in Ehren gehalten – aber nicht wegen seines angeblichen Ursprungs bei der Fee Morgana oder als Liebesbeweis des Paladins, sondern weil er ein kleines Kunstwerk war. Die gastfreundlichen Hirten hatten nicht weniger als das wertvolle Schmuckstück verdient. Kurz entschlossen streifte sie den Armreif ab und schenkte ihn der Frau des Hirten.

»Denkt an uns und daran, wie dankbar wir euch beiden sind«, sagte sie.

Kurz darauf brachen sie in Richtung Pyrenäen auf. Sie nahmen sich vor, bis Barcelona den Landweg zu benutzen. Dort wollten sie nach einem guten Schiff suchen, mit dem sie nach Osten segeln konnten. Nachdem sie die Pyrenäen überwunden hatten, kamen sie an den Fluss Girona und sahen schon bald darauf das Glitzern der Sonnenstrahlen auf dem Wasser des Mittelmeeres. Sie ritten weiter bis Barcelona. Kurz vor der Stadt sahen sie im Meeressand ein eigenartiges närrisches Wesen, das wie ein Schwein mit Kot beschmiert war und auf sie zu warten schien. Tatsächlich sprang das schmutzstarrende Wesen plötzlich wie ein Wachhund auf und kam ihnen entgegen.

Irgendwo auf dem Meer befanden sich auch Marfisa, Astolf, Grifon, Aquilante und Samsonet. Wieder und wieder waren sie dem feuchten Tod nahe. Drei Tage dauerte das Rasen. Der zuvor gute Zweimaster war inzwischen nicht mehr als ein schwimmendes Wrack. Kastell und Schanze waren vom Sturm und immer neuen Brechern zerschmettert worden.

Trotzdem gaben die Seeleute nicht auf. In einer Ecke hockte ein Matrose über einer Karte. Ein kleiner Feuertopf mit Glut war alles, was er hatte, um den wirren Weg des Schiffes in Sturm und Wellen zu verfolgen. Andere versuchten mit Fackeln in der Hand, die Räume über dem Schiffskiel abzudichten. Wieder andere passten vorn und hinten an den Sanduhren auf. Alle halbe Stunde prüften sie nach, in welche Richtung und wie schnell Schiff und Wellen sich bewegten.

»Mir scheint, dass wir inzwischen schon dicht vor der Sandbank vor der Insel Zypern sind«, rief einer der erfahrenen Seeleute.

»Unsinn!«, widersprach ein anderer. »Ich weiß genau, dass wir direkt auf die spitzen Felsen von Tripolis in Syrien zutreiben. Da sind schon viele gute Schiffe zerschellt.«

»Was redet ihr?«, rief ein Dritter. »Ich schwöre euch, wir treiben direkt auf Adalia zu, die Stadt, an deren Küste es nur noch Heulen und Zähneklappern gibt.«

Die Meinungen der Seeleute liefen so kreuz und quer durcheinander wie die Wellen rings um das Schiff. In Wahrheit fürchteten sie sich nur vor dem Ungewissen.

Am dritten Tag packte der Sturm noch einmal mit voller Wucht das kleine Schiff. Wind und Wellen zerbrachen krachend den Fockmast. Die Flut riss das Steuerruder ab und nahm auch gleich den Steuermann mit in die See. Wer unter diesen Umständen keine Furcht zeigte, der war härter als jeder Stahl und Marmor. Sogar Marfisa musste zugeben, dass sie Angst hatte.

Die Männer schworen, nach Zypern, Rom und Galizien zu wallfahren, zum Sinai, nach Compostela, zum Grab der Jungfrau von Ettin und zu allen anderen heiligen Stätten, die es gab, wenn Gott sie diesem Sturm entkommen ließ. Erneut packten die Wellen das ruderlose Schiff, hoben es hoch in den Himmel und schleuderten es in Wellentäler zurück.

»Weg mit dem Hauptmast!«, schrie der Schiffer. Nach dem Mast flogen Ballen, Kisten und alles, was überflüssig war, über Bord. Die meiste Ladung, wertvolle Waren und Kästchen mit seltenen Kostbarkeiten, versank im Meer.

Doch dann, nach weiteren vier Tagen, als sie dem Meer bereits den Sieg überlassen wollten, zuckten am Vorschiff und an den Mastspitzen unwirkliche Elmsfeuer auf. Sofort fielen die Schiffer auf die Knie, weinten vor Freude und baten den heiligen Elm darum, dass er das Meer endlich zum Frieden zwang. Aus dem flackernden grünblauen Feuerschein wurde ein strahlendes, liebliches Licht.

Augenblicklich zogen sich die bösen Winde zurück und ließen dem warmen Wind von Libyen her den Vorrang. Aber der Südwestwind blies keineswegs friedlich. Im Gegenteil, er riss das Schiff mit großer Kraft in eine andere Richtung. Der Schiffer fürchtete bereits, dass es zerbrechen oder bis ans Ende der Welt fliegen würde. Erneut wurde Ballast über Bord geworfen. Schließlich ließ er sogar den Schleppanker ins Wasser werfen. Obwohl niemand mehr daran geglaubt hatte, gelangte das schwer geschlagene Schiff doch noch in ruhigere Gewässer. Durch die Kraft des Südwestwindes und mit Gottes Hilfe kamen sie zum Golf von Alexandretta.

Die Schiffbrüchigen erkannten eine große syrische Stadt mit befestigten Gebäuden und einer weiten Hafenzufahrt, an deren Seiten sich zwei große Wachtürme befanden. Als der Schiffer sah, wo sie angekommen waren, wurde er bleich. Nun konnte er nichts mehr für sein Schiff und seine Leute tun. Ohne Ruder und Masten gab es keinen Gedanken mehr an eine schnelle Flucht.

Graf Astolf, der sich wie die anderen beim Anblick des nahen Landes gefreut hatte, bemerkte das sorgenvolle Gesicht des Alten.

»Was ist los?«, fragte er. »Bist du nicht glücklich, dass wir es doch noch geschafft haben?«

»Wie kann ich glücklich sein, wenn ich darauf warten muss, dass jeden Augenblick Kriegsschiffe kommen und uns gefangen nehmen? Das da drüben ist keine stolze Stadt, wie ihr Franken oder Engländer sie kennt.«

»Was ist so besonders daran?«, fragte Astolf verwundert.

»Alles da drüben wird von mörderischen Weibern beherrscht«, antwortete der Schiffer mit Schaudern. »Sie töten jeden, der hier landen will, oder machen ihn lebenslänglich zum Gefangenen. Ihr männerfeindliches Gesetz bestimmt, dass sich nur derjenige freikaufen kann, der an einem Tag zehn ihrer besten Krieger besiegt und in der Nacht darauf zehn junge Frauen beim Liebesspiel zufriedenstellt. Selbst wer die erste Prüfung schafft, verliert sein Leben, wenn er die Nacht mit den zehn Weibern nicht siegreich übersteht. Und alle anderen, die in der Begleitung eines derartigen Verlierers sind, werden zu Sklaven oder zu Knechten auf den Feldern bei den Rindern. Nur wer beide Prüfungen besteht, erkämpft sich damit seine Freiheit. Aber richtig frei ist er auch dann nicht, denn dann muss der Unglückliche zehn von diesen kämpferischen Frauen heiraten.«

Astolf musste laut lachen. Die anderen kamen näher. Samsonet, Marfisa, Aquilante und sein Bruder wollten wissen, was den Prinzen von England so belustigte. Astolf erzählte ihnen, was er gerade vom alten Schiffsherrn gehört hatte.

»Es ist wirklich so«, bestätigte der Schiffer. »Aber ich will lieber im Meer ersaufen, als Kettensklave der kriegerischen Weiber zu sein.«

Auch die übrige Besatzung des Handelsschiffes stimmte zu.

»Und ich bin anderer Meinung«, widersprach Marfisa. »Ich habe lieber festen Boden unter den Füßen als dieses fürchterliche Meer. Selbst hunderttausend Schwerter erschrecken mich nicht so sehr wie diese heimtückischen Sturmwellen und das Grauen, das mir aus dem Meer entgegenblickt. Also, was wartet ihr? Seht zu, dass dieses Wrack irgendwie anlegt und wir an Land gehen können.«

»Ich mache uns Platz, wenn ich in mein Zauberhorn stoße«, meinte Astolf mutig.

Sie stritten eine Weile hin und her, ohne sich zu einigen. Schließlich musste auch der Schiffer einsehen, dass er mit seinem Wrack nicht wieder aufs offene Meer hinauskonnte. Missmutig und gegen seinen Willen setzten sie doch wieder einen Rest der Segel und trieben langsam auf die Hafeneinfahrt zu.

Sofort kam ihnen eine schwer bewaffnete Galeere entgegen. Ohne irgendwelche Verhandlungen warfen die Männer auf dem Kriegsschiff Seile zum Bug des Handelsfahrers und banden ihn an ihr eigenes Heck.

Das Meer war noch immer wild. Mit vollen Segeln schleppte die Galeere das Wrack mit den Gefangenen in die Hafenbucht. Marfisa und die Ritter legten ihre Rüstungen an und ordneten die Waffen. Sie wussten, dass sie niemals gegen die Kriegsbesatzung einer Galeere oder gegen die Bewaffneten einer ganzen Stadt ankamen. Aber sie wollten wenigstens sich selbst und den Seeleuten an Bord wieder etwas Mut machen.

Der Hafen war wesentlich größer, als sie zunächst angenommen hatten. Wie eine riesige Mondsichel erstreckte er sich gut vier Meilen lang rund um die Bucht. An den Spitzen der Sichel standen die beiden mächtigen Türme. Sie sicherten die sechshundert Schritt große Einfahrt. Hinter den Hafenanlagen erhob sich eine malerische Stadt, die an den Bergflanken aufstieg.

Die Ankunft des geschundenen Wracks hatte sich inzwischen herumgesprochen. Gut sechstausend Frauen in Kriegsgewandung mit Bogen oder Armbrüsten waren bereits erschienen. Es wurden ständig mehr.

Das Wrack legte an der Kaimauer an. Dann erhielt der Schiffer den Befehl, allein an Land zu gehen. Dort wartete bereits ein Kreis von schwer bewaffneten, stolzen Frauen. Ohne lange Vorrede fragte eine uralte, aber noch immer hoch aufgerichtete Frau den Schiffer, ob er und seine Begleiter freiwillig sterben wollten oder ob sie ein Weiterleben als Sklaven vorzogen.

»Ihr müsst euch schnell entscheiden«, rief sie mit klarer Stimme. »Das ist Gesetz und Brauch hier – es sei denn, irgendein Mann von euch hat den Mut und auch die Kraft, zehn von unseren Männern zu besiegen. Sofern ihm das gelingt, müsste er auch noch in einer Nacht das Amt des Ehegatten für zehn Frauen übernehmen. Gelingt ihm auch noch das, dann kann er unser König werden, und ihr anderen seid frei. Jeder kann gehen, wohin er will, oder auch hierbleiben. Versagt euer Favorit im Kampf oder im Bett, dann werdet ihr zu Sklaven, und er verliert sein Leben.«

Als der Schiffer an Bord zurückgekehrt war und berichtet hatte, welche Bedingungen gestellt worden waren, sah er zu seiner Überraschung, dass sich seine Passagiere keineswegs einschüchtern ließen. Im Gegenteil, ihre Haltung straffte sich. Sie waren plötzlich voller Energie und überboten sich gegenseitig mit Behauptungen, wie glanzvoll sie diese doppelte Herausforderung bestehen würden. Sogar Marfisa drängte sich danach, wenigstens die erste Probe durchzustehen.

»Für die zweite in den Betten bin ich weniger geeignet«, gab sie lachend zu. »Für einen derartigen Tanz hat mich die Natur nicht eingerichtet. Doch was mir da fehlt, kann ich jederzeit mit dem Schwert ausgleichen.«

Ohne zu zögern, schickten sie den Schiffer wieder an Land. Sie ließen ausrichten, dass genügend Kandidaten für den Kampf im Sattel und im Bett unter ihnen waren. Obwohl kaum eine der kriegerischen Frauen mit so viel Frechheit der Schiffbrüchigen gerechnet hatte, vergaßen sie sofort ihre anfängliche Feindschaft. Die jämmerlichen Reste des einst guten Handelsfahrers durften anlegen. Gleich darauf führten die Ritter in voller Rüstung ihre Streitrösser an Land. Sie saßen auf, dann ritten sie stolz und furchtlos durch die Straßen der schönen Hafenstadt.

Überall zogen gut bewaffnete junge Mädchen und Frauen zum Markt. Hier hatte sich inzwischen ein ganzes Heer von Frauen mit Schilden und Speeren versammelt. Erst jetzt fiel den Gestrandeten auf, dass nur an einer Seite zehn Reiter standen, die auf den ersten Blick als ihre Kampfgegner zu erkennen waren. Alle anderen Männer schienen weniger vom Waffenhandwerk als vom Nähen oder Spinnen, von Webstuhl, Nadel, Haspel oder Kamm zu verstehen. Sie trugen Frauenröcke und wirkten weichlich und bedächtig. Wieder andere lagen in Ketten oder mussten außerhalb der Stadt Wache halten oder auf die Viehherden aufpassen. Auf jeweils tausend Frauen kamen nicht mehr als hundert Männer.

Der Kampf um Tod und Sklaverei sollte augenblicklich beginnen. Da Marfisa für den zweiten Teil des Wettbewerbs nicht geeignet war, wollten die vier Ritter unter sich auslosen, wer um die Zukunft aller Schiffbrüchigen kämpfen oder sterben sollte.

»Kommt nicht in Frage«, protestierte Marfisa, »ich bin genauso gut im Kampf wie ihr.«

»Du hast selbst zugegeben, dass du für das zweite Stechen nun mal keine Waffen hast«, musste sie hören.

»Lieber verliere ich selbst das Leben, als dass ich Ketten tragen muss, weil einer von euch bei diesem oder jenem Kampf versagt.« Sie hob ihr Schwert. »Fragt mich nicht, wie, aber mit diesem Schwert zerschlage ich wie Alexander der Große jeden Knoten, selbst einen gordischen. Ich will, dass sich nie wieder ein Fremder davor fürchten muss, in diesem Hafen an Land zu gehen.«

Die vier Ritter redeten auf sie ein. Aber was sie auch versuchten, Marfisa blieb unerbittlich.

»Gebt mir die Würfel«, sagte sie fordernd. Die Entscheidung fiel bereits beim ersten Wurf. Ohne auf den weiteren Protest der anderen zu achten, gab sie ihrem Pferd die Schenkel und ritt los.

Vier große Eisenpfeiler grenzten den Kampfplatz in der Oberstadt ein. Hier konnten Pferde ihre Schnelligkeit zeigen. Überall befanden sich kleinere Bühnen und Plätze für Ringkämpfe, Geschicklichkeitsspiele und andere Vergnügungen. Die Stufen der

Arena füllten sich schnell mit edlen Frauen und dichten Scharen aus dem Volk.

Marfisa führte ihren Schimmel, der von vorn bis hinten mit falben Flecken bedeckt war, Schritt um Schritt weiter. Mit stolzem Gang und blitzenden Augen trug das prächtige Tier seine Reiterin. Es war das beste Pferd gewesen, das König Norandin von Syrien in Damascus hatte. Die Sonne stand schon hoch am Himmel, als Marfisa mit herabgelassenem Visier an der Südseite des Platzes einritt.

Sofort hörte sie den Klang von Kriegshörnern. Dann kamen auch schon ihre zehn Gegner durch das Nordtor auf sie zu. Bereits der erste war ein ungewöhnlich starker, auffälliger Krieger. Er ritt auf einem rabenschwarzen Hengst, der nur an der Stirn und am Hinterfuß einen kleinen weißen Haarfleck hatte. Die Rüstung ihres ersten Gegners war ebenso schwarz wie das Fell des starken Pferdes. Der schwarze Ritter wirkte ganz so, als wäre er dem Weinen näher als dem Lachen.

Das Zeichen zum Beginn des Kampfs ließ nicht lange auf sich warten. Sofort senkten die neun Ritter hinter dem Schwarzen ihre Lanzen. Der aber griff nicht an, sondern verschenkte seinen Vorteil und zog sich sogar noch ein Stück zurück. Ganz offensichtlich wollte er lieber das Gesetz des Frauenreiches verletzen als die Ritterehre. Er ritt einfach zur Seite, um zuzusehen, wie sich gegen alle Regeln neun Gewappnete gegen einen einzigen warfen.

Marfisa zeigte, dass sie ebenfalls etwas vom hohen Lied des ritterlichen Kampfes verstand. Sie legte eine Lanze ein, an der zuvor vier Männer schwer geschleppt hatten. Es war die stärkste, die sie am Hafen gesehen hatte. Als jetzt die neun Herausforderer direkt auf sie zukamen, schnellte sie aus den Steigbügeln hoch und stellte sich furchtlos den Heranstürmenden. Tausende von Herzen auf den Rängen des Turnierplatzes erbebten. Die Zuschauerinnen wurden bleich. Marfisa traf den Ersten so hart und schnell, dass die Lanze durch den Schild fuhr, dann durch Panzer, Kettenhemd und Schulter und eine Elle weit aus dem Rücken hervortrat. Marfisa machte sich nicht erst die Mühe, ihre Lanze aus dem Körper des Getöteten zurückzuziehen. Sie nahm ihn einfach mit bei ihrem

Ritt gegen den nächsten Angreifer. Die Lanze mit dem ersten Opfer schleuderte den zweiten und den dritten Angreifer hart von ihren Pferden. Mit verlorener Ehre und gebrochenem Rückgrat verließen sie die Welt.

Gleichzeitig zersplitterten mehrere Lanzen an ihr. Sie blieb bei jedem Anstoß unerschütterlich im Sattel. Ebenso wenig wie ein Ball eine Mauer versetzen könnte, machten die Schläge der Angreifer ihrer Rüstung etwas aus. Das Metall war zu hart, geschmiedet in der Glut der Hölle und gestählt in den Fluten des Avernus.

Sie sprengte bis ans Ende des Kampfplatzes, hielt kurz an, wendete und griff jetzt ihrerseits den Trupp ihrer Herausforderer an. Sie löste ihn schnell auf. Den einen befreite sie vom Kopf. Einem weiteren durchtrennte sie den Rumpf so kraftvoll, dass der Oberkörper mit den Armen und der Brust samt dem Kopf auf den Boden stürzte. Dort stand er wie die Halbfigur eines Heiligen, an dem die Menschen ihre Votivtafeln ablegten, während sich der Bauch und die Beine des Unglücklichen weiterhin im Sattel wiegten.

Nur der Anführer der zehn war jetzt noch übrig. Für ihn war jetzt der Zeitpunkt gekommen, an dem er zeigen konnte, dass er sich nicht aus Furcht, sondern nach den ungeschriebenen Regeln der ritterlichen Sitte zurückgehalten hatte. Ohne zu ahnen, wer wirklich in der blutigen Rüstung vor ihm steckte, rief er: »Das waren ziemlich viele, die du hier erschlagen musstest. Und du musst müde sein nach so vielen Siegen. Deshalb geht es mir gegen meine Ritterehre, wenn ich jetzt deine Schwäche ausnutze und heute schon gegen einen abgekämpften Gegner die Oberhand behalte. Ich gönne dir also eine Ruhepause bis morgen früh.«

»Gib nicht so an!«, antwortete Marfisa sofort. »Das bisschen Kriegswerk stört mich doch nicht weiter. Ich trage meine Waffen auch nicht erst seit gestern. Dank also für deine edle Geste. Aber ich würde mich nur schämen, wenn ich den Rest des Tages tatenlos verbringen müsste.«

»Na gut«, antwortete der schwarze Ritter. »Wenn du so hungrig danach bist, dann mache ich dich eben satt. Pass also auf, dass dir der Tag jetzt nicht zu lang und nicht zu kurz wird.«

Er winkte kurz und ließ zwei Lanzen bringen, die so schwer und dick waren wie Mastbäume. Mit einer großzügigen Handbewegung ließ er Marfisa die freie Wahl. Sie suchte sich eine aus, dann legten beide die Lanzen ein, wendeten ihre Pferde und stellten sich mit einem guten Abstand einander gegenüber auf.

Bewegungslos warteten sie auf das Zeichen für den Kampfbeginn. Im weiten Rund wurde es völlig still. Und dann kam das Hornsignal für den Beginn. Sofort stürmten beide derart gewaltig gegeneinander, als würden Himmel, Meer und Erde über ihnen zusammenbrechen. Die Zuschauerinnen blieben wie gelähmt auf ihren Sitzmauern. Keine von ihnen atmete oder zuckte nur mit den Wimpern.

Marfisa wollte, dass der Dunkle schon durch die Wucht beim ersten Stoß aus dem Sattel flog und nicht wieder aufstand. Aber auch der Schwarze konzentrierte sich voll auf seinen ersten Lanzenstoß. Ebenso wie Marfisa war er bereit, sofort den Tod zu bringen.

Es war, als wären die großen Lanzen aus dürren Weidenstöckchen und nicht aus Eichenholz. Sie splitterten in vielen kleinen Stücken auseinander. Die Pferde der beiden Ritter krachten so hart gegeneinander, dass sie augenblicklich zusammenbrachen. Aber die Reiter waren schnell. Sie kamen beide rechtzeitig aus den Sätteln. Sowohl der Schwarze als auch Marfisa wirkten völlig verstört.

Marfisa hatte an die tausend Ritter schon beim ersten Stoß aus dem Sattel gehoben. Sie selbst dagegen war noch nie so abgestiegen. Auch der schwarze Ritter war bis zu diesem Augenblick davon überzeugt gewesen, dass er zu den besten Reitern weit und breit gehörte. Doch jetzt galt all das weder für sie noch für ihn. Sie schlugen aufeinander ein, parierten mit den Klingen, wehrten mit den Schilden ab und sprangen immer wieder zur Seite. Der ganze Boden bebte, und die Luft dröhnte. Was einer nahm, das gab der andere sofort zurück. Es war der Kampf zwischen zwei tapferen Herzen, die mit Gewandtheit, Kraft und Können jedes für sich und gemeinsam die höchste Stufe der Vollendung erreichten.

Es war Marfisas Glück, dass sich dieser Gegner bis zum Ende

zurückgehalten hatte. Sie war sich klar darüber, dass sie längst erschlagen auf dem Boden liegen würde, wenn sich der Schwarze zusammen mit den anderen neun gegen sie gewandt hätte.

Zum Glück habe ich ihn nicht ausruhen lassen, dachte Marfisas Gegner hinter seinem schwarzen Visier. Wenn er sich bis zum nächsten Tag hätte erholen können, wäre das mein Untergang gewesen. Nur gut, dass er den Vorschlag so stolz abgelehnt hat.

Der Kampf der gleichwertigen Ritter wollte und wollte nicht enden. Bis in den Abend hinein kreuzten sie ihre Klingen. Keiner konnte von Vorteil sprechen, aber auch die Deckung gelang ihnen schon längst nicht mehr.

»Ja, wir sind gleich«, stöhnte der schwarze Ritter. »Aber was sollen wir jetzt tun, wenn wir nichts mehr sehen und die Nacht uns einhüllt? Ich biete dir daher meine Gastfreundschaft bis morgen früh an. Außerdem weiß ich, dass ihr alle schon jetzt in einer fürchterlichen Lage seid. Sämtliche Frauen der von dir erschlagenen Ritter könnten sich heute Nacht noch vereinen und Rache an euch nehmen. Vergiss nicht: Jeder, der von dir heute hier erschlagen wurde, war der Gatte von zehn Frauen. Das heißt, dass bereits neunzig Frauen nichts anderes als Rache wollen. Wenn du und deine Freunde nicht zu mir kommt, dann überlebt ihr diese Nacht nicht.«

Marfisa überlegte kurz. »Einverstanden«, sagte sie. »Ich komme mit, damit du mir beweisen kannst, dass deine Manieren, deine Aufrichtigkeit und deine Ritterlichkeit ebenso vorbildlich sind wie dein Mut und deine Kraft. Aber freue dich nicht zu früh! Spare dir dein Bedauern darüber, dass du mich morgen früh töten musst. Es kann genauso gut sein, dass ich diejenige bin, die deinen Tod betrauert.«

Damit war für diesen Tag der Kampf um Tod und Sklaverei beendet. Im hellen Fackelschein zogen Marfisa, Aquilante, Grifon und die beiden anderen Begleiter zum Palast des schwarzen Ritters. Dort angekommen, hoben Marfisa und ihr Gastgeber beinahe gleichzeitig ihre Eisenhüte von den Köpfen. Im selben Augenblick schien alles um sie herum zu versinken.

Ungläubig starrten sie sich an. Der schwarze Ritter war kein kampferprobter Paladin, sondern konnte bestenfalls achtzehn Jahre alt sein. Marfisa schüttelte erstaunt den Kopf. Sie konnte nicht fassen, wie ein junger Mann sein Schwert derartig geschickt und kraftvoll führen konnte. Aber auch der schwarze Ritter kam aus dem Staunen nicht mehr heraus. Marfisa schüttelte ihr Haar, und er erkannte, dass er die ganze Zeit gegen ein junges Mädchen angekämpft hatte.

»Wie heißt du?«, fragte er.

»Und wie heißt du?«, fragte sie zurück. Sie vergaßen den langen harten Tag, und ihre Augen leuchteten.

20. Gesang

Es ist erstaunlich, welche großartigen Leistungen von Frauen früherer Zeiten sowohl im Kampf wie auch in den Künsten überliefert sind. Camilla und Harpalyce, Sappho und Corinna stehen stellvertretend für alle, deren Mut und Kraft ebenso leuchten wie ihr Können.

Vielleicht war es Dummheit, vielleicht auch nur der Neid der Schriftsteller, dass sie die Leistungen der Frauen kaum erwähnten.

»Ich bin Marfisa«, sagte sie. Das musste reichen, denn alle Welt kannte den guten Ruf dieses Namens. Ihr Gegenüber musste etwas weiter ausholen.

»Ich nehme an, dass ihr alle den Namen meiner Familie und meiner Herkunft kennt«, sagte er. »Das Haus Clermont ist nicht nur in Frankreich, Spanien und den benachbarten Ländern bekannt, sondern auch in China, Äthiopien und bis zum Schwarzen Meer hin. Bekanntlich war es Graf Orlando, der den Tod seines Vaters selbst gerächt hat. Und es war sein Cousin Graf Rinaldo, der die Könige Clariel und Mambrin tötete und ihre Reiche verwüstete. Genau dort, zwischen den achtzehn Mündungsarmen des Donaudeltas, wurde ich geboren. Ich war sozusagen das Gastgeschenk, das Herzog Haimon von Clermont meiner Mutter mitbrachte. Vor einem Jahr ließ ich meine Mutter weinend zurück, denn ich wollte endlich mehr über meinen Vater und meine fränkische Familie wissen. Leider hatte ich Pech, und ein stürmischer Südwind trieb mich vor zehn Monaten hierher. Ihr könnt mir glauben, dass ich seither jede Stunde gezählt habe. Man nennt mich übrigens Guido den Wilden.«

Er sah sie an, aber sie kannten seinen Namen nicht. »Ja, ich weiß«, seufzte er. »Ich durfte bisher noch nicht bei Turnieren zeigen, was ich kann. Mein bisher größter Kampf war der Sieg hier gleich nach meiner Ankunft. Ich konnte dabei Argilon von Melibea und die neun Ritter mit ihm überwinden. Die Mädchenprobe ist mir ebenfalls gelungen. Anschließend durfte ich mir zehn der Schönsten als Ehefrauen aussuchen. Und das blüht jedem, der es schafft, tagsüber zehn Männer und nachts zehn Frauen zu besiegen. Mit meinen zehn lebe ich nun, denn sie haben mich gezwungen, auch den Thron und die Herrschaft über Land und Leute hier zu übernehmen.«

Die Schiffbrüchigen wunderten sich einmal mehr über die ungewöhnlichen Bräuche.

»Und warum gibt es hier so wenig Männer?«, fragten sie. »Gewiss, wir haben einige gesehen. Aber die sahen aus, als würden sie das Joch tragen, das eigentlich den Frauen zukommt.«

»Ich habe auch mehrmals danach gefragt, seit ich hier bin«, seufzte der junge König. »Wenn ihr Lust habt, erzähle ich euch die Geschichte so, wie ich sie selbst gehört habe.«

Die Schiffbrüchigen nickten und munterten ihren Gastgeber auf.

»Nun gut«, sagte Guido der Wilde und begann.

»Es war zu der Zeit, in der die Griechen zehn Jahre lang Troja belagert haben und mit Odysseus zehn weitere Jahre auf den Meeren herumgeirrt sind, ehe sie ihre Heimat wieder erreichten. Wie jeder weiß, hatten sich die zurückgelassenen Ehefrauen die lange Einsamkeit dadurch verkürzt, dass sie sich junge Männer in die Betten holten. Man sagt, sie fürchteten, sich allein im Bett zu erkälten.

Als die Griechen endlich wieder zu Hause ankamen, stolperten sie in ihren eigenen Häusern über fremde Kinder. Aber sie wollten keinen Kampf und keinen Streit mehr. Sie sahen ein, dass es für ihre Frauen nicht zumutbar gewesen war, so viele Jahre enthaltsam zu leben. Allerdings bestanden sie darauf, dass all die Bastarde aus ihren Häusern verschwanden. Es gab viel Tränen und Gezeter, als die große Trennung der Mütter von ihren Kindern durchgesetzt wurde. Aber viele waren schon erwachsen und konnten Waffen tragen. Diese wurden versteckt und geheim gehalten.

Auch Klytaimnestra, die später ihren Gatten Agamemnon umbrachte, hatte bei der Heimkehr der Helden von Troja einen bereits achtzehn Jahre alten Sohn. Er war frisch wie die Lilien und anmutig wie ein auf grüner Wiese gepflücktes Röslein. Doch der sanfte Anschein täuschte. Der Verstoßene beschaffte sich ein Schiff und beschloss, Pirat zu werden. Hundert junge Männer, die alle seine Freunde waren, begleiteten ihn auf seinen Kaperfahrten. Sie raubten alles, was irgendwo im Meeresblau auftauchte.

Zu dieser Zeit hatten die Bewohner von Kreta gerade ihren König Idomeneus aus dem Land gejagt. Er war als ein Tyrann aus Troja zurückgekehrt und hatte seinen eigenen Sohn dem Meeresgott Poseidon zum Dank für den Sieg geopfert. Klytaimnestras Sohn Phalant kam den Kretern gerade recht, um mit seinen Leuten die Verteidigung der Stadt Dictea zu übernehmen. Diese Stadt war die schönste unter hundert anderen im gesamten Königreich der Kreter. Hier klangen von früh bis spät Lieder, und schöne Frauen flanierten anmutig durch die Straßen und Gärten.

Die Schönen dieser Stadt waren schon immer offenherzig gegenüber allen Fremden gewesen. Sie zögerten nicht lange und luden Phalant und seine hundert jungen, gut gewachsenen Griechen in ihre Häuser ein. Überall, wo einer der jungen Griechen auftauchte, blieb den Frauen von Dictea fast das Herz stehen. Aber die eigenartigen Piraten waren nicht nur ungewöhnlich schön, sondern sie zeigten auch, dass sie im Bett stark und tüchtig waren.

Schon nach wenigen Nächten hatten Phalants Männer auf diese Art die ganze Stadt erobert. Die Frauen wären, ohne zu zögern, für ihre neuen Liebhaber durchs Feuer gegangen. Mittlerweile hörte der Krieg auf, für den Phalant und seine Seeräuber angeworben worden waren. Ein Vertrag besiegelte den neuen Frieden. Damit entfiel jeder Grund für eine weitere Anwesenheit der fremden Männer und dafür, ihnen weiterhin einen Sold zu zahlen. Die Griechen beschlossen deshalb, weiterzuziehen.

Die Frauen von Dictea waren so entsetzt, dass sie laut klagten und weinten. Die jungen Griechen blieben bei ihrer Entscheidung. Da rafften die verliebten Frauen alles Gold und alle Edelsteine aus ihren Häusern zusammen. Sie vergaßen ihre Ehemänner, ihre Kinder, ihre Eltern und schlossen sich in aller Heimlichkeit den abrückenden Griechen an.

Günstige Winde brachten das Schiff der Flüchtenden schnell auf das Meer hinaus. Sie hatten bereits viele Meilen hinter sich gelassen, ehe die zurückgebliebenen Männer in Kreta etwas merkten. Als dann das Wetter umschlug, erreichten sie gerade noch rechtzeitig dieses Land hier, das zu dieser Zeit vollkommen unbewohnt war. Sie dankten dem glücklichen Zufall und beschlossen, erst einmal auszukosten, was sie so mühelos aus Kreta mitgebracht hatten.

Zehn Tage und zehn Nächte feierten die hundert Männer um Phalant mit den schönsten Weibern aus Kreta ein großes Liebesfest. Aber dann bekamen auch die wildesten von ihnen nach und nach genug. Aus dem Überfluss entstand Überdruss und sogar Ekel. Heimlich wünschten sie, wieder unter sich zu sein – ohne die ganze Frauenplage. Sie waren sich schnell einig, dass es auf der ganzen Welt keine größere Belastung gab als eine Frau, von der ein Mann genug hat.

Ohne zu zögern, nahmen sie den Frauen all das ab, was sie aus ihren Häusern in Kreta an Wertvollem gestohlen hatten. Dann schifften sie sich ein, segelten bis an die Küste von Apulien und gründeten dort die Stadt Tarent.

Die zurückgebliebenen Frauen fühlten sich nun endgültig verraten. Ihre Herzen wurden hart. Wie versteinert standen sie tagelang an der Meeresbrandung. Dann weinten und flehten sie aufs leere Meer hinaus – so lange, bis sie einsahen, dass sie so nichts ändern konnten. Als die ersten Tränenströme versiegten, besprachen sie, was sie jetzt tun konnten.

Die einen sagten: ›Lasst uns zurück nach Kreta gehen. Dort werden wir den Zorn unserer eigenen Männer auch noch ertragen. Selbst die Strafe unserer Väter kann nicht so schlimm sein wie das hier.‹

›Niemals zurück!‹, schrien andere.

›Was bleibt uns dann noch?‹, fragten wieder andere verzweifelt. ›Sollen wir denn als Dirnen durch die Welt ziehen, betteln und immer wieder vor der gerechten Strafe fortlaufen?‹ Verzweifelt jammerten sie durcheinander. Schließlich sprang eine von ihnen auf, hob die Arme und erzwang sich Ruhe. Es war Oronthea aus der königlichen Familie von Minos. Sie war die Schönste, Jüngste und Klügste unter all den unglücklichen Frauen von Kreta. Sie hatte sich am wenigsten vergangen, keinen Vater entehrt und keinen Ehemann betrogen, denn sie war Jungfrau gewesen, als sie sich Phalants Drängen und seiner Liebe hingab.

›Was jammert ihr denn alle?‹, rief sie. Ihre Wangen glühten, und alle anderen spürten den Zorn eines edlen großen Herzens. ›Was redet ihr von Dirnen, Bettlerinnen oder Dienstmägden? Seht ihr denn nicht, dass wir viel besser dran sind, wenn wir hierbleiben? Das Land ist gut und fruchtbar. Der Wald bringt Schatten, und der Boden verspricht reiche Ernten. Hier kann ein Hafen entstehen. Schiffe mit Nahrungsmitteln und allen anderen Waren, die wir aus Libyen und Ägypten brauchen, könnten anlegen. Lasst uns hierbleiben und damit Rache nehmen an diesem falschen und verräterischen männlichen Geschlecht. Jedes Schiff, das uns der Sturm in unsere Hände treibt, soll ausgeräumt und dann verbrannt werden. Und jeder Mann, den wir auf diesen Schiffen finden, soll sterben!‹

Die Frauen nahmen Orontheas Vorschlag freudig auf. Schon bald zeigte sich, wie vorausschauend Oronthea gewesen war. Wenn Wolken und Wetter einen Sturm ankündigten, legten die Frauen ihre Rüstungen an, nahmen ihre Waffen und liefen zum Meer – allen voran die grimmige Oronthea. Sie war inzwischen die Königin des Frauenreichs geworden. Sobald die Stürme Schiffe ans Ufer trieben, wurden sie ausgeraubt und in Scheiterhaufen verwandelt. In all den Jahren kam kein einziger Seemann mit dem Leben davon. Und niemand konnte in seine Heimat zurückkehren, um von alldem zu berichten.

Irgendwann erkannten die betrogenen Frauen: Wo keine Männer waren, gab es auch keine Kinder. Sie würden aussterben, wenn sie keine Kinder gebaren. In den folgenden vier Jahren wählten sie unter allen Gefangenen jeweils zehn Ritter aus, denen es gelang, ihrer Hundertschaft im Liebesspiel standzuhalten.

Auf diese Weise entstanden auch die Regeln für die Auswahl. Die jeweils Neuen mussten sich im Kampf mit den vorangegangenen Siegern messen. Wer dabei gewann, übernahm die Rechte und die Pflichten des Unterlegenen. Als sich die Bevölkerung langsam vermehrte, entstand die Furcht, dass mehr Knaben als Mädchen geboren werden könnten. Die Frauen wollten keine Rebellen und keine Männer an der Macht.

Per Gesetz beschlossen sie, dass jede Frau nur noch einen einzigen männlichen Nachkommen haben durfte. Alle anderen sollten erstickt oder ausgesetzt werden. Auf diese Weise wurden immer mehr Knaben zu den Sklavenmärkten verfrachtet und dort verkauft oder gegen hübsche, wohlgeratene junge Mädchen eingetauscht.

Trotzdem veränderten sich unmerklich die harten Bräuche. Ursprünglich wurden alle Männer niedergemetzelt. Oronthea hatte extra für die Opferung einen Tempel bauen lassen, in dem der Altar der Rache stand. Auch das Henkersamt für den täglichen Todeskandidaten wurde durch das Los entschieden.

Nach langer Zeit kam ein junger, kampferprobter Mann an diesen Todesstrand. Er hieß Elban, und es hieß, dass er von Herkules abstammte. Arglos legte er mit seinem Schiff im Hafen an. Noch ehe er sich's versah, wurde er bereits überwältigt und in den Kerker geschleppt. Aber der schöne junge Mann aus der Familie der Alkiden hatte so feine Manieren, dass selbst eine falsche Schlange andächtig seinen Worten gelauscht hätte. Es dauerte nicht lange, bis die Frauen ihn über alles lobten.

Die Kunde von dem außergewöhnlichen Gefangenen drang bis zu Alexandra, der Tochter der inzwischen uralten Oronthea. Von den ursprünglich hundert Kreterinnen lebte nur noch sie. Die Bevölkerung hatte sich um ein Zehnfaches vermehrt. Nach wie vor galt, dass jeden Neuankömmling das gleiche Los traf wie alle anderen zuvor. Die Vorsichtsmaßnahmen waren sogar noch verschärft worden. Obwohl es zehn Werkstätten für Schmiede in der Stadt gab, hatten alle zusammen nur eine einzige Feile, damit keine der Frauen auf die Idee kam, heimlich die Ketten eines der Gefangenen zu lösen.

Als Alexandra von dem jungen Mann hörte, bedrängte sie ihre alte Mutter so lange, bis sie ihn sehen durfte. Sie verliebte sich augenblicklich in ihn.

›Ich weiß noch immer nicht, was hier geschieht‹, sagte Elban sanft zu ihr. ›Du bist so schön und so begehrenswert, dass ich dir mein Leben und alles, was du willst, schenken würde. Ich würde jederzeit mit der Waffe in der Hand dem Tod ins Gesicht sehen. Ich will nicht elendig wie ein Schlachttier sterben.‹

Alexandra traten die Tränen in die Augen. ›Du darfst nicht glauben, dass jede von uns so grausam ist. Ich müsste ja das Raubtierblut in meinen Adern haben und in der Brust ein Herz hart wie Diamant, wenn ich bei deinen Worten nicht weich werden würde. Ich tue alles, was mir möglich ist. Wenn die Erfüllung deines Wunsches aber nur dein Leid verlängerte, würde ich mich mit dir quälen.‹

›Das muss nicht sein‹, unterbrach Elban. ›Wenn ich nur bewaffnet wäre, fühlte ich genügend Kraft in mir, um mich gegen zehn Gegner zu verteidigen, selbst wenn ihre Körper aus Eisen wären.‹

Ein tiefer Seufzer kam aus Alexandras Brust. Dann verließ sie wortlos den Raum und eilte zu ihrer Mutter. Sie verlangte, dass Elban das gleiche Recht zum Kämpfen zugebilligt wurde wie anderen Männern vor ihm.

›Wenn es wirklich wahr ist, dass er zehn andere töten kann, dann darf sein Blut nicht durch das Henkersschwert vergossen werden.‹

Die Königin versammelte ihren Ältestenrat um sich. ›Wir müssen zusehen, dass wir immer die Allerbesten für uns gewinnen‹, sagte sie. ›Ich denke deshalb, dass wir künftig jeden Ritter, den das Schicksal bis an unsere Ufer führt, gegen zehn von unseren Männern kämpfen lassen sollen. Wer dabei versagt, soll wie bisher geopfert werden. Wenn aber einer der neu Angekommenen dabei Sieger bleibt, könnte er als Lohn sein eigenes Leben behalten und zusätzlich den Schutz des Hafens übernehmen. Das alles ist nicht meine Idee, sondern der Vorschlag eines jungen Ritters, der gegenwärtig auf seine Hinrichtung wartet. Wenn er aber nur ein Prahlhans ist, soll er nicht den Opfertod wie alle anderen sterben, sondern durch die schwersten Marterungen, die wir uns gemeinsam ausdenken.‹

›Genau das wollten wir nicht!‹, rief eine der älteren Frauen des Rates und stand erbost auf. Es war Artemia, die auch ›die Finstere‹ genannt wurde. ›Wir brauchen keinen Beistand oder Schutz durch Männer. Wir haben selbst genug Verstand, Kraft und Mut. Und wenn es hier trotzdem einige Männer gibt, dann nur, weil wir sie zur Fortpflanzung benötigen. Wir haben klipp und klar festgelegt, dass für jeweils zehn Frauen immer nur ein Mann hier sein darf. Überlegt doch nur, ein Mann, der zehn andere töten kann, ist zu gefährlich für uns. Und was passiert, wenn unsere jetzigen zehn Männer durch zehn von seiner Sorte abgelöst werden? Wie lange dauert es dann, bis wir Frauen hier nichts mehr zu sagen haben?‹

Mit ihrer Rede überzeugte Artemia die anderen Frauen des Rates. Nur Oronthea wollte den Mann, den ihre Tochter liebte, nicht so leicht aufgeben. Sie lobte Elbans Schönheit und dass sie unerreicht und einzigartig in der ganzen Welt sei. Einige der jüngeren Frauen im Rat nickten. Sie bekamen glänzende Augen, als die uralte Oronthea noch mehr davon erzählte, was auch ihre Tochter fasziniert hatte.

Schließlich veränderte sich die Stimmung im Rat. Nur Artemia beharrte weiterhin mit einigen Alten auf ihren strengen Forderungen. Trotzdem wäre Elban um ein Haar durch Mehrheitsbeschluss freigekommen. Doch dann einigten sich die Alten mit den Jungen. Der Rat der Frauen beschloss mit einem weisen Kompromiss, dass er sich nach dem Kampf gegen zehn Männer bei zehn Frauen bewähren sollte.

Der Beschluss des Frauenrats wurde bereits am nächsten Tag umgesetzt. Elban durfte sein Gefängnis verlassen und sofort zum Kampf gegen die zehn Ritter antreten. Er erhielt ein ausgezeichnetes Pferd, eine gute Rüstung und gute Waffen. Ohne größere Schwierigkeiten besiegte er alle zehn Männer. In der folgenden Nacht bewährte er sich bei zehn jungen Frauen. Sie lobten ihn anschließend so sehr, dass auch die übrigen Frauen ihn anerkannten.

Oronthea ernannte ihn zu ihrem Schwiegersohn und bestimmte ihre Tochter Alexandra und die anderen neun Frauen, mit denen er bereits eine Nacht verbracht hatte, zu seinen Ehefrauen. Gleichzeitig nahm sie ihm den Schwur ab, dass er das Gesetz unnachgiebig verteidigen werde.

Dennoch blieb das Königtum immer nur so lange einem Sieger erhalten, bis ein Stärkerer im Zweikampf und im Bett kam. In den zwei Jahrtausenden, die inzwischen verstrichen sind, wurde fast täglich ein unglücklicher Fremder im Rachetempel geopfert. Den wenigsten gelang es, mehr als die Ersten im Schwertkampf zu besiegen. Deshalb kann man die Gewinner an den Fingern abzählen.

Einer der letzten war Argilon. Mein Vorgänger herrschte nicht sehr lange über das Frauenvolk und seine Sklaven. Als mich der Sturm hierhergetrieben hatte, musste ich ihn besiegen. Aber ich wünschte, ich wäre mit ihm gestorben. Ja, es ist Sklaverei, denn in Wahrheit ist hier jede Liebeslust und jedes Lachen verboten.

Was nützt es mir, wenn ich als Hochgestellter und Erster dieser Stadt ehrfürchtig gegrüßt werde? Bei Gott, die ganzen Edelsteine, der Purpur und die Liebesnächte zählen nichts für einen Mann, der dafür seine Freiheit opfern muss.«

Guido der Wilde sprach nicht weiter. Er starrte schweigend vor sich hin. Auch die anderen sagten nichts.

»Versteht ihr jetzt, warum ich diesen Tag verfluche, an dem ich erst die Ritter und dann die Bräute in der Nacht bezwang und dadurch dieses Königreich gewann?«

Die anderen schwiegen noch immer. Schließlich räusperte sich Astolf. Ihm ging nicht aus dem Kopf, was der junge Mann am Anfang über seine Herkunft gesagt hatte. Noch fehlte ihm der Beweis, dass Guido, der schwarze Ritter, wirklich der Sohn seines Onkels Haimon war.

»Ich heiße Astolf«, sagte er schließlich. »Und ich bin der Prinz von England, also dein Cousin.« Er ging auf Guido zu und umschlang ihn liebevoll. »Auch wenn du nicht das Muttermal hast, das du als einer der Unseren an deinem Hals haben müsstest. Du hast durch dein Schwert bewiesen, dass du zu uns gehörst.«

An jedem anderem Ort hätte sich Guido aufrichtig gefreut. Jetzt aber sah er noch betrübter aus. Allmählich verstanden auch die anderen, dass nur einer von beiden überleben durfte. Hinzu kam, dass Marfisa eine Frau war und die nächtliche Prüfung nicht bestehen konnte. Sie würde sterben müssen, während die anderen in die Sklaverei gingen.

»Ich jedenfalls kämpfe nicht mehr gegen dich«, sagte Marfisa entschlossen. Grifon und Aquilante schüttelten ebenfalls den Kopf.

»Auch für mich wäre es nur schmachvoll, wenn ich mich durch deinen Tod befreie«, sagte Prinz Astolf grimmig.

»Und wenn ich nicht anders kann und dich töten muss, dann sterbe ich mit dir gemeinsam«, sagte Marfisa. »Ich schlage aber vor, dass wir zusammenbleiben und gemeinsam fliehen.«

»Ihr könnt hier nicht entkommen«, antwortete Guido der Wilde.

»Das wird sich erst noch zeigen«, erwiderte Marfisa furchtlos. »Was ich mir vorgenommen habe, führe ich auch durch. Ich kann mich dabei immer auf mein Schwert verlassen. Heute habe ich so viel von deiner Kraft kennengelernt, dass ich mit dir zusammen zu allem fähig bin. Sobald die Frauen morgen wieder im Theater sind, greifen wir gemeinsam an. Wir kämpfen sie nieder und schützen uns, indem wir auf der Flucht die ganze Stadt anzünden.«

»Mit dir stürze ich mich gern in diesen Kampf«, sagte Guido sofort. »Und ich will auch gern an deiner Seite sterben, weil wir hier nie siegen können. Aber es gibt hier einfach keinen Fluchtweg.«

»Und wenn es hier mehr Ritter gäbe, als der Perserkönig Xerxes zur Verfügung hatte, als er gegen Griechenland aufbrach, besiege ich sie mit dir oder ohne dich an einem Tag.«

»Vielleicht gibt es doch einen einzigen Fluchtweg«, überlegte Guido. »Hier dürfen nur die Frauen bis zum Meer gehen. Vielleicht sollten wir deshalb eine von meinen Ehefrauen ins Vertrauen ziehen. Aleria würde so gut wie alles auf sich nehmen, wenn sie dafür ohne die neun anderen mit mir leben könnte. Sie empfindet die Nebenbuhlerinnen als eine schwere Last. Ich werde deshalb mit ihr reden. Sie soll nachts an Bord eines Schiffes gehen und alles für eure Seeleute vorbereiten. Sämtliche Matrosen, Händler und ihr als meine Gäste müsstet Schulter an Schulter hinter mir herkommen. Auf diese Weise könnten wir uns mit guten Schwertern bis zum Hafen durchschlagen.«

»Na gut«, sagte Marfisa. »Du kannst ja diesen Weg versuchen. Aber ich werde auf keinen Fall bei Nacht von hier fliehen. Ich lasse mir nicht nachsagen, dass ich von Angst gebissen heimlich weggelaufen bin. Nein, Guido, meine Hand soll im Licht der Sonne alle töten, die mir in den Weg treten. Das ist der einzige Weg für mich. Würde ich zeigen, dass ich ein Weib bin, würden sie mich hochleben lassen, in den Rat wählen und befördern.«

Die Männer wussten keine Lösung.

»Ich bin zwar stolz«, lenkte Marfisa schließlich ein, »aber ich will nicht, dass meine Ehre euer Verderben wird. Deshalb bin ich einverstanden, dass du, Guido, noch heute Nacht deine Lieblingsgattin einweihst.«

Guidos Lieblingsfrau Aleria war sofort einverstanden gewesen und bereits zum Hafen unterwegs. Sie hatte verfügt, dass ihre privaten Schätze ebenfalls an Bord geschafft wurden. Die ganze Nacht über wurden Rüstungen, Speere, Schwerter, Lanzen und Schilde in den Palast gebracht.

Bereits im ersten Sonnenlicht kamen die ersten Frauen auf den Turnierplatz. Jede wollte das Ende des langen Kampfes miterleben, der am Vortag nur unterbrochen worden war. Schon bald hockten sie wie die Bienen am Eingang ihres Stockes. Trompeten, Hörner und Trommeln drängten auf die Fortsetzung und Entscheidung. Aquilante und Grifon standen zusammen mit Astolf und Samsonet bei Guido und Marfisa, die bereits auf ihren Pferden saßen. Um zum Meer zu kommen, mussten sie alle den weitläufigen Turnierplatz überqueren. Es gab keine Abkürzung.

»Wir werden es schon schaffen«, munterte Guido sie auf. Dann ritt er so beherrscht wie irgend möglich zu einer Gruppe von etwa hundert Bewaffneten, die bereits auf ihn warteten. Mit ihnen zusammen zeigte er sich noch einmal der Menge und bewegte sich dabei immer weiter auf die gegenüberliegende Seite des Platzes zu. Die bewaffneten Frauen umschlossen ihn wie ein dichter Ring. Misstrauisch schirmten sie ihn von Anfang an so ab, dass er keine Möglichkeit zum Durchbruch hatte. Und dann erkannten sie, was er und seine Begleiter vorhatten.

Sofort teilten sie sich in zwei Gruppen. Die eine Hälfte legte ihre Pfeile in die Bogen, die andere drängte sich vor das Tor zur Hafenstraße. Jetzt übernahm Marfisa die Führung. Im selben Augenblick prasselten von allen Seiten Pfeilwolken auf sie nieder. Die Ersten strauchelten und starben. Die Weiber auf den Rängen kreischten wütend auf. Ohne ihre ausgezeichneten Waffen und Rüstungen wären die Eingeschlossenen sofort überwunden worden. Samsonets Hengst brach tot unter ihm zusammen. Der von Marfisa kippte zur Seite hin weg.

»Das ist der richtige Moment, um in mein Horn zu blasen«, frohlockte Astolf. »Mal sehen, ob ich damit die Straße nicht viel besser fegen kann als mit jedem Schwert.«

Er setzte das Horn an seine Lippen und blies mit aller Kraft hinein. Die Erde bebte unter den grauenhaften Tönen bis zum Grund des Weltalls. In wilder Panik stürzten die Frauen von den Theaterrängen. Es war, als hätten sie in dem Lärm den Verstand verloren. Niemand dachte mehr daran, das Tor und die Straße bis zum Hafen zu bewachen. Die entsetzte Menge der Frauen drängte sich zu Tausenden vor engen Toren, fiel übereinander und verkeilte sich im wilden Chaos. Furchtbare Schreie stiegen über der Stadt auf. Viele erstickten, Arme und Beine brachen, überall lagen Tote mit verrenkten Gliedmaßen oder eingeschlagenen Köpfen.

Selbst der Himmel schien zu bersten. Der grauenhafte Lärm aus Astolfs Horn machte keinen Unterschied zwischen Freund und Feind. Die fürchterliche Waffe traf auch die Schiffbrüchigen, die schon fast den Hafen erreicht hatten.

Guido floh neben Marfisa und den Brüdern Aquilante und Grifon. Astolf selbst wurde immer mutiger. Es war, als würde ihn der eigene Lärm Straße um Straße weiterreißen. Einige Frauen suchten Schutz hinter Büschen, andere rannten zum Meer. Wieder andere stolperten bergauf oder stürzten auf Brücken über die Ränder. Ein paar von ihnen hatten so viel Angst in sich, dass sie noch zehn Tage weiterliefen.

Häuser, Tempel und Plätze leerten sich. Und dann waren auf den Straßen kaum noch Kriegerinnen oder Frauen zu sehen. Die ganze Stadt war buchstäblich leer geblasen. Mit letzter Kraft erreichten Marfisa, Guido, Samsonet und die Brüder das Schiff. Guidos Lieblingsfrau Aleria ließ sofort die Segel hissen. Eingeweihte Männer, die vor kurzer Zeit noch Weiberröcke getragen hatten oder Sklaven gewesen waren, griffen in die Ruder. Die Fliehenden sprangen an Bord, die Leinen wurden losgeworfen, dann schoss das Schiff durch die Hafeneinfahrt aufs offene Meer hinaus.

In der Stadt rannte Astolf durch die menschenleeren Straßen und sah gerade noch, wie das letzte kopflos gewordene Volk sich ins Meer stürzte. Viele von denen, die sich durch Schwimmen retten wollten, waren dazu nicht mehr in der Lage und gingen einfach unter.

Astolf suchte überall im Hafen nach dem rettenden Schiff. Erst als er im Halbrund des Hafens bis zu den Türmen an der Einfahrt vordrang, erkannte er es. Es segelte immer weiter in Richtung Horizont. Wieder und wieder blies er mit aller Kraft in sein Zauberhorn. Er wollte das Schiff damit zurückholen, aber dachte nicht daran, dass er mit seinem Lärm nur das Gegenteil erreichte.

Schließlich ließ er das Horn sinken und blickte in die leere Stadt zurück. In diesem Augenblick wurde ihm klar, dass er noch eine lange Reise vor sich hatte – aber nicht zusammen mit verlässlichen Gefährten, sondern allein und durch Länder, die überall als gefährlich und barbarisch galten.

Das Schiff der Fliehenden jagte mit vollen Segeln durch die Wogen. Es dauerte lange, bis die schrecklichen Klänge aus Astolfs Zauberhorn nicht mehr zu hören waren. Endlich, als ihre Gedanken wieder frei waren, wurde einem nach dem anderen bewusst, was sie getan hatten. Voller Scham über ihre unwürdige Flucht ließen sie ihre Blicke gesenkt. Keiner von ihnen sagte etwas.

Das gute Schiff ließ Zypern und Rhodos hinter sich und dann die hundert Inseln der Ägäis. Sie passierten das gefährliche Kap Malea in Lakonien und bekamen guten, stetigen Wind. Sie segelten um Sizilien herum und nahmen dann durch das Tyrrhenische Meer Kurs auf die Westküste Italiens. Ohne weitere Zwischenfälle erreichten sie an den Marmorsteinbrüchen von Carrara vorbei die alte Hafenstadt Luna an der Mündung des Flusses Magra. Hier war der Handelsfahrer vor langer Zeit aufgebrochen.

Sie dankten alle Gott, dass er sie heil und gesund wieder in das heimische Paradies zurückgeführt hatte. Marfisa und die Ritter suchten sich ein neues Schiff und liefen bereits am selben Tag unter anderen Segeln wieder aus. Während der kurzen Reise bis nach Marseille gab es keine Zwischenfälle. Sie freuten sich alle darauf, in der Hafenstadt an der Mündung der Rhône auf Gräfin Bradamante zu treffen. Erst als sie anlegten, erfuhren sie, dass die Herrin der Provence nicht im Lande war. Sie berieten kurz, dann verabschiedete sich Marfisa von den vier anderen und Guidos Gattin Aleria.

»Es ist nicht meine Art, mit mehreren herumzuziehen«, sagte sie. »Das mögen meinetwegen Tauben, Hasen oder andere Tiere tun, die sich zusammenrotten, weil sie sich allein zu sehr fürchten. Falken und Adler, Löwen und Tiger müssen einsam die Herausforderungen des wahren Lebens bestehen.«

Die anderen bewunderten Marfisa für ihre Härte gegen sich selbst. Aber sie meinten, dass es für sie doch angenehmer sei, gemeinsam weiterzuziehen. Sie verabschiedeten Marfisa, die sich sofort auf ein Pferd schwang und einen öden Pfad in Richtung auf die dichten Wälder nahm. Die Brüder Grifon und Aquilante blieben mit den beiden anderen auf der alten Heerstraße.

Bereits am nächsten Tag erreichten sie ein Schloss. Es gehörte Pinabello von Maganza. Sie baten um Quartier und wurden gastfreundlich eingelassen. Der Schlossherr freute sich schon fast zu sehr. Nach der langen Seefahrt und den überstandenen Abenteuern sanken die reisenden Ritter schnell und arglos in einen tiefen Schlaf. Die halbe Nacht verging, doch dann wurden sie unsanft geweckt. Bewaffnete überfielen zusammen mit dem Schlossherrn die Gäste. Ehe sie sich's versahen, waren sie Gefangene.

»So, ihr Ritter«, lachte Pinabello hämisch, »wenn ihr jemals eure Freiheit wiederhaben wollt, dann müsst ihr zuerst schwören, dass ihr genau das tun werdet, was ich von euch verlange!«

Marfisa ritt an der Durance, der Rhône und der Saône entlang, bis sie an den Fuß schattiger Berge gelangte. Dort entdeckte sie ein hochbetagtes Weib, das offensichtlich matt von einem schweren, langen Weg am Flussufer entlangging. Die Alte sah aus, als würde sie Trauer und schweres Leid niederdrücken. Es war dieselbe Alte, die im Felsenverlies gewacht hatte, als Orlando auftauchte und die Schurken mit dem Tod bestrafte. Sie war geflohen und in der ständigen Angst, auf Leute zu treffen, die sie kannten.

Marfisa wusste von alldem noch nichts. Sie bewegte sich wie ein aus der Fremde gekommener Ritter in vollem Harnisch mit Gewandung. Gerade das beruhigte die Alte, denn vor einem fremden Ritter fürchtete sie sich nicht so sehr. Sie blieb an der Furt des Flusses stehen. Als Marfisa näher kam, ging ihr die Alte entgegen.

»Ich grüße dich, edler Ritter«, sagte sie, als sie nahe genug heran war. »Es würde dich sehr ehren, wenn du mich alte Frau auf deinem Pferd durch die wilde Flussfurt zum anderen Ufer bringst.«

Marfisa war sofort dazu bereit. Ohne Schwierigkeiten hob sie die Alte zu sich auf das Pferd und ritt mit ihr durch die gefährliche sumpfige Furt im Fluss. Nachdem sie wieder trockenen Boden unter den Füßen hatten, entdeckte sie am Ende des Weges einen näher kommenden Ritter. Er saß in einem reich geschmückten Sattel, trug eine Rüstung aus hellem Stahl und feinste Kleider. Zusammen mit einem einzigen Knappen begleitete er eine schöne junge Frau. Obwohl sie edel aussah, hatte sie einen hochmütigen Zug um die Mundwinkel. Der feine Ritter aber war der hinterhältige Graf Pinabello, der zu den Mainzern gehörte.

Kaum waren die beiden dicht genug an Marfisa und der Alten auf dem Pferd, als die Schöne auch schon ihre Lästerzunge nicht im Zaum halten konnte. Marfisa war nicht leicht zu beleidigen. Aber dieser niederträchtige Spott der Hochmütigen kränkte sie und machte sie augenblicklich wütend.

»Ja, lästere du nur!«, stieß sie hervor. »Jeder sieht doch, dass meine Alte hier schöner ist als du. Du glaubst mir nicht? Dann will ich es beweisen und gegen deinen Ritter kämpfen. Und wenn er aus dem Sattel fliegt, dann bist du auch noch dein Pferd und deine schönen Kleider los.«

Graf Pinabello konnte sich unmöglich derartig verspotten lassen. Augenblicklich brachte er sein Pferd in Kampfposition. Zornig ließ er das Visier von seinem Helm nach unten fallen, griff nach dem Schild und legte sich die schwere Lanze unter dem Arm zum Angriff zurecht. Aber Marfisa zögerte nicht einen Augenblick. Mit ihrer mächtigen Lanze preschte sie auf den Grafen zu. Das schwere Holz krachte mitten auf das Visier. Bewusstlos stürzte Pinabello aus seinem Sattel.

»Und jetzt zu dir«, sagte Marfisa hart. »Runter mit den Kleidern und dem ganzen Schmuck. Das alles gehört jetzt meiner Dame.«

Die Alte wusste nicht, wie ihr geschah. Schon bald war sie selbst von Kopf bis Fuß mit jugendlichen Kleidern der anderen herausgeputzt und musste auch den gesamten Schmuck anlegen. Dadurch kam ihre Hässlichkeit erst richtig zur Geltung. Nach einer Stunde, in der Graf Pinabello das Bewusstsein noch nicht wiedererlangt hatte, ritt Marfisa mit der Alten weiter. Ohne weitere Zwischenfälle kamen sie drei Tage lang gut voran.

Am vierten Tag begegnete ihnen ein eiliger junger Mann. Das schöne Gesicht des Königssohns Zerbin war von Zorn und Schmerz verzerrt. Zutiefst gekränkt suchte er nun schon viele Stunden nach dem Schotten, der durch einen voreiligen Lanzenstoß seine Ehre untergraben hatte.

In diesem Zustand entdeckte er Marfisa und die Alte in den jugendlichen Kleidern. Trotz seiner Wut musste er schallend lachen, als er die beiden sah.

»Das ist wirklich schlau gemacht, verehrter Ritter«, rief er den beiden zu, als er nahe genug heran war. »Mit dieser Schönen neben dir hält dich kein Neid von anderen auf.«

Tatsächlich sah die Alte mit ihrer faltigen Haut wie ein zur Volksbelustigung aufgeputzter Affe aus. Ihre Augen blitzten rot.

»Es gibt nichts Schlimmeres für eine Frau als die Beschuldigung, dass sie alt und hässlich sei«, keifte sie.

Marfisa amüsierte sich über die Aufregung. Aber sie zeigte es nicht, sondern stellte sich ebenfalls erbost.

»Bei Gott, die Dame hier an meiner Seite hier ist schöner, als du höflich bist. Aber ich sehe schon, du heuchelst nur, denn in den Tiefen deines Herzens empfindest du ganz anders, als du redest. Du willst verbergen, dass du sie voller Neid bewunderst, aber zu feige bist, um sie zu kämpfen. Nenne mir irgendeinen Ritter in der ganzen Gegend, der sich nicht glücklich schätzen würde, wenn er diese reizendste aller Schönen im Wald anträfe. Nenne mir einen, der nicht sofort im Turnier die Lanze für sie brechen würde.«

»Schon, schon«, antwortete Zerbin. »Aber ich habe ein großes Herz. Ich bin kein Schuft, der ein so schönes Paar auseinanderschlägt. Es wäre grob von mir, wenn ich sie dir wegnähme. Selbstverständlich zeige ich dir gern, wie stark mein Schwertarm ist. Aber wir kämpfen dann nicht um das liebreizende Geschöpf an deiner Seite. Ihr seid ein ideales Paar, wenn zutrifft, dass dein Mut ebenso groß wie ihre Schönheit ist.«

»Ganz wie du willst«, sagte Marfisa und lächelte, »dann kämpfen wir nicht um die Schöne, sondern darum, wer sie behalten muss. Der Sieger ist sie los. Der andere muss sie begleiten, wo immer sie auch hinwill.«

»So sei es!«, rief Prinz Zerbin kampflustig. Er griff die Zügel fester, wendete sein Pferd und ritt einige Schritte zurück, um Platz für einen Anlauf zu gewinnen. Dann setzte er sich im Sattel zurecht, stemmte sich fest in die Steigbügel und sprengte los. Seine Lanze traf genau auf den eisernen Buckel in der Mitte von Marfisas Schild. Sie aber traf mit der Spitze ihrer Lanze so hart gegen seinen Helm, dass er wie betäubt aus dem Sattel flog.

Nie zuvor war ihm in einem Kampf Ähnliches passiert. Tausende und Abertausende von Gegnern hatte er bisher geschlagen. Fassungslos und benommen stand er neben seinem Pferd. Aber das Schlimmste dämmerte ihm erst nach und nach. Mit seiner Niederlage musste er auch die Vereinbarung einlösen: Er war besiegt worden und musste jetzt mit dem schrecklichen alten Weib weiterziehen.

»Na los! Nimm dir dein Schätzchen«, rief die Siegerin. »Ich freue mich für dich. Je mehr das hübsche Kind dein Blut in Wallung bringt, umso zufriedener werde ich sein. Aber sei ihr treu. Und denk daran, dass du versprochen hast, sie überallhin zu begleiten.« Ohne irgendeine Antwort abzuwarten, gab Marfisa ihrem Hengst die Sporen und preschte in den Wald.

»Wer war der Kerl?«, fauchte Zerbin die Alte an. »Ich will den Namen wissen und seine Herkunft.«

Die Alte lachte höhnisch. »Weißt du das nicht? Es war ein junges Mädchen, das dich reingelegt hat. Sie ist gerade aus dem Morgenland gekommen, weil sie ihr Geschick und ihre Kraft an den besten Paladinen Karls des Großen messen will.«

Zerbin schämte sich wie nie zuvor. Ihm war, als würden nicht nur seine Wangen, sondern auch seine Rüstung schamrot glühen. Während er sich laut Vorwürfe machte, stichelte und höhnte die Alte ununterbrochen.

»Treuloses Glück und böses Schicksal«, seufzte er, »womit habe ich das verdient? Was war das für ein Tausch! Warum, Schicksal, gabst du meine geliebte Isabella den Fischen zum Fraß? Und warum muss diese Alte, die schon seit zehn, zwanzig Jahren bei den Würmern liegen sollte, mit mir ziehen und mich quälen?«

Erst jetzt ahnte die Alte, wer der Mann war, der so verzweifelt klagte. Sie hatte ihn noch nie zuvor gesehen, aber nach dem, was er sagte, musste er der Auserwählte sein, von dem Isabella in der Diebeshöhle erzählt hatte. Sein schönes Gesicht, seine Gestalt und seine Gesten hatte Isabella ihr beschrieben. Die Alte hätte mit einem Wort alles aufklären und ihn fröhlich machen können. Aber sie wollte ihn verletzen und sich für das rächen, was er über sie gesagt hatte.

»Du warst so stolz, so übermütig und hast mich verhöhnt«, meinte sie schließlich, »aber du würdest sanft und gütig, wenn ich dir mehr über die Totbeweinte sagte. Aber ehe ich dir irgendwas über Prinzessin Isabella erzähle, lasse ich mich lieber in Stücke schlagen. Wärst du höflicher gewesen, würdest du vielleicht mehr aus mir herausbekommen.«

Prinz Zerbin fühlte sich plötzlich wie jener wütende Hund, der sich auf einen Vagabunden stürzt und ganz zahm wird, sobald sein Feind ihm ein Stückchen Käse oder Brot vor die Nase hält.

»Egal, ob gut oder schlecht«, flehte er sie an und ließ jeden Zorn aus dem Gesicht verschwinden, »nur sag mir irgendetwas über Isabella.«

»Du willst es so«, antwortete die Alte. »Aber ich warne dich. Was ich erzählen will, wird dir nicht gefallen. Ja, es ist wahr, deine geliebte Isabella ist nicht tot, wie du gedacht hast. Aber ich denke, vielleicht wäre das ein besseres Schicksal für sie gewesen. In der kurzen Zeit, die bisher vergangen ist, war sie in mindestens zwanzig verschiedenen Händen.«

»Du lügst, verfluchtes Weib!«, schrie Zerbin auf. »Du bist zu jeder Niedertracht bereit. Also los, sag mir, wo und wie geschah, was du behauptest.«

Die Alte zog die Mundwinkel herab und schüttelte den Kopf. Halsstarrig und verschlossen weigerte sie sich, auch nur ein weiteres Wort zu sagen. Zerbin schmeichelte ihr und bot zugleich an, ihr gleich den Hals abzuschneiden. Aber die alte Hexe hatte keine Angst vor ihm. Sie schwieg. Er erkannte, dass jedes weitere Wort umsonst war. Trotz aller Sehnsucht fand er keinen Ausweg. Er musste genau das tun, was die Alte von ihm verlangte. Und so zogen sie weiter, bis die Sonne in den Abendfrieden sank. Kurz bevor sie unterging, tauchte ein Ritter vor ihnen auf.

21. Gesang

Kein Seil hält fester und kein Haken stärker als die Treue zwischen aufrichtigen Herzen. Um seine Treue zu erklären, muss man auch nicht die Hand heben und schwören. Es reicht bereits ein Wort.

Der Ritter kam schnell näher.

»Den kenne ich!«, stieß die Alte hervor, die den ganzen Tag lang kein Wort gesagt hatte. »Das ist Hermon von der Küste Hollands. Ich erkenne ihn am roten Band, von dem das schwarze Feld auf seinem Schild durchkreuzt wird.« Sie wandte sich plötzlich sehr unterwürfig an ihren Begleiter. »Jetzt kommt deine Stunde, Prinz Zerbin. Nun musst du dein Versprechen wirklich einlösen und mein Leben schützen, das durch diesen Ritter dort bedroht ist.«

»Warum bedroht?«, fragte Zerbin verwundert.

»Bereits mein Vater ist durch ihn umgekommen«, berichtete die Alte. »Ebenso mein einziger Bruder. Jetzt ist er hinter mir her. Er hat geschworen, dass er nicht ruhen will, bis er auch mein Leben ausgelöscht hat.«

»He, Weib«, mahnte Zerbin, »ganz ruhig! Solange du unter meinem Schutz stehst, hast du nichts zu befürchten.«

Der fremde Ritter kam näher. Er erkannte die Alte tatsächlich. »Mach dich zum Kampf bereit«, rief er Zerbin zu, »oder vergiss, dass du der Beschützer dieser Alten bist. Aber du stirbst, wenn du versuchst, das Unrecht zu verteidigen.«

»Es ist nicht gerade ritterlich, wenn du von mir verlangst, dass ich tatenlos zusehe, wie du ein altes Weib erschlägst. Ich fürchte mich nicht vor einem Kampf mit dir. Außerdem sollte sich ein echter Ritter nicht mit Weiberblut besudeln.«

Hermon von Holland ließ sich nicht beschwichtigen. So kam es, wie es kommen musste. Die beiden Ritter wendeten ihre Pferde und stürmten dann in vollem Lauf aufeinander zu. Hermon von Holland senkte seine Lanze. Er zielte auf die rechte Seite seines Gegners. Aber die Lanze brach. Die des Schottenprinzen krachte durch den Schild so kräftig in die gegnerische Schulter, dass sie hinten wieder herauskam. Hermon stürzte schwer von seinem Pferd.

Sofort bedauerte Zerbin seinen einfachen, schnellen Sieg. Er stieg von seinem Pferd und beugte sich über den Holländer. Vorsichtig nahm er ihm den Helm ab. Das war das Letzte, was er noch für den Sterbenden tun konnte. Aber der Holländer schien plötzlich wieder wie aus einem Traum aufzuwachen.

»Es schmerzt mich nicht, dass mich dein starker Arm aus meinem Sattel warf, denn du bist offensichtlich ein junger Stolz der Ritterschaft. Aber es tut schon weh, dass ich wegen dieses verdammten Weibes sterben muss. Wenn du wüsstest, warum ich mich an ihr rächen wollte, würdest du für alle Zeit bereuen, dass du mich hier besiegt hast. Ich fürchte nur, dass ich nicht mehr viel Zeit habe und dass mein Atem mir versagt, wenn ich dir jetzt erzähle, wie schlimm und lasterhaft dieses verruchte Weib ist.«

»Versuch es«, ermunterte ihn Zerbin. Er setzte sich neben ihn und nahm den Kopf des Sterbenden in seine Hände. »Vielleicht hält dich deine Geschichte so lange am Leben, bis du sie erzählt hast.«

»Ich danke dir, dass du mir zuhörst«, flüsterte Hermon, »dann lass dir sagen, welche Höllenhexe dieses Weib ist.«

»Ich hatte einen Bruder namens Philander, der in jungen Jahren von Holland fortging. Er wollte sich nach Griechenland, Byzanz, begeben und in Konstantinopel ein getreuer Paladin des Kaisers dort werden. Eines Tages lernte Philander am kaiserlichen Hof einen Edelmann kennen, mit dem er eine brüderliche Freundschaft schloss. Er hieß Argeus und besaß an Serbiens Grenze in einer wunderschönen Umgebung ein Schloss.

Dort lebte auch dieses schreckliche Weib, das jetzt in deiner Begleitung ist. Sie fesselte ihn mit stärkeren Liebesbanden an sich, als es der Würde eines Ritters guttut. Allerdings war sie flatterhaft wie ein Blatt, das der Herbstwind vom Baum reißt. Und ebenso ziellos wie das Blatt im Herbststurm verließ Gabrina ihren Ehemann. Ihr Verlangen galt nun meinem jungen Bruder. Mit allen Mitteln versuchte sie jetzt, seine Liebe zu gewinnen. Der aber blieb standhaft und fest wie eine Felsenklippe in der Brandung.

Dann aber passierte es, dass er bei einem seiner vielen kleinen Kämpfe in der Nähe von Argeus' Schloss durch einen Eisensplitter verwundet wurde. Er war schon mehrmals ohne besondere Einladung zum Schloss geritten. Deshalb war es nichts Außergewöhnliches, dass er auch jetzt wieder dort einkehrte. Er wollte dortbleiben und sich ausruhen, bis seine Wunden wieder geheilt waren.

Während Philander noch krank war, musste Argeus zu einer Reise aufbrechen. Kaum war er weg, schlich sich dieses schamlose Weib zu meinem Bruder und quälte ihn mit immer neuen Versuchungen. Er musste wählen, ob er sich ihr hingab oder noch immer krank das Land verließ. Letzteres kam ihm als das kleinere von beiden Übeln vor. Er beschloss daher, so weit fortzugehen, bis er in eine Gegend kam, in der sein Name unbekannt war. Das kam ihm anständiger vor, als das zu tun, wonach der Sinn des Weibes stand, oder sie eventuell sogar bei ihrem Gatten anzuschwärzen, der sie nach wie vor über alles liebte.

Er war noch immer schwach von seiner Verletzung. Aber er beeilte sich, so schnell wie möglich wegzukommen. Mühsam legte er seine Rüstung an und wappnete sich. Dabei schwor er sich, dieses für ihn so gefährliche Land nie wieder zu betreten. Aber das Schicksal hatte längst anders beschlossen.

Als Argeus in sein Schloss zurückkehrte, fand er sein vermeintlich treues Weib in Tränen aufgelöst vor. Ihr Haar war zerzaust, und ihre Wangen glühten. Besorgt fragte er, was sie so betrübt und verstört hatte. Sie wandte sich wortlos und verschlossen ab und dachte nur daran, wie sie sich an meinem Bruder rächen konnte. Wo vorher Lust und Sehnsucht ihre Sinne beflügelt hatten, fühlte sie jetzt nur noch blanken Hass.

›Ach was‹, sagte sie schließlich zu ihrem Mann. ›Warum soll ich dir nicht beichten, dass ich schwach geworden bin, als du unterwegs warst? Jede körperliche Strafe wäre nichts gegen die Sünde, die ich auf meine Seele geladen habe. Ich weiß nicht, ob es wirklich eine Schuld ist, weil ich ja gezwungen wurde. Dein Freund hat mir die Ehre gestohlen und meinen Leib mit Gewalt geschändet. Du kannst jetzt gern dein Schwert nehmen und meine reine Seele von seiner schmutzigen, befleckten Hülle trennen.‹

Argeus glaubte ihr. Der brüderliche Freund, der ihm bisher so viel gegolten hatte, wurde augenblicklich zu seinem ärgsten Feind. Wortlos griff Argeus nach seinem Wehrgehänge und brach erneut auf. Bereits nach kurzer Zeit holte er den Jüngling ein.

Mein Bruder war so krank, dass er sich nur sehr langsam bewegen konnte. Er ritt arglos in die Welt, bis ihn plötzlich der Rächer an einer einsamen Stelle einholte und sofort zum Kampf aufforderte. Philander war so schwach, dass er sich nicht einmal verteidigen konnte. Ein Kampf wäre von vornherein aussichtslos für ihn gewesen.

›Verhüte Gott, dass mir der Zorn jetzt die Zügel schießen lässt‹, sagte Argeus, ›auch wenn ich jedes Recht dazu hätte. Aber ich kann dein Blut einfach nicht fließen sehen, weil ich dich liebte und weiß, dass auch du mich geliebt hast. Und jetzt soll jeder sehen, dass ich auch in meinem Hass gegen dich mehr Anstand zeige als du in den Zeiten unserer Freundschaft. Ich werde dich anders bestrafen als mit deinem Blut an meinen Händen.‹

Er ließ seine Knappen aus frischen Zweigen eine Trage für den halb toten Mann anfertigen. Im Schloss angekommen, wurde Philander in einem Turm eingekerkert. Argeus wollte, dass er für alle Zeiten hier als Gefangener für ein Verbrechen büßen sollte, das er niemals begangen hatte. Allerdings konnte sich Philander nicht beklagen. Bis auf seine Freiheit fehlte es ihm an nichts. Er brauchte nur zu sagen, was er haben wollte, und wurde sofort bedient. Aber das böse Weib dachte nicht daran, mit ihren Quälereien aufzuhören. Beinahe jeden Tag besuchte sie den gefangenen Ritter, um doch noch sein Begehren anzustacheln. Noch schamloser als zuvor forderte sie ihn heraus.

›Da siehst du nun, was dir deine Launen einbringen. Wie angenehm wäre es für dich gewesen, wenn du mir erfüllt hättest, was ich von dir wünschte. Jetzt bleibst du so lange hinter Gittern, bis du endlich das tust, was ich von dir haben will. Nimm mich, und ich verspreche dir, dass ich dir deine Freiheit, deinen Ruhm und deine Ehre zurückgebe.‹

›Niemals!‹, wehrte Philander ab. ›Ich werde meine Treue niemals aufgeben. Da kann die Welt meinen Namen noch so sehr in den Schmutz ziehen. Es reicht mir, wenn mein Freund Argeus erkennt, dass ich unschuldig bin. Selbst wenn er mir mit eigener Hand das Leben nimmt, dann werde ich den Lohn für meine Treue eben im Jenseits einlösen! Ohne meine körperliche Hülle wird er meine reine Seele sehen. Dann wird er trauern um einen echten, treuen Freund.‹

Sie ließ nicht nach. Sie war so toll nach ihm, dass sie in wilder Leidenschaft alles ausprobierte, was einen widerspenstigen Mann doch noch umstimmen konnte. Irgendwann werde ich meine Lust befriedigen, dachte sie, selbst wenn er noch so störrisch bleibt!

Auf diese Weise vergingen sechs Monate, in denen er sie nicht ein einziges Mal sah. Er freute sich bereits, dass alles überstanden war, doch da entschied sich die launische Fortuna für die schlechte Seite: Das böse Weib erhielt die Gelegenheit für eine grauenvolle Tat.

Bereits seit langer Zeit war ihr Ehemann Argeus mit einem anderen verfeindet, der überall Morand der Schöne hieß. Der wagte sich immer nur dann zu einem Angriff auf die Burg vor, wenn Argeus unterwegs war. War das nicht der Fall, dann blieb Morand in sicherem Abstand von mindestens drei Stunden. Um den alten Streit endlich zu entscheiden, ließ Argeus überall verbreiten, dass er eine Wallfahrt zum Heiligen Grab nach Palästina unternehmen wolle. Für alle sichtbar zog er ausgerüstet wie ein Pilger mit seinen Leuten aus der Burg. Er hatte seinen Plan selbst vor seinen allerengsten Vertrauten geheim gehalten – doch leider nicht vor seinem Weib Gabrina.

Jeden Tag verbrachte Argeus außerhalb der Burg. Heimlich kehrte er erst abends wieder zurück, um zu übernachten, und jeweils vor Morgengrauen verschwand er erneut. Er wartete darauf, dass Morand auf die Täuschung hereinfiel und sich der Burg näherte. Endlich glaubten alle außer Gabrina, dass Argeus bereits weit entfernt war. Nach einigen Tagen erschien ihr die Gelegenheit günstig. Sie hatte sich einen neuen Plan ausgedacht, um Philander endlich zu überlisten. Der erste Teil ihrer Teufelei war ein Tränenstrom, der über ihr Gesicht bis auf die Brust rann, als sie in den Kerker eindrang.

›Wer ist es, der mich jetzt noch retten kann und meine Ehre

schützt?‹, klagte sie. ›Es ist zugleich die Ehre meines Gatten. Morand taucht immer wieder auf, wenn Argeus unterwegs ist. Nur du kannst jetzt noch gegen ihn helfen! Wenn du dich aber weigerst, werde ich überall erzählen, dass du nicht aus Treue zu ihm, sondern aus Grausamkeit meine Bitten einfach nicht erhört hast. Wenn du gleich getan hättest, worum ich dich so oft angefleht habe, wäre das vor aller Welt verborgen geblieben. Aber das hier treibt mich offen in die Schande.‹

›Du musst mir nichts erklären‹, versicherte Philander. ›Ich weiß, was ich meinem Argeus schuldig bin. Er hat mich ungerecht behandelt. Aber ich werfe ihm nichts vor. Selbst wenn es gegen eine ganze Welt und das Schicksal ginge, würde ich immer noch für ihn kämpfen bis zum Tod.‹

›Dann bring Morand um!‹, forderte sie. ›Töte den Mann, der mich entehren will! Ich führe dich in der dritten Stunde in der Nacht zu ihm. Genau dann, wenn die Dunkelheit sehr dicht ist, wird er mich erneut bedrängen. Du musst Geduld haben, bis er in meiner dunklen Kammer seine Waffen und seine Rüstung abgelegt hat. Erst danach bringe ich dir den fast nackten Mann.‹

Als dann die Nacht kam, brachte sie Philander die erforderlichen Waffen und versteckte ihn in einer Kammer bei den Frauengemächern. Als dann der ahnungslose Burgherr zurückkehrte, verlief alles ganz genau so wie geplant. Mein Bruder dachte, dass er den schönen Morand treffen würde. Aber er erschlug seinen geliebten Argeus. Sein Schwert spaltete ihm Kopf und Hals. Ohne den geringsten Widerstand verlor Argeus sein Leben durch seinen Freund, der dies niemals gewollt hätte.

Mein Bruder ließ den Toten liegen und gab Gabrina das Schwert zurück. Erst jetzt ließ sie ein Licht auf den Toten fallen. Triumphierend zeigte sie Philander, wen er erschlagen hatte. Mit Grauen sah er den toten Freund am Boden. Entsetzt erkannte er seinen grausigen Irrtum.

›Und wenn du jetzt nicht endlich meine Liebesschmerzen stillst, dann schreie ich es heraus, was du getan hast und was du nicht bestreiten kannst. Dann stirbst du den gemeinen Henkerstod als Mörder. Selbst wenn dein Leben dir nichts mehr bedeutet, solltest du wenigstens auf deine Ehre achten.‹

In seiner Verzweiflung wollte sich Philander auf das hinterhältige Weib stürzen, um es zu vernichten. Er hatte keine Waffe mehr. Aber er war so außer sich, dass er sie sogar mit den Zähnen zerfetzt hätte. Nur noch ein letzter Rest von Vernunft sagte ihm, dass er sich jetzt in einem Feindeshaus befand. Was konnte er tun? Die eine Möglichkeit war der bittere Tod durch den Henker, die andere hieß Flucht. Doch wäre auch seine Ehre damit endgültig zerstört. Jetzt konnte er nur noch seinen Stolz aufgeben und zu ihrem willenlosen Opfer werden! Ja, er gab auf und schwor ihr alles, was sie von ihm verlangte.

Sie flohen beide nach Holland. Philanders Name blieb in Griechenland und Serbien voller Schmach und Schande zurück. Die ganze Zeit trug er das Bild des unglücklichen Argeus in seinem Herzen. Er hasste Gabrina so sehr, dass ihn kein Mensch mehr lachen sah. Der Schmerz nagte so sehr an seinem Herzen, dass er schließlich ins Krankenbett fiel.

Der Metze wurde jetzt klar, wie sehr ihr zweiter Gatte sie verachtete. Sie beschloss, dass ihr zweiter Gatte dem ersten folgen sollte, und suchte einen skrupellosen Arzt, der nicht nur heilen konnte, sondern sich auch auf tödliche Getränke verstand. Sie versprach ihm so viele Geschenke, wie er wollte, und eine Belohnung nach vollbrachter Tat.

Ich war dabei, als dieser alte Arzt vor mir und einigen anderen meinem Bruder den Becher brachte. Er sagte, dass der Trunk seine Adern stärken werde und er bald wieder gesund sei. Das bösartige Weib war schlau genug, um auch an die Beseitigung des Mitwissers zu denken. Gerade als der Arzt den Giftbecher an die Lippen meines Bruders setzen wollte, griff sie danach.

›Sei nicht beleidigt, wenn ich in meiner Liebe zu meinem kranken Ehemann übervorsichtig geworden bin‹, sagte sie zum Arzt. ›Ich will nur sicher sein, dass du ihm gute Medizin gibst und kein Gift. Trink deshalb zuerst selbst einen Schluck, ehe du den Becher an seine Lippen setzt.‹

Du kannst dir denken, welchen Schreck der alte Arzt bekam. Er hatte keine Möglichkeit mehr, auszuweichen. Deshalb entschloss er sich, schnell einen Schluck zu nehmen und dann dem Kranken den Pokal anzusetzen. Mein Bruder trank voller Vertrauen.

In seiner Not wollte der Arzt so schnell wie möglich in sein Haus. Dort hatte er genügend Gegengifte, um dem Tod zu entgehen. Aber Gabrina ließ ihn nicht fort. Sie befahl ihm, so lange an Philanders Krankenbett zu warten, bis die Säfte aus dem Becher verdaut waren und ihre Kraft bewiesen hatten. Der Arzt bat darum, gehen zu dürfen. Er wollte sogar seinen Lohn zurückzahlen. Aber die Schreckliche kannte kein Mitleid. Als der Arzt spürte, dass er sterben würde und sich nicht mehr retten konnte, sprudelte die ganze Wahrheit aus ihm heraus.

Gabrina leugnete und stritt alles ab. Doch der Arzt ließ sich nicht beschwichtigen. Er nahm den Weg, den durch ihn schon viele andere gegangen waren. Dann folgte seine Seele dem Geist meines geliebten Bruders. Wir anderen packten das Weib, diese schlimmste Bestie, die man sich denken kann. Wir wollten sie gefangen setzen und dann zum wohlverdienten Feuertod verurteilen.«

Hermon wollte noch berichten, wie die Schreckliche aus der Kerkerhaft entflohen war. Aber er schaffte es nicht mehr. Die Schmerzen quälten ihn und schnitten ihm die Worte ab. Zwei seiner Knappen schnitten Zweige ab und flochten eine Bahre. Prinz Zerbin bat den Schwerverwundeten jetzt um Verzeihung.

»Es tut mir leid um dich«, sagte er. »Aber nach den alten Ritterregeln musste ich sie verteidigen. Wenn du jetzt irgendetwas von mir wünschst, werde ich alles tun, was in meiner Macht steht.«

»Dann wünsche ich mir, dass du so schnell wie möglich dieses Weib verlässt. Sonst überschüttet sie dich ebenso mit Unheil und lässt dich Dinge tun, die du bereuen wirst.«

Zerbin blickte die Alte an. Gabrina hatte die Augen gesenkt und blieb stumm. Was auch geschehen war, der Schottenprinz blieb an sein Ehrenwort gebunden. Gemeinsam zogen sie weiter. Er fluchte den ganzen Tag lang, dass er um ihretwillen den armen Hermon tödlich verwundet hatte.

Aber auch sie war voll Gift und Galle. Gegen Abend hörten sie lautes Geschrei und den Lärm von Schlagwaffen. Es klang, als würde dicht vor ihnen ein wilder Kampf stattfinden. Sofort gab Zerbin seinem Pferd die Sporen. Gabrina ließ sich nicht abschütteln und folgte ihm dichtauf.

Vor ihnen erstreckte sich ein Tal, von hohen Bergen eingerahmt. Dann sahen sie den Ritter am Rand des schmalen Pfades.

Er war tot.

22. Gesang

Ich entschuldige mich ausdrücklich bei allen edlen Frauen, die in ihrer Liebe Erfüllung finden. Seid mir nicht böse für meinen Tadel an den anderen, von denen es nun mal sehr viele gibt. Es war Gabrinas Niederträchtigkeit, die mich in Zorn gebracht hat.

Um die Verderbtheit des einen Weibes zu belegen, will ich gern hundert andere in höchsten Tönen loben und strahlender darstellen als das Licht der Sonne. Zunächst aber muss ich dem Frankenreich den Rücken kehren und so weit in Richtung Morgenland gehen, bis ich auf den wackeren Paladin Astolf treffe, der schon in Richtung Westen aufgebrochen ist.

Der Prinz von England hatte wie im Rausch in sein Zauberhorn geblasen und damit nicht nur sämtliche Bewohner der Frauenstadt Alexandretta verjagt, sondern auch die Edlen, die ihn seit Damascus begleiteten. Allein konnte Astolf keines der großen Segelschiffe im Hafen benutzen. Deshalb entschloss er sich, zu Pferd die Stadt der Frauen zu verlassen und in Richtung Armenien zu reiten.

Bereits einige Tage später erreichte er Anatolien und ritt in Richtung Bursa weiter. Dort fand er ein Schiff, das ihn bis nach Thrazien brachte. Von hier aus vertraute er erneut auf sein gutes Pferd Rabikan. Wie auf Flügeln trug ihn der Hengst nach Ungarn und von dort durch Mähren, Böhmen und Franken bis an den Rhein. Er ritt nach Aachen und durch den Ardenner Wald, dann durch Brabant und Flandern und wieder zur Küste. Jetzt war es nur noch ein kleines Stück bis nach England. Er fand erneut ein Schiff, und dank günstiger Winde konnte er am selben Tag um die Mittagsstunde in England anlegen.

Hier brachen sich die Wellen an der Steilküste. Astolf stieg auf sein schnelles Pferd und gab ihm die Sporen. Bereits am selben Abend tauchten vor ihm die Tore Londons auf.

Er hörte, dass sein Vater schon seit mehreren Monaten in Paris war. Zusammen mit König Otto waren auch die meisten der waffenfähigen Männer ins Reich der Franken aufgebrochen.

Sofort kehrte Astolf in den Themsehafen zurück und ließ die Anker lichten. Es dauerte nicht lange, bis der Bug seines Schiffes nach Süden in Richtung Calais zeigte. Die Luft war lau, und ein sanfter Wind bewegte kaum die Wellen. Der Schiffer wagte sich weiter aufs Meer hinaus.

Kaum hatte sich das Schiff von der sicheren Küste entfernt, als ein Sturm von Backbord her über sie herfiel. Der üble Nordwind trieb das Schiff in eine völlig andere Richtung. Das Schicksal warf es so oft hin und her, dass es schließlich jeden Kurs verlor. Glücklicherweise konnten die Seemänner noch die Küste finden und den Anker werfen. Sie landeten nicht in Calais, sondern in der Nähe der Stadt Rouen.

Astolf ließ Rabikan satteln und ritt das erste Stück ohne Rüstung durch die Uferbrandung. Dort angekommen, legte er die eiserne Wehr an, gürtete sich mit seinem Schwert und hängte sich auch noch sein Zauberhorn um, ehe er erneut in den Sattel stieg. Jetzt fühlte er sich stärker als in der Begleitung von tausend Männern. Er ritt durch einen Wald und kam am Rande eines Hügels an eine klare Quelle. Es war inzwischen wieder Mittag, und die Sonne brannte heiß auf das Land. Selbst die Herden hatten sich in ihre Schutzhütten oder in Felshöhlen zurückgezogen.

Astolf war so erhitzt, dass er seinen Helm abnahm und sich den Schweiß vom Kopf wischte. Er band Rabikan an die dichten Zweige eines Busches und ging auf die Quelle zu. Er kniete und wollte trinken. Seine Lippen hatten das frische Wasser noch nicht berührt, als hinter ihm ein Kerl aus dem Gebüsch sprang, mit einem Ruck die Zügel von Rabikan losriss und sich in den Sattel schwang. Noch ehe Astolf es verhindern konnte, war der Fremde bereits davongesprengt. Astolf vergaß seinen Durst und rannte dem Dieb mit mächtigen Sätzen hinterher.

Der schien seinen Verfolger nicht zu bemerken. Er galoppierte ein kleines Stück, dann wieder ließ er Rabikan gemächlich traben. Mal zog er das Zaumzeug fester, dann wieder ließ er es locker. Auf diese Weise holte Astolf mit seiner schweren Rüstung mal etwas auf, dann wieder fiel er zurück.

Der Waldrand lag schon weit hinter ihnen, als sie an jenem Platz ankamen, an dem viele edle Ritter gefangen waren, obwohl sie sich nicht hinter Gittern befanden. Der Pferdedieb jagte mit Rabikan schnell wie der Wind in das verwunschene Schloss des Zauberers Atlante.

Astolf folgte den Spuren auf dem Boden, legte die Hand über die Augen und blickte sich nach allen Seiten um. Nirgendwo war irgendetwas von Rabikan oder dem Kerl zu sehen. Schließlich betrat Astolf das leer erscheinende Schloss und lief durch Gänge und Zimmer bis zum Dach hinauf. Obwohl er jede Ecke absuchte, fand er keine Spur von Rabikan oder seinem Räuber. Es war verhext, er drehte sich immer nur im Kreis und wurde nur müde und verwirrt. Irgendwann erinnerte er sich daran, dass er außer dem Horn noch ein weiteres Geschenk von der guten Fee Logistilla erhalten hatte. Sofort holte er das Zauberbuch hervor und sah im Inhaltsverzeichnis nach, bis er herausfand, auf welchem Blatt er ein Mittel gegen den Spuk finden konnte. Schnell suchte er die Seite.

Es stand ziemlich viel über das Zauberhaus in seinem Buch. Astolf las, dass es tatsächlich eine Möglichkeit gab, wie man den Zauberer schlagen und zugleich seine Gefangenen befreien konnte. Wenn das Zauberbuch recht hatte, dann musste unterhalb der Eingangsschwelle ein Geist eingeschlossen sein, der für den ganzen Trug und Spuk verantwortlich war. Sobald der Stein über der Gruft angehoben wurde, würde sich das ganze Haus in Rauch auflösen.

Der Paladin zögerte nicht lange. Er hatte genügend Mut, es mit dem Geist aufzunehmen. Das war genau die Art von Herausforderung, die ihm Ruhm versprach. Er bückte sich und prüfte das Gewicht der Marmorschwelle. Noch während er das Versteck des Geistes untersuchte, erkannte der alte Zauberer Atlante, wie gefährlich ihm der Prinz von England wurde.

Sofort dachte sich Atlante einen neuen Verwirrungszauber aus. Die Idee war so einfach, dass die anderen, die im verwunschenen Schloss umherirrten, sofort darauf hereinfielen: Atlante sorgte dafür, dass Astolf nicht als der gesehen wurde, der er wirklich war, sondern ihnen in genau der Gestalt erschien, die sie verfolgt hatten, ehe sie von Atlante eingefangen wurden. Für die einen sah er wie ein Riese aus, für die anderen wie ein Bauer. Und wieder andere erkannten in ihm ihren Todfeind oder den Dieb, der das eine oder andere gestohlen hatte.

Sofort warfen sich alle auf den ahnungslosen Astolf, Ruggiero, Brandimart und Bradamante ebenso wie Gradass, den Atlante aus Syrien herbeigezaubert und gefangen gesetzt hatte. Erst im allerletzten Augenblick konnte der Herzog sein Zauberhorn hochreißen und hineinblasen.

Der grauenhafte Ton peitschte wie ein Flintenschuss in einen aufstiebenden Taubenschwarm. Auch der Zauber zerplatzte. Sofort rannten sämtliche Gefangenen des Zauberers in alle Richtungen davon. Auch Atlante hielt nichts mehr in seinem Höhlenloch. Bleich und verstört floh er so weit über Felder und Wiesen, bis er nichts mehr von dem schrecklichen Zauberhorn hörte. Damit war der Wächter ebenso geflohen wie seine Gefangenen. In wilden Haufen brachen jetzt auch die Pferde aus den Ställen. Kein Strick war stark genug, sie zu halten. Sie folgten ihren Herren in vollem Lauf. Selbst Katzen und Mäuse flüchteten, so schnell sie konnten. Astolf blies weiter, und das Horn donnerte: »Fort! Schnell fort!«

Erst als auch Rabikan an Herzog Astolf vorbeirasen wollte, hörte er auf und fing ihn ein. Gleich darauf packte er den schweren Stein von der Türschwelle und riss ihn hoch. Er sah verzauberte Ikonen und ein Sammelsurium magischer Gegenstände. Ohne sie einzeln anzusehen, folgte er der Anweisung aus dem Zauberbuch und schlug alles krachend kurz und klein. Rauch und Dunst wallte an den Mauern hoch. Dann löste sich das Schloss auf und verschwand.

Als sich das aufwallende Gewölk langsam verzog, entdeckte Astolf an einer goldenen Kette das geflügelte Pferd. Das hatte zu seinem ursprünglichen Herrn Atlante zurückgefunden, als Ruggiero nach seiner Reise um die halbe Welt nackt vor Angelica gestanden hatte und dadurch unaufmerksam geworden war.

Herzog Astolf freute sich über das unerwartete Wiedersehen. Er wusste, wie man mit dem Flügelpferd und seinem Zaumzeug umgehen musste. Nachdem Melissa ihn von einem Myrtenbaum in einen Menschen zurückverwandelt hatte, hatte er vom Zauberschloss aus beobachtet, wie die gute Fee Logistilla Ruggiero in der Handhabung des Hippogryphen unterwies. Astolf entschloss sich, auf dem Zaubertier wegzureiten, und legte ihm den Sattel auf. Dann holte er aus den Ställen zurückgelassene Zügel und knotete ein neues Zaumzeug. Aber was sollte er mit Rabikan machen? Er liebte dieses Pferd. Kein anderes war beim Lanzenritt so mutig. Der ganze Tag und auch die Nacht vergingen, während er herumstreifte, um einen Jäger oder Bauern zu finden, bei dem sein gutes Pferd Unterkunft finden könnte. Erst im Morgengrauen sah er einen Ritter im Gebüsch am Waldesrand.

Erst als auch Ruggiero und Bradamante so weit geflohen waren, dass ihnen Astolfs schreckliches Zauberhorn nicht mehr in den Ohren gellte, erkannte Ruggiero seine geliebte Bradamante. Schlagartig erwachte er aus dem langen bösen Zauber, durch den Atlante sie immer wieder voneinander getrennt und voreinander verborgen hatte. Ein seliges Entzücken rann durch seinen Körper. Er sah sie an, und auch aus ihren Augen sprühte ein helles, ungläubiges Staunen. Ruggiero stürzte auf seine wunderschöne Geliebte zu und drückte sie überschwänglich an sein Herz.

Sie wurde rot wie eine Rose. Er wagte es, sich den ersten Kuss von ihren zarten Lippen abzuholen. Er nippte nur am Blütenhauch der Liebe. Schon das war für ihn das allerhöchste Glück. Sie herzten, küssten und umarmten sich tausendfach und hielten sich aufs Innigste umschlungen. Das Glück über ihre Liebe und ihr Wiedersehen war so groß, dass sie es kaum fassen konnten. Zu lange und sinnlos waren sie in dem verhexten Zauberschloss herumgeirrt, ohne sich zu erkennen. Ein Jammer um die viele Zeit, die dadurch ungenutzt verstrichen war.

Bradamante war bereit, ihm alles zu geben, was ein Mädchen ihrem Liebsten in Ehren gönnte, damit er nicht mehr länger traurig war über das verlorene Glück.

»Wenn du noch mehr von mir haben willst, darfst du mich nicht hart und spröde machen. Ich will dir gern gehören, wenn du bei meinem Vater Haimon meine Hand verlangst. Er wird dir nichts verweigern, wenn du dich vorher taufen lässt.«

In seiner Liebesglut war er sofort bereit, ein Christ zu werden, ebenso wie in der Vergangenheit bereits sein Vater und das ganze edle Haus. Er hätte auch sein Leben augenblicklich für sie gegeben.

Bradamante kannte ein frommes Kloster in der Nähe. Es hieß Vallombrosa und galt als gastfreundlich gegenüber allen Fremden. Dorthin wollten sie gemeinsam gehen.

Als sie aus dem Wald kamen, sahen sie unter den letzten Bäumen ein junges, sehr betrübtes Mädchen. Ruggiero hatte sich schon immer edel und einfühlsam gezeigt – besonders gegen Frauen. Als er jetzt die Tränenflut über das zarte Antlitz rinnen sah, war er voller Mitleid.

»Was ist passiert?«, fragte er. »Wer ist schuld, dass du so bitterlich weinst?«

Sie hob den Blick. Durch die Tränen leuchteten ihre Augen wie Sterne. Voller Vertrauen antwortete das Mädchen: »Ich weine nicht um mich, edler Herr. Aber nicht weit entfernt von hier soll gerade jetzt in einem Schloss ein Jüngling hingerichtet werden. Ich weine um ihn, weil er seine Verbrechen nur aus Liebe zu Flordespina, der holden Tochter von König Marsilo, begangen hat. Der junge Mann hat sie jede Nacht in Frauenkleidern und verschleiert besucht. Trotzdem muss irgendjemand gemerkt haben, was in der Kammer der schönen Königstochter geschah. Gestern befahl der König, die Liebenden auf frischer Tat zu stellen. Sie wurden auf ihrem Liebeslager überrascht, gefesselt und im Schlossturm eingeschlossen. Es heißt, dass man ihn lebend in die Flammen werfen will. Ich muss dauernd an das Feuer denken, wie es seine schönen zarten Glieder auffrisst.«

Unwillkürlich spürte Bradamante einen Stich im Herzen. Schließlich kannte sie das Schloss ebenso wie die Prinzessin Flor despina und ihren Vater. Sie fühlte mit dem unglücklichen jungen Mann, ganz so, als ahne sie, dass er einer ihrer Brüder wäre.

»Es sieht so aus, als gäbe es hier Arbeit für unsere beiden Schwerter«, sagte sie unruhig zu Ruggiero. Dann wandte sie sich wieder dem jungen Mädchen zu. »Sei unbesorgt. Wenn du uns nur einen Weg zeigst, auf dem wir ungesehen ins Schloss kommen, wird der junge Mann sein Leben nicht verlieren.«

Ruggiero stimmte Bradamante sofort zu. »Was ist? Was zögerst du noch?«, fragte er das schluchzende Mädchen. Sie weinte noch heftiger als vorher. »Hier helfen keine Tränen mehr, sondern nur noch Taten!«, drängte Ruggiero. »Wir werden ihn auch unter tausend Lanzen und tausend Schwertern freibekommen. Aber die Zeit ist kostbar. Sonst frisst ihn noch das Feuer, ehe unsere Hilfe kommt.«

Die stolze Sprache und die Zuversicht im gesamten Auftreten des kühnen Paares weckten neue Hoffnung in dem Mädchen.

»Auf dem direkten Weg kämen wir vielleicht noch rechtzeitig«, seufzte sie noch immer mutlos. »Aber der einzige sichere Weg ist so gewunden und schlecht, dass es mehr als einen Tag dauert, bis wir ankommen. Und dann ist der schöne Jüngling bereits tot.«

»Was spricht denn gegen den kurzen Weg?«, fragte Ruggiero.

»Dass dort Graf Pinabello alles überwacht«, antwortete sie sofort.

»Du meinst doch nicht etwa diesen niederträchtigen Sohn des Anselm von Hauterives?«, fragte Bradamante empört.

»Doch, doch, den meine ich«, antwortete das Mädchen. »Erst vor drei Tagen hat Graf Pinabello befohlen, dass jeder Reiter Rüstung und Waffen und jede Frau Kleid oder Rock an ihn herausgeben müssen. Alles hängt damit zusammen, dass Pinabello mit einem schönen Weib ausritt, das ebenso hochmütig wie teuflisch war. Es gab Streit mit einem anderen Ritter wegen einer Alten in dessen Begleitung. Der Graf wurde vom Pferd geworfen, und die Hochmütige musste ihr Kleid an die Alte abgeben. Danach schworen die beiden, dass sie erst wieder fröhlich werden könnten, nachdem tausend Ritter ebenso wie er zu Boden gesunken wären und sie die Kleider von tausend Frauen hätte.«

»Wie will er das erreichen?«, fragte Ruggiero kopfschüttelnd. Bradamante fauchte nur.

»Er hatte Glück«, berichtete das Mädchen. »Durch einen Zufall kamen vier der besten Ritter, die das Frankenreich je gesehen hat, zur Übernachtung in die Burg. Es waren Vizekönig Samsonet von Jerusalem und Markgraf Oliviers Zwillinge Grifon und Aquilante. Den Vierten nannten sie den wilden Weiberkönig Guido von Alexandretta. Pinabello empfing die jungen Helden nach allen Regeln der Gastfreundschaft, dann aber überfiel er sie im Schlaf und ließ sie schwören, ein Jahr und einen Monat lang alles zu tun, was er verlangte. Die Ritter hatten keine andere Wahl. Viele haben inzwischen versucht, mit Gewalt an der Burg vorbeizukommen. Du siehst, das alles ist so zeitraubend, dass wir auf jeden Fall zu spät kämen.«

»Wir nehmen trotzdem diesen Weg«, entschied Ruggiero.

»Sobald wir kämpfen, wirst du sehen, dass wir geeignet sind, den jungen Mann vor dem Flammentod zu retten.«

Kurz entschlossen stiegen sie wieder auf ihr Pferd und nahmen den kurzen Weg.

Bereits nach drei Meilen erreichten sie das Schloss von Pinabello. Hier hatten viele Reisende Waffen, Rüstungen, ihre Kleidung oder sogar das Leben verloren. Noch ehe sie ganz heran waren, schickten die Wächter auf dem Turm zwei Glockenschläge über das Land. Im selben Augenblick kam aus dem Tor ein alter Reiter auf einem elendigen Klepper. So schnell wie möglich trabte er den Neuankömmlingen entgegen.

»Wartet, wartet! Bloß nicht weiter!«, schrie er ihnen entgegen. »Bleibt, wo ihr seid, denn hier zahlt ihr einen zu hohen Zoll. Falls ihr noch nichts wisst, erkläre ich euch schnell, was hier inzwischen übler Brauch ist.«

Er wiederholte noch einmal, was Bradamante und Ruggiero bereits von dem Mädchen wussten. »Es ist sinnlos, gegen die vier Ritter anzukämpfen. Legt lieber freiwillig alles ab. Pferde, Kleider oder Waffen kann man neu beschaffen, aber ein zerstörtes Leben nie!«

»Genug, genug«, wehrte Ruggiero ab. »Ich habe das gerade schon gehört. Wir wollen heute noch über den Berg dahinten, und wir denken nicht daran, auf eine Drohung hin irgendetwas freiwillig abzulegen. Auch meine Freundin neben mir hat nichts zu verschenken. Aber du kannst gern zurückreiten und uns den zeigen, der unsere Pferde oder Kleider haben will.«

»Da kommt er schon«, stöhnte der Alte.

Tatsächlich preschte im selben Augenblick ein Ritter heran. Er trug ein rotes Waffenkleid, auf das aus weißer Seide große Blumen gestickt waren.

»Der ist für mich«, lachte Bradamante. »Den hübschen Blumenstrauß will ich mir pflücken.«

»Kommt nicht in Frage«, widersprach Ruggiero. »Das hier ist meine Sache, und du darfst höchstens dabei zusehen.«

Obwohl es sonst nicht ihre Art war, fügte sie sich seinem Willen.

»Wie heißt der Ritter?«, fragte Ruggiero den Alten.

»Samsonet von Jerusalem«, antwortete er.

Ohne ein weiteres Wort senkten Ruggiero und Samsonet ihre Lanzenspitzen. Mit gleichem Feuer stürmten ihre Rösser aufeinander zu. Gleichzeitig drängte sich ein Haufen Fußvolk hinter Pinabello aus der Burg. Er ließ es sich nicht nehmen, jedem besiegten Ritter eigenhändig nach dem Sturz vom Pferd seine Rüstung abzunehmen.

Die gegeneinanderpreschenden Kämpfer hatten beide mächtige Lanzen eingelegt. Ihre zwei Handbreit starken Schäfte aus heimatlichem Eichenholz glichen einander bis auf ihre Eisenspitzen. Samsonet hatte ein Dutzend dieser ungeheuren Waffen in den Wäldern schlagen lassen. Harnische und Schilde hätten aus Diamant und Stahl sein müssen, um ihren Stößen standzuhalten. Dann krachten die Lanzenspitzen gleichzeitig in die Schilde. Ruggieros Schild blieb ungebrochen. Schließlich stammte er von seinem Beschützer, dem Zaubermeister Atlante, der den Schild einst von nackten Dämonen hatte herstellen lassen. Ruggiero musste nicht einmal den Seidenschleier vom Zauberglanz des Schildes lösen. Nicht einmal Samsonets Lanzenspitze konnte den Schleier ritzen.

Dafür brach dessen Schild wie von einem Blitz getroffen. Ruggieros Lanzenspitze glitt mit ihrem Eisen mitten hindurch und traf auf den Arm, der ungeschützt darunterlag. Samsonet flog aus dem Sattel und krachte schwer verwundet auf den Boden. Was so überlegen lachend angefangen hatte, kehrte sich plötzlich in Leid und Schmerzen. Sofort erklang vom Turm ein Glockenschlag. Das war das Zeichen für die drei anderen Ritter. Gemeinsam stürmten sie jetzt aus der Burg.

Unterdessen war Pinabello zu Bradamante gekommen. Sofort fragte er, wer denn der Kämpe sei, der seinen Ritter vom Pferd gestoßen hatte. Er ahnte nicht, dass jetzt der Augenblick gekommen war, in dem ihn selbst der Arm des großen Richters traf und für das bezahlen ließ, was er vor genau acht Monaten getan hatte.

Als Bradamante schon von Weitem ihr gestohlenes Pferd erkannte, war das die Bestätigung für sie, dass sein Reiter nur der tückische Graf Pinabello sein konnte. Damals, am Grab von Merlin, hatte er sie heimtückisch umbringen wollen. Nur durch die Zweige, die den Sturz milderten, hatte sie überlebt. Als sie seine Stimme hörte, sah sie ihm scharf in die Augen.

»Sieh an, der Schuft, der mich ermorden wollte!«, stieß sie hervor. »Jetzt reitet er auf dem gestohlenen Pferd zu mir zurück, damit ich ihn bestrafen kann.«

Sie griff nach ihrem Schwert, packte die Zügel und ritt gegen ihn. Pinabello war so verdutzt, dass ihm kein Ausfall mehr gelang. Entsetzt erkannte er, dass er verloren war. Mit einem wilden Aufschrei floh er ins Gebüsch. Bleich und entsetzt setzte er als letztes Heil nur noch auf die Flucht.

Die junge Kriegerin von der Dordogne war so dicht hinter ihm, dass sie mehrmals harte Hiebe und Stiche gegen ihn austeilen konnte. Der ganze Wald dröhnte und schien aufzuseufzen.

Weiter zurück am Schloss merkte niemand etwas von der Verfolgung. Dort hatten alle nur noch Augen für Ruggiero.

Inzwischen hatten auch Grifon, Aquilante und Guido der Wilde den Kampfplatz vor dem Schloss erreicht. Das schlimme Weib, das sich das heimtückische Wegelagerergesetz ausgedacht hatte, begleitete sie. Die drei Paladine schämten sich dafür, dass sie jetzt zu dritt gegen den fremden Ritter kämpfen sollten, der Samsonet besiegt hatte. Aber die grausame Geliebte des feigen Grafen entließ sie nicht aus ihrem Ehrenwort: »Ihr hättet ja den Eid verweigern können, als ihr gefesselt und in meiner Burg gefangen wart. Jetzt gilt das gegebene Wort. Deshalb müsst ihr nach der Niederlage des Ersten zu dritt den Kampf fortsetzen.«

»Ich werde ihn allein mit dieser Lanze besiegen«, schnaubte Guido der Wilde. »Falls ich versage, kannst du über meinen Kopf verfügen.«

»Nein, ich will kämpfen«, widersprach Grifon.

»Ich gehe vor euch in den Tod«, entschied sein Bruder Aquilante.

»Was redet ihr so lange herum?«, zürnte das verschlagene Weib. »Genug geschwätzt! An die Arbeit!«

Ruggiero lachte höhnisch, als er das hörte. »Ja, kommt nur und seht euch meine schönen Waffen an, mein gutes Ross, den neuen Harnisch und den Sattel. Holt euch doch das wunderschöne

Gewand der Jungfrau neben mir. Was zögert ihr noch? Kommt schon, kommt!«

Die jungen Helden spürten, wie ihnen das Blut in die Gesichter schoss. Grifon und Aquilante trieben ihre Pferde gegen Ruggiero. Ein paar Schritte nach ihnen setzte sich auch Guido auf seinem schweren Pferd in Bewegung. Ruggiero hatte noch immer die mächtige Lanze unter dem Arm, mit der er Samsonet aus dem Sattel geworfen hatte. Außerdem trug er den Zauberschild.

Bisher hatte er nur drei Mal in übergroßer Not den Schleier über seinem Schild gelüftet. Die beiden ersten Male, als er sich aus dem goldenen Gefängnis der Wollust auf der Insel von Alcina losreißen musste, und dann, als er am öden Strand die schöne Angelica dem Meeresscheusal Orka entriss.

Ruggieros Lanze traf den ersten Angreifer genau zwischen Schild und Visier. Grifon verlor sein Gleichgewicht, taumelte und stürzte hart zu Boden. Auch Ruggieros Schild hatte einen Stoß abbekommen, aber Grifons Lanze rutschte auf dem glatten Metall ab und riss den Schleier ein. Mit grellem Licht flammte der Zauberstrahl auf.

Aquilante, der gleich nach seinem Bruder angriff, zerfetzte auch den Rest des Schleiers. Sofort schoss ein roter Blitz über die beiden Brüder hinweg. Sie brachen ohnmächtig zusammen. Auch Guido hinter ihnen stürzte geblendet und kampfunfähig zu Boden. Ruggiero wendete sein Pferd, fasste die schwere Lanze neu. Erst jetzt sah er, dass er keine weiteren Herausforderer mehr hatte. Überall brachen Männer und Frauen zusammen, die gerade erst aus der Burg gekommen waren. Pferde stürzten zu Boden und streckten ihre Glieder steif nach oben.

Ruggiero erschrak über das Grauen, das er mit dem Zauberschild angerichtet hatte. Er sah sich nach allen Seiten um. Er suchte die geliebte Bradamante und hoffte nur, dass sie sich so zurückgehalten hatte, wie er es von ihr verlangt hatte. »Vielleicht«, dachte er dann, »vielleicht ist sie bereits weitergeritten, um sich um den vom Feuertod bedrohten Jüngling jenseits des Berges zu kümmern.«

Dann sah er, dass das traurige Mädchen, das sie hierhergeführt hatte, ebenso besinnungslos wie alle anderen am Boden lag. Verstört löste er ihren Mantel und breitete ihn zum Schutz vor dem Zauberlicht über seinen Schild. Im selben Augenblick erwachte sie. Er schämte sich, weil er glaubte, dass er nicht ritterlich gekämpft hatte, sondern nur durch den Zauber gesiegt hatte.

Er ritt weiter. Nach geraumer Zeit sah er auf dem Weg vor sich einen tiefen Brunnen unter Zweigen und Buschwerk.

»Hier will ich dich ersäufen«, grollte Ruggiero und stieg vom Pferd. Er wuchtete ein schweres Felsstück an den Rand der Tränke und band den Zauberschild daran fest. Der Schild und der Felsbrocken sanken sofort auf den Grund. Ruggiero sah ihnen nach.

»Und mit dir meine Schande!«, sagte er erleichtert.

Das Mädchen schwieg nicht über das, was sie gesehen hatte. Die Kunde von Ruggieros Tat voller Glanz und Ritterlichkeit verbreitete sich wie ein Hornsignal durch Frankreich, Spanien und über alle Welt. Von Mund zu Mund wurde das eigenartige Abenteuer weitererzählt. Gleichzeitig brachen überall Scharen von Rittern auf, die sich den versenkten Zauberschild holen wollten. Keiner fand ihn, denn das Mädchen verriet nicht, wo der Brunnen war.

Nachdem Ruggiero mit dem Zauberschild verschwunden war, erwachten auch die geblendeten Menschen aus ihrer Ohnmacht. Staunend richteten sie sich auf und sprachen den ganzen Tag über nichts anderes mehr. Doch dann beendete eine neue Schreckensbotschaft das aufgeregte Gerede.

»Tot! Der Graf ist tot! Er liegt erschlagen mitten im Wald!«

Tatsächlich hatte ihn Bradamante immer weiter verfolgt und in einem Hohlweg an die hundert Mal das Schwert bis zum Heft in seiner Brust und seinem Leib versenkt. Nachdem sie so die Welt von einem Schändlichen befreit hatte, bestieg sie ihr zurückgewonnenes Pferd. So schnell wie möglich wollte sie Ruggiero wiederfinden. Aber sie fand den Weg nicht mehr. Sie ritt über Hügel und durch Täler und suchte die Gegend ab.

23. Gesang

Wer anderen hilft, hat zumeist auch etwas davon. Selbst wenn der Dank ausbleibt, haben gute Taten weder Schimpf noch den Tod zur Folge. Wer aber anderen schadet, muss immer mit dem Fluch der bösen Tat rechnen.

Seht nur, wie es Pinabello ergangen ist, nachdem er gegen Recht und Pflicht verstoßen hat: Er hat seine gerechte Strafe erhalten. Und Gott, der oft vom Leid der Unschuldigen gerührt ist, half Bradamante, wie er allen hilft, deren Herz und Hände rein sind.

Graf Pinabello hatte die Gräfin Bradamante damals für tot gehalten. Ohne sich weiter um sie zu kümmern, war er zur Burg seines Vaters zurückgekehrt. Doch all die Wälle, Gräben und Mauerzinnen der Bergfeste hatten Pinabello nicht vor dem Zorn des Hauses Clermont schützen können. Er hatte nicht einmal um sein Leben gekämpft, sondern nur geschrien und um Gnade gefleht, als ihn das Eisen der Rächerin am Fuß des Berges durchdrang.

Aber Bradamantes Sterne standen wieder schlecht. Sie wurde vom Geschick auf einen Seitenpfad geleitet. Hier begann ein öder, einsamer Wald, dicht und wild verwachsen und mit tiefen Schatten im hereinbrechenden Abenddunkel. Sie war gezwungen, über Nacht im Freien zu bleiben. Noch ehe die Sterne aufgingen, bereitete sie sich ein Lager aus Zweigen.

Sie fand nur wenig Schlaf in diesen unheimlichen Stunden und beobachtete Saturn und Jupiter, Venus und Mars und die Pracht der anderen Götter. Immer wieder stellte sie sich mit liebendem Verlangen vor, dass Ruggiero bei ihr war. Dann wurde ihr Herz schwer und betrübt. Der Schmerz über das Geschehene wurde zur Reue. Sie verstand nicht, wie es gekommen war, dass ihr Hass noch stärker als die Liebe in ihr gewesen war.

»Es war der Zorn, der mich von meinem Liebsten riss«, sagte sie zu sich selbst. »Hätte ich ihm doch nur irgendein Zeichen zurückgelassen, ehe ich wütend dem Dieb ins Dickicht folgte. Dann wüsste ich jetzt, wie ich wieder zu ihm könnte.«

Nach und nach brach alles aus ihr hervor, was ihr Herz bewegte.

Als der Himmel nach einer endlos langen Nacht heller wurde, sah sie in Richtung Osten. Ihr Pferd graste auf einer Waldlichtung. Sie stieg wieder in den Sattel und ritt dem jungen Tag entgegen. Schon kurz darauf blieb der Wald hinter ihr zurück. Hier hatte kurz zuvor noch das verhexte Schloss des Zaubermeisters Atlante gestanden.

Plötzlich entdeckte sie Prinz Astolf von England. Ihr hübscher, sonst so verwegener Cousin stand unschlüssig zwischen zwei Pferden – seinem Rabikan und dem geflügelten Hippogryphen. Er hatte seinen Helm abgenommen und war in Gedanken versunken. Bradamante winkte Astolf schon von Weitem, stürmte mit Freudengeschrei auf ihn zu und umarmte ihn. Er zögerte und wusste offensichtlich nicht, wie er sich verhalten sollte. Erst jetzt merkte sie, dass sie immer noch ihr Visier herabgelassen hatte. Sie hob es an und sagte: »Guck nicht so dumm! Ich bin es doch! Bradamante!«

Erst jetzt leuchtete auch sein Gesicht auf. Im selben Augenblick wusste er, wem er sein gutes Rennpferd Rabikan anvertrauen konnte, während er unterwegs war. Die Tochter Herzog Haimons hatte er immer sehr gern gesehen. Jetzt freute er sich darüber, dass sie ihm nützlich sein konnte.

»Ich breche jetzt ins Reich der Vögel auf«, lachte Astolf übermütig und blickte in den Himmel. »Deshalb darf ich hier nicht länger stehen.«

Erst jetzt ließ Astolf die Flügel des Wunderhengstes sich ganz entfalten. Staunend kam Bradamante näher.

»Das kenne ich doch!«, sagte sie überrascht. »Auf diesem Flügelpferd hat mich doch der alte Zauberer angegriffen. Mir tun immer noch die Augen weh, wenn ich daran denke, wie hoch dieses Tier geflogen ist, als es mit Ruggiero im Sattel in einem weiten wunderbaren Bogen in den Himmel aufstieg.«

»Genau das wünsche ich mir ebenfalls«, stieß Astolf fröhlich hervor. »Deshalb bitte ich dich jetzt, meinen schnellen Rabikan zu übernehmen. Wenn er mit einem Pfeil um die Wette fliegt, überholt er ihn ein gutes Stück. Es wäre lieb von dir, wenn du auch noch meine Rüstung und meine Waffen bei euch in Montalban aufbewahrst. Ich möchte leicht sein, wenn ich durch den Himmel reite. Mein Schwert und dieses Wunderhorn reichen mir dabei.«

Sie nahm die goldene Lanze. Es war Argalias Waffe, die jeden

Gegner, den sie auch nur berührte, sofort zu Boden fallen ließ. Astolf hatte bereits den Flügelhengst bestiegen. Er ließ ihn sanft ansteigen. Behutsam wie ein Lotse, der ein Schiff durch Klippen und durch Untiefen in die Hafeneinfahrt bringt, flog der Prinz von England mit dem Flügelross um Bradamante herum. Und dann, mit einem Mal, als wenn unsichtbare Segel voll in den Wind drehten, schoss der Hippogryph mit seinem Reiter weit in den Himmel hinauf.

Bradamante konnte ihm kaum mit ihren Blicken folgen. Er verschwand so schnell, dass sie noch eine Weile nachdenklich zurückblieb. Sie war unschlüssig, welchen Weg sie nehmen sollte. Einerseits musste sie Astolfs Waffen und sein Pferd nach Montalban in Sicherheit bringen, und sie hatte noch das Pferd, das Pinabello ihr zuvor gestohlen hatte. Andererseits quälte die Sehnsucht nach Ruggiero sie so sehr, dass sie viel lieber nach Vallombrosa reiten wollte. Noch während sie unschlüssig dastand, tauchte ein Bauer am Wegesrand auf.

»Komm her und hilf mir!«, rief sie ihm zu. Sie befahl ihm, Astolfs Rüstung und Lanze auf Rabikan zu verstauen und dann mit beiden Pferden vor ihr herzugehen.

»Kennst du den schnellsten Weg nach Vallombrosa?«, fragte sie ihn. Sie hoffte immer noch, dass ihr Geliebter in der Nähe der Abtei sein könnte.

»Nein, Herrin«, sagte der Bauer, »ich bin auch fremd hier.«

Seufzend gab sie den Befehl zum Losreiten. Sie hatte keine Ahnung, wohin sie sich jetzt wenden sollte. Mal bogen sie in die eine Richtung ab, dann wieder in die andere. Sie begegneten niemandem, den sie fragen konnten.

Erst als sie gegen Mittag aus einem Waldstück kamen, sahen sie plötzlich eine Burg. Sie ragte wie ein Kronenschmuck über einen Berg hinaus. Es war tatsächlich Montalban. Hinter den Zinnen der hohen Burg lebten ihre Mutter Beatrix und ihre Brüder. Doch sie durfte unmöglich weiter auf die Burg zureiten. Wenn sie erst einmal entdeckt wurde, hatte sie keine Möglichkeit, schnell wieder fortzukommen. Sie blieb mit ihrem Begleiter in sicherer Entfernung stehen und überlegte. Wenn sie in die Burg ginge, würde sie Ruggiero nicht so schnell wiedersehen.

Schließlich kehrte sie um und ritt wieder durch das Tal zurück. Von hier aus kannte sie den Weg zur Abtei Vallombrosa. Doch da griffen die Sterne erneut ein. Sie hatte das Tal noch nicht verlassen, als plötzlich ein junger Mann vor ihr auftauchte – ihr Bruder Alard. Auch er erkannte sie sofort. Sie hatte keine Möglichkeit mehr, ihm auszuweichen. Sie umarmten sich, tauschten Küsse und erzählten, wie es ihnen ergangen war. Wohl oder übel musste die schöne Bradamante ihrem Bruder auf das Schloss ihrer Väter folgen. Ihre alte Mutter Beatrix hatte oft geweint, während ihre Tochter in der Welt herumgeritten war. Jetzt aber zerfloss sie fast in ihren Freudentränen. Auch ihre Brüder küssten und umarmten sie. Sie selbst blieb dabei zurückhaltend, denn sie vermisste die Umarmungen Ruggieros. Alle ihre Gedanken kreisten nur darum, möglichst schnell einen Boten zu finden, der ihm berichten sollte, dass sie zurzeit nicht von zu Hause fortkonnte. Außerdem wollte sie ihn bitten, dass er sich im Kloster taufen ließ, damit sie so schnell wie möglich heiraten konnten.

Als sie den Boten gefunden hatte, übergab sie ihm auch das Pferd Frontin, das nach Bajard und Brigliador das beste Pferd der Welt war. Bradamante hatte Ruggieros Pferd zu sich genommen und in Montalban verpflegen lassen, nachdem ihr Liebster nach seiner Befreiung mit dem Hippogryphen davongeflogen war. Jetzt aber sah sie, dass man ihn nicht oft genug geritten hatte. Außerdem glänzte er und war fett geworden. Sie schämte sich, dass Ruggieros Pferd so nachlässig behandelt worden war. Kurz entschlossen befahl sie den Frauen in der Burg, mit allerfeinsten Stichen Goldfäden auf weißes und braunes Seidenzeug zu sticken. Sie wollte, dass Frontin vom Zaumzeug bis zum Sattel kostbar geschmückt war.

Während in den Kammern und den Sälen emsig gearbeitet wurde, ließ sie ihre Milchschwester Hippalka rufen. Sie war die Tochter ihrer Amme Kalitrefia. Ohne Bedenken berichtete sie Hippalka von ihrem geliebten Ruggiero. Sie musste ihr tausendmal erzählen, dass ihm weder Tugenden noch Schönheit fehlten. Sie erhob ihn bis zum höchsten Himmelsthron.

»Verstehst du jetzt, dass ich keinen besseren Boten finden kann als dich?«, meinte Bradamante. »Du bist eine gute Reiterin, und du bist mir treuer als jeder andere Abgesandte.«

Nachdem sie ihr den Weg erklärt hatte, schärfte sie ihr alles ein, was sie dem Geliebten überbringen sollte. »Sag ihm, dass er mich entschuldigen muss, weil ich es nicht bis ins Kloster geschafft habe. Sag ihm, dass es keine Lüge ist, sondern vielleicht eine Fügung unseres Schicksals.« Bradamante bestimmte, dass ihre Milchschwester nicht auf dem kostbar geschmückten Frontin, sondern auf einem alten Klepper reiten sollte.

»Falls dir unterwegs jemand begegnen sollte, der dir Frontin stehlen will, dann musst du nur das Wort ›Ruggiero‹ sagen. Du wirst sehen, selbst der kühnste Ritter zittert vor dem Namen meines Liebsten, wenn er auch nur eine Spur Verstand hat.«

Bradamantes Botin kam schnell voran. Sie trieb ihr Pferd und Frontin zehn Meilen lang an Feldern und Wiesen vorbei und durch tiefe Wälder.

Es war bereits Mittag, als sie über einen engen, felsigen Weg in ein Tal abstieg. Hier kam ihr zu Fuß, aber bewaffnet der wilde Rodomont entgegen. Ein Zwerg ging ihm als Führer voraus. Als der Maurenkönig das kostbar geschmückte Pferd sah, richtete er sich zu seiner vollen Größe auf und verfluchte alle Götter vom kleinsten bis zum größten.

»Was für eine Schande! So ein wunderbares Pferd und kein Reiter drauf!«

Er hatte geschworen, sich mit Gewalt das erste Pferd zu nehmen, das ihm begegnen würde. Und nun sah er ein derart schönes Tier, wie er es nicht besser finden konnte. Das Dumme war nur, dass er es einem Mädchen wegnehmen musste. Er zögerte und schwankte, sah immer wieder zwischen Frontin und Hippalka hin und her.

»Bei allen Teufeln, warum hat dieses edle Ross keinen Herrn?«

»Wenn er hier wäre, würde er dich schnell zum Schweigen bringen«, antwortete Hippalka sofort. »Denn es gibt keinen Ritter auf der ganzen Welt, der edler ist als er.«

»Wer soll dieser Held sein?«, schnaubte der Sarazenenkönig.

»Ruggiero, wenn du nichts dagegen hast.«

»Na, dann erst recht!«, lachte Rodomont. »Dann nehme ich mir doch gleich das Pferd dieses berühmten Recken. Und wenn er wirklich so überragend ist, soll er sich bei mir melden, um sich sein Pferd und die Leihgebühr zu holen. Sag ihm, dass der große König Rodomont von Algier jetzt sein Pferd hat. Wenn er Streit will, wird er mich schon finden. Wo ich bin, ist es immer hell. Und wo ich reite, bleibt meine Spur wie von einem Blitz am Boden.«

Er lachte dröhnend, stieg auf Frontin und preschte auf dem geschmückten Pferd bergauf. Fassungslos vor so viel Überheblichkeit schimpfte Hippalka hinter ihm her und weinte. Aber der Pferdedieb hörte nichts mehr. Er verschwand auf dem Weg, den ihm zuvor der Zwerg für seine Suche nach Doralis und Mandrikard gezeigt hatte.

Kurz nachdem Bradamante im Galopp den Engpass verlassen hatte, der für den Grafen Pinabello das Ende bedeutete, tauchte auf der anderen Seite der Schottenprinz Zerbin mit der bösen Alten auf, die er überallhin begleiten musste. Der tote Ritter hatte so viele blutige Wunden, als hätten ihn Hunderte von Schwertern gerichtet. Als frommer Mann empfand Zerbin Mitleid mit dem Toten.

»Warte hier auf mich, bis ich wiederkomme«, sagte der Schottenprinz zur Alten. »Ich muss mich hier mal umsehen.«

Gabrina widersprach nicht. Ihre Augen flackerten vor Begierde, als sie an der Leiche niederkniete. Nichts war ihrer Seele so zuwider wie überflüssiger Schmuck an einem Toten. Wenn sie nur die geringste Gelegenheit gehabt hätte, wäre nichts von den schönen Waffen und der kostbaren Kleidung des Erstochenen übrig geblieben. Es tat ihr in der Seele weh, dass sie nur einen schönen Gürtel unauffällig unter ihrem Kleid verstecken konnte, denn Zerbin kam schon bald zurück.

»Der Pfad ist verschlungen und steigt ständig auf und ab. Außerdem wird es bald Nacht. Wir müssen zusehen, dass wir rechtzeitig eine Herberge für uns finden.«

Sie verließen das Tal mit der Ritterleiche. Zwei Meilen weiter erreichten sie die Burg Hauterives. Hier fanden sie eine Unterkunft für die bereits angebrochene Nacht. Kurz nach ihrem Eintreffen hörten sie plötzlich lautes Geschrei.

»Was ist geschehen?«, fragte Zerbin einen der Vorbeirennenden.

»Ach, es ist schrecklich«, antwortete der Schlossbewohner. »Soeben wurde dem alten Grafen Anselm gemeldet, dass sein Sohn Pinabello erschlagen unten auf dem Pfad im Felsental liegt.«

Prinz Zerbin presste die Lippen zusammen und schwieg. Er begriff, dass er kein Wort sagen durfte, wenn er den Verdacht nicht auf sich lenken wollte. Gleich darauf verließen Männer mit Fackeln, Laternen und einer Bahre das Schloss, um den Leichnam des Getöteten ins Schloss zu holen.

Währenddessen machte ein Befehl des alten Grafen überall die Runde: »Reiche Belohnung winkt demjenigen, der unserem Herrn den Mörder seines Sohnes nennt.« Die Belohnung feuerte die Männer an. Aber auch die böse Gabrina hörte davon. Sie war maßlos in ihrer Habgier, als sie sich dem betrübten Schlossherrn näherte. Voller Hinterlist tröstete sie ihn erst, ehe sie ihre Beschuldigungen gegen den Prinzen Zerbin vorbrachte.

»Er ist der Mörder«, zischte sie. »Zum Beweis bringe ich dir hier den Gürtel deines Sohnes.« Sie holte ihn unter ihrem Rock hervor. Graf Anselm erkannte den Gürtel augenblicklich. Als die böse Alte ihre Aussage auch noch beschwor, konnte er nicht länger zweifeln. Der alte Graf hob weinend seine Hände zum Himmel.

»Beim Leichnam meines Sohnes«, schwor er, »diese böse Tat kann und darf nicht ungesühnt bleiben!«

Er befahl den Wachen, Zerbin augenblicklich zu umstellen und jeden Durchschlupf in den Mauern zu versperren. Völlig ahnungslos hatte sich der Schottenprinz bereits zur Nachtruhe hingelegt. Sie packten ihn im ersten Schlaf, umschlangen ihn mit schweren Ketten und warfen ihn in das finsterste Verlies.

Noch vor Sonnenaufgang fiel der Richterspruch des alten Grafen: Dort, wo sein Sohn sein Blut vergossen hatte, sollte der Mörder gevierteilt werden. Niemand kam auf die Idee, den Beschuldigten auch nur anzuhören. Und niemand zweifelte daran, dass der Spruch ihres Lehnsherrn gerecht sei.

»Sterben! Er muss sterben!«, schrie das Volk, als der Himmel sich purpurn färbte.

Der dumme Pöbel folgte dem Zug. Der Schottenprinz war auf einem kleinen Pferd festgebunden. Sie hatten ihm seinen Helm aufgesetzt, aber er hielt seinen Kopf gesenkt. Der Gott aber, der denen hilft, die ihm vertrauen, sorgte dafür, dass der Prinz an diesem frühen Morgen noch nicht sterben musste.

Der aufgebrachte Zug erreichte die Stelle, an der Graf Pinabello umgekommen war. Gleichzeitig kam Graf Orlando von Anglant des Wegs. Neben ihm ritt Prinzessin Isabella von Galizien. Orlando hatte die Braut des verurteilten Schottenprinzen aus den Händen der lästerlichen Gabrina in der Felsenhöhle gerettet. Als sie jetzt näher kamen und den Haufen Leute im Tal sahen, fragte Isabella, was das bedeuten könne.

»Ich weiß es nicht«, antwortete ihr der Graf. »Am besten ist, du wartest hier auf der Anhöhe. Ich reite voraus und sehe mich mal um.«

Es dauerte nicht lange, bis er im Gedränge auch den Gefesselten auf dem kleinen Pferd sah. Schon auf den ersten Blick hatte er den Eindruck, dass der Gefangene ein edler Ritter sein musste. Er schob sich etwas näher und fragte leise: »Warum hat man dich eingefangen? Und wohin reitet ihr?«

Zerbin hob den Kopf und sah Orlando prüfend an. Als ihm klar wurde, dass der Ritter vor ihm aufrichtig gefragt hatte, entschloss er sich, die Wahrheit zu sagen. So knapp wie möglich erzählte er, was geschehen war.

»Ich glaube dir«, antwortete Orlando schließlich. »Du kannst auf mich vertrauen. Es wäre ungerecht, dich einfach hinzurichten. Wem hast du denn dein Todesurteil zu verdanken?«

»Es war Graf Anselm, der Vater eines Grafen Pinabello.«

»Dann ist mir alles klar!«, stieß Orlando hervor. »Der kennt nichts anderes als Unrecht.«

Die jahrelange Feindschaft zwischen den Häusern von Clermont an der Dordogne und Maganza, Mayence oder auch Mainz am Rhein tat ihr Übriges. Schon seit Urzeiten hatten sie sich gegenseitig Schaden bis hin zum Mord zugefügt.

Orlando richtete sich auf. »Was tut ihr da, ihr Lumpenvolk?«, schrie er über die Köpfe der Versammelten hinweg. »Bindet sofort diesen Ritter los und lasst ihn frei. Aber sofort, sonst schlage ich euch alle kurz und klein.«

»He, he, wer ist das, der hier so mächtig angibt?«, rief einer, der besonders mutig sein wollte. »Wer sich das zutraut, der müsste schon aus Blitz und Feuer sein und wir nur noch aus Wachs und Stroh.«

Furchtlos preschte der Mainzer auf Orlando zu. Der Paladin senkte augenblicklich seine Lanze. Der Mann trug die Rüstung, die noch in der Nacht dem Schottenprinzen abgenommen worden war. Sie nützte ihm nur wenig. Der Helm aus feinem Stahl hielt stand, aber der Aufprall war so hart, dass er den Nacken des Angreifers zerbrach. Schon kam der zweite Reiter. Orlandos Lanze fuhr ihm durch die Brust. Orlando ließ die schwere Stange fallen. Jetzt war er beweglicher. Er zog sein gutes Schwert Durindana und ritt mitten in den Haufen der Bewaffneten. Er schnitt die Köpfe wie mit einer Schere von ihren Rümpfen und brach Schädel in zwei Teile.

Im Handumdrehen waren hundert Männer weg, zum Teil erschlagen und zum Teil geflohen. Ein Drittel der Bewaffneten lag bereits am Boden. Orlando schlug und stieß. Schließlich warf der Rest die Waffen fort. Die einen rannten geradeaus, die anderen schlugen sich in die Büsche. Sie stürzten in die Felsenschlucht, andere flüchteten in den Wald und zu den Feldern.

Orlando blieb an diesem Tag ohne jedes Mitleid. Keinem Einzigen, der mit seinem Schwert bekannt wurde, gönnte er das Leben. Schließlich waren von den hundertzwanzig Mann, die zur Hinrichtung mitgekommen waren, mindestens achtzig tot. Der Schottenprinz wusste nicht, ob er sich freuen oder vor Entsetzen zittern sollte.

Orlando befreite ihn und gab ihm auch seine Waffen zurück. Er hatte sie dem Anführer der Mainzer abgenommen, der bis zu seinem Tod Zerbins Rüstung getragen hatte. Erst jetzt blickte Zerbin über den Rand des Schlachtfeldes hinaus. Im selben Augenblick entdeckte er Isabella von Galizien am Hügelrand. Sie sah, dass der Kampf beendet war, und kam schön wie nie auf ihn zu.

Zerbin erstarrte, als er das schöne Mädchen wiedersah, das er so innig liebte. Seit er ihren vermeintlichen Tod beweint hatte, war sein Herz nur noch ein Eisblock gewesen. Jetzt spürte er, wie ihn wieder süße Wellen und warme Liebesglut durchströmten. Am liebsten hätte er sie sofort umschlungen und an sich gedrückt.

In seine Glücksgefühle mischte sich sofort neuer Schmerz. War Isabella jetzt die Gefährtin und Geliebte des mächtigen Orlando? All die Freude über seine Rettung galt ihm nichts mehr. Noch schlimmer war es, dass er auch noch dem dankbar sein musste, mit dem er liebend gern um seine Braut gekämpft hätte. Er war zu edel, um ihm Isabella wegzunehmen. Außerdem wusste er, dass er gegen diesen Ritter nicht gewinnen konnte. Seine Schuld gegenüber Orlando war so groß, dass er dessen Fuß in seinem Nacken dulden musste.

Sie ritten schweigend los, bis sie an eine Quelle kamen. Hier stiegen sie ab, um eine Weile auszuruhen. Orlando nahm den Helm ab und riet Zerbin, das ebenfalls zu tun. Erst jetzt erkannte Isabella den Treugeliebten. Es war, als würde in ihr blass gewordenes Gesicht plötzlich das Leben zurückkehren. Sie weinte und glich einer Blume, die jetzt den von Tau und langem Regen schwer und feucht gewordenen Kopf hoffnungsvoll zum Sonnenlicht aufhob. Ohne zu zögern, folgte sie dem Drang ihres Herzens. Sie brachte nicht ein Wort hervor. Aber die Tränen strömten weiter über ihr Gesicht, während sich ihre Arme um den Liebsten schlangen.

Als Isabella endlich wieder Worte fand, berichtete sie Zerbin, wie Orlando sie gerettet hatte und wie edelmütig der Frankenritter sie seither beschützt hatte. Zerbin, dem ihr Leben mehr galt als sein eigenes, segnete Orlando und fiel vor ihm auf die Knie. Er neigte seinen Kopf vor dem Mann, der ihm und Isabella zweifach das Leben wiedergegeben hatte.

Sie kamen nicht dazu, weitere Freundlichkeiten auszutauschen. Wo eben alles noch still und friedlich war, klang plötzlich Lärm aus der Dämmerung des dicht umwachsenen Weges. Sofort setzten Zerbin und Orlando ihre Helme wieder auf. Kaum saßen sie in ihren Sätteln, als auch schon ein Ritter und ein junges Mädchen auf die kleine Lichtung kamen.

Es war Mandrikard, der noch immer Orlando verfolgte. Er hatte geschworen, ihn so lange zu verfolgen, bis Alzird und Manilard gerächt waren, die Orlandos Lanzenstöße vor Paris nicht überlebt hatten. Seit aber die schöne Doralis mit ihm ritt, die er mit dem

Lanzenschaft aus ihrer Wachmannschaft herausgeholt hatte, war sein Rachedurst abgeklungen.

Der Tartarenkönig ahnte nicht, dass er gerade jetzt auf den Grafen von Anglant treffen würde. Ihm fiel nur auf, dass die hellen Wappenzeichen auf einen Ritter von hohem Stand hinwiesen. Ohne auf den Prinzen von Schottland zu achten, musterte er Orlando von Kopf bis Fuß.

»Genau dich suche ich!«, rief er grimmig. »Zehn Tage lang bin ich jetzt auf deiner Spur. Es wurmt mich, immer nur von deinem Ruhm zu hören. Es stört mich ebenfalls, dass sie selbst in der tiefsten Unterwelt berichten, wie dein Arm schon tausend Männer in den Tod stieß und wie du mit den Sarazenenkriegern umgesprungen bist. Von Anfang an wollte ich dich sehen und mit dir kämpfen.«

»Ich muss schon sagen, du hast Mut«, antwortete Orlando. »Dass du gerade mich gesucht hast, ehrt dich. Du kannst gern ausprobieren, ob mein stolzes Aussehen auch meiner Kraft und meinem Mut entspricht.«

»Ich sehe, du bist es wirklich«, antwortete Mandrikard. »Lass uns direkt zu deinem Angebot übergehen.«

Orlando sah sich den Herausforderer genauer an. »Ich sehe weder ein Schwert noch einen Streitkolben bei dir. Womit willst du weiterkämpfen, wenn dein erster Lanzenstoß missglückt?«

»Lass das nur meine Sorge sein«, antwortete Mandrikard. »Ich habe geschworen, dass ich so lange kein Schwert mit mir führe, bis ich mir deine Durindana erkämpft habe. Ich weiß nicht, wer es damals Hektor stahl. Die Durindana verleiht dir eine ungewöhnlich große Kampfkraft. Aber ich hole das Gestohlene zurück, wenn ich dich mit eingelegter Lanze niederreite. Das ist der zweite Schwur, den ich mir selbst gegeben habe, um meinen berühmten Vater Agri-Khan zu rächen. Nicht einmal du, großer Orlando, hättest ihn ohne Betrug töten können!«

Orlando hatte endgültig genug. Er konnte einfach nicht länger schweigen. »Du lügst!«, rief er. »Wenn du das weiterhin behauptest, bist du am Ende deiner Suche angekommen. Ja, ich, Orlando, habe deinen Vater im fairen Kampf erschlagen. Hier ist das Schwert. Du kannst es haben, aber du musst es dir schon selbst erkämpfen. Es soll aber in diesem Kampf weder dir noch mir einen Vorteil bringen. Ich hänge es hier an den Baum. Es gehört dir, wenn du mich tötest oder zum Gefangenen machst.«

Mit diesen Worten ritt er ein Stück ins Feld und hängte die Durindana an einen hohen Zweig. Die beiden Recken waren jetzt eine halbe Pfeilschussweite auseinander. Sofort spornten sie ihre Pferde an und preschten mit hängenden Zügeln aufeinander zu. Die Lanzen hoben sich. Dann krachten beide genau dort gegen die Helme des Gegners, wo sich die Augenspalten im Visier befanden. Die Lanzenspitzen brachen in den Gittern ab. In tausend Splittern flog das Holz durch die Luft. Keiner der beiden Ritter war aus dem Sattel geflogen.

Mit den Stümpfen ihrer Lanzen versuchten sie einen zweiten Gang. Es war kein ritterliches Treffen, als sie jetzt wie zwei wilde Bauern aufeinander einschlugen. Beide Lanzenreste hielten nicht einmal vier Schläge aus. Unter anderen Umständen hätten sie wie gewohnt sofort Schwerter hochgerissen. Jetzt hatten sie nur noch ihre Fäuste. Sie schlugen wie mit Hämmern gegen Harnische, Armschienen und Schuppenhemden. Keine Zange und kein Hammer konnte mehr zerstören. So wie sie sich jetzt gegenseitig die Rüstungen zerlegten, hatte weder der Schläger noch der Geschlagene irgendeinen Vorteil. Mit beiden Armen packte der Heide den Paladin und presste ihn mit aller Kraft gegen sich. Die Umarmung war hart genug, um Orlando noch im Sattel zu ersticken. Mandrikard riss Orlando zu sich heran. In seiner Wut achtete er nicht auf die Zügel. Orlando sah es. Aber er wusste nicht, wie er die schwache Stelle zu seinem Vorteil nutzen konnte. Noch hatte er die Hände frei, während seine Arme immer härter an die Brust gepresst wurden. Schon wich die letzte Luft aus seinen Lungen, als er mit seiner rechten Hand das Zaumzeug des Sarazenenpferdes greifen konnte.

Mandrikard konnte Orlando nicht aus dem Sattel reißen, geschweige denn ihn ersticken. Stattdessen presste Orlando seine Schenkel gegen den Leib seines Pferdes. Gleichzeitig riss er dem Ross des anderen das Zaumzeug herunter. Unter Mandrikards Anstrengung gaben Orlandos Sattelgurte nach.

Noch ehe er begriff, was eigentlich passierte, krachte Orlando scheppernd auf den Boden. Mit einem Fuß hing er immer noch im Steigbügel, in einer Hand hielt er das Zaumzeug des anderen Pferdes. Mandrikards Hengst warf den Kopf hoch, spürte keine Trense mehr und preschte in blindem Lauf davon. In wilden Sätzen riss er seinen Reiter mit sich.

Als Doralis Mandrikard auf seinem Pferd ins Land hinauspreschen sah, folgte sie ihm auf ihrem Zelter, um nicht allein zurückzubleiben. Der Tartarenfürst brüllte, flehte, rammte seine Hacken in die Flanken seines Pferdes und schlug es mit der Hand. Das scheue Tier galoppierte blindlings querfeldein. Es wäre noch eine Stunde lang oder mehr weitergerast, wenn nicht ein Graben die wilde Flucht hart beendet hätte. Das verängstigte Ross scheute und verweigerte den Sprung. Dann stürzten Mann und Pferd in die ungepolsterte Grube. Sie hatten Glück. Es brachen weder dem einen noch dem anderen die Knochen.

Das Pferd ließ sich auch jetzt ohne Zügel nicht bändigen. Der Tartarenkönig packte es am Schweif. Jetzt kam auch Doralis auf ihrem Zelter heran.

»Nimm doch meine Zügel«, schlug sie vor. »Mein Pferd ist sanft. Ich kann auch ohne Zügel im Sattel bleiben.«

Mandrikard kam es wenig ritterlich vor, ihr Angebot anzunehmen. In diesem Augenblick tauchte die alte Hexe Gabrina auf. Seit sie Zerbin verraten hatte, floh sie wie eine Wölfin vor dem Jäger. Sie trug noch immer das jugendliche Prachtgewand, das Marfisa der Begleiterin von Graf Pinabello ausgezogen hatte. Auch der Zelter, auf dem sie heranritt, hatte Pinabellos Dame gehört. Gabrina hatte Mandrikard und sein Pferd im Graben noch nicht gesehen. Doch dann schreckte sie ein lautes Lachen auf. Der Sarazene und Doralis fanden die Verkleidung der Alten so lächerlich, dass sie kaum noch an sich halten konnten. In all den schönen Sachen sah Gabrina wie ein aufgeputzter Affe aus.

Kurz entschlossen griff Mandrikard nach dem Zelter der Alten. Er fragte nicht lange, sondern löste das Zaumzeug. Dann erschreckte er das Tier durch einen lauten Schrei. Das zügellose Pferd ging sofort durch. Es floh mit der Alten bergauf und bergab.

Inzwischen hatte Orlando den Schaden an seinem Sattelzeug in Ordnung gebracht. Er stieg auf, zügelte sein Pferd und erwartete, dass der Sarazene zurückkam. Als der sich nicht sehen ließ, verabschiedete sich Orlando von den Verliebten, um ihn zu suchen.

Isabella weinte zum Abschied, und auch Prinz Zerbin wollte Orlando nicht allein weiterziehen lassen. Orlando gab zu, dass auch ihm ihre Gesellschaft sehr angenehm war. Dennoch musste er sich von den beiden trennen. Als echter Ritter durfte er sich nicht von anderen begleiten oder helfen lassen, wenn er hinter einem Feind her war.

»Einen Gefallen könnt ihr mir dennoch tun: Sagt dem Tartaren, wenn ihr ihm begegnen solltet, dass ich mich drei Tage lang in dieser Gegend aufhalte. Falls wir uns in dieser Zeit nicht begegnen, kehre ich zum Heer von Karl dem Großen und dem Lilienbanner zurück. Wenn er will, kann er mich jederzeit dort finden.«

Der Schottenprinz und die Prinzessin von Galizien versprachen, seiner Bitte zu entsprechen. Orlando bedankte sich. Dann ritt er zu dem Baum, an dem noch immer das gute Schwert Durindana hing. Er nahm es ab und preschte in die Richtung, in die der Heide verschwunden war.

Zwei Tage lang folgte Graf Orlando den Spuren, die das durchgegangene Pferd des Tartaren im Buschwerk hinterlassen hatte. Aber Mandrikard war nirgendwo zu sehen. Am dritten Tag erreichte Orlando einen kristallklaren Bach, der über eine von hohen Bäumen umrahmte blühende Wiese floss.

Ein frischer Wind kam auf. Er brachte einem Hirten und seiner Herde Kühlung in der Mittagshitze. Auch Graf Orlando genoss den Luftzug und beschloss, ein wenig im Schatten eines Baumes auszuruhen. Er suchte die schönste Stelle für seine Rast, nicht ahnend, dass das der schlimmste von allen Tagen seines Lebens werden würde.

Zufrieden blickte er sich in der lieblichen Umgebung um. Er musterte die Baumstämme am schattigen Uferrand. Plötzlich erkannte er Buchstaben in der Rinde, die nur von der Hand seiner seit Langem angebeteten Göttin stammen konnten. Er sah die Zeichen genauer an. Dann las er fassungslos: »Angelica & Medor«.

Die beiden Namen waren schön miteinander verbunden und mit Girlanden umschlungen. Der nächste Baum trug ähnliche

Einkerbungen. Hundertmal waren die beiden Namen in die Baumrinde geschnitzt, und jede Inschrift rammte Amors Pfeile tiefer in Orlandos Herz. Verzweifelt redete er sich ein, dass es vielleicht eine weitere Angelica in dieser Gegend gab, irgendeine unbekannte Geliebte eines anderen.

»Nein«, stöhnte er schließlich, »ich habe diese Schrift oft genug gesehen. Oder meinte sie mich, als sie ›Medor‹ schrieb?«

Er war so erschüttert, dass er nur in diesem Selbstbetrug noch einen schwachen Halt fand. Er ritt am Bach entlang, bis er zu einem Felshügel mit einer Höhle kam. Am Eingang der Grotte sah Orlando wilde Efeuranken. Ihm war sofort klar, dass er ein Liebesnest gefunden hatte. Auch hier entdeckte er innen und außen überall die beiden Namen. Einige waren mit der Messerspitze in den Stein geritzt, andere mit Kohle aufgemalt.

Orlando stieg von seinem Pferd. Jetzt entdeckte er ganze Zeilen, die der unbekannte, aber überglückliche Medor an die Wand geschrieben hatte. Unglücklicherweise beherrschte Orlando die arabische Sprache. Seine Stimme zitterte, als er halblaut las:

»Ihr schönen Wiesen, vom Silberband des Bachs durchflossen, du kühle Grotte hier im Felsenspalt, wie oft lag hier von meinem Arm umschlossen Angelica, Prinzessin aus Cathay. Was ich, Medor, entzückt genoss, wenn wir uns liebten, berauschte meine wilden Sinne. Ich bitte alle Verliebten, ganz gleich, ob Ritter oder Magd, Schlossherrin oder Bäuerin, die zu diesem Bach, zu dieser Höhle kommen, sagt mit mir: Mögen die Sonne und der Mond euch allen freundlich sein, mag der Chor der Nymphen den Bach inmitten dieser Wiese schützen, damit niemals ein Schäfer seine Herde über so viel Schönheit treibt.«

Orlando las die Inschrift drei-, viermal vom ersten bis zum letzten Buchstaben. Obwohl er Arabisch ebenso gut wie Latein verstand, fragte er sich, ob er nicht vielleicht etwas Falsches aus alledem herauslas. Er wollte missverstehen, anders übersetzen, aber es gelang ihm nicht. Im Gegenteil, bei jedem weiteren Versuch krallten sich eiskalte Hände um sein Herz und schnürten ihm die Luft ab. Sein Blick blieb starr an der Felswand hängen. Der Schmerz wurde so groß, dass er fast sein Bewusstsein verlor. Er konnte nicht einmal mehr weinen. Seine Stimme versagte vor Leid.

Irgendwann sagte er sich, dass das Ganze auch eine Fälschung sein könnte, irgendein Versuch, ihn auf den Leim zu führen, um seine Eifersucht zu wecken. Vielleicht sollte auch nur der Ruf Angelicas in den Schmutz getreten werden, indem jemand ihre Handschrift so täuschend ähnlich nachmachte. Das war nur ein sehr kleiner, schwacher Hoffnungsschimmer. Aber er lockerte ein wenig seine bedrückte Stimmung. Schnell lief er zu Brigliador, schwang sich in den Sattel und gab dem edlen Ross die Sporen. Die Sonne tauschte ihren Platz am Himmel mit dem Mond. Schon bald sah er den Rauch aus den Kaminen über Häuserdächern. Er hörte Vieh brüllen, und Hunde bellten. Kurz darauf erreichte er einen Hof, an dem er übernachten konnte. Völlig ermattet stieg er ab und übergab seinen Hengst einem Knecht. Andere nahmen ihm Rüstung und Helm, Schwert und die goldenen Sporen ab. Es war dasselbe Haus, in dem der verwundete Medor vor einiger Zeit gesund gepflegt worden war und sein Glück gefunden hatte.

Orlando ahnte noch nichts davon. In seinem Kummer hätte er ohnehin nichts davon hören wollen. Er lehnte jedes Nachtmahl ab und verlangte gleich nach einer Schlafstatt. Aber auch hier fand er keine Ruhe. Alles in ihm war Trauer und Not. Er sah nur noch die verhasste Schrift. Sie nahm alle Wände ein. Eigentlich hätte er gern den Hausherrn gefragt. Aber er fürchtete sich vor der Gewissheit.

Auch am nächsten Tag wollte er sich weiter betrügen. Der Viehzüchter bemerkte die Trauer in Orlandos Gesicht. Um ihn ein bisschen zu zerstreuen, erzählte er, was schon manchen anderen Gast vergnügt hatte: die Geschichte von dem verliebten Paar und wie er auf Bitten der Prinzessin den schwer verletzten Sarazenen auf seinen Hof gebracht hatte, wie dieser dann in kurzer Zeit gesundete, während ihm Amor neue und noch größere Wunden zufügte.

Er schilderte, wie aus einem kleinen, kaum wahrnehmbaren Funken langsam ein Feuer loderte, bis es auch in ihrem Herzen hell brannte. Er berichtete, wie die Königstochter eines Reiches, das viel größer war als jedes andere im Abendland, das Eheweib eines armen Heidenkriegers wurde. Als Beweis ihrer heißen Liebe zeigte er das prächtige Juwel, das sie ihm als Dank zurückgelassen hatte.

Es war, als würde das Beil des Henkers augenblicklich Orlandos kummervolles Haupt vom Hals schlagen. Nach all den vielen Stichen, die ihm Gott Amor zugefügt hatte, zerplatzte sein Herz wie nach langem hartem Kampf. Noch einmal bäumte sich alles in ihm gegen die schlimme Wahrheit auf. Dann konnte er sich nicht mehr halten und brach in Tränen aus.

Der Hirte zog sich rücksichtsvoll zurück. Allein gelassen schluchzte und weinte Orlando hemmungslos. Er wälzte sich auf seinem Bett hin und her. Dann schoss ihm der Gedanke durch den Kopf, dass es dasselbe Bett sein musste, in dem die Undankbare sich ihrem Geliebten hingegeben hatte.

Aus Schmerz und Trauer wurden plötzlich Wut und Ekel. So wie der Bauer aus dem Schlaf vor der Schlange hochschreckt, stürzte Orlando aus dem Bett. Er hasste plötzlich alles, was ihn an Angelica erinnerte. Noch vor dem Morgengrauen packte er seine Rüstung und legte sie an. Dann rannte er in den Hof, forderte sein Pferd, sprang auf und sprengte wortlos in die Dunkelheit hinaus. Erst als er spürte, dass er wieder im Freien und allein war, brach ein grausiger Schrei aus seiner Brust.

Als der Tag anbrach, hörte er nicht auf, ebenso wenig in der nächsten Nacht. Währenddessen ritt er weiter, immer weiter. Er vermied Städte und Dörfer und schlief nachts unter Büschen. Die ganze Zeit musste er über sein zerbrochenes Glück und die verlorene Liebe weinen.

»Das sind schon keine Tränen mehr, die ohne Ende aus meinen Augen fließen«, jammerte er, »denn Tränen mildern jeden Schmerz. Es muss der Lebenssaft sein, der mir durch die Augen rinnt. Wenn das so weitergeht, verliere ich mit meinen Schmerzen mein Leben. Nein! Der wilde Sturm in meinem Herzen tobt laut und will nicht enden. Ich bin nur noch äußerlich Orlando. Denn der Orlando, der ich einmal war, ist tot … erschlagen durch die falsche Herrin, die ihm durch ihren Treuebruch das Todesurteil gab. Ich muss in Qualen durch die Hölle jagen, nur noch als Warnung für alle, die auf Amor bauen.«

Wieder irrte er durch den Wald, bis die Sonne aufging. Der Zufall hatte ihn wieder zu dem Bach geführt, an dem die Grotte mit den Liebeszeilen des Mauren lag. Er las noch einmal seine ganze Schmach. Wilder Hass schoss in heißen Wogen in ihm hoch. Er schlug gegen die Felswand. Die böse Schrift flog in schweren Stücken weg. Wehe der Höhle, wehe jedem Baum, an dem »Angelica & Medor« stand.

Er zertrümmerte alles, was er fand. Kein Hirte und keine Herde würden jemals wieder unter diesen Bäumen und in dieser Höhle Kühlung suchen. Selbst der helle, klare Bach wurde nicht von seinem Zorn verschont. Rastlos warf er Zweige und Steine, Baumstämme und ganze Stümpfe in den Bach, bis das Wasser trübe war. Er tobte so lange weiter, bis er am Fuß des Grottenberges erschöpft zusammenbrach. Schwer keuchend stürzte er ins Gras, fiel auf den Rücken, starrte in den Himmel und sagte überhaupt nichts mehr.

Drei Tage und drei Nächte verstrichen, während Orlando wie entseelt auf dem Rücken lag. Am vierten Tag wurden die Qualen, die ihn zum Wahnsinn führten, unerträglich. Wütend riss er sich die Rüstung vom Leib. Er warf den Helm weg und den Schild. Dann riss er sich die Kleider vom Leib. Nackt und wild begann er eine Raserei, wie sie noch niemand zuvor gesehen hatte. Orlandos Seele stürzte in eine tiefe, lange Nacht.

Er hatte keinen Sinn mehr für sein gutes Schwert. Auch ein Beil oder eine Axt hätten ihm jetzt nicht mehr geholfen. Stattdessen zeigte er, welch ungeheure Kraft noch immer in ihm steckte. Er ging zur höchsten Fichte, die er sah, packte sie und riss sie aus dem Boden. Das Gleiche wiederholte er mit anderen Bäumen, so leicht, als ob er Fenchel oder Dill aus der Erde zöge. Dann nahm er sich die Ulmen, Buchen, Tannen und die Eichen vor. Alles, was Baum hieß, musste raus. Orlando merzte alles aus, was Rinde trug, in die etwas eingeritzt sein konnte.

Die Hirten auf den Feldern hörten das Krachen, als ihre Herden auf den Waldwiesen grasten. Erschreckt stürzten sie heran, um zu sehen, was geschah.

24. Gesang

Wer mit dem Fuß in Amors Fallstricke gerät, sollte ihn schnell zurückziehen und sich die Flügel frei halten. Alle Weisen sagen übereinstimmend, dass Liebe nichts anderes als süßer Irrsinn ist. Auch wenn sie nicht so ausartet wie bei Orlando, benehmen sich Verliebte absonderlich. Kann man sich überhaupt einen größeren Wahn vorstellen, als sich selbst für einen anderen aufzugeben? Ich kann nur hoffen, dass es andere nicht auch so packt wie den rasenden Orlando.

Als die Hirten näher kamen, erschraken sie dermaßen über das Wüten des Nackten, dass sie entsetzt umkehrten und ohne jedes Ziel davonrannten. Aber der Rasende merkte, dass sich etwas im Wald gezeigt hatte. Er sprang hinterher, packte sich einen der Unglücklichen und riss ihm so leicht den Kopf ab, als würde er einen Apfel vom Baum pflücken. Den Rumpf des Mannes schwang er wie eine Keule so brutal gegen zwei weitere Hirten, dass sie nicht vor dem Jüngsten Tag wieder aufwachen würden.

Als die Bauern auf den Feldern mitbekamen, was geschah, ließen sie entsetzt Sicheln, Hacken und Pflüge los. Weil weder Ulmen noch Weiden Sicherheit vor dem Wüterich bieten konnten, flohen sie auf die Dächer der Häuser und ins Gebälk der Kirche. Von hier aus sahen sie, wie Orlando Pferde und Rinder biss, sich in sie krallte und sie zerschmetterte. Nur die Schnellsten entkamen.

Das Ungewitter sprach sich schnell herum. Bald trampelten rund tausend Bauern von den Hügeln herab zum Kampf. Sie kamen wie Brandungswellen, die erste noch zögernd, die zweite schon kräftiger und die dritte nach ihnen schnell und stark. Mit jedem neuen Vorstoß wurden die Angriffe besser. Die aufgebrachten Bauernhaufen quollen jetzt von allen Bergen und durch alle Täler heran.

Die ersten zehn schlug der Tobende sofort tot, dann wieder zehn, die ihm in die Hände stolperten. Die anderen begriffen, dass wildes Vorstürmen nichts nutzte. Sie blieben in sicherem Abstand.

Diejenigen, die noch immer dicht bei ihm waren, schlugen und stachen ihn mit ihren Eisen. Keine der Waffen schnitt so tief in die harte Haut, dass auch nur ein Tropfen Blut austrat. Trotzdem bildete die große Zahl der Angreifer eine Gefahr für Orlando. Wenn es jemals eine Situation gegeben hatte, die ihm gefährlich werden konnte, dann war es diese. Nackt, ohne Schwert und ohne andere Waffen musste er es mit seinen Feinden aufnehmen.

Als die Bauern sahen, dass jeder weitere Stich oder Hieb sinnlos war, zogen sie sich zurück. Schließlich sah Orlando keinen weiteren Gegner. Er drehte sich um und stampfte zu einer kleinen Ansammlung von Häusern. Aber auch hier war Groß und Klein bereits geflohen. Ohne lange auszuwählen oder Eicheln von Brot zu unterscheiden, stopfte er mit wildem Hunger alles in sich hinein, was er fand. Er scherte sich nicht darum, ob irgendetwas roh oder schon gekocht war. Was ihm zu groß vorkam, zerriss er mit den Händen oder zerbiss es mit den Zähnen.

Anschließend irrte er weiter und durchstreifte das ganze Land. Er erschlug alles, was ihm über den Weg lief, Menschen ebenso wie Tiere. Die meiste Zeit blieb er in den Wäldern, um sich eine flinke Ziege zu schnappen oder einen schnellen Hirsch einzuholen. Mit der bloßen Hand erschlug er Bären und Eber. Er aß ihr Fleisch ebenso wie das Grässliche, was sie in ihrem Leib hatten.

Auf diese Weise rannte er kreuz und quer durch das gesamte Frankenreich, bis er eines Tages an eine Brücke kam, die zwischen hohen Ufern über einen mächtigen, übervollen Strom führte.

Nachdem Orlando sie verlassen hatte, warteten Prinz Zerbin und Isabella noch eine Weile, dann folgten sie ihm auf seinem Weg. Sie waren noch keine zwei Meilen geritten, als ihnen zwei bewaffnete Reiter entgegenkamen. Zwischen ihnen saß auf einem kleinen Pferd ein gefesselter Ritter. Als sie näher kamen, erkannten Zerbin und Prinzessin Isabella den Gefangenen. Es war Odrich, der sie beide schmählich verraten hatte, der Wolf, dem man ein Lämmchen anvertraut hatte.

Der Prinz von Schottland hatte Odrich für seinen besten Freund gehalten. Er war ganz sicher gewesen, dass er ihm, wie schon so oft, die Treue halten würde, als er ihm Isabella übergab.

Isabella hatte gerade erst Zerbin erzählt, wie sie in einem kleinen Boot das sinkende Schiff im Sturm verlassen hatte. Erst jetzt erfuhr Zerbin, wie Odrich seine Isabella aufgegriffen, gefesselt und in eine Felsenhöhle verschleppt hatte. Genau an diesem Punkt ihrer Erzählung tauchte der Übeltäter nun selbst gefesselt vor ihnen auf.

Die beiden Ritter rechts und links von Odrich erkannten die Prinzessin von Galizien und den Prinzen von Schottland. Sofort sprangen sie von ihren Pferden und liefen auf Zerbin zu. Die beiden Reiter rissen ihre Helme ab, knieten vor ihm nieder und neigten ihre Köpfe, wie es sich für Vasallen eines Höheren gehörte. Zerbin wartete, bis sie wieder aufblickten. Erst jetzt erkannte er Corebo von Bilbao und dann auch Almonio. Zusammen mit Odrich waren sie als Isabellas Begleiter auf dem havarierten Schiff gewesen.

»Gott sei Dank ist Isabella wieder bei dir«, sagte Almonio erleichtert. »Dann kennst du sicher schon den Grund dafür, warum wir diesen üblen Kerl in Ketten gelegt haben. Er hat mich hintergangen und mit einem Vorwand weggeschickt. Als ich mit Pferden ans Felsenufer von La Rochelle zurückkehrte, waren alle fort. Ich folgte ihren Spuren bis in einen wilden Wald. Schon bald hörte ich jammernde Geräusche im Unterholz. Sie kamen von Corebo hier, der blutend auf der Erde lag. Als Corebo mir von Odrichs Verrat berichtete, bin ich sofort aufgebrochen und habe ihn gesucht. Erst als ich die Spur verlor, kehrte ich zu meinem Freund zurück. Er lag noch immer in seinem Blut. Ich hatte schon viel Zeit verschwendet. Wenn ich mich jetzt nicht beeilte, würde er eher ein Grab im Wald und einen Mönch für das letzte Gebet brauchen als einen Arzt und ein weiches Bett. Ich beschaffte mir daher ein paar Männer aus der Nähe und ließ ihn in die Stadt tragen. Dort war ich mit dem Wirt einer Herberge befreundet. Ein alter Arzt kümmerte sich um ihn.«

Almonio blickte zu Corebo. Der nickte und bestätigte den Bericht.

»Schon nach wenigen Tagen ging es mir wieder so gut, dass wir gemeinsam die Verfolgung Odrichs aufnehmen konnten«, sagte er.

»Wir beschafften uns Waffen und gute Pferde«, fuhr Almonio

fort. »Dann brachen wir zum Königshof von Biscaya auf, weil wir vermuteten, dass wir Odrich dort finden würden. Als König Alfonso unsere Geschichte hörte, erlaubte er mir einen Zweikampf gegen Odrich auf dem Turnierplatz. Ich hatte das Recht auf meiner Seite und auch das Glück. So kam es, dass Odrich mein Gefangener wurde. Der König erlaubte mir, mit Odrich zu machen, was ich wollte. Ihn zu töten oder freizulassen lag mir nicht. Deshalb legten wir ihn in Ketten, damit du selbst entscheiden kannst, ob er sterben oder eingekerkert bleiben soll.«

Almonio neigte den Kopf vor Zerbin. Der Prinz von Schottland hatte schweigend zugehört und Odrich angesehen. Es war kein Hass in ihm, sondern nur ein tiefer Schmerz über den Verrat an einer großen Freundschaft.

»Als wir erfuhren, dass du bei der Verstärkung für Kaiser Karl bist, wollten wir dich dort suchen«, ergänzte Almonio. »Ich danke Gott, dass ich dich jetzt schon getroffen habe, denn hier haben wir dich am allerwenigsten vermutet. Außerdem danke ich Gott, dass ich wie durch ein Wunder auch Prinzessin Isabella bei dir sehe. Nach all dem, was der Niederträchtige dort getan hat, konnte ich nicht mehr darauf hoffen.«

Auch als Almonio seinen Bericht beendet hatte, blieb Zerbin noch lange Zeit bewegungslos. Dann seufzte er und stellte Odrich nur eine einzige Frage: »War es so?«

Almonio und Corebo lösten dem Gefangenen die Fesseln und zogen ihn vom Pferd. Er fiel sofort auf beide Knie.

»Oh mein Herr«, jammerte der Niederträchtige, »kannst du mir irgendeinen nennen, der ohne Sünde ist in dieser Welt? Der Schlechte unterscheidet sich doch kaum vom Guten. Aber der Schlechte hat oft nicht die Kraft, allen Versuchungen zu widerstehen. Nimm doch nur an, du hättest mir den Schutz von einer Burg befohlen und ich würde schon beim ersten Sturm zu starker Feinde aufgeben und ihre Fahnen von unseren Türmen wehen lassen. Dann könntest du mir jederzeit das Kainsmal des Verräters auf die Stirn brennen. Dann wäre ich verachtet wie ein feiger Wurm. Wenn ich aber erst gekämpft, Männer verloren und dann genauso aufgegeben hätte, wäre ich ein Held, und statt Verachtung bekäme ich Lohn und Ehrenzeichen. Je größer die Kräfte eines

Feindes sind, umso kleiner wird die Schuld des dann Besiegten. Genauso war es auch mit meiner Treue zu dir. Ich konnte sie nicht besser verteidigen als die verlorene Burg vor einer Übermacht von Feinden. Ich habe alles eingesetzt, was ich an Klugheit, Geist und Kraft besaß. Ich wollte treu sein, aber ich war machtlos und verloren.«

Odrich redete und redete und versuchte zu erklären, warum er schwach geworden war. Durch seine Unterwürfigkeit und die Entschuldigungen gelang es Odrich, Zerbin zu besänftigen. Sein Hass verging, als er sich an die schönen Stunden erinnerte, die sie in tiefer Freundschaft miteinander verbracht hatten. Trotzdem schwankte er, ob er sich rächen oder verzeihen sollte.

In dem Augenblick preschte ein zügelloser Zelter auf sie zu. Es war derselbe, dem Mandrikard das Zaumzeug weggenommen hatte. In seinem Sattel hing dasselbe alte Weib, das Zerbin kurz zuvor beinahe umgebracht hätte.

Das zügellose Ross preschte zwischen die anderen Pferde, während das Weib im Damensattel lauthals jammerte und immer wieder angstvoll um Hilfe schrie. Prinz Zerbin hob die Hände dem Himmel entgegen und dankte ihm dafür, dass er jetzt alle zusammenhatte, die er hassen und verachten musste.

Am liebsten würde ich ihr die Ohren und die Nase abschneiden, damit das allen Schurken eine Warnung ist, dachte er. Vielleicht wäre es sogar noch eine bessere Strafe, wenn ich sie gleich den Geiern zum Fraß vorwerfe.

Er überlegte hin und her. »Ich kann dem falschen Odrich nicht ganz vergeben«, sagte er dann. »Aber ich kann ihn auch nicht so bestrafen, wie ich es gern möchte. Schließlich hatte Amor ebenfalls die Hand im Spiel. Und dieser Bursche schafft es ja, auch noch bessere Männer zu übleren Taten zu verleiten. Odrich soll deshalb nicht in Ketten gehen. Stattdessen muss ich mich selbst bestrafen, weil ich blind war, als ich ihn zu Isabellas Beschützer machte. Ich hätte wissen müssen, dass er so leicht entflammbar wie ein Bündel Stroh ist.«

Er drehte sich zu Odrich um und sagte ihm, was er beschlossen hatte: »Du wirst ein Jahr lang dieses alte Weib begleiten, sie nicht einen Augenblick allein lassen und ihr Tag und Nacht zu Diensten sein. Falls irgendjemand sie beleidigt, musst du sie bis zum letzten Atemzug verteidigen. Ich will, dass du ihr gehorchst und jeden Kampf aufnimmst, den sie dir befiehlt. Außerdem will ich, dass du in dieser Zeit durchs ganze Frankenreich ziehst.«

Eigentlich war Odrich durch seine Taten längst dem Tod geweiht. Das alte Weib Gabrina hatte schon so viele Männer zu Verrätern gemacht und so viele Frauen beleidigt, dass es mit Sicherheit Kämpfe für ihren neuen Beschützer geben musste. Wenn das geschah, würden sie zusammen ihre Strafe finden. Sie für die vielen Untaten, die sie bereits verübt hatte, und er dafür, dass er sie nicht ausreichend beschützt hatte. Für den Fall, dass Odrich sein Ehrenwort auch nur einmal brach, drohte ihm der Schottenprinz ohne jede Gnade die Todesstrafe an.

Nachdem Odrich zugestimmt hatte, erhielten Almonio und Corebo den Befehl, ihn von seinen Ketten zu befreien. Viel lieber hätten sie an Ort und Stelle Rache an ihm genommen. Aber sie mussten ihn und die verfluchte Alte ziehen lassen.

Erst viel später wurde bekannt, dass die beiden nicht weit kamen. Um sich zu befreien, brach Odrich sein Ehrenwort, packte die Alte, fesselte ihre Hände auf dem Rücken und erhängte sie an einer Ulme. Anschließend versuchte er, ein volles Jahr lang ungesehen zu verbringen. Kurz vor Ablauf der geschworenen Zeit fand ihn Almonio. Weil er Gabrina nicht mehr bei ihm sah, konnte er das Todesurteil augenblicklich vollstrecken. Er hängte Odrich ebenso auf, wie der es mit Gabrina getan hatte.

Doch noch war es nicht so weit.

Nachdem Prinz Zerbin Odrich und die Alte entlassen hatte, schickte er zuerst Almonio und danach Corebo als Boten los. Sie sollten seinen Kriegern mitteilen, was in der Zwischenzeit geschehen war und wo er sich befand. Zerbin hatte kein Schwert mehr, aber er wollte noch drei Tage nach dem über alles verehrten Orlando suchen.

Er ritt mit Isabella den Spuren nach, die der Graf und der wilde Mandrikard auf den Wegen hinterlassen hatten. Auf ihrer Suche kamen die beiden auch zu dem Hain, in dem die Bäume mit dem

Namen der undankbaren Angelica gestanden hatten. Sie sahen die Verwüstung und erschraken über die Zerstörung. Zerbin sah in einiger Entfernung etwas blinken. Es war der Harnisch des Grafen. Nicht weit entfernt entdeckte er auch einen Helm am Boden. Aber es war nicht der berühmte, den einmal der Heidenkönig Almont getragen hatte.

Noch während sich der Prinz die Teile von Orlandos Rüstung ansah, hörte er ein Pferd am Waldrand wiehern. Es war Brigliador. Der schnelle Hengst weidete friedlich im Gras. Sofort suchte Zerbin auch noch Orlandos Schwert. Er fand die Durindana ohne Scheide im Gras im Gehölz. Rundherum hingen Fetzen von der Kleidung des bedauernswerten Grafen. Sie waren hundertfach in der ganzen Gegend verteilt.

Zerbin und Isabella fühlten eine eigenartige Beklemmung. Sie zerbrachen sich den Kopf darüber, was hier passiert sein könnte. Alles Mögliche fiel ihnen ein, aber nicht im Traum, dass Orlando den Verstand verloren haben könnte. Nichts deutete auf einen tödlichen Kampf zwischen zwei Rittern hin. Während sie noch überlegten, taumelte ein Hirte auf den Bach zu. Stockend und verwirrt stieß er hervor, was er von einem Felsen aus gesehen hatte.

»Ich sah die Wut des Unglücklichen ... wie er seine Waffen wegwarf ... seine Rüstung abriss ... und die Kleider zerfetzt hat. Er war völlig umnachtet, als er dann die Hirten packte und in wilder Raserei erschlug.«

Zerbin konnte einfach nicht glauben, was er hörte. Er wollte alle Einzelheiten wissen. Schließlich weinte er ebenso wie Isabella über all das Schreckliche, was hier geschehen war. Zutiefst erschüttert gingen sie herum und sammelten die Überreste von Orlandos Ausrüstung wie kostbare Reliquien ein. Stück um Stück legten sie alles zu einem Stapel zusammen.

Ohne großes Aufsehen kam ein junges Mädchen hinzu und half ihnen. Es war Flordelis, die ebenso traurig und voller Gram nach ihrem geliebten Gatten Brandimart suchte. Er hatte nach Orlando ebenfalls heimlich Paris verlassen. Einen Monat lang hatte sie in der Stadt des Kaisers vergeblich auf eine Nachricht von ihm gewartet. Dann war sie selbst aufgebrochen und hatte überall nach ihm gesucht – von den Pyrenäen bis zu den Alpen und vom

Mittelmeer bis zum Atlantik. Sie hatte alle Gegenden und jeden nur denkbaren Ort durchsucht, nur nicht das verzauberte Schloss des alten Magiers Atlante.

Wäre sie dort gewesen, hätte sie ihn vielleicht zusammen mit Gradass gesehen, mit Ruggiero und Bradamante und vielen anderen Rittern. Erst als der Schreckensklang von Astolfs Zauberhorn den ganzen Spuk beendete, war Brandimart nach Paris zurückgekehrt. Dort aber hatte er seine Liebste nicht mehr angetroffen.

Als Flordelis auf die beiden traurigen Liebenden traf, sah auch sie die Waffen, die Rüstung und das Pferd ohne Reiter und ohne Zügel. Sofort sprudelte erneut aus dem verwirrten Hirten hervor, wie Orlando den Verstand verloren hatte.

Prinz Zerbin befestigte Orlandos Wehrgehänge und die Rüstung an einer Fichte. Dann schrieb er mit großen Buchstaben an den Stamm: »Ausrüstung von Paladin Orlando«.

Der knappe Hinweis sollte eine Warnung für alle sein, sich nicht am Eigentum des Helden zu vergreifen. Es war der letzte fromme Dienst, den sie ihm noch erweisen konnten. Zerbin ging zu seinem Pferd. In diesem Augenblick tauchte Mandrikard wieder auf. Der König der Tartaren fragte, welche Bedeutung die aufgehängte Rüstung hatte. Er war sehr zufrieden, als er die Erklärung hörte. Vergnügt ritt er zur Fichte und riss Orlandos Schwert an sich.

»Das hier gehört mir! Und zwar nicht erst seit heute. Ich habe jedes Recht, mein Eigentum zu nehmen, wenn ich es wiederfinde. Und Orlando hat doch nur aus Angst vor mir verrücktgespielt, nachdem er mir die Durindana hierließ. Doch seine Feigheit kann mir meine Rechte nicht verwehren.«

»Du lässt das Schwert da, wo es ist!«, schrie der Schottenprinz ihn an. »Sonst passiert etwas! Und wenn du dich schon früher mit Hektors Waffen geschmückt hast, kannst du sie nur gestohlen haben!«

Ohne ein weiteres Wort preschten die beiden aufeinander zu. Nahezu ebenbürtig an Kraft und Mut schlugen sie aufeinander ein. Noch ehe sich der Kampf voll entwickelt hatte, dröhnte es bereits von hundert lauten Hieben durch den Wald.

Blitzschnell drehte und duckte sich Prinz Zerbin immer dann, wenn die Durindana auf ihn einschlug. Er ließ sein Pferd wie einen Damhirsch nach links und rechts zur Seite springen. Er wusste nur zu gut, dass er keinen einzigen Treffer der Durindana zulassen durfte.

Auf der anderen Seite schlug der Sarazene so wild zu, dass sein Schwertarm wie ein Sturm in einem Alpental rauschte. Baumwipfel neigten sich, und abgeschlagene Zweige peitschten umher. Zerbin konnte den meisten Hieben ausweichen. Jedoch wäre es ein zu großes Wunder gewesen, wenn ihn kein einziger getroffen hätte.

Der große Schlag traf ihn zwischen seinem Schwert und dem Rand des Schildes. Hier war sein Harnisch aus massivem Eisen und zusätzlich noch durch einen Schuppenpanzer geschützt. All das schützte nicht gegen das fürchterliche Schwert. Ohne jeden Widerstand fuhr die Schneide der Durindana durch die Panzerung. Wäre der Hieb nicht etwas zu kurz gewesen, hätte er den Schottenprinzen wie ein Schilfrohr am Wiesenhang zerteilt. So aber gab es nur einen langen, nicht sehr tiefen Schnitt. Aber sofort wallte warmes Blut zwischen den blanken Stahlplatten der Rüstung hervor. In roten Bächen floss es an den Beinschienen bis zu Zerbins Füßen hinab. Es war, als würde sich ein Purpurband durch silbernes Gewebe ziehen.

Jetzt nützte es dem Schottenprinzen auch nicht mehr, dass er in vielen Kämpfen und im Krieg gesiegt hatte. Der Tartarenkönig war ihm an Kraft und Geschicklichkeit eindeutig überlegen. Isabella glaubte schon, dass Mandrikard auch ihr erstarrtes Herz durchbohrt hatte. Aber noch gab Zerbin in seinem Zorn nicht auf. In wilder Leidenschaft und Kühnheit raffte er alle Kraft zusammen. Grimmig und beschämt zugleich riss er sein Schwert mit beiden Händen hoch und ließ es auf den Helm des Heiden krachen.

Der Hieb war so gewaltig, dass sich der Tartare bis zum Hals des Pferdes neigte. Ohne den Helm mit seinem Zauber hätte Zerbin ihm den Kopf gespalten. Mandrikard ging augenblicklich zum Gegenangriff über. Er schwang das Schwert so hoch über den Kopf des Schotten, dass er ihn mit einem Schlag bis zur Brust zu spalten glaubte. Aber Zerbin passte auf.

Er ließ sein Pferd nach rechts ausfallen. Trotzdem war die Schneide der Durindana schneller. Das Schwert spaltete, als wäre es nur ein Spiel, den Schild des Prinzen in der ganzen Länge, dann auch die Armschiene und drang in den Schenkel ein. Zerbin wehrte sich verzweifelt, doch selbst wenn er noch mit aller Kraft die Rüstung des Heiden traf, zeigte sie nicht einmal die kleinste Delle. Mandrikard zerstückelte Zerbins Schild völlig, riss ihm den halben Helm weg und fügte ihm sieben schwereWunden zu.

Weil der Schottenprinz überall blutete, merkte er nicht, wie seine Kraft allmählich schwand. Es war sein starkes Herz, das weiterkämpfte, während sein Körper schon zusammensank. Isabella stürzte tränenüberströmt zu Doralis.

»Bei Gott, unternimm doch irgendetwas!«, flehte sie. »Damit der grauenhafte Kampf aufhört und die zwei getrennt werden!«

Auch Doralis wusste nicht, wie der Kampf ausgehen würde. Ebenso schön wie edelmütig streckte sie die Hände aus und versuchte, die Waffenhand des Liebsten zu besänftigen.

»Hört auf! Macht Schluss!«, rief sie.

Auch Isabella bat Zerbin, aufzuhören. Tatsächlich brachen die beiden Streitenden den Kampf um die Durindana ab. In stummem Schmerz musste auch Flordelis erkennen, dass Graf Orlandos Schwert weiter in schlechten Händen blieb. Sie schlug die Hände vors Gesicht und weinte vor Zorn über diese Schande. Wie sehr ihr Brandimart doch jetzt fehlte, um den stolzen Heiden zu besiegen. Wenn sie ihn nur endlich fände, damit Mandrikard nicht lange Freude an seiner Beute hätte.

Flordelis entfernte sich vom Kampfplatz. Sie wusste nicht, dass ihr Brandimart längst wieder in Paris war. Auf der Suche nach ihm entfernte sie sich immer weiter von ihm. Sie zog über Berg und Tal, durch Wälder und durch Wiesen, bis sie schließlich an die Brücke über einen großen Fluss kam. Dort aber sollte sie nicht Brandimart, sondern seinen engsten Freund und Gefährten treffen: den bedauernswerten Orlando.

Der Verlust von Orlandos Schwert schmerzte Prinz Zerbin mehr als alle seine Wunden. Er konnte sich kaum noch im Sattel halten. Immer mehr Blut quoll aus seinen Adern. Während sein Zorn und seine Wut langsam erkalteten, wuchsen seine Schmerzen immer schneller an. Er fühlte, wie sein Tod nahte, und konnte nicht mehr weiterreiten.

Mühsam erreichte er den Quellbach. Isabella brachte kein Wort mehr hervor. Was sollte sie auch tun, was zu ihm sagen? Ohnmächtig musste sie mit ansehen, wie er sein Leben aushauchte. Hier konnte ihm niemand mehr zu Hilfe kommen. Es war zu weit bis zur nächsten Ansiedlung, wo es vielleicht noch einen Arzt oder mitleidige Hilfe gegeben hätte. So aber konnte sie nur neben ihm knien. Sie haderte mit ihrem Schicksal und klagte selbst den Himmel als herzlos und böse an.

»Warum hat mich nicht der Ozean verschlungen, als ich nach Osten segelte?«

Zerbin schaute sie still und mit müden Blicken an. Er litt noch mehr, als er ihre Klagen hörte. Diese Qualen waren noch grausamer als die Schmerzen, die ihn an den Rand des Todes gebracht hatten.

»Willst du mich, mein teures Herz, auch dann noch lieben, wenn ich gestorben bin?«, fragte er matt. »Nicht dass ich sterbe, macht mich traurig, sondern der Gedanke, dass du schutzlos zurückbleibst. Ich würde gern mein Leben an deinem Busen aushauchen, wenn ich nur wüsste, dass du danach einen sicheren Hafen findest. Das ist das Härteste an meinem Schicksal, dass ich nicht weiß, in welche Hände du dann fällst. Verzweifelt fahre ich in den Schlund der Hölle, wo mich keine Feuerqualen mehr quälen können als meine Sorge, dich so zurückgelassen zu haben.«

Weinend beugte sich Isabella über ihren Liebsten. Sie litt und sank in sich zusammen wie die Rose, die nach dem langen Sommer fahl und ungepflückt verblüht.

»Oh, mein Geliebter!«, flüsterte sie. »Du sollst doch nicht allein auf deine letzte Reise gehen. Hab keine Angst, ich komme mit. Ich folge dir zur Hölle oder fliege mit dir in den Himmel. Wir sind zwei Seelen, bis in alle Ewigkeit vereint. Mit unseren Körpern wird das Glück im Tod gnädiger sein als im Leben. Irgendein Barmherziger, der hier vorbeikommt, wird uns voll Mitleid sehen und so begraben, dass wir zusammenbleiben.«

Ihre blassen Lippen berührten die des Liebsten. Unter tausend Tränen spürte sie, wie seine letzten Lebensgeister vom Tod entführt wurden.

»Oh meine Liebste«, flüsterte Zerbin noch einmal. »Ich bitte dich und flehe dich bei deiner Liebe an: Stirb nicht! Ja, ich befehle dir, weiterzuleben, wie es Gott gefällt. Gott hat dir auch auf dem Meer beigestanden und dich vor dem üblen Odrich von der Biscaya unter seinen Schutz genommen. Falls du dennoch irgendwann in Not gerätst, dann kannst du immer noch den Tod als das kleinere Übel wählen.«

Isabella hörte die letzten Worte des Geliebten kaum noch. Er verging wie ein schwaches Licht, das kein Wachs mehr hatte. Sie spürte, wie der Schmerz in ihre Seele stach. Bleich und erstarrend lag der vom Tod besiegte Prinz in ihren Armen. In einem Meer von Tränen warf sie sich über den blutbefleckten Leichnam. Sie schrie so laut vor Schmerz, dass ringsum Felsen, Eichen und Gebüsch meilenweit widerhallten. Dann raufte sie sich die goldenen Locken und schrie verzweifelt immer wieder den Namen des Geliebten in die Welt hinaus. Ihr Jammer, ihre Wut und ihre Raserei wurden so groß, dass sie sich sogar über Zerbins letzte Bitte hinwegsetzen und sich mit seinem Schwert die Brust zerspalten wollte.

Sie hätte es getan, wenn nicht im letzten Augenblick ein Eremit aus seiner nahen Klause an den Bach gekommen wäre, um sich frisches Wasser zu holen. Der alte Klausner redete wieder und wieder mit frommen Worten auf sie ein. Als seine Sprüche nichts bewirkten, erzählte er ihr von vielen anderen Frauen aus dem Alten und Neuen Testament und ermahnte sie, dass sie ihren Frieden nur in Gott zurückbekommen könnte.

Ganz allmählich konnte er sie beruhigen. Sie gab den Wunsch auf, ebenfalls zu sterben. Dafür wollte sie ihr Leben jetzt dem Dienste Gottes weihen. Trotzdem ließ sie den teuren Leichnam nicht aus ihren Armen. Da der Eremit für sein Alter ungewöhnlich stark und rüstig war, half er ihr. Zusammen setzten sie den Leichnam Zerbins auf sein Pferd.

Der Eremit bot Isabella an, in seiner Klause zu übernachten, um dann am nächsten Tag mit ihr in die Provence zu reiten, wo sich nahe Marseille ein schönes, reiches Frauenkloster befinden sollte. Er war zwar alt und fromm, aber auch klug. Er wollte mit dem schönen Mädchen nicht allein in einer Höhle sein. Er wusste nur zu gut, was geschehen konnte, wenn die Fackel und das Stroh in eine Hand gerieten. In die Gefahr wollte er sich nicht länger als unbedingt erforderlich begeben.

Am nächsten Tag ließen sie in einer Burg am Weg einen großen, gut mit Pech ausgegossenen Sarg anfertigen. Sie legten Zerbins Leichnam hinein und konnten ihn auf diese Weise wohlverwahrt auf seinem Pferd mit sich führen.

Um nicht in die Kriegswirren zu geraten, wählten sie viele Tage lang öde Gegenden und abgelegene Pfade. Sie hatten es schon fast geschafft, als ihnen doch noch ein Reiter entgegenkam. Er bedrohte und beschimpfte sie und versperrte ihnen den Weg.

Nach dem Ende des Kampfes mit dem Schottenprinzen ging Mandrikard an den Quellbach. Er nahm seinem Pferd Sattel und Zaumzeug ab und ließ es dann im zarten Grün der Wiese vor dem Hügel grasen. Nachdem er sich selbst etwas erfrischt hatte, ruhte er sich im Schatten neben dem Bach aus. Es dauerte nicht lange, bis ein fremder Reiter über den Hügel kam und zum Bach herabritt.

Die schöne Doralis erkannte den Ritter. Hastig wandte sie sich an König Mandrikard. »Wenn meine Augen mich nicht täuschen, dann kommt dort vorn der wilde König Rodomont, um sich dafür zu rächen, dass du mich entführt hast. Du wirst alle Kraft und Kühnheit brauchen, wenn du gegen ihn bestehen willst. Er ist zutiefst gekränkt darüber, dass er mich verloren hat. Alles in ihm ist ein einziger Racheschwur.«

Mandrikard hob stolz den Kopf, wie ein Falke, wenn er sieht, dass eine Taube auf ihn zufliegt. Er zweifelte nicht einen Augenblick daran, dass er Rodomont besiegen konnte. Sofort sprang er auf, holte sein Pferd, legte ihm das Zaumzeug an und stieg in den Sattel. Als sie sich einander auf Rufweite genähert hatten, begann Rodomont sofort mit wildesten Beschimpfungen.

»Das wirst du jetzt bereuen!«, schrie er. »Du hast mich nicht umsonst gereizt und beleidigt. Jetzt bin ich hier und will mich blutig rächen.«

»Du machst mir keine Angst«, antwortete Mandrikard. »Mit solchen Drohungen kannst du meinetwegen Kinder erschrecken. Für mich sind deine Worte nichts als ein Gesäusel. Ich will lieber blanke Schwerter sehen!«

Sie heizten sich noch weiter mit Worten ein. Dann nahmen sie die Waffen hoch. Das erste Schwertgeklirr klang noch sanft wie der Wind, der behutsam durch die Wipfel streicht. Doch dann schlugen die beiden riesenhaften Heiden hart aufeinander ein. Die Erde bebte jedes Mal in ihren Eingeweiden, wenn die Klingen aufeinanderschlugen und Funken sprühten.

Doch da traf einer unter tausend Hieben Rodomont, den König von Algier, so hart aufs Haupt, dass er Sterne in den Augen sah. Er kippte nach vorn, schlug mit dem Kopf auf den Pferderücken und rutschte aus dem Steigbügel. Es schien, als würde er vor seiner heiß geliebten Doralis aus dem Sattel fallen. Doch dann kam er wieder hoch.

Mit ungeheurem Schwung gab er den Schlag doppelt so stark zurück, wie er ihn empfangen hatte. Er traf Mandrikard an der gleichen Stelle, an der er selbst getroffen worden war. Jetzt zeigte sich, was Mandrikards Trojanerhelm tatsächlich wert war. Trotzdem verlor der König der Tartaren fast die Besinnung. Rodomont setzte nach und schlug noch einmal mit voller Wucht auf dieselbe Stelle.

Mandrikards Pferd geriet in Angst und machte einen Satz nach vorn. Es war, als wolle es durch seine Flucht seinem Herrn beistehen. Aber genau dadurch brachte es sich selbst ums Leben. Rodomonts Schwert fuhr ein gutes Stück in den Pferdeschädel, den kein Trojanerhelm schützte. Noch im Fallen sprang Mandrikard aus dem Sattel. Nur dadurch konnte er erneut die Durindana schwingen. Die Wut um das verlorene Pferd ließ sein Blut noch heißer wallen.

Rodomont nutzte die Gelegenheit und preschte mit seinem Pferd hart gegen ihn. Aber Mandrikard hielt dem Aufprall stand. Rodomonts Pferd brach zusammen. Der Afrikaner konnte gerade noch aus den Steigbügeln kommen. Zorn, Stolz und Hass entzündeten erneut die Kampfeswut der beiden wild gewordenen Rivalen.

Sie hätten endlos aufeinander eingeschlagen, wenn nicht ein Bote aufgetaucht wäre. Es war einer der vielen Boten, die überall durch das Frankenreich eilten, um die Heerführer und Krieger der Sarazenen zusammenzurufen.

Der Bote hatte die beiden Kämpfenden sofort an ihren Wappen und ihren Rüstungen erkannt, aber auch an der Art, wie sie ihre Schwerter führten. Während die beiden schwer gerüsteten Gegner noch immer miteinander kämpften, erzählte er Doralis, dass die großen Anführer Agramant, Stordilan und Marsilo durch eine Übermacht von Christen eingeschlossen waren. Kurz entschlossen trat Doralis mutig zwischen die beiden Männer.

»Aufhören!«, schrie sie die beiden an. »Wenn ihr mich wirklich liebt, dann hört ihr sofort auf. Ich will, dass ihr so schnell wie möglich zu unserem Lager reitet. Die Zelte sind belagert, alles ist in Bedrängnis. Dort und nicht hier wird jetzt jedes Schwert gebraucht, um das Verhängnis abzuwehren.«

Mandrikard und Rodomont schnaubten noch immer, als der Bote ihnen klarmachte, wie bedrohlich die Lage des Sarazenenheeres inzwischen war. Dann zeigte er ihnen Briefe vom Sohn König Trojans an den Sohn König Uliens. Der Tartare und der Maure vereinbarten daraufhin, ihren Streit ohne jede Hinterlist bis zum Ende der Belagerung zu verschieben. Dann allerdings wollten sie nicht mehr miteinander, sondern erneut gnadenlos und blutig gegeneinander kämpfen – und zwar so lange, bis die Waffen entschieden, wer die Prinzessin von Granada bekam.

Anschließend nahm die schöne Doralis den beiden einen Eid auf die Vereinbarung ab. Sie versprach, dass sie jedem als Sicherheit dem anderen gegenüber gelten wolle.

Nur zwei, die sich die ganze Zeit in der Nähe aufgehalten hatten, waren unzufrieden. Die Zwietracht musste grollen, wo immer es zu einer Übereinkunft kam. Auch der Hochmut schüttelte trotzig seinen Kopf. Er hielt nichts von Verträgen, die auf diese Art geschlossen wurden. Zwietracht und Hochmut mussten zurückstecken, sobald Amor ebenfalls im Spiel war.

Für ein anderes Missgeschick fand sich schnell eine gute Lösung. Da der Tartare nur noch ein totes Pferd hatte, beschlossen sie, dass er Orlandos Brigliador nehmen sollte, der noch immer im frischen Gras neben dem Quellbach weidete.

25. Gesang

Was für ein Kampf in jugendlichen Seelen! Da lockt die Liebe, dort der Wunsch nach Ruhm. Aber die jungen Recken waren für das Ideal der Ehre und der Pflicht erzogen worden, sodass sie für Liebesdinge erst Zeit hatten, wenn der Feind besiegt war.

Aber die Liebe ist ebenfalls sehr stark. Wenn ihre Doralis den Zweikampf nicht unterbrochen hätte, hätte König Agramant noch wochenlang auf die beiden Sarazenenhelden warten müssen.

Nachdem die beiden Ritter sich geeinigt hatten, zogen sie zusammen mit der schönen Doralis in Richtung Paris, um dort den eingeschlossenen Sarazenen beizustehen. Inzwischen hatte sich auch der Zwerg ihnen wieder angeschlossen, der den Spuren des Tartaren so lange gefolgt war, bis es zum eifersüchtigen Kampf zwischen ihm und Rodomont gekommen war.

Unterwegs gelangten sie an eine Wiese mit einem kleinen Bach, auf der sich bereits vier Ritter befanden. Zwei von ihnen hatten ihre Helme abgelegt. Die vier machten einen vergnügten Eindruck und scherzten mit einem hübschen jungen Mädchen in ihrer Mitte.

Ruggiero hatte seinen Zauberschild, den er nie wiedersehen wollte, in einen Brunnen geworfen. Er war noch keine Meile entfernt, als ihm auch schon einer der Boten entgegengerannt kam, die von König Agramant, dem Sohn Trojans, kreuz und quer durch das Frankenreich geschickt wurden, um Verstärkung heranzuholen. Der Bote berichtete in aller Eile von der bedrängten Lage der Sarazenen, die von Kaiser Karl schon seit geraumer Zeit eingeschlossen waren.

Ruggieros Gedanken stürmten wild durcheinander. Aber es war weder die Zeit noch der Ort, um herauszufinden, was jetzt das Beste sei. Ruggiero ließ den Boten weiterziehen und folgte dem Mädchen, das ihn auch bisher schon geführt hatte. Sie drängte ihn zur Eile, denn die Vollstreckung des Todesurteils für den unglücklichen jungen Mann rückte immer näher.

Sie erreichten das Schloss noch vor Sonnenuntergang. Es lag in der Mitte vom Frankenreich und hatte ursprünglich Karl dem Großen gehört. Inzwischen war es von König Marsilo erobert worden.

Als Ruggiero und das Mädchen an der Torbrücke ankamen, sahen sie eine Menge Leute. Die meisten von ihnen waren bewaffnet. Niemand kümmerte sich um sie, denn offensichtlich kannten alle das junge Mädchen. Sie fanden auch nichts dabei, dass sie jetzt von einem fremden Ritter begleitet wurde.

In der Mitte der Burg lief ein Haufen Knechte um einen lodernden Scheiterhaufen herum. Sie hatten schon den zum Tode verurteilten Jüngling herangebracht. Er stand mit leichenblassem Gesicht mitten unter ihnen und weinte.

Ruggiero bemühte sich, mehr vom Gesicht des Unglücklichen zu erkennen. Noch hatte der den Kopf gesenkt. Doch plötzlich glaubte Ruggiero, Bradamante vor sich zu sehen. Das Gesicht des weinenden Verurteilten sah ihrem so ähnlich wie sonst nichts anderes auf der Welt. Angestrengt starrte er in das schöne Gesicht. Er musterte jede Miene, die Augen, die Wangen, den Mund und beobachtete die Haltung des Verurteilten.

»Sie ist es!«, stöhnte er leise. »Es gibt keinen Zweifel, oder ich will nicht mehr Ruggiero heißen.«

Seine Gedanken rasten. Wahrscheinlich hatte sie wieder einmal mit übergroßem Mut versucht, den Jüngling allein zu retten, und war dabei ebenfalls gefangen worden.

Was musste sie wieder so voreilig sein!, dachte Ruggiero. Hätte sie nicht auf mich warten können, damit wir vereint vorgehen? Er war zornig auf sie und erleichtert zugleich. Ich danke dir, Gott, dass du mich gerade noch rechtzeitig hierhergeführt hast.

Da er keine Lanze mehr hatte, riss er sein Schwert hervor, gab seinem Pferd die Sporen und preschte vor. Er schlug auf die unbewaffneten Knechte ein, ließ sein Schwert kreisen, schlitzte dem einen die Stirnfalten, dem anderen die Wangen oder die Kehle. Das niedere Volk floh, und mancher blieb verstümmelt oder ganz entleibt am Boden. Keiner der einfachen Eisenhüte widerstand seinen fürchterlichen Hieben. Vielen anderen teilte er den Kopf bis zu den Zähnen.

Ruggiero verfügte über Kräfte, von denen spätere Generationen nur noch träumen konnten. Kein Bär, kein Löwe und kein Ungeheuer hätte es mit ihm aufnehmen können, bestenfalls ein Erdbeben.

Bei jedem von Ruggieros Schlägen fielen einer oder mehrere. Bereits nach kurzer Zeit hatte er hundert niedergestreckt.

Seine gute Balisarde schnitt selbst durch harten Stahl, als wenn es Käse wäre. Das Zauberschwert war einst von der Königin Falerina von Organa erschaffen worden, um Orlando zu töten. In der Hand des Sarazenenhelden richtete die Waffe jetzt ein fürchterliches Gemetzel unter dem Burgvolk an, glaubte er doch, dass er mit seiner ganzen Kraft und Geschicklichkeit seine Geliebte retten musste.

Die Burgleute rannten wie die Hasen vor ihm davon. Das Mädchen nutzte das Durcheinander und band den Gefangenen los. So schnell sie konnte, reichte sie ihm seine Rüstung, den Schild und das Schwert. Ohne zu zögern, rächte sich der Jüngling an denjenigen, die ihn gerade noch auf den Scheiterhaufen zerren wollten.

Erst als die goldenen Räder des Sonnenwagens ins Meer im Westen tauchten, verließen Ruggiero und sein junger Kampfgefährte das Schloss. Als sie vor dem Burgtor in Sicherheit waren, dankte der junge Mann mit warmen, wohlgesetzten Worten seinem Retter. Er drückte sich dabei wie jemand aus, der eine sehr gute Erziehung genossen hatte.

Ich sehe die bekannten Gesichtszüge, die mir so viel bedeuten, dachte Ruggiero. Auch die Gestalt ist mir bekannt. Nur die Stimme passt überhaupt nicht. Außerdem würde Bradamante ihrem Liebsten bestimmt anders danken als mit Worten.

»Irgendwie kenne ich dich«, sagte er deshalb vorsichtig. »Ich weiß, dass ich dich schon einmal gesehen habe. Aber sosehr ich mir den Kopf zerbreche, mir fällt dein Name nicht ein. Dabei würde ich gern wissen, wen ich heute vor dem Scheiterhaufen bewahrt habe.«

»Es ist gut möglich, dass du mich schon einmal gesehen hast«, antwortete der Jüngling. »Aber vielleicht hast du nicht mich, sondern meine Schwester gesehen. Sie trägt das Schwert und die Rüstung wie ein Mann. Wir sind Zwillinge. Du bist nicht der Erste, der uns verwechselt. Selbst mein Vater und die Geschwister haben sich schon oft gestritten, wer von uns nun wer ist. Ich bin Richardet, und meine Zwillingsschwester heißt Bradamante. Und unser älterer Bruder ist der berühmte Graf Rinaldo. Wenn du willst, dann erzähle ich dir, wie ich durch die Ähnlichkeit mit Bradamante zuerst die höchste Lust genoss und am Ende fast auf diesem Scheiterhaufen geendet wäre.«

»Oh ja, ich möchte es hören!«, rief Ruggiero begeistert. »Ich möchte alles hören, was ich von dir und deiner Zwillingsschwester noch erfahren kann.«

Richardet lächelte, und dann erzählte er.

»Das Unglück geschah, als meine Schwester eines Tages in den Wald ritt und dabei ihren Helm nicht aufgesetzt hatte. Sie geriet zwischen einige Sarazenen und wurde durch einen Schwerthieb am Kopf verwundet. Damit die Wunde versorgt werden konnte, musste sie ihr langes Haar abschneiden lassen. Einige Zeit später ritt sie erneut durch den Wald. Als sie müde war und an einer Quelle ankam, stieg sie vom Pferd, um sich ein bisschen auszuruhen. Sie legte sich am Bachufer ins Gras und schlief ein. Und dann begann eine Geschichte, wie es sie sonst nur in alten Märchen und Legenden gibt.

Zufällig war nämlich zur selben Zeit die spanische Prinzessin Flordespina in dem Waldrevier auf einem Jagdausflug. Da meine Schwester noch immer ihren Harnisch trug und ein Schwert bei sich hatte, wurde sie von der Spanierin für einen jungen Ritter gehalten.

Als Bradamante erwachte und die Spanierin ihr Gesicht und die kurzen Locken sah, verliebte sie sich unsterblich. Sie lud meine Schwester zur Jagd ein. Es dauerte nicht lange, bis sie Bradamante in ein Gebüsch zog. Hier näherte sie sich meiner Schwester verliebt und berührte sie vorsichtig. Unter vielen Seufzern offenbarte sie ihr, dass ihr Herz heiß entflammt war. Sie wurde abwechselnd blass und rot und berührte schließlich die Lippen meiner Schwester mit ihren. Bradamante war betroffen und verlegen, als sie hörte, wie es um Flordespina stand. Aber sie wusste nicht, was sie tun sollte.

Am besten ist es, ich beende diesen Irrtum und den Wahn der jungen Fürstin gleich, dachte sie. Lieber beweise ich, dass ich ein edles Weib bin, als dass sie mich für einen impotenten Mann hält. Es wäre ein Lumpenstück gewesen, das Spiel weiterzutreiben. Bradamante gab sich alle Mühe, um die verliebte Prinzessin auf den Boden der Tatsachen zurückzuholen.

›Es geht nicht‹, sagte sie. ›Ich bin doch auch ein Mädchen.‹

Sie erzählte ihr, dass sie in Arzilla an der Küste Afrikas geboren sei und schon von Kind an gelernt habe, mit ritterlichen Waffen umzugehen. Sie sagte auch, dass sie aus dem Sarazenenland ins Frankenreich gekommen sei, um berühmt zu werden wie Camilla und Hippolyta, die Königin der Amazonen. Aber das alles half nichts. Bradamantes Erklärungen konnten die Glut der jungen Spanierin nicht löschen. Amors Pfeile steckten schon zu tief in ihrem Herzen. Sie sah die Rüstung Bradamantes und hoffte immer noch, dass in ihr die Linderung für quälendes Begehren eingeschlossen war. Als ihr dann klar wurde, dass meine Schwester doch ein Weib war, brach sie schluchzend zusammen. Wer diesen Tränenfluss und diese Klagen mit angesehen hätte, wäre mit Sicherheit nicht unberührt geblieben und hätte mit ihr gelitten.

›Kann denn irgendeine Qual so grausam sein wie meine?‹, schluchzte Flordespina. ›Bei jeder anderen Liebe könnte ich irgendwann auf Erfüllung hoffen. Missfiel dir, Amor, mein Glück so sehr, dass du mich martern musst? Reichen dir nicht die Qualen, wie Liebende sie sonst empfinden? Liebe von Frau zu Frau kann mir nichts geben. Nie hat eine Frau solchen Schmerz empfunden wie ich. Das Weib von Minos war für ihren eigenen Sohn entbrannt. Myrrha sogar für ihren Vater. Die Kreterin Europa verliebte sich in einen Stier. Mich aber quält die rasendste aller Begierden.‹

So klagte sie und gab sich nicht zufrieden. Das schöne junge Mädchen raufte sich die Haare und rang ihre Hände. Auch meine Schwester weinte inzwischen und fühlte mit ihr. Sie versuchte, sie zu trösten und sie davon zu überzeugen, wie töricht jede weitere Klage war. Es nützte nichts, Bradamante redete vergebens. Die Spanierin wollte keine guten Ratschläge.

Inzwischen war es Abend, und die Sonne schickte rötliche Flammen in den Himmel. Wenn sie die Nacht nicht im finsteren Wald verbringen wollten, wurde es Zeit, nach Hause zu gehen. Die Fürstin bat meine Schwester mitzukommen. Bradamante konnte ihr diesen Wunsch nicht abschlagen. Und so gelangten beide dahin, wo ich jetzt bereits verbrannt wäre, wenn du mich nicht gerettet hättest.

Bradamante wurde in diesem Schloss von Flordespina rundum verwöhnt. Sie bekam Frauenkleider, damit jedermann im Schloss sehen konnte, dass sie ein Mädchen war. Aber die Spanierin hoffte auch, dass ihre Verliebtheit endlich nachließ, wenn sie Bradamante in Frauenkleidern sah. Allerdings bestand Flordespina darauf, dass sie beide in dieser Nacht in einem Bett zusammen schliefen. Bradamante stimmte zu. Es machte ihr nichts aus, und sie schlief sehr schnell ein. Aber die andere stöhnte die ganze Nacht in heißer Lust. Glühende Wellen jagten durch ihren Körper. Sie stellte sich vor, dass Bradamante doch keine Frau, sondern ein junger, starker Mann sei. Wenn sie endlich voller Sehnen einschlief, träumte sie davon. Dann tastete sie nach Bradamante, um das Trugbild zu bestätigen, und fuhr jedes Mal erschrocken hoch, wenn ihre Hand die Träume nicht bestätigt fand.

Sie flehte zu Mohammed, dass er doch bitte die Geliebte an ihrer Seite mit allem ausstatten möge, was einen Mann ausmacht. Aber all ihr Flehen nützte nichts. Vielleicht hat der Himmel sie sogar ausgelacht. Die Nacht verging, und Phoebus hob sein blondes Haupt, um die Erde wieder zu erhellen, und immer noch war Bradamante eine junge Frau. Sofort begann Flordespina erneut mit ihrer Klage. Meine Schwester konnte es nicht mehr ertragen. Sie wollte so schnell wie möglich dieser eigenartigen Verehrung entfliehen. Aber Flordespina redete mit tränennassem Angesicht immer wieder auf sie ein und schenkte ihr sogar ein wunderschönes Ross mit goldverziertem Zaumzeug, dazu einen kostbaren, von ihr selbst bestickten seidenen Waffenrock, um sie zum Bleiben zu bewegen. Doch Bradamante ließ sich nicht erweichen. Noch immer weinend begleitete Flordespina meine Schwester ein Stück auf ihrem Weg nach Montalban. Endlich blieb sie zurück, und Bradamante erreichte am selben Abend unsere Burg. Unsere Mutter und wir Brüder empfingen sie mit großer Freude. Wir waren schon in Sorge gewesen, weil wir so lange nichts von ihr gehört hatten.

Als sie den Helm abnahm, wunderten wir uns, wo ihr schönes langes Haar geblieben war. Sie hatte jetzt einen kurzen, verschnittenen Schopf. Bradamante erzählte uns daraufhin, was ihr geschehen war, genauso, wie ich es ebenfalls berichtet habe.

Ich hatte Flordespina schon in Saragossa und in Frankreich gesehen. Dabei waren mir bereits ihre wunderschönen Augen und ihre Wangen aufgefallen. Jetzt erwachten die Erinnerungen wieder, und ich spürte Begehren nach ihr. Sofort webte sich Amor daraus neue Schlingen und zeigte mir einen Weg, wie ich durch List ans Ziel meiner Begierde kam. Ich dachte an die, die schon so vielen aufgefallen war. Vielleicht ließ sich auch die schöne Spanierin durch meine Ähnlichkeit mit meiner Schwester täuschen. Ich erzählte niemandem von meinem Plan. Heimlich suchte ich nach den Waffen meiner Schwester, die sie für die Nacht abgelegt hatte. Als die Morgenstunden nahten, kleidete ich mich so wie sie, bestieg ihr Pferd und ritt los, noch ehe mich der Tag verraten konnte.

Während des ganzen Tages leitete mich Amor. Als dann die Sonne im Meer unterging, erreichte ich das Schloss, in dem Flordespina lebte. Einer ihrer Leute sah mich und lief sofort zur Fürstin, um meine Rückkehr zu verkünden. Ich bin sicher, dass er für diese freudige Nachricht Lob und eine hübsche Belohnung erhielt. Tatsächlich hielten mich alle für die zurückgekehrte Bradamante. Flordespina begrüßte mich leidenschaftlich. Sie umschlang mich, drückte mich und küsste meinen Mund.

Du kannst dir denken, wie dabei Amors Pfeile in meinem Herzen wühlten. Sie konnte es kaum erwarten, mich in ihre Kammer zu ziehen. Als wir allein waren, nahm sie mir den Helm ab und befreite mich von meinem Wehrgehänge, der Rüstung und den Sporen. Dann ließ sie ein wunderschönes, kostbares Frauenkleid bringen und gab es mir. Vergnügt putzte sie mich mit allerlei Mädchenschmuck und band zum Schluss auch noch ein goldenes Netz in meine Haare. Ich bemühte mich, wie ein Mädchen aufzutreten. Ich hielt meine Augen gesenkt und verstellte meine Stimme.

Die Edlen und die Höflinge waren bereits im Saal versammelt. Ich musste leise lachen, als ich ihre begehrlichen Blicke sah. Sie ahnten ja nicht, was sich stark und verwegen unter meinem Kleid verbarg. Wir tafelten mit den feinsten Speisen. Alles war reich und bunt wie die Jahreszeit angerichtet. Als dann die Tafel aufgehoben wurde, bat die Hausherrin mich, diese Nacht in ihrem Bett zu schlafen.

Die Zofen, Pagen und Kammerherren zogen sich aus Flordespinas Räumen zurück. Endlich waren wir allein und lagen ausgekleidet im Bett. Im ganzen Raum sorgten Fackeln für taghelles Licht.

›Du brauchst dich nicht zu wundern, Herrin‹, begann ich, ›dass ich so schnell zurückgekommen bin. Du hast bestimmt nicht erwartet, mich so schnell wiederzusehen. Aber lass mich zuerst erklären, warum ich fortgegangen bin und dann, warum ich wiederkam. Ich wäre sicherlich hiergeblieben, wenn es deinem Seelenfrieden und der Glut in deinem Herzen irgendetwas genützt hätte. Aber ich musste gehen, weil ich nicht mehr mit ansehen konnte, wie meine Gegenwart dich quält. Nach unserem Abschied hat mich das Schicksal dann durch einen Wald geführt. Der Weg ging durch dicht verschlungenes Gebüsch, als ich plötzlich einen Hilfeschrei ganz in der Nähe hörte.

Ich ritt schneller und sah, wie ein nacktes Mädchen in einem Netz in einen kleinen Weiher gezogen wurde. Ein Faun hatte das arme Ding eingefangen und wollte sie augenblicklich fressen. Ich hatte keine andere Wahl. Mein Schwert sprang mir in die Hand, und ich tötete den Unhold. Das Mädchen sprang aus dem Netz und glitt befreit in den Teich zurück.

›Das sollst du nicht ohne Dank getan haben‹, rief sie mir zu. ›Du kannst dir dafür wünschen, was du willst. Ich werde dir jeden Wunsch erfüllen, denn ich bin die Nymphe dieser Wasser. Ich kann große Wunder tun, weil mir die Natur und die Elemente untertan sind. Nur Mut, fordere etwas von mir und frage nicht, ob ich es kann. Soll ich den Mond vom Himmel singen, die Luft erstarren lassen oder Feuer in Eis verwandeln? Ein Wort von mir bewegt die Erde oder hält die Sonne an.‹

Genau das sagte sie. Aber ich dachte nicht an irgendwelche

Schätze oder die Herrschaft über Land und Volk. Der einzige Wunsch, den ich hatte, betraf deine Sehnsucht. Ich sagte ihr deshalb, was ich mir vor allem anderen von ihr wünschte. Sie sah mich nicht mehr an, sondern tauchte wortlos mit einem großen Wasserspritzer unter.

Das Wasser benetzte mich. Im selben Augenblick spürte ich, wie sich etwas an mir verwandelte. Ich konnte es nicht glauben, aber ich spürte sofort, dass ich kein Mädchen mehr war, sondern ein Mann. Ich schwöre, dass es sich genau so zugetragen hat. Bitte, fühle es selbst.‹

Noch während ich sprach, führte ich ihre Hand dorthin, wo sie sich von der Wahrheit überzeugen konnte.

Flordespina konnte endlich mit den Händen greifen und bestaunen, wonach sie sich schon so lange sehnte. Sie traute ihren eigenen Sinnen nicht. Es war erst ein starker, zweifelloser Beweis nötig, bis die Weinende davon überzeugt war, dass sie richtig fühlte. Plötzlich lachte sie vergnügt.

›Selbst wenn das alles doch nur Träume sind, dann gebe Gott, dass ich nie daraus erwache.‹

Wir brauchten keine Trommeln und Trompetenklang für den Liebessturm, der darauf folgte. Ich eroberte das Schlösslein ohne jede Leiter, und als ich dann dort zum Sieg mein Banner stolz aufstellte, war meine Feindin überglücklich über die Eroberung. Keine Schlingpflanze konnte sich fester um Säulen ranken, als wir uns umarmten.

Wir wahrten unser köstliches Geheimnis etliche Monate lang. Aber irgendwann kam es doch heraus. Zuerst war es nur ein Gerücht. Doch dann tuschelten immer mehr, und schließlich hörte auch der König, was sich da ereignete. Und jetzt, nachdem du mich vor den Flammen des Scheiterhaufens gerettet hast, ist alles andere auch kein Rätsel mehr für dich. Aber nur Gott allein weiß, wie betrübt ich wirklich bin.«

Richardets Bericht hatte den beiden Männern den langen Weg kürzer gemacht. Während er erzählte, hatten sie bereits einen hohen Berg überwunden. Sie befanden sich jetzt auf der Kuppe. Der enge Pfad war mit Steinen übersät. Doch dann kamen sie noch ein Stück höher und sahen einen schmalen Durchgang. Von hier aus konnten sie auf der höchsten Bergeszinne die Burg Agrismont erkennen. Sie gehörte Aldiger von Clermont.

Aldiger von Clermont war ein unehelicher Sohn von Buovo und der Halbbruder von Vivian und Malegis. Er galt als ein anständiger, kühner und kluger Mann, der niemanden im Stich ließ und mit seinen Wachen das brüderliche Schloss Tag und Nacht zuverlässig bewachte. Wie stets empfing Aldiger seinen Vetter Richardet, den er wie einen Bruder liebte, herzlich. Anschließend begrüßte er auch Ruggiero. Trotz der Freundlichkeit fiel auf, dass er nicht so fröhlich war wie sonst. Schnell erfuhren die Ankömmlinge, dass er gerade eine Nachricht erhalten hatte, die ihm das Herz schwer machte.

»Ich kann dir leider nichts Gutes berichten, mein geliebter Bruder«, sagte er schon bei der Begrüßung. »Aus zuverlässiger Quelle habe ich erfahren, dass der wüste Bertolas von Bayonne von den verlogenen Mainzern zusammen mit Lanfusa, der Mutter von Ferragu, einen bösen Plan ausgeheckt hat. Er hat diesem schrecklichen Weib große Schätze versprochen, wenn sie ihm unsere Brüder Vivian und Malegis überlässt. Seit Ferragu die beiden gefangen nahm, schmachten sie in ihren Kerkern. Bereits morgen früh sollen ihre beiden Gefangenen zum Grafen von Mainz nach Bayonne an der spanischen Atlantikküste in sein Schloss gebracht werden. Er will sie selbst abholen und für des Frankenreichs bestes Blut einen guten Preis bezahlen. Ich habe, sofort als ich davon hörte, einen Sturmboten zu Rinaldo geschickt. Aber der Weg zu Rinaldo ist zu weit, und ich selbst habe nicht genügend Leute, um Bertolas zu schlagen. Ich weiß nicht, was ich machen soll, denn wenn der Kerl sie erst einmal in der Gewalt hat, dann wird er sie erschlagen.«

Richardet war sehr betroffen über diese schlimme Nachricht. Und weil es ihn so mitnahm, traf die Botschaft auch Ruggiero.

»Was soll's?«, rief er. »Dann übernehme ich die Sache. Ich brauche kein Heer. Mein gutes Schwert ist besser als tausend Bewaffnete. Ich bringe euch die Brüder zurück. Alles, was ich dafür brauche, ist ein guter Führer, der mich dahin bringt, wo die Übergabe geplant ist.«

Aldiger, der noch nichts von Ruggieros Schlagkraft und seinem Schwert gesehen hatte, kam das Angebot gewagt vor. Schnell flüsterte Richardet ihm zu, wie er selbst vor dem Scheiterhaufen gerettet wurde. Er war überzeugt, dass Ruggiero auch noch mehr konnte, wenn der Ort und die Zeit es erforderten. Jetzt wurde der Schlossherr zuversichtlicher. Schon kurz darauf tafelten sie mit großem Überfluss. Bei feinsten Speisen und reichlichen Getränken beschlossen sie, ohne jede weitere Hilfe die Brüder zu befreien.

Spät, als sie sich endlich zur Ruhe begaben, fand Ruggiero noch keinen Schlaf. Er musste ständig daran denken, dass der bedrängte König Agramant auf seine Hilfe wartete. Jedes Abweichen vom direkten Weg musste als Verrat gewertet werden. Wenn er jetzt auch noch den Feinden seines Königs half, würden Schmach und Scham auf ihm lasten. Und wenn er sich anschließend auch noch taufen ließ, galt er endgültig als Feigling. Unter anderen Umständen wäre ritterliche Hilfsbereitschaft sicher ehrenvoll gewesen. Aber jetzt brauchte König Agramant ihn eigentlich mehr als alle anderen.

Hin- und hergerissen quälte er sich bei der Suche nach einer richtigen Entscheidung. Zusätzlich schmerzte ihn der Gedanke, dass er Bradamante ohne Abschied hatte verlassen müssen. Eigentlich wollten sie sich im Kloster Vallombrosa treffen. Wie würde sie reagieren, wenn sie ihn dort nicht antraf? Er dachte daran, einen Boten abzuschicken. Vielleicht konnte er ihr in einem Brief erklären, warum er nicht gekommen, sondern ohne Abschiedswort einfach weggeritten war.

An diesem Punkt seiner quälenden Überlegungen sprang er aus dem Bett. Er rief nach den Knappen und forderte Tinte, Feder und Papier. Gleich darauf kamen die Diener zurück und brachten alles, was er gefordert hatte. Sofort setzte er sich hin und begann den Brief.

»Du wirst einsehen«, schrieb er, »dass kein Schimpf auf dem Mann liegen darf, der dein Gatte werden soll. Es ziemt sich nicht für dich als hohe Reine, dich mit jemandem zu vereinen, dessen Ehre einen Fleck hat. Ich habe stets nach Ruhm gesucht. Mein ganzes Leben galt der ritterlichen Ehre und meinem guten Namen. Dieser Name kann und soll rein bleiben, gerade weil du ihn einmal mit mir teilen willst. Ich erneuere deshalb hiermit meinen Eid, den ich schon mündlich geschworen habe: Wenn ich aus dem Dienst für meinen König Agramant zurückkomme, will ich Christ werden und dich bei deinem Vater, deinem Bruder Rinaldo und deiner Familie als mein Weib erbitten. Zuerst will ich aber meinen König aus der Belagerung befreien, damit das dumme Volk mich nicht als treulos und eidbrüchig beschimpfen kann. Ich bitte dich daher um eine Frist von zehn bis zwanzig Tagen. In dieser Zeit will ich dabei sein, um das Heer der Belagerer zurückzuschlagen. Danach will ich in Ehren Abschied nehmen und mein Leben zukünftig nur dir weihen.«

Er schrieb noch vieles mehr und füllte den großen Bogen bis an den Rand mit Worten. Dann faltete er ihn und schloss ihn mit einem Siegel. Anschließend verbarg er das Schreiben in der Hoffnung an der Brust, dass er am nächsten Tag einen Boten finden würde, dem er vertrauen konnte. Erschöpft legte er sich wieder hin und schlief tief, bis die Vögel zwitschernd den jungen Tag begrüßten.

Aldiger war als Erster wach. Er wollte dem Vetter und seinem Freund so schnell wie möglich den Weg zum wilden Bertolas zeigen. Ruggiero erinnerte seine beiden Begleiter noch einmal daran, dass er den Kampf ganz allein ausfechten wollte. Aber die beiden lehnten es ab, ihn allein reiten zu lassen.

Schließlich brachen sie zusammen auf und erreichten den vereinbarten Platz für die Übergabe zur vorgesehenen Stunde. Ein weites Brachfeld dehnte sich vor ihnen aus. Es bot keinen Schutz vor den heißen Sonnenstrahlen. Weder Lorbeer noch Zypressen, Myrten oder Buchen grünten in der versengten Ebene. Nur etwas karges Gestrüpp stand vereinzelt zwischen Geröll. Von weit her näherte sich ein einzelner Ritter. Als er näher kam, erkannten sie seine goldene Rüstung. Auf seinem grünen Schild trug er als Wappen den Vogel Phönix, von dem es hieß, dass er länger als hundert Jahre lebte.

26. Gesang

Im Altertum gab es viele edle Frauen, denen die Tugend mehr wert war als alles Gold. Heutzutage sieht man nur noch wenige davon. Die meisten nehmen, was sie bekommen können. Aber die wenigen mit Herzensgüte, die auf innere Werte bauen, hätten das Glück schon hier auf Erden verdient und die Unsterblichkeit für ihren Nachruhm.

Bradamante gehörte zu den Frauen, die Tugend höher schätzten als Reichtum. Macht und Gold interessierten sie nicht. Was ihr an Ruggiero gefiel, waren sein Mut, seine Hochherzigkeit und sein geistvolles Wesen. Schon deshalb war es ihr wert, dass er um ihretwillen Dinge tat, für die er noch in späteren Jahrhunderten gelobt werden würde.

Als Ruggiero mit Aldiger und Richardet von Clermont den Ort erreichte, an dem die gefangenen Brüder verkauft werden sollten, hatten sie nicht mit dem Auftauchen eines edlen Ritters gerechnet. Auch der hatte sie sofort gesehen.

»Na, ihr Herren«, rief er ihnen zu. »Hat einer von euch Lust auf einen Waffengang mit Lanze oder Schwert, so lange, bis einer aus dem Sattel fällt und der andere sitzen bleibt?«

»Ich würde mich ja gern zum Lanzenstechen oder Schwertkampf stellen«, rief Aldiger zurück. »Aber wir erwarten hier jeden Augenblick sechshundert Mann und müssen uns auf den Kampf gegen diesen Haufen vorbereiten. Sie halten zwei von uns gefangen, die wir befreien müssen. Du kannst gern zusehen, wenn du bei uns bleiben willst.« Dann berichtete er ausführlich, was ihn und seine Begleiter in diese Einöde geführt hatte.

»Das alles klingt einleuchtend«, antwortete der fremde Ritter. »Und so, wie ich euch sehe, seid ihr drei edle Herren, mit denen sich nur wenige vergleichen können. Ich dachte, dass ich ein-, zweimal gegen euch anrennen will, um euren Mut und eure Kraft richtig einzuschätzen. Aber jetzt brauche ich kein Turnier. Jetzt kann ich zusehen, wie ihr euch bei anderen beweist, und nehme daher meine Forderung zum Wettkampf gern zurück. Allerdings will ich nicht nur zusehen, sondern biete euch meine Hilfe an, mit meinem Helm hier, meinem Schild und meinem Schwert. Ich hoffe, dass ihr mich für würdig genug haltet, um mit euch zu kämpfen.«

Die drei jungen Männer nahmen das hochherzige Angebot gern an. Keiner von ihnen kam auf den Gedanken, dass in der guten Rüstung mit dem Phönix-Wappen kein Ritter, sondern die kampferprobte Marfisa zu ihnen gestoßen war.

Nur wenig später tauchte am Rand des Brachfeldes eine Fahne vor einem großen Haufen Volk auf. Der feindliche Heerhaufen kam näher. Schon bald erkannten sie die Sarazenen in ihrer Gewandung. Mitten unter ihnen ritten die beiden Brüder auf alten Kleppern. Sie wurden gefesselt zu den Mainzern geschleppt, um sie in gemünztes Gold umzutauschen.

»Also los!«, rief Marfisa. »Da kommen unsere Gäste. Das Fest kann jetzt beginnen.«

»Der Tanzsaal ist mir noch zu leer«, antwortete Ruggiero. »Da fehlen mir noch zu viele Eingeladene. Aber ich bin sicher, dass sie nicht lange auf sich warten lassen.«

Noch während er sprach, kam die Gruppe der verräterischen Mainzer von der anderen Seite. Jetzt konnte der Tanz wirklich beginnen. Die Mainzer führten mit Waffen, Rüstungen, Kleidern und Gold schwer beladene Wagen, um die beiden Gefangenen freizukaufen. Gleich darauf begannen die Verhandlungen zwischen dem gottlosen Mainzer Bertolas und dem Anführer der Sarazenen. Richardet konnte sich bei diesem Anblick ebenso wenig zurückhalten wie Aldiger. Ihre Lanzen kippten nach vorn. Gemeinsam preschten sie auf den hinterlistigen Mainzer zu. Die erste Lanzenspitze traf seinen Helm und brach ihm sämtliche Zähne. Die zweite glitt vom Sattel ab und fuhr in seinen Leib. Bertolas starb, wie alle Bösewichter sterben sollten.

Auch Marfisa und Ruggiero warteten nicht, bis zum Kampf geblasen wurde. Die ersten drei Gegner lagen bereits tot am Boden, als Marfisas Lanzenschaft zerbrach. Gleichzeitig schickte Ruggiero den Anführer der Sarazenen ins Land der Dunkelheit. Der Lanzenstoß war so hart, dass er zwei weitere auf die letzte Reise mitnahm. Verwirrt glaubten sowohl die Sarazenen als auch die Mainzer, dass die anderen sie verraten hätten. Dieser Irrtum war auch ihr Untergang.

»Meuchelmörder!«, schrien die Ungläubigen den Mainzern entgegen. Sofort zuckten überall die Waffen. Ruggiero und Marfisa kämpften abwechselnd bei den Sarazenen und den Mainzern. Wer ihre scharfen Klingen nur berührte, glitt augenblicklich tot vom Sattel. Rechts und links fielen die Sarazenen und die Mainzer gleichermaßen aus dem Sattel.

Richardet und Aldiger dagegen warfen sich gemeinsam auf die Mainzer. Richardet räumte so fürchterlich unter ihnen auf, als hätte der alte Hass gegen die Mainzer sich in ihm verdoppelt. Auch Aldiger benahm sich wie ein wilder Löwe. Wo immer ihm ein Helm zu nahe kam, zerschlug er ihn wie ein Ei.

Marfisa wütete unablässig mit ihrem Schwert. Als sie sah, dass die anderen sich bewährten, rief sie ihnen ihre Anerkennung zu. Die Tapferkeit Ruggieros verwunderte sie mehr als alles andere. Sie sah, dass von seinen Schlägen kein einziger das Ziel verfehlte. Seine scharfe Balisarde schnitt mühelos Helme und Panzer durch. Mit einem Hieb traf sie fünf, sechs oder gleich noch mehr.

Während Marfisa Ruggieros Taten bewunderte, beobachtete er sie ebenfalls voller Erstaunen. Ihre Tapferkeit spornte sie gegenseitig an. Kraft und Mut der vier Kämpfer schlugen auf diese Weise ein Doppelheer zusammen. Nur wenige entkamen.

Als kein Treiber und kein Fußsoldat mehr da war, hatten sich die vier Sieger das Schlachtfeld, die gesamten Schätze und die Gefangenen erkämpft. Den Brüdern wurden sofort die Fesseln gelöst. Als die Knappen und die Knechte aus dem Gebüsch kamen, reihten sie Säcke, Kisten und verschnürte Ballen aus der großen Beute aneinander.

Sie bewunderten die verschiedenen silbernen Geräte, dazu prächtig bestickte Frauenkleider, aus Seide und Gold gewebte flandrische Teppiche und große und kleine Kostbarkeiten, Weinflaschen, Brot und andere Speisen.

Erst als alle ihre Helme abnahmen, erkannten sie, dass ein junges Mädchen ihnen geholfen hatte. Ihr goldenes Haar floss um ihr schönes, zartes Gesicht. Die Ritter verneigten sich, ehrten sie mit

Grußworten, wie sie einer Dame zukamen, und baten um den Namen der tapferen Jungfrau.

Marfisa lächelte und freute sich über das höfliche Benehmen der drei jungen Edlen. Da sie ebenfalls wusste, was sich gehörte, antwortete sie ihnen auf alle Fragen. Trotzdem sah Marfisa immer nur Ruggiero an.

Sie aßen, tranken und verbrachten den ganzen Nachmittag mit Spielen und Gesprächen. Als sie müde wurden, machten sie es sich auf Kissen und Decken im Heckenschatten rund um den Merlinsbrunnen bequem. Die Brüder Malegis und Vivian übernahmen die Wache, während die anderen sich ausruhten.

In diesen Frieden brach nach einer Weile eine junge Frau auf einem Pferd ein. Es war Hippalka, die noch immer dem Fürsten Rodomont und dem von ihm gestohlenen Rennpferd Frontin hinterherritt. Mehrmals war sie so dicht an ihn herangekommen, dass sie ihn bitten oder beschimpfen konnte. Beides war umsonst gewesen. Nachdem sie aufgegeben hatte und zu Ruggiero nach Agrismont zurückkehren wollte, hörte sie unterwegs, dass er ganz in der Nähe sein sollte. Sie kannte den hübschen Lagerplatz am Merlinsbrunnen schon von früher und fand ihn schnell wieder. Sie sah ihn und erkannte auch Bradamantes Bruder. Jetzt zeigte sich, dass sie eine kluge und geschickte Botin war. Sie tat so, als würde sie Ruggiero nicht erkennen, und ging direkt zum edlen Richardet.

»Wo kommst du denn her?«, fragte er sofort und richtete sich auf. »Und wo willst du so allein hin?«

Ihre Augen waren noch immer rot geweint von den vielen Tränen, die sie bei der Verfolgung Rodomonts vergossen hatte. Sie seufzte laut, damit auch Ruggiero aufwachte. Dann berichtete sie, was geschehen war.

»Ich war im Auftrag deiner lieben Schwester unterwegs«, sagte sie. »Sie hatte mich gebeten, ein schönes edles Pferd nach Marseille mitzunehmen, wohin sie schon bald nachkommen wollte. Das Pferd hieß Frontin, und sie liebte es wie kein anderes. Ich bin dreißig Meilen weit bis zu einem Platz geritten, an dem ich auf sie warten sollte. Das Schicksal schickte mir aber einen frechen Heiden über den Weg. Er hat mir Frontin weggenommen. Es störte ihn nicht im Geringsten, als ich ihm sagte, dass er sich an

Graf Rinaldos Eigentum vergriff. Zwei Tage lang bin ich hinter ihm hergeritten. Ich habe ihn beschimpft und angefleht. Aber alle meine Klagen und meine Bitten waren umsonst. Dann geriet er hier ganz in der Nähe an einen anderen Ritter. Er war noch frisch bei Kräften, während der Maure schon auf einem müden Pferd ritt. Ich hoffe daher, dass der Fremde den Diebstahl doch noch rächen wird.«

Ruggiero sprang auf. Er hatte angespannt zugehört. Jetzt überfiel er Richardet mit einem Schwall von Worten. »Lass mich die Sache klären«, bat er erregt. »Ich reite zu der Stelle, wo der Heide zuletzt gesehen wurde. Das Mädchen hier soll mich dahin führen. Ich bestehe darauf, dass wir allein losziehen.«

»Nein«, antwortete Richardet. »Das ist meine Sache. Es handelt sich immerhin um das Pferd meiner Zwillingsschwester.«

»Aber ich habe noch einen Lohn für meine guten Dienste bei den Kämpfen vorhin gut.«

Gegen diese Begründung konnte Richardet nichts machen. Es passte ihm nicht, aber er musste dem Verlangen von Ruggiero nachgeben.

Ruggiero verabschiedete sich schnell, stieg auf sein Pferd und winkte Hippalka zu. Ehe die anderen richtig mitbekamen, was geschah, war er bereits mit ihr unterwegs.

Als sie so weit geritten waren, dass die anderen sie nicht mehr hören konnten, erzählte ihm Hippalka, welchen Auftrag sie tatsächlich von seiner Angebeteten erhalten hatte.

»Als mir der Ungläubige das Tier entriss, habe ich natürlich nicht von Rinaldo gesprochen, sondern gesagt: ›Dies ist Ruggieros Pferd.‹ Daraufhin hat er gesagt: ›Das freut mich sehr. Sag ihm nur, dass ich es gerade deshalb doppelt so gern nehme. Wenn er es wiedersehen will, dann sag ihm, dass sein neuer Eigentümer Rodomont ist, dessen Ruhm bis ans Ende der Welt leuchtet.‹«

Ruggieros Augen blitzten, als er vom Hohn des Pferdediebes hörte. Frontin war ihm besonders wertvoll, weil er ein besonderes Geschenk war.

Wenn ich Rodomont jetzt nicht das Pferd entreiße und mich an ihm räche, wie es sich gehört, dann ist mein guter Ruf dahin, dachte er. Und zur Schande kommt auch noch die Scham.

Die junge Frau führte ihn dorthin, wo sie den Sarazenen vermutete. Nur wenig später gabelte sich der Weg. Der eine führte erneut durch die Ebene, der andere überquerte Berge, hinter denen sich die Abzweigungen wieder vereinten. Der bergige Weg war kürzer, aber beschwerlicher für einen Reiter. Der andere bedeutete einen Umweg, war aber nicht so anstrengend. Um möglichst schnell Frontin zu befreien und sich an seinem Dieb zu rächen, entschied sich Hippalka für den steileren Bergpfad.

Unterdessen hatten Rodomont und Mandrikard bereits den anderen Weg gewählt. Sie hatten ihren Wettkampf aufgegeben, um dem eingeschlossenen Heer von König Agramant beizustehen. In ihrer Begleitung befand sich die schöne Doralis, der Anlass ihrer Rivalität. Inzwischen näherten sie sich der Quelle, an der Aldiger, Marfisa und Richardet zusammen mit Vivian und Malegis ausruhten. Da sie alle guter Dinge waren, hatte Marfisa gerade auf Bitten ihrer Kampfgefährten einen prächtigen goldbestickten Seidenrock angezogen. Er stammte aus der Beute und war eigentlich als Geschenk Bertolas' für Lanfusa gedacht. Marfisa legte nur sehr selten Helm, Waffen und ihre Rüstung ab. Noch seltener trug sie Frauenkleider. Sie hatte nur eingewilligt, um ihren Kampfgefährten eine Freude zu machen.

Als jetzt der wilde Mandrikard den Lagerplatz am Merlinsbrunnen erreichte, sah er als Erstes die königlich gekleidete Marfisa. Augenblicklich durchzuckte ihn der Gedanke, dass er dieses wunderschöne Weib Rodomont als Ersatz für Doralis anbieten könne. Er betrachtete Marfisa und war überzeugt, dass jeder Mann sich glücklich schätzen musste, dieses Weib zu bekommen. Es kümmerte ihn nicht, dass er Marfisa nicht gefragt hatte. Um gleich für klare Verhältnisse zu sorgen, forderte er die Ritter allesamt zum Zweikampf heraus. Die sprangen alle gleichzeitig auf und ritten Mandrikard entgegen.

Vivian eröffnete den Tanz. Mutig senkte er seine große, schwere Lanze. Der Heidenfürst richtete sich zu seiner vollen Größe auf und preschte ebenfalls los. Vivian zielte auf den Helm. Aber der Sarazene wankte nicht einmal unter seinem Stoß. Seine Lanze war aus härterem Holz gemacht. Sie zersplitterte Vivians Schild wie dünnes Eis und warf ihn in hohem Bogen von seinem Pferd mitten in die Wiese. Jetzt kam Malegis. Er schwang die Waffen, um seinem Bruder Genugtuung zu bringen – umsonst. Er bekam keine Gelegenheit, ihn zu rächen, sondern musste ihm im Gras Gesellschaft leisten.

Als Dritter sprang Vetter Richardet auf sein Pferd. Mit verhängten Zügeln schoss er wie ein Unwetter auf Mandrikard zu. Er traf den Mauren genau einen Fingerbreit unter dem Visier. Vierfach zerbrochen flog der Lanzenschaft nach allen Seiten. Richardets Pferd strauchelte, und er stürzte kopfüber zu Boden. Aber der Heide blieb unerschütterlich in seinem Sattel. Gleichzeitig traf seine Lanze Aldiger an der linken Seite. Der Stoß war so hart, dass weder Schild noch Harnisch standhielten. Schwer verletzt wankte Aldiger. Dann sank er mit bleichen Wangen zwischen Gras und Blume. Seine Waffen und Glieder waren rot vom Blut. Da kein weiterer Ritter sich dem König der Tartaren stellte, glaubte Mandrikard bereits, die schöne Jungfrau an der Quelle gewonnen zu haben. Er ritt zum Brunnen und sah sie siegestrunken an.

»Siehst du, jetzt gibt es keinen mehr, der für dich ins Stechen reitet«, rief er ihr zu. »Deshalb gehörst du mir.«

Marfisa richtete sich stolz auf und warf den Kopf zurück. »Wenn du dich da mal nicht gewaltig irrst. Ich gehöre mir und keinem anderen. Und wer mich gewinnen will, der muss mich selbst besiegen. Ich weiß sehr wohl, wie man Schild und Lanze führt, und mancher Ritter lag schon vor mir auf dem Boden.« Sie wandte sich zu ihrem Knappen. »Bringe mir mein Pferd und meine Waffen.«

Ohne zu zögern, zog sie sich den Rock von ihrem wohlgebauten Körper und zeigte sich nur noch im Wams. So gekleidet, glich sie, bis auf ihr Gesicht, dem Kriegsgott Mars. Sie legte ihre Rüstung an und ließ sich ihr Schwert bringen. Leicht schwang sie sich auf ihr Streitross und jagte es mit raschem Lauf bis zum Galopp. Dann wendete sie ihr Pferd, legte die Lanze ein und preschte furchtlos auf den Heiden zu.

Die beiden Lanzen brachen schon beim ersten Aufeinanderprallen in Stücke. Keiner der beiden Kämpfer wankte auch nur einen Fingerbreit. Sofort griff Marfisa nach ihrem scharfen

Schwert. Der Heide fluchte auf Gott und die Elemente, als er sah, dass sie immer noch im Sattel saß. Aber auch Marfisa hatte angenommen, ihm bereits beim ersten Stoß den Schild zu spalten. Ihr Zorn verwandelte sich in pure Kraft. Nun hieben beide mit ihren Zauberwaffen wie mit großen Hämmern aufeinander ein. Die Rüstungen hätten auch dann noch jeden Schwertschlag ausgehalten, wenn das Paar den ganzen Tag und auch noch den nächsten in wildem Kampf weitergestritten hätte. Als Rodomont sah, dass keiner dieser beiden Kämpfer irgendeinen Vorteil für sich erringen konnte, warf er sich zwischen die beiden.

»So geht das nicht!«, rief er Mandrikard zu. »Du kannst dich hier nicht schlagen, wenn wir beide noch eine andere Vereinbarung haben. Wir haben uns gegenseitig das Wort gegeben, keinen anderen Kampf durchzufechten, ehe wir unserem Heer aus der Belagerung geholfen haben.«

Er wandte sich höflich an Marfisa und winkte den Boten von König Agramant heran. Der Gesandte wiederholte den Befehl des Ersten aller Sarazenen zusammen mit der Aufforderung, dass jeder Ritter, der kein Christ war, augenblicklich jeden anderen Kampf einstellen und den Belagerten zu Hilfe kommen sollte.

»Du könntest deinen Kampf auch unterbrechen«, sagte Rodomont zu Marfisa. »So lange wenigstens, bis die größere Pflicht getan ist. Bedenke nur, wie wenig dieser kleine Streit hier ist gegen die Ehre und den großen Ruhm, den du erringen kannst, wenn du mit uns kommst.«

Marfisa hatte schon länger vor, sich mit Schwert und Lanze an den Paladinen Kaiser Karls zu messen. Nur deshalb war sie von weit her bis ins Frankenreich gekommen.

»Ich mache mit«, sagte sie deshalb, ohne zu zögern. »Ich helfe König Agramant und leiste Kaiser Karl zusammen mit euch Widerstand.«

Mittlerweile war Ruggiero mit Hippalka über den steilen Bergpfad bis an die Stelle gekommen, an der sie den Fürsten Rodomont verlassen hatte. Dort sahen sie an den Fußspuren, dass Rodomont den weiteren, aber besseren Weg zum Merlinsbrunnen genommen hatte. Ruggiero wendete sein Pferd und beschloss, dorthin zurückzureiten. Hippalka sollte nach Montalban zurückkehren.

»Sag deiner Herrin, dass ich Frontin finden werde und sie sich keine Sorgen um ihn machen soll«, trug er ihr auf. »Sobald ich ihn gefunden habe, schicke ich sofort eine Botschaft zu euch.«

Er gab ihr den Brief mit, den er in der Nacht in der Burg Agrismont geschrieben hatte und seither unter seinem Brustharnisch trug. Sie ritt sofort los, um ohne Aufenthalt noch vor Anbruch der Nacht Schloss Montalban zu erreichen.

Ruggiero folgte den Spuren des gewaltigen Sarazenen, bis er ihn kurz vor der Quelle zusammen mit Mandrikard reiten sah. Ruggiero erkannte Frontin schon von Weitem. Und er wusste, wer jetzt sein Reiter war. Er legte seine Lanze ein und ritt auf den Brunnen zu. Wütend forderte er den Libyer zum Kampf heraus.

»Ich will mich nicht mehr mit dir schlagen«, entgegnete der Libyer. Er hatte seinen sonst so wilden Stolz völlig abgelegt und benahm sich bescheidener als Hiob. Dabei war er es gewesen, der ihn tobend und fluchend die ganze Zeit gesucht hatte. Es war der erste und der letzte Tag, an dem der Fürst von Algier einen Kampf ablehnte. Selbst wenn Ruggiero jetzt ein Hase gewesen wäre und er der Panther, hätte er ihm kaum mehr als ein, zwei Hiebe versetzt. Ruggieros Schwertarm war längst so berühmt, dass sich Rodomont liebend gern mit ihm gemessen hätte. Aber jetzt war es wichtiger, dass sein König aus der Umlagerung befreit wurde.

»In jedem anderen Fall würde ich dreihunderttausend Meilen weit gehen für einen solchen Kampf«, sagte er. »Aber durch meinen Eid bin ich zur Treue gegenüber meinem Lehnsherrn verpflichtet. Ich bitte dich aber, mich zu begleiten. Wenn du das tust, kann ich in ritterlicher Treue meinem König dienen. Wenn der Belagerungsring aufgebrochen ist, hindert uns nichts mehr daran, unseren Streit untereinander auszutragen.«

»Das mag ja alles sein«, antwortete Ruggiero. »Ich verschiebe gern unseren Waffengang, bis König Agramant erneut den Kopf vor Kaiser Karl erheben kann. Allerdings musst du mir vorher das Pferd, das mir gehört, zurückgeben. Wenn du das tust, werde ich solange auch vergessen, dass du nicht ehrenhaft gehandelt hast, als du das Pferd einer Dame weggenommen hast.«

Als die anderen sahen, dass die beiden nicht zu einer Einigung kamen, erhob sich Mandrikard und fing nun seinerseits Streit mit Ruggiero an.

»Wieso führst du eigentlich den weißen Adler auf himmelblauem Feld auf deinem Schild? Das ist das Wappen, das die Fahnen Trojas schmückte.«

»Ganz recht«, gab Ruggiero stolz zurück. »Hektor, der starke Held von Troja, zählt zu meinen Ahnen.«

Mandrikard glaubte Ruggiero nicht. Er selbst hatte ebenfalls einen weißen Adler in seinem Wappenschild. »Du führst den Vogel da völlig zu Unrecht«, stieß er hervor. »Es ist mein Zeichen. Dass du es ebenfalls trägst, empfinde ich als Beleidigung.«

Sie hatten sich vor langer Zeit schon einmal aus dem gleichen Grund geschlagen.

»Ich habe dir schon einmal verboten, mein Wappenzeichen zu tragen«, schrie Mandrikard erbost. »Da alle Drohungen und Warnungen bei dir versagen, musst du eben spüren, dass du besser schon beim ersten Mal getan hättest, was ich von dir verlange.«

Flammende Röte schoss in Ruggieros Gesicht. »Glaubst du etwa, dass ich ein Feigling bin? Dann will ich dir zeigen, was dir blüht. Erst nehme ich dem da meinen Frontin weg und dann dir den Schild von Hektor. Wir sind ja schon einmal aneinandergeraten vor nicht allzu langer Zeit. Damals habe ich dir dein Leben gelassen, weil du kein Schwert bei dir hattest. Und nun pass auf, wie jetzt der weiße Adler zuschlägt. Er ist seit alten Zeiten der rechtmäßige Wappenvogel unseres Geschlechts.«

»Nein, das ist mein Wappen!«, brüllte Mandrikard.

Wütend zog er das Schwert, das der toll gewordene Orlando erst vor Kurzem in den Wald geworfen hatte. Ruggiero sah das Schlachtschwert in der Hand des anderen und senkte nach gutem Ritterbrauch die Lanze. Mit einem Griff riss er seine Balisarde hervor und hob den Schild.

Das alles passte Rodomont nicht. Zusammen mit Marfisa sprengte er heran. Sie hatte sich inzwischen ihm angeschlossen.

»Was soll denn das? Hört auf!«, riefen sie beide und griffen nach den Zügeln von Ruggiero und Mandrikard.

»Jetzt hast du bereits zwei Mal dein Versprechen gebrochen«, schnauzte Rodomont den Tartaren an. »Erst hast du, um Marfisa zu bekommen, viel Zeit verloren. Dann lässt du König Agramant weiterhin in Nöten, weil dich das Wappen von Ruggiero stört. Wenn du dir das alles schon erlaubst, darfst du nicht vergessen, dass ich der Erste bin, der ein Recht auf einen Kampf mit dir hat. Aber anstatt immer neue Händel anzufangen, solltest du endlich dem Befehl des Königs folgen. Das war die Bedingung, unter der wir vorübergehend Frieden schlossen. Und erst wenn ich meinen Kampf mit dir beendet habe, darfst du mit den anderen um das Pferd kämpfen oder darum streiten, ob der Adler nun auf deinen Schild oder auf seinen gehört. Aber ich warne dich: Wenn ich mit dir fertig bin, wird für Ruggiero nicht mehr viel von dir übrig sein.«

»Das könnte dir so passen«, rief Mandrikard zornig. »Du wirst bei mir noch schwitzen lernen. Ich fürchte mich nicht, Ruggiero ebenso wie tausend anderen genau das auszuteilen, was sie brauchen.«

Das Zorngeschrei wurde immer wilder. Mandrikard wollte es mit beiden zugleich aufnehmen. Ruggiero wollte ebenfalls nicht länger verhandeln, sondern losschlagen. Vergeblich versuchte Marfisa, die Wütenden umzustimmen. Wenn sie den einen etwas beruhigt hatte, brach es aus dem anderen wie Sturzbäche hervor. Jedes Mal, wenn sie einen fasste, um ihn wegzubringen, sprangen die beiden Übrigen gegeneinander. Außer Rand und Band überschrien sie einander. Marfisa konnte machen, was sie wollte.

»Seid doch vernünftig«, rief Marfisa. »Hört auf mit eurem Streit, bis König Agramant außer Gefahr ist. Wenn jeder von euch nur an sich denkt, dann müsst ihr auch mit mir als Gegner rechnen. Na los doch! Wer will anfangen und mich mit Waffenkraft erobern? Wenn ihr das nicht wollt, dann streiten wir nicht länger, sondern ziehen endlich los.«

»Ich habe nichts dagegen«, sagte Ruggiero. »Aber ich will vorher mein gutes Pferd zurück. Das ist mein letztes Wort. Entweder reite ich auf meinem Pferd, oder Rodomont bleibt tot an diesem Platz zurück.«

»Weder das eine noch das andere wird dir gelingen«, höhnte Rodomont. »Wenn König Agramant jetzt Schaden nimmt, dann ist das ganz allein dir zuzuschreiben. Ich jedenfalls reite jetzt los, um meine Pflicht zu tun.«

Ruggiero kümmerte sich nicht um den Vorwurf Rodomonts. Er riss sein Schwert aus der Scheide und stürzte wie ein Eber auf den Sarazenen zu. Er rammte ihn mit Schulter und Schild derartig hart, dass der fast aus dem Sattel fiel.

»Ruggiero!«, schrie Mandrikard. »Hör endlich mit dem Streit auf, sonst kriegst du es mit mir zu tun.«

Ruggiero hatte keine Möglichkeit, zu antworten. Noch während Mandrikard schrie, schlug er falsch und grausam zu. Er traf den Helm. Ruggiero sank nach vorn bis an die Mähne seines Pferdes. Er kam nicht wieder hoch, weil jetzt auch Rodomont mächtig auf ihn einschlug. Der hätte ihm das Haupt bis auf die Zähne gespalten, wenn der Stahl des Helms nicht durch den Zauberspruch hart wie Diamant gewesen wäre. Trotzdem betäubte das Gewitter der Schwertschläge Ruggiero so sehr, dass ihm die Zügel seines Pferdes entglitten. Dann rutschte ihm noch das Schwert aus der Hand. Ungezügelt ging Ruggieros Pferd mit seinem Reiter durch, während sein Schwert Balisarde auf dem Boden zurückblieb.

Jetzt aber wurde es Marfisa zu viel. Sie war am Morgen die Kampfgefährtin von Ruggiero gewesen. Nun sollte sie mit ansehen, wie zwei zugleich über ihn herfielen. Mit wildem Zorn riss sie ihr Schwert hervor und stürmte gegen Mandrikard. Der hätte Ruggiero fast erledigt. Noch ein Hieb, und das Pferd hätte ihm gehört.

In diesem Augenblick griffen auch Richardet und Vivian ein. Während Richardet Rodomont abdrängte, holte Vivian Ruggiero ein und warf ihm sein Schwert zu. Der schwer Geschlagene hatte sich inzwischen wieder etwas erholt. Als er jetzt Vivians Schwert in seiner Hand fühlte, verflog der letzte Rest seiner Benommenheit. Er zügelte sein Pferd, wendete und stellte sich erneut dem König von Algier. Er donnerte das Schwert auf Rodomonts Haupt.

»Der Streit wird noch ewig weitergehen!«, meinte die Zwietracht.

»Die werden niemals Frieden und Versöhnung finden«, stimmte der Hochmut zu. »Ich denke daher, dass wir unbesorgt wieder zurück zu unseren Mönchen gehen können.«

Im selben Augenblick krachte ein neuer Schlag auf das Heidenhaupt. Rodomont kippte nach vorn auf den Rücken seines Pferdes. Gleichzeitig riss die Drachenhaut, die bisher den Rücken des wilden Heiden geschützt hatte. Er wankte hin und her. Der Schwertgriff glitt ihm aus der Hand. Es wäre ihm entfallen, wenn er es nicht klugerweise mit einer Schlinge ans Gelenk gebunden hätte.

Dicht neben ihnen kam Mandrikard ins Schwitzen. Die Spuren von Marfisas Schlägen zeigten sich an seiner Brust und Stirn. Aber er ließ nichts auf sich sitzen.

Doch da riss Marfisa ihr Pferd eine Spur zu schnell zur Seite. Es glitt auf dem feuchten Wiesengrund aus und stürzte auf die Seite. Noch während es sich wieder aufrappeln wollte, benutzte der Heide seinen Vorteil und ließ sein eigenes Pferd völlig unritterlich gegen das von Marfisa prallen. Es stürzte erneut. Aber jetzt hatte Ruggiero gesehen, dass Marfisa seine Schwerthand dringender als alles andere benötigte. Ruggiero schlug nur einmal zu.

Der Herr von Algier kam inzwischen wieder zu sich. Er kehrte um, entdeckte Richardet und wollte auf ihn losgehen. Aber da kam Malegis dazwischen und bewies, was er von der großen Schwarzen Kunst verstand. Er kannte sich wie die besten Magier in Zauberei aus. Obwohl er sein Zauberbuch jetzt nicht bei sich trug, in dem geschrieben stand, wie er sogar den Lauf der Sonne anhalten konnte, kannte er einige Formeln auswendig, die zur Beschwörung dienstbarer Geister nötig waren.

Er rief nach einem Dämon und befahl ihm, sofort in den Zelter von Doralis zu fahren. Kaum hatte Vivians Bruder seinen Zauberspruch gemurmelt, als der Dämon auch schon den Zelter von Doralis bockig werden ließ.

Das eben noch friedliche Pferd sprang völlig unerwartet acht Ellen hoch und fünfzehn Ellen weit. In Todesangst stieß Doralis gellende Hilfeschreie aus. Als wenn die Teufel hinter ihm her wären, jagte der Gaul hin und her. Doralis kreischte immer lauter. Das Pferd wurde so schnell, dass nicht einmal ein Pfeil es erreichen konnte.

Kaum hatte Rodomont erkannt, in welch fürchterlicher Gefahr sich seine geliebte Doralis befand, als er auch schon jeden Kampf vergaß und ihr nachsetzte. Auch der Tartar brach alle Streitigkeiten ab. Er interessierte sich nicht mehr für Ruggiero oder Marfisa. Ohne Beendigung des Kampfes und ohne jeden Friedensschluss stürmte er hinter den beiden anderen her.

Marfisa brannte vor Zorn und Ärger. Sie sah, wie ihre Feinde weggaloppierten und mit ihnen jede Möglichkeit der Rache. Ruggiero brüllte wie ein Löwe. Ihm war sofort klar, dass weder Frontin noch Brigliador von anderen Pferden eingeholt werden konnten.

Trotzdem wollte er nicht aufgeben – so lange nicht, bis er sein Pferd von Rodomont zurückhatte. Auch Marfisa wollte nicht klein beigeben. Nach allem, was sie wussten, konnten Rodomont und Mandrikard nur zum Lager reiten, in dem König Agramant von den Franken und ihren Verbündeten eingeschlossen war. Wenn sie dort ankommen wollten, ehe Kaiser Karl das Sarazenenheer vollständig vernichtet hatte, mussten sie den geraden Weg nehmen. Ruggiero und Marfisa brachen sofort auf.

Ruggiero erklärte Bradamantes Bruder Richardet, was sie vorhatten, und bat ihn, in guten und in bösen Zeiten weiterhin sein Freund zu bleiben. Dann bestellte er Grüße an Richardets liebe Schwester. Dabei wählte er seine Worte so geschickt, dass niemand Verdacht schöpfen konnte. Er verabschiedete sich vom verwundeten Aldiger, von Vivian und seinem Bruder Malegis. Sie alle boten ihm weiterhin ihre Unterstützung an.

Marfisa war bereits losgeritten. Sie konnte es nicht erwarten, nach Paris zu kommen. Malegis und Vivian riefen ihr noch einen Gruß hinterher. Aber sie war schon zu weit entfernt. Während die beiden Sarazenen den Weg nach Paris nahmen, folgte ihnen jetzt die zweite Gruppe. Beide sollten Karl dem Großen noch großen Schaden zufügen.

27. Gesang

Frauen können oft aus dem Augenblick heraus richtig entscheiden. Das ist einer der Vorzüge, die sie vom Himmel erhalten haben. Den Männern gelingen derartige Entschlüsse nur selten. Sie müssen planen, überlegen und sich lange den Kopf zerbrechen, bis sie endlich wissen, was sie wollen.

Mit etwas mehr Überlegung hätte Malegis auch auf den Gedanken kommen können, dem Geist im Pferd von Doralis eine andere Richtung zuzuweisen als ausgerechnet nach Paris. Hätte der Dämon das Pferd nach Osten statt nach Westen gelenkt, wären ihm auch die beiden verliebten Sarazenen gefolgt. Da aber der Dämon keine entsprechende Anweisung erhalten hatte, fühlte er sich wie jede andere Höllenbrut genau von der Richtung angezogen, in der es Mord und Blut, Feuer und Verrat gab. Jetzt nahm das Übel genau den Weg, der Kaiser Karl am meisten schaden musste.

Der Zelter mit dem Teufel in den Eingeweiden ließ sich durch nichts aufhalten. Er lief durch Flüsse und Gräben, preschte über Stock und Stein und trug die angsterfüllte Doralis durch Sümpfe und durch Wälder. Schließlich erreichte er das Lager der Franken und der Briten. Wie zufällig trieb der Dämon das Pferd an den Kriegern vorbei, die für Jesus Christus zu den Waffen gegriffen hatten. Er hielt erst an, als er die Zelte des Königs von Granada erreichte.

Die beiden Heiden hatten Doralis und das wild gewordene Pferd einen Tag lang verfolgt. Erst als sie am Heer der Sarazenen ankamen und erfuhren, dass Doralis das Lager ihres Vaters erreicht hatte, gönnten sie sich eine Ruhepause.

Zu allem Unglück hatte Karl der Große noch seine beiden besten Paladine verloren. Orlando tobte noch immer völlig nackt bei Sonnenschein und Regen, Hitze und Kälte über die Berge und durch die Wälder.

Auf Rinaldo musste Karl ebenfalls verzichten, denn der suchte – auch nicht viel klüger – irgendwo auf fernen Wegen

Angelica, die er in Paris nicht gefunden hatte. Er vermutete, dass sie zusammen mit Orlando auf dessen Schloss Brava sein könnte. Und er glaubte noch immer dem Trugbild des Zauberers, laut dem die Schöne Orlando ihm vorgezogen hatte. Seine Eifersucht brannte heiß im Herzen, seit er sie in Paris gesehen hatte, dann aber sofort nach England weitermusste. Er war zurückgekehrt und hatte mit dem Ersatzheer den Sarazenenkönig Agramant eingekesselt. Anschließend war er in jedes Kloster eingedrungen, hatte jede Haustür geöffnet und jede Burg durchsucht. Wenn sie nicht irgendwo hinter Mauern und Säulen eingekerkert war, hätte er sie finden müssen. Aber er fand sie nicht, deshalb jagte er den beiden immer weiter nach. Immer wieder malte er sich aus, wie Angelica und Orlando vergnügt ihrer Lust frönten. Schließlich kehrte er nach Paris zurück. Hier führte Orlandos lange Abwesenheit bereits zu offenen Vorwürfen. Nachdem er zwei Tage in Paris gewesen war, ohne dass Orlando auftauchte, ritt Rinaldo erneut nach Anglant. Immer wieder, morgens und abends, bei Nacht und in der Mittagshitze wiederholte er seine immer gleichen Nachfragen. Schließlich war er gut hundert Mal vergeblich hin- und hergeritten.

Der Teufel lenkte seinen bösen Blick jetzt auf Kaiser Karl. Die Gelegenheit war günstig, da Rinaldo weiter durch das Land streifte. Das war der rechte Augenblick, um den Christen endgültig den Rest zu geben. So schnell wie möglich schickte er die Sarazenenkrieger und ihre besten Helden auf den Weg. Auch die Könige Gradass und Sakripant wollten jetzt dem bedrängten König Agramant helfen, den Frankenkaiser zu vernichten.

Ein zweiter Dämon aus der Hölle setzte sich vor sie und zeigte ihnen wie der andere im Pferd von Doralis den Weg. Zu allem Übel schickte die Hölle noch einen dritten Dämon, der sich um Ruggiero und Marfisa kümmern sollte. Der schwarze Engel trieb sie jedoch nicht an. Im Gegenteil, er hielt sie absichtlich zurück.

Mandrikard und Rodomont erreichten die flatternden Fahnen im Sarazenenlager von König Agramant. Als auch König Gradass und König Sakripant mit ihrem Gefolge hinzustießen, berieten sie, wie sie trotz der Belagerung Agramant befreien konnten. Dann wagten sie den Durchbruch. Dicht nebeneinander preschten sie auf die Zeltlager des Christenheeres zu.

Wie schon so oft schufen sie durch ihr Kampfgeschrei heilloses Durcheinander unter den Christen. Jeder suchte nach seinen Waffen, und das Getümmel wurde schnell zu einem fürchterlichen Gedränge. Jetzt zeigte sich, wie sehr dem Christenheer die mutigen Paladine und unerschrockene Helden fehlten. Kopflos rannten die Christen nach allen Seiten durcheinander.

Es dauerte lange, bis die Trompeten tönten und Trommeln die Heeresgruppen wieder ordneten. Das Geschrei klang bis zum Himmel hoch. Endlich erschien der Kaiser in voller Rüstung, aber ohne Helm. Er wurde von den Paladinen begleitet, die ihm noch verblieben waren. Karl sah die ersten Opfer des unerwarteten Sarazenenausbruchs. Dem einen hatte ein Schwerthieb die Brust zerteilt, andere hatten Hals- und Kopfverletzungen.

Als er auf den Platz des Überfalls vordrang, ritt er durch blutigen Morast. Hier halfen keine Ärzte und keine Zauberer mehr. Überall lagen Tote. Dort, wo die Befreier Agramants sich durchgeschlagen hatten, zog sich eine Spur der Vernichtung durch das Christenlager.

Karl blickte fassungslos auf das Blutbad. Wilder Zorn wallte in ihm auf. Er wirkte wie ein Mann, dem der Blitz das Haus zerstört hatte.

Noch ehe die erste Gruppe bis zu den Wallanlagen des Afrikanerkönigs vorgestoßen war, drangen an einer anderen Stelle Marfisa und Ruggiero in das Christenlager ein. Sie stürzten sich so unerwartet und heftig mitten zwischen die Franken, als würde mit hellem Feuerschein eine Mine explodieren. Es krachte, dröhnte und verkündete den Tod.

Genauso wie der Lärm, der Mauern brach und selbst den harten Felsen auseinanderriss, drangen die beiden immer weiter vor. Es war, als würde ein Sturm durch ein enges Tal fahren und dabei blutige Schneisen schneiden.

Viele von denen, die sich gerade noch vor den Hieben von Rodomont und den anderen Heiden gerettet hatten, fielen jetzt Marfisa und Ruggiero zum Opfer. Jetzt mussten sie erkennen, dass sich niemand seinem Schicksal entziehen konnte, weder durch Bleiben noch durch die Flucht. Wer der einen Gefahr zuvor entfliehen konnte, zahlte jetzt doch noch mit seinem Leben.

Marfisa und Ruggiero schafften den Durchbruch ins Heerlager der Sarazenen. Dort wurden sie mit lautem Jubel begrüßt. In den Augen der Eingeschlossenen blitzte wieder Hoffnung. Jetzt waren sie bereit, die Waffen wieder aufzunehmen. Und selbst die Feigsten unter ihnen wollten es mit Hunderten aufnehmen. Ohne zu zögern, beschlossen die Sarazenen, sofort anzugreifen und so den Ausbruch zu erzwingen.

Posaunen, Hörner und Pauken schallten mit schrecklichem Gelärm bis zum Himmel hinauf. Überall wurden Paniere und Standarten geschwungen. Die großen Fahnen flatterten im Wind, während sich auf der anderen Seite die Vasallen Kaiser Karls versammelten. Bretonen, Italiener, Engländer und Deutsche schlossen zu den Franken auf. Gleich darauf begann ein fürchterliches Gemetzel. Der schreckliche Fürst Rodomont warf sich den Christen ebenso entgegen wie der starke Mandrikard. Auch der edle Ruggiero ließ seinen Stern über dem Schlachtfeld strahlen. Gradass bewies, dass er zu Recht einen berühmten Namen trug. Marfisa kämpfte neben König Sakripant in einer Weise, dass sich keiner mutiger als sie nennen konnte.

Die stolzen Helden wüteten so schlimm, dass der Kaiser mit seinen Truppen bis nach Paris zurückweichen musste, um von dort aus die Hilfe von Sankt Denis und Sankt Johann zu erbitten. Aber der Kampf wurde immer furchtbarer. Was wie ein Rückzug begann, verwandelte sich sehr schnell in eine wilde, heillose Flucht. Die Niederlage war ein schwerer Schlag für Karl den Großen. Ferragu und viele andere tapfere Sarazenen kämpften so entschlossen, dass die zurückweichenden Franken auf der Brücke über die Seine eingekeilt wurden. Sie war nicht breit genug, um alle aufzunehmen, die zur anderen Seite wollten. Viele stürzten ins Wasser. Einige ertranken, einige erreichten trotz der schweren Waffen und Rüstungen das Ufer.

In ihrer Not wünschten viele, wie Ikarus fliegen zu können, um der tödlichen Umklammerung durch die Luft zu entkommen. Der Tod war überall. Sämtliche Paladine Karls gerieten in

Gefangenschaft. Nur Olivier von Vienne entkam schwer verletzt mit einer Wunde an der Seite. Zusammen mit ihm entkam auch Ogier, obwohl ein Schwerthieb den großen Dänen noch am Kopf getroffen hatte.

Zum Schluss blieb nur noch Brandimart übrig. Wenn er ebenso wie Rinaldo und Orlando das Heer verlassen hätte, wäre Karl an diesem Tag nicht mehr heil bis in die schützenden Mauern von Paris gekommen. Aber sosehr sich Brandimart bewährte, er konnte nicht verhindern, dass der Heidenkönig Agramant Paris zum zweiten Mal einschloss.

Das Schreien der Witwen und der beraubten Alten schallte ebenso bis zum Sitz Sankt Michaels wie der Wehruf der verwaisten Kinder. Der Engel sah, dass schon bald Wölfe und Raben über die Christenheit herfallen würden. Scham überkam den Engel. Seine Wangen wurden rot, weil er das Wort des Herrn im Himmel nicht so ausgeführt hatte, wie ihm aufgetragen worden war. Er fühlte sich von der Zwietracht belogen und betrogen. Er hatte sie mit dem Auftrag zu den Ungläubigen geschickt, dort Streit und Verwirrung zu stiften. Aber jetzt zeigte sich, dass sie das Gegenteil erreicht hatte.

Erzengel Michael sah, dass er irgendetwas vergessen hatte. Er wollte nicht, dass Gott der Herr aufmerksam auf ihn wurde und dabei entdeckte, dass sein Erzengel versagt hatte. So schnell wie möglich flog er zum Kloster hinab, in dem er oft genug die Zwietracht angetroffen hatte. Sie lag in einem Schaukelstuhl und genoss den Anblick, wie sich die Mönche im großen Saal mit Gebetbüchern bewarfen. Das war zu viel für den Erzengel!

Er packte in die Haare der lügenhaften Zwietracht, prügelte sie und trampelte auf ihr herum. Mit seinem Kreuzstab schlug er ihr auf Rücken, Kopf und Arme, bis er ihn zerbrach. Die Zwietracht heulte auf, flehte ihn an, bat um Erbarmen und umschlang jammernd seine Knie. Aber der Engel ließ sie nicht in Ruhe.

»Sofort zurück ins Lager dieser Heiden!«, schrie er sie an. »Und es wird dir noch viel schlechter gehen, wenn du dich außerhalb des Lagers sehen lässt.«

Obwohl der Zwietracht der Kopf, die Arme und der ganze Rücken schmerzhaft zerdroschen waren, fürchtete sie sich vor dem erbosten Erzengel noch mehr. Hastig griff sie nach ihrem Blasebalg, mit dem sie immer wieder Zorn und Streit aufflammen lassen konnte.

Kaum war die Schlacht um Paris gewonnen, da loderte die Glut der Zwietracht wieder zwischen Rodomont und Mandrikard auf. Gemeinsam mit Ruggiero und Marfisa ritten sie direkt zu König Agramant. Sie wollten endlich ihren alten Streit ausfechten. Ehe der König dem Kampf zustimmen konnte, trug auch Marfisa ihren Anspruch vor.

»Ich warte keinen Tag und keine Stunde mehr, um mich mit Mandrikard zu messen. Ich bin nicht von so weit hergekommen, um jetzt zurückzustehen. Es ist mein Recht, dass ich zuerst mit dem Tartaren kämpfe.«

»Mein ist die Ehre«, widersprach Rodomont wütend. »Mein Kampf gegen Mandrikard muss zuerst stattfinden. Ich habe ihn bis jetzt verschoben, um dir, König Agramant, und deinem Heer zu helfen.«

»Das kommt überhaupt nicht in Frage«, unterbrach jetzt auch Ruggiero. »Vor allem anderen verlange ich mein Pferd Frontin zurück. Ich denke nicht daran, zuzulassen, dass Rodomont mit meinem Pferd zuerst gegen Mandrikard kämpft.«

Die gegenseitigen Ansprüche verwirrten König Agramant noch mehr, als auch noch Mandrikard Ruggiero jedes Recht absprach, den Adler mit den weißen Schwingen auf dem Schild zu führen. Er war bereits so wütend und des Wahnsinns Knecht, dass er verlangte, gegen alle drei zugleich zu kämpfen.

Marfisa, Rodomont und Ruggiero waren sofort einverstanden. Aber das konnte König Agramant nicht zulassen. Geduldig versuchte er, wieder Ruhe und Vernunft unter die Streitenden zu bringen. Aber er predigte nur tauben Ohren. Niemand wollte auf sein Recht verzichten und keiner dem anderen den Vortritt lassen. Agramant dachte nach. Schließlich blieb nur noch eine Möglichkeit.

»Ihr sollt kämpfen, wenn ihr unbedingt wollt. Aber die einzige Gerechtigkeit bringt nur noch das Los.«

Sofort ließ er vier Zettel mit jeweils zwei Namen der Kontrahenten schreiben und die Lose ziehen. Die Laune der Glücksgöttin wollte, dass Mandrikard und Rodomont den ersten Kampf austrugen. Mandrikard und Ruggiero sollten die zweite Paarung bilden, die dritte Ruggiero gegen Rodomont, und schließlich war Marfisa gegen Mandrikard dran.

»Und das nennst du Gerechtigkeit?«, stieß Marfisa wütend hervor. Auch Ruggiero passte die Reihenfolge nicht. Er hatte selbst erlebt, welch ungeheure Kraft in den beiden ersten Kämpfern steckte. Wenn sie aufeinander eingeschlagen hatten, würde nicht mehr viel für ihn und Marfisa übrig bleiben.

Agramant hob nur die Schultern und dann die offenen Hände. »Das Schicksal hat entschieden«, sagte er.

Zum Ort der Zweikämpfe wurde ein runder Platz eine Meile vor Paris bestimmt. Hier befand sich ein hoher Wall wie um ein ehemaliges Amphitheater. Mit aller Sorgfalt wurden Pfähle in den Boden gerammt und mit Weidengeflecht zur seitlichen Begrenzung für das große Stechen vorbereitet. Das lange, weiträumige Viereck erhielt zwei Tore.

Am Tag, den die Recken zusammen mit König Agramant festgelegt hatten, wurden zwei große Zelte an beiden Seiten der Tore aufgerichtet. Im westlichen bereitete sich Rodomont mit seinen gigantischen Gliedern auf die Entscheidung vor. Ferragu und König Sakripant waren ihm dabei behilflich, seine Drachenhaut anzulegen. Auf der anderen Seite des Kampfplatzes hatten Falsiron und König Gradass die Aufgabe übernommen, Mandrikard mit der Rüstung des Trojaners Hektor anzukleiden.

Während die Kämpfer vorbereitet wurden, nahmen die Zuschauer auf hohen Tribünen Platz. Hier thronten die Herren von Granada, Spanien und Afrika zusammen mit der Blüte des gesamten Sarazenenadels. In dichten Wellen schoben sich immer mehr Zuschauer heran. Kastiliens hohe Königin kam in Begleitung von Fürstinnen und edlen Frauen. Die Blüte holder Weiblichkeit selbst aus den fernsten Reichen war erschienen. Auch Doralis ließ sich dicht daneben in einem Kleid sehen, dessen Farben so zart und matt waren, als wäre sie bereits verstorben. Dagegen kam Marfisa mit einem aufgeschürzten Kleid, wie es einer Kriegerin und Heldin anstand. Sie wirkte wie Hippolyta, die antike Königin der Amazonen mit ihren Kämpferinnen.

Der große Auftrieb wurde von einem Herold unterbrochen. Er trug den bunten Waffenrock, der ihn als Boten König Agramants auswies.

»Hiermit ermahne ich auf königliche Order jedermann«, rief er mit lauter, feierlicher Stimme, »dass niemand sich mit Worten oder Taten einmischt, sobald der Kampf begonnen hat.«

Er nannte sämtliche Gesetze, Strafen und Verbote, die jedem drohten, der die Regeln nicht beachtete.

Ungeduldig forderten die Zuschauer und das Volk am Rand mit ihrem Geschrei das Erscheinen der berühmten Ritter. Doch da drang plötzlich wütendes Gezänk aus Mandrikards Zelt. Es war die Stimme von Serikanas König Gradass, die immer lauter seinen ganzen Groll gegen den mächtigen Herrn der Tartarei schleuderte.

Mandrikard war von seinen edlen Freunden bereits voll eingerüstet und bewaffnet worden. Nur noch das Schwert fehlte ihm. Doch dann, als König Gradass ihm gerade die letzte Waffe reichen wollte, sah er den Namen »Durindana« und das Wappen König Almonts am Ende des Schwertgriffs.

»Das Schwert«, stieß Gradass hervor, »genau dieses wunderbare Schwert ist es, das ich schon lange suche!«

Er hielt die Durindana wie ein Heiligtum in seinen Händen. Es war dasselbe Schwert, das Graf Orlando einst dem Sarazenenkönig Almont abgenommen hatte, nachdem er ihn als Rache für den Tod seines eigenen Vaters am Brunnen von Aspromont geschlagen hatte. Und für genau diese legendäre Waffe hatte Gradass gerade erst mit seinen besten Männern Kastilien überrannt und die Franken überwunden. Er konnte sich nicht erklären, wie sie in den Besitz des Tartaren gekommen war.

»Wo hast du dieses Schwert her?«, schrie er Mandrikard an. »Geerbt durch irgendeinen Vertrag oder ehrlich in einem heldenhaften Kampf errungen?«

»Was willst du?«, brüllte Mandrikard zurück. »Ich habe auf freiem Feld mit Orlando um dieses Schwert gekämpft, so lange, bis ihm Angst in die Knochen fuhr. Wegen seiner Feigheit hat er dann Wahnsinn vorgetäuscht. Er wusste, dass so lange Krieg zwischen uns ist, bis er mir das Schwert gibt.«

Gradass unterbrach den Wortschwall des Tartarenfürsten. »Das alles interessiert mich nicht«, tönte er. »Dieses Eisen lasse ich weder dir noch irgendeinem anderen. Es hat mich schon so viel Mühe, Gold und gute Männer gekostet. Von heute an ist es meine Beute. Guck nicht so dumm. Suche dir doch ein anderes. Du hast keine Zeugen für deine Behauptungen. Wahrscheinlich hast du es nur irgendwo gefunden. Ich streite dir daher das Recht ab, dieses Schwert zu führen. Wenn du es haben willst, dann hole es dir im Kampf. Das ist nun mal das eherne Gesetz der Ritter: Was du benutzen willst im Kampf, das musst du dir zuvor ebenso erwerben.«

»Es gibt kein Lied, das mir süßer in den Ohren klingen könnte als die Herausforderung zum Kampf«, dröhnte Mandrikard zurück. »Aber jetzt liegt es an dir, Rodomonts Zustimmung dafür zu holen. Na, geh schon! Wenn Rodomont mit dem zweiten Waffengang zufrieden ist, gehört der erste dir. Ich stelle mich dir und jedem anderen.«

»Einspruch!«, rief Ruggiero dazwischen. »Die Reihenfolge ist bereits festgelegt. Solange ich nicht Erster sein kann, gehört das Recht, wie durch das Los bestimmt, Rodomont. Und wenn es wirklich so ist, dass man sich alles erst erwerben muss, ehe man damit kämpfen darf, dann darfst du auch den weißen Adler nicht in deinem Wappen führen. Für dieses Recht musst du nämlich zuerst mich besiegen. Aber ich bleibe bei dem, was vereinbart ist. Wenn ihr aber die Vereinbarung in einem Teil aufheben wollt, dann hebe ich sie ganz auf und fordere sofort meinen Schild.«

»Ihr seid nicht die Männer, die mir irgendetwas verbieten können«, sagte Mandrikard grimmig. »Ich sehe keinen, der mich daran hindern könnte, mit dem weißen Adler dieses gute Schwert zu führen.« Jähzornig schlug er dem König der Serikaner auf die rechte Hand. Gradass musste die Durindana fallen lassen. Er fühlte, wie Scham und Zorn sein Herz durchstachen. Augenblicklich riss er sein eigenes Schwert heraus. Aber Mandrikard war so in Fahrt, dass er jetzt auch noch Ruggiero vor seine Klinge rief.

»Kommt nur, ihr beiden Recken. Und bringt gleich Rodomont

als Dritten mit. Gegen Afrika und Spanien nehme ich es immer auf.«

Nichts auf der Erde konnte Mandrikard erschüttern. Er schwang das Schwert von König Almont, griff den Schild und blickte verächtlich auf Ruggiero und Gradass.

»Lass mich das machen«, rief Gradass Ruggiero zu. »Gönne mir die Freude, diesen Narren von seiner Albernheit zu heilen.«

»Bei Gott, ich gebe dir mein Wort, dass dieser Kerl jetzt mir gehört!«

»Geh zurück!«

»Nein, du!«

Die beiden schrien sich zornig an. Fast schien es so, als würden sie sich zur Belustigung der Zuschauer auch noch darum prügeln, wer gegen wen ernsthaft kämpfen durfte.

Von allen Seiten drängten jetzt die Zuschauer heran. Nichts auf der Welt konnte die Wütenden voneinander trennen. Nichts außer König Agramant. Zusammen mit dem Spanierkönig erschien der Sohn Trojans, dem alle anderen voller Ehrfurcht dienten. Sofort verstummte jeder Lärm.

»Was ist hier los?«, fragte der König scharf. Nachdem ihm aufgeregt berichtet worden war, wandte er sich an Gradass. »Ich schlage vor, dass du das Schwert einen Tag bei Mandrikard belässt, so lange, bis der Kampf mit Rodomont ausgetragen ist.«

Gradass weigerte sich. Er wollte das Schwert hier und jetzt. Dann erscholl aus dem Zelt, in dem sich König Sakripant von Circassien, Ferragu und Rodomont befanden, neuer Lärm. Sakripant half Rodomont in die Rüstung und überprüfte jede Einzelheit am Zaumzeug des Schlachtrosses. Noch während er sich die Beschläge ansah, bewunderte er den zierlichen Bau und den feinen Bug des energiegeladenen Pferdes. Ruggiero beobachtete sie und biss sich wütend auf die Lippen. Und plötzlich erkannte Sakripant den schönen Hengst! Es war sein eigener, den er früher einmal Milchstirn oder auch Frontalatte genannt hatte.

Wie lange hatte er ihn schon gesucht, wie viele tausend Kämpfe schon auf der Suche nach ihm bestanden? Wie sehr hatte er getrauert, als ihm Brunell das Pferd gestohlen hatte! Er hatte geschworen, nie wieder auf dem Rücken eines anderen Pferdes sitzen zu wollen. Zu Brunells reicher Diebesbeute hatte damals auch der Zauberring von Angelica, der Prinzessin von Cathay, gehört. Außerdem Orlandos Kampfhorn, sein gutes Schwert Balisarde und schließlich auch noch das Schwert der Perserkönigin Marfisa.

Nachdem Ruggieros Pferd aus der Macht des Zauberers Atlante befreit war, hatte der Dieb Brunell ihm Pferd und Waffen übergeben. Der nannte es von da an Frontin.

Endlich, als er sich ganz sicher war, wandte sich Sakripant an Rodomont.

»Herr«, sagte er, »dieses Ross hier ist meins. Es ist mir vor Albracca gestohlen worden. Ich kann dir dafür leider keine Zeugen nennen. Sie sind zu weit entfernt von hier. Aber wer mir das nicht glaubt, dem will ich es gern mit dem Schwert beweisen. Aber heute sollst du noch auf Frontin reiten. Ich sehe ein, dass du ohne ihn sonst nicht zum Kämpfen kommst. Aber ich stelle eine Bedingung dafür: Du musst auf dein Besitzrecht verzichten und anerkennen, dass dieser Hengst mir gehört. Wenn du mit dieser Regelung nicht einverstanden bist, musst du mich vorher begraben, ehe du ihn bekommst.«

Rodomont richtete sich so auf, wie es dem stolzesten Ritter, der je ein Schwert in seinen Händen hielt, zukam. Für ihn gab es nicht einen Einzigen auf der ganzen Welt, der sich mit ihm messen konnte.

»Wäre irgendein anderer tollkühn genug, so mit mir zu reden wie du, mein lieber Sakripant, dann wäre es für diesen Armen besser, er wäre stumm geboren. Aber weil du selbst gesagt hast, dass wir Kampfgefährten sind und den Weg hierher zusammen gingen, gebe ich dir nur den guten Rat, zu warten, bis du gesehen hast, wie ich meinen Speer mit meinen Feinden zu brechen pflege. Anschließend darfst du flehen: ›Ich bitte dich, behalte dieses Ross.‹«

»Ist das die feine Art, so grob zu sein?«, rief der Circassier wütend. »Dann sage ich es ebenso in aller Deutlichkeit: Du fasst mein Streitross hier nicht an. Solange ich ein gutes Schwert noch halten kann, werde ich dich daran hindern, Frontalatte näher zu kommen. Und wenn mein Schwert zerbricht, dann kämpfe ich für mein Recht mit Zähnen und mit Nägeln.«

Die gegenseitigen Beschimpfungen wurden immer wüster. Schneller, als Stroh in Flammen aufgeht, gingen sie zu Handgreiflichkeiten über. Der Libyer war voll gerüstet, während König Sakripant weder ein Kettenhemd noch Schienen an Armen oder Beinen trug. Alles, was er jetzt Rodomonts Kraft und Wut entgegensetzen konnte, waren sein Schwert und seine Geschicklichkeit.

Jetzt zeigte sich, dass Rodomonts Riesenkraft und seine schwere Rüstung kein Vorteil waren. Rodomont konnte sich nur wie ein schwerer Mühlstein drehen, während Sakripant Hände und Füße für schnelle Bewegungen frei hatte. In diesem Augenblick griff Ferragu ein. Zusammen mit Serpentin, Isolier, Grandon und anderen Sarazenenhelden trennte er die Kämpfenden.

Der Lärm dabei wurde so laut, dass es die Streitenden im anderen Zelt hörten. Hier versuchte König Agramant immer noch, zwischen dem stolzen Ruggiero, dem Serikanerfürsten und dem Tartaren zu vermitteln.

»Mach du hier weiter«, befahl Agramant König Marsilo, »und beende diese Streiterei. Ich kümmere mich inzwischen um die anderen.«

Als er das Zelt westlich der Kampfbahn erreichte, verlosch Rodomonts Wut. Auch Sakripant nahm sich zusammen und neigte seinen Kopf vor dem Obersten der Sarazenen. Agramant richtete sich zu seiner vollen Größe auf.

»Was geht hier vor? Und warum streitet ihr?«, fragte er mit seiner tiefen herrischen Stimme.

»Ich will nur mein Pferd zurück«, beharrte Sakripant. »Der da kann es gern von mir leihen. Aber er muss Bitte sagen. Es gehört nun einmal mir.«

»Das könnte dir so passen«, grollte Rodomont und reckte sich ebenfalls zu seiner ganzen Größe auf. »Weder du noch der Himmel bringt mich dazu, dass ich etwas abgebe, was ich durch eigene Kraft behalten kann.«

»Also, noch einmal ganz von vorn«, forderte Agramant und wandte sich an Sakripant. »Mit welchem Recht erhebst du Anspruch auf das Pferd? Und wodurch hast du es verloren?«

Sakripant wiederholte die Geschichte. Sein Gesicht wurde rot vor Scham, als er beschrieb, durch welche heimtückische List der Dieb ihm das Pferd unter dem Sattel weggestohlen hatte, während er noch auf ihm saß und träumte. »Er hat vier Lanzen so geschickt von allen Seiten unter meinen Sattel gesteckt, dass ich nicht einmal bemerkt habe, wie mein guter Milchstirn unter mir gestohlen wurde.«

In diesem Augenblick näherte sich Marfisa. Sie war vom Lärmen und Geschrei angelockt worden. Betroffen hörte sie, was Sakripant berichtete. Dann bestätigte sie die Aussagen des Circassiers.

»Es ist so, wie er es gesagt hat. Am selben Tag habe ich durch diesen Dieb mein Schwert verloren. Ich erinnere mich ganz genau daran, wie dieses Pferd mit dem Dieb an mir vorbeikam, als würde es dem Wind zur Flucht verhelfen.«

Den Rittern ringsumher war das längst bekannt. Oft genug hatte der Dieb Brunell gerade mit diesen Heldentaten geprahlt.

Erstaunt erfuhr Marfisa, dass der Dieb für sein schändliches Verhalten vom König Agramant keinen Hanfstrick um den Hals, sondern als Belohnung das Königreich von Tanger bekommen hatte. Alter Zorn kochte erneut in ihr hoch. Schon wegen der Erinnerung daran, ohne Schwert so schmachvoll und verhöhnt unterwegs gewesen zu sein, wollte sie Rache an dem Dieb. Unverzüglich ließ sie sich den Helm von ihrem Knappen geben. Damit war sie wieder voll gerüstet. Wortlos drehte sie sich um und stapfte direkt zur Tribüne mit den Ehrengästen.

Brunell saß in der ersten Reihe und tönte laut nach allen Seiten von seinen Heldentaten. Marfisa ging direkt auf ihn zu, packte ihn an der Brust und riss ihn hoch. Es war, als würde sich der Adler ein Huhn greifen. Ohne zu zögern, trug sie ihn zum Zelt zurück, in dem König Agramant und die anderen Edlen noch immer stritten. Brunell schrie, er flehte, weinte und bat jämmerlich um Gnade. Seine Schreie gellten über die Köpfe der Zuschauer hinweg. Marfisa erreichte den Obersten der Sarazenen und streckte ihm Brunell entgegen.

»Hier ist der Dieb. Ich will ihn eigenhändig aufhängen. Er war dein Lehnsmann am Tag, als er das Pferd hier stahl. Er hat außerdem mein Schwert gestohlen. Wer das nicht glaubt, der soll jetzt vortreten und etwas zur Verteidigung des Kerls vorbringen. Und damit mir keiner vorwirft, ich würde nur die günstige Gelegenheit ausnutzen, verschiebe ich die Hinrichtung noch um drei Tage. Ich werde mich mit ihm ganz allein in den Turm zurückziehen, den ich drei Meilen weit entfernt im Wald gesehen habe. Kein einziger Knappe, kein Pferdeknecht und keine Magd sollen mich begleiten. Drei Tage lang werde ich warten, ob irgendjemand von den edlen Herren kommt, um ihn zu befreien. Geschieht das nicht, dann werden deinen Leib die Raben auseinanderhacken.«

Mit dieser Ankündigung fesselte sie den heulenden Brunell an den Händen und Beinen, stieg auf ihr Pferd, warf Brunell vor sich über ihr Pferd und ritt davon. König Agramant stand bestürzt am Zelt. Er wusste längst nicht mehr, wie er die ganzen Streitereien endlich beenden sollte. Dass aber Marfisa Brunell einfach mitgenommen hatte, schürte seinen Zorn am meisten. Dabei mochte er Brunell nicht besonders. Schon als er sich den Zauberring von Bradamante abnehmen ließ, hatte er mit dem Gedanken gespielt, ihn am Galgen aufknüpfen zu lassen. Aber was sich Marfisa jetzt geleistet hatte, war noch schlimmer. Seine Verblüffung verwandelte sich immer mehr in Scham und Zorn. Sie hatte ihn so tief in seiner Ehre gekränkt, dass er ihr sofort nachreiten und sich an ihr rächen wollte.

Nur Fürst Sobrin, der jetzt ebenfalls dazukam, konnte ihn gerade noch zurückhalten. »Ich verstehe deinen Zorn«, sagte er ihm schnell, »aber vergiss nicht, wer du bist. Es schickt sich nicht für den König der Könige, wenn er hinter einem Weib herreitet. Selbst wenn du siegreich in diesem Kampf bist, wäre es keine Ehre für dich, sondern eher einen Tadel wert. Brunell hätte ohnehin längst an den Galgen gehört. Also, vergiss ihn! Nimm doch die Sache, wie sie ist. Schicke eine Botschaft an Marfisa mit dem Inhalt, dass du allein der Richter bist und in dieser Eigenschaft Brunell selbst hängen lassen willst.«

König Agramant befolgte gern den Rat des weisen Alten. Es war tatsächlich nicht seine Sache, hinter Marfisa herzureiten. Wichtiger als seine verletzte Ehre war es jetzt, endlich die größeren Streitigkeiten zu beenden und wieder Ruhe in das Heerlager zu bringen.

Genau darüber lachte die Zwietracht wie besessen. Sie wusste gar nicht mehr, wohin vor Vergnügen, und lief hin und her und tanzte durch das Lager. Nein! Hier bestand nicht mehr die Gefahr, dass Frieden und Verträge geschlossen wurden. Der Hochmut war ebenso vergnügt, entfachte immer neue Glut und legte alles, was er fand, ins Feuer. Er schrie so laut, dass sein Triumph bis hoch zum Erzengel Sankt Michael klang. Paris erzitterte unter dem Tosen, die Seine ergoss sich über ihre Ufer. Das Beben lief bis zum Ardenner Wald und trieb die Tiere aus den Höhlen und den Nestern. Bis in die Alpen war der Lärm zu hören. Er gellte über die Cevennen-Berge bis nach Blaye, Arles und den Strand von Rouen, erschütterte den Rhein ebenso wie die Garonne und die Saône. Und selbst am Rhôneufer schlangen die Mütter die Arme um die Kinder.

Fünf Ritter ließen ihre Waffen klirren. Jeder von ihnen drängte sich danach, die Entscheidung über seine Fehde als Erster herbeizuführen. Das Durcheinander war so groß, dass selbst Apoll in diesem Wirrwarr nichts entschieden hätte. König Agramant versuchte, das Knäuel Stück für Stück zu entwirren. Nach dem, was er gehört hatte, war es im ersten Streit von allen darum gegangen, dass sich der Tartare und der Libyer gemeinsam um Doralis, die Tochter Stordilans, bemüht hatten.

Hier setzte König Agramant an. Er ging zu beiden und versuchte, ein gerechter Herr und Freund zu sein. Doch beide blieben hartnäckig und taub. Weder Mandrikard noch Rodomont wollten freiwillig die Schöne aufgeben, um die sie sich in den Haaren lagen. Als nichts mehr half, befahl König Agramant, dass Doralis selbst entscheiden sollte. Die beiden Recken waren einverstanden. Jeder von ihnen war überzeugt, dass er der Auserwählte sei.

Rodomont war der schönen Tochter Stordilans schon seit geraumer Zeit verbunden. Doralis hatte ihm die höchste Gunst erwiesen, die einem keuschen Mädchen möglich war. König Rodomont freute sich deshalb über den Befehl von Agramant und sah ihn klar als einen Vorteil für sich an. Aber Mandrikard lächelte nur bei dem Gedanken an die süßen Heimlichkeiten, die er in stiller Nacht mit ihr genossen hatte. Er wusste, dass ihm diese Trümpfe, von denen all das Volk nichts ahnte, niemand mehr nehmen konnte.

Die beiden stolzen starken Nebenbuhler schworen in die Hand des Königs, Doralis' Wahl zu akzeptieren. Dann traten sie vor die Tochter Stordilans und baten sie um die Entscheidung. Doralis senkte schamhaft ihren Blick, während alle auf ihre Worte warteten.

»Ich liebe Mandrikard«, sagte sie leise. Ein Stöhnen ging durch die erschreckte Versammlung. Rodomont war verwirrt und zutiefst getroffen. Langsam, unendlich langsam kehrte sein alter Zorn zurück. Er riss sein Schwert hervor, schwang es hoch in die Luft und schrie.

»Ich verlange, dass das Schwert entscheidet und nicht die Launenhaftigkeit eines Weibes.«

»Ich nehme dich beim Wort«, entgegnete Mandrikard sofort. Sie wollten erneut aufeinanderstürzen. Aber diesmal galt das Königswort.

»Schluss jetzt!«, rief Agramant. Damit war Rodomonts Niederlage entschieden.

Der aber fühlte sich doppelt verraten und beschämt. Seine geliebte Doralis hatte ihn ebenso beleidigt wie sein König, dem er immer noch gehorchte. Er konnte nicht länger bei diesem Haufen bleiben, der seine Schande miterlebt hatte. Er wählte nur die beiden besten Knappen aus. Dann stieg er auf sein Pferd, grüßte nur kurz zum König und verließ den Platz, an dem er nicht mehr kämpfen durfte.

Rodomont suchte die Einsamkeit, wollte wie ein Stier, dem seine Jungkuh entrissen worden war, nicht mehr auf die Weide, sondern stand nur noch herum, um bei Tag und Nacht sein Liebesleid in die Welt zu brüllen.

Ruggiero sah bestürzt, wie mit Rodomont auch sein gutes Pferd Frontin verschwand. Er war bereits zum Kampf gerüstet und wollte ihm sofort hinterher. Aber zuerst hatte er noch einen Gang mit Mandrikard zu bestehen. Wenn er die ausgeloste Reihenfolge nicht einhielt, konnte es geschehen, dass ihm Sakripant zuvorkam, der ebenfalls mit Mandrikard um die Durindana kämpfen sollte.

Es kam Ruggiero ziemlich hart an, dass er seinen Frontin ziehen lassen musste. Er war wild entschlossen, ihn sich sofort nach der

Beendigung der Kämpfe von Rodomont zurückzuholen. Nur König Sakripant war nicht durch Auslosung oder Versprechen gebunden. Er konnte als freier Mann sofort aufbrechen und den Spuren des Rodomont folgen.

Aber es kam anders. Er preschte am Ufer der Seine entlang, als er plötzlich sah, dass eine junge Frau in den Fluten zu versinken drohte. Die Wogen schlugen bereits über ihr zusammen. Sakripant sprang sofort aus dem Sattel, warf sich in den Fluss, packte die Frau und zog sie an das rettende Gestade. Nachdem er die Unbekannte vor dem sicheren Tod gerettet hatte, musste er sein Pferd wieder einfangen. Aber das Tier wich ihm immer wieder aus. Erst als die Nacht anbrach, gelang es Sakripant, die Zügel zu ergreifen. Bei der Verfolgung seines Pferdes hatte er nicht mehr auf den Weg geachtet und wusste daher nicht, wo er sich befand. Trotzdem suchte er Rodomont auch in den folgenden Tagen zweihundert Meilen weit im Umkreis.

In der Zwischenzeit hatte sich Rodomont mit wundem Herzen und tiefem Grimm gegen König Agramant immer weiter von Paris entfernt. Es war, als würde seine heiße Sehnsucht die Luft um ihn herum entzünden.

»Oh Weibersinn!«, rief er. »Ich weiß jetzt, wie flüchtig und leicht zu drehen du bist. Wer auf dich baut, ist schon verloren. Kein langes Dienen, keine noch so große Liebe, die ich dir in vielen tausend Zeichen zeigte, konnten erreichen, dass dein Herz nur mir gehört. Warum hast du ihm gewährt, was mir versagt blieb? Es gibt dafür nur einen einzigen Grund: Du bist ein Weib! Du gehörst zu diesem bösartigen Geschlecht, das Gott als Strafe auf die Welt geschickt hat. Ihr seid die schlimmste Last des Mannes. Warum konnte die Natur sich nicht entschließen, den Mann allein und ohne Weib zu schaffen? Aber warum sollte sie, wenn die Natur doch selbst weiblich ist. Aus Dornen blüht die schönste Rose, aus stinkendem Morast die Lilie. Hochmütig, giftig, voller Laster seid ihr Frauen, grausam und ungerecht, leichtsinnig und als Pest in diese Welt geschickt.«

So klagte und wütete der Herr von Sarza. Er brüllte herum und häufte weiter Schimpf und Schmach über alle Frauen. Mit seinem ungerechten Groll gegen die eine verurteilte er in einem Atemzug Tausende andere.

»Wie viele habe ich gesehen?«, grollte er. »Wie viele schenkten mir ihre Huld? Darunter waren einige, die ich sogar loben könnte. Aber wenn unter hundert auch nur eine treulos ist, dann gerate ich genau an die! Es muss doch möglich sein, dass ich eine einzige treffe, die mir die Treue hält. Wenn das geschähe, würde ich ihr vor aller Welt Ruhmeslieder singen.«

Während der ganzen Zeit ritt er herum. Er gönnte dem Hengst Frontin kaum Ruhe. Am dritten Tag sah er die Wogen der Saône vor sich schäumen und beschloss, geradewegs durch die Provence zum Meer zu fahren. Nichts hielt ihn mehr im Reich der Franken. Er wollte zurück nach Afrika.

Der Fluss wimmelte von Booten und von Kähnen. Die meisten hatten Proviant und Vorräte für das Heer der Sarazenen herangebracht. Die ganzen Länder zwischen Paris und dem schönen Strand von Aigues-Mortes bis nach Spanien hin befanden sich bereits in der Hand der Eroberer. Ein Bauer bot auch ihm höflich Unterkunft. Rodomont dankte für die Gastfreundschaft. Der Gutsherr ließ an Speisen auffahren, was seine Küche hergab, und ließ dann auch noch guten Griechenwein aus dem Keller bringen.

Rodomont war normalerweise ein guter Sarazene. Aber bei den Trinkgebräuchen hielt er es eher mit der Art der Franken und trank reichlich.

Sein Gastgeber hatte längst erkannt, dass er von hoher Herkunft war. Neben den ausgesuchten Speisen und dem guten Wein bot er ihm auch noch vergnügliche Geschichten zur Zerstreuung an. Aber Rodomont blieb wortkarg und übellaunig. Er konnte nicht verhindern, dass seine Gedanken immer wieder zu seiner verlorenen Braut abschweiften.

Weder der Gutsherr noch seine Leute wagten, den edlen Ritter weiter in seinen schweren Gedanken zu stören. Rodomont blickte zu Boden, dann seufzte er wie ein Kranker auf, der mühsam aus dem Schlaf erwachte. Sein Körper straffte sich. Erst jetzt schien er die Tafelrunde zu bemerken. Augenblicklich wurde sein Benehmen freundlicher und sein düsterer Blick ein wenig heller.

»Sagt«, fragte er, »ist jemand hier verheiratet?«

»Ja«, bestätigten der Gutsherr und alle anderen anwesenden Männer.

»Und was ist eure Meinung von den Frauen?«, wollte Rodomont wissen. »Glaubt ihr, dass ihr auf ihre Treue bauen könnt?«

Einer nach dem anderen nickte. Ausnahmslos redeten sie nur gut über ihre Weiber. Nur der Gutsherr nicht.

»Geht mir vom Leib mit eurem Wahn!«, sagte er. »Ich weiß, dass ihr euch allesamt nur etwas vormacht. Aber ihr müsst so reden, weil ihr nicht zugeben dürft, dass euch die Weiber zum Narren halten. Und so, wie es nur einen Phönix auf der ganzen Welt gibt, gibt es von Männern auch nur einen, den seine Gattin nicht betrügt. Und jeder glaubt, dass seine Frau genau diejenige sein muss. Wie ist das möglich?, frage ich. Vor langer Zeit war ich auch im Irrglauben, es gebe noch keusche Frauen. So lange jedenfalls, bis eines Tages ein Venezianer bei mir einkehrte. Er hieß Gian Francesco Valerio. Ich werde seinen Namen nie vergessen, denn er hat mir gezeigt, wie lächerlich mein Glaube an das Gute in den Weibern war. Durch ihn erfuhr ich von Hinterlist und Ränkespielen. Unter den vielen Beispielen, von denen ich höchstens ein Drittel noch behalten habe, ist mir eine kleine Geschichte wie in Stein gemeißelt in meinem Kopf geblieben.« Er wandte sich an Rodomont. »Wenn es dir gefällt, Herr, würde ich die Geschichte gern erzählen.«

»Nur zu«, antwortete der Sarazene. »Ich könnte mir nichts Besseres als Nachspeise ausdenken als einen weiteren Beweis dafür, was ich selbst schon weiß. Komm her zu mir, damit ich dich noch besser sehen kann, während du erzählst.«

28. Gesang

Und nun, ihr Frauen und Männer, die ihr Frauen achtet – hört lieber weg und überschlagt die Mär, die jetzt der Wirt erzählen will. Er ist ein übler Bursche und will euch nur herabsetzen. Überblättert ruhig die paar Seiten. Meine eigene Geschichte wird dadurch keineswegs gestört. Wer's aber trotzdem lesen will, der soll, nachdem der Wirt vor Rodomont Platz genommen hat, zuhören.

Der junge Langobardenkönig Astolfo – nicht zu verwechseln mit Prinz Astolf von England! – war der Nachfolger seines Mönch gewordenen Bruders. Er war so unglaublich jung und schön, dass es allen, die ihn sahen, den Atem verschlug. Es gab nur wenige, die an diese Schönheit heranreichten.

Aber er war der, der seine Schönheit am meisten liebte. Sie war ihm wichtiger als sein hoher Rang.

Vor allen anderen am Hof schätzte Astolfo einen römischen Edelmann namens Faustus Latini. Der Römer hatte mehr als einmal ein Loblied auf das ebenmäßige Gesicht und die schönen Hände des Langobardenkönigs angestimmt. Eines Tages fragte Astolfo den Ritter, ob es irgendwo auf der Welt einen jungen Mann gab, der in seiner Schönheit auch nur entfernt an ihn heranreichte. Faustus war vorsichtig, als er antwortete:

»An Schönheit dürften nur sehr wenige an dich heranreichen. Und wenn es unter den wenigen einen Einzigen gibt, dann ist dies mein jüngerer Bruder Giocondo. Ihn ausgenommen ragst du über alle anderen hinaus.«

Der König der Langobarden war über diese Antwort seines Vertrauten zutiefst betroffen. Immer wieder bedrängte er Faustus, seinen Bruder herbeizuschaffen. Faustus erklärte dem König, dass es nahezu unmöglich sei, Giocondo zu einer Reise zu bewegen.

»Mein Bruder ist noch nie in seinem Leben aus den Mauern Roms herausgekommen. Er hat alles, was er braucht, verschwendet nichts von dem, was er geerbt hat, und gewinnt auch nichts dazu. Er ist sozusagen wunschlos glücklich. Der Weg von Rom nach Pavia kommt ihm wahrscheinlich ebenso lang vor wie einem anderen eine Reise ins Land der Skythen bis zum Don. Die allergrößte Schwierigkeit aber hat man, ihn von seiner Gattin loszureißen. Er hängt an ihr wie ein Magnet am Eisen. Und was ihr nicht passt, das gefällt ihm auch nicht. Aber ich gehorche meinem König und der Pflicht, obwohl das ganze Unternehmen ziemlich aussichtslos ist.«

König Astolfo bedrängte seinen treuen Ritter immer weiter. Als er auch kostbare Geschenke bot, gab Faustus nach und brach nach Rom auf.

Wenige Tage später kam er im Haus seines Bruders an. Er überreichte seine Geschenke und erzählte ihm ausführlich, was der König der Langobarden wünschte. Giocondo weigerte sich nicht lange. Auch seine Frau willigte schließlich ein.

Giocondo stattete sich mit Pferden und guten Männern aus und bestimmte den Tag, an dem sie reisen wollten. Sorgfältig wählte er seine Gewänder und den Schmuck aus. Er wusste ganz genau, dass feine Mode und erlesener Schmuck die eigene Schönheit noch hervorhoben. Während der Tage und Nächte der Vorbereitung blieb seine Gattin stets an seiner Seite. Sie weinte immer heftiger, bis sie nur noch in Tränen schwamm. Schließlich klagte sie, dass sie überhaupt nicht wisse, wie sie leben könne, wenn er nicht mehr da sei. Schon der Gedanke sei für sie so grausam, als würde ihr das Herz aus der Brust gerissen.

»Ach, süßes Leben«, tröstete er sie mit tiefen Schluchzern. »Weine doch nicht! Ich fühle deinen Schmerz ebenso wie du. Der Himmel meint es gut mit uns. Deshalb verspreche ich, dass ich in zwei Monaten wieder zurück sein werde. Selbst wenn ein halbes Königreich mir angeboten werden sollte, kann mich das keinen Tag länger von dir fernhalten.«

Nicht einmal dieses Versprechen tröstete die Gattin von Giocondo. Für sie waren zwei Monate viel zu lange. Es wäre schon ein Wunder, sagte sie ihm, wenn er sie dann noch lebend finden würde, weil sie während seiner Abwesenheit nicht werde essen und schlafen können und sich Tag und Nacht um ihn sorgen werde. Giocondo bereute längst, was er seinem Bruder fest versprochen hatte. Er fühlte auch in seinem Herzen nur noch Schmerz. Schließlich nahm sie eine kleine Kette mit einem Kreuz aus Edelsteinen und kleinen Knöchelchen. Ihr Vater hatte die Reliquie geerbt, nachdem er einen frommen Pilger bei seiner Rückkehr aus dem Heiligen Land aufgenommen und den Kranken bis zu seinem Tod gepflegt hatte. Sie legte ihm die Kette mit den Juwelen und der Reliquie um den Hals und bat ihn, all das als Andenken an sie die ganze Zeit zu tragen. Giocondo war gerührt und dankte ihr voller Innigkeit. Dann sagte er, dass er eigentlich überhaupt kein Erinnerungsstück nötig hätte, da es keine Entfernung, keine Lage gab, weder im Guten noch im Bösen, weder in Freude oder Leid, in der das Bild von ihr in ihm verblassen würde. Er schwor ihr, dass sogar im Tod die Erinnerung an sie noch überdauern würde. Ihre Liebe war so groß, dass sie sich die ganze Nacht bis zum frühen Morgenrot trauernd in den Armen hielten. Schließlich kam die Zeit des Aufbruchs. Er stieg auf sein Pferd, und sie ging allein zurück in ihr Ehebett.

Er war noch keine zwei Meilen weit geritten, als ihm zu seiner Trauer plötzlich ein neuer Schmerz durchfuhr: Er hatte das Kreuz am Abend zuvor unter sein Kopfkissen gelegt und bei seinem Aufbruch im Morgengrauen vergessen. Das Blut stieg ihm in den Kopf, so sehr schämte er sich seiner Vergesslichkeit.

»Ich Ärmster!«, stöhnte er. »Auf welche Weise kann ich das meinem geliebten Weib so erklären, dass sie mir verzeiht? Was muss ich tun, damit sie nicht denkt, ihr Liebesunterpfand sei mir zu gleichgültig gewesen?« Er überlegte hin und her. Jede Entschuldigung kam ihm hohl und fruchtlos vor. Er konnte keinen Fremden als Boten schicken. Es half nichts. Er musste selbst zurück.

»Reitet ihr weiter bis zum ersten Wirtshaus nach den Sümpfen von Baccano«, sagte er zu Faustus. »Ich muss nach Rom zurück, weil ich etwas vergessen habe. Wenn ihr nicht zu scharf reitet, hole ich euch schnell wieder ein.« Bereits kurze Zeit später überquerte er den Tiber. Im Osten dämmerte bereits der neue Tag heran. Er erreichte sein Haus und betrat leise sein Schlafzimmer. Sein geliebtes Weib schlief noch, und er wollte sie nicht wecken. Behutsam zog er den Vorhang zur Seite. Nicht im Traum hätte er mit dem gerechnet, was er jetzt sehen musste: Eng umschlungen lag seine keusche, schöne, treue Gattin zusammen mit einem jungen Mann in ihrem Ehebett. Er erkannte ihn sofort. Er hatte ihn, einen fast Namenlosen aus niederem Geschlecht, bei sich aufgenommen und zu einem anständigen Knecht erzogen.

Für einen Augenblick stand Giocondo wie versteinert neben dem schlafenden Liebespaar. In seinem ersten Zorn schrie alles in ihm danach, sein Schwert herauszureißen und beide zu erschlagen. Aber er liebte sein ungetreues Weib noch immer. Wie ein Dieb schlich er sich aus dem Haus und zu seinem Pferd. Er holte seine Gruppe wieder ein, noch ehe sie das Wirtshaus von Baccano erreicht hatte. Sofort bemerkten die anderen, dass irgendetwas nicht mit ihm stimmte. Keiner von seinen Begleitern ahnte den wahren Grund für seine tiefe Niedergeschlagenheit.

Auch sein Bruder Faustus dachte, dass Giocondo betrübt war, weil er seine Frau allein gelassen hatte. Er ahnte nicht, dass sein Bruder sie eben nicht allein angetroffen hatte, sondern in inniger Gesellschaft. Giocondo blickte nicht mehr auf. Er legte seine Stirn in Falten und presste seine Lippen zusammen. Was Faustus auch versuchte, er konnte ihn nicht mehr trösten. Jedes Mal, wenn er gut vom Weib seines Bruders sprach, vergrößerte er Giocondos Schmerz.

In den folgenden Tagen und Nächten verfiel Giocondo mehr und mehr. Er schlief nicht, aß nicht und erholte sich nicht wieder. Sein schönes Gesicht veränderte sich, seine Augen fielen ein, seine Nase wurde länger, und seine Wangen wirkten hohl. Erschreckend schnell schwand seine Schönheit. Nichts mehr an diesem Gesicht konnte Neid erwecken. Er wurde krank und musste Pausen an der Arbia bei Siena und am Arno bei Florenz einlegen. Sein Gesicht glich inzwischen eher einer alten, welk gewordenen Rose.

Sein Bruder Faustus grämte sich inzwischen schon fast ebenso. Hilflos musste er mit ansehen, wie sein Bruder vor seinen Augen verfiel. Hinzu kam noch, dass König Astolfo ihn für einen Lügner halten musste, wenn er ihm diesen Jammerlappen präsentierte. Er hatte ihm einen der schönsten und eindrucksvollsten Ritter überhaupt versprochen. Aber je näher sie an Pavia herankamen, umso hässlicher wurde der Hochgelobte.

Faustus sah nur eine einzige Möglichkeit, um das Erschrecken etwas abzumildern. Er setzte ein Schreiben an den König auf und erklärte, dass sein Bruder selbstverständlich kommen würde, aber kaum noch am Leben sei. Der Grund dafür sei ein Anfall unbekannter Schwermut, der noch durch schlimmes Fieber verstärkt wurde. Das alles sei so furchtbar, dass man ihn kaum noch erkennen würde.

Als die Reisenden schließlich in Pavia eintrafen, empfing sie König Astolfo wider Erwarten herzlich und mit großer Freude. Tatsächlich hätte ihm nichts Besseres passieren können. Es kümmerte Astolfo nicht, dass es an Giocondos Schönheit haperte. Im Gegenteil, er freute sich unbändig, dass die Hässlichkeit ihn jetzt erneut zum Sieger machte.

Er bestimmte, dass der unglückliche Giocondo im Palast wohnen sollte. In der folgenden Zeit besuchte er ihn jeden Tag. Er verwöhnte ihn, erfüllte ihm jeden Wunsch nach Behaglichkeit und machte ihm den Aufenthalt im Palast so angenehm wie irgend möglich.

Es nützte nichts. Giocondo siechte vor sich hin. Seine Gedanken kreisten nur noch darum, was sein Weib gerade tun würde. Die Erinnerung an das, was er gesehen hatte, fraß in der Wunde in seiner Seele und an seinem Herzen. Weder Spiel noch Musik oder irgendetwas anderes konnte die Qual des Unglücklichen lindern.

Giocondo bewohnte eine Zimmerflucht unter dem Dach des Palastes. Dahinter befand sich ein ungenutzter alter Saal. Hier konnte er ungestört mit seinen leidvollen Gedanken allein sein. Doch gerade diese Abgeschiedenheit war es, die seine tiefen Seelenwunden schnell wieder heilen sollte.

Er war schon eine ganze Weile in Pavia, als er eines Tages am dunkelsten Ende des Saales einen schmalen Lichtspalt in der Wandverkleidung entdeckte. Arglos näherte sich Giocondo und blinzelte hindurch. Im selben Augenblick sah er etwas, was ihm vollkommen unmöglich vorgekommen wäre, wenn es ihm irgendein Mensch erzählt hätte. Aber er hörte es nicht, sondern konnte es selbst beobachten. Er konnte durch den Spalt in der Wandverkleidung in das private Schlafgemach der Langobardenkönigin sehen.

Wie betäubt starrte Giocondo in die Kemenate. Ein kleiner, lächerlich wirkender Zwerg hatte die Königin umschlungen und sie so geschickt überwunden, dass sie unter ihm lag. Giocondos Augen flatterten, während sein Körper starr wurde. Er glaubte, dass er sofort erblinden müsse.

»Wie ist das möglich, dass sie sich einem so scheußlichen, krumm verwachsenen Unhold hingibt?«, fragte er sich fassungslos. »Wo sie doch den schönsten Ehemann der Welt hat? Welch eine grauenhafte Geschmacksverirrung, die nach diesem Zwerg gelüstet.«

Plötzlich empfand er Nachsicht mit seinem eigenen Weib. Ein Lächeln huschte über sein Gesicht. Immerhin hatte sie sich nicht mit einem Zwerg, sondern mit einem strammen Knecht gütlich getan. Auf einmal konnte er ihr sogar verzeihen. Vielleicht hatte sie nur geringe Schuld an dem, was geschehen war? Vielleicht konnte das weibliche Geschlecht einfach nicht mit einem Mann allein zufrieden sein.

Am nächsten Tag ging er zur gleichen Stunde wieder zum Spalt in der Wandverkleidung des dunklen alten Saals. Das Pärchen war bereits da und trieb es noch viel bunter. Auch am dritten Tag verhöhnten die Königin und ihr Liebeszwerg die Langobardenehre, ebenso am vierten und in den Tagen darauf. Selbst am Sonntag ruhten sie nicht aus. Doch jedes Mal beklagte sich die Königin anschließend, dass das Liebesspiel viel zu kurz gewesen sei. Dann, eines Tages, sah Giocondo sie allein. Sie wirkte aufgelöst und war sehr blass. Zweimal schickte sie eine Zofe fort, um den Zwerg zu holen. Aber der Zwerg kam nicht. Nach dem dritten Mal kam die Zofe völlig aufgelöst zurück.

»Oh meine Königin!«, jammerte sie. »Der Wicht will nicht vom Spieltisch weg. Er will nicht kommen, nur weil er dann ein paar Münzen verlieren würde.«

Giocondo schüttelte belustigt den Kopf. Er fand das Schauspiel derartig amüsant, dass seine Stirn und seine Wangen ihre Sorgenfalten wieder verloren. Er strahlte, und ein Lächeln spielte um seine Mundwinkel. Vergessen war alles Weinen, Grübeln und das vorherige Herzeleid. Er blühte so schnell auf, dass sich der König und sein Bruder ebenso wunderten wie das Gesinde und der gesamte Hofstaat.

Giocondo brannte darauf, Astolfo den Frevel seiner Königin zu verraten. Aber er wusste auch, was dann geschehen würde. Deshalb sagte er, dass er nur dann reden würde, wenn Astolfo beim Lamm Gottes schwor, niemanden für das zu bestrafen, was er jetzt hören würde. Er ging sogar noch weiter und verlangte den gleichen Schwur für alles, was er danach in dieser Sache sehen würde, selbst wenn es um seine Ehre und um den Wunsch nach Rache ginge. Außerdem dürfe nicht einmal der Schuldige erfahren, dass der König jetzt Bescheid wisse.

Astolfo hob die Hand und schwor alles, was sein Gast verlangt hatte. Erst jetzt berichtete Giocondo, was er gesehen hatte. Er erzählte auch, dass der Treuebruch seiner Gattin der Grund für seinen Kummer und seine Krankheit gewesen war und er erst durch das, was er im Palast gesehen hatte, geheilt worden war. Der König wäre nicht im Traum auf das gekommen, was er jetzt zu hören bekam.

»Ich weiß, dass ich betrogen worden bin«, sagte Giocondo. »Aber es schmerzt mich nicht mehr so sehr, seit ich weiß, dass es nicht mich allein getroffen hat.«

Er zögerte nicht länger und führte den König unter das Dach des Palastes durch den großen dunklen Saal und bis zur Spalte in der Wandverkleidung. Die Königin und ihr Zwerg waren wieder da. Der kleine, hässliche Kerl hatte gerade die königliche Stute bestiegen. Er spornte sie so fröhlich, dass ihre Schenkel flogen. König Astolfo gebärdete sich wie ein Wahnsinniger. Er wollte aufschreien und mit dem Kopf durch die Wand rennen. Nur mühsam hielt er sich an sein Ehrenwort und würgte seinen bitteren Zorn hinunter.

»Was soll ich tun?«, stöhnte er verzweifelt. »Was soll ich jetzt beginnen? Du hinderst mich daran, grausam Rache zu nehmen und meinen Zorn zu stillen.«

»Darauf kann es nur eine Antwort geben«, stieß Giocondo voller Entschlossenheit hervor. »Verschwenden wir uns nicht mehr für die Falschen. Ich will jetzt wissen, ob das bei allen Weibern so ist. Wir sind doch jung und die Schönsten weit und breit. Wo sind die Weiber, die uns widerstehen könnten, wenn sie sich schon mit solchen Scheusalen wie dem da abgeben? Die

Weiber, denen unsere Jugend und unsere Schönheit nicht genug ist, die kriegen wir mit Geld oder Geschenken herum. Erst wenn du tausendfach gesehen hast, dass ich recht habe, kannst du wieder hierher zurückkehren. Es heißt ja, dass ein Mann durch viele Länder reisen und viele Weiber reiten muss, bis er eine enttäuschte Liebe aus seinem Herzen endgültig vertrieben hat.«

König Astolfo sah ein, dass dies der einzige Weg war, um den tiefen Schmerz in seiner Brust zu lindern. Er befahl, sofort alles für den Aufbruch vorzubereiten. Schon kurz darauf bestiegen er und sein römischer Freund ihre Pferde. Sie brachen auf, nur von zwei Knappen begleitet.

Sie zogen durch Italien, Frankreich, Flandern und bis nach England. Überall, wo sie auftauchten, schoss das Blut in die Wangen der Weiber. Sobald sie baten, wurden sie erhört. Manchmal gaben sie Trinkgeld, und manchmal nahmen sie es auch. Oft genug mussten sie gar nichts für Übernachtungen und Speisen zahlen, wenn sie gebeten wurden, über Nacht zu bleiben.

Ein Monat verging, dann noch ein weiterer, und in jeder Stadt, an jedem Ort fanden sie den Beweis dafür, dass Keuschheit oder Treue nirgendwo weniger galt als in den heimatlichen Gefilden. Je leichter sie bekamen, was sie wollten, umso überdrüssiger wurden sie dessen schließlich. Allmählich war es ihnen lästig, heimlich in fremde Schlafgemächer einzudringen, um sich zu bestätigen, was sie mittlerweile längst wussten. Darüber hinaus waren ihre Eroberungen keineswegs ungefährlich und konnten durch die Gatten der Eroberten irgendwann zum Tode führen. Schließlich überlegten sie, dass es vielleicht weniger riskant sei, wenn sie sich gemeinsam ein hübsches Weib suchen würden, das ihnen beiden besonders gut gefiel. Mit einem solchen Mädchen könnten sie beide ohne Eifersucht ihre Freude haben.

»Wir wissen ja, dass ein Weib nun mal nicht mit einem allein zufrieden sein kann. Also wäre es doch besser, wenn sich die eine nicht mit Fremden abgibt, sondern mit Männern, die ohnehin befreundet sind. Und für uns wäre diese Lösung ebenfalls sehr praktisch. Wenn uns danach ist, könnten wir uns in erlesener Behaglichkeit mit ihr vergnügen und hätten dabei keinen Streit und Ärger. Sie selbst könnte sich ebenfalls kaum beklagen. Und wenn sie zwei zur selben Zeit hat, dann gäbe es weder Betrug noch Eifersucht und Streiterei.«

Der Römer war sofort mit dem Vorschlag des Langobardenkönigs einverstanden. Schließlich fanden sie ein Mädchen nach ihrem Geschmack. Es war Fiametta, die Tochter eines spanischen Schankwirts in Valencia. Sie sah sehr hübsch und anmutig aus und unschuldig genug für den Plan der beiden Ritter.

Der Wirt hatte noch eine Reihe weiterer Sprösslinge, die ihm fast das Haar vom Kopf fraßen. Deshalb war er sofort einverstanden, als die beiden sagten, dass sie seine einzige Tochter gern mitnehmen und sie königlich behandeln würden. Es war ein guter Handel, denn nun konnten sie die süße Speise so genießen, wie sie es vereinbart hatten. Sie waren wie zwei Blasebälge, die abwechselnd die Glut des jungen Ofens anfachten. Nachdem sie das Vaterhaus ihrer Geliebten verlassen hatten, reisten sie durch ganz Spanien und setzten auf die andere Seite des Meeres über. Hier in Afrika wollten sie noch am selben Tag eine Unterkunft in der Stadt Játiva finden.

Sie kamen rechtzeitig an und ließen das Mädchen beim Gesinde. Hier wurden die Betten gemacht, die Pferde versorgt und die Mahlzeit für den Abend vorbereitet. Die beiden Männer wollten noch einmal in die Stadt, um sich die Straßen, Kirchen, den Markt und das Schloss anzusehen.

Innerhalb des Gasthofes von Játiva lebte auch ein junger Bursche, dem noch kein Barthaar wuchs. Er wurde Greco genannt und musste die Kammern sauber halten. Vor nicht allzu langer Zeit hatte er die Wirtsstube von Fiamettas Vater ausgefegt und war ihr erster Schatz gewesen. Jetzt taten sie so, als hätten sie sich nie gesehen. Sie fürchteten, dass ihre zärtliche Verbindung auffallen könnte. Erst als die beiden Ritter in der Stadt waren, hoben sie die Brauen und blickten sich verstohlen an.

»Wohin reist ihr?«, fragte der junge Bursche schnell. »Und welchem der beiden Herren gehst du zur Hand?«

Fiametta erzählte ihm, was mit den beiden Rittern vereinbart war.

»Muss das denn sein?«, fragte Greco entsetzt. »Gerade jetzt, da uns das Schicksal wieder zusammengeführt hat, dachte ich, dass wir für immer zusammenbleiben könnten. Wenn du jetzt weiterziehst, werden wir uns wahrscheinlich niemals wiedersehen. Damit stürzen alle Pläne ein, die ich mir für mich und dich gemacht habe. Ich habe stets von meinem Lohn und meinem Trinkgeld so viel wie möglich zur Seite gelegt. Damit wollte ich zu dir nach Valencia kommen, um dich von deinem Vater als Eheweib zu erbitten.«

Fiametta zuckte nur mit den Schultern. »Zu spät«, sagte sie. »Das hättest du mir eher sagen müssen.«

»Willst du denn, dass ich jetzt vor Liebe sterbe?«, weinte der Grieche. »Kannst du nicht wenigstens noch einmal mir gehören und die Glut der Sehnsucht nach dir wenigstens ein kleines Stück besänftigen? Wenn du mich glücklich machst, ehe du weiterziehst, dann könnte ich zufrieden sterben.«

»Ich kann dich gut verstehen«, antwortete sie voller Mitleid. »Du kannst mir glauben, dass ich mir das Gleiche sehnlichst wünsche. Aber hier sind mir zu viele Augen. Es ist einfach der falsche Ort und die falsche Zeit.«

»Es würde gehen«, drängte Greco. »Wenn du nur ein Drittel meiner Zärtlichkeit empfindest, so könntest du es in der Nacht einrichten, dass wir ein bisschen schmusen.«

»Wie stellst du dir das vor?«, fragte sie. »Ich liege doch die ganze Nacht zwischen den beiden. Und mal bin ich in diesen Armen, dann wieder in den anderen.«

»Ich weiß, dass du einen Ausweg finden kannst«, flehte er weiter. »Du musst nur wollen.«

»Also gut«, sagte sie schließlich. »Dann komm, wenn alle anderen schlafen. Aber ich warne dich: Du kannst dir denken, was passiert, wenn du entdeckt wirst!«

Die Nacht brach an. Endlich, als Greco kein Geräusch mehr hörte, schlich er sich zu der Tür, hinter der sie schlief, und drückte sie auf. Er tastete mit seinen nackten Füßen über den Boden. Gleichzeitig streckte er die Hände aus und strich damit durch die Dunkelheit. Schließlich erreichte er das Bett. Vorsichtig schob er sich mit dem Kopf voran zwischen den Beinen der schlafenden

Ritter höher. Fiametta lag zwischen ihnen auf dem Rücken. Er schob sich an ihren Knien vorbei und glitt dann auf sie.

Sie hielten es bis zum Tagesanbruch aus. Dabei ging der Ritt sehr scharf, ohne einmal abzusteigen. Die beiden Ritter hörten selbstverständlich das Stampfen neben sich und den Lärm, in dem das ganze Bett pausenlos erbebte. Jeder von ihnen dachte, dass der andere am Werke sei und er schon deshalb nicht zu stören hatte.

Ehe der Tag anbrach, glitt Greco auf demselben Weg, den er gekommen war, wieder aus dem Bett und aus dem Schlafgemach. Als der Sonnenball am Horizont auftauchte, stand Fiametta auf und ließ die Diener kommen.

»Bleib du ruhig liegen«, lachte der König. »Du musst total ermattet sein nach dieser Nacht.«

»Du sollst nicht spotten«, murrte Giocondo. »Denn diesen Rat kannst du dir selbst geben. Du musst ja völlig fertig sein, weil du die ganze Nacht immer nur reiten wolltest.«

»Das wollte ich tatsächlich«, antwortete der König. »Ich hätte furchtbar gern meinen Rüden in den Kampf geschickt, wenn du mir das Pferdchen wenigstens ein Weilchen ausgeliehen hättest. So lange wenigstens, bis sich die Lust in mir ein wenig abgekühlt hätte.«

»Dein Wunsch ist mir Befehl«, antwortete Giocondo. »Du bist der König und ich nur der Vasall. Für mich gilt stets der Wille eines Herrschers. Du hättest nur zu sagen brauchen: ›Genug für dich, denn jetzt bin ich dran.‹«

Sie redeten noch eine Weile hin und her und stritten schließlich beißend und voller Ironie. Dabei war keinem nach der langen, entbehrungsvollen Nacht nach Scherzen zumute. Schließlich riefen sie Fiametta. Sie hatte in der Nähe gestanden und gefürchtet, dass die Ritter ihren Betrug entdecken würden. Jetzt sollte sie ihnen direkt ins Gesicht sagen, wer von beiden log.

»Raus jetzt mit der Sprache!«, befahl der König streng und hob die Brauen. »Fürchte weder mich noch den da. Wer von uns war die ganze Nacht so scharf auf dich, dass er dich nicht mit dem anderen teilen wollte?«

Fiametta blickte hilflos von einem zum anderen. Dann schluchzte sie laut auf und warf sich auf die Knie. Sie jammerte, bat um Verzeihung und gestand, dass sie aus Wohlgefallen und aus Mitleid mit einem Freund aus früheren Zeiten die Nacht verbracht hatte. Aber sie bat auch darum, zu verstehen, dass sie dem von Liebeslust gequälten Herzen ihres Freundes nur Linderung verschaffen wollte.

Astolfo und Giocondo erstarrten fast, als sie das Geständnis von Fiametta hörten. Noch nie zuvor hatte zwei Männer ein derartiges Geschick getroffen. Doch dann lachten sie so laut und wie närrisch, dass sie vor Vergnügen rückwärts auf das Bett fielen, Arme und Beine ausstreckten, sich gegenseitig anstießen und herumrollten, bis ihnen vor Lachen fast der Atem im Hals stecken blieb. Sie lachten Tränen, und ihre Stirnen glühten, die Rippen taten ihnen weh, und sie verloren fast die Besinnung vor Vergnügen.

»Wie soll man denn überhaupt noch ein Weib hüten«, schrien sie vor Lachen, »wenn sie nicht einmal durch die beiden Schönsten gehalten werden kann? Nicht einmal der Ehemann, der mehr Augen als Haare an seinem Kopf hat, könnte alles sehen, was ein Weib hinter seinem Rücken tut.«

Sie erkannten, dass es schlimmer als das, was ihnen in der vergangenen Nacht geschehen war, nicht mehr kommen konnte. Sie wollten nicht mehr weitersuchen, sondern endlich nach Hause zurückkehren, in die Arme ihrer eigenen Frauen.

Als sie sich wieder beruhigt hatten, schickten sie Fiametta los, um Greco zu holen. Dann gingen sie zu den anderen Gästen und verkündeten vor allen Augen, dass das Mädchen jetzt das Eheweib des Griechen werden würde. Sie selbst sorgten noch für eine ehrenvolle Mitgift. Anschließend stiegen sie wieder auf ihre Pferde und ritten wieder in Richtung Osten – fest entschlossen, sich nicht noch einmal durch die Grillen oder Flausen ihrer Eheweiber verrückt machen zu lassen.

Rodomont hatte die ganze Zeit schweigend zugehört.

»Schon möglich, dass es ungezählte ähnliche Geschichten gibt«, sagte er jetzt. »Um nur ein Tausendstel von allen aufzuschreiben, würde wohl sämtliches Papier der Erde nicht ausreichen.«

Aber nicht alle Zuhörer mochten sich dem Wirt und Rodomont anschließen. Einer von ihnen war ein alter, mutiger Mann.

»Erzählen kann man viel«, sagte er kühn. »Aber ob dann alles auch wahr ist, das wage ich ebenso zu bezweifeln wie bei deiner Geschichte hier. Ich würde dem, der dir das erzählt hat, nicht einmal dann glauben, wenn er einer der Evangelisten wäre. Was dieser Venezianer dir erzählt hat, beruht nicht auf Erfahrungen, sondern auf Vorurteilen. Er muss die Frauen gehasst haben, dass er so etwas Schmähliches erzählt. Vielleicht haben ihn eine oder auch zwei enttäuscht. Ich denke aber, dass auf hundert ehrenwerte höchstens eine kommt, die man tadeln kann. Außerdem frage ich, ob auch nur einer unter euch ist, der immer ganz genauso treu ist, wie er es seinem Weib geschworen hat. Einer, der es sich noch niemals etwas kosten ließ, um eine herumzukriegen. Glaubt ihr etwa, es gebe davon auch nur einen auf der Welt? Wer es wirklich glaubt, der ist ein Dummkopf. Denn wenn es eine Frau gibt, die euch von der schönsten Ehefrau weglocken würde, wer wäre nicht bereit? Was tut ein Mann denn, wenn eine hübsche Maid ankommt und mit ihm turtelt? Ich glaube, dass sich keiner von uns ernsthaft dagegen wehren würde. Und wenn ein Weib ihrem Mann nicht treu ist, dann ist er meistens selbst schuld. Wer selbst geliebt sein will, der muss genauso lieben. Und wo das nicht so ist, da rächt sich das sehr schnell. Wenn ich Gesetze machen würde, dann wüsste ich auf jeden Fall eines, dem sich keiner widersetzen würde: Ich würde jede Frau schuldig sprechen, die ihrem Gatten untreu wird. Aber ich würde sie sofort freisprechen und ihre Ehre vor dem Gericht und dem eigenen Mann verteidigen, wenn sie nachweisen kann, dass er vorher durch Ehebruch seine Pflicht vergaß. Und was die Ehrenhaftigkeit angeht, sollten wir uns an die eigene Nase fassen. Was überall an Gotteslästerung und Lüge, Betrug und Räuberei, Mord und sonstigen Verbrechen geschieht, da sehe ich fast ausschließlich uns Männer.«

Der Alte zählte furchtlos ein Beispiel nach dem anderen von edlen Frauen auf, die zeitlebens keusch und lilienweiß in ihren Worten und ihren Taten blieben. Je mehr Rodomont von dieser Wahrheit hörte, umso mehr verfinsterte sich wieder sein Gesicht. Schließlich verstummte der weise Alte furchtsam.

Rodomont stieß polternd die Tafel mit den Weinkrügen zurück, stand wortlos auf und wankte dann mit schweren Schritten aus dem Speisesaal. In seiner Kammer angekommen, ließ er sich sofort auf sein Lager fallen und schlief ein.

Bereits in aller Frühe wachte er wieder auf. Er ärgerte sich darüber, dass er mehr Stunden darauf verschwendet hatte, über Weibervolk zu schimpfen, als für guten Schlaf. Nachdem die Sonne aufgegangen war, beschloss er, sich ein Schiff zu nehmen und einfach wegzusegeln. Als Reiter, der den Wert eines guten Pferdes kannte, wollte er auch das edle Tier mitnehmen, das er König Sakripant und Ruggiero verweigert hatte. Das prächtige, zuverlässige Ross hatte sich nach den anstrengenden Tagen auch eine Ruhepause verdient. Er nahm es mit und wies den Schiffer an, sofort abzulegen.

Das Schiff glitt schnell die Saône abwärts. Aber auch die trübseligen Gedanken hielten mit der flinken Barke Schritt. Sein Missmut reichte vom Bug des Schiffes bis zum Heck. Er ließ sich auch hier ebenso wenig abstreifen wie auf dem Rücken seines Pferdes. Der Maure spürte, wie sich die Verbitterung in seinem Herzen und im Kopf festsetzte. Keiner von seinen Kampfgefährten konnte ihm jetzt noch helfen. Es waren seine eigenen bösartigen Gedanken, die ihm wie ein Volk den Krieg erklärt hatten. Tag und Nacht musste er sich gegen ihren Ansturm wehren. Er haderte immer weiter mit sich selbst, während das Schiff an den Ufern entlangfuhr. Er konnte die Niederlagen und das Unrecht nicht verstehen, das ihm sein Mädchen und sein König Agramant gemeinsam angetan hatten.

Er war ein Kranker, den das Fieber seiner Liebessehnsucht immer mehr entkräftete. Schließlich hielt er es nicht mehr aus. Er ließ anlegen, führte das Pferd ans Ufer, stieg auf und preschte sofort flussabwärts in Richtung Lyon.

Ohne Aufenthalt passierte er Vienne und Valence. Als er die Brücke von Avignon erreichte, wichen die Berge von den Ufern der Rhône zurück. Das weite Land der Provence gehörte bis zur Küste des Mittelmeeres zu den Gebieten des Frankenreichs, die von König Agramant und seinen spanischen Verbündeten erobert worden waren.

Rodomont wandte sich nach rechts und ritt in Richtung

Aigues-Mortes. Er erreichte ein kleines, idyllisch zwischen Kornfeldern und Weinbergen liegendes Dorf an einem Nebenfluss der Rhône. Obwohl alles wie zur Ernte bereit schien, entdeckte er nirgendwo einen Menschen. Das ganze Dorf zwischen den sonnigen Tälern und dem weiten Mittelmeer war ausgeplündert und hatte im Verlauf des Krieges mehr als einen Schlag erhalten.

Auf einem flachen Hügel sah Rodomont eine kleine Kirche. Er ritt näher, entdeckte aber nicht einmal einen Priester. Rodomont sah sich weiter um. Es war genau der richtige Ort, an dem er nachdenken und wieder zur Besinnung kommen konnte.

Er beschloss, nicht weiter bis nach Afrika zu reiten, sondern hierzubleiben. Zusammen mit seinen Dienern und seinem Gepäck quartierte er sich an der Kirche ein. Der Platz war nur wenige Meilen von der Stadt Montpellier entfernt. In der näheren Umgebung befanden sich einige prächtige Kastelle. Aber das verlassene kleine Dorf mit seinem plätschernden Fluss gefiel dem unglücklichen König von Algier viel besser.

In den folgenden Tagen ritt er immer wieder hinaus und starrte wortlos über das weite Land bis zum Meer. Auf einem kleinen Weg zwischen den Feldern näherte sich ein Mädchen mit einem eigenartig beladenen Pferd, angeführt von einem Mönch mit langem Bart. Rodomont sah, dass das Pferd eine große schwarz verhüllte Last trug.

Das Gesicht des jungen Mädchens wirkte blass und leidend. Ihre Locken flogen ungeordnet hin und her, ihre Augen glichen Wasserquellen, und ein Seufzer nach dem anderen kam aus ihrer Brust. Trotzdem erkannte Rodomont, dass hinter alldem eine ungewöhnlich schöne junge Frau verborgen war.

Er spürte, wie sich plötzlich sein Hass auf die Frauen dieser Welt in nichts auflöste. Sein ganzer Vorsatz, Weiber nur noch wild zu schmähen, fiel in sich zusammen. Nicht dass er seine große Liebe ganz vergaß. Es war vielmehr, als würde jetzt ein neuer Nagel den alten schlagartig aus seinem Brett vertreiben. Alles in ihm öffnete sich wieder für Schönheit und für Lebensfreude.

Er näherte sich den still Vorbeiziehenden, grüßte sie höflich und fragte freundlich nach ihren Namen, ihrem Stand und danach, was geschehen war. Isabella schluchzte auf. Sie wolle der ganzen Welt entsagen und nur noch Gottes Dienerin sein.

Rodomont lachte. »Ich glaube nicht an irgendwelche Götter. Das alles ist nur Selbstbetrug und Illusion. Du schadest dir am Ende doch nur selbst, wenn du deine Schätze vergräbst und vor der Welt versteckst, nur weil kein anderer sich daran erfreuen soll. Aber ein so wunderbares und liebliches Geschöpf wie du darf doch nicht einfach hinter Klostermauern verschwinden.«

Der alte Mönch spürte sofort Gefahr für seinen Schützling. Augenblicklich versuchte er deshalb, dem starken Mann mit seinen besten Worten die allerfeinste geistige Nahrung anzubieten. Aber Rodomont hatte keinen Sinn für tugendhafte Phrasen. Er rümpfte nur die Nase und zeigte sich verstimmt. Der Mönch steigerte sich weiter in seine tugendhaften Belehrungen. Er redete und redete, als würde er damit irgendetwas erreichen können. Schließlich riss Rodomont die Geduld. Er drehte sich zu dem Mönch um und streckte wütend eine Hand nach dem Schwätzer aus.

29. Gesang

Oh ihr Männer, wie seid ihr schwach und leichtgläubig! Wie schnell wechselt unsere Laune, wenn wir unglücklich verliebt sind. Eben noch sah ich den Heiden so blind und wütend in seinem Weiberhass, dass es mir unmöglich erschien, ihn jemals zu beruhigen.

Verehrte Damen, was dieser Ungläubige gegen euch behauptet hat, tut mir in der Seele weh. Mit Feder und Tinte als meinen schärfsten Waffen werde ich ihn derart attackieren, dass er sich wünschen wird, er hätte sich lieber die Zunge abgebissen, als Schlechtes über euch zu reden.

Dass er sich dumm verhalten hat, indem er blindlings auf alle Frauen eingedroschen hat, dürfte ihm inzwischen klar sein. Und nun trifft ihn der Blick aus Isabellas Augen direkt ins Herz. Sofort vergisst er alles, was er gerade noch behauptet hat, will nur noch sie und keine andere.

Verzaubert von ihrer Schönheit redet er auf sie ein und versucht, sie zu gewinnen. Der Allmächtige aber schützt Isabella, indem er den Mönch vorschickt.

Der Mönch redete und redete immerzu von seinem Gott und merkte nicht, dass der Heide dadurch immer wütender wurde. Schließlich packte Rodomont den Mönch am Bart und riss ihm aus, was er fassen konnte. Er krallte seine Hände um den Hals des Alten, hob ihn hoch und schleuderte ihn dann in hohem Bogen bis zum Meer.

Der Mönch verschwand sofort hinter den Klippen. Später hieß es, er sei dort zerschellt, niemand hätte mehr erkennen können, was der Kopf und was die Füße waren. Andere berichteten, er sei meilenweit hinter den Klippen ins Meer gestürzt und in den Wellen umgekommen. Er soll weiterhin ohne Pause gebetet haben. Nur hätte ihm das leider nichts genutzt, weil er nicht schwimmen konnte.

Wie dem auch sei, Rodomont sorgte dafür, dass er davonflog und nicht länger störte. Jetzt konnte er sich endlich dem jungen Mädchen zuwenden. Er versuchte, der tief betrübten Schönen zu schmeicheln.

»Ich weiß, dass du meine große Liebe bist«, seufzte er. »Du bist mein Leben und mein ganzes Sehnen, meine Hoffnung und mein Trost, so hold, so wunderschön.«

Jeder Stolz und jede Andeutung von Gewalttätigkeit waren von ihm abgefallen. Er hätte diese süße Frucht gleich an sich reißen können. Stattdessen hielt er Abstand und berührte nicht einmal die Schale. Auf diese Weise hoffte er, sie allmählich für sich einzunehmen. Er fühlte, dass ihm nicht schmecken würde, was ihm nicht frei und ohne Zwang geschenkt wurde. Isabella aber wäre gern auf einem Scheiterhaufen verbrannt, um ihm zu entkommen. Krampfhaft suchte sie nach einem Ausweg. Jedes Mittel war ihr recht, wenn sie sich nur unberührt entziehen konnte. Sie war fest entschlossen, lieber zu sterben, als die Lust des fürchterlichen Heiden zu befriedigen. Nur so konnte sie ihrem unglücklichen toten Bräutigam Zerbin treu sein.

Er warb immer glühender und ungeduldiger um sie. Es konnte nicht mehr lange dauern, bis seinen Worten Taten folgten. Tausend Gedanken schossen ihr durch den Kopf, bis ihr endlich ein Ausweg einfiel. Wenn ihr Plan gelingen sollte, musste sie zunächst einmal auf ihn eingehen. Er war schon längst nicht mehr so höflich und zurückhaltend wie bei seinen ersten Worten.

»Wenn du meine Ehre respektierst, damit ich meinen guten Ruf behalte, dann habe ich etwas für dich, was viel mehr für dich wert ist als mein Körper. Du kannst überall im Frankenreich holde Mädchen und schöne Frauen finden. Aber das Geschenk, das ich dir machen kann, wirst du von keiner anderen bekommen. Ich weiß nämlich von einem wunderbaren Kraut, und auf dem Weg hierher habe ich es auch gesehen. Wenn dieses Kraut von einer Jungfrau über Zypressenfeuer mit Efeu und Rauke gekocht wird, entsteht ein Sud, der jeden Leib, der dreimal darin badet, für einen Monat unverwundbar gegen Feuersglut und Eisen macht. Ich könnte dir das Zauberbad brauen, sodass du es heute noch erproben kannst. Alles, was ich als Gegenleistung dafür verlange, ist dein Schwur, dass du meine Keuschheit für alle Zeiten achtest und meine Ehre in Worten und in Taten unantastbar für dich ist.«

Der Vorschlag dämpfte Rodomonts Begierde. Er begriff, dass ihr Angebot einmalig war. Die Aussicht auf Unverwundbarkeit war so verlockend, dass er ihr dafür noch viel mehr versprochen hätte. Er war sogar bereit, seine Versprechungen zu halten – jedenfalls so lange, bis er den Wundertrank selbst ausprobiert hatte. Für ihn bedeutete ein Schwur bei Gott oder das Ehrenwort nicht das Geringste. Aber ihm war klar, dass er nicht das kleinste Zeichen von Grobheit zeigen durfte. Wenn es stimmte, was sie sagte, konnte er immer noch machen, was er wollte. Auf diese Weise hatte er ganz Afrika erobert. Jetzt schwor er Isabella tausend Eide.

»Ich verspreche dir, dass ich dich nicht antasten werde. Aber beeile dich mit dem Zaubersud, damit ich so unverletzbar wie Cygnus und Achilles werde.«

Isabella führte ihn über die Berge und durch Täler, durch Wälder und über die flache Heide. Während sie Kräuter sammelte, blieb er dicht bei ihr und passte auf. Es war schon spät, als sie mit genügend Kräutern in das kleine Dorf zurückkehrten. Die keusche Isabella erklärte Rodomont, dass er sich gedulden müsse, weil sie die ganze Nacht benötige, um die Kräuter in der vorgeschriebenen Art und Weise aufzukochen. Aber er ging nicht weg, sondern blieb argwöhnisch in ihrer Nähe. Das Feuer unter dem Kessel mit dem Kräutersud verbreitete immer größere Hitze. Rodomont wurde durstig und leerte zwei Fässer Griechenwein, den seine Knappen Reisenden abgenommen hatten.

Schnell zeigte sich, dass der Heidenkönig nicht viel von der Wirkung des Weins verstand. Wie auch, wenn der nach dem Gesetz der Muselmanen verboten war. Doch der Krug machte so oft die Runde, bis ihre Köpfe sich wie Kreisel drehten. Endlich, im Morgengrauen, nahm Isabella den Kessel mit dem Kräutersud vom Feuer.

»Damit du siehst, dass ich dir gegenüber nicht nur leeres Stroh gedroschen habe, kannst du dich jetzt selbst davon überzeugen, was Wahrheit von der Lüge unterscheidet. Und damit du nicht denkst, dass ich dir tödliches Gift gebraut habe, kannst du die Wirkung dieses Zaubertrunks an mir selbst ausprobieren. Ich werde mich jetzt vom Kopf bis zur Brust damit salben. Anschließend kannst du mit deinem Schwert zuschlagen. Dann wird sich zeigen, ob es stärker ist als mein Zaubersud.«

Rodomont war einverstanden. Sorgfältig wusch Isabella sich

Kopf und Hals mit dem Sud. Der Heidenkönig war zu betrunken. Er glaubte ihr, hob sein Schwert und ließ es über ihrem Hals niedersausen. Dumm, wie er war, trennte er das schöne Haupt, den Sitz der Liebe, vom Körper Isabellas. Der Kopf hüpfte dreimal über den Boden, und dabei gellte dreifach der Name »Zerbin. Zerbin. Zerbin!« in den anbrechenden Tag. Isabella hatte einen ungewöhnlichen, aber wirksamen Weg gefunden, ihre Keuschheit für den gestorbenen Geliebten zu bewahren und zugleich dem Mauren zu entfliehen. So fand die reine treue Seele in der Blüte ihrer Jugend ihren Frieden.

Ja, geh in Frieden, du wunderschöne Seele. Dir waren die Treue und die Tugend mehr wert als dein junges Leben. Wenn ich könnte, würde ich tausend Jahre lang ein Loblied auf dich singen.

Auch der Allmächtige sah von seinem Himmelsthron herab und sagte: »Du sollst bis in den dritten Himmel steigen und dort Zerbin wiederfinden. Dein Handeln will ich zum Gesetz erheben. Jede Frau mit deinem Namen soll ebenso schön und edel sein wie du. Und alle Dichter sollen immer wieder ›Isabella, Isabella‹ singen.«

König Rodomont von Algier wurde schlagartig nüchtern und erkannte, was er getan hatte. Erschüttert bat er den Geist der toten Isabella um Vergebung. Wenn er schon ihren reinen Leib zerstört hatte, wollte er wenigstens ihr Andenken erhalten. Kurz entschlossen machte er sich daran, die Kapelle, in der er sie erschlagen hatte, zu einem Grabmal umzubauen.

Er brach sofort auf und holte Bauleute aus der Umgebung heran. Wer nicht freiwillig mit ihm kam, den zwang er mit Gewalt. Schließlich hatte er sechstausend Menschen für den Bau von Isabellas Grabmal unter seinem Befehl. Sie brachen Steinblöcke aus den Bergen und schleppten sie heran. Das Grabmal sollte ein mächtiges, neunzig Ellen langes Gebäude werden – groß genug, um die kleine Kirche in sich einzuschließen. Im Allerheiligsten wurden die Särge von Zerbin und Isabella nebeneinander aufgestellt. Auf diese Weise war das treue Liebespaar vereint und wurde nun durch eine große Totenburg geschützt.

Das große Bauwerk glich dem Grabmal von Kaiser Hadrian

am Tiberufer in Rom, das später selbst die Päpste als Residenz und Festung nutzten. Für sich selbst ließ Rodomont einen hohen Turm neben dem Gebäude aufstellen. Zusätzlich ließ er einen langen, aber nur zwei Ellen breiten Steg über den Fluss bauen. Die kühn geschwungene Brücke war so angelegt, dass auf ihr kaum zwei Pferde nebeneinander gehen konnten. Sobald sich je ein Reiter von der einen und der anderen Flussseite in der Brückenmitte begegneten, musste einer von ihnen unweigerlich abstürzen. Auf diese Weise wollte Rodomont tausend Beutestücke von Erschlagenen und Abgestürzten einsammeln, um damit Isabellas Gruft zu schmücken.

Es dauerte zehn Tage, bis die Brücke vollendet war. Dem Turm selbst fehlte noch die Spitze. Trotzdem schickte Rodomont bereits einen Wächter nach oben. Er sollte sofort in sein Horn blasen, wenn sich ein Ritter näherte.

Der König von Algier ließ sich die Rüstung anlegen. Er stellte sich jedem entgegen, der über die lange, schmale Brücke wollte. Nirgendwo sonst gab es eine Stelle, die noch gefährlicher war als der hohe Steg. Aber Rodomont wollte nicht nur Beute. Wenn er selbst einmal von der Brücke stürzte und ins Wasser eintauchte, musste er so viel davon schlucken, dass es die Sauferei von jener Nacht wieder ausglich. Er war zutiefst davon überzeugt, dass er durch das Wasser seine Sünden einfach wegwaschen konnte.

Innerhalb weniger Tage kamen viele zur Brücke an Isabellas Grabmal. Sie bildete eine günstige Abkürzung für alle, die nach Italien oder Spanien wollten. Die einen nahmen an, dass sie auf diese Weise bequem ans andere Ufer kommen könnten. Andere nahmen ganz bewusst die Gefahr auf sich, weil sie dachten, sie könnten sich auf diese Weise auszeichnen.

Sie alle verloren ihre Waffen und alles, was sie bei sich hatten. Viele von ihnen bezahlten den Leichtsinn sogar mit dem Leben. Bei Heiden begnügte sich der König von Algier mit ihren Waffen und Gewandungen. Die Beutestücke wurden mit den Namen der Beraubten beschriftet und an die Marmorwände des Grabmals gehängt. Die Christen wurden jedoch zuerst eingekerkert und dann in Sklavenketten nach Afrika gebracht.

Die Anlage des großen Grabmals war noch nicht ganz beendet,

als zufällig Orlando auftauchte. Rodomonts Gesicht verfinsterte sich, als er den wahnsinnigen nackten Mann sah.

»He, du unverschämter Tölpel! Verschwinde sofort von der Brücke. Der Steg ist nur für Herren und Ritter und nicht für tumbe Ochsen wie dich.«

Orlando reagierte nicht auf die Beschimpfungen des Maurenkönigs. Er war so sehr in Gedanken versunken, dass er nichts hörte und nichts sah.

»Der muss verrückt sein!«, schnaubte Rodomont. »Dann will ich diesen Narren eben mit Gewalt zur Vernunft bringen.«

Wild entschlossen, ihn sofort in den Fluss zu werfen, stampfte er auf Orlando zu. Er dachte nicht einmal daran, dass der sich wehren könnte.

In diesem Augenblick kam ein junges edles Mädchen auf den Steg zu. Sie trug zierlichen Schmuck, und mit ihren holden Wangen sah sie ebenso schön und bescheiden aus, wie es sich für junge Damen ihres Alters ziemte.

Es war Flordelis, die in Paris schon überall nach ihrem geliebten Brandimart gesucht hatte. Sie erreichte den Steg in dem Augenblick, in dem Rodomont auf Orlando zustürmte. Flordelis erkannte Orlando sofort und wunderte sich über die Verrücktheit, die den Grafen splitternackt durch die Gegend laufen ließ. Staunend beobachtete sie, wie der nackte Mann den schwer gerusteten Rodomont umklammerte und versuchte, ihn ebenfalls von der schmalen Brücke in den Fluss zu stoßen. Es war ein Ringkampf von Giganten.

»Woher hat dieser Narr die Kraft?«, staunte Rodomont und knirschte bedrohlich mit den Zähnen. Sein Zorn loderte immer hitziger auf. Er nahm allen Stolz zusammen und drängte sich gegen den Nackten. Es wirkte so, als würde ein dummer Riesenbär versuchen, einen Baum zu fällen.

Orlando wirkte vollkommen unbeteiligt. Er empfand nur seine Körperkraft, die ihm stets geholfen hatte. Mit einem Arm umschlang er den Mauren und zog ihn vom Steg. Eng umschlungen stürzten sie ins tiefe Wasser. Hier zeigte sich Orlandos Vorteil. Schon weil er nackt war, schwamm er behände wie ein Fisch. Mit kräftigen Bewegungen erreichte er das andere Ufer. Ohne sich auch nur einmal umzudrehen, lief er so weiter, wie er gekommen war.

Der König von Algier musste lange gegen das Ertrinken kämpfen. Nur mit großer Mühe gelang es ihm mit seiner schweren Rüstung, das Flussufer zu erreichen.

In der Zwischenzeit war Flordelis völlig ungefährdet über die schmale Brücke zum anderen Ufer gelangt. Sie erreichte das gewaltige Grabmal und entdeckte gleich darauf Brandimarts Waffen an der Marmorwand. Aber sie fand kein Teil von seiner Rüstung oder Kleidung von ihm. Jetzt konnte sie wieder hoffen, dass sie ihn doch noch irgendwo anders entdecken würde.

Ich kann unmöglich alle Wahnsinnstaten von Graf Orlando der Reihe nach berichten. Es waren einfach zu viele. Eine aber soll hier stellvertretend für alle anderen stehen.

Graf Orlando lief immer weiter. Der Wahn trieb ihn bis nach Toulouse und von dort aus weiter in die Pyrenäen. Die ganze Zeit stand Orlando die Sonne auf der Stirn. Er erklomm einen engen, steilen Pfad, der hoch über einer Schlucht an den Felsen entlangführte. Kaum hatte er den schmalen Weg betreten, als ihm zwei junge Burschen mit einem holzbeladenen Esel entgegenkamen.

»Platz da!«, schrien sie ihn an. »Zurück oder zur Seite! Wir brauchen diesen Weg für uns.«

Der Graf antwortete nicht. Er starrte auf den Esel, dann trat er ihm mit Wucht gegen die Brust. Der Esel flog mitsamt dem Holz auf seinem Rücken wie ein Vogel durch die Luft. Erst eine Meile weiter krachte er gegen die Bergflanke. Dann stürzte sich der Wahnsinnige auf die beiden Jungen. Einer von ihnen hatte mehr Glück als Verstand. In seiner Todesangst sprang er in den sechzig Ellen tiefen Abgrund. Auf halber Höhe blieb er im Gestrüpp an der steilen Felswand hängen. Nur sein Gesicht zerkratzte.

Der andere sprang bis zu einer Felsenkante hoch. Er hoffte, dass er sich hochziehen und dadurch der Wut des Wahnsinnigen entgehen konnte. Der aber wollte Blut sehen. Er packte ihn und zerriss ihn in zwei Stücke.

Auf seinem Weg durch das unwirtliche Gebirge beseitigte

Orlando noch andere Hindernisse. Dann endlich, nach langem Suchen, erreichte er gegen Mittag die Passhöhen und stieg auf der spanischen Seite des Gebirges wieder ab. Er kam bis Tarragona. Hier führte die Straße dicht am Meer entlang. Orlando hatte keinen Plan. Er machte Rast, wenn es ihn gerade überkam. Er grub sich in den feinen Sand am Strand ein, um sich vor der Sonnenhitze zu schützen. Plötzlich tauchte Angelica mit ihrem schönen Gemahl Medor auf. Sie waren auf einem anderen Weg über die Pyrenäen gekommen. Selbst als sie auf Armeslänge an ihn herankamen, erkannte sie ihn nicht.

Seit ihn der Wahn ergriffen hatte, war er in der Sonne und im Schatten nackt herumgelaufen. Seine Haut war so schorfig und verdorrt, als käme er von den Bergen des Nils, aus der Glut der Stadt Sienne zwischen Ägypten und Äthiopien, wo die Garamanten Gott Ammon verehrten. Sein Gesicht war ausgemergelt, und seine Augen steckten tief in ihren Höhlen. Seine struppigen Locken und der scheußliche verfilzte Bart ließen Angelica erschaudern.

Entsetzt riss sie ihr Pferd zurück, schrie vor Schreck und suchte Schutz bei ihrem Ehemann. Orlando sprang sofort auf, als er sie sah. Ihn packte ein fürchterliches Verlangen. Er hatte keinerlei Erinnerung mehr daran, dass diese Schönheit mit ihren zarten holden Wangen ihn früher einmal im Liebesbann gefangen gehalten hatte. Jetzt war nur noch rasende Begierde in ihm. Und wie ein Jagdhund einem Reh hetzte er ihr nach.

Der junge Medor sah, wie der Wahnsinnige hinter seiner Schönen her war, und gab seinem Pferd die Sporen. Als er ihn eingeholt hatte, schlug und stach er aus vollem Ritt von hinten auf ihn ein. Mit jedem Schlag glaubte er, dem nackten Mann den Kopf vom Hals zu trennen. Aber die Haut, die Knochen des Wütenden widerstanden jedem Schwertschlag. Sie waren immer noch härter als Diamant.

Trotzdem spürte Orlando den ersten harten Hieb im Nacken. Er fuhr herum und ballte eine Hand zur Faust. Mit ungeheurer Kraft zerschmetterte er den Pferdekopf. Der zersprang wie Glas in lauter Stücke. Orlando drehte sich wieder um und verfolgte die Fliehende. Angelica trieb ihre Stute zur höchsten Eile an. Von ganzem Herzen wünschte sie, dass ihr Pferd schnell wie ein Pfeil fliegen möge. Gerade noch rechtzeitig fiel ihr der Zauberring wieder ein. Sofort steckte sie ihn in den Mund. Die geheimnisvolle Kraft wirkte sofort. Sie wurde unsichtbar und verschwand wie ein Kerzenlicht, das ausgeblasen wird.

Sei es die Furcht, sei es die Übereile, mit der sie hastig den Ring von der Hand gezogen hatte, sei es, dass ausgerechnet jetzt die Stute stolperte – in dem Augenblick, in dem sie aus dem Blick ihres Verfolgers verschwand, rutschte sie mit ihren Füßen aus den Steigbügeln. Sie glitt aus ihrem Sattel und stürzte auf den Boden. Nur zwei Zoll weiter, und sie wäre dem Wahnsinnigen direkt in die Arme geflogen. Ihr guter Stern bewahrte sie vor einem allzu harten Aufprall. Die Stute, die noch immer vor dem rasenden Orlando floh, würde sie jedenfalls nie wiedersehen.

Orlando gab nicht auf. Seine Wut wurde immer größer. Er folgte der Stute und konnte sie schließlich einfangen, ihre Mähne greifen und dann das Zaumzeug. Er freute sich und streichelte die Stute sanft wie ein Mädchen. Dann ordnete er das Zaumzeug und die Steigbügel. Mit einem einzigen Satz sprang er in den Sattel.

Meile um Meile jagte er über Berg und Tal. Er hatte dabei kein Ziel, sondern ritt ruhelos mal in die eine, mal in die andere Richtung. Er kam nicht auf den Gedanken, dem Pferd auch mal etwas Erholung, Heu und Gras zu gönnen. Als er über einen Graben springen wollte, stürzte er kopfüber mitsamt dem Pferd hinein. Ihm tat es nichts. Aber das geschwächte Tier verrenkte sich den Bug. Orlando riss und zerrte an ihm. Schließlich lud er es sich auf die Schultern und trug seine schwere Last über eine Strecke von drei Pfeilschüssen. Dann wurde ihm das Gewicht der Mähre doch zu groß. Er ließ sie von den Schultern gleiten und zog sie hinter sich her.

»Na los doch!«, brüllte er das lahme Pferd an. »Voran, voran!«

Zuletzt löste er den Halfterriemen vom Kopf der Stute und schlang ihn sich um den rechten Fuß. Auf diese Weise schleifte er das verletzte Tier weiter.

»Siehst du? Jetzt geht's viel bequemer, oder?«, schrie er. Das arme Tier starb qualvoll an Schmerz und Erschöpfung.

Ohne zu denken, lief er immer weiter in Richtung Westen.

Noch immer schleifte er das tote Tier hinter sich her. Wenn er an Häuser oder Bauernhöfe kam, nahm er sich, was er brauchte. Er fragte nicht und wütete so lange, wie er Hunger hatte. Er nahm sich Brot, Fleisch und Früchte, schlug jeden, der sich ihm entgegenstellte, und ließ hier einen tot, dort einen lahm zurück. Wenn Angelica ihm nicht durch den Zauberring entgangen wäre, hätte sie mit Sicherheit ein ähnliches Schicksal erlitten. Orlando unterschied schon längst nicht mehr zwischen Weiß und Schwarz.

Verflucht sei dieser Ring bei Christen ebenso wie bei den Heiden! Verflucht auch Ritter Ruggiero, von dem Angelica ihn bekommen hat. Wäre sie nicht durch seine Zauberkraft geschützt, wäre sie Orlandos Rache zum Opfer gefallen – für ihn selbst und für tausend andere betrogene Männer.

Die Frauen sind doch alle, alle gleich, und an keiner findet man ein gutes Haar. Aber ehe meine Saiten ganz erschlaffen und nur noch Misstöne von sich geben, breche ich für heute lieber ab!

30. Gesang

Wenn die Vernunft von blindem Ärger überrannt wird und sie sich nicht sofort dem Anfall widersetzt, passiert es leicht, dass dieser Unmut die besten Freunde verletzt. Auch wenn anschließend die Tränen der Reue fließen, ist das Gesagte doch gesagt. Mir tut inzwischen leid, was ich in meinem Zorn zum Schluss des vorigen Gesangs gesagt habe.

Ich bin mit einem Kranken zu vergleichen, der flucht, wenn ihn die Schmerzen zu sehr peinigen. Jetzt lässt mein Schmerz allmählich nach, und meine Wut nimmt ab. Ich zürne jetzt mir selbst, weil ich mich nicht beherrschen konnte, und hoffe, dass ihr edlen Frauen mir meine wilden Faseleien verzeiht. Ihr kennt die Leidenschaft und ihr schlimmes Feuer.

Auch Gott kennt ihre fürchterliche Wirkung und weiß, wie aufrichtig ich liebe. Ich brenne ebenso und brauche euer Mitgefühl wie unser Held Orlando, der immer noch das spanische Königreich Marsilos durchstreift.

Ohne Sinn und Verstand durchquerte Orlando die Ebenen und stieg über Gebirge. Die ganze Zeit schleifte er den toten Gaul hinter sich her. Schließlich kam er an die Mündung eines Flusses ins Meer. Dort ließ er das tote Pferd am Ufer liegen. Schneller als ein Fischotter durchquerte er den Fluss. Auf der anderen Seite näherte sich ein Hirte auf einem Pferd, der seine Tiere zur Tränke treiben wollte. Orlando stellte sich in seinen Weg. Der Hirte beachtete den nackten Störenfried überhaupt nicht.

»Los, absitzen!«, schrie ihn Orlando an. »Pferde tauschen! Ich nehme deinen Klepper – du kriegst meine Stute. Du kannst sie sehen. Auf der anderen Seite. Da liegt sie und ist tot. Wenn du schnell genug bist, kannst du sie noch heilen. Als Tausch dafür gibst du mir dein Pferd und noch ein Handgeld dazu. Na los, was ist? Steig ab und mach schon!«

Der Hirte schüttelte ungläubig den Kopf. Dann lachte er laut auf und ritt ohne irgendeine Entgegnung an dem nackten, unbewaffneten Wegelagerer vorbei.

»Kannst du nicht hören?«, tobte Orlando und rannte ihm nach. »Ich will dein Pferd!«

Der Hirte hob seinen schweren Knotenstock und drosch hart auf den Verfolger ein. Das machte Orlando wütend wie schon lange nicht mehr. Er hob die Faust und schlug den Hirten so hart auf den Kopf, dass der Unglückliche tot von seinem Pferd stürzte. Orlando sprang auf den Gaul und begann mit seinem Ritt. Wohin er kam, zerstörte er Häuser und plünderte das Land. Auch diesem Pferd erging es nicht besser. Es bekam weder Korn noch Heu. Wieder und wieder ersetzte er es durch ein neues, nachdem er zuvor die Reiter aus dem Sattel geschlagen hatte.

In Malaga wütete er besonders schlimm. Er verbrannte so viele Häuser, dass die Schäden noch jahrelang zu sehen waren. Insgesamt starb in dieser Stadt ein Drittel aller Bewohner. Im Morgengrauen kam der Unhold auch zur Stadt Cadiz an der Meerenge von Gibraltar, die Europa von Afrika trennt. Schon zu dieser frühen Stunde legte ein Boot mit fröhlichen jungen Leuten vom Ufer ab. Das Meer war still und einladend. Orlando hatte plötzlich Lust, ebenfalls aufs Meer hinauszufahren.

»Halt!«, rief er, so laut er konnte. »Wartet! Nehmt mich mit!«

Das mächtige Geschrei kam den jungen Leuten auf dem Boot nicht geheuer vor. Mit einem derartigen Passagier an Bord wollten sie sich nicht den schönen Tag verderben. Schnell und immer schneller trieben sie das Schiff aufs Meer hinaus. Das Boot strich durch die klaren Wellen so schnell wie eine Schwalbe in den Lüften.

Orlando wurde sofort wütend. Er schlug auf sein Pferd ein, spornte es und zwang es schließlich hart ins Meer. Das Pferd stemmte sich mit aller Kraft dagegen, knickte ein und wollte nicht tiefer als bis zum Bauch ins Wasser. Orlando schlug es immer wieder an die Ohren. Nur noch der Kopf ragte jetzt noch heraus. In seiner Angst schluckte das arme Tier so viel Wasser, dass es ersoff.

Das Schiff hatte schon fast das andere Ufer erreicht. Orlando sah es durch die hohen Fahrtwellen längst nicht mehr, aber noch immer wollte er mitfahren und riss an dem toten Pferd. Das sank immer tiefer und zog auch seinen Reiter mit hinab. Erst im letzten Augenblick löste sich Orlando aus dem Sattel. Er ließ die Zügel fahren, schnappte nach Luft und schwamm durch die Straße von Gibraltar.

Das Meer war ruhig und das Wetter günstig. Wäre es nicht so gewesen, hätte er es trotz seiner ungeheuren Kraft kaum bis nach Afrika geschafft. So aber gelangte er tatsächlich auf der anderen Seite der Meerenge wieder an Land.

Nicht einmal zwei Pfeilschussweiten von der Stadt Ceuta entfernt stieg er aus dem Wasser. Die Stadt interessierte ihn nicht. Er wandte sich in Richtung Osten und lief aufs Geratewohl den Strand entlang. Tag um Tag eilte er, in seinem Wahn verloren, immer weiter, so lange, bis er auf einen mächtigen Heerhaufen aus schwarzen Kriegern stieß. Sie lagerten direkt am Ufer.

Wir müssen jetzt Orlando für eine Weile verlassen. Bei der Gelegenheit will ich aber klarstellen, dass ich von jetzt an kein Wort mehr über Angelica verlieren werde. Nachdem sie sich durch den Zauberring vor Orlandos rasender Eifersucht in Sicherheit gebracht hatte, ist sie zusammen mit ihrem heidnischen Gatten Medor an Bord eines Schiffes nach Cathay gestiegen, um ihm dort die Krone ihres Reiches aufzusetzen.

Das alles soll meinetwegen irgendein anderer besingen. Ich habe keine Lust und auch keine Zeit dazu, wenn ich die eigentliche Geschichte ordentlich beenden soll.

In der Nähe von Paris freute sich Mandrikard, der König der Tartaren, noch immer über den für ihn so günstig ausgegangenen Schiedsspruch seiner Geliebten. Nachdem die stolze Angelica in ihre Heimat zurückgekehrt war und Isabella einen Platz im Himmel gefunden hatte, hatte Mandrikard mit Doralis das schönste aller Mädchen in ganz Europa für sich gewonnen. Allerdings war seine Freude nicht ungetrübt.

Noch immer machten ihm der tapfere Ruggiero den weißen Adler auf dem Schild und König Gradass von Serikana das Wunderschwert Durindana streitig. Nach wie vor bemühten sich die Könige Agramant und Marsilo um ein Ende der Streitigkeiten. Die beiden schlugen immer neue Lösungen vor. Aber keine davon gefiel Ruggiero oder Gradass. Ruggiero wollte nicht länger zulassen, dass ein anderer seinen Wappenvogel trug. Ebenso bestand König Gradass darauf, dass er allein das Recht auf das Schwert des Helden Orlando hatte.

»Also gut«, sagte König Agramant schließlich. »Dann spare ich mir ab sofort jedes weitere Wort und lasse wieder das Los entscheiden. Soll die Göttin Fortuna zeigen, wer zu ihren Auserwählten gehört. Es gilt nur eine Regel: Wer den besseren Wurf tut, kämpft für euch beide gegen Mandrikard. Gewinnt er oder unterliegt er gegen den Tartaren, dann gilt das ebenfalls für beide.«

König Gradass und Ruggiero waren an Mut und Stärke ungefähr gleich. Das Los entschied, dass Ruggiero kämpfen sollte. Er sah sich freudestrahlend nach allen Seiten um. König Gradass dagegen verzog missmutig das Gesicht. Trotzdem protestierte er nicht gegen das Himmelsurteil.

Nachdem er seine Enttäuschung überwunden hatte, zeigte er sich hochherzig. Den ganzen Tag über gab er Ruggiero Ratschläge für den schweren Kampf. Auf diese Weise erfuhr Ruggiero einige Tricks, die er bisher noch nicht kannte. Auch Freunde kamen und berieten den Ritter, der jetzt für zwei kämpfen sollte. Auf diese Weise verging der ganze Tag. Viele suchten sich bereits bei Sonnenuntergang die allerbesten Plätze auf der Tribüne des Kampfplatzes aus und blieben über Nacht dort. Volk und Gesinde wussten nur, dass hier zwei der Allerstärksten aufeinander einschlagen sollten. Nur das interessierte sie. Dagegen tadelten weitblickende Adlige wie Sobrin, König Marsilo und andere den unsinnigen Kampf. Sie machten sogar König Agramant Vorwürfe, weil sie keinen Sinn darin sahen, dass sich die besten Fürsten im Zweikampf verausgabten. Einer der beiden würde in jedem Fall auf dem Kampfplatz bleiben und im Kampf gegen Karl den Großen fehlen. Jeder der beiden Kontrahenten galt mehr als ein Schwarm von zehn mal tausend guten Männern. Daher bat König Agramant sie, ihren Waffengang um fünf oder sechs Monate hinauszuschieben, so lange, bis das Sarazenenheer den Kampf gegen die vereinten Frankenheere gewonnen hatte.

Sowohl Mandrikard als auch Ruggiero stimmten Agramants Argumenten sofort zu, doch sie konnten seinem Wunsch nicht folgen, wenn sie nicht als Feiglinge und Verlierer angesehen werden wollten. Auch Prinzessin Doralis versuchte alles, um den Zorn des Tartaren zu besänftigen.

»Gebt doch dem König nach! Das ganze Heer wünscht sich,

dass ihr zur Vernunft kommt. Und was geschieht mit mir? Ich sorge mich Tag und Nacht, und meine Tränen versiegen nie mehr. Was nützt es mir denn, wenn ich glücklich war, wenn du immer wieder in deine Rüstung steigst, um gegen irgendeinen in den Kampf zu reiten? Ich war so stolz und glücklich, dass du großer König dich meinetwegen todesmutig in den Streit geworfen hast. Ich glaubte, dass es Liebe war, für die du sogar den Tod riskiert hast. Jetzt aber sehe ich, dass meine Liebe dir gar nichts gilt, wenn du dich andauernd für irgendwelche Kleinigkeiten schlagen willst. Wenn du mich wirklich so heiß liebst, wie du mir immer schwörst, dann darfst du mir nicht jeden Tag neu das Herz zerreißen. Und wenn Fortuna dir den Rücken kehren sollte, dann verlierst nicht nur du dein Leben, sondern auch mein Herz mit dir. Wenn dir dein Leben weniger gilt als ein aufgemalter Vogel, dann denke wenigstens an meins. Dein Leben wird nicht ohne meins erlöschen, weil ich dir ebenso im Tod wie im Leben folge.«

Sie weinte, seufzte und flehte ihn die ganze Nacht ohne Pause an. Mandrikard litt mit ihr. Er küsste ihre bittersüßen Tränen von den Wangen und die Klagen von ihrem Rosenmund. Ihr Lied traf ihn so tief, dass er auch weinte. Trotzdem gab er nicht nach.

»Du darfst dich nicht so grämen, mein geliebtes Leben. Du scheinst wirklich nicht viel von mir zu halten, wenn dich schon ein einziger Ritter wie Ruggiero verzagen lässt. Hast du vergessen, wie ich mit einem einzigen Lanzensplitter und ohne eigenes Schwert einen schwer bewaffneten Ritterhaufen abgeräumt habe, als der mir den Weg versperren wollte? Hast du vergessen, dass ich König Gradass, mit dem Ruggiero sich nicht messen kann, in Syrien gefangen nahm? Dass ich Isolier und Sakripant, den König der Circassier, die berühmten Zwillinge Grifon und Aquilante und viele hundert weitere Gefangene befreite? Gradass und die anderen werden jederzeit bestätigen, dass ich damals mehr vollbracht habe, als wenn mir die Franken und die Mauren vereint gegenüberstünden. Was soll mir da passieren von diesem Grünschnabel Ruggiero? Ich habe Hektors Rüstung und als Schwert die Durindana. Trockne jetzt deine Tränen. Ich will den Klagegesang nicht.«

Doralis ließ sich nicht überzeugen. Sie besiegte ihn schließlich, indem sie ihn dazu brachte, den Königsvorschlag anzunehmen.

Er hätte sogar Wort gehalten. Doch als die Sonne aufging, ließ Ruggiero bereits die Trompeten blasen und überall verkünden, dass er allein das Recht auf den weißen Adler in seinem Wappen habe. Voll gerüstet sprengte er auf den Turnierplatz. Überall hatten sich bereits die Zuschauer versammelt. Noch einmal blies er in sein Horn.

Als der Tartarenfürst den stolzen Streitruf hörte, vergaß er alles, was er Doralis versprochen hatte. Kein Wort mehr von Versöhnung! Er sprang vom Bett und brüllte nach Waffen und Geleit. Sein Gesicht wurde so finster, dass Doralis nicht mehr den Mut hatte, von Aufschub zu sprechen. Mandrikard wappnete sich und gönnte selbst seinen flinken Knappen kaum Zeit für ihre Dienste. Ungeduldig lief er zu Brigliador, der einmal dem Beschützer von Paris gehört hatte.

Kaum saß er fest, preschte er auch schon los, um die große Fehde zu beenden. Er riss sein Schwert hervor und zeigte sich bereit zum Kampf. Der König und sein Hofstaat trafen jetzt erst ein. Die Helme glitzerten im Sonnenlicht, beiden Rittern wurden Lanzen gereicht. Dann schmetterten Trompeten das Signal für den Zweikampf auf Tod und Leben. Tausende von Wangen wurden bleich. Die beiden Kontrahenten spornten ihre Rösser. Mit ungeheurer Wucht prallten sie aufeinander. Es war, als würde der Himmel einstürzen und die Erde aufreißen.

Der weiße Vogel, der vor langer Zeit während der Bürgerkriege im antiken Thessalien den Göttervater Zeus durch die Lüfte trug, flog jetzt von einer Seite auf die andere. Jeder der beiden Ritter war wild entschlossen, sich den Sieg zu holen. Wie groß ihr Mut und ihre Stärke waren, zeigte sich schon darin, wie sie die schweren Lanzen schwangen. Wie Felsen in der Brandung standen die beiden Gegner.

Die Lanzensplitter flogen krachend in den Himmel. Es war, als würden sie bis zum Feuerkranz der Sonne fliegen, denn brennend fielen ihre Reste auf den Erdboden zurück. Beide Kämpfer zogen ihr Schwert. Furchtlos in ihrem Heldenmut schlugen sie aufeinander ein. Helme mit doppelten Visieren ächzten unter wütenden Schwertschlägen. Unablässig krachte ein Schlag nach dem anderen nieder. Jetzt zeigten die Durindana und die Balisarde, was sie konnten, wenn sie von starker Hand geschwungen wurden. Trotzdem gelang keinem der beiden Schwerter der große, alles entscheidende Schlag. Doch da tat der Tartare einen Hieb, wie ihn nur Helden führen konnten. Er zerschmetterte Ruggieros Schild, zerriss den Harnisch und fuhr in Ruggieros warmes Fleisch. Um Haaresbreite nur entkam der dem Tod.

Ein eisiger Schreck krallte sich um die Herzen der ungezählten Zuschauer. Die meisten hielten zu Ruggiero. Der antwortete schneller und wütender als je zuvor. Sein Schwert krachte hart auf des Tartaren Helm. Aber der Hieb war zu schnell, zu wild geschlagen. Die Klinge rutschte ab. Hätte sie genau getroffen, hätte Mandrikard unter Hektors Zauberhelm keinen Schutz gefunden. So aber war er nur benommen. Die Zügel glitten ihm aus der Hand, und er wankte. Ungezügelt trabte der Hengst Brigliador hin und her. Er hatte sich noch immer nicht an den neuen Reiter gewöhnt.

Doch dann erwachte Mandrikard aus seiner kurzen Ohnmacht. Er zwang seinen Hengst erneut auf Ruggiero zu und riss sein Schwert hoch. Dieses Mal musste der Schwung ausreichen, um den Gegner bis zur Brust zu spalten.

In diesem Augenblick erinnerte sich Ruggiero an die Ratschläge, die er zuvor erhalten hatte. Noch ehe der Arm des Tartaren mit der ausgestreckten Waffe auf ihn niederkrachen konnte, stach er mit seinem Schwert in die rechte Achselhöhle seines Gegners. Als er die Klinge wieder zurückzog, brach ein Sturzbach von scharlachrotem Blut aus Mandrikards Wunde zwischen Arm und Leib. Die Durindana fiel ohne Kraft auf Ruggiero herab. Trotzdem zuckten seine Brauen unter dem wilden Schmerz. Er kippte auf den Hals seines Pferdes. Mit einem schlechteren Helm hätte er diesen Schlag nie vergessen. Aber er gab noch nicht auf. Wieder spornte er sein Pferd. Diesmal stürmte er von rechts auf den Tartaren zu. Mandrikard half jetzt die Rüstung aus feinstem gehärtetem Stahl nichts mehr. Das gute Schwert fand seinen Weg durch das Kettenhemd Mandrikards. In seiner Wut brüllte er lauter als das Meer im Sturm. Er warf den Schild mit dem verhängnisvollen weißen Adler von sich. Nur so konnte er das gute Schwert mit beiden Händen fassen.

»Ha!«, schrie Ruggiero. »Du schmeißt den Schild weg! Damit beweist du selbst, dass du den Wappenschild die ganze Zeit zu Unrecht geführt hast!«

Noch während Ruggieros Worte seinen Mund verließen, spürte er die Durindana. Das Schwert zerteilte sein Visier, schnitt durch seinen Brustharnisch wie durch Wachs und zerfetzte seinen Waffenrock. Zum Schluss teilte es den Sattelknauf und drang tief in seinen Oberschenkel ein.

Beide Ritter verloren so viel Blut, dass niemand sagen konnte, wer im Vorteil war. Doch da hob Ruggiero, um jeden Zweifel zu zerstreuen, noch einmal sein Schwert. Es durchbohrte den Panzer des Tartaren auf der linken Seite. Der Spalt klaffte eine Spanne breit und beendete endgültig Mandrikards Anspruch auf den weißen Adler. Auch um das edle Schwert in seiner Hand konnte er nicht mehr streiten. Er musste alles aufgeben: den Schild, das Schwert – und das teure Leben.

Aber ein Mann wie Mandrikard ging nicht ohne Rache. Noch im Abschied wollte er mit einem allerletzten Streich Ruggieros Gesicht für immer zeichnen.

Ein Eisenring an Ruggieros Helm zersprang, dann drang die Durindana zwei Finger breit in seinen Schädel ein. Der Treffer gelang dem Tartaren, noch ehe er leblos aus seinem Sattel kippte. Es wurde Nacht um Ruggiero, als er noch vor Mandrikard zu Boden stürzte. Doralis hatte bereits ihre Hände zum Himmel aufgehoben, um Gott dafür zu danken, dass Ruggiero zuerst vom Pferd gefallen war. Aber dann zeigte sich, dass der vermeintliche Sieger tot war. König Agramant und die anderen hohen Fürsten sprangen auf.

Ruggiero rappelte sich mühsam hoch. Rings um ihn jubelten alle und ließen ihn hochleben. Alle waren glücklich, dass der junge Held der Sieger war. Nur König Gradass schmerzte Ruggieros Sieg. Er fluchte über den bösen Zufall, durch den Ruggieros Name und nicht sein eigener für den Kampf gegen den Tartaren gezogen worden war.

König Agramant liebkoste den Schwerverletzten überglücklich. Jetzt, nachdem Mandrikard, der Sohn von Agri-Khan, erschlagen war, war Ruggieros Name für Agramant wertvoller als je zuvor.

Ebenso wie die Fürsten und Ritter zeigten jetzt auch die edlen Frauen, die sich aus Spanien und Afrika mit dem Heer nach Frankreich aufgemacht hatten, wie sehr sie Ruggiero zugetan waren. Selbst Doralis, die in Tränen aufgelöst mit bitteren Schmerzen um den Geliebten trauerte, hätte sich vielleicht der Bewunderung der anderen Damen angeschlossen, wenn ihr die Scham nicht Zügel angelegt hätte. Sie war nicht sonderlich standhaft.

Solange Mandrikard noch lebte, war seine Stärke gut für sie gewesen. Aber was sollte sie jetzt mit einem totgeschlagenen Tartaren? Sie brauchte einen Recken, der ihr bei Tag und Nacht aufrecht zur Verfügung stand.

Inzwischen war der beste Hofarzt Agramants bei Ruggiero und untersuchte alle Wunden. »Er übersteht es«, sagte er nur.

Mit großer Sorgfalt ließ König Agramant den Schwerverwundeten in sein Zelt bringen. Der junge Held war ihm so lieb, dass er ihn selbst pflegen wollte. Eigenhändig hängte er die Waffen Mandrikards neben das Bett des Verwundeten. Nur die Durindana behielt er zurück. Wie vereinbart stand sie jetzt dem Serikanerkönig Gradass zu. Sämtliche anderen Teile von Mandrikards Rüstung galten als Beute für den Sieger. Aber das beste Stück überließ Ruggiero seinem König. Er hatte gleich gesehen, wie sehnsüchtig er Orlandos Hengst Brigliador betrachtet hatte.

Während der ganzen Zeit wartete Bradamante auf Schloss Montalban sehnsüchtig auf die Rückkehr von Ruggiero. Als ihre Vertraute Hippalka zurückkehrte, berichtete sie, wie der unverschämte Fürst Rodomont ihr den Frontin gestohlen hatte und wie sie Ruggiero in Begleitung von Bradamantes Bruder Richardet und den anderen Verwandten am Brunnen getroffen hatte.

Sie erzählte, wie sich Ruggiero mit ihr auf den Weg gemacht hatte, um das gestohlene Pferd wiederzufinden und Rodomont für den Diebstahl zu bestrafen, ihn aber nicht mehr getroffen hatte. Schließlich wiederholte sie Wort für Wort, was Ruggiero ihr für Bradamante aufgetragen hatte. Zum Schluss holte sie Ruggieros Schreiben aus dem Mieder und gab es ihr.

Mehr besorgt als erfreut las Bradamante die sehnsuchtsvollen Zeilen. So schön der Brief auch war, sie war enttäuscht, weil er nicht selbst gekommen war. Schließlich sah sie ein, dass sie sich im Augenblick mit dem Stück Papier begnügen musste. Tränen tropften auf Ruggieros Brief, während sie ihn küsste. Nur die Hoffnung, dass er bald wiederkommen musste, tröstete sie etwas. Er hatte unter Eid versprochen, dass er in zwei, drei Wochen zurück sein würde, und das Hippalka gegenüber nochmals bestätigt.

»Ich weiß, er ist kein Wortbrüchiger«, schluchzte Bradamante. »Aber wie kann er verhindern, dass er durch irgendein Missgeschick sein Wort doch nicht einhält? Gefahr lauert überall. Oh mein Ruggiero, du hilfst denjenigen, die dich schon lange hassen, die du bekämpfen und vernichten solltest. Hast du vergessen, dass dein Vater durch Trojan umkam? Warum willst du dessen Sohn, König Agramant, vor der Niederlage retten? Ist das die Rache für deines Vaters Tod?«

Vergeblich versuchte Hippalka, sie zu trösten. Bradamante könne jetzt nichts anderes tun, als abzuwarten, sagte sie, zumindest bis zu dem Tag, an dem er spätestens wiederkommen wollte.

Hippalkas Trost und der Rest von Hoffnung, der stets in Verliebten lebt, sorgten dafür, dass Bradamante wenigstens gelegentlich Kummer und Tränen etwas zurückdrängte. Sie wollte geduldig warten, bis er wiederkam. Aber er kam nicht. Hatte er doch noch seinen Eid gebrochen? Sie ahnte nicht, dass die Verletzungen, die ihm der Tartar im Todeskampf zugefügt hatte, so schwer waren, dass er einen Monat lang zwischen Leben und Tod schwebte.

Tag um Tag harrte Bradamante in liebevollem Gram aus. Als sie von Hippalka hörte, dass Ruggiero zusammen mit Marfisa mitten in die Gefahr geritten war, in der sich König Agramant befand, lobte sie den Mut der beiden, wie es sich gehörte. Aber in ihrem Herzen konnte sie sich einfach nicht darüber freuen.

Ihr Argwohn wurde immer stärker, je mehr sie von Marfisas Schönheit, Ruhm und Mut hörte. Wenn zwei junge schöne Menschen in diesen Tagen eng zusammen waren, dann wäre es ein Wunder, wenn keine Liebesglut aufflammte, dachte sie.

In dieser trüben Stimmung tauchte unerwartet ihr Bruder Rinaldo auf. Der Graf von Montalban wurde nur von einem einzigen Knappen begleitet. Rinaldo war der dritte ihrer Brüder, aber durch seinen Ruhm und seine Taten galt er als der erste. Er traf gegen Mittag ein und erzählte, dass er auf einem seiner vielen Ritte, auf denen er zwischen Orlandos Schloss Brava und Paris immer noch nach der verschwundenen Angelica suchte, von Vivian und Malegis gehört hatte.

»Als mich die Nachricht erreichte, dass sie in Agrismont gefangen sind, bin ich sofort dorthin geritten. Unterwegs erfuhr ich, dass sie bereits gerettet waren und ihre Gegner nicht mehr leben. Ich hörte auch, dass es die Schwerter von Ruggiero und Marfisa waren, die unsere Brüder und Vettern herausgeschlagen haben. Als ich noch erfuhr, dass sie hierher nach Montalban zurückgekehrt sind, bekam ich plötzlich Sehnsucht nach euch. Ich wollte einfach wieder einmal die Mutter, die Geschwister, Weib und Kind küssen – und natürlich auch die Vettern, die zuvor in Ketten lagen.«

Als die Haimonskinder und ihre Verwandten fröhlich beisammensaßen, kam ihnen Rinaldo wie eine Schwalbe vor, die ihrer Brut nach langer Hungersnot Futter brachte.

Rinaldo blieb nur zwei Tage. Dann trieb es ihn und die anderen wieder hinaus. Richard und Richardet, Alard und Giscard, der Ältere, begleiteten ihn an beiden Seiten. Hinter ihnen folgten Malegis und Vivian als Geleit. Rinaldo ritt an der Spitze des edlen Aufgebots. Er führte die Blüte seines Hauses vom Schloss Montalban in Richtung Seine, um sie hier mit dem Heer von Kaiser Karl zu vereinen.

Auch Bradamante wäre am liebsten mitgezogen, doch sie entschloss sich, weiter auf Ruggiero zu warten. Den anderen sagte sie, sie könne keine Rüstung anlegen, weil sie Migräne habe. Sie war tatsächlich krank. Aber es war kein Fieber, kein körperlicher Schmerz. Es war die Sehnsucht mit ihren Feuerpfeilen, die Liebe, die ihr Herz so quälte.

31. Gesang

Kann es etwas Schöneres geben als das Gefühl der Liebe in einer jungen Brust? Wie kann man glücklicher leben als in den Ketten Amors? Wenn diese Menschen nur nicht ständig mit dem Argwohn und der Marter leben müssten, die sie mit glühenden Eisen quält, mit jener Raserei, die Eifersucht genannt wird.

So wie der Durst einen Schluck Wasser zum Genuss macht und der Hunger jedes Mahl würzt, erhöht ein bitterer Tropfen Zweifel nur die Wonnen der Liebe.

Doch Eifersucht ist eine schlimme, giftgefüllte Wunde. Da helfen kein Heiltee und kein Amulett.

Der Argwohn dringt leicht in die Seele ein, gleichgültig, ob der Zweifel berechtigt ist oder nicht. Ach, Eifersucht, was hast du nur mit Gräfin Bradamante angestellt?

Ich spreche jetzt nicht von den schlechten Nachrichten, die von Hippalka und den Brüdern zu ihr kamen, sondern von einem neuen Gerücht, das Bradamante tags darauf noch tiefer traf.

Rinaldo führte seine Brüder und Vettern weiter in Richtung Paris. Am zweiten Abend tauchte vor ihnen ein Ritter auf, der von seinem jungen Eheweib begleitet wurde. Er trug ein schwarzes Waffenkleid und einen schwarzen Schild mit einem weißen Querstreifen.

Richardet ritt mutig einige Pferdelängen voraus. Sofort forderte der schwarze Ritter ihn zum Kampf heraus. Richardet, der keinem Kräftemessen auswich, schwenkte sein Ross, bis sie den richtigen Abstand hatten. Ohne nach dem Woher und Wohin zu fragen, nahmen die beiden ihre Ausgangspositionen ein. Auch Rinaldo und sein Gefolge blieben stehen. Sie wollten sehen, wie die Unterbrechung ihres Rittes ausging. Und schon stürmten die beiden direkt gegeneinander.

»Jetzt muss ich nur eine richtige Stelle finden, dann fliegt er gleich zu Boden«, sagte Richardet leise zu sich selbst. Aber das Schicksal hatte einen anderen Plan. Der Fremde traf den Helm von Richardet so hart unter dem Visier, dass der wie von einem Unwetter zwei Lanzenlängen weit von seinem Pferd flog.

Sofort warf sich Alard gegen den fremden Ritter. Er wollte Richardets Schmach wieder ausgleichen. Kaum traf er auf den Schwarzen, als er selbst betäubt ins Gras flog. Sein Schild zerbrach, und er kam sehr hart auf. Nun legte Giscard seine Lanze ein.

»Zurück!«, rief Rinaldo, als er seine Brüder auf dem Boden liegen sah. »Das ist jetzt meine Sache, denn ich bin der dritte.«

Aber Giscard hörte nicht. Noch ehe Rinaldo seinen Helm festgezurrt hatte, flog er ebenfalls aus dem Sattel. Jetzt wurde es auch den anderen zu viel. Richard, Malegis und Vivian drängten sich nach vorn. Aber Rinaldo wollte dem ganzen Streit ein Ende machen.

»Es wird Zeit, dass wir weiter nach Paris reiten«, sagte er entschlossen. »Das dauert mir hier viel zu lange, wenn ich abwarte, bis einer nach dem anderen zu Boden geht.«

Er hatte das nur zu sich selbst gesagt, weil es die anderen gekränkt hätte. Der schwarze Ritter und Rinaldo ritten bis zum richtigen Abstand auseinander. Sie wendeten die Pferde und preschten sofort aufeinander los. Jetzt zeigte sich, dass Rinaldo die drei anderen aufwog. Beide Lanzen zersplitterten wie sprödes Glas, ohne dass einer der beiden Ritter auch nur einen Zoll weit wankte. Dafür brachen die beiden Pferde unter dem harten Aufprall in die Knie und stürzten. Bajard rappelte sich sofort wieder hoch. Für ihn war der Sturz nur ein Ausrutscher gewesen.

Das andere Pferd war übler dran. Es blieb mit gebrochenem Bug und Rückgrat auf dem Boden liegen. Noch im Fall war der schwarze Ritter aus den Steigbügeln gesprungen, wie er es gelernt hatte. Rinaldo ritt mit leeren Händen auf ihn zu.

»Du hast mein gutes Streitross umgebracht!«, rief der schwarze Ritter sofort. »Aber gerade dieses Pferd hat mir sehr viel bedeutet. Und wenn ich es nicht räche, geht es gegen meine Ehre. Also komm her! Steig ab! Wir müssen weiterkämpfen.«

»Ich denke nicht daran, mich wegen eines toten Tiers zu schlagen«, antwortete Rinaldo. »Wenn du keinen anderen Grund zum Streit hast, dann suche dir eins von meinen Pferden aus, die garantiert nicht schlechter sind.«

»Ich fürchte, du verstehst mich nicht«, antwortete der andere. »Es geht mir überhaupt nicht um das Ross. Aber es wäre nicht gut für mein Ansehen, wenn ich jetzt aufgäbe, nur weil der Gaul unter mir verreckt ist.«

»Na schön«, sagte Rinaldo. »Dann also Kampf. Ich bin einverstanden. Damit du siehst, dass alles ordentlich zugeht, sollen meine Leute weiterreiten. Ich brauche hier nur einen Knappen, der mein Pferd zu halten hat.«

Er rief den anderen zu, was er gerade dem schwarzen Ritter angeboten hatte. Sie folgten seinen Anweisungen und ritten weiter.

»Das war ein edler Zug von dir«, lobte der schwarze Ritter.

Rinaldo stieg aus seinem Sattel und überließ sein Pferd Bajard dem Knappen. Die anderen waren kaum noch zu sehen. Er wartete, bis sie ganz weg waren. Dann nahm er seinen Schild hoch, fasste sein Schwert mit starkem Griff und ging auf den fremden Ritter zu. Sie schlugen sofort aufeinander ein.

Es wurde einer der fürchterlichsten Zweikämpfe zwischen zwei Rittern, die es je gegeben hatte. Keiner der beiden Recken glaubte, dass der andere noch lange durchhalten würde. Gleichzeitig staunten sie über den zähen Widerstand des anderen. Schon längst kam es nicht mehr darauf an, den anderen zu treffen, sondern darauf, sich nicht die kleinste Blöße zu geben und dem anderen dadurch den Triumph zu gönnen.

Ohne nachzulassen, kämpften sie fast zwei Stunden lang. Die Sonne sank bereits ins Meer. Im Osten warf die Dämmerung ihre Schatten über alles Land. Die beiden Ritter mit den Eisenhandschuhen kämpften immer noch. Zwischen allen Schlägen fragte sich Rinaldo, wer der fremde Ritter sei. Er hielt sich nicht nur tapfer aufrecht, sondern drohte mehr als einmal mit dem Tod. Inzwischen zweifelte Rinaldo, dass er diesen Kampf je gewinnen konnte. Er wäre bereit gewesen, sofort aufzuhören, wenn es dafür einen ehrenhaften Weg gegeben hätte.

Der schwarze Ritter war inzwischen ebenfalls davon überzeugt, dass es keinen größeren Helden gab als seinen Gegner. Er ahnte nicht, mit wem er hier um eine Kleinigkeit so erbittert kämpfte. Längst kam ihm der Gedanke an Rache für das tote Pferd unsinnig vor. Liebend gern hätte er aufgehört, wenn das ohne Schande möglich gewesen wäre. Inzwischen war es derart dunkel, dass die beiden Ritter kaum noch ihre Hände sahen, geschweige denn die Schwerter.

»Das hat doch keinen Sinn mehr«, rief Rinaldo schließlich. »Ich bin dafür, dass wir den Kampf so lange unterbrechen, bis die Sonne wieder da ist. Ich lade dich gern als meinen Gast in mein Zelt ein. Dort bist du sicher und wirst bestimmt besser bedient als anderswo.«

Der schwarze Ritter ließ sich nicht lange bitten. Sie gingen den anderen nach und trafen sie schließlich an einem guten Lagerplatz. Dort nahm Rinaldo ein stattliches Streitross mit prächtigem Zaumzeug und schenkte es dem fremden Ritter.

»Nimm dieses Pferd. Es ist ausgebildet für den Kampf mit Schwert und Lanze. Und was gut genug für Graf Rinaldo ist, das solltest du nicht ablehnen.«

»Soll das heißen, dass du der Herr von Montalban bist? Ein Sohn von Herzog Haimon aus dem Haus Clermont?«

»Ich bin sein dritter Sohn.«

Schlagartig wurde dem schwarzen Ritter klar, gegen wen er die ganze Zeit so hart und ehrenvoll gekämpft hatte. Er spürte, wie ein wunderbares Gefühl in seiner Brust aufstieg. Plötzlich rannen Tränen über seine Wangen. Er weinte, schluchzte und strahlte zugleich vor Freude.

»Dann sind wir Brüder, lieber Rinaldo. Halbbrüder mit demselben Vater.«

Der schwarze Ritter stellte sich als der wilde Guido vor. Er berichtete, wie er als ehemaliger König der Amazonenstadt Alexandretta gemeinsam mit Samsonet, dem Vizekönig von Jerusalem, Marfisa und den beiden Söhnen des edlen Olivier über das Mittelmeer gekommen war. Er hatte seine Verwandten auf Schloss Montalban nur deshalb nicht besuchen können, weil er nach der Landung vom üblen Grafen Pinabello mitten in der Nacht zusammen mit seinen Gefährten überfallen und gefesselt worden war. Durch den hinterhältigen Eid waren sie anschließend gezwungen gewesen, jeden Ritter zu überfallen, der über die Brücke zu Pinabellos Schloss wollte.

Guido war überwältigt von der lang ersehnten, aber überraschenden Begegnung mit seinem Halbbruder.

»Welch ein Zufall, dass ich ausgerechnet gegen dich kämpfen musste, den ich doch über alles verehre und den ich schon so lange kennenlernen wollte. Ja, wir sind Brüder, lieber Graf Rinaldo. Meine Mutter Constanze gebar mich dort, wo die Donauarme ins Schwarze Meer strömen. Der edle Herzog Haimon ist dein Vater ebenso wie meiner. Die Sehnsucht nach euch und der Familie väterlicherseits trieb mich weit durch die Welt. Es tut mir leid, dass ich aus einem so dummen Grund gegen dich kämpfen und siegen wollte. Sag mir, was ich tun kann, um meinen Fehler wiedergutzumachen. Ich will es gerne tun und dir freudig gehorchen.«

Sie umarmten sich wieder und wieder.

»Nun hör schon auf, dich wegen dieses Kampfes zu entschuldigen«, sagte Rinaldo verlegen. »Dein Mut und deine Ausdauer beweisen doch nur unsere Verwandtschaft. Du bist tatsächlich ein starker Ast von Haimons Stamm. Wenn du freundlich und nett gekommen wärst, hätte ich doch Bedenken, dir jetzt zu glauben. Eine Hirschkuh kann nun einmal nicht von einem Löwen abstammen. Und aus dem Taubenei lässt sich kein Adler und kein Falke brüten.«

Rinaldo verkündete den anderen, wen er mitgebracht hatte: »Dies ist Herr Guido. Er gehört zu uns.«

Freudig begrüßten die Geschwister den Bruder, von dem sie bisher nur gehört hatten. Sie fanden, dass er ihrem Vater sehr ähnlich sah. Alard und Richardet, Giscard, Malegis und Vivian redeten auf ihn ein, ebenso der Vetter Aldiger und die anderen. Guido strahlte nach allen Seiten und genoss es, so nobel von der Familie aufgenommen zu werden. Sie hätten ihn zu jeder anderen Zeit ebenfalls anerkannt. Aber gerade jetzt kam er ihnen ganz besonders gelegen.

Am anderen Morgen brachen sie beim ersten goldenen Licht der Sonne auf. Sie brauchten zwei Tage, bis sie sich dem eingeschlossenen Paris auf wenige Meilen genähert hatten. Am Flussufer trafen sie weitere schwer bewaffnete Ritter. Es waren die Söhne des edlen Olivier und seiner Ehefrau Gismonda. Die Zwillinge Grifon und Aquilante, die sich der Schwarze und der Weiße nannten, unterhielten sie gerade mit einem vornehmen jungen Mädchen von Stand. Sie trug ein glänzend weißes Seidenkleid mit goldgefassten Rändern. Obwohl sie traurig wirkte, war sie in ihrer anmutigen Schönheit eine wahre Augenweide. Und dann erkannte Guido der Wilde die Zwillinge.

»Siehst du die Ritter dort?«, fragte er erfreut Rinaldo. »Das sind Kämpfer, wie es nur wenige gibt. Wenn wir sie dazu bringen könnten, mit uns zu ziehen, dann bekäme Kaiser Karl eine Verstärkung, mit der er die Heiden reihenweise schlagen könnte.«

»Das scheint mir auch so«, bestätigte Rinaldo. Er hatte die Zwillinge schon von Weitem an den schwarzen und weißen Rüstungen erkannt. Jetzt entdeckten auch Grifon und Aquilante die beiden. Vor langer Zeit waren sie sich einmal im Groll begegnet. Dabei war es um irgendeine Geschichte mit Truffaut, dem König Babylons, gegangen. Jetzt aber begrüßten sie sich wie gute Freunde. Samsonet, der Vizekönig von Jerusalem, wurde ebenfalls freudig begrüßt. Was jemals zwischen ihnen gestanden hatte, war jetzt vergessen.

»Du hast dir wirklich einen großen Namen gemacht, seit wir uns zum letzten Mal gesehen haben«, lachte Rinaldo.

Jetzt zeigte auch die Edeldame, dass sie Graf Rinaldo erkannt hatte. »Was ich dir sagen muss, ist ernst und schmerzlich«, meinte sie mit einem tiefen Seufzer. »Dein Vetter Orlando, der stets ein treuer Christ und ein verdienter Ritter seines Königs war – dieser großartige, berühmte Mann ist irrsinnig geworden. Er rast im Wahn durch die Gegend. Ich weiß nicht, welches Schicksal ihn dazu treibt. Ich habe nur sein Schwert und die Teile seiner Rüstung überall verstreut gesehen. Ein anderer edler Ritter hat all das Weggeworfene eingesammelt und an einen Baum gehängt, bis es aussah wie ein heiliger Platz voller Reliquien. Am selben Tag kam Mandrikard, der Sohn von Agri-Khan, dort vorbei. Er schämte sich nicht, das gute Schwert an sich zu nehmen. Dadurch sind alle christlichen Völker aufs Schwerste bedroht, denn die Durindana befindet sich jetzt in den Händen eines Heiden. Zusätzlich griff der Räuber auch noch Orlandos Pferd Brigliador, das in der Nähe graste.«

Das edle Fräulein schluchzte bei der Erinnerung. »Erst vor

wenigen Tagen habe ich den großen Ritter Orlando wiedergesehen«, fuhr sie schließlich fort. »Er rannte nackt und heulend wie ein wildes Tier durch das Land, ohne jede Scham und nicht bei Verstand. Wenn ich das Ganze nicht selbst gesehen hätte, würde ich es nicht glauben. Aber ich war Augenzeuge, als der nackte Paladin mit dem voll gerüsteten Mauren Rodomont so lange auf einer schmalen Brücke rang, bis beide in den Fluss stürzten. Ich erzähle allen, von denen ich annehme, dass sie Orlando wohlgesinnt waren, was geschehen ist. Es muss doch möglich sein, dass irgendjemand ihn nach Paris bringt. Dort könnte er vielleicht von seinem Wahn geheilt werden. Brandimart würde es jedenfalls tun, wenn er diese Geschichte hören würde. Da bin ich mir ganz sicher.«

Jetzt erkannten auch die anderen die edle Dame Flordelis. Sie liebte Brandimart mehr als sich selbst und wollte ihn jetzt in Paris suchen. Nach und nach erzählte sie, wie es wegen Orlandos Schwert Durindana zum Kampf auf Leben und Tod zwischen den Heidenkönigen Sakripant und Mandrikard gekommen war und dass König Gradass nach dem Tod des Tartarenfürsten Mandrikard das Schwert erhalten hatte.

Mit jedem weiteren Wort fühlte Rinaldo die Qual in sich größer werden. Sein Herz schmolz geradezu wie Eis im Licht der warmen Sonne. »Ich muss ihn finden!«, stieß er immer wieder hervor. »Wenn ich ihn finde, werde ich diesen Wahn schon heilen. Aber zuvor …« Er stockte und sah sich unter all den anderen um, die sich ihm inzwischen angeschlossen hatten, »zuvor wollen wir die Stadt Paris befreien und diesen Sarazenenhaufen verjagen. Wir werden noch in dieser Nacht durchbrechen. Damit rechnet niemand. Erst wenn die dritte und die vierte Wache um sind, greifen wir gemeinsam an.«

Den ganzen Tag über hielten sie sich im Wald versteckt. Erst als auch der letzte Rest des Tages verschwunden war und die Dunkelheit schwer über der Erde lag, gab Rinaldo das Zeichen für den Aufbruch.

Grifon, Alard und Aquilante gingen mit ihm, dazu der wilde Guido und Vivian. Samsonet brannte in hellem Eifer. Aber auch er blieb lautlos, als sie sich an die Wache von König Agramant anschlichen. Sie töteten ebenso lautlos, wie sie gekommen waren. Mann für Mann starb ohne irgendeinen Laut. Niemand sonst hörte oder sah, was in der Dunkelheit geschah. Schließlich lag die gesamte Wache leblos am Boden. Das ganze Lager war jetzt offen für den eigentlichen Schlag.

Als die Ersten schlaftrunken, unbewaffnet und erschreckt erwachten, war es für sie schon zu spät. Rinaldo gab das Zeichen für den offenen Angriff. Er ließ sein gutes Pferd Bajard über Palisaden bis ins Innere des Heereslagers springen. Zusammen mit den anderen warf er Reiter um, die gerade erst im Sattel saßen. Er zerstampfte Knochen von hastenden Fußkriegern, riss Zelte ein und zerschmetterte Baracken. Selbst den kühnsten Heiden sträubten sich die Haare. Blankes Entsetzen stand in ihren Augen, als sie den Schlachtruf hörten: »Rinaldo! Montalban!«

In wilder Panik flohen die Spanier und die Libyer. Die Vasallen von König Agramant und König Marsilo hatten oft genug zu spüren bekommen, dass der Zorn der Christen schmerzhaft war.

Auch Guido schlug auf die Sarazenen ein. Alard und Richardet ließen sich ebenfalls nicht mahnen. Samsonet kam wie der Jüngste Tag über die Ungetauften. Auch Vivian und Aldiger zeigten den Mauren, was scharfe Christenklingen waren. Überall, wo die Fahnen von Clermont wehten, zeigten die Angreifer, was sie wirklich konnten. Rinaldo verfügte nicht über viel Gold, andere Schätze oder prächtige Städte. Nur siebenhundert Mann hatte er deshalb aus den Besitzungen rund um Montalban mitgebracht, aber es waren Männer, stark wie die Myrmidonen von Achill. Hundert von ihnen fürchteten sich nicht vor tausend Mauren. Jeder war ein Held für sich und folgte dem Grafen Rinaldo treu. Diesmal brauchte der große Kaiser sie.

Noch ehe Graf Rinaldo mit seinen Männern in das Sarazenenlager einbrach, traf sein Bote in Paris ein, um den Kaiser zu benachrichtigen.

Karl der Große nutzte die Gelegenheit, befahl sofort die Männer zu den Waffen und rüstete für eine neue Schlacht. Jetzt kam es nur noch darauf an, dass seine Krieger rechtzeitig mit denen von Rinaldo zusammentrafen.

Kaiser Karl brach zusammen mit seinen Paladinen im richtigen Moment aus der belagerten Stadt. Die Spitze seines Heeres führte sein kühner Paladin Brandimart, Sohn des mächtigen Monodant. Er hatte die ganze Zeit in Paris auf seine geliebte Flordelis gewartet. Sie hingegen war tage- und wochenlang überall in Frankreich auf der Suche nach ihm gewesen. Jetzt erkannte sie ihn gleich an Rüstung und Wappen.

Sie ritt auf ihn zu, ohne auf die Schlacht drum herum zu achten. Brandimart ließ den Krieg Krieg sein, kam ihr entgegen und schloss sie noch im Sattel in die Arme. Sie küssten und umarmten sich, als wären sie vollkommen allein auf der Welt.

In jener alten Zeit konnten Frauen und Mädchen jederzeit auch ohne Schutz oder Geleit durch die Wiesen und Täler sowie über Berge und die schlimmsten Wege entlangziehen. Und wenn sie wiederkamen, war ihnen nichts geschehen, und es gab nicht den kleinsten Grund für irgendwelche Vorwürfe.

Brandimart hörte von seiner geliebten Gattin, was mit dem unglücklichen Orlando von Anglant geschehen war. Jeder anderen hätte er diese ungeheuerliche Geschichte nicht geglaubt. Aber Flordelis erzählte ihm Dinge, die sie nicht nur gehört, sondern auch mit eigenen Augen gesehen hatte. Sie kannte Orlando schon so lange, dass sie beurteilen konnte, ob er wahnsinnig war. Dann berichtete sie ihm von der schmalen Brücke über den Fluss und von ihrem Bewacher Rodomont und vom mächtigen Grabmal und der Marmorwand, an der Rüstungen vieler Besiegter als Trophäen hingen, und von dem gefährlichen Kampf. Mit dem Sturz des nackten Orlando gemeinsam mit seinem Gegner Rodomont in den Fluss beendete sie ihren Bericht.

Brandimart war tief betroffen. Er liebte den Grafen wie einen Bruder. Er musste ihn finden – ganz gleich, welche Hindernisse er dazu überwinden musste. Während um sie herum geschrien und gekämpft wurde, ritten sie nebeneinander aus der Schlacht.

»Es muss doch Ärzte, Magier oder Zauberquellen geben, die diesen Wahnsinn stoppen können«, meinte er traurig.

Sie hatten nicht einmal das sonst übliche Gefolge bei sich, als sie wenige Tage später auf Rodomonts Brücke zuritten. Der Wächter auf dem Turm blies sofort in sein Horn, als er sie entdeckte. Das war das Zeichen für den König von Algier. Seine Knappen brachten ihm Rüstung, Pferd und Waffen. Er war in dem Moment bereit, als Brandimart und Flordelis den schmalen Steg über den Fluss erreichten.

»Wer du auch sein magst«, brüllte König Rodomont Brandimart entgegen. »Runter vom Pferd. Her mit deiner Rüstung, deinen Waffen, für die Wand in der Trophäenhalle. Wenn du dich weigerst, wirst du zum Opfer meines Schwertes und der Schatten dieses Grabmals.«

Auf diese hochmütige Herausforderung konnte Brandimart nur eine einzige Antwort geben: Er legte seine Lanze ein und spornte sein edles Pferd Batold. Auf der anderen Seite machte sich Rodomont ebenfalls bereit. Sein Pferd war darauf abgerichtet, die gegnerischen Pferde auf der schmalen Brücke in die Tiefe abzudrängen. Auch diesmal preschte Rodomonts Pferd mit sicheren Bewegungen auf die Brückenmitte zu. Brandimarts Batold dagegen war verwirrt über die ungewohnt schmale Kampfbahn. Der Steg knirschte und schwankte unter den Pferdehufen, als würde er in jedem Augenblick zusammenbrechen.

Brandimart und Rodomont waren gleichwertig mit ihren balkendicken Lanzen. Erbarmungslos rannten sie gegeneinander. Derartigen Stößen waren beide Pferde nicht gewachsen. Sie schlugen aus, stürzten und verhakten sich mit ihren Reitern ineinander. Aber die Brücke hatte keinen Platz für zwei Pferde nebeneinander. Mit riesigem Getöse stürzten die beiden Pferde zusammen mit den Reitern von der Brücke hinab. Sie platschten derartig hart ins Wasser, dass eine große Woge bis zu beiden Ufern brandete.

Durch das Gewicht der voll gerüsteten Ritter, der Sättel und Decken versanken beide Pferde sofort. Für den wilden Heidenkönig war es nicht das erste Mal, dass er mit seinem kühnen Pferd bis auf den Grund hinabmusste. Er wusste längst, wie es unten im Flussbett aussah, kannte die weichen und die festen Stellen und wusste, wie er wieder herauskam.

Schon kurz darauf hob er den Kopf wieder aus den Wellen.

Er war im Vorteil, denn sein Gegner trieb durch Strudel und Stromschnellen zu einer Stelle, an der sein Pferd immer tiefer im Schlamm des Flussgrundes versank. Schon sah es so aus, als würden Ross und Reiter jämmerlich ertrinken.

»Oh Rodomont«, rief da Flordelis weinend. »Bei jener Unschuldigen, die du noch im Tod verehrst, erhöre mich in meinem Flehen und lasse so einen tapferen Ritter nicht elend untergehen. Herr, wenn dein Herz jemals die Liebe kannte, dann lass ihn mir, denn ich bin's, die ihn liebt. Es muss dir doch genügen, wenn du ihn in Ketten legen und deine Marmorwand mit seinem Wappen schmücken kannst. Von allen Beutestücken, die dein Schwert erkämpft hat, wird dieses Wappen das würdigste und schönste für dich sein.«

Der sonst so grausame König der Heiden spürte plötzlich Mitleid. Kurz entschlossen sprang er hinter dem Versinkenden her. Brandimart trieb bereits im tiefen Wasser unter seinem Ross. Ohne Durst trank er im Überfluss und war schon fast im dunklen Jenseits. Als Rodomont den Sterbenden erreichte, nahm er ihm zuerst sein Schwert und dann den Helm ab. Erst als er diese Beutestücke hatte, zog er ihn unter dem Pferd hervor und brachte ihn ans Ufer. Ohne ein weiteres Wort ließ er ihn in den Turm werfen.

Traurig musste Flordelis mit ansehen, wie ihr geliebter Brandimart im Verlies verschwand, in dem schon andere edle Ritter auf die Sklaverei in Afrika warteten. Dennoch war es ihr lieber, als ihn tot im Fluss zu wissen. Jetzt konnte sie noch versuchen, Rinaldo, Samsonet, Guido oder einen anderen von Karls Königshof für sich zu gewinnen. Auch wenn es niemanden für sie gab, der stärker als ihr Brandimart war, konnte einer von den anderen vielleicht doch mehr Glück bei dem schweren Kampf gegen den Heidenkönig haben.

Die Tage vergingen, doch schließlich kam tatsächlich ein Ritter vorbei. Er trug zu seiner Rüstung ein reich geschmücktes kostbares Gewand, auf dem herrliche Zypressen eingestickt waren.

Erlaubt mir, dass ich davon später weitererzähle. Zunächst müssen wir einen Blick auf Paris werfen. Hier wüteten Rinaldo und Malegis furchtbar unter den Sarazenen. Ich weiß nicht, wie viele Mauren fliehen konnten und wie viele von den Eisen der Franken in den Styx hinabgestoßen wurden.

Graf Rinaldo und Malegis siegten auf der ganzen Linie. Erst jetzt wurde König Agramant von einem seiner Paladine aus dem ersten Schlaf geweckt.

»Flucht!«, stieß er hervor. »Rette dich! Wer jetzt nicht flieht, der stirbt oder wird Gefangener der Franken!«

Verwirrt und schlaftrunken taumelte der König aus seinem Zelt. Er hob die Arme, als wolle er damit ganz allein das Unglaubliche abwehren. Aber überall um ihn herum flohen die Sarazenen und ihre Verbündeten kopflos, nackt und ohne Waffen. Die meisten hatten sich nicht einmal die Zeit genommen, ihren Schild aufzuraffen. So schnell wie möglich ließ sich König Agramant Kriegsgewand, Rüstung und Wehrgehänge anlegen. Kaum war er fertig, als auch schon Falsiron, Grandon und Balugant eintrafen. Sie redeten alle durcheinander von Niederlage, Flucht oder Gefangenschaft.

»Rinaldo war bereits hinter uns her«, rief einer.

»Er müsste jeden Augenblick hier sein«, befürchtete ein anderer. »Und wenn wir hier noch lange zögern, dann wird dies hier die Stunde unseres Todes.«

»Was schlagt ihr vor?«, fragte König Agramant schließlich.

»Nur noch der Weg nach Arles oder Narbonne ist frei«, antwortete einer seiner Unterkönige.

»Dann los jetzt!«, befahl der König Agramant. »Hinter den festen Mauern dort können wir so lange Widerstand gegen die Franken leisten, bis wir ein neues Heer gesammelt haben.«

Sie entschieden sich gegen das flach in den Ufersümpfen liegende Narbonne an der Küste des Mittelmeers und beschlossen, nach Arles, das auf den Uferhügeln an der Rhône lag, zu reiten. Ungefähr zwanzigtausend Sarazenen entkamen auf diese Weise den Franken.

Niemand konnte später sagen, wie viele Heiden Rinaldo, seine Brüder und die siebenhundert Mann von Montalban erschlagen hatten. Festzustellen, wie viele der Heiden in dieser Nacht in der

Seine ertranken, wäre genauso unmöglich gewesen, wie Blüten im April zu zählen.

Noch lange wurde erzählt, welches Verdienst auch Malegis an dieser Nacht hatte. Nicht dass er das ganze Lager in Blut tränkte. Es hieß vielmehr, dass er durch seine Zauberkünste teuflische Geister aus den Höllenschlünden zur Verstärkung angefordert habe und die Dämonen so viele Waffen mitgebracht hätten, dass es selbst für ein doppelt so großes Königreich mehr als ausreichend gewesen wäre. Durch seine Zauberkraft sollen außerdem so viele Trompeten und Trommeln, außerdem Pferde und Fußvolk gelärmt haben, dass sogar die Berge und die Täler gezittert hätten.

König Agramant vergaß nicht, den schwer verwundeten Ruggiero mitzunehmen, der noch immer unter starken Schmerzen litt. Er wurde weich gepolstert auf ein Pferd mit leisem, weichem Tritt geschnürt. Heimlich und von den Angreifern unbemerkt verließ der engste Kreis um König Agramant das zu großen Teilen eroberte Heerlager. Erst als sie sich sicher fühlten, wurde Ruggiero vom Pferd gehoben und in einen Kahn gelegt. Auf diese Weise konnte er bequem bis nach Arles geschafft werden.

Hinter ihnen drang Karl der Große zusammen mit seinen Verbündeten immer tiefer in das Sarazenenlager ein. An die hunderttausend Eroberer hatten zuvor hier gelagert. Inzwischen flohen sie über die Berge, durch die Täler und Wälder. Sie stießen in den Hohlwegen gegen Sperrriegel der Franken, und aus grünem Boden wurde roter.

Nur der tapfere König der Serikaner lagerte so weit abseits, dass er nichts vom allgemeinen Durcheinander bemerkte. Als er hörte, dass Graf Rinaldo von Montalban die Angriffsspitze des Frankenheeres anführte, sprang er vor Freude hoch. Er glaubte, dass ihm jetzt das Schicksal einen Weg zeigte, wie er den an Kraft und Schnelligkeit einzigartigen Hengst Bajard bekommen konnte. Alles in König Gradass kreiste schon lange um den Wunsch, einmal das berühmte Schwert Durindana zu besitzen und sich dann im Wettstreit um das Pferd mit Rinaldo zu messen. Allein zu diesem Zweck war er mit hunderttausend Mann von Afrika aus über das Meer nach Europa gekommen. Er konnte den Zweikampf, der schon einmal vor langer Zeit beim Turnierplatz am Strand vor Barcelona festgesetzt worden war, kaum erwarten. Damals hatte ihn Malegis mit seiner Zauberei auf ein Schiff gelockt, das ihn zu Angelica nach Cathay entführt hatte.

Ungeachtet dessen, was damals geschehen war, hielt König Gradass seither Graf Rinaldo für einen Feigling und Versager. Voll freudiger Erwartung ließ er sich rüsten, nahm seine Waffen und bestieg seine Alfana-Stute. Er war so sehr auf Streit und Kampf aus, dass er jeden in der Dunkelheit mit seiner Lanze niederstieß, der ihm in den Weg kam. Es kümmerte ihn dabei nicht, ob er Franken oder Mauren traf. Laut rief er nach Rinaldo. Schließlich ritt er in die Richtung, wo er die meisten Gefallenen auf dem Boden sah. Und dann trafen sie aufeinander. König Gradass erkannte Rinaldo allein an der Geschwindigkeit seines Pferdes und dann an der Wucht, mit der der andere zuschlug.

König Gradass' Augen flammten. »Ja, schlag nur zu, du Feigling!«, schrie er. »Hier kommst du nicht mehr mit irgendeiner List davon. Jetzt wird bezahlt dafür, dass du dich damals vor dem Kampf gedrückt hast. Aber du irrst dich. Selbst wenn du in den Himmel aufsteigst oder in der Unterwelt in tiefster Flut des Styx verschwindest – ich folge dir durch Licht und Schatten, solange du auf diesem Pferd sitzt. Und wenn dein Mut nicht ausreicht und dir dein Leben über deine Ehre geht, dann rücke Bajard am besten gleich raus. Dir soll kein Leid und Schaden wegen deiner Furcht entstehen, außer dass du dann zeitlebens zu Fuß gehen musst.«

Auch Guido und Richardet hörten die Herausforderung des Sarazenen. Gleichzeitig rissen beide ihre Schwerter hoch. Aber Rinaldo wehrte ab.

»Lasst das!«, befahl er ihnen. »Das ist meine Sache. Oder glaubt ihr etwa, dass ich mich nicht allein dagegen wehren kann, wenn jemand meine Ehre angreift?« Er wandte sich wieder an den Sarazenen. »Und nun hör zu, Gradass. Ich war nämlich am Strand, wie wir es vereinbart hatten. Und mit diesem Schwert hier beweise ich dir jederzeit, dass ich die Wahrheit sage. Du sollst mir nicht nachsagen, ich hätte meine Ritterpflichten verletzt. Aber ehe wir miteinander kämpfen, musst du mir die Bitte erfüllen, dir die Sache zu erklären. Wenn du dieser Bedingung zustimmst, dann kämpfen wir zu Fuß um das Pferd hier – allein an einem abgelegenen Ort und genau so, wie wir es damals vereinbart hatten.«

Der Serikaner besaß die Höflichkeit der edlen Seelen und ließ Rinaldo die Geschichte erzählen. Dieser schwor bei Gott, dass er dabei nicht log. Anschließend rief er Malegis heran und ließ ihn mit seinen Worten berichten.

»Ja, es trifft zu«, bestätigte Malegis. »Ich habe vor geraumer Zeit durch Schwarze Kunst und Zaubersprüche Graf Rinaldo auf ein Schiff nach Cathay entführt. Es geschah im Auftrag der verliebten Prinzessin Angelica und gegen seinen Willen.«

Rinaldo nickte zufrieden. »Nachdem das klargestellt ist, bin ich bereit, meine Worte mit dem Schwert zu beweisen.« Gradass war noch nicht völlig überzeugt. Offensichtlich fürchtete er, dass alles nur darauf hinauslief, den Zweikampf zu vermeiden.

»Also gut«, meinte er schließlich, »dann holen wir den Kampf morgen nach. Aber nicht, wie ursprünglich vereinbart, am feuchten Strand von Barcelona, sondern an einer Quelle in der Nähe. Bring den Hengst auf die Lichtung. Wenn ich gewinne, bekomme ich Bajard, und falls du siegen solltest, kannst du ihn wieder mitnehmen.«

Früh am nächsten Morgen erschienen beide Ritter voll gerüstet und bewaffnet zum Entscheidungskampf um den edlen Hengst. Rinaldos Gefährten waren sehr besorgt. Jeder konnte sich ausmalen, was es bedeutete, wenn sich die Kraft und der Mut des Serikanerkönigs mit den Fähigkeiten des wunderbaren Schwertes verbanden, das einst Milons großer Sohn getragen hatte. Am meisten fürchtete Vivians Bruder Malegis den bevorstehenden Kampf. Nur zu gern hätte er erneut mit seinen Zauberkräften eingegriffen. Aber er ahnte, dass ihn Rinaldo dann für alle Zeiten hassen und verfluchen würde.

Rinaldo kümmerte sich nicht um die verzagten Gesichter der anderen. Er ging gern und furchtlos in diesen Kampf. Jetzt endlich konnte er beweisen, dass nicht der kleinste Makel auf seiner Ehre lag. Die beiden Kontrahenten trafen gleichzeitig am Kampfplatz ein. Sie grüßten sich, lächelten und sahen sich voller Wohlwollen an. Doch dann begann ein gnadenloses Hauen und Stechen.

32. Gesang

Eigentlich wollte ich ja von der Eifersucht berichten, die mit schwarzen Flügeln Bradamante überfällt, während sie weinend auf Ruggiero wartet.

Ja, das wollte ich erzählen, aber dann kam mir Rinaldo dazwischen. Guido duldete auch keinen Aufschub und stand ihm eine Weile im Weg. Kurzum, ich musste von diesem und jenem erzählen und habe dabei die Unglückliche fast vergessen. Jetzt denke ich wieder an die edle Dame und ziehe sie vor, ehe ich berichte, wie es mit Rinaldo und Gradass weiterging.

König Agramant flüchtete im Schutze der Nacht. Mit den Resten seines geschlagenen Invasionsheers erreichte er Arles an den Ufern der Rhône. Die Stadt war einer der besten Stützpunkte der Sarazenen, gut befestigt, nicht weit vom Mittelmeer entfernt und daher nah genug bei den heimatlichen Reichen in Afrika und Spanien. Dort war König Marsilo bereits wieder dabei, ein neues Heer zusammenzustellen. Jedes einigermaßen brauchbare Schiff wurde nach Barcelona befohlen.

In Arles selbst verging kein Tag ohne Kriegsrat. König Agramant erließ immer neue Befehle, um an der Küste Nordafrikas zusätzliche Steuern und Abgaben zu erheben. Er konnte auf keine Münze und keinen guten Mann verzichten. Aber nicht alle kamen. Der König von Algier wachte noch immer am Grabmal von Isabella und Zerbin. Agramant bot ihm für seine Rückkehr sogar seine eigene Cousine samt dem Reich Oran als Mitgift an. Doch Rodomont, der inzwischen so vielen Rittern Waffen und Ausrüstungen geraubt hatte, dass er damit den ganzen Felshügel bedecken konnte, lehnte alle Angebote Agramants ab. Weder die Anmut von Almonts Tochter noch das schöne Reich Oran als Mitgift konnten ihn umstimmen.

Marfisa dagegen handelte völlig anders als der pflichtvergessene Rodomont. Kaum hörte sie, dass der größte Teil des Sarazenenheeres gefangen und König Agramant nur mit einem kleinen Rest nach Arles entkommen war, brach sie sofort auf. Sie war wild entschlossen, die Krone und das Reich mit ganzer Kraft zu unterstützen. Sie ließ keinen Zweifel daran, dass sie helfen wollte, indem sie Brunell ungestraft an den König übergab.

Sie hatte ihn zehn Tage und zehn Nächte in der Furcht vor dem Strick gehalten. In dieser Zeit war niemand erschienen, um für ihn zu bitten oder sogar zu kämpfen. Voller Verachtung über den geringen Wert des Mannes verzichtete sie darauf, sich mit seinem Blut zu schänden. Agramant wusste die hohe Geste zu schätzen. Um seinen Dank und seine Hochachtung vor ihr zu beweisen, befahl er, Brunell sofort aufzuhängen.

Der Henker führte ihn an einen wilden Platz und machte aus ihm einen Leckerbissen für die Raben. Ruggiero, der ihn schon früher einmal gerettet hatte, hätte noch einschreiten können. Aber er lag noch immer schwer verwundet in seinem Bett und konnte nichts mehr tun.

Indessen klagte und zürnte Bradamante darüber, wie lang die zwanzig Tage waren, nach denen Ruggiero ihr seine Rückkehr versprochen hatte. Jeder Tag kam ihr noch länger vor als der vorangegangene, und die Nächte erschienen ihr endlos. In dieser langen Wartezeit beneidete sie das Murmeltier und den verschlafenen Bären. Liebend gern wäre sie ebenfalls in einen Winterschlaf verfallen, bis sie durch Ruggieros Rückkehr wie durch einen Sonnenstrahl geweckt würde. Aber an Schlaf war nicht zu denken. In den Nächten konnte sie nicht ein Auge zumachen. Und wenn der Tag kam, sehnte sie sich nach dem Sternenhimmel zurück.

Als es dann nur noch vier, fünf Tage bis zu seiner geplanten Rückkehr waren, stieg sie auf den höchsten Turm des Schlosses und blickte über die Wälder und das gerade eingesäte Korn auf den weiten Feldern hinweg. Immer wieder ließ sie ihren Blick den Weg entlanggleiten, der von Montalban nach Paris führte. Sobald sich etwas zeigte, was einem Ritter ähnlich sah, leuchteten ihre schönen Augen auf. Und wenn jemand nur zu Fuß erschien, hoffte sie, dass es ein Bote war. Ebenso schnell, wie sie ihm entgegenlief, trugen sie danach ihre Füße wieder zum Schloss zurück. War Ruggiero nicht hier, dann suchte sie ihn wieder woanders. Tag um Tag verging und schließlich auch der zwanzigste. Ihr Liebster kam nicht. Da brach es so herzerweichend aus ihr hervor, dass selbst der Hades Mitgefühl gezeigt hätte. Der Jammer trübte ihre schönen Augen und machte ihre goldenen Locken stumpf.

»Kann das tatsächlich mein ganzes Wünschen sein«, rief sie, »dass ich mich so sehr nach einem sehne? Aber er will mich wohl nicht als Geliebte und nicht einmal als Magd. Ach Amor, bring ihn mir zurück! Und wenn das nicht mehr geht, dann lass mich endlich wieder so frei sein, wie ich es war, ehe dein Pfeil mich getroffen hat. Mein Verlangen nach ihm hat mir jeden Halt und jede Sicherheit genommen. Doch während ich dann stürze, wachsen dem Verlangen wieder neue Schwingen, die mich in den Himmel tragen. Ja, ich klage Merlin und Melissa an. Sie haben mir vorgegaukelt, dass unser Stammbaum einmal Früchte tragen wird. Jetzt weiß ich, dass es nichts als Lug und Trug war. Vielleicht waren sie nur neidisch darauf, dass alles bei mir wohlgeordnet und so friedlich war, bevor du kamst.« Nirgendwo gab es einen Platz, an dem Bradamante Trost fand. Trotz alledem kam die Hoffnung immer wieder und nistete in ihrer Brust.

Bradamante wartete Tag für Tag. Dann, als sie wieder einmal mit erwartungsvollem Herzklopfen auf dem gewohnten Weg nach Ruggiero suchte, begegnete sie einem Ritter aus der Gascogne. Er war in jener Nacht des Überfalls auf die Heiden dabei gewesen und hatte auf der Seite von Karls Christenreitern gekämpft. Dabei war er in Gefangenschaft geraten.

»Hast du in der Gefangenschaft irgendetwas von einem jungen Sarazenen namens Ruggiero gehört?«, fragte sie behutsam.

»Oh ja, das habe ich!«, antwortete der Ritter und berichtete, dass Ruggiero nun schon über einen Monat lang schwer verwundet mit dem Tod rang. Und dann erwähnte er noch, dass sich ein schönes heldenhaftes Mädchen namens Marfisa um den Verletzten kümmerte.

»Er trennt sich kaum von ihr«, sagte er. »Und sie sich nicht vom ihm. Es wird gemunkelt, dass die beiden sich längst ihr Wort gegeben haben. Sobald Ruggiero wiederhergestellt ist, wird es wohl eine große Hochzeit geben, und jeder Fürst der Heiden wird seine helle Freude daran haben. Von der ungeheuren Kraft dieses Heldenpaars erhofft man sich ein mächtiges Geschlecht aus

Kriegern, so stark und kühn, wie es die Welt noch nicht gesehen hat.« Nach dem Kampf habe Marfisa den Schwerverwundeten jeden Tag besucht und viele Stunden an seinem Lager verbracht. Jeder sah, dass sie, von der es hieß, dass sie alle Welt verachtete und vor niemandem den Kopf senkte, bei Ruggiero geduldig, freundlich und wie ausgewechselt war.

Mit jedem weiteren Wort brach mehr in Bradamante zusammen. Die fürchterliche Wahrheit überflutete sie mit solcher Qual, dass sie sich kaum noch im Sattel halten konnte. Wortlos riss sie ihr Pferd herum. Zutiefst erzürnt kehrte sie zum Schloss zurück und warf sich dort in voller Rüstung auf ihr Bett. Ihr Schmerz steigerte sich ins Unermessliche.

»Oh ich Unglückliche!«, stieß sie hervor. »Wem soll ich jetzt noch glauben? Jetzt weiß ich, dass alle Männer falsch und grausam sind. Mein Ruggiero, ich hatte dich für edel, gut und treu gehalten, aber du hast mich derartig betrogen und gekränkt. Du bist und bleibst eben ein übler, pflichtvergessener Heide! Ja, es ist wahr, dass du schön und siegreich wie kaum ein anderer bist. Aber all deine Tapferkeit und Stärke sind nichts wert, wenn du nicht treu sein kannst. Ja, es war leicht für dich, mich zu betrügen. Dir hätte ich sogar geglaubt, das Licht sei schwarz und der Strahl der Sonne kalt. Nein, wenn der Himmel mich jetzt an der Rache hindert, dann gibt es nirgendwo mehr die Gerechtigkeit. Es tut mir weh, dass ich jetzt ungeliebt sterben muss. Ich wäre lieber aus dieser Welt gegangen, als ich dir noch viel bedeutet habe.«

Sie richtete sich auf, sprang vom Bett und griff nach ihrem Schwert. Als sie merkte, dass sie noch ihre Rüstung trug, kam sie wieder zur Vernunft.

Was soll das, Mädchen?, meldete sich ihr Verstand. Willst du dein edles Blut so jämmerlich vergießen? Wenn du den Tod suchst, nimm dein Schwert und stirb, wie es sich für eine Kriegerin gehört! Wenn du im Kampf vom Pferd stürzt, könnte Ruggiero deine Tapferkeit sehen. Vielleicht bereut er dann. Vielleicht gelingt dir dann sogar, dass er dir selbst den Todesstoß gibt. Er ist es ja, durch den du leidest. Vielleicht könntest du vor deinem Tod auch noch Rache nehmen an diesem Weib Marfisa, die dir durch

List und freche Liebe Ruggiero weggenommen hat. Sie ist die einzige und wahre Ursache für deinen ganzen Jammer.

Bradamante nahm sich Zeit und wählte ein Wehrgewand in der Farbe welken Laubes. Überall waren dunkle, leblos wirkende Zypressenzweige aufgestickt, die auf die Entsagung und Verzweiflung der Todgeweihten hindeuten sollten. Dann befahl sie, ihr den Hengst zu bringen, den Prinz Astolf aus England mitgebracht hatte, und die goldene Lanze. Bradamante wusste nicht, dass die jeden Mann schon bei der leisesten Berührung aus dem Sattel fliegen ließ.

Sie beschloss, ohne Knappen oder sonstiges Geleit loszuziehen. Einsam ritt sie vom Berg hinunter und nahm den geraden Weg in Richtung Paris. Sie wusste nicht, dass Kaiser Karl und seine Paladine Rinaldo und Malegis das Sarazenenheer zerschlagen und vertrieben hatten.

Sie ritt durch die Gegend von Quiercy, ließ die Stadt Cahors hinter sich und dann die Berge, in denen sich die Quelle der Dordogne befand. Kurz vor Montferrand kam ihr ein junges Mädchen entgegen. Sie sah sehr hübsch und freundlich aus und wurde von drei Rittern begleitet. An ihrem Sattel hing ein ungewöhnlich prächtiger Schild. Hinter der jungen Frau und den Rittern ritt weiteres Gefolge. Bradamante fragte einen Knappen, wer die Schöne war und wohin sie wollte.

»Das ist Ullania, eine Gesandte von Island, der verlorenen Insel am Nordpol«, antwortete der Knappe. »Und wir begleiten sie zum großen Herrn des Frankenvolkes nach Paris. Die Königin von Island schickt ihm den kostbaren Schild. Die edle Fürstin glaubt zu Recht, dass sie die schönste aller Frauen ist. Deshalb will sie auch nur den besten aller Ritter zum Ehemann. Derjenige, der hunderttausend Stöße übersteht und bei allen Kämpfen Erster bleibt, soll ihr Geliebter und Gatte werden. Und die drei Ritter dort, die zusammen mit der Gesandten der Königin von Island reiten, sind die Könige von Schweden, Norwegen und Gotland. Nur wenige, wenn überhaupt einer, sind so stark wie sie. Jeder der drei Könige hat bereits um die Hand der Königin angehalten. Sie haben schon viele Prüfungen bestanden und ihre Namen dadurch sehr berühmt gemacht. Aber der Königin von Island war das nicht genug. ›Ihr habt euch gut bewährt‹, sagte sie. ›Aber das reicht nicht, um wie die Sonne über dem Sternenmeer zu stehen. Der Beste unter euch ist eben noch nicht gut genug, um den Schild zu tragen. Deshalb soll der goldene Schild zu Karl dem Großen, der der Klügste von allen Herrschern ist, gebracht werden. Nur der Ritter soll ihn bekommen, auf den die höchsten Ruhmeslieder gesungen werden, ganz gleich, ob es sich um einen Vasallen von Karl oder von einem anderen Herrscher handelt. Er muss nur gegen die drei Könige siegen.‹ Genau das waren die Worte. Die drei Könige werden durch die Hand des Siegers sterben oder mit dem Schild zurückkehren.«

Bradamante hatte wie gebannt zugehört. Noch ehe sie weiterfragen konnte, zog die Gruppe weiter. Bradamante folgte ihnen nicht, sondern ritt ruhig weiter. Sie ahnte, dass der Schild nur Streit und Zwietracht unter den Paladinen Karls hervorrufen würde. Jeder würde danach drängen, sich als Bester zu beweisen. Aber durch diese Gedanken wurde sie noch trauriger. Sie grübelte darüber nach, warum Ruggieros Liebe jetzt Marfisa gehörte.

Völlig versunken in ihre Trauer achtete sie nicht auf den Weg. Es wurde dunkel, und sie hatte noch keine Herberge für die Nacht. Ihr Pferd Rabikan trug sie immer weiter über Hügel und durch Täler. Bradamante dachte nicht daran, es zu zügeln. Sie ließ es laufen, während ihre eigenen Gedanken fern bei Ruggiero waren.

Schließlich versank die Sonne mit ihren letzten Flammenstrahlen. Ein kalter Wind blies ihr entgegen. Schnee und Regen wirbelten die schwere Luft auf. Sie trieb den Hengst voran. Völlig durchnässt erkannte sie einen Schäfer vor sich, der gerade mit der Herde von den Feldern heimkehrte. Bradamante grüßte ihn und fragte nach einem Obdach in der Nähe.

»Hier gibt es nichts«, antwortete der Schäfer. »Ich wüsste keinen Platz vier Stunden weit oder auch mehr im Umkreis. Das Einzige ist ein Ort, den man die Tristansburg nennt. Aber dort findet niemand Gastfreundschaft, wenn er sich nicht zuvor mit dem Eisen in der Hand Eintritt verschafft hat. Sobald ihm das gelingt und noch ein Zimmer frei ist, wird er vom Schlossherrn verpflichtet, gegen den Nächsten, der kommt, zu kämpfen. Kommt keiner mehr, dann hat er Glück gehabt. Wenn aber doch noch jemand auftaucht, dann muss er aus dem Schlaf gleich in die Rüstung steigen. Der Besiegte muss im Freien schlafen. Das gilt für Männer wie für Frauen. Allerdings zählt bei den Damen nicht die Kraft, sondern die Schönheit. Ein Fräulein allein oder in Begleitung muss immer damit rechnen, dass sie mit ihrem ganzen Gefolge die Tristansburg verlassen muss, wenn eine Schönere auftaucht.«

»Wo ist der Platz?«, fragte Bradamante nur.

»Also, die Tristansburg ist ungefähr in diese Richtung sechs Meilen weit entfernt«, erklärte der Schäfer. »Bis zu der Schlosspforte an einer Felsenwand braucht man etwa zwei Stunden.«

Obwohl Rabikan ein außergewöhnliches Pferd war, hatte Bradamantes Reittier sehr viel Mühe auf den schlammigen Wegen. Als sie endlich in tiefer Dunkelheit bei der Tristansburg eintraf, war das Tor verschlossen.

»Macht auf! Ich will hier übernachten!«, rief sie der Wache zu.

Der Wächter dachte nicht daran, zu öffnen. »Es sind bereits genügend Damen und Herren als Übernachtungsgäste da. Sie warten alle in der Halle am Kamin darauf, dass ihr Nachtmahl aufgetragen wird.«

»Wenn sie noch nicht gegessen haben, dann sind die Küchenfeuer nicht aus, und der Koch wird etwas für mich finden«, rief Bradamante. »Sag denen da drin, dass mir die Regeln für die Gastfreundschaft in diesem Haus bekannt sind. Sag ihnen auch, dass jemand hier ist, der bereit ist, um ein Nachtlager zu kämpfen.«

Der Wächter überbrachte Bradamantes Herausforderung. Die Damen und Herren saßen in angenehmer Wärme rund um den Kamin. Keinem der Anwesenden schmeckte diese unerwartete Vorspeise. Sie waren froh, dass sie aus der Kälte und dem Regen heraus waren. Trotzdem standen drei der Männer auf und ließen sich bedächtig ihre Rüstungen anlegen. Auch sie kannten die Regeln.

Während die anderen im Warmen zurückblieben, gingen die drei Ritter zum Platz vor dem Burgtor. Es waren dieselben drei königlichen Ritter, die den goldenen Schild der Königin von Island und ihre schöne Abgesandte begleitet hatten.

Bradamante ahnte, gegen welche Gegner sie bei der Tristansburg kämpfen musste. Trotzdem fürchtete sie sich nicht. Inzwischen rissen auch die Wolken etwas auf, und ein bleicher Mond schickte sein Licht trotz des Regens bis zur Erde. Jetzt zeigten sich auch die anderen Schlossgäste in den Fenstern.

Bradamante konnte es kaum noch abwarten. So, wie sich ein heißer Geliebter auf das süße Spiel der Liebe freut, wenn er nach langem Warten endlich hört, wie sich der Schlüssel dreht, so fühlte auch die Jungfrau freudige Wonnen in sich. Dann klirrte es am Tor, und die Zugbrücke senkte sich knarrend nieder.

Stahlgerüstet erschienen die drei Könige auf ihren Pferden. Sie blieben dicht zusammen. Bradamante spornte Rabikan und ritt einen weiten Bogen, um Abstand für den Anlauf zwischen sich und die drei Könige zu bringen. Dann legte sie die unfehlbare Lanze ihres Vetters ein und preschte los. Mit dieser Lanze hätte sie sogar den Kriegsgott persönlich aus dem Sattel gestoßen. Der Schwede war ihr erstes Ziel. Die Lanze schickte den Schwedenkönig sofort durch die Luft. Als Zweiter ging der König von Gotland weit entfernt von seinem Pferd zu Boden. Der dritte König flog kopfüber in eine Schlammkuhle. Von ihm waren nur noch die Füße zu sehen.

Ungerührt ritt Bradamante über die Zugbrücke in die Burg ein. Der Schlossherr hatte ihren Sieg über die drei Könige des Nordens von oben angesehen. Er begrüßte sie mit allen Ehren und lud sie ein, sein Gast zu sein. Auch die Gesandte der Königin von Island begrüßte die noch immer gerüstete Bradamante. Die neigte höflich den Kopf. Die Schöne aus dem Norden kam ihr entgegen, nahm ihre Hand und führte sie zum Kaminfeuer. Bradamante legte ihren Schild und ihr Wehrgehänge neben den Kamin. Dann nahm sie ihren Helm ab und stellte ihn daneben. Als Letztes löste sie die goldene Haube, unter der ihr Haar versteckt war. Sofort wallte ihre Lockenpracht bis auf ihre Schultern. Im selben Augenblick erkannten alle, dass sie ein junges Mädchen war – ebenso schön im Angesicht wie wild im Waffengang.

Ihr goldenes Haar war noch nicht wieder so lang wie vor der Kopfverletzung. Aber es war schon so weit nachgewachsen, dass sie es hinten mit einem Knoten zusammenfassen konnte.

»Jetzt ist mir alles klar!«, lachte der Burgherr fröhlich. »Das alles passt wieder einmal nur auf Bradamante.«

Der Burgherr kannte sie bereits von früher. Sie setzten sich rund um das Feuer und begannen ein heiteres, angenehmes Gespräch, während sie darauf warteten, dass die Speisen des Nachtmahls aufgetragen wurden.

»Seit wann gelten diese eigenartigen Gesetze hier in dieser Burg?«, fragte Bradamante. Der Burgherr antwortete mit einer eigenartigen Geschichte aus der alten Frankenzeit.

»Damals herrschte hier König Faramund. Sein Sohn Chlodion hatte eine feine, reizende und anmutige Liebste. Eben ein Mädchen, so schön und adlig, wie es in der alten Zeit üblich war. Er liebte sie so innig und war so eifersüchtig, dass er sie immerzu anschauen musste und keine Augen für irgendetwas anderes hatte.

Sein Vater hatte ihm dieses Schloss gegeben. Hier hielt er sie fest und ging auch selbst nur selten weg. Eines Tages tauchte ein gewisser Herr Tristan vor dem Schloss auf. Er hatte eine Dame bei sich, die er gerade mitten im Wald aus den Händen eines wilden Riesen befreit hatte. Es war bereits Abend, und da es auf zehn Meilen im Umkreis keine andere Unterkunft gab, begehrte Tristan mit dem Mädchen an seiner Seite Einlass und Gastfreundschaft für eine Nacht. Aber Chlodion, der noch immer vor Eifersucht und Liebe zugleich brannte, wehrte den anderen nur schroff ab.

›Solange meine Liebste hier im Schloss wohnt, kommt kein anderer Mann durch dieses Tor, gleichgültig, wer er ist.‹

Tristan bat immer wieder um etwas Freundlichkeit und Nachsicht. Aber Chlodion ließ nicht mit sich reden.

›Wohlan!‹, rief Tristan schließlich. ›Wenn du mit Anstand und mit Höflichkeit nicht nachgibst, dann muss ich mir mein Lager für die Nacht eben mit Gewalt erzwingen. Also sitz auf und hole dir von mir aus auch noch deine Gefolgsleute. Ich werde euch mit der Lanze und dem Schwert schon zeigen, welch ungehobelter, grobschlächtiger Kerl du bist. Wenn ich euch, einen nach dem anderen, aus dem Sattel geräumt habe, reite ich allein ins Schloss, und ihr bleibt draußen.‹

Prinz Chlodion blieb nichts anderes übrig, als den Kampf mitsamt seinem ganzen Tross gegen Tristan aufzunehmen. Fast wäre er bei diesem Kampf ums Leben gekommen. Tristan stieß einen nach dem anderen ohne Mühe aus dem Sattel. Dann machte er seine Drohung wahr, ritt ins Schloss und sperrte die Besiegten aus.

Er erkundete die Burg und entdeckte dabei auch die Schöne, in die Chlodion so rettungslos verliebt war. Tristan betrachtete sie und musste zugeben, dass die in diesen Dingen oft recht geizige Natur bei diesem Mädchen außerordentlich großzügig gewesen war. Währenddessen rief der ausgesperrte Burgherr flehentlich nach seiner Liebsten. Tristan bildete keine große Gefahr für sie. Durch einen Zaubertrank war er gegen jede Anfechtung gefeit. Sein Herz brannte nur für eine, und das war Isolde.

Er war nicht bereit, die Strafe für Chlodion dadurch zu mildern, dass er ihm seine Liebste nach draußen schickte.

›Es wäre eine üble Tat, wenn ich eine solche Schönheit aus dem Schloss gehen ließe‹, sagte er. ›Aber wenn der Prinz in dieser Nacht nicht gern allein in den Büschen schlafen will, hätte ich da noch ein anderes Mädchen, zwar nicht so schön, aber doch ein hübsches Ding. Aber die Schönste hier gehört nun einmal mir als dem Stärksten.‹

Der ausgesperrte Chlodion stampfte schnaubend und verdrossen bis zum Morgengrauen hin und her. Weder der Wind noch der kalte Regen schmerzten ihn so sehr wie der Gedanke daran, dass ihm seine Liebste weggenommen worden war. Erst am Morgen erbarmte sich Tristan und gab sie ihm zurück.

›Unberührt‹, sagte er nur. ›Ich gebe sie dir so, wie ich sie angetroffen habe. Wegen deiner Grobheiten gestern Abend hättest du jede Art von Schande verdient. Nur dass dich deine Liebe zu diesen Unverschämtheiten verleitet hat, lasse ich als Entschuldigung nicht durchgehen. Wahre Liebe hebt selbst ein einfaches Herz.‹

Mit diesen Worten stieg Tristan auf sein Pferd und ritt weiter. Chlodion mochte nach den unerfreulichen Ereignissen nicht länger in der Burg wohnen. Er übergab sie als Lehen einem Ritter, der ihm treu ergeben war. Doch stellte er die Bedingung, dass der Getreue und alle seine Nachfolger nur dann Gäste aufnehmen durften, wenn der Schwächere dem Stärkeren weichen und bei den Damen die Schönere den Vorrang haben sollte. Auf diese Weise ist der Brauch entstanden und hat sich, wie du selbst gesehen hast, bis zu dieser Nacht erhalten.«

Die Zuhörer hatten den Bericht aufmerksam verfolgt. Genau zum Ende der Geschichte ließ der Truchsess die Speisen für das Nachtmahl hereintragen. Jetzt tauchten auch, von Fackelträgern begleitet, die beiden schönen Frauen auf. Alle Gäste blickten bewundernd auf die entzückenden Frauengestalten. Sie vergaßen darüber sogar die aufgetragenen Köstlichkeiten. Schließlich murrten der Koch und der Truchsess.

»Auf den Tischen wird ja alles kalt«, sagte der Koch. »Es wäre besser, wenn ihr erst die Mägen sättigt und danach die Augen.«

Sie setzten sich und wollten bereits zulangen. Im selben Augenblick bemerkte der Schlossherr, dass etwas noch nicht stimmte, denn jetzt saßen zwei Frauen gemeinsam an der Speisetafel, wo nach dem alten Brauch nur eine sitzen durfte. »Hier darf nur eine sein«, sagte er deshalb. »Und weil ihr nicht zusammen angekommen seid, muss eine von euch beiden leider wieder hinaus in die Kälte und den Regen.«

Er ließ zwei alte Männer und ein paar junge Frauen rufen, deren Urteil er vertraute. »Seht sie euch beide an«, befahl er dann, »und entscheidet über diese zwei.«

Es dauerte eine ganze Weile, während sie sich untereinander berieten. Schließlich kamen sie einstimmig zu dem Schluss, dass Bradamante bleiben sollte. Einmal, weil sie die Schönere von beiden sei, und zum anderen, weil sie auch noch drei Ritter gleichzeitig besiegt hatte.

»Es tut mir wirklich leid«, sagte der Schlossherr. »Wir sind nach altem Brauch vorgegangen. Das Urteil dieses Rats ist eindeutig: Bradamante ist die Schönere, auch wenn sie noch nicht einmal Schmuck oder schöne Kleider trägt.«

Als die Abgesandte der Königin von Island das harte Urteil anhörte, verdunkelte sich ihr Gesicht. Sie, die soeben noch stolz, fröhlich und schön ausgesehen hatte, verwandelte sich in eine völlig andere. Sie wurde bleich, als sie die Entscheidung hörte. Bradamante spürte Mitleid. Sie hob die Hand und sagte:

»Ich glaube nicht, dass das Urteil gerecht ist. Es geht ja nicht darum, wer schöner ist. Ich bin hier nicht als hübsches Mädchen aufgetaucht und verlange, dass ich nicht wie eine Frau, sondern nach meinen Taten eingeschätzt werde. Und die waren ganz bestimmt nicht damenhaft. Allen hier dürfte klar sein, dass ich mein Gastrecht im ritterlichen Kampf erworben habe. Also behandelt mich als Ritter und nicht wie ein Weib! Was wäre denn, wenn euer Urteil mich als minder Schöne ausgewählt hätte? Müsste ich dann nach draußen, obwohl ich doch im Kampf gewonnen habe? Ihr seht, die Regeln dieses Brauchs sind ungerecht. Wir werden beide hierbleiben. Keine geht hinaus. Wem das nicht passt, dem will ich gern mit dem Eisen in der Hand beweisen, dass ich recht habe.«

Bradamante wehrte sich so sehr für die andere, dass sie schließlich auch den Burgherrn überzeugte.

Wie eine Blume im frischen Regen erholte sich die Abgesandte der Königin von Island. Ihre Schönheit blühte wieder auf, und ihre Fröhlichkeit kehrte zurück. Bei Bradamantes letzten Worten strahlte sie wieder so hell wie bei ihrem Eintritt in den Saal.

Jetzt konnten sich die Gäste freudig über das Mahl hermachen. Sie genossen allesamt die gute Wendung, die der Streit genommen hatte. Alle feierten vergnügt und ausgelassen, und es kam auch nicht mehr zu neuen Zwischenfällen. Nur Bradamante spürte wieder ihren Kummer um Ruggiero.

33. Gesang

Von vielen großen Malern der Antike kennen wir noch ihren Ruhm, obwohl die Werke längst verweht sind. Heutzutage führen Männer wie Leonardo da Vinci oder Gian Bellini die Pinsel und die Meißel, ebenso jener Michael, den man »Angelo« nennt. In Cadore, Urbino und Venedig werden Bastian, Raffael und Tizian gelobt.

Die antiken Künstler stellen ebenso wie die Meister unserer Zeit zumeist nur Dinge dar, die bereits geschehen sind. Niemals im Altertum und nur selten in der neuen Zeit gab es Gemälde von Ereignissen, die noch geschehen werden. Kein Maler kann das, wenn er nicht zugleich als Zauberer, Seher oder gar Phantast geübt ist.

Der große helle Saal enthielt viele seltsam anmutende Bilder wie aus anderen Zeiten oder Welten. Die beiden Frauen waren von der ganzen Pracht völlig benommen. Jedes Mal, wenn sie gehen wollten, kehrten sie wieder um, um nachzulesen, was in Gold geprägt unter den einzelnen Gemälden stand. Aber sie kannten weder die fremden Namen, noch verstanden sie, was die Bilder zeigen wollten.

Nach und nach zogen sich die Gäste zurück. Bradamante war eine der Letzten. Auch in ihrem Schlafgemach fand sie keinen Frieden. Erst im Morgengrauen schlief sie schließlich ein und träumte von Ruggiero. Er kam zu ihr und sagte: »Warum quälst du dich und glaubst etwas, was gar nicht zutrifft? Da müssten schon die Flüsse bergauf fließen, ehe ich dich für eine andere Frau im Stich ließe. Ich bin zur Taufe hergekommen und halte das Versprechen, das ich dir gegeben habe. Dass ich mich verspätet habe, liegt nicht an Amors Pfeilen, sondern an ganz anderen Wunden.«

Der erste Sonnenstrahl des neuen Morgens verjagte Bradamantes Traum. Sie wachte auf, erkannte, dass Ruggiero nicht da war, und weinte. »Was mich so glücklich gemacht hat, war nur ein Traum«, schluchzte sie. »Jetzt, da ich wach bin, fühle ich nur Bitterkeit. Der süße Traum war falsch. Aber wenn Wahrheit kränkt, dann kann sie mir gestohlen bleiben. Dann will ich nur noch schlafen und niemals wieder aufwachen.«

Nach und nach wichen die Schatten der Nacht zurück. Kein Wölkchen zeigte sich am Himmel. Nichts an diesem Tag erinnerte an den trübe vorangegangenen. Bradamante wollte so früh wie möglich aufbrechen. Der Burgherr lud sie höflich zu einer Morgenmahlzeit ein, aber sie lehnte dankend ab.

Als sie die Burg verließ, sah sie vor sich den Tross der Abgesandten der Königin von Island. Sie versammelten sich gerade an der Stelle, an der Bradamante die drei Könige aus dem Norden am Abend zuvor aus dem Sattel gehoben hatte. Die drei waren ausgesprochen wütend darüber, dass sie die ganze Nacht draußen bei Regen, Wind und Kälte hatten verbringen müssen. Weder sie noch ihre Pferde hatten am Abend oder jetzt am Morgen etwas zwischen die Zähne bekommen. Durchgefroren stampften sie durch den Schlamm. Zu alledem stand ihnen noch die peinliche Demütigung bevor, wenn die Königin von dem wenig heldenhaften Kampf erfuhr. Alle drei waren wild entschlossen, ihre Schmach so schnell wie möglich zu tilgen.

Kaum sahen sie, dass Bradamante aus der Burg ritt, als sie auch schon auf sie zupreschten und sie zu einem neuen Kampf herausforderten. Keiner der drei ahnte, dass sich in der Rüstung ein junges Mädchen verbarg.

Aber Bradamante wollte nicht. Ein erneutes Stechen kostete nur Zeit. Die zornigen Herausforderer bestanden jedoch auf Revanche. Wohl oder übel machte Bradamante kurzen Prozess. Sie legte ihre goldene Lanze ein, preschte vor und streckte alle drei ohne große Vorbereitung nieder.

Sie drehte sich nicht einmal mehr um. Ohne weiteren Aufenthalt ritt sie davon. Die erneut besiegten Könige aus dem Norden standen ohne Helm neben ihren Pferden und wagten vor Scham kaum, den Blick zu heben. Nie zuvor hatten sie so jämmerlich ausgesehen. Doch die schlimmste aller Schmähungen nach der doppelten Niederlage erfuhren sie, als Ullania ihnen mitteilte, dass sie keinem Frankenritter unterlegen waren, sondern einem Weib.

Die Könige des Nordens hatten mehr verloren als einen Waffengang. Ihre gestern noch weithin berühmten Namen waren jetzt besudelt. Der ganze Tross, Ritter, Knechte, Frauen und die Knappen, hatte alles mit angesehen.

Die Könige waren so verbittert, dass sie sich Rüstung und Waffen vom Leib rissen. Sie warfen alles in den Schlamm und schworen, ein Jahr lang waffenlos und zu Fuß für diese Schmach zu büßen. Erst wenn sie sich im Kampf erneut bewährt und Pferd und Waffen erstritten hätten, wollten sie wieder eine Rüstung anlegen und in den Sattel eines Pferdes steigen.

Bradamante wusste vom Bußeschwur der drei Könige nichts. In den Abendstunden erreichte sie ein anderes Schloss. Dort hörte sie, dass Karl der Große und Rinaldo inzwischen den Heidenkönig Agramant und sein großes Heer besiegt hatten. Obwohl sie in diesem Schloss sofort eine gute Mahlzeit und ein Nachtquartier bekam, aß sie kaum etwas und fand auch in dieser Nacht keine Ruhe.

Graf Rinaldo und König Gradass standen kampfbereit auf der Lichtung an der Quelle. Bei ihrem Streit ging es nicht um Königreiche, sondern um Orlandos Schwert Durindana und den edlen Hengst Bajard. Hier gab es keine Trompeten und keinen Kriegsgesang, der zum Angriff rief. Niemand musste sie anfeuern oder in Begeisterung versetzen. Sie zogen gleichzeitig die Eisen und zeigten sofort ihre ganze Geschicklichkeit und Stärke. Der Lärm der schnellen, schweren Schläge hallte über die Lichtung. Kaum zwei andere Waffen hätten das ausgehalten, ohne zu zerspringen. Anders die vollkommenen Klingen, die sich schon tausendfach bewährt hatten.

Rinaldo wusste genau, dass die Durindana in der Faust von Gradass jede Rüstung glatt zerschneiden konnte. Je stärker sich der Heide in jeden seiner Hiebe legte, umso mehr schlug er in die Luft. Und wenn er doch einmal traf, dann an Stellen, wo er keinen großen Schaden anrichten konnte. Rinaldo war sparsam mit seinen Schlägen. Er wollte, dass der andere ermüdete. Doch wenn er dann zuschlug, dann zielte er genau. Aber die Rüstung des Serikanerkönigs war hart und fest wie Diamant. Sie konnte nur durch einen Zauber so unverwüstlich gemacht worden sein.

Ohne Pause kämpften die beiden Ritter miteinander. Doch plötzlich wurden sie abgelenkt, als sie sahen, dass sich Bajard in höchster Not befand.

Ein Ungeheuer, noch größer als der Hengst, bedrohte das tapfere Ross. Das Untier hatte einen Vogelkopf mit einem drei Ellen langen Schnabel. Sein Körper hatte die Gestalt einer Fledermaus, und seine Fänge trugen scharfe Nägel. Seine riesigen Schwingen bestanden aus tintenschwarzen Federn. Aus den Augen des schrecklichen Ungeheuers loderte Feuer, und alles an ihm wirkte grausam.

Rinaldo glaubte, dass sein Vetter Malegis den fürchterlichen Vogel nur erfunden hatte, um ihn und Gradass von weiterem sinnlosen Hauen und Stechen abzubringen. Aber das Untier, ob nun Vogel oder Teufel, griff Bajard direkt an. Der Hengst bäumte sich mit aller Kraft gegen das Schreckenswesen auf. Er zerriss in Panik seine Zügel und schlug mit den Eisenhufen zu. Der Fledervogel erhob sich flatternd in die Luft, schoss aber gleich darauf wieder nach unten auf den Hengst zu und hackte nach ihm. Bajard wehrte sich nach allen Seiten. Erst als er merkte, dass er diesem Gegner unterlegen war, ergriff er verletzt die Flucht. Er jagte zum nahen Wald und brach durch das Unterholz. Sein Feind folgte ihm in engen Kurven durch die Luft. Gierig spähte er nach dem verletzten Hengst aus. Bajard drang immer tiefer in das Dickicht ein, bis er ein sicheres Versteck in einer Höhle fand. Das Flügeltier verlor die Spur und schoss davon, um eine andere Beute zu erjagen. Gradass und Rinaldo sahen ein, dass sie ohne ihren ausgemachten Siegespreis keinen Grund mehr hatten, weiter aufeinander einzuschlagen. Sie vereinbarten, zuerst Bajard zurückzuholen. Wer ihn fand, sollte ihn zur Lichtung an der Quelle zurückbringen, damit sie dann ihren Wettkampf fortsetzen konnten.

Gemeinsam folgten sie den frischen Spuren durch den Wald. Bajard war bei seiner Flucht schneller gewesen als die beiden schwer gerüsteten Ritter. Gradass stieg wieder auf seine Stute. Missmutig musste Rinaldo zusehen, wie Gradass im Wald verschwand.

Schon kurz darauf war von Bajards Spuren nichts mehr zu

sehen. Auf seiner Flucht war der Hengst über Felsboden und durch Bäche, durch Dickicht und durch enge Schluchten gerannt. Er hatte sich die dornigsten Wege gesucht, um den scharfen Krallen des Verfolgers zu entkommen. Rinaldo suchte noch eine Weile, dann gab er auf und kehrte an die Quelle auf der Lichtung zurück. Wie vereinbart wartete er auf Gradass. Stunde um Stunde verging, aber der Serikanerkönig kam nicht wieder. Rinaldo war zutiefst verärgert. Jetzt konnte er nur noch zu Fuß zu seinen Leuten zurückgehen.

König Gradass hatte bei der Suche nach Bajard mehr Glück als Verstand. Er hörte den Hengst plötzlich ganz in seiner Nähe angstvoll wiehern. Gleich darauf fand er die Höhle mit dem am ganzen Körper zitternden Pferd. Es wagte nicht einmal, den Kopf aus der Höhle zu strecken, und ließ sich leicht an die Hand nehmen. Für einen Augenblick dachte Gradass an seine Vereinbarung mit Rinaldo. Dann entschied er sich anders.

»Soll doch, wer da will, mit Waffen um das Tier hier kämpfen. Ich nehme es mir lieber friedlich. Schließlich bin ich wegen Bajard um die halbe Welt gezogen. Wer denkt, dass ich ihn freiwillig wieder hergebe, der muss verrückt sein. Wenn der feine Herr Rinaldo so wild auf ihn ist, muss er ihn sich eben holen.«

Kurz entschlossen zog er mit Bajard auf dem schnellsten Weg nach Arles. Dort traf er mit dem Rest des Sarazenenheeres zusammen. Gemeinsam mit Bajard und der Durindana als Beute segelte er auf der Rhône davon.

Prinz Astolf von England hatte inzwischen mit seinem Flügelross ganz Frankreich von Meer zu Meer und vom Rhein bis zu den Pyrenäen überquert. Er flog dabei so schnell, dass ihm Falken und Adler kaum folgen konnten. Überall, wo er sich blicken ließ, sah das Volk vom Boden aus staunend zu ihm hoch. Er flog nach Navarra, dann nach Aragona, ließ rechts die Biscaya liegen und links Tarragona. Schon kurz darauf glitt Kastilien unter ihm hinweg. Er freute sich, als er Galizien und Portugal unter sich entdeckte. Dann war er bereits in Cordoba und Sevilla. Ihm entging nicht eine einzige Stadt, sei es im Inneren von Spanien oder an den

Küsten. Von Cadiz aus flog er über die Meerenge von Gibraltar in Richtung Afrika. Hier hatte einst Herkules den antiken Schiffern die Felsenzeichen in die Wogen gesetzt.

Astolf beschloss, nicht bis zum Atlasgebirge zu fliegen, sondern bog über der Küste Afrikas nach Osten hin ab. Er sah die berühmten Baleareninseln unter sich vorüberstreichen, samt Ibiza am Brandungsschaum, der das Meer vom Festland Spaniens trennte.

Er sah Marokko, Fez, Oran und Hippona, dazu die stolzen Städte Algier und Buzea, Biserta, Tunis und schließlich den großen Strom des Nils, der seine Wogen zum Meer rollen ließ. Er flog über die Cyrenaika, ließ das Carena-Gebirge und die Libysche Wüste hinter sich und drehte dann in Richtung Albajada an der Grenze Nubiens ab. Das Trümmerfeld, auf dem einmal der große Tempel des alten Gottes Ammon gestanden hatte, blieb hinter ihm zurück. Gleich darauf tauchte ein Ort in Nubien auf, an dem nur fromme Mohammedaner lebten.

Astolf ließ sein Flügeltier auf die andere Seite nach Äthiopien fliegen und lenkte es auf die Hauptstadt Nubiens zwischen den Städten Dobaya und Cnoad zu. Hier wohnten noch Christen, umgeben von Sarazenen. Sie standen sich an den Grenzen ständig mit den Waffen in der Hand gegenüber.

Senap, der Kaiser von Äthiopien, war ein gläubiger Herrscher. Er besaß genügend Land und Leute und große Reichtümer. Durch seinen Christenglauben hatte er die Gewissheit, dass er dereinst der Hölle entging.

Astolf landete an seinem Hof. Er beschloss, sich dem Kaiser vorzustellen. Der Palast wirkte reich und prächtig, aber kaum zur Verteidigung gegen Angriffe geeignet. Die Ketten der Zugbrücken waren aus schierem Gold. Aus Gold war auch alles andere bis hin zum kleinsten Schloss. Leuchtende Kristallsäulen umschlossen den Palast mit einer großen Galerie. Überall waren Rubine und Smaragde, Saphire und Topase in regelmäßig angeordnete Felder eingesetzt. Auch auf den Dächern, an den Wänden und den Dielen bot sich eine Fülle von edlen Steinen oder sogar Perlen. Alles, was jemals Jerusalem erbeutet hatte, kam Astolf klein gegen das vor, was er hier sah.

Es war die Gegend, in der die edel duftende Balsampflanze

wuchs. Er entdeckte Düfte wie Moschus und Ambra. Schiffe transportierten all das, was in den anderen Ländern selten und hochgeschätzt war.

Es hieß, dass sogar der Sultan von Ägypten Tribut an Äthiopiens Kaiser zahlen musste – schon deswegen, weil Senap die Wasserfluten des Nils jederzeit so umleiten konnte, dass Kairo ausdörrte und hungern musste.

Bei seinem Volk wurde Senap der Eroberer und Kaiser von Äthiopien genannt. Außerhalb der Grenzen war er als der legendäre »Johann der Presbyter« besser bekannt, der statt des Zepters das Kreuz in seinen Händen trug. Von allen Herrschern der Christen und der Heiden hatte nie zuvor einer so viel Macht und Reichtum erlangt wie er. Doch all diese Schätze und die große Zahl der Menschen, über die er herrschte, hatten nicht verhindern können, dass er über Nacht auf ungewöhnlich grausame Art von seinem Schicksal geschlagen und bestraft wurde.

Wie andere vor und nach ihm verlor er zuerst sein Augenlicht. Das allein hätte sich noch ertragen lassen. Doch dann packte den Kaiser und König eine schlimme Krankheit wie mit Tigerklauen: Er wurde nicht mehr satt und litt ständig unter einem unerträglichen Heißhunger. Sobald er von Hunger und von Durst gequält nach einer Speise oder einem Getränk griff, umschwärmten ihn höllische Harpyien. Sie warfen die Gefäße um, kippten die Getränke auf den Boden und rafften mit den räuberischen Krallen alles von den Platten und den Tellern. Was sie nicht selbst dem Kaiser wegfraßen, besudelten sie und machten es ungenießbar.

Diese grausame Quälerei war die Strafe des Himmels dafür, dass Senap Krieg mit dem Schöpfer selbst begonnen hatte. Jung, wie er war, hatte er geglaubt, dass er mit seiner Kraft und seinem Mut immer siegreich bleiben würde. In seinem Hochmut zog er mit einem großen Heer zu den Bergen an den Quellen des Nils. Jemand hatte ihm erzählt, dass er von den Gipfeln dieser Berge, die bis über die Himmelswolken aufragten, das erste Paradies der Erde sehen könne, dasselbe, in dem Adam und Eva vor langer Zeit glücklich gelebt hatten, ehe sie vertrieben wurden. Der junge Kaiser brach mit einer Menge Fußvolk, Elefanten und Kamelen zu seinem frevelhaften Kriegszug auf. Er verließ das ebene Land und war begierig darauf, alles Volk zu unterwerfen, das auf seinem Weg zu den Quellen des Nils wohnte.

Gott aber stoppte das wahnwitzige Unternehmen. Er schickte seinen Racheengel, der hunderttausend Nubier auf der Stelle totschlug und den Kaiser selbst zu einem Leben in ewiger Dunkelheit verdammte. Gleichzeitig erlaubte er den Scheusalen aus dem Rachen der Hölle, an seiner Tafel Platz zu nehmen, um ihm die Speisen zu entreißen und derart zu besudeln, dass er sie nicht mehr genießen konnte.

Der Kaiser von Äthiopien hatte sich längst in sein Schicksal ergeben. Ein Seher hatte ihm prophezeit, dass er die teuflischen Räuber an seiner Tafel und ihre stinkende, schmutzige Hinterlassenschaft erst dann loswerden könne, wenn ein Ritter auf einem geflügelten Ross vom Himmel her geflogen käme. Niemand, noch nicht einmal der Kaiser, glaubte an ein solches Wunder. Deswegen lebte er in großer Traurigkeit und ohne jede Hoffnung auf eine Besserung.

Als die Palastwachen tatsächlich einen Ritter über die Mauern und die Türme fliegen sahen, wichen viele vor Entsetzen zurück oder warfen sich gleich auf den Boden. Nur einer überwand sein Grauen und stürzte zum König. Senap erinnerte sich augenblicklich an die Prophezeiung. Voll Hoffnung ließ er sogar den Stock zurück, als er sich mit ausgestreckten Händen vorantastete. Schwankend kam er in die Nähe des fliegenden Ritters. Senap fiel auf die Knie, rang seine Hände wie zum Gebet und streckte sie dann flehentlich nach oben:

»Du Engel Gottes, sei gegrüßt und sei mir gnädig. Ich habe keinen Anspruch auf Vergebung. Aber bedenke, wie leicht wir Menschen sündigen. Ich bin mir meiner Schuld voll und ganz bewusst. Deshalb bitte ich nicht um mein Augenlicht, obwohl du sicherlich als derjenige, der Gott am nächsten steht, in der Lage wärst, es mir zurückzugeben. Aber vertreibe bitte die stinkenden Harpyien, die mir jedes Mahl unmöglich machen. Wenn du das tust, will ich dir einen Marmortempel mitten im Palast bauen. Sein Dach und seine Tore sollen aus schierem Gold sein. Innen wie außen soll der Tempel von Edelsteinen nur so strahlen. Dein heiliger Name soll in ihm gelobt werden, und alle deine Wundertaten lasse ich in die Wände einmeißeln.«

Der König tastete nach allen Seiten und versuchte vergeblich, Herzog Astolfs Fuß zu küssen.

»Ich bin kein Engel Gottes«, antwortete der Prinz von England, »auch kein neuer Heiland und auch nicht aus dem Himmel. Ich bin ein Mensch wie du, ein Sünder, der ebenso wie du bereuen muss. Deshalb kann ich dein Angebot nicht annehmen. Aber ich will alles tun, was in meiner Kraft steht, um die Teufelsbande davonzujagen. Wenn du schon danken willst, dann danke lieber Gott, der meinen Flug hierhergelenkt hat. Gelobe ihm, was du gerade mir gelobt hast, und baue ihm eine goldene Kirche und einen kostbaren Altar.«

Der König ließ sich in sein Schloss zurückführen. Herzog Astolf und der gesamte Hofstaat begleiteten ihn. Dann befahl der König, ein großes Festmahl zuzubereiten. Erstmals nach langer Zeit konnte der König hoffen, dass ihm die Speisen diesmal nicht sofort wieder von den höllischen Dämonen aus den Händen gerissen wurden.

Schon wenig später wurde das prächtige Festmahl aufgetragen. Senap und Astolf setzten sich zu den Schüsseln und Pokalen. Sie wollten gerade anfangen, als ein grauenhaftes Sirren, Zischen und Schwingen die Luft erbeben ließ. Es war, als würde ein böser Sturm durch den Festsaal peitschen. Von allen Seiten kamen die Harpyien durch die Luft geschossen.

Es waren sieben der ekelhaften fliegenden Ungeheuer. Ihre welken blassen Weibsgesichter waren dürr und elend wie von langem Hunger. Nicht einmal der Tod hätte solch grauenhafte Fratzen formen können. An ihren räuberischen Händen trugen sie krumme Klauen. Die Flügel waren groß und missgestaltet, die Bäuche stanken, und ihre Schwänze waren eingerollt wie Schlangen.

So plötzlich, wie sie aufgetaucht waren, saßen sie auch schon auf der Tafel mit den auserlesenen Speisen. Sie warfen Schüsseln um, fraßen und raubten, während sie zugleich ihr Unschlitt überall verteilten. Der Gestank war entsetzlich. Astolf sprang auf und riss sein Schwert hervor. Ohne Erbarmen schlug er auf die widerlichen Vögel ein. Die erste Harpyie traf er am Hals, die zweite voll am Kopf, die dritte in die Brust, die nächste auf die Flügel. Aber es war, als würde er auf Säcke mit weichem Werg schlagen. Die Hiebe blieben ohne Wirkung. Ungerührt fraßen die ekelhaften Vögel weiter, bis alle Speisen vertilgt oder besudelt waren.

Der blinde König fürchtete, dass er vergeblich auf die Erlösung von den grauenhaften Qualen gehofft hatte. Er sank verzweifelt in sich zusammen. Doch da fiel Herzog Astolf sein Zauberhorn wieder ein. Wie oft hatte es ihm schon bei Gefahr geholfen? Vielleicht, dachte er, vielleicht bewährt das gute Horn der Zauberin sich auch jetzt.

Er verließ die Tafel und gab die Anweisung heraus, dass sich der König, das Gefolge und das Gesinde warmes Wachs in die Ohren stopfen sollten. Die Köche mussten ein neues Festmahl vorbereiten. Astolf ließ sich sein Flugtier bringen, stieg in den Sattel und hängte sich sein Horn griffbereit um. Dann befahl er dem Küchenmeister, erneut aufzutragen.

Diesmal wurde die Fülle der duftenden Gerichte in einem Innenhof angerichtet. Kaum stand alles an seinem Platz, als auch schon wieder der Schwarm der dämonischen Harpyien auftauchte. Sofort führte Herzog Astolf sein Zauberhorn zum Mund. So laut er konnte, blies er hinein. Die ungeschützten Ohren der grässlichen Dämonenweiber konnten den Tönen, die noch grässlicher waren als sie selbst, nicht standhalten. Entsetzt aufkreischend stoben sie hoch und flohen über die Mauern des Palastes hinweg.

Astolf gab dem Flügelross die Sporen. Mächtig schlugen die Schwingen aus. Der Hippogryph hob sich kraftvoll in die Lüfte. Er schoss über den Palast hinweg und nahm die Jagd auf die vielfräßigen stinkenden Ungeheuer auf. In vollem Flug blies Astolf sie in die Flucht. Weiter und immer weiter raste der Harpyienschwarm, verfolgt von Astolf auf dem Flügelross. Je näher sie dem Äquator kamen, umso heißer wurde die Luft. Irgendwo hier musste der Nil entspringen.

Die fliehenden Harpyien flogen auf den höchsten der Berge in der Gegend zu. Am Fuß des Bergmassivs befand sich eine Erdspalte. Es hieß, dass jeder, der zur Hölle wollte, hier den Eingang finden konnte. Der fliehende Harpyienschwarm stürzte sich in wilder Flucht in den Spalt. Hierher kamen sonst nur Wesen, die das Tageslicht zu fürchten hatten. Astolf ließ das Zauberhorn sinken. In einer weiten flachen Kurve sank er langsam tiefer. Vorsichtig ließ er den Hippogryphen seine Flügel einziehen. Das war ihm sicherer, wenn er jetzt in den Höllenschlund eindrang.

34. Gesang

Ihr scheußlichen, verfressenen Harpyien, die uns und unser Land verheeren, vielleicht wurdet ihr uns für unsere eigene Verblendung, für unseren Hochmut und für unseren Unverstand von Gott geschickt. Kinder und Mütter hungern, während ihr im ganzen Land alles auffresst, was sonst ein Leben lang gereicht hätte.

Wehe dem Unseligen, der die Höhlen aufgeschlossen hat, vor denen wir uns viel zu lange nicht gefürchtet haben und aus denen jetzt Raffgier und Pesthauch schwelen, die die Welt wie eine schwere Seuche überfallen. Vorbei das schöne Leben. Jetzt kommen die Armut und die Not, die uns so lange bleiben, wie wir den Krieg zu Gast haben. So lange jedenfalls, bis irgendwann die ärmste und verzweifeltste von allen Frauen die Söhne an den Haaren packt und ihnen zuruft: »Ist denn keiner unter euch, der den Gestank von meinen Tischen fegt, wie es Herzog Astolf beim blinden König Senap tat?«

Der Schwarm der hässlichen Harpyien floh auch dann noch weiter in die Tiefe, als Astolf längst seine schrecklichen Hornsignale beendet hatte. Er beugte sich vor und lauschte in den Felsspalt hinein. Von unten her drangen Klagen und jämmerliches Geheul zu ihm herauf. Der Schlund, der hier begann, musste bis tief in die Hölle reichen. Aber er wollte in den tiefsten Tiefen der Hölle nach den widerlichen Harpyien suchen.

Warum soll ich mich fürchten?, dachte er. Was kann mir schon geschehen? Solange auf mein Zauberhorn Verlass ist, vertreibt es Pluto samt dem Satan und seinem Wachhund Zerberus.

Er stieg von seinem Flugtier und band es am nächsten Strauch an. Mutig packte er sein Zauberhorn und stieg in die Felsenhöhle hinab. Schon bald wallte beißender dunkler Rauch um ihn herum. Augen und Nase füllten sich mit dem Gestank von Pech und Schwefel, sodass er fast die Besinnung verlor. Trotzdem ließ er sich nicht aufhalten.

Je tiefer er in den unheimlichen Schlund eindrang, umso dichter wurden der Rauch und die Finsternis. Er wollte bereits umkehren, als etwas vor ihm wie im Wind langsam hin- und herschwang. Im ersten Augenblick sah es wie ein Leichnam aus, der lange schon ausgebleicht war. Es gab kaum Licht in der schwarzen Gruft. Nur ab und zu waberten schwache Schimmer hin und her. Astolf schlug kurz entschlossen mit seinem Schwert ein-, zweimal in die Dunkelheit. Aber die Klinge traf nichts als wallende Rauchschwaden. Er dachte, dass er einen Geist gesehen habe. Doch dann hörte er eine leise klagende Mädchenstimme.

»Weiter!«, jammerte das Stimmchen. »Geh doch weiter und quäle mich nicht zusätzlich. Es reicht doch, dass der schwarze Rauch aus der Glut der Hölle mich mit Schmerzen überhäuft.«

In diesem Augenblick fühlte der sonst so tapfere Herzog, wie ihn das Grauen ergriff. »Möge Gott den Rauch zurücktreiben, damit er nicht mehr bis zu dir wallt und dich quält. Aber dann musst du mir auch erklären, wie du hierhergekommen bist. Wenn ich etwas über dich in der Welt erzählen soll, musst du es mir schon sagen.«

»Du ahnst ja nicht, wie sehr ich mich danach sehne, wieder ins Licht zurückzukehren«, klagte die Stimme. »Ich kann kaum sprechen. Aber wenn etwas von mir, und wenn es nur mein Name ist, oben in der Welt weiterleben kann, werde ich trotz aller Mühe von mir erzählen.«

»Ich heiße Lydia und bin in aller Herrlichkeit als Tochter des Lyderkönigs geboren. Aber jetzt hat mich Gottes Richterspruch hierher verdammt, damit ich auf alle Zeiten durch den Rauch des Höllenfeuers gequält werde. Es ist die Buße dafür, dass ich meinen aufrichtigen Geliebten undankbar behandelt habe und ihn grausam leiden ließ. Auch die anderen hier überall in den Felsspalten wurden für ähnliche Vergehen bitterlich bestraft.

Anaxarette ist es noch schlimmer ergangen. Ihr Geliebter Iphys erhängte sich ihretwegen. Jetzt hängt sie selbst dort unten im Rauch. Ihre aufgeblähte Seele muss hier leiden, während oben ihr Leib zu Stein geworden ist. Ohne jedes Mitleid hat sie zugesehen, wie der Mann, der sie geliebt hat, sich den Strick nahm. Aber auch Daphne rauft sich hier die Haare, weil sie sich lieber in einen Lorbeerbaum verwandeln ließ, als Apollo, den Sohn des Zeus, zu erhören.

Es würde viel zu lange dauern, dir von allen undankbaren Frauen zu berichten, die jetzt meine Leidensgefährtinnen sind. Zu zahllos sind diejenigen, die hier im Höllenrauch ihre Strafe erdulden müssen. Aber weiter unten kocht die Glut noch viel mehr Männer, die ihren Undank büßen müssen. Theseus büßt hier für diese Sünden ebenso wie Jason und die vielen, vielen anderen, die ihre Gattin böswillig verlassen haben.

Aber jetzt will ich dir sagen, warum ich an diesen Ort verbannt wurde. Ich war so schön damals, so schön und stolz wie kaum eine andere. Damals hörte auch ein junger Thrazier von meiner Schönheit. Er war ein tapferer edler Ritter, wie es ihn wohl kein zweites Mal auf der Erde gab. Da er schon viele große Taten aufzuweisen hatte, beschloss er, mir sein Herz anzubieten und sich ganz in meinen Dienst zu stellen.

Also kam er nach Lydien, und die Edlen am Hofe meines Vaters überhäuften ihn schon bald mit Lob und Ehre. Nur durch ihn siegte mein Vater über große Gebiete in Kleinasien. Er war es, der meines Vaters Heer voraussagte, wie und wann es siegen könne. Bei all den großartigen Erfolgen blieb es nicht aus, dass er eines Tages mich als Lohn für seine Mühen und Gefahren einforderte. Aber mein Vater lehnte seinen Antrag ab. Er wollte keinen einfachen Ritter, sondern zumindest einen Fürsten für mich. Verdienst und Ruhmestaten reichten ihm nicht aus. Es war das alte Lied, denn der Geiz versteht nun mal ebenso wenig von edler Gesinnung, den Tugenden und allem Schönen wie der Esel von der Melodie der Leier.

Der Mann, von dem ich hier berichte, hieß Alcest. Als er jetzt von meinem Vater, der ihm eigentlich mehr als allen anderen dankbar sein musste, schnöde abgewiesen wurde, ritt er aus dem Land.

›Dass er mir die Hand seiner schönen Tochter verweigert, soll dieser König noch bitterlich bereuen‹, sagte er beim Abschied und ritt direkt zum Hof unseres größten Feindes. Das war kein Geringerer als der König von Armenien. Alcest stachelte ihn so lange auf, bis er sich bereit erklärte, gegen meinen Vater Krieg zu führen. Alcest übernahm das Oberkommando über das gesamte Heer. Sein Vertrag mit dem König ging dahin, dass er alles, was erobert und erbeutet wurde, an den Herrn von Armenien weitergab. Nach der Eroberung der letzten Zinne unseres Königreichs wollte er als einzige Trophäe meinen schönen Leib für sich.

Ich kann dir überhaupt nicht sagen, welchen Schaden Alcest angerichtet hat! Innerhalb eines Jahres besiegte er vier unserer Heere und eroberte das ganze Land. Nur eine einzige Burg hoch in den Felsenklippen blieb uns als Zuflucht. In dieses Felsennest hatte sich mein Vater mit unseren Getreuen und dem, was von unseren Schätzen noch übrig war, gerettet. Alcest belagerte uns.

Schon nach kurzer Zeit war mein Vater bereit, mich dem Belagerer als Weib und Sklavin zu übergeben. Er wollte sogar sein halbes Reich dazutun, wenn Alcest nur die Belagerung beendete. Also schickte er mich zu Alcest hinaus. Zu diesem Zeitpunkt war ich ebenfalls entschlossen, mich zu unterwerfen. Doch dann kam alles anders.

Kaum hatte dieser mutigste von allen Rittern gehört, dass ich zu ihm unterwegs sei, kam er mir entgegen. Er kam so blass und zitternd auf mich zu, dass er eher wie ein Verlierer und nicht wie ein Sieger wirkte. In diesem Augenblick interessierten mich meine Vorsätze nicht mehr. Aus meiner Überraschung wurde Hass und gleich darauf ein neuer, schneller Plan.

Ich warf ihm vor, dass seine vermeintliche Liebe zu mir meinen Vater ungerecht in Not gebracht habe. Mit seiner alten Art wäre er doch noch zum Erfolg gekommen. Denn genau das hätte meinem Vater und mir sehr gut gefallen.

›Warum hast du auch sofort aufgegeben?‹, warf ich ihm vor. ›Wegen mir hättest du nicht sofort das Schwert gegen meinen Vater ergreifen müssen. Selbst wenn er am Ende doch noch hart geblieben wäre, hätte ich dich heimlich glücklich machen können. Aber jetzt ist es zu spät. Du hast dir mit Gewalt alles verscherzt, und ich kann dich nie mehr lieben. Ich bin aus meines Vaters Burg hierher zu dir gekommen, weil ich Mitleid mit ihm hatte. Aber wenn du jetzt die Gelegenheit ausnutzt und dein Verlangen an mir stillst, müsstest du mich gewaltsam nehmen. Doch die Spuren meines Herzbluts blieben unauslöschlich in der Erde.‹

Er wurde unter meinen Worten immer kleiner. Schließlich sah er reumütig aus wie ein Eremit. Er fiel auf die Knie, riss seinen

Dolch hervor und bot ihn mir mit ausgestreckten Händen an. Er wollte, dass ich ihn für seine finsteren Taten strafte. Ich überlegte schnell, wie ich meine Überlegenheit ausnutzen könnte, und kam auf die Idee, ihn weiterhin an mich zu binden. Ich ließ ihn einfach hoffen, dass er mich doch noch gewinnen könnte, wenn er genau das tat, was ich ihm auftrug. Um seinen Fehler wiedergutzumachen, sollte er das verlorene Königreich meines Vaters zurückerobern. Ich gab ihm zu verstehen, dass er meine Minne nur durch Dienen und Lieben gewinnen würde.

Er versprach mir alles, was ich wollte. Unberührt, wie ich gekommen war, ging ich zur Burg zurück. Mehr war nicht nötig. Alcest ritt zum König der Armenier zurück. Er verlangte von ihm alle Ländereien zurück, die er für ihn erobert hatte.

›Ich denke nicht daran, auch nur einen Acker wieder herauszugeben‹, antwortete der König von Armenien wütend. ›Der Krieg geht weiter, bis ich den Lyder von seinem letzten Zoll Land verjagt habe. Sollen wir etwa einfach aufgeben, wofür wir ein Jahr hart und tapfer kämpfen mussten?‹

Alcest und der König von Armenien stritten und gerieten immer mehr in Zorn. Tausende von Männern rings um die beiden hörten, wie sie sich anbrüllten. Doch auch die konnten nicht verhindern, dass Alcest den Streit auf seine Art beendete. Er erschlug den König der Armenier. Seine Getreuen, die von ihm bezahlt wurden, schützten ihn vor der Wut des Volkes. Die Thrazier schlossen sich Alcest an, dann auch die Cilicier in Kleinasien. So bekam mein Vater sein ganzes Reich zurück.

Innerhalb eines Monats war alles so wie früher. Nachdem mein Vater erneut seinen Thron bestiegen hatte, erhielt er sogar noch Beute und Tribut. Alcest kämpfte weiter für die Wiedergutmachung. Er eroberte die Reiche der Armenier und der Kappadokier. Erst als er am Strand von Hircanien angekommen war, hörte er auf. Bei alldem dachten wir nicht einen Augenblick daran, ihm bei der Rückkehr den Triumph des Siegs zu gönnen. Allerdings konnten wir ihn nicht einfach missachten. Sein Heer war derart siegestrunken, dass ich mich offiziell zur Hochzeit mit dem Helden bereit erklären musste.

Nach seiner großartigen Rückkehr heuchelte ich ihm Tag für

Tag meine Liebe vor, verzögerte aber weiterhin mit allen Mitteln die Entscheidung und verlangte immer neue Liebesbeweise. Ich schickte ihn in Abenteuer, aus denen kaum ein anderer heil zurückgekommen wäre. Aber er schaffte es immer wieder. Jedes Mal blieb er der Sieger – gegen schreckliche Ungeheuer, grausame Giganten und menschenfressende Laistrygonen, die jetzt immer öfter in unsere Ländereien einfielen. Schließlich erkannte ich, dass ich auf diesem Weg nicht weiterkam. Ich musste mir etwas anderes ausdenken.

Nach und nach hetzte ich ihn auf, dass er einen seiner Freunde nach dem anderen beleidigte. Es wurde so schlimm, dass sie ihn nur noch hassten. Das alles war ihm gleichgültig, weil er einzig und allein mir gefallen wollte. Er folgte mir auf jeden Wink und blieb völlig gleichgültig seinen Opfern gegenüber. Auf diese Weise beseitigte ich alle Gegner meines Vaters. Schließlich war Alcest ganz allein und hatte keinen mehr, auf den er sich verlassen konnte. Zu diesem Zeitpunkt hob ich das Visier und verstellte mich nicht länger.

›Ich hasse dich so abgrundtief, dass all mein Sehnen, all mein Wünschen nur auf deinen Tod gerichtet ist‹, teilte ich ihm mit.

Natürlich konnte ich ihn nicht so einfach umbringen. Die ganze Welt hätte mich und meinen Vater grausam und undankbar genannt. Deshalb strafte ich ihn auf eine Weise, die für ihn noch schlimmer war.

›Komm mir nie wieder unter die Augen‹, sagte ich zu ihm. ›Ich will deine Stimme nicht mehr hören, keinen Brief von dir und keine Nachricht durch irgendeinen Boten.‹

Mein grauenhafter Undank quälte ihn so sehr, dass er schließlich starb. Und ich bin hier, um für mein frevelhaftes Verhalten zu bezahlen. Meine Augen tränen, und der heiße schwarze Qualm lässt mich fast ersticken. So wird es immer bleiben, denn in der Hölle gibt es kein Verzeihen.«

Nachdem Lydia verstummt war, wollte sich Prinz Astolf nach anderen umsehen. Aber die dichte, schwere Finsternis hinderte ihn daran, auch nur einen Zoll weiter vorzudringen. Wenn er nicht augenblicklich an die Rückkehr dachte und die Beine schnell bewegte, würde ihn der Qualm ebenfalls für immer und ewig gefangen halten.

Er drehte um und lief, so schnell er konnte, wieder auf den Ausgang der Felsenhöhle zu. Schließlich zeigte sich wieder ein erster Lichtschimmer. Keuchend und nur mit großen Mühen tauchte er aus dem rauchigen Schlund auf. Aber er wollte noch den gierigen kreischenden Bestien mit den Vogelbeinen endgültig den Weg aus der Tiefe heraus verbauen.

So wie er war, häufte er Steine am Eingang des Felsenspalts übereinander. Mit seinem Schwert schlug er Pfefferbäume und anderes Gehölz ab und verkeilte es zusammen mit den Steinen zu einem undurchdringlichen Schutzwerk. Zufrieden konnte er schließlich sein gelungenes Werk betrachten. Hier jedenfalls kamen keine Harpyien mehr an die Oberfläche der Erde.

Astolf war inzwischen über und über verschmutzt. Der Qualm in der Höhlentiefe war durch seine Rüstung gedrungen und hatte sich als Ruß in jeder Falte und jeder Ritze seiner Gewandung festgesetzt. Alles, was er jetzt ersehnte, war Wasser. Er fand es, schneller als vermutet, an einer Felsenwand. Ein kleiner Bach floss aus einer Quelle ins Waldesdickicht hinein. Dort legte er seine Rüstung ab, zog sich aus und wusch sich ausgiebig von Kopf bis Fuß. Erfrischt stieg er wieder auf sein Flügelross. Der Hippogryph fuhr die Schwingen aus und setzte dann zum Flug auf jenen Berg an, der so hoch war, dass es schien, als könne man von seinem Gipfel aus direkt zur Mondsichel hinüberspringen. Nach den fürchterlichen Eindrücken im Höllenrauch hatte Astolf jetzt nur noch den Wunsch, so hoch wie irgend möglich in den Himmel zu fliegen. Nichts interessierte ihn mehr an der Erde. Der Hippogryph glitt im Luftmeer immer höher, bis Flügelross und Reiter am höchsten Bergesjoch anlangten.

Es war, als wären die Blumen in der Höhe aus Diamant, Chrysolith und Hyazinth, aus Saphir, Topas und Rubin, aus Perlen und aus Gold. All das sah aus, als wäre es von einem lauen Wind in diese himmlischen Höhen geweht. Selbst die Blätter und das üppig sprießende Gras wetteiferten mit der Pracht grüner Smaragde. Alle Bäume zeigten mit ihrem Laub, ihren Blüten und Früchten, dass sie sich ebenso schmücken konnten. Überall zwitscherten holde Vögel in den Zweigen. Sie waren blau und weiß, grün, rot und gelb. Astolf hörte die Bäche murmeln und tiefe Seen kristallklar schweigen. Ein sanfter Wind strich lieblich über alles hin und milderte die Sonnenhitze. Derselbe Wind nahm sich von Blumen, Früchten und den vielen Pflanzen die schönsten Düfte, mischte sie und verteilte sie erneut als wonnigliche Wohlgerüche und Süßigkeiten für die Seele.

Inmitten all der Schönheit erhob sich ein Palast wie aus lebenden Flammen. Er wirkte überirdisch in seinem Glanz. Staunend ließ der Paladin Karls des Großen sein Flügelross über die gewaltige Palastanlage hinweggleiten. Sie war mehr als dreißig Meilen groß. Während er langsam dahinzog, bewunderte Astolf den himmlischen Glast. Gegen diese Pracht musste die alte Erde unter ihnen nicht nur ihm, sondern auch Gott und der gesamten Natur schmutzig und von üblen Pestschwaden durchwallt erscheinen.

Ergriffen und vor Staunen bleich, erreichte er das große Dach der Palastanlage. Es schien aus einem einzigen funkelnden Edelstein gemacht zu sein. Mit dem Glanz dieses erhabenen Wunderwerks konnte sich kein anderes Bauwerk auf der Erde messen. Selbst diejenigen, die stolz von den sieben Weltwundern erzählten, hätten hier verstummen müssen.

Astolf erreichte einen Vorhof des Palastes und ließ den Hippogryphen landen. Aus dem lichten Säulengang des Bauwerks löste sich ein betagter Mann mit schulterlangem weißem Haar und einem Bart, der bis auf seine Brust fiel. Er trug ein langes milchweißes Gewand und dazu einen weiten zinnoberroten Umhang. Mit seinem ernsten, würdigen Gesicht wirkte er wie einer der auserwählten Jünger, die Jesus Christus dienen durften.

Der Prinz von England stieg von seinem Flugtier und näherte sich voller Ehrerbietung dem verehrungswürdigen Greis. Der aber lachte vergnügt.

»Siehst du? Nun durftest du sogar zum Paradies der Erde fliegen«, begrüßte ihn der alte Mann. »Aber du kennst bisher den Grund für deine Reise nicht. Du weißt noch nicht einmal, welches Ziel du hast. Es mag dich kränken, aber nicht einmal dein Zauberhorn oder das Flügelpferd hätten dir genutzt, wenn es nicht der Wille des Allmächtigen gewesen wäre, dich hierherzuführen. Es gibt ein Geheimnis, das dich aus den Ländern weit im Norden bis zu diesem Ort geführt hat. Jetzt ist die Zeit gekommen, da du erfahren sollst, wie du Karl dem Großen helfen und ihn von den Ungläubigen befreien kannst. Wir werden noch die Zeit haben, alles zu bereden. Und was du weiter tun musst, erfährst du jetzt von mir. Aber zunächst sollst du dich erfrischen, essen und trinken und dich von den Strapazen deiner Reise erholen.«

Der edle Alte führte den Herzog weiter in die Palastanlage hinein. Staunend erfuhr Astolf, wer der ehrwürdige Greis wirklich war.

»Ich bin Johannes«, sagte er lächelnd, »der Jünger, der das Evangelium Johannes' verfasst hat. Christus wollte, dass ich weiterlebe, bis er wiederkommt. Natürlich durfte Petrus davon nichts erfahren. Ich blieb nicht allein, nachdem ich hier den Platz zum Leben fand. Hier traf ich auch den Patriarchen Enoch und den Propheten Elias. Sie existieren beide noch in ewigem Lenz und Halleluja. Das werden sie auch weiter tun – so lange, bis die Engelsposaunen verkünden, dass der Herr der Welt wiederkehrt.«

Sie erreichten einen großen festlichen Saal. Der Evangelist Johannes sorgte dafür, dass Astolf köstliche Speisen bekam und dazu Früchte, die so wunderbar schmeckten, dass sogar Adam und Eva entschuldigt wären, wenn es ihre Sünde gewesen war, von diesem Obst zu essen. Der Hippogryph erhielt an anderer Stelle etwas zu fressen.

Nachdem der Herzog gegessen und getrunken hatte, bettete er sich auf ein wunderbares Lager. Der süße Schlaf tat ihm ebenso gut wie die Speisen und Getränke, die er zuvor in ihrer ganzen Köstlichkeit genossen hatte. Erst als die Morgensonne die müde Nacht verabschiedete, erhob sich Astolf wieder von seinem Lager. Sofort kam Johannes zu ihm. Er nahm ihn bei der Hand und redete ohne Punkt und Komma auf ihn ein.

»Mein Sohn, du weißt wahrscheinlich nicht, was in der Zwischenzeit im Frankenreich passiert ist. Na gut, dann sollst du jetzt die Wahrheit hören. Graf Orlando hat inzwischen das Banner verlassen, unter dem die Christen kämpfen. Er wollte eigenen Interessen folgen, aber Gott der Herr hat ihn gestraft, so schwer, wie er nur diejenigen züchtigt, die er am meisten liebt. Orlando hat vom Schöpfer die höchste Kühnheit und die größte Kraft erhalten. Kein Eisen, das normalen Menschen schwerste Wunden schlägt, konnte ihn verletzen. Gott wollte, dass sich Graf Orlando als Beschützer des Glaubens und der Christenheit bewährt. Er sollte so wie Simson sein, den er den Juden schickte, als die Philister sie bedrohten. Aber Orlando hat seine Gaben schlecht genutzt. Undankbar ließ er zu, dass viele Gläubige in Gefahr gerieten und sein Kaiser von den Sarazenen eingeschlossen wurde. Er war blind vor frevlerischer Liebe zu einer Ungläubigen. Sie narrte ihn wie ein böser Stern, lähmte den Arm, der für den Glauben kämpfen sollte, und ließ ihn verblendet werden. Zur Strafe hat ihn Gott wahnsinnig werden lassen. Seitdem rennt er splitternackt überall im Land herum. Er kennt sich selbst und andere nicht mehr. Es ist die gleiche Strafe, die sieben Jahre lang über König Nebukadnezar kam. Für seinen Hochmut und seine Ungläubigkeit musste er mit den Tieren leben und ihr Heu fressen, ehe er wieder seinen Thron besteigen durfte. Aber Orlando hat sich nicht so sehr gegen Gott vergangen wie dieser Herrscher in alter Zeit. Deswegen will Gott dem toll gewordenen Grafen nach drei Monaten im Wahn gnädig sein. Dann soll er für sein Fehlverhalten genug gestraft sein. Und dich, Astolf, ließ der Heiland nur zu einem einzigen Zweck herkommen: Du bist derjenige, den ich lehren soll, Orlando den Verstand zurückzugeben.«

Der alte Evangelist machte eine Pause und sah Astolf prüfend an. »Und jetzt hör zu«, sagte er dann und drückte Astolfs Hand. »Du bist schon weit herumgekommen. Doch was dir jetzt bevorsteht, ist eine vollkommen andere Reise. Zusammen mit mir sollst du nämlich diese Welt verlassen. Ich werde dich bis in die erste Himmelsschale führen, die auch die Bahn des Mondes ist. Nur dort gibt es die Arznei, durch die Graf Orlando wieder zu Verstand kommt. Wir brechen auf, sobald heute Nacht der Mond senkrecht über unseren Köpfen steht.«

In den folgenden Stunden wies der Apostel den Herzog in alle Einzelheiten des großen Unternehmens ein. Johannes redete nahezu ununterbrochen, bis die Sonne unterging. Als dann die

Spitzen der Mondsichel hell und klar am Himmel glänzten, wurde der Feuerwagen vorbereitet, mit dem sie in den Himmel hinaufreisen wollten. Es war dasselbe sonderbare Fahrzeug, mit dem vor langer Zeit der Prophet Elias in den Bergen Judäas aufgestiegen und aus den Augen der staunenden Beobachter auf der Erde verschwunden war.

Der Himmelswagen wurde von vier wild schnaubenden Rössern bewegt. Sie fauchten rot gleißende Feuerflammen aus ihren Nüstern. Der Jünger Jesu legte sich zusammen mit Astolf in die Sitze und nahm die Zugleinen fest in die Hände. Dann erhob er seine Stimme und feuerte die Rosse an.

Es war, als wollten die vier Feuerrosse zu dem ewigen Feuer zurückkehren, von dem sie stammten. Für Johannes und Astolf wurde die Sonne wieder sichtbar, während die Rösser durch den Äther schossen. Für einen Augenblick sah es so aus, als würden sie in deren Flammen stürzen. Der Apostel gab einige knappe Befehle, und wie durch ein Wunder verschwanden die Flammen um sie herum. Weiter und immer weiter rasten die Feuerrosse mit dem Himmelswagen. Sie sahen von weit oben, dass die Kontinente auf der schnell kleiner werdenden Erde in allen Himmelsrichtungen von Ozeanen umspült waren.

Langsam gelangten sie nahezu unmerklich in den Einflussbereich des Mondes. Der irdische Trabant sah wie eine Kugel aus hellem, fleckenlosem Stahl aus. Je näher sie dem Mond kamen, umso größer wurde Herzog Astolfs Erstaunen über seine Größe. Der Himmelskörper, der von der Erde aus so klein wirkte, dass er mit der ausgestreckten Hand verdeckt werden konnte, erwies sich hier als weites, ausgedehntes Land. Länder und Meere sandten kein eigenes Licht aus. Deshalb waren sie nur aus der Nähe zu erkennen. Jetzt aber sah der Herzog auch völlig andere Gefilde, als er sie von der Erde her kannte. Er sah Flüsse, Seen, Berge, Täler und Auen, die ihm von der Erde aus verborgen geblieben waren. Er erkannte Städte, entdeckte Schlösser und Häuser, die so riesig aufragten, wie er sie noch nie zuvor gesehen hatte. Als sie sich dem Mond weiter näherten, sah er dichte, hoch aufragende Wälder, die so einsam wirkten, als ob darin die Nymphen ihre Tiere fangen würden.

Astolf kam nicht mehr dazu, alles ganz genau anzusehen. Obwohl die fremden Eindrücke ihn außerordentlich interessierten, erinnerte er sich daran, dass sie zu einem anderen Zweck den weiten Weg hierhergeflogen waren.

Sie landeten ohne Probleme auf dem Mond und stiegen aus. Der heilige Johannes führte Herzog Astolf zwischen zwei Bergkuppen hindurch. Schon nach kurzer Zeit entdeckten sie rechts und links des Weges eigenartig aufgestapelte und mit sieben Siegeln gesicherte Kisten, Schachteln und Behälter. Johannes machte kein Geheimnis aus dem, was in ihnen war.

»Hier siehst du alles, was irgendwann einmal auf der Erde verloren ging. Sei es durch Zufall, durch den Lauf der Zeit oder die Dummheit der Menschen. Ich rede nicht von großen Schätzen oder von versunkenen Reichen, die durch das Rad der Zeit untergepflügt wurden. Es sind vielmehr die Folgen von Fortunas launischen Schicksalsspielen. Da ist der Ruhm, der mit der Zeit wie durch die Würmer ausgehöhlt wird. Dort sind die ganzen Schwüre und Gelübde, die vielen tausend Bitten, die in Gebeten der Sünder zum Himmel hochstiegen. Hier liegt die Zeit, die ungenutzt beim Spiel verstrich, dort sind die ungezählten Seufzer der Verliebten. Hier siehst du Pläne, die nie wirklich wurden, Entwürfe, große Ziele und vertane Zeit von Tagedieben. Und dort verstopfen eitle Wünsche sinnlos den ganzen Platz. Kurzum, alles, was auf der Erde nutzlos wurde, kannst du hier oben auf dem Mond wiederfinden.«

Herzog Astolf wollte noch mehr von seinem Führer wissen, während sie an den Reihen der ungezählten Kisten und Behälter entlanggingen. Sie erreichten einen Berg, der wie eine Anhäufung von großen Blasen wirkte. Je näher sie kamen, umso lauter schallte ihnen fürchterliches Geschrei entgegen. Es waren die Helden der Vergangenheit, die gekrönten Häupter der Lyder und Assyrer, der Perser und der Griechen. Kaum einer der vielen einst berühmten Namen hatte seinen Ruhm über die Jahrhunderte behalten.

Astolf und der Apostel Johannes kamen zu einem Haufen von Fischangeln aus Gold und Silber.

»Das sind Geschenke, die Gierige den Gekrönten machen, in der Hoffnung, als Gegenleistung noch mehr für sich selbst herauszuholen. Dort siehst du Netze aus Schmeicheleien, die wie Blümchen verschenkt wurden. Und das da drüben sind Unmengen von Heimchen, die immerzu Loblieder auf die Herrschenden gezirpt haben, aber dann doch an ihren mühsam gereimten Wortblähungen geplatzt sind.«

Johannes zeigte auf Dichtereien, goldene Ketten, an denen ungezählte kostbare Edelsteine hingen. »Das sind die Liebesgeschichten, aus denen doch nichts wurde. Und dort drüben, diese Adlerklauen, das war die Macht, die große Fürsten ihren Dienern übertragen haben. Und in den Blasebälgen dort mit den vielen Schläuchen, da ist die Gunst der Großen eingefangen, die so belebend wie ein Frühlingshauch über das Gefolge wehen kann und doch bereits nach kurzer Zeit ebenso schnell wieder verfliegt.«

Herzog Astolf und sein Führer sahen Schlösser und Städte, die noch immer reich wirkten, obwohl sie längst in Trümmern lagen. Überall entdeckte Astolf gebrochene Verträge und misslungene Verschwörungen. Der Apostel erklärte, dass die meisten Aufstände ohnehin entdeckt würden und deshalb gar nicht erst hier landeten. Dann sahen sie Schlangen mit Mädchenköpfen. In ihnen war alles eingesammelt, was die Falschmünzer und Diebe jemals ausgeheckt und erfunden hatten. Dem Schlangengraben folgte ein Feld mit vielen in Scherben liegenden Wasserflaschen. Sie waren die Zeichen für verlorene Jahre bei Vorgesetzten und Herrschaften, die den Dienst nicht wert gewesen waren. Hinter den Trümmern erstreckte sich ein großer See, so eklig wie ausgekippter alter Brei.

»Das sind die Almosen, mit denen sich die Sterbenden doch noch die Seligkeit erkaufen wollten«, legte der Apostel dar. »Und dort drüben dieser stinkende und verfaulte Berg von Blumen, der einmal gut gerochen hat – das war das Lehen, mit dem sich Kaiser Konstantin bei Papst Silvester einschmeichelte.«

Die beiden Männer gingen weiter zu dem Berg von Leimruten.

Das waren eure Lockstricke und Reize, schöne Frauen! Aber ich käme wirklich ins Gedränge, wenn ich aus all den wundersamen Dingen auf dem Mond Verse schmieden würde. Auch mit Tausenden davon könnte ich nicht alles aufzählen, was jetzt dort ist und bei uns verloren ging.

Nur eins hat Astolf auf dem ganzen Mond nicht gefunden: die menschliche Dummheit nämlich. Die ist immer noch bei uns auf Erden.

»Und jetzt kommt etwas, was dir bekannt vorkommen dürfte«, sagte der Evangelist und schmunzelte.

Astolf blickte sich um. Aber er erkannte nichts. Vor ihnen türmten sich Berge von verschlossenen Flaschen. Sie enthielten Unmengen einer Flüssigkeit, die so fein und so duftig war, dass sie sofort verfliegen würde, wenn jemand unbedacht die Flaschen öffnete.

»Hier liegt mehr davon als von allem anderen«, sagte Johannes.

»Aber was ist das?«, wollte Astolf wissen. »Und warum sollte ich es kennen?«

»Weil du es auch hast«, lächelte der Apostel. »Und zwar reichlich. Was du hier im Überfluss erkennen kannst, ist der menschliche Verstand, der auf der Erde abhandenkam. Siehst du den großen Krug dort vorn? Er ist viel mächtiger als alle anderen. Wenn du hingehst, wirst du sehen, wem er gehört.«

Astolf beugte sich zu dem Krug hinab. Klar und deutlich stand darauf: »Orlandos Verstand«.

Jetzt erkannte er auch die anderen Aufschriften. Auf einem kleineren Krug stand sein eigener Name. Hier also war das gelagert, was ihm oft fehlte, wenn er sich verwegen in so manches Abenteuer stürzte!

Erstaunt stellte er fest, dass selbst der Verstand von Menschen, die er als besonders klug einschätzte, zum großen Teil ungenutzt auf dem Mond herumlag. Er konnte auch erkennen, aus welchem Grund sie etwas von ihrem ursprünglichen Verstand aufgegeben hatten. Bei dem einen war es der Ehrgeiz, beim anderen die Liebe, beim Dritten die Hoffnung auf die Gunst des Fürsten und bei wieder einem anderen Aberglaube und Magie. Männer, die aus Gier und Habsucht übers Meer gezogen waren, hatten dafür ebenso mit einem Teil ihres Verstandes gezahlt wie andere, die sich wie wild auf wertvolle Gemälde oder Statuen fixiert hatten. Unter denen, die auf Teile ihres Verstandes und Geistes verzichten mussten, waren sogar Philosophen, Astrologen, Dichter und noch viele andere.

Astolf schauten den Apostel fragend an. Ob er wohl seinen eigenen Verstand mitnehmen durfte? Johannes nickte freundlich. Astolf nahm den Krug, öffnete ihn vorsichtig und sog ein, was seinem Kopf bisher gefehlt hatte. Und dann griff er nach dem größten von allen Krügen. Er war sehr schwer, enthielt fast den gesamten Verstand von Graf Orlando.

Bevor er mit dem alten Apostel aus der Pracht des Lichtes in die niederen Sphären der Erde zurückkehrte, wollte ihm Johannes noch ein großes Schloss zeigen, das sich in der Nähe eines mächtigen Stromes befand. Dort war alles voller Flocken aus Wolle, Baumwolle, Flachs und Seide. Viele der bunten Flusen waren sehr schön, andere wirkten wie Lumpen.

Im Vorhof des Schlosses saß ein altes Weib mit grauem Haar. Unaufhaltsam haspelte sie Fäden aus einem großen Spinnrocken. Jedes Mal, wenn eine Lage fertig war, brachte ein Mann neue Arbeit herbei. Gleichzeitig erschien ein zweites Weib, um die Flocken wahllos einzusammeln.

»Was ist das hier?«, fragte Astolf verwundert.

»Die alten Weiber hier, das sind die Parzen«, erklärte ihm der Alte. »Und aus all den Flocken spinnen sie die Fäden für euch Sterbliche. Ein Menschenleben währt so lange, bis ein Faden abgesponnen ist – und nicht länger. Der Tod und die Natur blicken hierher, wenn sie wissen wollen, wie lange ein Leben dauern soll. Aus den schönen Fäden wird das gesponnen und gewebt, was später auch im Paradies noch schön ist. Die schlechten rauen Fäden aus den Knäueln braucht man, um die Seelen der Verdammten damit festzuzurren.«

Astolf entdeckte an allen Spulen kleine Plättchen aus Eisen, Silber oder Gold. Auf jeder Platte standen andere Bezeichnungen. Unermüdlich trug ein alter Mann die Sachen aus dem Schloss. Kaum war er weg, kam er schon wieder, um etwas zu holen. Der emsige Greis schien zum Hin- und Herlaufen geschaffen zu sein. Er trug die Bündel mit den kleinen Namensschildchen tausendfach in den Taschen seines Mantels weg, rastlos und ohne zu verschnaufen.

35. Gesang

Wer, meine Geliebte, fliegt für mich zum Mond und bringt mir den Verstand zurück, den ich bei dir verloren habe? Seit ich in deine Augen sah, kann ich kaum noch denken. Ich beklage mich nicht, wenn es dabei bleibt. Aber wenn ich noch verrückter werde, geht es mir bald wie dem unglücklichen Orlando.

Ich hoffe nur, dass ich nicht hoch zum Mond oder ins Paradies fliegen muss, um meinen verlorenen Verstand zurückzuholen. Mein ganzes Denken kreist nur noch um deine Augen, dein freundliches Gesicht und die hellen Alabasterhügel deiner Brust. Ein Wort von dir, und ich hole meinen Verstand von deinen Lippen zurück.

Herzog Astolf ging durch die hohen Säle des Palastes, wo die zukünftigen Menschenleben gesponnen und gewebt wurden. Er sah sich an, was die Parze bereits angefangen hatte. Zwischen den Spinnwirteln fiel ihm ein Bündel besonders auf. Es glänzte wie allerfeinstes Goldgespinst, in das Tausende der allerschönsten Edelsteine eingewebt waren. Kein anderes Webstück war so schön wie dieses. Bestimmt war es das zukünftige Leben eines ganz besonderen Menschen.

Der Jünger Christi zeigte Herzog Astolf weitere Zimmer, in denen zukünftige Menschenleben gesponnen wurden. Anschließend gingen sie im Mondlicht zum Fluss hinunter. Er wälzte sich schmutzig vor den Schlosstoren entlang. Hier sahen sie den alten Mann wieder, der unablässig die Plättchen mit den eingedrückten Namen fortschaffte. Der Alte bewegte sich so schnell, dass er es jederzeit mit einem Hirsch im vollen Lauf hätte aufnehmen können.

Jetzt sahen sie, was der Greis mit den vielen Namensplättchen machte. Wieder und wieder griff er in seine prall gefüllten Manteltaschen. Er warf die Plättchen mit vollen Händen in den wilden Strom namens Lethe. Die trüben Wellen schluckten alles. Es waren Namen, von denen niemand mehr etwas wissen wollte. Zu Hunderttausenden versanken sie in der trüben Brühe.

Zu beiden Seiten des Flusses flatterten krächzend Raben, Krähen, Dohlen und gefräßige Geier. Mit lautem Gekreisch schossen sie hin und her, um sich bald hier, bald da etwas von der reichen Beute aufzupicken, die sie überall verstreut fanden. Mal hackten sie mit ihren Schnäbeln zu, dann wieder griffen sie so viel mit ihren Krallen, dass sie es schon in halbem Flug wieder fallen lassen mussten. Manch reicher Name, der noch der Erinnerung wert gewesen wäre, stürzte auf diese Weise in den Fluss zurück.

Unter den Raubvögeln tauchte plötzlich ein Paar weißer Schwäne auf. Sie holten sich ebenfalls Namen, die der Greis gerade angeschleppt hatte, und trugen sie in ihren Schnäbeln hoch über den grauen Fluss hinweg. Die Schwäne mussten sich alle Mühe geben. Bald flügelschlagend und bald schwimmend versuchten sie, den Wellen, die neidisch auch nach ihnen schnappten, zu entkommen. Die Gischt der mörderischen Fluten hatte ihr Gefieder völlig durchnässt. Trotzdem erreichten sie mit letzter Kraft einen Hügel am Uferrand, auf dem ein heller Tempel leuchtete. Die Stelle war der Unsterblichkeit geweiht.

Kaum hatten sich die Schwäne hierhergerettet, als auch schon eine Nymphe auftauchte. Sie nahm den Schwänen die Namenstafeln aus den Schnäbeln und befestigte sie am polierten Stein einer hellen Säule. Dadurch erhielten die Namen der noch Ungeborenen einen sicheren Platz in der Ewigkeit.

Astolf fragte sich, wer wohl der Greis war, der die Namen bis zum Fluss des Vergessens brachte. Und warum versanken so viele Namen nutzlos im Nichts? Welche Bedeutung hatte der ganze Ort, und was war die Aufgabe der Vögel und der Nymphe? Schließlich konnte er sich nicht mehr zurückhalten und fragte den Apostel.

Johannes blickte ihn lange an, und dann erzählte er, was wirklich auf dem Mond geschah.

»Nichts, nicht einmal ein Blatt, kann sich bei euch bewegen, wenn es hier nicht vorbestimmt wird. Was immer im Himmel oder auf der Erde passiert, entspricht dem, was hier gesponnen und gewebt wird. Nimm nur den Alten mit dem langen Bart. Er hat hier die gleiche eilige Aufgabe wie auf der Erde die Zeit.

Und wenn hier ein Faden ausgesponnen ist, hört unten auf der Erde ein Menschenleben auf.

Was bei euch für eine Weile die Erinnerung ist, das bleibt hier oben als ein Zeichen stehen. Sie würden beide bis in alle Ewigkeit weiterexistieren, wenn es die Zeit bei euch und den eifrigen Greis hier oben nicht gäbe. Hier werden alle Namensschilder im grauen Lethefluss versenkt, und bei euch versinken Namen durch die Zeit ins ewige Vergessen. Hier oben kommen Geier, Krähen, Raben und was sonst an Vögeln fliegt, um mit großer Mühe zu retten, was von den Namen selten oder schön war. Auf der Erde sind es die Kuppler, Schmeichler, Intriganten, käuflichen Knaben und das ganze Gesocks, das sich an den Fürstenhöfen herumtreibt. Davon gibt es stets mehr als von den Anständigen und Ehrlichen. Man nennt sie Cortigiani, Hofleute mit feinen Sitten. Aber im Grunde äffen sie nur jeden Esel nach und jedes Schwein.

Wenn nun der Lebensfaden abgeschnitten wird, dann geschieht das durch die Hand der Parze und nicht, wie viele meinen, durch zu viel Liebe oder Wein. Kaum ist es dann passiert, dann lassen diese feisten Nutznießer den Namen des Verstorbenen noch einige Tage hochleben, ehe er den Raubvögeln hier oben und denen unten wieder aus den Klauen fällt.

Aber ebenso wie die Schwäne gelegentlich eines der glänzenden Namensplättchen bis zum Tempel der Ewigkeit hintragen, sind es auf der Erde die edlen Dichter, die hin und wieder das Andenken an einen würdigen Menschen bewahren. Denn das Vergessen war schon von jeher schlimmer als das Sterben selbst. Es sind die klugen und erfahrenen Fürsten, die begriffen haben, was ihnen Cäsar so beispielhaft vorgelebt hat: Wer sich die Kunst der Schreibenden zunutze macht, der muss den Todesfluss der Unterwelt nicht fürchten.

Aber ebenso wie Schwäne sind auch Dichter selten, die diesen Namen wirklich verdienen. Sei es, weil der Himmel nicht sehr viele große Lichter entstehen lassen wollte, sei es, weil, durch den Geiz der Herrschenden bedingt, die besten der Poeten betteln müssen, während Laster gefördert werden und die Speichellecker Karriere machen.

Gott selbst muss allen den Verstand verdunkelt haben, die den

Wert der Musen nicht verstehen. Doch dafür stirbt dann auch die Erinnerung an diese unnützen Menschen, wenn ihr Lebensfaden abgeschnitten wird. Wäre es anders, dann würden sie über das Grab hinaus weiterleben. Selbst nach den allergrößten Freveltaten würden ihre Namen nach Narde und nach Myrrhe duften, wenn sie zu Lebzeiten verstanden hätten, die Dichter für sich einzunehmen.

Aeneas war längst nicht so fromm, wie wir immer hören, Hektor nicht so stark und Achilles nicht so kühn. Tausend, tausend, tausend andere waren bestimmt ebenso gut oder sogar noch besser. Aber die irdischen Güter und die fürstlichen Ehrungen, die ihre Erben freigiebig verteilten, haben diese Wunder vollbracht: Es war die Kunst der Dichter, ohne die sie niemals zu Ruhm und Ehre gekommen wären.

So milde, wie es Virgil überall verkündete, war Kaiser Augustus ganz bestimmt nicht. Er hat es nur verstanden, sich bei den Dichtern so beliebt zu machen, dass sie ihm dafür jede Schuld verziehen.

Kein Mensch würde von Neros Grausamkeit und Wildheit reden, wenn er ebenso geschickt für seinen Nachruhm gesorgt hätte. Selbst wenn er die Richter im Himmel und auf Erden gegen sich gehabt hätte – wer die Lobschreiber zu seinen Freunden zählt, dem kann nichts passieren.

Homer beschreibt die Siege Agamemnons und nennt die Trojaner feige. Er behauptet auch, dass Penelope jahrelang und selbst mit hundert Verehrern Odysseus treu blieb. Wenn ich dir sagen würde, wie sie wirklich war, dann würde die Geschichte doch anders klingen. Dann nämlich wäre diese hochgelobte Gattin eine schlimme Metze, die Trojaner wären Sieger und die Griechen eine feige Bande. Andererseits, die treue Dido ist niemals vom Pfad der Keuschheit abgewichen und gilt trotzdem nur als Dirne. Warum? Ganz einfach: Weil sie Virgil, der so schlimm über sie schrieb, nicht an sich herangelassen hat!

Wundere dich nicht, dass ich mich so über diese Dinge aufrege, dass mir die Galle schwillt. Ich jedenfalls liebe die Autoren. Schließlich bin ich selbst Evangelist und Schreiberling gewesen. Ich habe sie genossen, die höchsten Freuden, die mir weder die

Zeit noch der Tod nehmen kann. Für mich war es der schönste Lohn, dass ich zur Feder greifen durfte, um Jesus Christus lobend zu beschreiben. Ich komme noch mal auf das zurück, was ich ganz am Anfang gesagt habe: Der Kreis der wahren Dichter und Gelehrten ist sehr klein.«

Der Apostel beendete seine flammend vorgetragene Rede. Nur seine Augen sprühten noch immer vor Zorn. Aber dann kam er wieder zu sich, lächelte und wandte sich wieder freundlich an Herzog Astolf.

Ich bin ja einverstanden, dass Astolf und der Jünger noch eine Weile bleiben, wo sie sind. Mir aber werden schon die Flügel lahm, und ich versuche deshalb den großen Sprung zurück zur Erde – zurück zu Bradamante.

Auf der Erde saß der böse Stachel der Eifersucht noch immer tief in Bradamantes Herz. Sie hatte drei königliche Recken nacheinander besiegt, ehe sie ungeduldig weiterzog. Spät am Abend kam sie in einem anderen Schloss auf dem Weg nach Paris an. Hier hörte sie, dass Agramant nach seiner Niederlage durch Rinaldo und Karl den Großen inzwischen in die befestigte Stadt Arles an der unteren Rhône ausgewichen war und dass die anderen ihnen dicht auf den Fersen waren.

Als die Morgensonne in ihr Gemach schien, stand ihr Entschluss fest. Sie wollte nicht weiter nach Paris reiten, sondern Ruggiero dort suchen, wo sich inzwischen auch der Kaiser mit dem Christenheer befand. Ohne Verzögerung brach sie daher auf und ritt in Richtung Provence.

Sie kam schnell voran. Unterwegs traf sie ein junges Mädchen, das ihr sofort durch ihre Lieblichkeit und Anmut auffiel, auch wenn sie jetzt traurig und verheult war. Es war Flordelis, die noch immer darüber weinte, dass ihr geliebter Brandimart vom wilden Rodomont in den Kerker geworfen worden war. Seit der Gefangennahme ihres Liebsten suchte sie nach einem Ritter, der so mutig und kampferprobt war, dass er den wilden König von Algier besiegen konnte.

Bradamante erkannte sofort, wie sehr das junge Mädchen zu

leiden hatte. Sie ritt näher, grüßte freundlich und fragte dann: »Was bekümmert dich so sehr?«

Flordelis blickte auf. Durch ihre Tränen glaubte sie in diesem Augenblick, dass genau der ritterliche Held vor ihr stand, nach dem sie sich die ganze Zeit gesehnt hatte. Ohne zu zögern, erzählte sie vom hohen Grabmal über einer Kirche und dem schmalen Steg über den Fluss. Sie berichtete, wie der König von Algier ihren Gatten gestellt und dabei fast umgebracht hatte.

»Dabei waren es nicht einmal die Schwerthiebe, die Brandimart so in Bedrängnis gebracht haben«, weinte sie, »sondern nur die Hinterhältigkeit dieses Heiden. Und wenn du wirklich so fein und entschlossen bist, dann musst du mit Gottes Hilfe gegen diesen schlimmen Menschen ziehen, der meinen Herrn gefangen hält. Wenn du es aber nicht bist, dann sage mir, wo ich einen solchen Helden finden kann. Wenn du mir hilfst, kämpfst du auch für den besten und treuesten aller Geliebten. Er hat so viele gute Eigenschaften, dass ich sie hier gar nicht alle aufzählen könnte.«

Bradamante war zu jeder edlen Tat bereit, wenn sie kühn genug war und dazu Ruhm und Ehre versprach. »Ich bin bereit, deinen Geliebten zu befreien«, sagte sie deshalb. Seit sie glauben musste, dass Ruggiero sie verlassen hatte, kam ihr das eigene Leben nicht mehr wichtig vor. Ihr Herz war so zerrissen, dass es ihr gleichgültig geworden war, ob sie lebte oder für eine gute Tat sterben musste.

»Oh, du verliebtes Mädchen!«, seufzte sie. »Ich will dir gern mit allen Kräften helfen. Warum ich dazu bereit bin, ist jetzt unwichtig. Ich kämpfe für deinen Brandimart, weil er treu ist in der Liebe und weil ich bis eben noch gedacht habe, dass alle Männer treubrüchig sind.« Noch einmal seufzte sie auf. Dann sagte sie: »Komm, gehen wir.«

Bereits am nächsten Tag gelangten sie zu der Stelle, an der schon so viele Schreckenskämpfe stattgefunden hatten. Der Wächter auf dem Turm entdeckte Bradamante und Flordelis schon von Weitem. Sofort riss er sein Horn hoch und blies hinein. Wie gewohnt ritt Rodomont den Neuankömmlingen schwer bewaffnet auf seiner Brücke entgegen. Er wartete, bis Bradamante ebenfalls auf dem schmalen Steg war.

»Deine Waffen her, deine Rüstung und dein Pferd!«, rief er ihr zu. »Und zwar sofort, wenn ich bitten darf. Das sind die Opfergaben, die ich für das große Grabmal hier verlange. Falls du dich weigerst, muss ich dich erschlagen oder im Fluss ersäufen.«

Bradamante wusste inzwischen, dass die schöne Isabella für ihre Keuschheit über den Tod des geliebten Zerbin hinaus gestorben war. Flordelis hatte ihr erzählt, was damals geschehen war.

»Was willst du eigentlich, du Ungeheuer?«, rief sie Rodomont entgegen. »Und warum strafst du Unschuldige für das Verbrechen, das du selbst begangen hast? Du kannst die Schuld an Isabellas Tod nicht durch fremdes Blut wegwaschen. Du bist es doch, der sie auf dem Gewissen hat. Das weiß doch alle Welt! Was sollen da die vielen Opfer und die willkürlich Erschlagenen? Das Einzige, was wirklich zählt, das ist die Rache, wenn ich dich zur Hölle schicke. Und noch willkommener wird Isabella sein, dass jetzt ein Mädchen den Tod rächen wird, den sie aus Keuschheit starb. Aber ehe wir uns schlagen, bin ich bereit zu einer ritterlichen Vereinbarung: Ich will, dass wir uns mit Ehrenwort versprechen, was geschehen soll. Wenn du im Kampf gewinnst, kannst du mich meinetwegen ebenso wie deine anderen Gefangenen behandeln. Wenn aber du verlierst – und genau das prophezeie ich dir! –, dann gehören das Pferd Frontin und deine Rüstung mir. Dann nämlich sollen sie die einzigen Opfergaben sein, mit denen dieses Grabmal dort geschmückt wird. Alle anderen Trophäen sollen abgenommen und den Gefangenen zurückgegeben werden.«

»Von mir aus«, lachte Rodomont. »Das hört sich gerecht an. Aber leider kann ich keine Gefangenen freilassen, die nicht mehr hier sind. Sie leben längst in Afrika in meinem Königreich von Algier. Aber ich verspreche dir bei meiner Ehre, dass ich im Fall der Niederlage, die ziemlich unwahrscheinlich ist, allen die Freiheit schenken werde. Du müsstest dich mit ihrer Freilassung nur so lange gedulden, wie ein Bote von hier bis Afrika benötigt, um dort mitzuteilen, was du mir befiehlst. Aber ich fordere dafür auch noch etwas. Denn wenn du unten liegst – und ich bin sicher, dass es so sein wird! –, dann kannst du meinetwegen deine Rüstung behalten. Stattdessen sollst du mich, statt mich zu hassen, lieben. Mach dir nichts draus, wenn du verlierst. Ich bin so stark und männlich, dass es keine Schande für dich ist, von mir besiegt zu werden.«

Bradamante antwortete mit einem verächtlichen Lächeln. Das war die einzige Antwort auf seine hochmütigen Prahlereien. Ohne zu zögern, legte sie ihre goldene Lanze ein, gab ihrem Pferd die Sporen und stürmte unerschrocken auf den stolzen Mauren zu. Auch Rodomont griff sofort an. In vollem Lauf preschte er voran. Die Brücke dröhnte unter den Hufen der Pferde. Gleich darauf krachten sie beide so laut gegeneinander, dass es noch Menschen, die weit entfernt lebten, in den Ohren schmerzte.

Der Heidenkönig, der schon so manche harte Schlacht heil überstanden hatte, flog völlig unerwartet aus dem Sattel. Die Zauberlanze zerriss ihn fast. Kopfüber stürzte er vom Pferd auf die Brücke. Bradamante hatte kaum Platz, um auf ihrem Pferd an ihm vorbeizukommen. Jetzt zeigte sich, dass Rabikan tatsächlich ein Geschöpf aus Feuersglut und Sturmgebraus war. Der Hengst hätte selbst auf der Schneide eines Schwertes noch Platz gefunden.

Bradamante und Rabikan schafften es. Sofort als sie passiert hatten, drehte sich Bradamante um. »Nun? Jetzt siehst du ja, wer oben ist und wer unten liegen muss. Und dann gib zu, wer von uns beiden verloren und wer gewonnen hat.«

Der König von Algier antwortete nicht, sondern tat so, als würde er sie nicht hören. Schließlich rappelte er sich mühsam auf. Langsam, schwankend und noch immer benommen warf er seinen Schild fort, dann den Helm, schließlich seine gesamte Rüstung.

»Mit den Gefangenen soll so verfahren werden wie vereinbart«, sagte er nur zu seinem Knappen.

Ohne weitere Worte wandte er sich um und ging mit schweren, schwankenden Schritten fort. Später hieß es, dass er sich in eine Höhle verkrochen habe und dort wie ein Eremit lebe.

Bradamante hingegen kostete ihren Sieg aus. Sie ließ Waffen und Rüstung des Maurenkönigs an die Marmorwand des Grabmals hängen. Nach und nach untersuchte sie die Namensschilder an den Beutestücken. Was sie als fränkisch oder mit Kaiser Karl verbündet erkannte, wurde abgenommen. Alle anderen Waffen und Ausrüstungsstücke ließ sie hängen. Auf diese Weise sammelte sie außer Brandimarts Rüstung auch noch die von Olivier und Samsonet. Sie waren auf der Suche nach dem Ritter von Anglant hier in Rodomonts Gefangenschaft geraten. Bradamante erfuhr, dass Samsonet, Olivier und Brandimart erst am Tag zuvor nach Afrika transportiert worden waren.

Sie ließ die Rüstungen in den Turm des großen Grabmals schaffen und dort sicher einschließen. Unter diesen Stücken befand sich auch die Ausrüstung des Königs Sakripant von Circassien. In seiner Gier, den edlen Hengst Frontin zu besitzen, war er über Hügel und durch Täler geschweift und hatte hier außer seinem zweiten Pferd auch noch seine Waffen verloren. Zu Fuß war er wie alle anderen, die Rodomont entwaffnet laufen ließ, weitergezogen. Er hatte nicht den Mut gehabt, zu seinem Heerlager zurückzukehren. Nach seinen vollmundigen Reden wollte er sich nicht als geschlagener und fast nackter Mann von den anderen verspotten lassen. Doch dann hörte er auf irgendeine Weise, dass die Jungfrau Angelica, nach der sein Herz sich schon so lange sehnte, auf dem Weg zurück in ihre Heimat war. Daraufhin hatte sich König Sakripant entschlossen, auch ohne seine Rüstung dem Weg zu folgen, den Amors Pfeile für ihn vorgezeichnet hatten.

Zur selben Zeit zeigte Flordelis Bradamante eine weitere Inschrift an der großen Mauer des Grabmals.

»Brandimart, dein Liebster?«, fragte Bradamante.

»Er ist mein Gemahl«, sagte Flordelis traurig. »Deshalb führt mich mein vorbestimmter Weg direkt zum Sarazenenheer nach Arles. Wenn ich Glück habe, finde ich dort ein Schiff und verlässliche Begleiter, denn ich will ihn jenseits des Meeres so lange suchen, bis ich ihn gefunden habe. Ich werde jedes Mittel, jede List anwenden, um die Ketten zu zerbrechen, die ihn festhalten.«

»Ich werde dich ein Stück des Wegs begleiten«, sagte Bradamante. »Sobald wir Arles vor uns liegen sehen, bitte ich dich, in meinem Auftrag in die Stadt hineinzugehen. Geh zu Ruggiero, dem Vertrauten des Sarazenenkönigs. Bring ihm das Pferd, aus dessen Sattel ich den stolzen König von Algier zu Boden geschickt habe. Wenn du ihn findest, dann sag ihm Wort für Wort: ›Ein fremder Ritter, der dir von Angesicht zu Angesicht beschwören kann, dass du, Ruggiero, dich des Treuebruchs schuldig gemacht hast, schickt dir als Aufforderung zum Kampf dieses Kampfross und ruft dich damit ins Gericht. Du sollst, so sagt der fremde Ritter, sofort rüsten und ihn dann zum Kampf erwarten.‹ Du musst Ruggiero das genau so sagen – nicht mehr und auch nicht weniger. Und wenn er dich dann fragt, von wem du kommst, musst du den Mund halten.«

Flordelis lächelte voller Dankbarkeit. »Ich würde liebend gern nicht nur meine Worte, sondern auch mein Leben in deinen Dienst geben«, sagte sie. »Du hast dein Leben ja auch für mich aufs Spiel gesetzt.«

Bradamante lächelte, nahm Frontins Zügel und übergab das edle Ross Flordelis. Gemeinsam zogen die beiden jungen Frauen wie Pilgerinnen an der Rhône entlang in Richtung Meer. Schon glaubten sie, die fernen Meereswogen und das Gedröhn der Brandung zu hören, als Arles vor ihnen auftauchte.

Die Freundin hatte keine Mühe, über die Brücke und durch die ersten Absperrungen und Stadttore zu kommen. Schnell fand sie einen jungen Mann, der ihr den Weg bis zum Haus zeigte, in dem Ruggiero jetzt lebte. Dort angekommen, wiederholte sie die harten Worte, die ihr Bradamante aufgetragen hatte. Dann übergab sie dem jungen Ritter den Hengst Frontin. Ehe er auch nur ein Wort antworten konnte, war sie schon wieder fort und folgte ihrem eigenen Weg und ihren eigenen Sorgen.

Tief bestürzt und verwirrt blieb Ruggiero zurück. Er grübelte und quälte seinen Geist, wer um alles in der Welt ihn herausfordern, beschimpfen und zugleich so freundlich sein konnte, ihm den Hengst zu schicken. Wer bot ihm Fehde an? Und wer beschuldigte ihn des Treuebruchs? Er verstand es nicht. Nie im Leben wäre er bei seinen Überlegungen auf Bradamante gekommen.

Er ging in Gedanken einen Ritter nach dem anderen durch. Eigentlich kam nur Rodomont in Frage. Auf der ganzen Welt kannte Ruggiero keinen anderen, mit dem er Streit gehabt hatte. Andererseits konnte er sich nicht vorstellen, warum er gerade dem König von Algier als falsch und ehrlos gelten sollte.

Urplötzlich brach in Ruggieros Überlegungen ein helles Hornsignal. Bradamante wurde ungeduldig und forderte zum Kampf heraus. Sofort wurde die Nachricht, dass ein Kämpfer vor den Stadttoren wartete, bis zu den Königen Marsilo und Agramant gebracht. Zufällig befand sich auch der edle Serpentin bei ihnen. Sofort rief er nach Waffen und nach seiner Rüstung.

»Dem Übermütigen kann gleich geholfen werden«, rief er und erbat von den beiden Königen die Erlaubnis für den Kampf. Wie üblich stürmte sofort alles Volk zu den Mauern, um sich oben einen guten Aussichtsplatz zu sichern. Jeder wollte sehen, wer sich am besten schlug.

Der edle Serpentin von Galizien tauchte in kostbarer Gewandung und einer schönen Armatur auf. Bereits beim ersten Stoß flog er so heftig aus dem Sattel, dass sein reiterloses Pferd wie mit Flügeln versehen davonjagte. Die Jungfrau ritt sofort hinter dem fliehenden Ross her, fing es am Zaumzeug ein und brachte es dem Abgeworfenen zurück.

»Lauf«, befahl sie, »und sag deinem Herrn, er soll mir eine größere Leuchte als dich schicken.«

König Agramant, der mit seinen besten Rittern samt Gefolge auf den Türmen und den Mauern zugesehen hatte, wunderte sich über die ungewohnte Höflichkeit, mit der dieser Fremde den besiegten Serpentin behandelt hatte.

»Er hätte ihm den Fangstoß geben können«, rief er so laut, dass ihn alle hören konnten. »Aber er tat es nicht.«

Im selben Augenblick kam Serpentin bei König Agramant an. »Mir ist befohlen, einen Besseren zu holen.«

Sofort drängte sich Grandon von Volterna vor. Der stolze Spanier gehörte zu den Wildesten des Heeres. König Agramant erfüllte sofort sein zorniges Verlangen. Ohne Verzögerung preschte der zweite Streiter zum Turnierplatz.

»Jetzt hilft dir deine Höflichkeit nicht weiter«, schrie Grandon, als er vor Bradamante ankam. »Wenn ich dich lebend auf den Boden werfe, dann ist Gefangenschaft dein Preis. Aber wenn's nach meiner Art geht, dann stirbst du sowieso.«

»Und wenn du noch so grob bist, werde ich höflich bleiben«, antwortete Bradamante. »Wenn du vermeiden willst, dass dein Gebein zu Boden kracht, nimm meinen guten Rat an und drehe um. Sag deinem Herrn von mir, dass ich nicht wegen solcher

Anfänger hierhergekommen bin. Ich kam vielmehr, um mir als Gegner einen Krieger von erlesenem Wert zu holen.«

Die abfälligen Worte versetzten den Heiden in so große Wut, dass er sein Pferd grimmig herumriss. Bradamante legte sofort die goldene Lanze ein. Ohne zu zögern, sprengte sie kaltblütig auf ihrem guten Rabikan zur nächsten Begegnung. Die goldene Lanze streifte klirrend seinen Schild. Das reichte bereits. Grandon flog vom Pferd und streckte seine Füße in den Himmel. Bradamante fing auch sein Pferd wieder ein und brachte es zurück.

»Ich habe dir ja vorausgesagt, dass es besser wäre, wenn du mein Verlangen deinem König meldest, als mich mit deiner Schwäche zu beleidigen. Ich sage es noch einmal: Dein König soll aus seinem Heer einen aussuchen, der mir gewachsen ist. Für euch andere mit so wenig Übung hebe ich den Arm nicht mehr.«

Die Zuschauer auf den Mauern tuschelten und fragten staunend, wer der ungewöhnliche Herausforderer sein mochte. Berühmte Namen flogen hin und her. Sie nannten Ritter, die im Sommer frösteln ließen, wenn sie nur erwähnt wurden. Die einen tippten auf Rinaldo, die anderen auf Brandimart. Doch eigentlich dachten viele, dass dieser Ritter nur Orlando sein könne, wenn sie nicht gewusst hätten, in welches Unglück er geraten war.

Als dritter Gegner des Herausforderers meldete sich Lanfusas Sohn Ferragu. »Ich rechne zwar nicht damit, dass ich siege«, sagte er, »aber wenn auch ich im Kampf gefällt werde, wiegt das Versagen der beiden anderen vor mir nicht so schwer.« Er ließ sich alles bringen, was für einen echten Helden an Rüstung und Waffen nötig war. Von hundert kampferprobten Pferden in seinem Stall wählte er dann das beste, schnellste und geschickteste im Laufen aus.

Ehe der Streithengst zeigen konnte, wie schnell er im Angriff war, begrüßte Bradamante auch ihren dritten Gegner so höflich wie die anderen. »Sei doch bitte so freundlich und nenne mir deinen Namen.«

»Ich heiße Ferragu«, antwortete der andere, »und habe mich für diesen guten Namen noch nie schämen müssen.«

»Du bist mir willkommen«, sagte sie. »Allerdings hätte ich lieber einen ganz anderen Namen gehört.«

»Und welchen?«, fragte der Sarazene.

Sie zögerte. Ihr Gesicht wurde rot. Dann zwang sie sich zu einer Antwort und sagte mühsam: »Ruggiero, weil er als Krieger alle anderen überragt.« Ihr ganzes Gesicht glühte. Dann fügte sie mühsam hinzu: »Er ist der Beste, habe ich von früh bis spät überall gehört. Deshalb ist es mein einziger und größter Wunsch, herauszufinden, was dieser Mann im Kampf tatsächlich wert ist.«

Sie hatte ganz direkt gesagt, was sie wirklich wollte. Trotzdem sagte Ferragu: »Lass doch zuvor uns beide sehen, wer in der Kriegskunst und im Waffenhandwerk weiter ist. Wenn mir das passiert, was schon so manchem anderen geschehen ist, dann soll's der edle Ritter eben besser machen, nach dem du dich so heftig sehnst.«

Bradamante hatte nicht darauf geachtet, dass ihr Visier noch hochgeklappt war. Der Heide sah, wie die holden Züge erneut erröteten. Ihm war, als würde diese Schönheit ihn schon halb besiegt haben.

»Das ist ein Engel!«, murmelte er leise. »Noch ehe er mit seiner Lanze meinen Schild getroffen hat, bin ich das Opfer seiner schönen Augen.«

Sie ritten auseinander und nahmen Raum für den Angriff gegeneinander. Er wäre auch dann aus dem Sattel geflogen, wenn er nicht schon durch den lieblichen Anblick wie betäubt gewesen wäre.

Wieder brachte die Jungfrau dem Besiegten sein fliehendes schnelles Pferd zurück. »Geh jetzt«, sagte sie, »und halte Wort.«

Er senkte seinen Blick, schämte sich und zog davon. Er fand Ruggiero direkt bei König Agramant.

»Der kühne Ritter vor den Mauern dieser Stadt will mit dir kämpfen und sonst mit niemandem.«

Ruggiero wusste immer noch nicht, wer ihn hier so stolz zum Kampf herausforderte. Trotzdem war er siegesgewiss und brannte vor Freude auf den Kampf, während er sich seine Rüstung anlegen ließ. Er zog die Helmriemen fest, während er daran dachte, was mit den drei anderen Mutigen aus dem Heer von Agramant geschehen war. Ihn schreckte nicht, was ihn draußen vor den Toren erwartete.

36. Gesang

Ein großes Herz zeigt immer seinen Adel. Bei einem schlechten bricht die Bosheit immer wieder durch. Anstand und Ritterlichkeit waren bei Kriegern in den alten Zeiten einfach selbstverständlich. Die Söldnerhaufen, die inzwischen überall herumziehen, kennen nur noch Bosheit und Eigennutz. Solche Unmenschlichkeiten sind, soviel ich weiß, den alten Kriegern unbekannt. Sie waren niemals grausam nach dem Kampf. Im Gegenteil – die Ritter blieben höflich gegenüber den Besiegten.

Auch Bradamante kämpfte nicht mehr weiter, wenn einer ihrer Gegner auf dem Boden lag. Ich habe euch erzählt, wie die schöne, kühne Jungfrau gegen Serpentin, Ferragu und Grandon von Volterna siegreich blieb. Jeder von ihnen durfte anschließend unbehelligt weiterreiten. Ich sagte auch, dass Ferragu sie für einen Ritter hielt, als der Kampf mit Ruggiero vereinbart wurde.

Noch immer wusste niemand in Arles, wer der ungewöhnliche Herausforderer vor den Toren der Stadt war, der die Sarazenen seine goldene Lanze derart mächtig fühlen ließ.

»Und du«, sagte Ruggiero zu Ferragu, »du hast doch sein Gesicht gesehen, als er das Visier geöffnet hatte. Hast du ihn nicht erkannt?«

»Du kannst mir glauben, dass es keiner von denen ist, deren Namen hier bereits gefallen sind. Ich dachte für eine Weile, dass es der jüngere Bruder von Rinaldo sein könnte. Aber ich bin sicher, dass Richardet nicht zu solchen Stößen fähig ist. Das würde höchstens seine Schwester schaffen. Es heißt ja, dass sie ihm gleicht wie ein Ei dem anderen. Außerdem steht sie in dem Ruf, dass sie den Paladinen und ihrem Bruder Rinaldo in ihrer Kampfweise sehr ähnlich ist. Wenn das stimmt, dann übertrifft sie nicht nur ihren starken Vetter, sondern auch den berühmten Bruder.«

Plötzlich schien in Ruggieros Gesicht die Morgenröte aufzuglühen. Es war, als würden die Schatten einer langen Nacht auf einen Schlag verschwinden. Mit aller Macht brach seine Liebe zu Bradamante hervor. Die Pfeile Amors trafen ihn so heiß, dass sein Herz zu glühen schien. Er spürte einen wohligen Schauder durch seine Glieder rinnen. Gleichzeitig begriff er, dass ein unbekannter Groll den Liebesbund bedrohte. Hin- und hergerissen wusste er nicht mehr, ob er zum Kampf hinausgehen oder ihn vermeiden sollte. Noch während er unschlüssig von einem Fuß auf den anderen trat, tauchte Marfisa auf. Auch sie hätte liebend gern ihr Geschick an dem Herausforderer gemessen. Wie üblich trug sie keine Frauenkleider, sondern ihre Rüstung. Jetzt, als sie sah, dass Ruggiero ebenfalls gerüstet war, glaubte sie, dass sie um einen Sieg gebracht werden sollte. Sie selbst wollte die Erste sein und die Siegespalme haben.

Entschlossen stieg sie auf ihr Pferd, gab ihm die Sporen und schoss pfeilschnell auf das Feld hinaus. Dort wartete Haimons Tochter. Sie war in einer eigenartigen Verfassung. So schön sie war, so zaghaft fühlte sie sich unter ihrer Rüstung. Die ganze Zeit dachte sie immer nur daran, wie sie den Geliebten besiegen konnte, ohne ihm dabei zu schaden. Sie wollte ihn überwinden, nicht verletzen, und überlegte angestrengt, an welcher Stelle sie ihn treffen musste, damit der Stoß nicht allzu hart traf.

In diesem Augenblick preschte Marfisa durch das Stadttor. Voller Stolz trug sie den Phönix an Helm und Schild. Vielleicht war es der Hochmut, mit dem sie zeigen wollte, dass sie die Kraft der Wiedergeburt für sich beanspruchte. Vielleicht wollte sie auch demonstrieren, dass sie lieber keusch und frei lebte, als sich irgendeinem Gatten oder Herrn zu unterwerfen.

Bradamante sah, dass auch ihr neuer Gegner nicht derjenige war, den sie sich so sehnlichst herbeigewünscht hatte.

»Wer bist du?«, rief sie der Schwergerüsteten entgegen. »Nenne mir deinen Namen!«

»Ich bin Marfisa, Kampfkönigin von Persien!« Marfisa lachte.

Als Bradamante den Namen dieses Weibes hörte, das ihr ganzes Glück zerstört hatte, trieb ihr der Hass das wilde Blut in den Kopf. Augenblicklich riss sie ihr Pferd herum. Jetzt hatte sie nur noch einen einzigen Gedanken. Sie wollte diese Gegnerin nicht nur aus dem Sattel heben wie die anderen, sondern die goldene Lanze mitten durch die Brust der Rivalin rammen.

Marfisa wehrte sich mit aller Kraft. Trotzdem war Bradamantes

Lanzenstoß derartig hart, dass sie zu Boden ging. Der Sturz vom Pferd war ungewohnt für sie. Wut und Wahnsinn schossen in ihr auf. Mit großer Kraft schnellte sie vom Boden hoch, und noch ehe sie ganz stand, hatte sie bereits das Schwert in ihrer Faust. Sie wollte Blut sehen, um ihre Schande abzuwaschen.

»Halt!«, rief in diesem Augenblick die stolze Bradamante. »Du bist geschlagen! Und nach den Regeln gehörst du bereits mir. Ich ließ die anderen aus Nachsicht laufen. Du aber bist viel zu niederträchtig und meine Höflichkeit nicht wert!«

Marfisa war derart wütend, dass sie keinen klaren Satz mehr zustande brachte. Sie schlug wahllos mit ihrem Schwert zu, achtete nicht darauf, ob sie die Feindin traf oder ihr Pferd. Bradamante konnte ihr gutes Ross gerade noch zur Seite reißen. Sie stieß ebenso zornig mit der goldenen Lanze zu. Marfisa wurde nur leicht am Schild getroffen. Trotzdem reichte dieser Stoß schon aus, um sie rücklings in den Sand zu werfen. Wieder kam sie so schnell hoch wie beim ersten Mal. Ihr Schwert zischte furchtbar auf die Herausforderin zu. Bradamante senkte ihre Lanze wie zuvor. Wieder glitt die schwer gerüstete Marfisa über den Boden. Auch wenn Bradamante als kühne Kämpferin weithin gelobt wurde, war doch Marfisa nicht so kampfesschwach, dass sie bei jedem Stoß der Lanze zu Boden gehen musste. Es war die Kraft der goldenen Zauberlanze, gegen die sie machtlos war.

Mittlerweile hatten sich die Ritter Karls des Großen genähert. Kaum noch eine Meile entfernt, beobachteten sie den Kampf vor den Toren von Arles. Auf der anderen Seite beobachtete Agramant von der Höhe der Mauern aus den ungewöhnlichen Kampf.

»Männer in Waffen auf die Wälle und Mauern!«, befahl er, als er sah, dass die Frankenritter immer weiter auf die Stadt vorrückten.

Sofort drängten Sarazenenkrieger durch die Stadttore. Ruggiero hatte eigentlich allein in den Kampf gegen Bradamante ziehen wollen. Aber plötzlich befand er sich zwischen Unmengen von Fußkriegern und Berittenen. Er war noch immer darüber verstimmt, dass ihm die wilde Marfisa zuvorgekommen war. Hin- und hergerissen von seinen liebevollen Gefühlen, bangte er um Bradamante. Er kannte Marfisas Stärke nur zu gut. Wie versteinert hatte er bereits den ersten Ritt der beiden Frauen gegeneinander beobachtet. Es zerriss ihn fast, als er sah, dass der Kampf unvermindert hart weiterging. Im Grunde seines Herzens liebte er sie beide, aber jede von ihnen auf eine eigene Art. Während er für Bradamante Feuer, Flammen und Liebesglut fühlte, empfand er für Marfisa eine tiefe Freundschaft.

Liebend gern wäre er zwischen beide geritten, um den Kampf zu beenden. Aber das vertrug sich nicht mit seiner Ehre. Andererseits verhinderte er nicht, dass seine Krieger zum Kampfplatz vorpreschten, um den Sieg der Herausforderin zu verhindern. Genau das war das Zeichen für die Christen. Sie spornten ihre Pferde und galoppierten ebenfalls auf den Kampfplatz zu.

»Aufs Pferd, aufs Pferd und zu den Waffen!«, schrie es auf beiden Seiten. Die Schlachttrompeten schmetterten über die Köpfe der Berittenen hinweg. Pauken und Becken trieben die Fußkrieger voran.

Unter dem gewaltigen Lärm entbrannte ein wilder, blutiger Kampf. Zornig erkannte Bradamante, dass ihr die ersehnte Rache an Marfisa an diesem Tag nicht mehr gelingen würde. Ziellos ritt sie hin und her. Plötzlich erkannte sie den Silberadler auf einem blauen Wappenschild. Ihre Gedanken rasten. Das konnte nur Ruggiero sein!

»Soll die andere etwa diese süßen Lippen küssen?«, schnaubte sie. »Oh nein, Ruggiero! Wenn ich dich nicht bekommen kann, soll dich auch keine andere haben. Wenn ich dich hier verliere, dann soll uns der Sensenmann gemeinsam mähen und die Hölle uns für alle Ewigkeit vereinen. Wenn du mich tötest, dann trifft dich das uralte Gesetz der Rache. Es steht geschrieben: ›Wer tötet, der ist selbst dem Tod geweiht.‹ Denn du tötest diejenige, die dich liebt und lebend über alles andere begehrt. Ja, ich werde zupacken und das Eisen in das Herz des Feindes stoßen, der mir in meiner Liebe Glut tausendfach Wunden zugefügt hat.«

Sie sprengte nach vorn. »Pass auf, jetzt komme ich, du Verräter mit deinen Liebesschwüren!«, rief sie wütend. »Du raubst kein Mädchenherz mehr, das verspreche ich!«

Ruggiero hätte ihre Stimme unter Tausenden erkannt. Er stutzte, dachte aber, dass sie ihm nur zum Vorwurf machen wollte, dass er die vereinbarte Zeit der Rückkehr überschritten hatte. Er hob die Hand, winkte ihr und ritt direkt auf sie zu, um zu erklären, was geschehen war, aber Bradamante dachte nicht daran, mit ihm zu reden. Voll Schmerz und Zorn hatte sie nur noch den Wunsch, ihn in den Staub zu werfen.

Entsetzt erkannte Ruggiero, dass sie ernsthaft gegen ihn ritt. Widerwillig bereitete er sich auf den Zusammenstoß vor und legte selbst die Lanze ein. Dabei senkte er die Spitze so weit nach unten, dass sie ihr nicht wirklich wehtun konnte. Bradamante stürmte erbarmungslos auf ihn ein. Trotzdem verfehlte sie ihn. Beide Lanzen berührten ihre Gegner nicht. Weder er noch sie waren fähig, sich zu schaden. Es reichte, dass sie von Amors Pfeilen getroffen waren. Bradamante konnte einfach nicht gegen Ruggiero kämpfen.

Ihr Elend und ihr Zorn trafen jetzt so viele Feinde, dass ihre Taten auch noch nach Jahrhunderten gerühmt wurden. An diesem Tag streckte sie dreihundert Ritter mit ihrer goldenen Lanze nieder. Sie ganz allein entschied den Kampf und brachte den Sarazenen die Niederlage bei.

Schließlich, als alle niedergestoßen oder geflohen waren, traf Bradamante wieder auf Ruggiero. Er hatte die ganze Zeit nach ihr gesucht.

»Ich sterbe, wenn du mich nicht endlich anhörst!«, rief er ihr bitter zu. »Warum darf ich nicht mit dir sprechen? Was ist denn mein Verbrechen?«

Es war, als würde ein milder Südwind den Schnee auftauen und das Eis auf den Flüssen schmelzen lassen. Genauso floss jetzt jeder Widerstand aus Bradamantes steingewordenem Herz. Aber sie wollte und konnte ihrem Ritter noch nicht antworten. Stattdessen riss sie Rabikan herum, um das grauenhafte Schlachtfeld zu verlassen, und winkte Ruggiero zu, ihr zu folgen.

Es dauerte nicht lange, bis sie in ein abgelegenes Tal kamen. In seiner Mitte entdeckte sie ein kleines Zypressenwäldchen. Unter den Bäumen befand sich ein hohes Grabmal aus weißem Marmor. Über dem Eingang war in kurzen Reimen eingemeißelt, für wen die prächtige Grabstätte errichtet worden war.

Bradamante achtete nicht auf die Inschrift, sondern nur noch auf Ruggiero. Sie spürte ihn bereits dicht hinter sich.

Unterdessen hatte sich Marfisa wieder auf ihr Pferd geschwungen. Sie sah gerade noch, wie Bradamante das fürchterliche Schlachtfeld in Richtung auf die Berge zu verließ und dass Ruggiero ihr folgte.

Ohne zu zögern, ritt sie den beiden hinterher. Dadurch erreichte sie das Zypressenwäldchen beinahe gleichzeitig mit Ruggiero. Die beiden Liebenden waren nicht sehr erfreut, als sie Marfisa entdeckten. Wieder schoss in Bradamante wilder Zorn hoch.

»Reicht dir denn nicht, dass mir andere von deiner Untreue berichten?«, schrie sie Ruggiero an. »Musst du mir deinen Treuebruch auch noch persönlich vorführen? Du gierst ja richtig danach, mich endlich loszuwerden. Nun gut, dann sollst du deinen Willen haben! Ich sterbe. Aber ich nehme die da mit, und sie wird schuld an meinem Tod sein.«

Wie eine Schlange schoss Bradamante auf Marfisa los. Die goldene Lanze dröhnte wuchtig gegen den Schild ihrer Gegnerin und warf sie derart hart auf den Boden, dass sich ihr Helm fast in die Erde bohrte. Obwohl Marfisa vorbereitet war, hatte sie keine Möglichkeit, die Zauberlanze abzuwehren.

Bradamante war viel zu ungeduldig, um erneut die Lanze einzulegen. Sie ließ die goldene Waffe einfach fallen, schwang sich vom Pferd und riss ihr Schwert hervor. Ein Schlag musste genügen, um den halb im Sand steckenden Kopf der Rivalin abzuhauen.

Doch schäumend vor Wut sprang Marfisa auf die Beine. Sie war außer sich, dass sie auch beim zweiten Aufeinandertreffen schmählich unterlag. Ruggiero versuchte, die Kriegerinnen zu trennen, bat sie, flehte, brüllte schließlich, aber die beiden waren so hasserfüllt, dass sie sich nur noch vernichten wollten. Die Schwerter klirrten, brachen in der Mitte durch und wurden fortgeworfen.

»Aufhören!«, schrie Ruggiero immer wieder. »Nehmt doch Vernunft an und hört auf!«

Die beiden jungen Frauen dachten nicht daran! Mit ihren

Rüstungen krachten sie gegeneinander und rissen jetzt ihre Dolche hervor. Ruggiero erkannte, dass er mit Worten nichts erreichte. Da riss er den beiden Kriegerinnen mit hartem Griff die Dolche aus den Händen und warf sie weit von sich. Doch sie hörten immer noch nicht und kämpften weiter, diesmal mit Fäusten und mit Tritten. Er versuchte erneut, sie auseinanderzuziehen. Dabei bekam er selbst den wilden Zorn Marfisas zu spüren.

Ihr war die ganze Welt gleichgültig geworden, und sie gab auch nichts mehr auf seine Freundschaft. Sie riss sich los, bückte sich nach ihrem Schwert, achtete nicht mehr auf Bradamante, sondern drang voller Wut auf Ruggiero ein.

»Was soll denn das?«, schrie sie ihn an. »Bist du ein Bauer, der sich überall einmischen muss? Oder ein Ritter, der die Regeln kennt? Sieh meinen Schwertarm! Der ist immer noch stark genug gegen dich und die da.«

»Beruhige dich!«, rief Ruggiero. Aber Marfisa wollte Kampf, und jedes Wort war für sie nur verlorene Zeit. Ruggiero hatte keine andere Wahl. Er musste sich mit seinem Schwert gegen ihre wilden Schläge wehren.

Erstaunt beobachtete die eifersüchtige Bradamante den Kampf. Kein Turnier in irgendeiner Königsstadt hatte bisher Derartiges gesehen. Sie hob ihr abgebrochenes Schwert vom Boden auf, griff aber nicht ein. Ihr Argwohn und ihr Zorn schwanden. Gebannt verfolgte sie den verbissenen Kampf zwischen Ruggiero und Marfisa. Er wirkte jetzt auf sie wie der Kriegsgott selbst in seiner ganzen Kraft und Herrlichkeit. Die Rivalin hingegen kam ihr wie eine Furie aus dem tiefsten Höllenrachen vor.

Ruggiero hielt sich immer noch zurück. Er wollte nicht, dass Marfisa durch die Magie des Zauberschwerts Schaden nahm. Deshalb hielt er die Klinge flach und wehrte ihre Schläge nur ab, statt selbst anzugreifen. Für eine Weile hielt er sie damit auf Abstand. Doch dann riss auch ihm der Geduldsfaden. Marfisa hob ihr Schwert zu einem fürchterlichen Hieb, der ihm den Kopf zerspalten sollte. Ruggiero riss den Schild hoch.

Der Schlag der Kriegerin krachte auf den Wappenadler. Ruggiero spürte, wie sein Arm unter der Wucht des Schlages taub wurde. Ohne Hektors Schild hätte er ihn verloren. Jetzt durfte er sich nicht mehr länger zurückhalten. In seinen Augen flammte wildes Feuer auf. Er holte aus und begann mit einem Schlag, der das Ende für Marfisa sein würde, wenn er sie erreichte, aber er traf nicht sie, sondern eine der dicht an dicht stehenden Zypressen. Der Baum schüttelte sich, als das Schwert in seine Rinde stieß, und hielt es fest. Die Erde bebte bis zu den Bergen hin. Und dann ertönte eine laute überirdische Stimme aus dem Grabmal.

»Schluss mit dem Kampf jetzt!«, rief die Stimme. »Es ist gegen die Gesetze der Natur, dass ein Bruder mit der Schwester auf Tod und Leben kämpft.«

Ruggiero und Marfisa wankten unter der Gewalt der Stimme.

»Versündigt euch nicht aneinander! Ihr stammt aus einem Schoß, von einem Samen und kamt zugleich ans Licht der Welt. Ihr seid beide Kinder von Ruggiero dem Zweiten, und eure Mutter hieß Galaciella. Die Brüder eurer Mutter brachten euren Vater um, obwohl sie wussten, dass im Leib ihrer Schwester ein Zwillingspaar heranwuchs. Sie brachten Galaciella auf einem morschen Schiff aufs Meer hinaus, um die Ärmste in den Wogen zu ertränken. Aber es war Gottes Wille, dass sie euch am Meeresufer bei den Syrten gebar und dabei starb. Ihre reine Seele gelangte daraufhin ins Paradies.«

Für einen Augenblick war nur das Blätterwispern im sanften Wind zu hören. Dann sprach die Stimme des Unsichtbaren weiter: »Mich selbst führte der Allerhöchste zu dem Ort, an dem ihr nackt im Sand gelegen habt. Ich gab eurer Mutter dort ein gutes Grab. Dann wickelte ich euch in die Falten meines Gewandes und trug euch in die Höhe des Bergs Carena. Eine Löwin, die gerade Junge hatte, nährte euch zwanzig Monde lang. Doch eines Tages kamen räuberische Araber und raubten dich, Marfisa. Ruggiero konnten sie nicht packen. Er lief zu schnell weg.«

Ruggiero und Marfisa hoben gleichzeitig ihr Visier. Es war, als würden sie sich zum allerersten Mal sehen.

»Ich war sehr betrübt darüber, dass ich dich verloren hatte, Marfisa«, fuhr die Stimme des Zauberers fort. Auch Bradamante ahnte inzwischen, wer er war. »Aber umso aufmerksamer kümmerte ich mich seither um den Jungen. Du weißt, Ruggiero, wie ich in all den Jahren über dich gewacht habe. Ich war Tag und Nacht dein treuer Lehrer. Als mir die Sterne verrieten, dass dir bei den Christen ein verräterischer Tod droht, habe ich alles darangesetzt, um dein vorbestimmtes Schicksal aufzuhalten. Ich habe dich von vielem ferngehalten und dich manchmal auch verwirrt. Dabei wusste ich genau, dass ich dich nicht für alle Zeiten von deinem vorbestimmten Weg abhalten konnte. Das hat mich krank gemacht, und ich starb schließlich vor Schmerz und Trauer. Doch während ich mein Leben aufgab, ließ ich noch von den Dämonen aus der Hölle dieses Grabmal bauen. Ich sah noch voraus, dass ihr genau an dieser Stelle hier im Zypressenwald auf Tod und Leben miteinander kämpfen werdet. Dann bat ich den Fährmann Charon in der Unterwelt, meine Seele so lange nicht über den Todesfluss Styx überzusetzen, bis mein Ruggiero erscheint, um hier gegen seine Schwester zu kämpfen.«

Die Stimme wurde schwächer. Dann sprach die Stimme zu Bradamante: »Du hast es mir sehr schwer gemacht mit deiner unerschütterlichen Liebe zu ihm. Lass dir die reine Flamme nicht durch Eifersucht zerstören. Doch nun wird es Zeit für mich. Die Sonne duldet mich nicht mehr. Ich gleite jetzt zu meinem vorbestimmten Platz im Jenseits.«

Atlantes Stimme verstummte. Verwundert und noch immer von unheimlichem Grauen wie gelähmt, standen die beiden Frauen und Ruggiero vor dem Grabmal. Schließlich blickte Ruggiero Marfisa in die Augen. Seine Schwester! Jetzt konnte er nicht anders, er küsste sie, und die Dritte im Bunde war nicht neidisch auf sein Glück. Die Geschwister überhäuften sich gegenseitig mit Erinnerungen. Mit jedem weiteren Wort sahen sie bestätigt, dass der Geist des toten Zauberers sie nicht belogen hatte.

Ruggiero machte nun auch keinen Hehl mehr daraus, wie nah Bradamante seinem Herzen stand. Liebevoll erzählte er, wie viel sie schon für ihn getan hatte und welche ernsthaften Versprechen die beiden aneinanderbanden. Je mehr Ruggiero von sich und der Tochter von Herzog Haimon erzählte, umso mehr schwand auch der Groll aus Marfisas Herzen. Aus ihrem Hass wurde langsam Zuneigung. Schließlich umarmten sich beide Frauen und küssten sich geschwisterlich auf die Lippen, um den Frieden zwischen ihnen zu besiegeln.

Marfisa wollte alles wissen. Sie überhäufte Ruggiero mit immer neuen Fragen. Deshalb berichtete Ruggiero ihr alles, was er damals von Atlante gelernt hatte.

»Wir stammen beide aus dem fürstlichen trojanischen Geschlecht des großen Helden Hektor. Nachdem Astyanax die Flucht aus der Gefangenschaft bei Odysseus gelungen war, kam er nach langer Irrfahrt an die Küste von Sizilien. Hier wurde er später der Herr von Messina. Seine Nachkommen eroberten große Küstenstreifen von Kalabrien und griffen schließlich Rom an. Diesen Erben von Astyanax entsprangen später viele Könige und Kaiser, in Rom ebenso wie in anderen Ländern. Das Blut von Astyanax rann in den Adern von Konstans ebenso wie von Konstantin. Sogar Kaiser Karl der Große soll noch mit ihm verwandt sein. Du siehst, wir entstammen einem ruhmvollen Geschlecht.«

Marfisa saugte die Worte in sich auf. Sie wusste bereits, dass sie den berühmten Geschlechtern von Mongrana und Clermont entstammte, deren Söhne zu den Besten auf der Welt gehörten. Aber jetzt konnte sie nicht länger zuhören.

»Mein lieber Bruder«, stieß sie erregt hervor. »Entschuldige, wenn ich dich unterbreche. Aber ich denke, du solltest Rache nehmen für den Tod unserer Eltern, wenn schon nicht an den Vätern, weil sie inzwischen tot sind, dann doch an ihren Söhnen. Ich jedenfalls schwöre bei dem Gott, für den ich mich auch taufen lasse, dass ich meine Rüstung nicht ablege, bevor unsere Eltern gerächt sind. Nichts auf der Welt würde mich mehr kränken, als wenn du dich noch weiter in den Dienst von König Agramant, den Sohn des Trojan, der einer der Mörder unserer Eltern ist, stellst – es sei denn, du würdest aufbrechen, um ihn zu durchbohren.«

Als Bradamante diese Worte hörte, leuchtete ihr Gesicht, und ihre Augen strahlten voller Freude. »Vollkommen richtig«, stimmte sie Marfisa zu. »Du musst zu Karl dem Großen überwechseln. Dort hat dein Vater einen guten Ruf und gilt als ein berühmter Held.«

»Das hätte dann schon viel eher geschehen müssen«, antwortete Ruggiero beschämt. »Aber ich kannte den Hintergrund meiner Herkunft nicht. Natürlich habt ihr recht. Aber wie kann ich mich jetzt gegen meinen König wenden, der mir vertraut? Ich kann doch nicht die Waffen gegen ihn verwenden, mit denen er mich selbst geehrt hat.«

Marfisa, Bradamante und Ruggiero redeten hin und her. Schließlich einigten sie sich darauf, dass Ruggiero doch wieder zu den Sarazenenfahnen zurückkehren sollte, bis er einen Anlass fand, in allen Ehren zu Karl dem Großem überzugehen.

»Lass ihn«, sagte seine Schwester zu Bradamante. »Du musst dir keine Sorgen machen. In ein paar Tagen befreie ich ihn aus den Verpflichtungen für König Agramant.«

Sie lächelte, ließ aber noch nicht erkennen, welcher Plan in ihrem hübschen Kopf heranwuchs. Schließlich kam die Stunde des Abschieds. Ruggiero wollte sich gerade zu seinem König zurückbegeben, als Klageschreie durch das Tal gellten. Es klang, als würde sich ein Weib mit lautem Jammern nähern.

37. Gesang

Es gibt viele großartige Leistungen der Frauen, die nie gewürdigt werden. Aber anstatt zu warten, bis irgendwelche hochnäsigen Schreiber sie endlich anerkennen, sollten die Frauen selbst die Feder in die Hand nehmen. Dann nämlich würde mancher hochgelobte Held himmelweit hinter dem zurückbleiben, was an den Frauen rühmenswert ist.

Vielen der Männer reicht es nicht einmal, sich gegenseitig hochzujubeln. Sie wetteifern auch noch darum, jeden Fehler aufzuzeigen, der bei den Frauen bemängelt werden kann. Sobald eine von ihnen nach oben kommt, trachten sie danach, sie möglichst schnell zu Fall zu bringen. Das gilt besonders für die Alten. Sie versuchen, alles zu bedecken wie Nebel die Sonne. Aber bei allen Verleumdungen kann der Ruhm der Frauen niemals ganz gelöscht werden, auch wenn die wenigsten bis zu den höchsten Ehren kommen. Von Tausenden bleibt vielleicht eine in Erinnerung. Die anderen werden von neiderfüllten Schreibern um ihr Recht betrogen.

Und wenn ich selbst alles, was ich möchte, über große Frauen schriebe, käme ich nie zu einem Ende. Ich wähle stellvertretend für viele, viele andere Bradamante und Marfisa zu meinen schönen, edlen Heldinnen.

Ruggiero, Bradamante und Marfisa hörten die Klagerufe und sahen sich nur kurz an. Ruggiero riss sein Schwert aus dem Baum. Diesmal schaffte er es, ohne dass die Rinde sich dagegen wehrte. Durch den Zypressenwald drangen sie tiefer in das Tal vor. Schon kurz darauf entdeckten sie drei schöne junge Mädchen. Nur ihre Oberkörper waren bekleidet. Irgendein ruchloser Mensch musste ihnen ihre Kleider bis zum Nabel abgeschnitten haben. Die drei Schönen saßen weinend auf dem Boden und versuchten, ihr Geheimstes sitzend zu verstecken.

Der Anblick der drei Damen ließ Bradamante und Marfisa so leuchtend rot aufglühen wie die Rosen in den Gärten der alten Griechenstadt Paestum. Plötzlich erkannte Bradamante Ullania, die Botschafterin aus dem fernen Königreich der Insel Island, und ihre zwei Begleiterinnen.

»Wer hat euch das angetan?«, wollte sie wissen. »Welcher Ausbund von Barbarei ist dafür verantwortlich, dass jetzt allen fremden Blicken freigegeben wird, was eigentlich verborgen sein soll?«

Ullania erkannte Bradamante nicht nur an ihrem Wappen, sondern auch am stolzen Ton in ihrer Sprache. Sie hatte nicht vergessen, wie diese starke Kriegerin erst vor wenigen Tagen die drei Könige der Nordreiche aus dem Sattel gerammt hatte.

»Ganz in der Nähe bevölkert ein ganz übler wilder Haufen eine Burg«, sagte sie. »Sie haben uns geschlagen und beschimpft und dann mit Hohngelächter unsere Röcke abgeschnitten.«

»Wart ihr nicht unterwegs, um Karl dem Großen den Prachtschild eurer Königin zu überbringen?«

»Ich kann darüber nicht mehr sagen«, antwortete Ullania. »Ich weiß auch nicht, was mit den Königen passiert ist, die mit uns gezogen sind. Sie können tot sein oder gefangen. Auch wenn wir drei kaum noch laufen können, müssen wir zu Kaiser Karl gelangen. Er soll erfahren, welcher Schimpf uns angetan wurde. Wir hoffen sehr, dass wir durch ihn Schutz und Vergeltung finden.«

Ruggiero und die beiden Kämpferinnen waren über den schmählichen Anblick der edlen Damen aus dem Norden noch mehr erschüttert als über das, was sie von ihnen hörten. Obwohl sie ganz andere Pläne hatten, musste hier zuerst gehandelt werden. Noch ehe die königliche Botschafterin überhaupt nur darum bitten musste, waren sie bereit, diese Untat zu bestrafen. Sie nahmen ihre Waffenröcke von den Schultern und reichten sie den Isländerinnen. Bradamante nahm Ullania zu sich aufs Pferd. Auch die beiden anderen wurden auf diese Weise mitgenommen.

Ullania zeigte ihnen den Weg zum Schloss der Wegelagerer. Es tröstete sie, dass gerade Bradamante für sie Rache nehmen wollte. Vom Tal aus schlängelte sich ein langer und gewundener Pfad höher. Erst als die Sonne bereits im Meer versank, erblickten sie ein kleines Dörfchen an der Steilkante des Berges. Sie hofften, hier eine Unterkunft und ein Nachtmahl zu finden. Als sie sich weiter dem kleinen Bergdorf näherten, fiel ihnen auf, dass sie nur junge und alte Weiber sahen. Im ganzen Dorf schien es keinen einzigen Mann zu geben.

Ruggiero und die Frauen mit ihm wunderten sich darüber. Zunächst aber sorgten Bradamante und Marfisa dafür, dass die drei Isländerinnen neue Kleider bekamen. Sie waren zwar nicht von feinstem Linnen, aber zumindest vollständig und sauber. Anschließend rief Ruggiero eine der Frauen aus dem Dorf zu sich.

»Gibt es hier keine Männer?«, fragte er.

»Euch wundert nur, dass kein Mann zu sehen ist«, antwortete die Dorfbewohnerin. »Aber für uns ist es eine schreckliche Strafe. Wir leben hier verbannt in alle Einsamkeit, weil unser Herr, ein grausamer Tyrann, uns die Väter und die Söhne fortnahm, ebenso wie unsere Gatten. Unser Graf hat uns gekränkt, geschlagen und unseren Männern Todesqualen angedroht. Jeder Mann, der hierherkommt, stirbt – ebenso wie das Weib, das ihn bei sich aufgenommen hat. Keine von uns darf sich in die Nähe des Grafen wagen. Schon die Bezeichnung ›Weib‹ ist ihm verhasst. Der Geruch von Frauen macht ihn krank, heißt es.«

»Wie lange geht das schon so?«

»Bereits seit zwei Jahren. Und bisher gab es niemanden, der ihn in seinem Wahn aufhalten konnte. Das Volk hier ist völlig eingeschüchtert. Es fürchtet ihn noch mehr als den Tod. Er ist von riesenhaftem Wuchs, und wenn er kämpft, kann er mit einem Schlag hundert Gegner niederwerfen. Dabei wütet er bei fremden Frauen noch schlimmer als bei denen, die in diesem Land geboren sind. Wenn dir und den Frauen, die dich begleiten, irgendetwas an eurer Ehre liegt, dann ist es besser, wenn ihr auf diesem Weg nicht weiterreitet. Der führt nämlich zu der Burg, von der aus dieser Unhold jedem Ritter und jeder Frau, die dort vorbeikommen, Schmach und Schaden zufügt.«

»Hat dieser Kerl auch einen Namen?«, fragte Ruggiero.

»Wir nennen ihn den bösen Marganor. Nicht einmal Kaiser Nero, der ja als besonders grausam galt, war derart schlecht. Unser Graf scheint nach Menschen- und besonders nach Frauenblut zu gieren, wie es sonst nur Wölfe nach dem Blut von Lämmern tun.«

Bradamante und Marfisa wollten wissen, warum der Tyrann zum Wüterich geworden war. Zusammen mit Ruggiero hörten sie die unglaubliche Geschichte.

»Graf Marganor hatte zwei Söhne. Sie waren interessiert an allem Fremden, gastfreundlich, freigiebig und ohne jeden Argwohn. Obwohl ihr Vater immer schon als geizig galt, schlug er seinen Söhnen niemals einen Wunsch ab.

Wenn edle Damen oder Ritter auftauchten, wurden sie so gut behandelt, dass die Gäste jedes Mal entzückt waren und nur ungern weiterzogen. Nicht selten auch verliebten sich Damen in die beiden Brüder. Tanaker und Xylander waren bereits zu Rittern geschlagen. Sie wetteiferten darum, wer von beiden ritterlicher sei. Sie hätten glücklich und in Frieden leben können, wenn sie nicht plötzlich von dem Verlangen überfallen worden wären, das wir gemeinhin Liebe nennen.

Es begann damit, dass ein Ritter vom Hof des Griechenkaisers in der Burg von Marganor auftauchte. In seiner Begleitung befand sich eine Frau, wie man sie sich schöner und sittsamer nicht wünschen konnte. Xylander fühlte sich sofort von Amors Pfeilen ins Herz getroffen. Als sie und ihr Begleiter dann weiterzogen, glaubte er, dass er vor Schmerz nicht weiterleben konnte.

Er wusste, dass es sinnlos war, um ihre Gunst zu bitten. Deshalb versteckte er sich bewaffnet in einem Hinterhalt auf dem Weg, den sie nach der Übernachtung in seines Vaters Burg nehmen mussten. Er hatte seine anständige Gesinnung, die ihn vorher auszeichnete, völlig vergessen. Als er dann den Ritter mit Gefolge näher kommen sah, griff er ohne jede Warnung an. Aber der Ritter aus Griechenland war ein Meister in allen Waffendingen. Er legte seine Lanze ein, und Xylanders Harnisch brach wie Glas.

Xylanders Leichnam wurde auf einer Bahre in die Burg zurückgebracht. Marganor ließ ihn laut klagend in die Gruft der Ahnen tragen. Trotzdem wurden auch nach diesem Zwischenfall Fremde weiterhin gastfreundlich begrüßt. Tanaker führte fort, was mit seinem toten Bruder angefangen hatte.

Im selben Jahr kam ein anderer Fremder in die Burg. Er wurde ebenfalls von einer reizenden Dame begleitet. Es war der Freiherr Olind von Lungavilla mit seiner Gattin Drusilla. Jetzt empfand Tanaker plötzlich das gleiche Liebesverlangen, das seinem Bruder Unglück gebracht hatte. Der Tod Xylanders hielt ihn jedoch nicht von seiner Absicht ab. Er ließ ihn nur vorsichtiger planen.

Mit zwanzig gut Bewaffneten ritt er mitten in der Nacht so weit von der Burg weg, dass sie sich in verborgenen Höhlen am Wegesrand verstecken konnten. Als Olind dann am nächsten Morgen mit Drusilla vorbeiwollte, sprang Tanaker mit seinen Helfershelfern aus dem Dickicht und versperrte ihnen den Weg. Es kam zu einem heftigen, ungleichen Gefecht. Olind wehrte sich mutig, aber dann verlor er durch die Übermacht sein Leben und zugleich seine Gemahlin.

Die junge Witwe flehte in ihrem Schmerz nur um Erbarmen und einen schnellen Tod. Verzweifelt riss sie sich von Tanaker los und stürzte sich über eine Felskante ins Tal hinab. Drusilla starb zwar nicht, doch man fand sie mit zermalmten Knochen unterhalb des Felsens. Behutsam wurde sie auf einer Bahre hoch ins Schloss getragen.

Tanaker ließ sie mit allergrößter Sorgfalt gesund pflegen. Auf keinen Fall wollte er seine kostbare Beute wieder hergeben. Während sie langsam wieder genas, ließ er alles für ein großes Hochzeitsfest vorbereiten. Alles, was er tat und sagte, war nur auf dieses eine Ziel gerichtet. Natürlich machte er sich tief in seinem Herzen Vorwürfe und versuchte, seine Schuld auf irgendeine Weise wiedergutzumachen. Aber umsonst. Je heißer seine Liebe, sein Bemühen und seine Bitten wurden, umso wilder wurde ihr Hass.

Klug, wie sie war, wusste sie, dass sie heucheln musste, wenn die Rache gelingen sollte. Sie wünschte sich nichts sehnlicher als den Untergang des Feindes. Doch genau dafür musste sie so tun, als hätte sie vergessen, wie ihr Gatte umgekommen war. Sie überlegte hin und her, bis sie schließlich einen Weg fand, wie sie ihren teuren Gatten rächen und Tanaker töten konnte. Es machte ihr nichts aus, dass auch sie für diesen Plan ihr Leben lassen musste. Nachdem sie wusste, was sie wollte, zeigte sie sich heiter.

Für alle anderen wirkte es, als würde sie sich tatsächlich auf ihre Hochzeit freuen. Wer sie sah, der musste denken, dass sie das Fest kaum noch erwarten konnte. Sie putzte sich mehr als andere Frauen heraus und gab vor, die Hochzeit genauso feiern zu wollen wie bei sich in Griechenland. Und dann erfand sie Bräuche, die es in Griechenland niemals gegeben hatte. Ihre Lügen zielten einzig und allein auf Rache an dem Mörder ihres Gatten.

Sie behauptete, dass sie erst nach einer Messe zu Ehren ihres verstorbenen Gatten den Ring von ihrem zweiten Bräutigam annehmen dürfe. Danach müsse der Priester beten und den Wein segnen. Sie sagte, es sei auch Brauch, dass die Braut den Wein besorgen und den ersten Schluck vom Priester annehmen müsse.

Tanaker war mit allem einverstanden. Sein ganzes Denken war nur noch auf das eine Ziel gerichtet: Er wollte Drusilla haben. Jetzt kam die Stunde für ein altes Weib aus Drusillas Gefolge. Vorsichtig nahm sie die Alte zur Seite.

›Ich brauche eins von deinen raschen Giften, denn ich weiß jetzt, wie ich den verbrecherischen Sohn des Grafen Marganor umbringen kann. Hab keine Angst. Wie ich dein Leben dabei retten kann, erfährst du, wenn wir etwas mehr Zeit haben.‹

Die Alte bereitete den Giftsud und brachte ihn zum Schloss. Hier kippte Drusilla den Todestrank in einen Krug mit süßem Zypernwein.

Als der Hochzeitstag gekommen war, zog die Braut prächtig geschmückt in die Kirche ein. Dort stand bereits der Sarg ihres ersten Gemahls auf zwei Marmorsäulen, wie sie es verlangt hatte. Männer und Frauen bildeten dicht an dicht ein Spalier. Nachdem das heilige Totenamt abgeschlossen war, wurde der vergiftete Wein geweiht. Der Priester goss ihn so in den Kelch, wie es Drusilla vorgegeben hatte. Sie führte ihn an die Lippen und trank genau so viel, dass es für ihre Absicht reichte.

Mit einem Lächeln auf den Lippen gab sie den goldenen Kelch an ihren Bräutigam weiter. Er leerte ihn mit einem Zug bis zur Neige. Zärtlich lächelnd streckte er seine Arme nach ihr aus, aber in ihrem Gesicht war nichts mehr von der holden Sanftmut. Ihre Augen blitzten, und ihre Wangen glühten, als sie ihn fortstieß.

›Weg, du Mörder!‹, schrie sie. ›Soll ich dir etwa Lust und Wonne bereiten, während du mich in Tränen und in Qual gestürzt hast? In diesem Wein war Gift, denn du bist nicht einmal den Henker wert. Mich kränkt nur, dass ich mich mit dieser Todesart nicht so grausam rächen kann, wie ich es mir gewünscht hätte. Ich bitte meinen toten Gatten, dass er wenigstens meinen guten Willen anerkennt. Dir größere Qualen zuzufügen war mir nicht möglich, aber was dir hier an Strafe fehlt, das sollst du dann im Jenseits leiden.‹

Sie sah zum Himmel auf, und ihr Blick verklärte sich. ›Nimm dieses Opfer, mein geliebter Gatte. Wenn du kannst, erbitte vom Herrn die Gnade, dass ich noch heute zu dir ins Paradies gelange. Und wenn er antwortet, dass niemand ohne eigenes Verdienst ins Paradies gelangen kann, dann antworte, meine gute Tat sei die, dass ich die Erde von diesem Scheusal hier befreit habe.‹

Mit diesen Worten endete ihr Leben. Noch im Tod lächelte sie. Als Graf Marganor Tanaker fallen sah, war es, als würde ihn selbst der Schlag treffen. Wozu hatte er zwei gute Söhne aufgezogen, wenn sie beide durch die Schuld von Weibern in ihr Unglück rannten?

Für einen Augenblick war er von Liebe, Zorn und Schmerz völlig gelähmt. Gleich darauf brachen Wut und Rachewellen in ihm auf. Der unglückliche Vater brüllte so laut, dass es wie Meerestosen im Orkan klang. Er stürzte auf Drusilla zu. Aber ihr Leichnam fühlte nichts mehr von seinem Hass.

Blinde Wut trieb jetzt den Grafen Marganor an. Ohne Sinn und Zweck schlug er wild um sich. Es war ihm gleich, wer ihm zum Opfer fiel. Sein Schwert traf wahllos alle Frauen. Er mähte wie ein Bauer alles nieder. In wenigen Minuten waren dreißig von uns tot, und an die hundert bluteten. Keiner der Männer hob auch nur einen Arm, um uns zu schützen. Die meisten fürchteten sich, weil schon immer über Marganor gemunkelt wurde, dass er ein Teufel sei. Wer sich aus der Kirche retten konnte, tat es und rannte um sein Leben.

Schließlich schafften es einige beherzte Männer des Gefolges, ihn in die Felsenburg zu bringen. Auch dort ließ sich der Wüterich lange nicht beruhigen. In seinem Zorn befahl er, alle Frauen zu töten. Nur durch viele Bitten ließ er sich dann doch erweichen und verwandelte den Mordbefehl in Verbannung. Die Frauen sollten aus dem Land verschwinden und sich hier in diesem Dorf wie Gefangene aufhalten. Wehe der, die sich wieder am Schloss blicken ließ.

Auf diese Weise mussten sich von einem Tag zum anderen Männer und Frauen scheiden, Mütter von ihren Söhnen trennen. Diejenigen, die das Verbot missachteten, wurden schrecklich bestraft. Viele liegen noch in Ketten, andere starben bereits unter schlimmsten Qualen. Inzwischen ließ er ein Gesetz verkünden, das wohl zu den grausamsten gehört, die bisher erfunden wurden.

Wenn sich eine unserer Frauen ins Tal vorwagt und entdeckt wird, drohen ihr Peitschenhiebe mit Weidenruten auf den Rücken und Verbannung aus dem Land. Zuvor werden ihre Röcke abgeschnitten, damit nackt zu sehen ist, was der Anstand sonst verbirgt. Wenn sich eine aber mit Bewaffneten umgibt, kostet sie das gleich das Leben. Diese Unglücklichen werden erbarmungslos zur Gruft seiner Söhne geführt und dort wie Opferlämmer hingerichtet. Alle männlichen Begleiter werden in den Kerker geworfen. Aber das ist noch nicht alles. Denn wenn er doch einmal einen Ritter wieder freilässt, muss dieser zuvor auf die heilige Hostie schwören, dass er alle Frauen lebenslänglich hassen wird. Wenn du dich also mit den Frauen in deiner Begleitung in diese Gefahr begeben willst, dann reite nur zur Burg von Marganor. Spätestens an den Gräbern seiner Söhne wirst du merken, wie mächtig dieser bösartige Barbar ist.«

Die Empörung der fünf Frauen um Ruggiero wuchs ins Unermessliche. Am liebsten wären sie sofort aufgebrochen, um Marganor zu bestrafen. Aber dafür war es schon zu spät. Deshalb beschlossen sie, erst einmal schlafen zu gehen.

Bereits in aller Frühe standen sie auf, rüsteten sich und stiegen auf die Pferde. Sie wollten eben losreiten, da entdeckten sie auf dem schmalen Weg vom Tal herauf einen Haufen von etwa zwanzig Bewaffneten in stählernen Rüstungen, teils zu Fuß und teils auf stolzen Pferden. Die Männer führten ein altes Weib auf einem schäbigen Klepper mit sich, ganz so, als würden sie einen armen Sünder zum Richtblock schleppen.

Die Frauen im Dorf erkannten die unglückliche Gefangene sofort. Es war Drusillas Kammerfrau, die für ihre Herrin das Gift gemischt hatte. Am Morgen der folgenschweren Zeremonie war sie unbemerkt geflohen.

Der österreichische Freiherr, zu dem sie sich vertrauensvoll geflüchtet hatte, ließ sich in seinem Geiz durch die versprochene Belohnung blenden und schickte sie zu Graf Marganor zurück. Er ließ sie dazu in einer Kiste wie eine Kaufmannsware auf einem Maultier bis nach Konstanz am Bodensee bringen. Dort hatten Abgesandte von Marganor die Beute übernommen, um sie dorthin zu bringen, wo der Unhold seine Wut an ihr auslassen wollte.

So wie der große Po, der vom Mont Viso kommt, durch die Flüsse Tizin, Lambro und Ada und die vielen anderen immer mächtiger und stolzer zwischen seinen Ufern wogt, so schwoll auch die Wut in Ruggieros Brust an. Auch Bradamante und Marfisa glühten vor Zorn.

Sie beschlossen, dem Wüten dieser Bestie einen Riegel vorzuschieben. Dabei waren sie sich einig, dass ein schneller Tod viel zu milde für ihn war. Sie fanden es gerechter, wenn er langsam und unter großen Qualen büßen würde.

Zuerst aber mussten sie der Alten helfen. Mit verhängten Zügeln preschten sie auf die Truppe zu, die auf dem Bergpfad näher rückte. Als die Wächter sahen, was über sie hereinbrach, flohen sie kopflos. Manch einer stürzte direkt von den Felsenklippen und befahl damit seine Seele Gott. Nur die Alte blieb zurück, ebenso Schilde, Rüstungen und Gepäck, dazu reichlich Pferde. Jetzt konnten auch die isländischen Damen wieder im eigenen Sattel reiten.

Ruggiero und die beiden Frauen lachten, als sie keine Gegner mehr sahen. Nun wollten sie dorthin aufbrechen, wo Drusilla gerächt werden musste. Als Zeugin für alles wollten sie die Alte mitnehmen. Die aber zeterte, heulte und sträubte sich mit aller Kraft. Kurzerhand ritt Ruggiero neben sie, packte sie und hob sie zu sich auf seinen Hengst Frontin.

Bereits nach kurzem Ritt erreichten sie ein weiteres Dorf. Es war groß und hatte viele Häuser, aber weder Mauern noch schützende Gräben. Genau in der Mitte ragte ein steiler Felsen über die Häuserdächer hinaus. Auf seiner Spitze war das Schloss von Graf Marganor zu sehen. Furchtlos ritten Ruggiero und die Frauen in das Dorf und stießen gleich darauf mit der Wachmannschaft zusammen. Eine Schranke versperrte den Zugang zum Burgberg. Am oberen Ende des Aufstiegs fiel rasselnd das Burgtor zu. Der Herr des ganzen Landes kam ihnen mit seinem Gefolge hoch zu Pferd entgegen. Kurz und bestimmt rief er ihnen zu, welche Regeln hier für alle galten.

Marfisa hatte bereits unterwegs mit Ruggiero und Bradamante ausgemacht, wie sie vorgehen wollten. Statt zu antworten oder wie üblich ihre Lanze einzulegen, galoppierte sie direkt auf den Grafen zu. Bei ihm angekommen, riss sie nicht einmal ihr Schwert hervor, sondern schlug ihn gleich mit der Faust so mächtig auf den Helm, dass es augenblicklich dunkel um ihn wurde.

Bradamante spornte ebenfalls ihr Pferd. Auch Ruggiero ließ sich nicht zweimal bitten. Er stürmte so wild mit seiner Lanze vor, dass er gleich sechs Männer auf einmal beim ersten Anritt traf.

Auch Bradamante fuhr wie ein Blitz vom Himmel unter die Bewaffneten. Jeder der Krieger, den sie mit ihrer goldenen Lanze berührte, flog zu Boden. Schließlich blieben auf dem Platz nur Tote zurück.

Marfisa band dem Grafen Marganor die Hände auf dem Rücken fest. Anschließend drohten die Siegreichen, das ganze Dorf zu Boden niederzubrennen, wenn Marganors Gesetz nicht sofort widerrufen und die alte Ordnung wiederhergestellt würde.

Niemand trat jetzt noch für den bösen Grafen ein. Das Volk hatte sich seiner Schreckensherrschaft nur unterworfen, weil es immer dem gehorcht, den es am meisten hasst. Keiner der Dorfbewohner hatte ausgesprochen, was er wirklich dachte. Ängstlich und mutlos hatten alle zugesehen, wie die einen erschlagen und verbannt, die anderen bestohlen und die Dritten entehrt und entwürdigt wurden. Immer wieder hatten sie den Mund gehalten und nur stumme Klagen zum Himmel geschickt. Aber Gott ist niemals taub, auch wenn es manchmal scheint, als würde er gern lange schlafen.

Der ganze angestaute Hass brach jetzt hervor. Alle Dorfbewohner schrien nach Rache und Vergeltung. Groß und Klein verlangte, dass der Wüterich endlich für seine Untaten bestraft wurde. Zu viele hatten miterlebt, wie durch seine Schuld Mütter, Schwestern und Töchter umgebracht worden waren. Jetzt kamen sie, um den zu töten, der all das zu verantworten hatte.

Bradamante, Marfisa, Ruggiero und die drei isländischen Jungfrauen hatten alle Hände voll zu tun, um ihren Gefangenen vor dem Zorn der Gequälten zu beschützen. Sie wollten ihn nicht einfach totschlagen lassen, denn es gab eine, die ihn noch mehr als alle anderen hasste. Nackt und gefesselt überließen sie den bösen Marganor der Alten. Mit einem spitzen Stock, wie er zum Ochsentreiben benutzt wurde, stach sie ihn und trieb ihn vor sich her.

Die drei Gesandten von der fernen Insel Island schlossen sich ihr an. Die erste kratzte ihn, die andere wollte ihn steinigen, die dritte biss. Dann kamen welche, die ihn auch mit langen Nadeln peinigten. Es war, als würde sich ein Bergstrom, der nach langem Regen zu wilder Gewalt anschwoll, den Berg hinab entladen.

Der Ritter und die beiden Frauen wandten sich schließlich ab. Das war nicht mehr ihre Sache. Sie ritten zur Festung auf den Felsen hinauf. Ohne jeden Widerstand wurde ihnen die Burg übergeben. Alles, was Marganor an Beute und an Schätzen angesammelt hatte, wurde zusammengetragen und geteilt. Einen Teil erhielten die isländische Botschafterin Ullania und ihre beiden Begleiterinnen.

Bei der Gelegenheit entdeckten sie auch den goldenen Schild und die drei Könige aus den nördlichen Reichen. Wie sie geschworen hatten, waren sie zu Fuß und waffenlos Ullania gefolgt. Hätten die Könige Pferde und Waffen besessen, wären sie vermutlich umgebracht worden. Unbewaffnet hatten sie aber Ullania und ihre beiden Begleiterinnen nicht vor dem schamlosen Überfall bewahren können.

Bevor Marfisa und Bradamante wieder aufsaßen, bestimmten sie, dass jetzt die Herrschaft über das Dorf die Frauen übernehmen sollten. Dazu gehörte nicht nur das Regiment in Haus und Garten, sondern in sämtlichen Bereichen, die normalerweise von Männern wahrgenommen wurden. Für jeden, der sich sträubte, setzten sie schwere Strafen an. Zusätzlich mussten alle Männer bei Gott und allen Heiligen schwören, dass – ganz gleich, ob Ritter oder Knecht – nur der in einem Haus der Frauen übernachten dürfe, der Feinde der Frauen ebenfalls als seine Feinde ansah und ihre Freunde wie eigene Freunde behandelte. Zusätzlich mussten sie versprechen, sich den Wünschen der Frauen ganz zu unterwerfen und das zu tun, was jene wollten.

»In weniger als einem Jahr, noch bevor die Blätter fallen, bin ich wieder hier«, drohte Marfisa. »Wenn ich dann sehen sollte, dass der Schwur nicht eingehalten wurde, zerstöre ich den ganzen Ort mit Schwert und Feuer.«

Nachdem alles gesagt war, wurde der Leichnam der unglücklichen Drusilla dort ausgegraben, wo sie im Schmutz verscharrt war. Vereint mit ihrem Olind, sollte sie ein prächtiges und ehrenhaftes Grab erhalten.

Bradamante und Marfisa entdeckten auf dem Kirchenvorplatz eine hohe Säule. Hier war das grausame Gesetz des Tyrannen Marganor in Stein gemeißelt, das jede Frau verhöhnte und ihr an diesem Ort nur Schmach und Tod versprach. Jetzt befahlen beide, die neuen Regeln in die Säule einzumeißeln. Sie blieben noch so lange, bis der letzte Buchstabe eingehauen war.

Als sie dann aufbrachen, blieb Ullania zurück. »Ich kann doch nicht mit diesem groben Bauernrock weiterziehen und vor Kaiser Karl treten«, sagte sie. »Bevor ich weiterziehe, möchte ich mir ein Kleid nähen lassen, in dem ich einem Kaiser gegenübertreten kann.«

Aber sie blieb auch, um auf Marganor achtzugeben. Sie fürchtete, dass es dem Unhold doch noch gelang, seine Fesseln zu lösen und sich neue Frauenquälereien auszudenken. Nachdem Ruggiero, Bradamante und Marfisa in Richtung Arles aufgebrochen waren, fackelte Ullania jedoch nicht lange. Sie ließ den Unhold bis zum höchsten Turm der Burg hinaufbringen.

»Spring, Scheusal!«, sagte sie nur.

Es war der größte und der letzte Sprung, den Graf Marganor in diesem Leben tat.

38. Gesang

Ich sehe es euch an den Augen an, liebe Leserinnen, wie wenig euch gefallen wird, dass Ruggiero schon zum zweiten Mal Bradamantes zärtliche Gefühle verletzt. Ihr denkt jetzt sicher, dass es mit seinem Liebesfeuer nicht weit her ist.

Wenn er aus irgendeinem anderen Grund gegangen wäre – sei es sogar, um größere Schätze zu erobern, als man beim alten König Krösus fand –, dann würde ich schon selbst sagen, dass Amors Pfeile nicht sehr tief in sein Herz eingedrungen waren. Denn solche Lust und solche Wonnen sind einfach unbezahlbar.

Wenn er die Liebste aber deshalb verließ, um seine Ehre zu verteidigen, dann muss er nicht nur entschuldigt, sondern sogar gelobt werden. Zu verteidigen, sage ich, denn sie ist von großer Schande bedroht. Wenn Bradamante anders gehandelt und ihn festgehalten hätte, wäre das ohne Zweifel der Beweis für zu wenig Urteilskraft oder zu wenig Liebe gewesen.

Sie kamen zügig voran. Zwei Tage lang ritten sie vom frühen Morgen bis zum Anbruch der Nacht in Richtung Arles. Schließlich erreichten sie die Weggabelung, an der die beiden Liebenden sich trennen mussten. Bradamante und Ruggiero umarmten sich lange und mit großem Kummer. Aber es ging nicht anders. Ruggiero musste nach Arles zurück und Bradamante in das Heerlager von Kaiser Karl.

Beide wussten, dass es Ruggieros Pflicht war, seine Ehre hochzuhalten. Er durfte nicht ohne anerkannten Grund fahnenflüchtig werden. Daran, dass vor langer Zeit Almont seinen Vater erschlagen hatte, trug Almonts Neffe König Agramant keine Schuld. Es war deshalb Ruggieros Pflicht, zu seinem Herrn zu stehen. Bradamante hätte Ruggiero anflehen können, bei ihr zu bleiben. Aber sie tat es nicht. Sie wusste ebenso wie er, dass die einmal verlorene Ehre auch in hundert Jahren nicht wiederhergestellt werden konnte. Trotzdem fiel es beiden unsagbar schwer, sich zu trennen.

Ruggiero ritt nach Arles, wo König Agramant die Reste seines

Heeres zusammengezogen hatte. Zur selben Zeit erreichte seine Schwester Marfisa zusammen mit Bradamante, die ihr längst zur lieben Freundin geworden war, das Lager Karls des Großen. Sofort kamen von allen Seiten die Franken und ihre Verbündeten zwischen den Zeltreihen hervor und bildeten ein jubelndes Spalier. Bradamante und Marfisa sahen, dass der Kaiser mit aller Macht dabei war, sich auf die Belagerung von Arles und die große letzte Schlacht zur Befreiung des Frankenreiches vorzubereiten.

Im Inneren des Lagers kam Bradamante Rinaldo entgegen, gefolgt von Richardet und Richard. Als sie Marfisa vorstellte, kamen immer mehr Männer zusammen. Sie alle wollten die berühmte Kriegerin sehen, deren Name von Cathay bis an Spaniens Grenzen ehrfürchtig genannt wurde. Bradamante und Marfisa ließen sich jedoch nicht aufhalten und eilten weiter bis zu Kaiser Karl. Zum ersten Mal stieg auch Marfisa vor einem Kaiser oder König von ihrem Pferd. Sie hatte ungezählte Herrscher erlebt, aber vor keinem anderen hatte sie ihr Knie gebeugt. Karls Ruhm klang in so vielen Liedern der Christen und der Heiden, dass sie ihm gern ihre Ehrerbietung zeigte.

Karl der Große kam ihnen aus seinem Zelt entgegen. Er grüßte die beiden Kriegerinnen ausgesprochen freundlich. Er hieß sie willkommen und führte sie selbst in sein Zelt. Die großen Könige und Fürsten aus seinem Gefolge hatten für die beiden Jungfrauen Platz zu machen. Wer nicht zur inneren Gefolgschaft zählte, musste ebenso zurücktreten wie alles niedere Volk. Nur der innere Kreis der Paladine und der Edlen der Ritterwelt durfte bleiben.

»Erhabener Kaiser«, begann Marfisa mit ihrer angenehmen Stimme, »dessen Kraft und Mut die Christenheit von Indiens Ozean bis zu des Westens Pforte, von den Eisfeldern im Skythenland bis zum heißen Äthiopien schützt – dein Ruhm, der alle Grenzen überflogen hat, brachte mich aus weiter Ferne bis hierher. Wenn ich die Wahrheit sagen soll, war es auch Neid auf deinen sagenhaften Ruf. Nur deshalb bin ich einst aufgebrochen: um dich zu bekämpfen.«

Sie nahm die Schultern zurück und schaute sich stolz um. Die Edlen am Hof des Kaisers blickten sie mit einer Mischung aus Respekt und Unverständnis an.

»Ich will es dir erklären«, sagte sie zu Karl. »Ich konnte nicht ertragen, dass es einen so großen Herrscher gibt, der einen anderen Glauben hat als ich. Das war der Grund, warum ich viele Schlachtfelder mit Christenblut getränkt habe. Ich hätte euch noch lange mit dem Schwert geschadet, aber dann geschah etwas, durch das ich nicht mehr deine Feindin sein kann.«

Ein feines Lächeln huschte über das Gesicht der sonst so harten und erbarmungslosen Kriegskönigin. »Ich erfuhr, dass Ruggiero der Zweite aus der Stadt Reggio mein wahrer Vater war, der von seinem eigenen Bruder Beltram ermordet wurde. Meine Mutter trug mich dann in ihrem Leib durch die Meereswogen. In höchster Not erblickte ich dann doch das Licht der Welt, während sie starb. Ein Zauberer hat mich gefunden und sieben Jahre lang aufgezogen – so lange, bis mich ein Araberhaufen dem Alten raubte. Sie verkauften mich als Sklavin an den Perserkönig. Als ich heranwuchs, kam er mir zu nahe, und ich erschlug ihn, weil er mir die Ehre rauben wollte.«

Sie unterbrach sich, und ihr Gesicht nahm wieder den dunklen, gnadenlosen Ausdruck an, vor dem sich selbst die besten unter den Rittern Karls bisher gefürchtet hatten.

»Ich habe fast den gesamten persischen Hofstaat erschlagen und die verdammte Sippschaft, die dann noch übrig war, aus dem Land gejagt. Auf diese Weise wurde ich die neue Herrscherin auf dem Perserthron. Als sich der Tag meiner Geburt zum achtzehnten Mal wiederholte, hatte ich mir bereits sieben Königreiche mit dem Schwert erkämpft. Als ich aber immer wieder hörte, dass dein Name noch viel größer als mein eigener sei, beschloss ich, die Größe deines Namens zu zerstören.«

Sie lachte wie bei der Erinnerung an ein schönes Spiel. »Es ist vorbei«, sagte sie dann. »Ich weiß jetzt, dass mein Blut mit deinem Blut verbündet ist. Mein Vater war ein Vetter von dir und dein treuer Diener. Deswegen will ich dir nicht mehr Feindin, sondern ab sofort treue Magd und Nichte sein. Der Sturm des Hasses in mir wütet nicht mehr gegen dich. Ich spare ihn mir auf, um König Agramant zu schaden – ihm und allen anderen, die meine Eltern umgebracht haben.«

Der große Kaiser hörte ihr zu, ohne sie zu unterbrechen.

»Und dann«, fügte sie fast bescheiden hinzu, »wenn König Agramant besiegt ist, will ich ebenfalls Christin werden. Ich will nach Persien zurückkehren und nicht eher ruhen, bis mein ganzes Volk getauft ist. Ich werde alles, was ich bei diesen Kämpfen erbeute und gewinne, für das Reich Christi spenden.«

Jetzt konnte auch der Kaiser nicht mehr schweigen. Sein Mitgefühl mit Marfisas Schicksal und seine Freude über die neu gewonnene Verwandte war groß. Er stand auf, ging auf sie zu, nahm sie in die Arme und küsste sie, wie ein Vater seine Tochter küsst. Die Augen seiner Gefolgsmänner leuchteten. Ein Seufzen erfasste alle Umstehenden. Die Angehörigen des Hauses Clermont drängten näher, ebenso die von Mongrana.

»Allmählich solltet ihr auch erfahren, wie sie mir vor Albracca beigestanden hat«, rief Rinaldo.

»Das kannst du später noch erzählen!«, warf der wilde Guido ein. »Viel aufregender waren ihre Heldentaten in Damascus und erst recht in der Stadt der Frauen.«

Grifon verbeugte sich vor ihr, ebenso wie Aquilante und Samsonet. Anschließend grüßten auch die Ritter Vivian, Malegis und Richardet, mit denen Marfisa die goldgierigen Mainzer und die Spanier abgewehrt hatte. Karl der Große ordnete an, Marfisa bereits am nächsten Tag zu taufen.

»Schmückt einen Platz in der Stadt!«, befahl er. »Er muss groß genug für eine festliche Versammlung unserer Bischöfe und Kirchenfürsten sein. Die Besten sollen sofort kommen, damit die Königin von Persien noch vor der Taufe so viel wie möglich von der Bibel, der Frohen Botschaft unseres Glaubens und der Lehre Jesu Christi hört.«

Als alles so weit war, legte Erzbischof Turpin sein heiliges Gewand an und taufte sie. Karl der Große selbst war ihr Pate. Er selbst trat zum Rand des Taufbeckens und hob sie aus dem segensreichen Bad.

Zur selben Zeit kehrte Herzog Astolf mit dem Feuerwagen des Propheten Elias vom Mond zurück. Er durchdrang die leuchtenden Sphären rund um den Erdball. Sie landeten auf den höchsten Bergen und brachten den edlen Sud zurück, durch den der große Orlando den Verstand zurückbekommen konnte. Nach der Landung zeigte der Evangelist Johannes Astolf eine kleine unscheinbare Pflanze am Boden.

»Pflück dieses Kraut und nimm es mit«, sagte der Heilige. »Sobald du wieder in Nubien bist, streiche dem König damit über seine blinden Augen. Fordere als Lohn für diese Heilung ein Heer von ihm, mit dem du in Biserta kämpfen kannst.«

Der Evangelist erklärte Astolf genau, wie er die Unerfahrenen bewaffnen und ausbilden sollte und wie sie ohne Schaden durch die sengende Glut der Wüste ziehen konnten. Johannes ließ den jungen Herzog alle Anweisungen und Ratschläge Wort für Wort wiederholen. Erst dann gab er ihm das Flügeltier zurück, das einmal dem Zauberer Atlante und dann Ruggiero gehört hatte. Nur wenig später schlugen die Schwingen, und der Hippogryph flog mit ihm den Nil entlang.

Nach einer Weile tauchte das Reich der Nubier unter ihnen auf. Das Flügelross brachte Astolf direkt in König Senaps Palast. Als der blinde alte Herrscher hörte, wer ihn besuchte, kannte seine Freude keine Grenzen. Zu groß war seine Dankbarkeit dafür, dass ihn Astolf von der Tyrannei der Harpyien befreit hatte. Astolf strich ihm mit dem Heilkraut des Evangelisten über die Augen. Als Senap dann das Licht der Sonne wiedersah, dankte und lobte er Astolf, wie es eigentlich nur Gott zukam.

Der König der Nubier war sofort bereit, Astolfs Wunsch nach Männern für Biserta zu erfüllen. »Ich stelle dir noch hunderttausend weitere Krieger zur Verfügung und mich selbst als Mitstreiter«, bot er dem Prinzen von England an.

Als das Heer der Fußkrieger schließlich aufbrach, war es so groß, dass die Ebene zu schmal für die ungezählten Reihen wurde. Die Nubier hatten keine Pferde. Ihre Besten verwendeten stattdessen Elefanten und Kamele. In der Nacht vor dem großen Aufbruch stieg Astolf unbemerkt noch einmal auf den Hippogryphen und flog in Richtung Süden. Er beeilte sich, bis er endlich den Berg unter sich sah, in dessen Tiefen der Südwind schlief.

Nach kurzem Suchen fand er auch die Höhle, aus deren Schlund der wilde Sturm immer dann nach Norden donnerte, wenn er aufwachte. Astolf befolgte die Anweisungen des alten Meisters.

Während der Südwind müde von seinem letzten Ausbruch in der Tiefe schlief, spannte Astolf so leise wie möglich einen leeren Wasserschlauch vor der Höhlenöffnung auf. Der Südwind hatte keinerlei Erfahrung mit derartigen Listen. Als dann der Morgen anbrach und er wie üblich losbrausen wollte, fuhr er hervor und verfing sich sofort im sauber aufgespannten Schlauch. Astolf verschloss die Öffnungen, nahm den eingefangenen Südwind mit und freute sich während des ganzen Rückflugs über seine Beute.

Ehe der Tag zu Ende war, gab er seinen schwarzen Heerscharen den Befehl zum Abmarsch. Sie brachen auf, gefolgt von Trägern, die Wasser und Verpflegung schleppten. Während sie mitten durch die Wüste zogen, kam kein böser Sandsturm auf, denn der Südwind war sicher im Schlauch gefangen. Ohne irgendwelche Ausfälle führte der Prinz von England das Heer der Nubier zum Atlasgebirge. Jenseits der Berge erstreckte sich die Ebene bis zum Ufer des Mittelmeers.

Als sie das Meer sahen, wählte Astolf die Krieger seines Heeres aus, von denen er inzwischen wusste, dass sie am besten ausgebildet und besonders mutig waren. Sie sollten sich am Fuß der Berge in Reih und Glied aufstellen.

Er selbst ging wie ein Mann, der Großes vorhat, allein zum Gipfel hinauf. Oben angekommen, kniete er nieder und betete voller Inbrunst und Vertrauen darauf, dass ihm der heilige Johannes helfen werde. Dann fasste er einen großen Stein. Er holte tief Luft, blickte über die Ebene zur Küste hinab und stieß den Stein nach vorn. Der Felsbrocken rollte, dann der zweite und immer mehr.

Astolf glaubte so stark an ein Wunder, dass es tatsächlich geschah. Die Steine polterten und stürzten tiefer, wuchsen, wurden immer größer und hatten völlig gegen die Natur schließlich Beine, einen Bauch und schmale Köpfe. Springend und mit hellem Wiehern kamen sie unten in der Ebene an. Dann schüttelten sie sich einer nach dem anderen und verwandelten sich endgültig in Pferde.

Es wurden immer mehr. Rotbraune und gefleckte, graue, schwarze und Falben. Jetzt brachten die ersten schwarzen Krieger Zaumzeug und Sättel. Innerhalb eines Tages wurden aus achtzigtausendeinhundertundzwei nubischen Fußkriegern Reiter. Dadurch erschuf Astolf ein ungewöhnlich starkes Heer. Die Nubier saßen auf, dann stürmte die gewaltige Reiterarmee los, um das Reich des Ersten unter allen Königen von Afrika mit Schwert und Feuer zu verheeren.

König Agramant hatte sein ganzes Reich drei Statthaltern unterstellt. Es waren König Branzard der Lügner, der König von Fersa und der König von Algazier. Als der englische Prinz vom Atlasgebirge her sengend und brennend in ihre Gebiete einfiel, schickten die Statthalter sofort ein schnelles Schiff mit Rudern und Segeln los. Es sollte König Agramant benachrichtigen, dass die Nubier eingefallen waren und große Not verbreiteten. Das Schiff war Tag und Nacht unterwegs. Als es an der Küste der Provence den Anker warf, war König Agramant halb besiegt und Kaiser Karl bereits bis auf eine Meile an ihn herangekommen. Agramant rief sofort zum Kriegsrat. Sämtliche Unterkönige, Fürsten und Heerführer der Maurenvölker Afrikas erschienen. Agramant nickte nur den Ältesten zu – hier König Marsilo und dort Sobrin. Er wandte sich direkt an sie:

»Es ist das Schlimmste für einen Feldherrn, wenn er bekennen muss, dass er an dieses oder jenes einfach nicht gedacht hat. Ich gebe zu, dass mir genau dieser Fehler passiert ist. Ich habe nicht genügend Truppen in Afrika zurückgelassen für den Fall, dass die Nubier angreifen. Aber nur Allah weiß, was die Zukunft bringt. Niemand sonst konnte voraussehen, dass dieses Volk in derart großer Zahl quer durch die Wüste kommen würde. Für uns war dieses Sandmeer tatsächlich wie ein trennender Ozean, der beständig vom Südwind aufgewühlt wird. Jetzt aber haben die Nubier Biserta erreicht und weite Teile unserer Heimat fürchterlich verheert. Das ist die Lage, edle Herren. Also beratet mich. Soll ich mich jetzt ohne Sieg und ohne Beute zurückziehen? Oder wollen wir hier weiterkämpfen, bis Karl der Große geschlagen ist?«

Agramant presste die Lippen zusammen und blickte ernst zum Spanierkönig. Bedächtig und mit großem Respekt vor König Agramant stand Marsilo auf. Er ging zu ihm, verneigte sich und senkte seinen Kopf. Dann kehrte er zu seinem Ehrenplatz zurück, den er in dieser Runde einnahm.

»Gerüchte, König«, sagte er dann. »Gerüchte wachsen so wie Unkraut, ganz gleich, ob sie nun gut sind oder schlecht. Man darf sich durch ein derartiges Getuschel niemals die Flügel stutzen lassen, ebenso wenig, wie dich ein Gerücht mit gutem Inhalt zum Jubeln bringen darf. Du musst Hoffnung und Bedenken gegeneinander abwägen. Dort, wo das Gerücht entsteht, ist alles sehr viel kleiner. Legenden wachsen, wenn sie von Mund zu Mund fliegen. Ich frage deshalb: Wie wahrscheinlich ist es, dass ein Fremder mit einem derart großen Heer aus den entferntesten Regionen durch die Wüste bis in den gut gerüsteten Norden Afrikas einfällt – durch den Wüstensand, an dem schon der antike Perserkönig Kambyses mit seinem Heer gescheitert ist?«

Marsilo schob die Lippen vor und schüttelte den Kopf. »Ich denke vielmehr, dass es Bergaraber sind, die in die Ebene einfielen. Wahrscheinlich hat dein Statthalter Branzard beim Zählen dieser Bande tausend für jeweils zehn angegeben, um sich für sein Versagen zu entschuldigen. Du kannst ja ein paar Schiffe zu Branzard schicken. Dann hast du Flagge gezeigt, und die Eindringlinge verschwinden schneller, als sie aufgetaucht sind.«

Marsilo machte eine Pause, dann hob er beide Arme. »Vergessen wir doch nicht, dass Karl dem Großen der Erste Paladin fehlt. Solange sein Orlando ohne Verstand herumirrt, hat dieser ganze Christenhaufen kein Feuer. Wenn du dir jetzt diesen Sieg entgehen lässt, dann ist das Blindheit oder Leichtsinn.«

Agramant war schon halb überzeugt. Nur König Sobrin erkannte, dass Marsilo in erster Linie an sich selbst dachte.

»Und mich habt ihr als Schwarzseher verachtet, als ich euch vor diesem Feldzug warnte«, schnaubte er. »Du hättest lieber deinem redlichen Sobrin glauben sollen. Aber du hast lieber einem Draufgänger wie Rodomont vertraut und den prahlerischen Reden von Marbalust, Alzird und anderen. Ich würde sie jetzt liebend gern hier haben, damit sie wiederholen, was sie dir versprochen haben. Das gilt besonders für diesen Rodomont. Er war es doch, der dieses Land wie Glas in Scherben schlagen wollte – mehr noch: Er wollte immer vor dir kämpfen. Jetzt, wo wir ihn dringend brauchen, lungert er irgendwo herum und kratzt sich faul am Bauch. Ich dagegen, den ihr alle einen Feigling schimpfen durftet, stehe immer noch an deiner Seite und bin täglich bereit, mein Leben für dich hinzugeben, falls einer dieser Franken kommt. Niemand hier wird irgendwann behaupten können, dass ich dir jemals untreu war. Keiner von denen, die so laut geprahlt haben, kommt an das heran, was ich geleistet habe. Mein Rat ist daher: Kehre so schnell wie möglich um, ehe deine Königskrone bricht. Kein Mann ist weise, der Eigenes aufgibt, um Fremdes zu gewinnen.«

Sobrin trat einen Schritt vor, dann sagte er zu Agramant, als wären sie allein: »Wir waren zweiunddreißig Könige, als wir mit dir aufbrachen. Wenn du heute nachzählst, lebt kaum noch jeder dritte. Allah sei Dank, dass wir nicht noch mehr verloren haben. Wenn wir jetzt weiterkämpfen, bleibt nicht mal jeder Vierte, Fünfte übrig. Dein ganzes Volk wäre dann aufgerieben. Würde Graf Orlando auch noch mitkämpfen, wäre von uns nichts mehr zu sehen. Aber vergiss Rinaldo nicht, der mit seinem Schwert den riesenhaften Grafen schon fast übertrifft. Sein Stamm und alle Paladine waren für uns stets ein Schrecken. Aber da gibt es auch noch diesen anderen Ritter namens Brandimart, der wie ein zweiter Kriegsgott Mars dazwischenfährt. Wo er zuschlägt, trifft sein Schwert ebenso hart wie das Orlandos. Ich habe eigenhändig gegen ihn gekämpft und sah auch, wie er anderen zusetzte. Zu den vielen guten Männern, die in diesem Land bereits ihr Leben ließen, werden bald noch mehr kommen. Auch Mandrikard hat den Boden rot gefärbt, und Gradass hat sich abgesetzt. Marfisa ritt ganz einfach weg. Und wenn Rodomont ebenso treu wie tapfer wäre, könnten wir meinetwegen auch auf Gradass und Mandrikard verzichten. Kein Schiff wird uns neue Truppen bringen. Alle, die überhaupt nur konnten, sind hergekommen und Tausende von ihnen bereits gefallen.«

Er stockte, holte Luft und blickte zu den dunklen Wolkenbergen über dem Meer. »Bei Kaiser Karl sind vier neue Ritter angekommen«, fuhr er dann fort. »Inzwischen werden sie fast so hoch angesehen wie Orlando und Rinaldo. Ich weiß nicht, ob du schon von Samsonet, dem wilden Guido und den Söhnen

Oliviers gehört hast. Doch wer sie bereits kennt, der schätzt und fürchtet sie mehr als all die anderen, die aus Deutschland, England oder irgendeinem anderen Land schwer gerüstet hierherkamen und uns gegenüberstanden.«

Für eine Weile waren nur die Geräusche aus den Straßen der ummauerten Stadt zu hören. Jeder der Sarazenenfürsten hing seinen schweren Gedanken nach.

»Wir haben nicht gesiegt, als es noch sechzehn zu acht für Afrika im Verbund mit Spanien stand«, stellte Sobrin fest. »Wie soll es werden, wenn die Franken jetzt gemeinsam mit den Deutschen, den Briten und den Italienern kämpfen und wir nur noch zu sechst gegen zwölf von ihnen stehen? Wenn du weiterkämpfst und noch länger hierbleibst, verlierst du hier dein Volk und auf der anderen Seite des Meeres dein gesamtes Königreich. Wenn du dich aber entschließt, jetzt zurückzukehren, rettest du beides.«

Agramant schwieg, wie er die ganze Zeit geschwiegen hatte. Erst als sich Spaniens König Marsilo räusperte, schien er zu erwachen.

»Der Einzige, der dir dafür nicht besonders dankbar sein kann, wäre Marsilo«, sagte Sobrin schnell. »Er stünde nach einem Rückzug von uns ziemlich allein da. Trotzdem gibt es eine Lösung.«

»Und die wäre?«, fragte Agramant sofort. »Du hast doch längst schon einen Plan.«

Sobrin sah Marsilo an, dann nickte er. »Übergib das Oberkommando über die vereinten Sarazenenheere einem Mann, der überall als Sieger gilt. Ernenne Ruggiero zu deinem Stellvertreter im Kampf gegen die Christenheere. Wir wissen beide, dass Ruggiero sich im Zweikampf jederzeit mit Orlando und Rinaldo messen kann, ebenso wie mit jedem anderen drüben im kaiserlichen Lager. In einer großen Schlacht würde aber seine Kraft selbst dann nicht ausreichen, wenn sie ins Überirdische ginge. Aber du könntest Kaiser Karl den Vorschlag machen, dass er den kühnsten seiner Ritter schickt. Der soll gegen den besten deiner Männer kämpfen, so lange, bis der eine fällt und der andere siegt. Bedingung ist, dass der König, dessen Kämpfer fällt, dem anderen Tribut zu zahlen hat. Ich bin ganz sicher, dass Karl einverstanden ist, schon weil er glaubt, dass er im Vorteil ist. Und ich bin sicher, dass Ruggiero als unser Held gewinnen wird. Er würde sogar über den Kriegsgott Mars triumphieren.«

Sobrin steigerte sich zu immer mitreißenderen Argumenten. Schließlich stimmten König Agramant und die Vasallen zu. Gleich nach dem Beschluss wurde eine Gesandtschaft ausgewählt. Sie sollte noch vor Sonnenuntergang im Lager Karls des Großen eintreffen.

Tatsächlich nahm Kaiser Karl den Vorschlag an. Da Graf Orlando als sein bester Paladin nicht verfügbar war, vertraute Karl auf das Schwert seines bewährten Kämpfers Rinaldo.

Nachdem der Vertrag zwischen den beiden Herrschern über den Waffenstillstand und den Zweikampf geschlossen war, zeigten sich auch die Krieger beider Heere erleichtert. Die Sarazenen hatten ebenso genug von den vielen Kämpfen wie die Christen. Die meisten waren an Leib und Seele ermüdet und kampfverdrossen. Der Wunsch, den Rest des Lebens jetzt in Frieden und Ruhe zuzubringen, war bei allen gleich. Sie verdammten längst ihren Hass und Zorn, die sie in den Krieg getrieben und ihnen so viele Schmerzen zugefügt hatten.

Am meisten freute sich Rinaldo. Er fühlte sich hochgeehrt, dass ihm der Kaiser bei dieser wichtigen Aufgabe mehr vertraute als allen anderen Paladinen. Er hielt nicht viel von Ruggiero. Tief in seinem Herzen glaubte er nicht daran, dass er ihm widerstehen konnte. Selbst die Tatsache, dass Ruggiero gerade erst Mandrikard erschlagen hatte, machte ihn in Rinaldos Augen noch nicht zu seinesgleichen.

Auch Ruggiero war stolz auf die Auszeichnung als bester Held im ganzen Sarazenenheer. Das Schicksal des gesamten Reiches hing jetzt von ihm ab. Trotzdem war er bedrückt. Nicht etwa, dass er sich vor dem Waffengang gegen den stärksten Ritter im Heer der Franken fürchtete, nein. Es hätte ihn nicht einmal erschreckt, wenn Rinaldo zusammen mit Orlando gegen ihn geritten käme.

Viel schlimmer war der Gedanke daran, dass sein Gegner der Bruder seiner geliebten Bradamante war. Er litt sehr unter ihrer Sorge um den Bruder. Stündlich schickte sie ihm neue Briefe, in denen sie ihn bat, bedrängte und anflehte, nicht das Schwert zu heben. Zu allem, was sie ihm bisher verzeihen müsste, käme jetzt auch noch die schwere Sünde, dass er gegen ihren Bruder reiten sollte, um ihn zu töten. Sie schrieb, dass ihr Herz ihn dann nur noch hassen könnte.

Ruggiero antwortete ihr nicht. Zunächst erschrocken, wurde er immer finsterer über die Entwicklung. Im Frankenlager hörten Bradamantes Tränen nicht mehr auf. Verzweifelt raufte sie sich die goldenen Haare, schlug sich gegen die Brust und strafte ihre unschuldigen Wangen.

»Herzlos und grausam bist du!«, stieß sie immer wieder hervor. »Mit mir hat das Schicksal kein Erbarmen.«

Wie sie es auch drehte – sie konnte bei diesem Kampf nur verlieren. Ihr Herz stand still, sobald sie auch nur daran dachte, dass Ruggiero bei diesem Kampf den Tod finden könnte. Wenn aber Gott das Frankenreich für alle Schuld der Christen untergehen lassen wollte, dann verlor sie nicht nur ihren Bruder, sondern Ruggiero müsste zudem mit der Rache ihrer Familie rechnen. Seine Gattin konnte sie dann nicht mehr offen in Glanz und Ehren werden, sondern nur noch heimlich mit der ständigen Bedrohung großer Schmach und Schande. Trotzdem galt für sie immer noch das unauflösbare Versprechen der Verlobung.

Eine der Frauen, die Bradamante in ihren unglücklichen Zeiten immer eine zuverlässige Freundin gewesen war, konnte auch jetzt nicht ertragen, dass sie so litt. Es war Melissa, die jetzt versuchte, die unglückliche Bradamante zu trösten.

»Du musst nicht weinen«, sagte sie zu Bradamante. »Ich helfe euch, wenn es zum Kampf kommt. Und ich verspreche dir, dass mir schon etwas einfällt, um deine Sorgen zu beenden.«

Als Ort der Entscheidung wurde der flache Platz zwischen den Mauern der alten Stadt Arles und dem Ostufer der Rhône bestimmt. Rinaldo und Ruggiero bereiteten sich sorgfältig auf den großen Kampf vor. Der Paladin Kaiser Karls durfte bestimmen, mit welchen Waffen gekämpft werden sollte. Seit er das gute Ross Bajard verloren hatte, war er nicht mehr auf einem Pferd in den Kampf geritten. Er entschied sich deshalb für den Zweikampf zu Fuß.

»Vergiss nicht, dass Ruggiero dennoch im Vorteil ist«, flüsterte Malegis ihm zu. »Er hat das Schwert Balisarde.«

»Ich weiß«, gab Rinaldo zurück. »Aber ein Zweikampf ohne Schwert sieht nicht gut aus.«

»Du kämpfst nicht nur für deine Ehre«, sagte Malegis. »Wähle eine Streitaxt oder einen Dolch. Bestenfalls gegen diese Waffen wird dir deine Rüstung etwas nützen.«

Rinaldo überlegte eine Weile. Dann nahm er schweren Herzens den weisen Rat von Malegis an.

Am Tag des großen Kampfes begannen bereits bei Sonnenaufgang die Vorbereitungen. An beiden Seiten des Platzes wurden ein Königszelt und ein Altar aufgestellt. Kurz darauf öffneten sich die Stadttore von Arles. In dichten Haufen quollen die Sarazenenkrieger hervor. In ihrer Mitte erschien in kostbarer, prunkvoller Gewandung der oberste Befehlshaber der Sarazenen aus Afrika. Neben ihm ritt Ruggiero auf einem braunen Hengst mit schwarzer Mähne. Das Pferd hatte einen weißen Flecken auf der Stirn und zwei weiß getupfte Fesseln.

Obwohl König Marsilo ursprünglich für den großen Kampf gewesen war, war er nun stolz, dass er Ruggiero als Waffenmeister dienen durfte. Er trug den Helm, den Ruggiero tollkühn dem wilden Mandrikard vom Haupt geschlagen hatte – denselben Helm, den vor mehr als tausend Jahren Hektor, der Held von Troja, getragen hatte. Hinter König Marsilo folgten die anderen Fürsten und Barone. Sie präsentierten ihre reich mit Gold und Edelsteinen geschmückten Waffen.

Von der anderen Seite des Kampfplatzes näherte sich zur selben Zeit der Herrscher aller Franken und ihrer Verbündeten. Die berühmten Paladine versammelten sich um Karl den Großen. Unter ihnen war auch Rinaldo. Ihm fehlte noch der Helm von Mambrin, den der dänische Paladin Ogier ihm bald überreichen sollte. Herzog Naims von Baiern trug die erste Streitaxt. König Salamon, Herr über die Bretagne, hatte die zweite.

Karl ließ sein Heer Aufstellung nehmen. Zwischen beiden Streitmächten blieb ein freies Feld. Dann verkündeten Herolde und Boten die Vereinbarungen zwischen den christlichen und islamischen Heeresführern:

»Niemand außer den erwählten Kämpfern darf die vereinbarte Fläche betreten. Jeder andere, der auch nur einen Fuß über die unsichtbare Grenzlinie setzt, ist augenblicklich des Todes.«

Gleich darauf schritten Kundige des Glaubens aus beiden Heeren zum Kampfplatz – der eine mit der Bibel, der andere mit dem Koran. Karl der Große ging mit dem Christenpriester zum Altar neben dem Königszelt. Auf der anderen Seite begleitete König Agramant einen Nachfolger des Propheten Mohammeds mit dem Koran.

An seinem Altar angekommen, hob Karl der Große die Hände und rief mit lauter Stimme Jesus Christus an: »Gott, der du für uns gestorben bist, damit wir nicht in Sünde, Schuld und Tod vergehen, Jungfrau Maria, die du neun Monate den höchsten Gott mit jungfräulicher Rose in deinem Schoß trugst, vor euren Augen und Ohren leiste ich jetzt meinen Eid. Für mich und jeden Frankenkönig, der nach mir kommt, verspreche ich für alle Zeit zwanzig Lasten ungefälschtes Gold, wenn mein Paladin hier verlieren sollte. Gleichzeitig verspreche ich, dass aus dem jetzt geschlossenen Waffenstillstand ein dauerhafter Friede wird. Falls ich mich nicht an mein Versprechen halte, soll der Zorn des Himmels über mich und mein ehrwürdiges Haus hereinbrechen, doch über niemand sonst in meinem schönen Frankenreich.«

Kaiser Karl legte seine Hand auf die Bibel, während er weiter zum Himmel blickte. Anschließend gingen sie auf die andere Seite des Kampfplatzes. Vor dem prächtig ausgeschmückten heidnischen Altar schwor König Agramant für den Fall, dass sein Held Ruggiero der Besiegte sein sollte, augenblicklich mit allen Männern übers Meer zu setzen und das Frankenreich für alle Zeiten streng zu meiden. Er versprach die gleichen Goldzahlungen, und ebenso wie zuvor Karl schwor er, dass nach dem Zweikampf endlich Frieden sei. Dann richtete er sich hoch auf und rief so laut, dass alle ihn hören konnten: »Allah ist Allah. Es gibt nur einen Gott, und Mohammed als sein Prophet soll Zeuge dieses Eides sein!«

Nachdem die Zeremonie beendet war, mussten auch die beiden Kämpfer die Vereinbarungen beschwören. Ruggiero gelobte, sich durch nichts und niemanden bei seinem Kampf beeinflussen zu lassen. Sollte es doch zu einem unerlaubten Eingriff durch König

Agramant kommen, würde er sofort in den Dienst von Kaiser Karl überwechseln. Ebenso schwor auch Rinaldo, dass er jeder Behinderung und jedem Einfluss aus dem Christenheer dadurch entgegentreten würde, dass er sich schon beim leisesten Versuch König Agramant unterwerfen würde.

Gleich darauf schmetterten die Trompeten das Signal zum Beginn des Kampfes. Ohne zu zögern, schritten die zwei Besten der feindlichen Heere aufeinander zu. Sie begannen beide zugleich. Eisen klirrte, und die Streitäxte wurden bald hoch, bald tief geschwungen. Kolben schlug gegen Kolben, ein schwerer Hammerstiel gegen den anderen. Die beiden Recken schlugen unglaublich schnell aufeinander ein. Trotzdem schien es so, als würde sich Ruggiero bei jedem Schlag gegen den Bruder der geliebten Bradamante etwas zu viel zurückhalten. Er griff kaum an und ging ständig in Deckung. Es widerstrebte ihm, Bradamantes Bruder umzubringen. Aber noch weniger wollte er sich selbst erschlagen lassen.

39. Gesang

Den wirklich Liebenden muss das Leben des anderen höher als das eigene sein. Und noch höher als das Leben gilt die Ehre, mit der keine Lust und kein Verlangen überhaupt vergleichbar sind.

Für Ruggiero war der Kampf eine fürchterliche Qual. Er sah nur noch den eigenen schmachvollen Tod vor Augen, entweder durch Rinaldos Kraft oder durch die Rache Bradamantes, wenn er ihren Bruder tötete.

Rinaldo hatte keine Bedenken. Für ihn ging es nur um Sieg in diesem Zweikampf. Jeder Schlag mit seiner Axt war ein neuer Treffer gegen den Kontrahenten. Ruggiero wand sich, drehte sich, duckte sich weg und sprang geschickt von einer Stelle zur anderen. Nur wenn Rinaldo sich allzu offen eine Blöße gab, schlug er ebenfalls zu. Aber diese Hiebe schadeten Rinaldo kaum.

Entsetzt beobachteten die Edlen und die Krieger des Heidenheeres, wie ungleich sich der Kampf entwickelte. Ruggiero schien ihnen zögerlich und zerfahren. Dagegen setzte Rinaldo einen Schlag nach dem anderen auf das Haupt des Jünglings. König Agramant blickte fassungslos auf das jämmerliche Schauspiel.

»War das dein weiser Rat?«, beschimpfte er Sobrin. »Sieh dir doch an, was du zu meinem Unglück heraufbeschworen hast!«

In dieser Lage sah Melissa ihre Zeit gekommen. Die Zauberin veränderte schnell ihre Gestalt und nahm das Aussehen des Königs von Algier an. Sie ließ ein Drachenfell als Schutzumhang entstehen, formte den Schild und genau die gleichen Waffen, wie sie Rodomont zu tragen pflegte. Aus einem höllischen Dämon schuf sie ein Pferd, das dem von Rodomont aufs Haar glich. Dann schwang sie sich in seinen Sattel, spornte ihr Reittier und preschte direkt auf den Sohn Trojans zu. Mit einer steilen Falte auf der Stirn und einer weithin dröhnenden Stimme rief sie:

»Das war nicht richtig, Herr, dass du dem unerfahrenen Knaben das Schwert gegen diesen hochberühmten Frankenfürsten gabst. Er verliert nicht nur sein Leben, sondern auch die Ehre und die Krone Afrikas. Du musst sofort eingreifen, wenn du die große Schmach noch verhindern willst. Und was den Eid und den Vertrag betrifft, da kannst du sagen, dass ich es war, der das verschuldet hat. Erprobt jetzt lieber wieder eure Schwerter auf den Christenknochen. Ich bin bei euch, deshalb verhundertfacht sich jeder Schlag.«

König Agramant war wie gebannt von der flammenden Rede. Ohne nachzudenken, stürmte er los. In dem Glauben, dass nun Rodomont wieder an seiner Seite kämpfte, kümmerte er sich nicht mehr um den abgeschlossenen Vertrag. Selbst wenn tausend Ritter mit ihrem Waffentross plötzlich zur Verstärkung aufgetaucht wären, hätte ihn das nicht mehr anfeuern können. Die Sarazenen stürmten auf das weite Feld, das für die Zweikämpfer frei gehalten werden sollte. Auf der anderen Seite preschte das Heer von Karl dem Großen ebenfalls heran. Mit gefällten Lanzen und gespornten Rossen krachten beide Heere wie Blitz und Donner aufeinander. Melissa, die den Funken für den Ausbruch dieses großen Feuers gezündet hatte, verschwand samt ihrer Verkleidung.

Ruggiero und Rinaldo erkannten, dass die Vereinbarungen und die feierlich abgegebenen Schwüre plötzlich nichts mehr wert waren. Da sie nicht erkennen konnten, welche der beiden Seiten den Vertrag gebrochen hatte, brachen sie den Kampf ab.

»Bevor wir weiterkämpfen, muss klar sein, wer den Eid gebrochen hat«, rief Rinaldo.

»Ja, du hast recht«, stimmte Ruggiero zu. »Aber sobald die Wahrheit feststeht, kämpfe ich gegen die Verräter, gleichgültig, wer sie sind!«

»Ich ebenfalls! Das schwöre ich dir!«

Auf dem großen weiten Feld vor den Toren von Arles vermischten sich inzwischen Christen und Heiden. Wer genau hinsah, erkannte, dass es die Christen waren, die immer weiter vordrangen, während die Heiden mehr und mehr zurückwichen.

Auch zwei andere durften nicht in diesen Kampf eingreifen. So wie die Windhunde sich quälen, an den Leinen zerren und immer wieder winseln, während die anderen Jagdhunde bereits das umringte Wild zur Strecke bringen, so hatten sich während des Zweikampfes auch Bradamante und Marfisa gefühlt. Untätig hatten sie zusehen müssen, wie Rinaldo und Ruggiero sich miteinander schlugen. Jetzt aber, als plötzlich alles übereinander herfiel und jede vorherige Vereinbarung zusammenbrach, war der Weg endlich auch für sie frei. Mit Freude stürzten sie sich auf der Seite Kaiser Karls ebenfalls in das Kampfgetümmel.

Dem ersten Sarazenen, den sie trafen, fuhr Marfisas Lanze zwei Ellen tief in seine Brust. Sie riss ihr Schwert hoch und hieb es durch vier wie Glas zerspringende Helme. Auch Bradamante fuhr wie ein Blitz zwischen die Heidenkrieger. Ihre goldene Lanze warf doppelt so viele Kämpfer zu Boden. Allerdings verlor keiner dadurch sein Leben. Die beiden Jungfrauen kämpften dicht nebeneinander.

Sie drangen weiter vor und folgten keinem Plan, sondern allein dem Zufall ihres Zorns. Es war wie im Frühling, wenn die Berge des Apennin wieder grün wurden und sich zwei erdige Ströme ins Tal hinabstürzten – ganz so, als würden sie darum wetteifern, wer die höchsten Bäume und die größten Felsbrocken mit sich reißen konnte und wer den größten Schaden anrichtete.

Genauso fuhren die beiden Heldinnen durch das Heer der Sarazenen. Sie richteten ein Blutbad unter den Ungläubigen an, die eine mit der goldenen Lanze, die andere mit dem Schwert. König Agramant konnte seine Krieger kaum noch bei den Fahnen halten. Überall flohen die Bedrohten.

Nur von Rodomont wusste niemand etwas. Agramant hatte seinetwegen den bei allen Göttern geschworenen feierlichen Eid gebrochen. Aber jetzt war der König von Algier wie vom Erdboden verschluckt. Auch der alte Sobrin war nicht mehr da. Er hatte sich an dem Verrat nicht mitschuldig machen wollen und war mit seinen Leuten in die Stadt Arles zurückgekehrt. Ihm war klar, dass König Agramant für seinen Eidbruch noch am selben Tag den Lohn erhalten musste.

Auch König Marsilo von Spanien floh in die Stadt zurück. Sein Herz war ihm von bangen Ahnungen wie zugeschnürt. Ohne die beiden hatte König Agramant kaum noch eine Aussicht, gegen die Heere Kaiser Karls zu gewinnen. Er stand allein gegen kampferprobte Ritter aus Deutschland, England und Italien, von denen sich die Paladine wie Edelsteine in goldenen Stickereien auszeichneten. Aber auch andere berühmte Ritter kämpften mit den Pairs: die beiden Söhne von Herzog Olivier, dazu der wilde Guido und nicht zuletzt Marfisa und Bradamante, die immer noch scharenweise Sarazenen niedermähten.

Zur selben Zeit kämpfte sich Prinz Astolf von England weiter durch Agramants afrikanisches Königreich. Sein Statthalter Branzard trieb alle auf, die auch nur irgendwie eine Waffe halten konnten. Schon zwei Mal hatte Agramant Verstärkung für sein Heer in Frankreich angefordert. Dadurch gab es in Libyen nur noch starke, aber unerfahrene Jugendliche und schwache Alte. Obwohl Branzard in seiner Not schließlich sogar Frauen zu den Waffen rief, blieben seine Anstrengungen nur Stückwerk. Überall, wo Astolf mit seinen nubischen Reitern auftauchte, brachen die Linien der Verteidiger zusammen. Das schwarze Heer trieb die verstörten Heiden wie Schafe vor sich her.

Nur wenige überlebten und entkamen hinter die schützenden Mauern von Biserta. Vizekönig Buzifar wurde gefangen und in Ketten gelegt. Branzard schaffte es gerade noch, zu entkommen. Trotzdem war die Lage in der Stadt so gut wie aussichtslos. Ohne den tapferen Buzifar und seine Männer konnten die weitläufigen Stadtmauern kaum verteidigt werden. Es war nicht einmal mehr möglich, neue Gräben auszuheben und Wälle aufzuschütten.

Branzard fühlte sich derart in die Enge getrieben, dass er schnell zu Verhandlungen bereit war. Dabei kam ihm zugute, dass er schon seit mehreren Monaten einen fränkischen Paladin vom kaiserlichen Hof als Gefangenen in Ketten hatte. Es war Dudo, der Sohn des Dänen Ogier. Der Paladin war bereits beim Vorsturm der Sarazenen an der Riviera nach Monaco durch König Rodomont überwältigt worden. Kurz entschlossen ließ er ein Austauschangebot an Prinz Astolf überbringen: Rückgabe des dänischen Adligen gegen die Freilassung von Vizekönig Buzifar.

»Du kannst den dänischen Edlen namens Dudo freikaufen!«, trugen die Abgesandten Branzards vor. »Wir schlagen einen Tausch gegen unseren Vizekönig Buzifar vor.«

Überrascht und hocherfreut zugleich nahm Astolf den Vorschlag an. Ohne jede weitere Verzögerung wurden die beiden

Männer ausgetauscht. Nachdem sie sich freudig begrüßt hatten, zeigte Dudo, dass er in den Monaten, in denen er in Ketten lag, keine seiner Fähigkeiten verlernt hatte. Er sah sofort, dass die wilden Reiterscharen besser gegliedert werden konnten.

»Du hast so viele, dass du damit die sieben Königreiche von Nordafrika erobern könntest.« Dudo lachte. »Aber das dürfte kaum dein wahres Ziel sein.«

»Vollkommen richtig«, bestätigte Astolf. »Eigentlich soll ich Aigues-Mortes den Ungläubigen entreißen und die Sarazenen aus der Provence jagen.«

»Dann solltest du unter deinen Wüstenkriegern diejenigen auswählen, die für die Schiffsreise über das Mittelmeer tauglich sind. Die meisten wissen nichts von den Gefahren zwischen Wind und Wassertiefe.«

Astolf stimmte zu. Als diese Vorbereitungen abgeschlossen waren, ritt er allein aus dem Lager. Kurz darauf streifte er im Sattel sitzend Zweige und Blätter von Palmen, Lorbeerbüschen, Zedern und Olivenbäumen. Mit einem Arm voll Grünzeug ritt er zum Strand. Für eine Weile verharrte er bewegungslos, blickte über die Wellen und dachte dabei an den Evangelisten Johannes. Dann warf er alle Blätter ins Meer.

Es war, als würde Gott die Tage seiner Schöpfung wiederholen. Aus Zweigen und abgerissenem Laub wuchs etwas völlig Neues. Die Blätter dehnten sich aus, wurden lang und dick, krümmten sich, und aus den Äderchen entstanden Rippen, Balken, Planken wie von Schiffen. Aus den Blattspitzen wuchs der Schiffsbug, aus den Adern krümmten sich Wanten, und aus den Stielen formten sich eindrucksvolle Heckaufbauten. So unterschiedlich wie die Blätter, so vielfältig war auch die Art der Boote und der Schiffe, die auf dem Wasser entstanden. Aus Astolfs Laub und Zweigen formten sich Galeeren ebenso wie Kutter und kleine Nachen. Tauwerk und Segel bildeten sich ebenso von selbst wie Taue, Ruder und andere Gerätschaften, die für die Seefahrt nötig waren.

Nach und nach fanden sich auch Besatzungen ein. Die Matrosen, Steuermänner und Kapitäne stammten aus dem nahen Korsika und aus Sardinien. Insgesamt kamen auf diese Weise sechsundzwanzigtausend zu Wasser und zu Lande erfahrene Männer zusammen. Prinz Astolf hatte dem edlen Dudo das Kommando über das gesamte Invasionsheer übertragen. Jetzt brauchten sie nur noch guten Wind nach Norden.

Während Astolfs Flotte wartete, näherte sich ein anderes Schiff der Küste Afrikas. Es war voll beladen mit gefangenen Kriegern. Sie alle waren an Rodomonts Unglücksbrücke besiegt worden. Olivier, der Schwager Graf Orlandos, war ebenso dabei wie Brandimart und Samsonet. Auf dem Schiff befanden sich Italiener, Gascogner, Deutsche und viele andere. Der Kapitän des Schiffes sollte die Gefangenen nach Algier bringen. Durch böse Winde war er ziemlich weit vom Kurs abgekommen und näherte sich arglos dem Hafen von Biserta. Er glaubte, dass er sich einem freundlichen Ufer näherte und wie die Schwalbe zu ihren Jungen im Nest zurückkehrte.

Doch dann erkannte er die Fahnen und die Banner des großen Frankenkaisers. Er sah die Wappenzeichen des Adlers, der Lilie und des Leoparden. Er erschrak so sehr wie jemand, der unversehens mit nacktem Fuß auf eine Natter tritt. Entsetzt und schreckensbleich wollte er fliehen. Zu spät! Die Gefangenen hatten ebenfalls erkannt, wer sie am Ufer in Empfang nahm, bereit, ihre Ketten zu zerschlagen. Die Befreiten fielen sich gegenseitig in die Arme. Olivier und Brandimart, Samsonet und viele andere wurden direkt zu Herzog Astolf und seinem Kriegsherrn Dudo geführt. Der Kapitän des Schiffes bekam besonderen Lohn: Er war es jetzt, der auf die Ruderbank geschmiedet wurde.

Astolf nahm die halb nackten Ritter in allen Ehren auf. Sie waren völlig ausgehungert.

»Zuerst wollen wir festlich tafeln und eure Rettung feiern!«, rief er so laut, dass ihn alle hören konnten.

Nach dem gemeinsamen Mahl wurden die Männer neu eingekleidet und mit Rüstungen und Waffen ausgestattet.

Noch während sie die Fahrt der großen Flotte und die ersten Vorstöße gegen die Sarazenen nach der Landung besprachen, näherte sich großes Lärmen ihrem Heerlager. Waffen klirrten, dann krachte es so laut, dass alle aufblickten und sich fragend ansahen.

Herzog Astolf und die anderen Ritter griffen nach ihren Waffen, liefen aus dem großen Zelt und schwangen sich auf ihre Pferde. So schnell sie konnten, galoppierten sie auf das Getöse zu. Als sie dort ankamen, erblickten sie einen großen nackten Kerl, der mit einem riesigen Knüppel nach allen Seiten um sich schlug. Jedes Mal, wenn er traf, blieb mindestens einer der Männer, die sich ihm entgegenstellten, tot am Boden liegen. Der Wüterich hatte bereits mehr als hundert Männer erschlagen. Niemand wagte sich noch in seine Nähe. Stattdessen schossen sie aus sicherer Entfernung mit Pfeil und Bogen auf ihn.

Erstaunt blickten Astolf, Dudo, Brandimart und Olivier auf den Wahnsinnigen, der es besessen mit dem ganzen Heer aufnahm. In diesem Augenblick näherte sich ein junges schwarz gekleidetes Weib. Sie erkannte Brandimart, ritt schnell auf ihn zu, schlang ihre Arme um ihn und küsste ihn auf beide Wangen. Flordelis konnte ihr großes Glück kaum fassen. Sie war vor Trauer fast verrückt geworden, als sie Brandimart auf dem schmalen Steg gegen Rodomont verloren hatte. Danach war sie nach Marseille geritten, um dort irgendein Schiff zu finden, mit dem sie dem Gefangenenschiff mit ihrem Geliebten folgen konnte.

Noch während sie nach einer Überfahrt suchte, legte ein anderes Schiff an der Kaimauer von Marseille an. Sein wichtigster Passagier war ein ergrauter Ritter vom Hof König Monodants. Flordelis fragte auch ihn, ob er etwas über Brandimart gehört hatte.

»Ich suche ihn ebenfalls«, erwiderte der Ritter. »Ich bin überall zu Wasser und zu Lande herumgereist und habe viele Königreiche durchstreift, um ihn zu finden. Jetzt bin ich hier nach Marseille gekommen, weil ich gehört habe, dass Brandimart inzwischen im Dienst des Kaisers vom Frankenreich stehen soll.«

Erst jetzt erkannte Flordelis den grauhaarigen Ritter. Es war Bardin, ein Gefolgsmann König Monodants von den fernen Inseln jenseits von Cathay. Vor vielen Jahren hatte er seinem Herrn sehr viel Kummer bereitet, als er Brandimart aus Rachsucht gegen den König entführt und an den Grafen Waldburg verkauft hatte. Der Graf hatte ihn wie einen eigenen Sohn aufgezogen.

Flordelis erzählte ihm, wie es Brandimart inzwischen ergangen war. Kurz darauf fanden sie ein Schiff, mit dem sie über das Mittelmeer nach Afrika übersetzen konnten. Der Wind stand günstig, und sie konnten sofort auslaufen.

Als sie an der Küste Afrikas ankamen, hörten sie, dass Brandimart inzwischen zur Gefolgschaft von Herzog Astolf gehören sollte. Allerdings blieben diese Gerüchte so lange unsicher, bis sie ihn jetzt wirklich vor sich sahen. Brandimart kam sich ebenfalls wie im Himmel vor, als er sein geliebtes Weib erblickte. Er umarmte sie, zog sie an sich, herzte und küsste sie, ohne dass seine Lippen müde wurden oder das Feuer in ihm abnahm.

Schließlich entdeckte er auch Bardin, der Flordelis hierher begleitet hatte. Er streckte seine Hände aus und wollte ihn ebenfalls liebevoll umarmen und ihn fragen, wie er hierhergekommen war. Aber das Getümmel der wild durcheinander Fliehenden war so groß, dass sie sich nicht näher kommen konnten. Der wilde nackte Mann bahnte sich mit seinem Knüppel Schritt für Schritt den Weg durch Astolfs Heer. Und dann erkannte Flordelis ihn.

»Sieh doch nur, Graf Orlando!«

Gleichzeitig erkannte auch Herzog Astolf den Rasenden an den Hinweisen, die ihm die heiligen Alten oben im Paradies genannt hatten. Ohne diese Anzeichen hätte weder Astolf noch irgendeiner der anderen den Wahnsinnigen für Graf Orlando halten können. Zu verwahrlost sah der Unberechenbare aus, und zu sehr glich er einem wilden Tier.

»Ja, es ist tatsächlich Orlando!«, stieß Astolf mit einem tiefen Seufzer hervor. Sein Herz verkrampfte sich bei dem, was er hier sah, und seine Augen füllten sich mit Tränen. Er neigte sich zu Olivier und Dudo. Sie und die anderen Ritter starrten ungläubig auf den nackten Mann. Nur nach und nach erkannten sie den berühmten und verehrten Orlando. Dass sie ihn jetzt so heruntergekommen sehen mussten, schmerzte sie sehr.

»Los, kommt und helft mir!«, rief Herzog Astolf. »Hier hilft kein Jammern, sondern nur die Tat.«

Er sprang von seinem Pferd. Dudo und Olivier, Samsonet und Brandimart folgten ihm ebenso wie die anderen Ritter seiner Gefolgschaft. Gemeinsam drangen sie auf den Neffen und Paladin des Kaisers ein. Sie wollten ihn zusammen mit bloßen Armen fangen.

Als Orlando merkte, dass er eingekreist wurde, riss er seinen Knüppel hoch. Dudo deckte sich mit seinem Schild und drängte sich ins Innere des Rings. Orlando ließ den Knüppel auf den jungen Dänen niedersausen. Markgraf Olivier erkannte die Gefahr und riss sein Schwert hoch. Wenn es die Wucht des Knüppels nicht abgelenkt hätte, wären Dudos Helm und Schild samt Kopf und Körper zermalmt worden. Der Knüppel krachte aber noch so schwer auf seinen Helm, dass Dudo unter diesem einen Schlag zusammenbrach. Gleichzeitig schlug Samsonet mit seinem Schwert zu. Er machte den Knüppel zwei Ellen kürzer. Brandimart packte zu. Todesmutig schlang er seine Arme um Orlandos Hüften. Astolf selbst klammerte sich um die Beine des Rasenden.

Orlando schüttelte sich nur. Der Brite flog zehn Ellen weit zur Seite. Nur Brandimart, der jetzt Orlandos Taille fest umklammerte, ließ sich nicht so leicht abschütteln. Olivier kam etwas zu dicht heran. Orlandos Faust ließ ihn blass aussehen. Blut schoss aus seiner Nase und den Augen. Dann brach auch er zusammen. Hätte sein guter Helm ihn nicht geschützt, wäre dieser Faustschlag für seine Seele schon der halbe Weg ins Paradies gewesen.

Astolf und Dudo rappelten sich wieder hoch. Dem Herzog war nicht viel passiert. Aber bei Dudo zeigte sich eine große Beule. Zusammen mit Samsonet, dem der gute Schlag gelungen war, drangen sie erneut auf Orlando ein. Jetzt war es Dudo, der von hinten zupackte und dem Wahnsinnigen dabei ein Bein stellen wollte. Die anderen kümmerten sich um seine Arme. Trotzdem schafften sie es auch gemeinsam nicht. Es war, als würden sie einen gehetzten Stier einfangen wollen. Ebenso brüllend und um sich schlagend tobte Orlando immer weiter, obwohl die Ritter an ihm hingen wie die Hundemeute an dem Stier.

Langsam kam auch Olivier wieder zu sich. Er richtete sich auf und sah, was Astolf und die anderen gerade versuchten. Ihm wurde sofort klar, dass sie auf diese Weise Orlando nicht bezwingen konnten. Olivier überlegte kurz und rief nach Stricken. Sie wurden ihm sofort gebracht. Olivier knotete eine Schlinge nach der anderen und ließ die Seile verteilen.

Auf sein Kommando hin warfen sie alle gleichzeitig ihre Schlingen um den Körper des unglücklichen Grafen. Gemeinsam rissen sie Orlando auf den Boden wie die Hufschmiede die Pferde. Kaum lag er, stürzten sie über ihn her und banden ihm Hände und Füße fest zusammen. Er wehrte sich, wand sich, bäumte sich laut schreiend auf. Aber auch mit seiner ungeheuren Kraft kam er nicht mehr frei. Für die anderen war alles erst der halbe Sieg. Jetzt kam es darauf an, ob dem rasenden Orlando seine Tollwut ausgetrieben werden konnte.

»Los, schnell!«, befahl Herzog Astolf. »An den Strand mit ihm!«

Dudo lud sich den Gefesselten auf die breiten Schultern und schleppte ihn an die Brandung. Dann wuschen ihn die Männer siebenmal. Siebenmal warfen sie ihn ins Meer, siebenmal tauchten sie ihn bis zum Grund hinab. Orlando schnaubte, brüllte und spuckte immer wieder salziges Wasser. Aber der Schmutz löste sich von seinem Körper und aus seinen Haaren.

»So, das muss reichen«, meinte Astolf schließlich. »Sucht ein paar feste Kräuter und stopft sie ihm kreuz und quer gelegt in den Mund. Er darf nur durch die Nase atmen.«

Als alles vorbereitet war, ließ sich Herzog Astolf den kostbaren Krug mit dem Verstand Orlandos bringen. »Und nun passt auf!«

Während der Wilde schnaubte, tief durch die Nase Luft holte und sich wehrte, hielt ihm Astolf den Krug vor das Gesicht. Tatsächlich sog Orlando den ganzen Inhalt mit einem Atemzug in sich auf. Sofort musste er würgen und hustete den Kräuterpfropf aus. Wie durch ein Wunder lösten sich die dunklen Nebel aus seinem Hirn. Er kam zu sich, als würde er aus einem schweren Traum erwachen. Ganz so wie jemand, der sich in heller Morgensonne fragt, was von den Ungeheuern und Fratzen der Nacht wirklich war und was nicht.

Er sah Dudo an, der ihn ans Meer getragen hatte, dann Brandimart und den edlen Astolf, der ihm den Verstand zurückgebracht hatte. Schweigend musterte er einen nach dem anderen. Er wusste nicht, wo er war und wie er hierhergekommen war. Erst jetzt bemerkte er, dass er nackt und von Kopf bis Fuß gefesselt war.

»Nun helft mir doch mal hoch, ihr edlen Herren«, sagte er nur.

Seine Augen blitzten, und er grinste sie vergnügt an. Schnell kamen die Männer näher und schnürten seine Fesseln auf. Alle redeten jetzt zugleich auf ihn ein.

»Denk nicht mehr daran, was du im Wahn gemacht hast«, sagten sie. »Und vergiss die Zeit, die du dadurch verloren hast.«

Jeder von ihnen gab etwas von seinen besten Kleidungsstücken ab. Nachdem Orlando wieder bei Verstand und dazu etwas weiser war als vorher, stellte er fest, dass auch der Liebeswahn, der ihn zum Rasenden gemacht hatte, verschwunden war. Angelica, die ihm so begehrenswert erschienen war, kam ihm jetzt eher niedrig vor. Sie bedeutete ihm weniger als nichts. Viel wichtiger war für ihn, das wiedergutzumachen, was er durch seine Liebestollheit ohne Sinn und Verstand zerstört hatte.

Unterdessen erzählte Bardin Brandimart, dass sein Vater Monodant inzwischen gestorben sei.

»Vor allen anderen erwartet dich dein Bruder Ziliant«, berichtete der alte Gefolgsmann. »Er wünscht, dass du das Inselreich als König übernimmst. Es gibt kein anderes, das diesem Reich an Schönheit, Zahl der Völker und an Reichtum gleicht.«

Bardin schwärmte von dem wunderbaren Königreich und versicherte Brandimart, dass er nie wieder umherziehen würde, wenn er erst einmal gekostet hätte, wie süß seine Heimat war. All diese verlockend vorgetragenen Gründe konnten Brandimart noch nicht überzeugen.

»Ich stehe nach wie vor im Dienst von Kaiser Karl und Graf Orlando«, sagte er. »Erst wenn der Krieg zu Ende ist, lasse ich mit mir darüber reden.«

Am nächsten Morgen schiffte sich der dänische Paladin Dudo mit ausgesuchten Männern auf der Flotte ein. Die Schiffe legten ab und nahmen Kurs Richtung Norden zur Küste der Provence.

Während die Segel am Horizont kleiner wurden, fragte Orlando Astolf nach ihrer eigenen Lage. »Wie viele Männer hast du? Und wie sieht es mit der Stadt Biserta aus?«

Herzog Astolf berichtete in groben Zügen, was in der Zeit geschehen war, an die Orlando keine Erinnerung mehr hatte. Er erzählte auch, wie er zum Heer der Nubier gekommen war.

Nachdem er wusste, wie die Würfel lagen, entwarf Orlando sofort einen Einsatzplan für jeden Teil des Heeres gegen Biserta.

»Die Verteidiger der Stadt müssen bereits beim ersten Sturmangriff erkennen, dass jeder Widerstand ihr Todesurteil wäre.«

In der Provence wurde es um König Agramant und sein Eroberungsheer immer leerer. Marsilo und Sobrin hatten ihn verlassen. Sie stürmten die Schiffe, die sie nach Afrika zurückbringen sollten. Immer mehr Anführer und Ritter aus dem Heer der Sarazenen folgten ihrem Beispiel. Erst als auch König Agramant einsah, dass er verloren hatte, gab er auf. Er wandte sich zur Flucht und preschte mit dem Rest des Heeres auf die rettende Stadt Arles zu.

Zur selben Zeit trieb Bradamante ihren Hengst Rabikan zu höchster Eile an. Sie wollte sich endlich an diesem König rächen, der ihr so oft schon Ruggiero vorenthalten hatte.

Aber auch Marfisa wollte Rache nehmen für eine Schuld, die vom Vater Agramants noch nicht beglichen war. Ihr Hengst jagte ebenso wie Rabikan pfeilschnell dahin. Trotzdem kamen sie beide zu spät. Als sie die Tore in der Stadtmauer erreichten, rasselten die schweren Fallgitter schon nach unten. Damit gewann König Agramant genau die Zeit, die er benötigte, um sich mit seinem Heer im Hafen der umwallten Stadt auf seine Schiffsflotte zu retten.

Verärgert wollten die beiden Kämpferinnen ihre Scharte wieder auswetzen. Während sie zum kaiserlichen Heer zurückkehrten, fingen sie versprengte Flüchtlinge der großen Schlacht ab und schlugen sie mit ihren Schwertern links und rechts so hart zu Boden, dass keiner mehr ans Aufstehen dachte.

Wer jetzt noch übrig war, saß in der Falle. Seine eigenen, besiegten Krieger konnten weder in die eine noch in die andere Richtung ausweichen. Der Fluchtweg über die Rhônebrücken war auch abgeschnitten. König Agramant hatte sie einreißen lassen. In der Niederlage war das Fußvolk, mit dem er lange Zeit gekämpft hatte, nicht mehr wert als Schafe oder Ziegen. Die einen färbten jetzt mit ihrem Blut die Erde, manche ertranken in der Rhône, andere im Meer. Von den Gefangenen blieben nur wenige am Leben. Die meisten starben, weil sie kein Lösegeld zu bieten hatten.

König Agramant ließ die größten seiner Schiffe ablegen und aufs Meer hinausfahren. Die kleineren sollten noch warten, um die letzten Reste des geschlagenen Heeres aufzunehmen. Der Wind stand ungünstig.

Erst am dritten Tag ließ Agramant die Anker lichten, um nach Afrika zurückzukehren.

Inzwischen musste König Marsilo befürchten, dass Spanien am Ende die ganze Zeche zu bezahlen hatte. Wenn die Franken die Gelegenheit ausnutzten, blieb nicht mehr viel von seinem Königreich.

Er beschloss, die Flotte zu verlassen und mit seinen Männern in Valencia auszusteigen. Kaum an Land, befahl er, überall Burgen und Mauern zu befestigen.

König Agramant kam mit brüchigen, fast menschenleeren Schiffen in sein Reich zurück. Drei Viertel seines Heeres hatte er in seinem Kriegszug gegen Karl den Großen eingebüßt.

Er war zu stolz, zu grausam und zu dumm, munkelten überall die Leute. In den meisten kochte große Wut. Nur die Furcht vor den Strafen dieses Königs ließ das Volk noch schweigen. Dennoch sprachen die Männer miteinander, wenn sie allein und unter Freunden waren. Sie machten heimlich ihrem Ärger Luft, während Agramant sich immer noch der Liebe seines Volkes sicher wähnte. Er konnte nichts anderes denken, weil er in seinem Gefolge viel zu viele Schmeichler, Lügner und Betrüger angesammelt hatte. Er ging davon aus, dass er nicht in den Hafen von Biserta fahren konnte, weil er das gesamte Ufer noch von schwarzen Nubiern eingenommen wähnte.

»Wir landen weiter oberhalb, wo die Küste nicht mehr schwierig ist«, sagte er. »Von dort aus können wir leichter die bedrohte Stadt befreien.«

Sein Schicksal wollte, dass aus diesem im Grunde schlauen Plan einer seiner größten Fehler wurde. Mitten in der Nacht kreuzten seine Schiffe die auf wunderbare Weise gewachsene Flotte Astolfs. Die Schiffe furchten durch die Wellen, das Wetter wurde trüb, dann wehten Nebelschwaden immer dichter. Noch war der Maurenkönig vollkommen ahnungslos. Wenn irgendjemand ihm gesagt hätte, dass hundert Schiffe aus Blättern und Zweigen ihm entgegenkämen, hätte er es nicht geglaubt. Er dachte nicht einmal daran, Wachen in die Mastkörbe zu schicken.

Auf der anderen Seite nutzten Dudo und seine Mitstreiter Wind und Flut und griffen an, noch ehe irgendjemand bei den Sarazenen begriff, was geschah. Dudos mutige Krieger enterten die Schiffe Agramants. Als die Heiden erwachten, brach bereits ein Hagel aus Feuer, Eisen und schweren Felsensteinen auf sie nieder. Noch nie zuvor hatte es in diesen Meereswogen so fürchterlich gedonnert und gekracht. Einige Sarazenenschiffe neigten sich so schnell zur Seite, dass die Besatzung nicht mehr dazu kam, sich zu wehren.

Die Christen wollten siegen und die Heiden büßen lassen für alle ihre Sünden. Mit immer neuen Angriffen zeigten sie jetzt, was sie von den Ungetauften hielten. Agramant war völlig hilflos. Von oben prasselten immer neue Schwärme von Pfeilen über ihn und seine Leute herab. Um sie herum wüteten Schwerter, Haken, Äxte und Spieße. Riesige Steine flogen unermüdlich aus den Wurfmaschinen. Jeder Treffer zerschmetterte einen Bug oder ein Schiffsheck.

Die Felsenschleudern rissen Löcher in die Seitenwände, die nun für Neptun offene Tore waren. Noch fürchterlicher wütete die Feuersbrunst, die überall aufloderte und kaum zu löschen war. Die Unglückseligen auf den Schiffen Agramants konnten nicht mehr fliehen. Was sie auch versuchten, sie hatten nur die Wahl zwischen Feuer, Schwert und nassem Tod. Der eine kämpfte, um wieder Boden zu gewinnen, der andere paddelte nach diesem oder jenem Boot. Die Hand, die sich doch noch retten wollte, hing verkrallt am Bootsrand, während das Blut längst die Wogen rötete. Derjenige, der aus Furcht vor den Spießen und den Beilen im letzten Augenblick ins Meer sprang, kam nicht weit, weil ihm Steine und Schwärme spitzer Pfeile folgten.

40. Gesang

Es würde zu lange dauern, alles zu erzählen, was in der Seeschlacht noch geschah. Wer die Brände und den Untergang der Schiffe und die ganzen Metzeleien bei all den Schlössern, die jetzt nicht mehr stehen, gesehen hat, der kann sich denken, wie das alles aussah, ehe auf dem letzten Schiff die Entscheidung über Sieg und Niederlage fiel.

Die Seeschlacht hatte mitten in der Nacht begonnen. Was ohne jedes Licht König Agramant noch nicht erschreckt hatte, wurde durch den Feuersturm erst deutlich. Brennender Teer und Schwefel schleuderten herum, überall prasselte und pfiff es. Als dann das Entern und das große Morden anfingen, war die Nacht längst zum Tag geworden. Erschreckt erkannte König Agramant, dass die fränkische Flotte doppelt so stark war wie seine eigene. Er ließ den edlen Hengst Brigliador und die wertvollsten Schätze aus seiner Beute in ein Beiboot laden. Zusammen mit wenigen ausgewählten Getreuen setzte er sich aus dem mörderischen Feuer dieser Seeschlacht ab.

Unbemerkt glitt der fliehende König zwischen den Schiffen hindurch und erreichte das sichere Meer. Hinter ihm versank sein Heer in einem Sturm aus Feuer, Eisen und aufgepeitschten Wogen. Agramant hatte auch Sobrin mitgenommen. Längst bedauerte er, dass er den Voraussagen des großen Sehers nicht geglaubt hatte.

»Du musst die Stadt Biserta vernichten, ehe Agramant mit seinem Heer zurückkehrt«, hatte Orlando den Prinzen von England gewarnt. »Sieh zu, dass du unseren Vorteil nicht leichtsinnig verspielst.«

Herzog Astolf lachte hart. »Dem soll ein für alle Mal die Lust vergehen, nochmals gegen das Frankenreich in die Schlacht zu ziehen! Das Heer kann in drei Tagen für einen großen Angriff bereit sein. Das gilt auch für die Schiffe, die nicht mit Dudos Flotte unterwegs sind. Hier soll Samsonet das Kommando übernehmen.

Er ist zu Wasser und zu Lande gleichermaßen zum Befehlshaber geeignet.«

Die Schiffe legten noch am selben Tag vom Ufer ab. Eine Meile landab gingen sie vor Anker. Astolf und Orlando nutzten die noch verbleibende Zeit. Als wahre Christen, die nie in einen Kampf gingen, ohne sich zuvor dem Schutz Gottes zu empfehlen, ließen sie das gesamte Heer zunächst fasten und für einen Sieg zum Himmel beten. Überall wurde verkündet, dass der Sturm auf die Königsstadt der Heiden in drei Tagen beginnen sollte.

»Und ehe alles in Flammen aufgeht, darf geplündert werden!«, bestimmte Orlando.

Nachdem das große Beten und Fasten beendet war und sich die Christen vollständig entsündigt fühlten, kamen überall Haufen von verwandten und befreundeten Männern zusammen. Sie wollten vor der großen Schlacht noch einmal ihre Bäuche füllen und in der letzten Nacht Abschied voneinander nehmen. Sie aßen und tranken zusammen, küssten und umarmten sich und meinten, dass sich gute Freunde eigentlich nur auf diese Weise vor ihrer letzten Reise voneinander trennen dürften.

Innerhalb der eingeschlossenen Stadt flehten Mohammeds Priester den Propheten um schnelle Hilfe an und boten ihm jede Art von Opfer. Kleine Leute in der Stadt verhielten sich dabei ebenso wie die hohen Herren in den Tempeln. Nachdem der Kadi allem Volk seinen Segen erteilt hatte, griffen die Männer von Biserta zu den Waffen. Noch in der Dunkelheit huschten sie durch die bedrohte Stadt und stiegen hinauf zu den Mauerzinnen.

Außerhalb der Stadt war das Landheer unter Astolfs Führung ebenso bereit wie die Flotte Samsonets draußen auf dem Meer. Noch ehe die Sonne ihren ersten Strahl in den neuen Tag hinaufschickte, blies Orlando in sein Horn. Das war das Zeichen für den großen Angriff.

Biserta reichte auf zwei Seiten bis ans Meer heran. Auf den beiden anderen war die Stadt seit Jahrhunderten durch massive, kaum einnehmbare Mauern meisterlich geschützt. Außer der alten Mauer besaß König Branzard keine neu errichteten Festungswerke. Ihm hatte es an Zeit ebenso gefehlt wie an genügend Meistern und Gesellen für weitere Befestigungen.

König Senap von Nubien führte die erste Angriffswelle an. Sein Auftrag war es, die Mauerzinnen so massiv mit Schleudern, Speeren und Pfeilen zu beschießen, dass keiner der Verteidiger es auch nur wagte, sich dort sehen zu lassen. Nur dadurch konnten das Fußvolk und die Reiterei der Angreifer ohne Verluste bis zum Fuß der Mauern vorstoßen. Sie schleppten Steine, Balken, Belagerungsmaschinen und alles Weitere heran, was zur Erstürmung der Stadt benötigt wurde. Das Wasser aus dem Graben vor den Mauern war bereits am Tag zuvor umgeleitet worden. Immer mehr Gerümpel, Steine und Bretter füllten ihn schnell auf. Jetzt konnten Astolf, Olivier und Orlando die Massen des Fußvolks direkt gegen die Mauern von Biserta stürmen lassen.

Genau darauf hatten die Nubier gewartet. Nichts konnte sie jetzt noch zurückhalten. Der Gedanke an die reichen Schätze in der Stadt verjagte jede Furcht. Sie deckten sich mit ihren Schilden über den Köpfen in der alten Angriffsformation römischer Legionäre ab. Ihre Sturmböcke brachen durch die Stadttore und zerstörten die ersten Außentürme der Torwerke. Zügig und kraftvoll drangen sie weiter vor. Kaum waren die schwarzen Krieger dicht genug, als auch schon Eisen, Feuer, ganze Dächer und Steine von den Mauerzinnen wie Gewitter über sie hereinbrachen.

Schnell klafften große Löcher in den Angriffsmaschinen. Überall brach das Sturmgerät zusammen. Solange es noch dunkel war, sah es nicht gut aus für die christlichen Angreifer. Schon schien der große Angriff gegen die Mauern von Biserta zu scheitern. Doch dann, als die ersten Sonnenstrahlen ihr goldenes Licht verbreiteten, wandte sich das Glück von den Sarazenen ab. Graf Orlando verstärkte zu Wasser und zu Lande die Angriffe. Samsonet ließ die Anker seiner Flotte lichten und lief mit seinen Schiffen auf den Hafen zu. Er griff die Stadt mit Katapulten, Steingeschossen und Bogenschützen an.

Olivier, Orlando, Brandimart und Astolf, der auf dem fliegenden Wagen des Propheten Elias den Himmelsozean durchfahren hatte, stürmten dort gegen die Stadtmauern, wo sich die Küste mit einer Bucht ins Land hinein fortsetzte. Jeder der Recken kam mit dem Viertel aller Krieger, das ihm zugeteilt worden war. Die erste Angriffswelle, die um ein Haar gescheitert wäre, wurde inzwischen durch mächtige Holztürme auf Rädern verstärkt. Dann tauchten weitere Angriffstürme auf. Sie wurden von Elefanten getragen und waren derart hoch, dass sie die Stadtmauern Bisertas deutlich überragten.

Das war der Augenblick für Brandimart. Er kam mit einer Leiter und stieg als Erster zu den Zinnen der Stadtmauer hinauf. Unerschrocken folgte ihm einer nach dem anderen. Keiner der Mutigen dachte daran, wie groß die Last wurde, die bereits von der Leiter getragen werden musste. Brandimart hatte nur eins im Sinn: Er wollte oben ankommen und als Erster Mann gegen Mann kämpfen. Er erreichte eine Zinne, klammerte sich mit der freien Hand und mit den Füßen um den Mauervorsprung und schwang sich schnell herum. Mit seinem Schwert schlug und stach er sich eine Gasse in die Reihen der Verteidiger.

Doch dann geschah es: Das Holz der Leiter begann zu knacken, konnte die große Last nicht länger tragen und zerbrach. Bis auf Brandimart stürzten alle, die mit ihm auf der Leiter waren, kopfüber in den Graben. Brandimart verschwendete keinen Gedanken an eine Umkehr oder Flucht.

»Zurück, zurück!«, schrien Dutzende von Kehlen unter ihm. »Lass dich zurückfallen!«

Aber er dachte nicht daran. Im Gegenteil: Er sprang dreißig Ellen hoch von der Mauer nach unten – aber nicht zurück zum Christenheer, sondern mitten hinein in die feindliche Stadt. Alle, die draußen sahen, was er tat, mussten glauben, dass dieser Sprung sein Ende war.

»Zu spät«, stöhnten sie auf. »Jetzt kann ihm keiner von uns mehr beistehen.«

Die Schreckensnachricht verbreitete sich schnell von Mund zu Mund. Sie erreichte Orlando, Olivier und Herzog Astolf. Ohne seine Schwingen auch nur einmal auszuruhen, flog das Gerücht über alle Angreifer hinweg.

Nachdem die Anführer des Heeres – und besonders Orlando – jetzt fürchten mussten, dass der wunderbare Gefährte durch Feindeshand umkam, wenn sie nicht augenblicklich handelten, fühlten sich alle nur noch mehr angespornt. Noch schneller wurden jetzt die Leitern angelegt, und noch mutiger stürmten die Christenkämpfer vor. Ihre Gesichter waren so hart und gnadenlos, dass die Feinde schon vor ihren Blicken zittern mussten.

Es war, als würden Meereswellen im Sturm erbeben und ein Schiff mit ungeheurer Wut bald von vorn und bald von hinten höher schleudern. In der äußeren Umwallung brachen die ersten Lücken auf. Sie waren breit genug für die vordringenden Angreifer. Tausend Leitern wurden für den zweiten Wall herangeschleppt. Rammböcke mit harten Widderköpfen krachten mit mächtigem Getöse an die Stadtmauern Bisertas. Die tapferen Angreifer quollen durch die entstandenen Öffnungen, um ihrem kühnen Helden Brandimart beizustehen.

Ihre Gesichter glühten, und ihre Waffen vertilgten die Barbaren. Das schlecht geführte Volk der Verteidiger ging unter im Inferno aus Blut und Raub und Mord. Die mächtige Fürstin unter den Städten Afrikas fiel, während sich die Eroberer die Hände mit reicher Beute füllten. Überall lagen Tote. Aus ungezählten Wunden ergoss sich Blut zu einem großen schwarzen See. In der geschlagenen Stadt sah es grauenvoller aus als in dem Sumpf, der um das Reich von Pluto floss. Flammen sprangen von Haus zu Haus, fraßen die Tempel, die Hallen und das Schloss. Dort, wo noch Menschen sich auf die Dächer retten konnten, schlugen sie sich jetzt gegen ihre Brust und heulten vor Verzweiflung.

Die Sieger schleppten alles, was sie an Beute finden konnten, durch das geborstene Tor. Einige der Eroberer hatten Prunkgewänder angelegt, andere schleiften heiliges Prachtgerät nach draußen, dazu Silber aus dem Tempelschatz. Manche hatten sich Mütter als Beute ausgesucht, andere schleppten Kinder gefesselt mit sich. Astolf und Orlando sahen, was überall an Freveltaten geschah. Sie waren machtlos gegen diesen Rausch der Sieger.

Agramants Statthalter Buzifar starb durch einen einzigen Schwertschlag von Olivier. König Branzard entleibte sich selbst, als der letzte Funken Hoffnung aus seinem Herzen schwand. Ein Dritter wurde Gefangener von Herzog Astolf. Er hatte drei so schwere Wunden, dass er sich bereits am Rand der Hölle aufhielt. Damit konnten die drei Statthalter, die Agramant als Wächter seines Reichs zurückgelassen hatte, nichts mehr für ihren König tun.

Der König, der sein Heer und seine Flotte auf dem offenen Meer zurückgelassen hatte und zusammen mit Sobrin geflohen war, schrie entsetzt auf, als er sah, wie es um seine Hauptstadt stand. Als dann Boten zu ihm kamen und berichteten, was mit Biserta und seinem Volk geschehen war, wollte er sich mit dem Schwert den Tod geben. Er hätte es getan, wenn er nicht durch den weisen Sobrin daran gehindert worden wäre.

»Bedenke doch, was das bedeuten würde«, redete Sobrin auf den König ein. »Könnte es noch mehr Jubel und einen größeren Sieg für unsere Feinde geben als deinen Tod? Sollen die, die jetzt hier eingedrungen sind, die Früchte deines Reiches ernten, während du im Grab liegst? Wenn sie das jetzt noch nicht tun, dann doch nur, weil du noch lebst. Erst wenn du wirklich weg bist, gehört Libyen ihnen. Hinzu kommt noch, dass dein Tod deinen Untertanen jede Hoffnung rauben würde und alle in die Knechtschaft zwingt. Dein Reich bleibt elend und zahlt ewig nur Tribut. Wenn du schon nicht zu deinem Besten leben willst, dann wenigstens, um uns andere zu retten. Der Sultan von Ägypten ist dein Nachbar. Von ihm kannst du Männer und Geld für deine Kriegskasse bekommen. Dein Vetter Norandin wird dich ebenfalls bestärken, bis du das Zepter wieder fester in der Hand hältst. Wenn du sie rufst, dann kommen auch Armenier, Perser, Araber, Türken und die Meder. All diese Völker können dir jetzt helfen.«

Sobrin wusste sehr genau, dass Agramant nicht mehr gewinnen konnte. Ein König, der sich derart leicht sein Reich wegnehmen ließ, konnte so viel bitten oder jammern – unter den Heidenvölkern würde er als viel zu schwach gelten.

Agramant ließ den Bug seines Schiffes nach Osten wenden. Sie segelten erneut aufs hohe Meer hinaus. Noch während sie mehr Fahrt aufnahmen, zog von Süden her ein böses Wetter auf. Der Sturm brach wild und ungestüm über das Schiff herein. Der Steuermann blickte in den Himmel und erkannte, dass sein Schiff dem schweren Sturm, der auf sie zukam, nicht gewachsen war.

»Das überleben wir nicht!«, rief er den anderen zu. »Nehmt meinen Rat an und lasst uns einen sicheren Unterschlupf aufsuchen. Da vorn liegt eine kleine flache Insel. Bis dahin schaffen wir es. Wir können dort ankern, bis das Toben über uns hinweggezogen ist.«

Agramant billigte den Vorschlag seines Steuermanns. Im letzten Augenblick erreichten sie den Schutz einer kleinen Bucht. Die Insel lag genau zwischen Libyen und der Schmiede von Gott Vulkan auf Sizilien und war vollkommen unbewohnt. Hirsche, Böcke, Hasen, Rehe und anderes Wild tummelten sich in der Einsamkeit unter Myrten und Wacholder, und nur gelegentlich kamen Fischer an den Strand. Während sie die feuchten Netze über gestutzten Zweigen in den Büschen trockneten, hatten die Fische in den Wassern Ruhe.

Doch dann erkannte König Agramant, dass es vor ihm bereits jemand anderes in die schützende Bucht getrieben hatte. Es war Gradass, dessen Schiff auf dem Weg von Arles ebenfalls Anker geworfen hatte. Die beiden Heerführer begrüßten sich mit der Würde und dem Anstand, die zwei Königen gebührte. Schließlich waren sie noch vor wenigen Tagen freundschaftlich Verbündete bei der Belagerung von Paris gewesen.

Als Gradass hörte, wie schlecht es seinem Waffenbruder in der Zwischenzeit ergangen war, bot er Agramant sofort Hilfe an. Aber er warnte davor, auf die Hilfe der untreuen Ägypter zu bauen.

»Was dort mit Flüchtlingen passiert, könnte dir bereits Pompeius im alten Rom bestätigen«, meinte er. »Aber wenn es tatsächlich so ist, dass die Äthiopier mit ihrem König Senap gewagt haben, in Libyen einzubrechen und deine Hauptstadt mit Schwert und Feuer zu vernichten, dann sehe ich nur eine Möglichkeit, deine Schmach zu beenden. Ich will dir gern beweisen, dass ich zu dir stehe, indem ich Graf Orlando zum Kampf herausfordere. Selbst wenn der aus Stahl und Eisen sein sollte, schwöre ich dir, dass er mir nicht widerstehen kann. Sobald er besiegt ist, sind die Christenvölker nur noch wie Lämmer vor dem Hunger eines Wolfes. Es dürfte dann leichtfallen, auch die Nubier aus dem Land zu schlagen. Wenn wir die anderen, die rechtgläubigen Nubier, die noch immer grollend auf der anderen Seite des Nils sitzen, mit edlen Rossen beschenken und dazu die berittenen Ludizier Arabiens, die reichen Völker des äthiopischen Goldlandes Makrobien, die Chaldäer, die Perser und alle anderen ebenfalls ins Spiel bringen, kann ich den Krieg so ins christliche Nubien tragen, dass die Eroberer deines Reiches schnell wieder verschwinden.«

König Agramant war über den zweiten Vorschlag des Kampfgefährten hocherfreut. Andererseits passte ihm ganz und gar nicht, dass Gradass gegen den Eroberer der Hauptstadt Biserta kämpfen wollte. Das war seine Sache und deshalb eine Frage der Ehre.

»Wenn einer Orlando herausfordert, dann bin ich es«, entschied Agramant. »Ich habe das Recht auf diesen Kampf. Ganz gleich, ob mir der Himmel gnädig ist oder nicht.«

»Nun gut«, lenkte König Gradass ein. »Was hältst du von dem Vorschlag, dass wir beide gegen Orlando und einen zweiten Ritter an seiner Seite kämpfen? Ich denke, das ist ein Vorschlag, mit dem du leben kannst.«

»Mir ist es egal, ob ich hinter dir oder neben dir kämpfe. Ich weiß sehr gut, dass es auf der ganzen Erde keinen zweiten Kämpfer wie dich gibt. Hauptsache ist für mich deshalb, dass ich dabei bin.«

»Und ich?«, mischte sich der weise Sobrin ein. »Wo bleibe ich dabei? Ich bin zwar älter als ihr, aber ich habe auch viel mehr Erfahrung. Und bei einem solchen Kampf braucht man die ebenso wie Mut und Kraft.«

Gradass und Agramant musterten Sobrin von oben bis unten. Der greise Recke war noch immer sehr rüstig.

»Ich schwöre euch, dass ich trotz meiner grauen Haare ungebeugt kämpfen werde.«

Gradass und Agramant seufzten, dann stimmten sie zu. Sofort schickten sie eines der Schiffe mit einem Boten zum Strand zurück. Er sollte Graf Orlando zum Kampf herausfordern. Ort des Kräftemessens sollte die nahe Insel Lipadusa sein.

Nachdem Orlando den königlichen Boten angehört hatte, verkündete er vor dem ganzen Heer die Herausforderung von Gradass, Agramant und Sobrin. Er war so erfreut über die Nachricht, dass er den Boten mit Geschenken überhäufte. Endlich bot sich für ihn eine Möglichkeit, sein Schwert Durindana wiederzugewinnen, das jetzt zu den Waffen von König Gradass zählte. Zusätzlich konnte er auch den Hengst Brigliador und Almonts Horn zurückgewinnen. Von beidem wusste er, dass König Agramant es besaß.

Graf Orlando wählte unter allen, die sich danach drängten, an seiner Seite zu kämpfen, seinen Schwager Olivier und den königlichen Brandimart aus. Er wusste längst, welchen Wert die beiden hatten und wie treu sie ihn verehrten.

Allen war klar, dass sie ohne ihre überlegene Ausrüstung in den Kampf ziehen mussten. Orlando hatte seine Rüstung im aufsteigenden Wahn fortgeworfen. Rüstung und Waffen der anderen hielt Rodomont in seinem Turm am Fluss unter Verschluss. Alles, was aus gutem Stahl war, hatte König Agramant längst als Nachschub zu sich bringen lassen. In Libyen selbst waren gute Waffenschmiede inzwischen seltener als im Reich der Franken. Es war deshalb nicht einfach für die drei, sich an der Küste Afrikas gut zu rüsten. Orlando ließ alles heranschaffen, was sie finden konnten, ganz gleich, ob es verbeulte, rostige oder noch blanke Waffen waren.

Gemeinsam wählten sie die besten Rosse und Schuppenpanzer für sich aus, dazu die besten Arm- und Beinschienen, Lanzen und Schwerter. Zusammen mit seinen beiden Kampfgefährten ging er anschließend zwei Stunden lang am Meeresstrand auf und ab. Er besprach mit ihnen alle Einzelheiten des bevorstehenden Kampfes. Als die Flut kam, sahen sie ein Schiff mit voll geblähten Segeln auf sie zukommen. Sie entdeckten weder einen Steuermann noch andere Seeleute oder Passagiere.

Das führerlose Schiff rauschte in die Brandung. Niemand holte die Segel ein, und keiner warf im letzten Augenblick das Steuer herum.

Rinaldo und Ruggiero waren fassungslos über das Gemetzel, das sich direkt vor ihren Augen abgespielt hatte. Mehr noch als alles andere waren sie darüber empört, dass die beschworenen Verträge gebrochen worden waren.

Ein wackerer, verschlagen wirkender Knappe, der nur auf die richtige Gelegenheit gewartet hatte, rannte auf Ruggiero zu. Er zog Ruggieros Ross hinter sich her und schleppte auch sein Schwert heran. Ruggiero stieg sofort auf und nahm sein Schwert an sich. Er stürzte sich aber nicht in das Getümmel, sondern erneuerte noch einmal das Versprechen, das er und Rinaldo sich gegeben hatten.

»Wenn sich herausstellt, dass der Maurenkönig vertragsbrüchig geworden ist, verlasse ich ihn mit meinen Männern heute noch. Dann ist der Kampf mit diesem Tag für mich zu Ende.«

»Es gibt nur eins«, stimmte Rinaldo zu. »Wir müssen einen nach dem anderen fragen.«

Ruggiero wendete sein Pferd und ritt los. Jeden, den er traf, fragte er, ob Karl oder Agramant das gegebene Wort gebrochen hatte. Wieder und wieder hörte er, dass es die Sarazenen waren, die für König Agramant den Vertrag gebrochen hatten. Und jedes Mal spürte Ruggiero einen Stich im Herzen. Er liebte Agramant und war entschlossen, ihm die Treue zu halten. Doch was er jetzt erfuhr, traf ihn so tief und schmerzlich, dass sich das Band der Freundschaft immer mehr löste.

Geschlagen und zersprengt flohen die Heiden. Es war, als würden sie vom höchsten Punkt des Glücksrades durch eine Laune von Fortuna plötzlich bis zum tiefsten abstürzen.

In sich gekehrt suchte Ruggiero nach einer Antwort. Er wusste nicht, ob er zu seinem König zurückkehren oder ihn verlassen sollte. Sein Herz schlug immer noch für Agramant. Seine Zuneigung legte ihm Zügel an, denen er nicht entfliehen konnte. Sie trieb ihn hin und her und hinderte ihn, das Versprechen einzulösen, das er Rinaldo eben noch bestätigt hatte. Dazu quälte ihn die Sorge, dass man ihn im Sarazenenheer für ängstlich, feige und verräterisch halten würde. Er durfte seinen Herrn nicht verlassen! Aber ein Ehrenwort gilt nichts, wenn dadurch das Gesetz gebrochen wird.

Den ganzen Tag, die Nacht hindurch und auch noch am folgenden Tag quälte er sich mit der einen Frage: Sollte er gehen, wie es mit Rinaldo vereinbart war, oder musste er seinem König in schwerer Lage beistehen und die Treue halten? Schließlich entschied er sich, dass sein Platz im schwer geschlagenen Libyen war. Auch seine Liebe und sein Verlangen nach Bradamante brannten nach wie vor lichterloh. Aber Pflicht und Ehre standen noch darüber.

Er kehrte nach Arles zurück und hoffte, dort ein Schiff zu finden. Aber der Fluss und der Hafen waren völlig leer. Hier gab es kein Schiff, kein Boot und bis auf die Toten keine Sarazenen mehr. König Agramant war mit allen gerade noch schwimmfähigen Schiffen aufgebrochen. Der Rest war auf seinen Befehl hin noch im Hafen verbrannt worden.

Ruggiero sah, dass er hier nichts mehr ausrichten konnte. Deshalb entschloss er sich, nach Marseille zu reiten. Er nahm den Küstenweg und hoffte, dass er im Hafen von Marseille eine Passage bekommen würde. Er war sogar entschlossen, Gewalt anzuwenden, wenn es nicht anders ging.

Er ahnte nicht, was in der Zwischenzeit geschehen war. Die Flotte Dudos legte soeben mit sämtlichen eingefangenen Heidenschiffen an. Diese lagen so dicht aneinander, dass nicht einmal ein Hirsekorn zwischen ihnen ins Wasser fallen konnte. Der gesamte Strand war mit Schiffen übersät, so weit das Auge reichte. Die Gefangenen reihten sich bereits zu einem dichten Zug, der im Triumph zu Kaiser Karl gebracht werden sollte, zusammen mit den Beutewagen, die von den fröhlich lärmenden Nubierkriegern begleitet wurden. Überall ertönte mit hellen Stimmen Dudos Name am Strand und auf dem Meer.

Ruggiero sprengte näher, um zu hören, was geschehen war. Plötzlich erkannte er einen der Gefangenen. Es war Bambirag, der Herr der Nasamonen. Er ritt noch näher und erkannte jetzt auch Agrikalt und Farurant, Balaster, Manilard und Rimedont. Sie weinten alle und hielten ihre Köpfe tief gesenkt. Der junge Ritter konnte den Anblick kaum ertragen. Er hatte nichts, was er bieten konnte, um die gefangenen Fürsten auszulösen. Aber ohne Gegenleistung bekam er sie nicht frei. Deshalb beschloss er, nicht lange zu verhandeln, senkte seine Lanze und griff die Wächter der Gefangenen an. Bereits im ersten Ansturm stach er mehrere Feinde nieder. Es dauerte nur einen Augenblick, und hundert Krieger sanken auf die Erde.

Dudo hörte den Lärm und sah das Blut, das der Angreifer vergossen hatte. Er wusste nicht, wer der Unbekannte war. Die ersten Nubierkrieger flohen bereits mit Geschrei davon.

»Mein Pferd, den Helm und meinen Schild!«, befahl Dudo

wütend. Gerüstet stieg er sofort aufs Pferd, ließ sich die Lanze reichen und stürmte los. »Schnell! Platz da!«, schrie er und drückte seinem Pferd die Sporen ein.

Ruggiero hatte bereits wieder hundert Mann erschlagen. Die Hoffnung der Gefangenen wuchs bereits ein wenig. Als Dudo näher kam, erkannte er, dass sein Gegner keine Lanze hatte. Er wollte nicht mit einem Vorteil in den Kampf gehen, der sich nicht ziemte, und warf die eigene Lanze weit von sich. Ruggiero erkannte diese edle Tat.

»Nicht zu verleugnen, dass dieser Ritter sich zu den Ehrenregeln der Paladine des Frankenreichs bekennt«, dachte er. »Ehe irgendetwas anderes beginnt, will ich wissen, wie der heißt, gegen den ich kämpfe.« Er rief dem Dänen seine Frage zu.

»Ich heiße Dudo und stamme aus dem dänischen Geschlecht von Ogier«, kam sofort als Antwort. »Jetzt sag mir deinen Namen.«

»Ich bin Ruggiero der Dritte, Nachkomme der Herren von Reggio und Ritter im Dienst von Libyens König Agramant.«

Jetzt wussten sie, wer sie waren, und konnten gleich zur Sache kommen. Dudo schwang mit der rechten Hand die Eisenkeule, die ihn tausendfach berühmt gemacht hatte. Mit ihr bewies er, dass er tatsächlich aus dem edlen Heldenblut des Stammes Ogier kam. Ruggiero zückte das beste Schwert der Welt, das jeden Harnisch, jeden Helm durchdrang. Als Ruggiero zuschlug, spürte der noch nie besiegte Däne, was diese gute Klinge wert war. Aber Ruggiero dachte daran, dass es Bradamante kränken würde, wenn er das Blut des edlen Ritters vergoss. Er kannte des Frankenreichs Adelsbücher und wusste, dass Bradamantes Mutter Beatrix und Dudos Mutter Armelina Schwestern waren. Deshalb schlug er nicht besonders stark zu. Er stach auch nicht mit der scharfen Schwertspitze, sondern lenkte nur die Keulenschläge des Paladins zur Seite. Wenn er dann traf, waren es nur flache Hiebe mit der Breitseite des Schwertes. Obwohl Dudo sehr schnell merkte, dass der andere ihn schonte, sprangen ihm bei jedem Treffer Funken aus den Augen. Aber er spürte, dass er bald unter dem Trommelfeuer der flachen Schwerthiebe zusammenbrechen und zu Boden stürzen würde.

Dudo konnte sich vor Erschöpfung kaum noch aufrecht halten.

Er hatte begriffen, dass sein Gegner ihn nicht besiegen oder töten wollte. Je schwächer er wurde, umso zurückhaltender wurden Ruggieros Schwertschläge. Aber wenigstens an Edelmut wollte Dudo mit ihm gleichziehen.

»Bei Gott«, sagte er deshalb. »Lass uns Frieden schließen. Ich sehe ein, dass ich nicht gewinnen kann. Die Sache ist entschieden. Ich gebe mich gefangen und unterwerfe mich deinen Bedingungen.«

»Einverstanden«, stimmte Ruggiero sofort zu. »Aber die Bedingung dafür, dass ich dein Leben schone, ist, dass du die sieben gefangenen Könige dort freilässt und sie mir übergibst.« Er deutete auf die gefesselten Heerführer der Sarazenen. Sie standen mit betrübten Mienen vor den anderen und starrten auf den Boden. »Lass sie nach Afrika zurückkehren«, bat Ruggiero, »ehrenhaft und ohne weitere Bedingungen.«

Dudo willigte ein.

Epilog

Auf Wunsch von vielen edlen LeserInnen fassen wir hier die nächsten sechs Gesänge zusammen, die erst nach 1516 und bis 1532 hinzugefügt, immer wieder geändert und bis zum Ende Rodomonts und zur Hochzeit von Bradamante und Ruggiero ergänzt wurden. Darüber hinaus gibt es noch fünf weitere Gesänge, die Ariost selbst nicht mehr eingefügt hat.

Die Freigelassenen durften sich eins der Schiffe für ihre Heimkehr aussuchen. Nachdem die Segel gesetzt waren und die Wimpel wehten, legten die Befreiten ab. Sie kamen gut voran, und das Ufer war schon bald nicht mehr zu sehen. Als dann die Heimkehrer nur noch Wasser um sich sahen und der Tag in Dämmerung versank, wechselte der Wind und wurde plötzlich tückisch. Gleich darauf sprang er zur Seite und wirbelte zum Erschrecken aller das ganze Schiff einmal im Kreis herum. Stolz wie eine Herde wilder Pferde bäumten sich die Meereswogen auf. Sie rasten brüllend und mit weißen Schaumkronen durch die Nacht. Die Männer auf dem Schiff sahen so viele Wellen auf sich zustürzen, von denen jede den Tod bedeuten konnte.

Es war, als würden viele Winde miteinander kämpfen. Der eine kam von vorn, der andere warf das Schiff zurück, der nächste wieder hart voran, während der vierte das Schiff zur Seite umwerfen wollte. Jeden Augenblick konnte das Schiff zerbrechen. Der Kapitän hing bleich und angstvoll über dem Steuer. Vergebens warf er seine Arme hoch und schrie, dass seine Leute die Segel reffen und die Rahen senken sollten. Seine Rufe blieben ungehört in dieser Nacht, ebenso wie das Geheul und Wehgeschrei der Seeleute im Sturm. Brecher um Brecher krachte auf die Planken. Feurige Blitzschlangen zischten durch die Luft. Der Donner rollte, und der Himmel dröhnte unter dem entsetzlichen Getöse.

Einige Seeleute klammerten sich angstvoll an die Ruder, andere griffen nach dem Steuer. Während an einer Seite Segel aufgezogen wurden, rissen starke Hände sie auf der anderen Seite nieder. Wieder andere pumpten verzweifelt jeden Wasserschwall ins Meer zurück.

Das Wellenmeer stieg bis zu den Wolken hinauf, wogte, wallte, zerschlug die Ruder und riss dann die Splitter fort. Die tobende Gewalt raste so fürchterlich, dass sich das Schiff in den Wind drehte und den Wellen seine ungeschützte Seite bot. Die rechte Bordwand tauchte unter. Schon schien es, als würde jetzt das Schiff endgültig kentern.

Hier gab es keine Hoffnung mehr.

Als der Morgen graute, nahm der Sturm nicht ab, sondern steigerte sich immer weiter. Er wütete wie wild, als plötzlich nackte Klippen vor dem armen Schiff auftauchten. Verzweifelt wollte die Besatzung das nahe Unheil noch abwenden. Aber sie hatten nicht die Kraft. Der bleiche Kapitän wollte mit seinem ganzen Können das unglückliche Schiff an den Klippen vorbeiziehen. Eine Welle brach die vorhergehende, während der Wind erneut aus vollen Lungen blies. Nichts konnte seine Wucht vermindern. Das war das Ende, und die Felsen mussten ihre Todesklippe sein. Zu allem Unglück schlug der Sturm noch ein Leck in die Planken. Mit einem wilden Sturzbach schoss die Flut ins Innere. Das Schiff drohte zu sinken. Die Seeleute stürzten über Bord, klammerten sich an irgendetwas und wollten nur noch weg.

Als Ruggiero sah, dass die gesamte Schiffsbesatzung zusammen mit dem Steuermann und dem Schiffsherrn floh, sprang er in das Rettungsboot. Er hatte nur noch sein Wams an und nahm weder Waffen noch Rüstung mit. Er sah sofort, dass bereits zu viele Menschen das kleine Boot füllten. Es sank, von seiner Überlast herabgezogen. Mit ihm sanken alle auf den Grund des Meeres, die eben noch in letzter Hoffnung das große Schiff verlassen hatten. Das Meer umschlang alle, die noch klagten oder angstvoll heulten.

Ruggiero tauchte wieder aus der Tiefe auf, schnappte nach Luft und sah dicht vor sich die Klippen, die sie eigentlich meiden wollten. Jetzt waren ihm die Felsen der Ort, der ihm einen Halt in all dem Stürmen bieten konnte. Keuchend schwamm er durch immer neue Wellen auf die Klippen zu.

Er sah nicht mehr, dass der leckgeschlagene Segler nicht versank, sondern in Richtung Libyen trieb und schließlich bei Biserta an den Strand geworfen wurde.

Jenseits des Mittelmeeres wollte Orlando wissen, was sich auf dem steuerlosen Schiff befand. Zusammen mit Brandimart und Olivier beschaffte er sich ein Boot und fuhr zum Wrack hinaus. Oben an Deck war nichts zu finden. Erst als sie die Niedergänge hinabstiegen, entdeckte Orlando unter dem Verdeck den schnellen Hengst Frontin. Gleich darauf fand er Ruggieros Rüstung und das Schwert Balisarde. Es hatte ihm ebenfalls eine Weile gehört, nachdem er es der Fee Falerina entrissen hatte. Sie hatte es eigenhändig geschmiedet und gefeit, um sich gegen Orlando zu verteidigen, der ihren Garten zerstören und die darin gefangenen Ritter befreien wollte. Der Dieb Brunell hatte es ihm dann in Albracca gestohlen und es schließlich am Berg Carena dem waffenlosen Ruggiero gegeben.

Orlando wusste aus verschiedenen Kämpfen, wie gut die Schneide dieses Schwertes war. Er dankte Gott, dass er ihm dieses Schwert im richtigen Moment schickte. Schließlich besaß der große König der Serikaner nicht nur den Vorteil ungeheurer Kraft, sondern hatte auch noch Orlandos Schwert Durindana und Rinaldos Pferd Bajard.

Die anderen Waffen und Rüstungen interessierten Orlando nicht. Bis auf das Schwert überließ er alles seinem Schwager Olivier, denn er selbst war nach wie vor so unverwundbar, dass ihn keine Waffe ritzen konnte. Brandimart sollte im Kampf das Ross Frontin reiten. Auf diese Weise hatte jeder der drei Kampfgenossen etwas von der Beute, die ihnen durch einen guten Stern und die See geschenkt worden war.

Als der Tag des großen Kampfes kam, legten die Herausgeforderten kostbare, neu angefertigte Gewänder an. Graf Orlando hatte sich in sein altes Wappen den Turm von Babel, der gerade von Gottes Blitz getroffen wurde, sticken lassen. Sein Schwager Olivier trug auf einem goldenen Kampfrock einen silbernen, mit Lederriemen angeseilten Hund und dazu das Motto »Bis sein Opfer kommt«.

Brandimart trauerte noch über den Tod seines Vaters Monodant. Er verzichtete deshalb auf ein prunkvolles Gewand und wählte eine einfache schwarze Bekleidung. Flordelis ließ es sich nicht nehmen, das feine dunkle Tuch an seinem Saum reich mit glänzenden Edelsteinen zu besticken. Sie legte ihre ganze Liebe in den Überwurf, der die nicht besonders feine Rüstung überdecken sollte. Aus dem gleichen, nur am Rand verzierten Stoff hatte sie auch die lange Pferdedecke angefertigt, die Mähne, Brust und Kreuz seines Rosses abdeckte. Vom ersten Nadelstich bis zur Vollendung hatte sie nicht gelächelt. Sie hatte ihn in ungezählten großen, wilden Schlachten kämpfen sehen und miterlebt, wie er tausend Schwerthiebe überstand. Diesmal aber fürchtete sie, dass sie ihn verlieren würde. Ihre Sorge quälte sie so sehr, dass ihre Wangen bleich wurden und ihr Blut gefror. Die neue, ungewohnte Angst verstärkte ihre Vorahnungen und machte ihre Seele schwer.

Schließlich kam der Augenblick des Abschieds. Rüstung und Waffen waren vorbereitet, die Wimpel wehten am Schiff der Ritter, und die Segel blähten sich bereits im guten Wind. Astolf und Samsonet blieben als Anführer beim Heer der Gläubigen zurück. Als dann das Schiff mit den drei Kämpfern auslief, klagte Flordelis so laut ihr Leid, dass es bis zum Himmel aufstieg. Prinz Astolf von England und der Vizekönig von Jerusalem bemühten sich, so gut es ging, um sie. Bleich und zitternd blieb sie auf ihrem Bett, während ihre Gedanken den drei Herausgeforderten folgten.

Ruggiero kämpfte mit Händen und Füßen gegen das wütend peitschende Meer. Sturm und Flutwirbel bedrohten den Jüngling von allen Seiten. Aber noch viel mehr quälte ihn sein schlechtes Gewissen. Während er mit den entfesselten Naturgewalten um sein Leben kämpfte, fürchtete er, dass Christus ihn jetzt dafür bestrafte, dass er seine Taufe so lange hinausgezögert hatte. Ihm war, als würde er stattdessen in die salzigen Wogen getaucht.

Mit jedem Wellenschlag kam ihm wieder in den Sinn, was er seiner geliebten Bradamante versprochen hatte, ebenso wie der nicht eingehaltene Schwur vor dem Kampf mit dem großen Rinaldo. Sechs Mal, sieben Mal während seines Kampfes gegen die Wellen flehte er Gott an, ihm doch noch zu verzeihen. Er schwor, dass er sofort Christ werden würde, sobald er wieder festen Boden unter seinen Füßen hätte. Er versprach, nie mehr sein Schwert in einem Kampf zu ziehen, in dem Mauren gegen

Christen fochten. Wenn er gerettet würde, wollte er Kaiser Karl alle Ehren zukommen lassen, die er ihm schuldete, und die edle Bradamante nicht länger warten lassen.

Kaum hatte er all das gelobt, als seine Kräfte wie durch ein Wunder wiederkehrten. Kraftvoll zerteilte er die Wogen. Sie rissen ihn nach oben, warfen ihn wieder in die Tiefe. Aber er gab nicht auf. Er hielt durch, bis er schließlich mit letzter Anstrengung einen schmalen Uferstreifen vor einem hohen Felsen mitten im Meer erreichte. Triefend wankte er aus den Wogen.

Ein neues Grauen überfiel ihn, als er das trostlose nackte Felseneiland sah. Schon quälten ihn Hunger und Durst. Er hatte Angst, dass er schon bald in dieser Einsamkeit den Hungertod erleiden würde. Dann aber beschloss er, nicht aufzugeben, und stieg über die Felsen. Er wollte wissen, wie es oben aussah. Dort wandte er sich nach rechts und folgte einem schmalen Aufstieg. Er war noch keine hundert Schritte aufgestiegen, als plötzlich ein uralter Eremit vor ihm stand. Der Greis trug eine schlichte Kutte. Sein weißbärtiges Gesicht war vom vielen Fasten eingefallen und müde. Dennoch strahlte alles an ihm eine Würde aus, die er durch seinen Frieden mit Gott gefunden hatte.

»Du wolltest über das Meer, ohne für die Überfahrt zu zahlen. Aber Gottes langer Arm hat dich auch noch eingeholt, als du dachtest, du könntest ihm entkommen.«

Dann erzählte der greise Gottesmann, dass er geträumt hatte, wie Ruggiero durch den Schutz des Himmels auf die Klippen gerettet werden würde.

»Du hast das sanfte Joch der Gefolgschaft Christi immer wieder verweigert. Aber ich kann dich trösten: Wer Gottes Sohn aufrichtig anfleht, den wird der Himmel nie verstoßen.«

Orlando, Olivier und Brandimart ritten mit gesenkten Lanzen los. Sie wollten den Kriegsgott der Heiden nicht lange warten lassen. Zusammen mit den beiden Kämpfern, die auf der anderen Seite aufgesessen waren, kam Gradass ihnen schon entgegen. Ihr Galopp ließ die Dünen der kleinen Insel erbeben.

Sie stießen derartig hart aufeinander, dass alle Lanzen brachen und zusammen mit zerfetzten Schilden in den Himmel flogen.

Gradass und Orlando gingen aufeinander los. Schon beim ersten Stoß wankte Orlandos Pferd. Dann stürzte es der Länge nach zu Boden. Drei-, viermal gab ihm Orlando die Sporen. Aber sosehr er auch an den Zügeln riss, er bekam das Pferd nicht wieder hoch. Entschlossen lief er deshalb zur Seite und nahm den Schild und die Balisarde an sich.

König Agramant kämpfte zur selben Zeit mit dem edlen Olivier. Sie waren beide gleichwertig. Dagegen konnte Brandimart den kampferprobten alten Sobrin bereits beim ersten Ansturm aus dem Sattel reißen. Brandimart griff ihn nicht weiter an. Stattdessen eilte er Orlando zu Hilfe. Während Agramant und Olivier weiterhin aufeinander einhieben, übernahm Brandimart den Kampf gegen König Gradass.

Orlando sah sich um. Er entdeckte, dass Sobrin ebenfalls zu Fuß war und keinen Gegner hatte. Mit großen, stampfenden Schritten, deren Echo wie bei einem Erdbeben bis in den Himmel stieg, ging er auf den Sarazenen zu. Ein Schlag genügte, um Sobrins Schild in der Mitte zu zerspalten. Mit ungebremster Wucht fuhr die Klinge durch den fingerbreiten Halsreif von Sobrins stählerner Rüstung. Der Ring aus Eisen teilte sich wie nichts. Aus einem breiten Loch sprudelte das Blut des Sarazenen. Sobrin schlug ebenfalls zu, so hart er konnte. Aber es gelang ihm nicht, Orlandos Haut auch nur anzukratzen. Der Paladin war und blieb auf ewig unverwundbar.

Jetzt holte der Graf erneut aus, um mit einem Schlag den Kopf des anderen vom Rumpf zu trennen. Sobrin wusste, dass er diesen Schlag nicht überleben konnte. Bei so viel Kraft konnte er seinem Schild nicht mehr vertrauen. Er wich zurück, aber zu langsam. Der ungeheure Schlag zerschmetterte seinen Helm und betäubte den königlichen Kämpfer. Er stürzte aus dem Sattel und blieb wie tot am Boden liegen.

Den kann auch kein Gebet mehr retten, dachte Orlando.

Schnell entschloss er sich, jetzt doch noch Brandimart zu helfen. Schon zeigte sich, dass der Sarazene durch sein Pferd, seine Kraft und seine Waffen dem anderen überlegen war. Brandimart hielt sich auf dem guten Pferd Frontin nach wie vor tapfer im Sattel. Wie kaum ein anderes Pferd verstand sich Frontin auf den kleinsten Wink des Reiters. Jedes Mal, wenn die Durindana mit voller Wucht herabfuhr, tänzelte es geschickt mal hierhin, mal dorthin.

Am unbarmherzigsten kämpften der edle Olivier und König Agramant gegeneinander. Sie beherrschten beide gleichermaßen ihre Waffen und waren sich auch in Kraft und Ausdauer ebenbürtig.

Gradass entdeckte das Pferd, das nach Sobrins Fall durchgegangen war. Mit einem schnellen Satz schwang er sich in den Sattel. Sofort rief er Orlando seinen Fehderuf entgegen. »Komm schon, Graf Orlando, damit ich dir und deinen beiden anderen noch vor Sonnenuntergang zeigen kann, wie dunkel doch die Nacht ist.«

Er ließ Brandimart stehen und preschte auf den Grafen zu. Schon mit dem ersten Schlag zertrümmerte er glatt den Panzerkragen an Orlandos Rüstung. Gleichzeitig schlug Orlando mit der Balisarde zu. Das Wunderschwert zerbiss Schild und Helm, Halsschutz und Harnisch des Serikanerkönigs. Der Mann, der noch nie verwundet worden war, seit er die gute Rüstung trug, musste plötzlich erleben, wie zum ersten Mal Blut aus tiefen Wunden schoss. Augenblicklich suchte er nach einer Deckung. Inzwischen hatte Brandimart gemerkt, dass ihm Orlando seinen Gegner wegnahm. Er preschte vor und stellte sich zwischen beide Paare. Auch noch ein anderer wollte wieder mitmachen. Fürst Sobrin rappelte sich auf, obwohl Schulter und Gesicht heftig schmerzten. Er glaubte, dass er König Agramant beistehen musste. So leise, dass ihn niemand hörte, und mit langen Schritten schlich er sich hinter Olivier.

Der Paladin des Frankenkaisers achtete nur auf seinen Gegner vor sich. Das war der Augenblick, in dem Fürst Sobrin sein Schwert in die Hinterhand des Reittiers vor ihm stieß. Das gute Ross knickte sofort ein. Sein Reiter stürzte, bekam den linken Fuß nicht mehr aus dem Steigbügel und fiel so unglücklich, dass sein Bein mitsamt dem Bügel vom Leib des Pferdes auf dem Boden festgehalten wurde.

Sofort holte Sobrin aus. Mit einem jähen Querhieb wollte er Olivier enthaupten. Laut klang der Stahl des Helms, den Vulkan vor langer Zeit für Trojas Helden Hektor mit eigener Hand geschmiedet hatte. Aber er hielt den ungeheuren Schlag des Heiden auf.

Brandimart erkannte, was geschah, und galoppierte auf den anderen zu. Er schlug Sobrin mit dem Schwert direkt auf den Kopf und warf ihn um. Aber der zähe Greis kam wieder hoch. Wild entschlossen, Olivier jetzt die Passage bis ins Jenseits zu verpassen, wandte er sich an den Liegenden.

Markgraf Olivier schlug und stach gegen Sobrin und hielt ihn bis auf eine Schwertlänge von sich entfernt. Sobrin wurde immer schwächer. Über den Sandboden um ihn herum flossen rote Bäche. Immer wieder bemühte sich Olivier, unter seinem Pferd hervorzukommen. Aber es gelang ihm nicht.

Unterdessen prallte Brandimart wie eine Sturmbö gegen König Agramant. Frontin tänzelte mit leichten Schritten um ihn herum. Aber Agramants Pferd konnte mithalten. Der Sarazene ritt auf Orlandos Brigliador, der dem unglücklichen Mandrikard abgenommen worden war.

Außerdem hatte König Agramant den Vorteil besserer Waffen. Sie waren meisterhaft geschmiedet und bereits erprobt. Dagegen musste Brandimart mit dem an Ausrüstung auskommen, was er gefunden hatte. Während er sich bereits ausmalte, dass er bald schon bessere Waffen besitzen würde, schlug ihm Agramant eine große rote Wunde in die Schulter. Zusammen mit der anderen Verletzung, die ihm Gradass gerade zuvor schmerzhaft in die Seite geschlagen hatte, machte ihm der neue Stoß sehr zu schaffen. Trotzdem gelang es ihm, Agramants linken Arm zu schlagen und dabei sogar noch seines Feindes rechte Hand zu streifen. Dennoch waren diese Treffer im Vergleich mit den schweren Schlägen von Gradass oder Orlando eher spielerische Scherze.

Orlando war schon halb entwaffnet. Große Löcher klafften in seinem Helm. Sein Schild lag längst am Boden, und seine Rüstung hing nur noch jämmerlich zerschlagen an ihm. Nur er selbst war unverletzt. Kein einziger Hieb war in seinen Körper eingedrungen. Dafür hatte er reichlich ausgeteilt.

Gradass begriff allmählich, dass es sein eigenes Blut war, das seinen Leib befleckte. Entsetzt erkannte er, dass er auf herkömmliche Art und Weise mit seinem Gegner nicht fertigwerden konnte. Entschlossen änderte er seine Kampfart. Er hieb so schwer zu, wie er es mit beiden Händen konnte, und traf den Grafen doch nur halb. Bei jedem anderen hätte das ausgereicht, um ihn bis zum Sattel durchzuteilen. Aber Gradass konnte nicht einmal Orlandos Haut ritzen. Kein Tropfen Blut trat aus, und die Klinge blieb so blank und leuchtend, wie sie war. Trotzdem sah Orlando Sterne vor seinen Augen blitzen. Wenn er sein Schwert und das Zaumzeug nicht an die Arme angekettet hätte, wäre ihm all das mit Sicherheit entglitten. Der ungeheure Krach des zweihändigen Schlages dröhnte so laut, dass sein Pferd augenblicklich durchging. Gradass gab seinem Pferd die Sporen und nahm sofort die Verfolgung auf. Doch dann wandte er sich noch einmal um und sah, dass König Agramant den Kampf verlor. Er hing schon halb über seinem Pferd. Der kühne Sohn des Monodant hatte ihn bereits mit der linken Hand am Helm gepackt und vorn den ersten Helmriemen gelöst. Agramant hatte sein Schwert verloren. Er war schwer angeschlagen und wehrte sich nur noch mühsam.

Ein Dolch blitzte in Brandimarts Hand auf. Sofort schwenkte Gradass sein Ross herum und ließ Orlando reiten. Wichtiger war jetzt, dass er dem König half. Brandimart achtete nicht auf Gradass. Ohne irgendeinen anderen Gedanken zielte er mit seinem Dolch auf Agramants Kehle.

Im selben Augenblick war Gradass hinter ihm. Mit beiden Händen ließ er einen geraden Schlag direkt von oben auf Brandimarts Haupt krachen. Der fürchterliche Hieb zerriss den Helm bis zum zwei Finger dicken Halsring. Brandimarts Gesicht wurde totenblass. Er stürzte, und aus der Halsader ergoss sich sein edles Blut.

Erst jetzt kam Graf Orlando wieder zu sich. Er sah sich um und entdeckte Brandimart am Boden. Über ihm stand Gradass in so eindeutiger Haltung, dass Orlando ihn sofort als den Mörder des Gefährten ausmachte. Schmerz und Wut kämpften in Orlando. Aber jetzt war keine Zeit, um zu weinen.

Während der Eremit Ruggiero zu seiner Felsenklause führte, erzählte er ihm, welchen Sinn das Christentum mit Jesus Christus als Erlöser hatte.

Über der Berghöhle des Einsiedlers stand eine kleine Kirche. Sie war so an den Felshang geschmiegt, dass sie vom Osten her das erste Morgenlicht empfangen konnte. Unter der Kirche streckte sich ein kleiner Hain bis zum Meeresstrand. Hier wuchsen Lorbeer, Myrten und Wacholder, dazwischen fruchtbare Palmen. Der Hain wurde von einem klaren Bach bewässert, der sich aus einer Quelle in der Felswand speiste.

Der Klausner fachte das Feuer der Herdstelle in seiner Wohnhöhle an und belud den schlichten Bohlentisch bis zum Rand mit Obst. Fast vierzig Jahre führte er schon ein gottgeweihtes Leben in der Einsamkeit. Der Heiland, so sagte der Klausner, habe ihm diesen Platz gegeben, an dem er Nahrung, Früchte und reines Wasser fand.

»Ich fühle mich noch immer frisch und rüstig und ohne irgendwelche Krankheiten, obwohl ich jetzt schon achtzig Jahre alt bin.«

Ruggiero stärkte sich mit frischen Früchten. Seine Haare trockneten allmählich, während sein Gewand an der Feuerstelle hing. Langsam spürte er, wie die Ruhe und die Zuversicht des Alten auch auf ihn übergingen. Sie hatten keine Eile, als der Eremit ihn in die Geheimnisse des Glaubens einwies. Ruggiero lernte schnell. Bereits am nächsten Tag taufte der alte Einsiedler Ruggiero mit reinem klarem Wasser.

Orlandos Zorn wuchs ins Unermessliche, als er erkannte, dass der von Gradass' Hieb niedergestreckte Freund auf dem Boden zwischen ihnen bereits tot war. Er schwang jetzt das unvergleichbar scharfe Schwert. Der Erste, den er traf, war nicht Gradass, sondern König Agramant.

Der oberste Befehlshaber der Sarazenen war über und über mit Blut besudelt. Sein Schild bestand nur noch aus Trümmern. Der Helm hing lose an einem letzten Band. Bleich, verstört und ohne Schwert irrte der König aus ungezählten Wunden blutend am Inselstrand herum. Er war Brandimart wie ein schwacher Sperber aus den Klauen eines Habichts entkommen und flog trotzdem Orlando direkt in den Weg. Ohne groß zu fackeln, hob der Graf sein Schwert und schlug zu. Die Balisarde zerschnitt Agramants Hals wie ein dünnes Rohr. Mit einem letzten Zucken fiel der Herrscher Libyens in den Sand. Der Geist des Afrikanerkönigs entwich zum Meer hin, wo ihn Charon, der Fährmann in der Unterwelt, auf den Haken nahm und in seinem schwarzen Nachen fortzog.

Orlando hielt sich nicht lange bei dem Besiegten auf. Die Balisarde verlangte bereits nach dem nächsten Streiter. Als Gradass sah, wie König Agramant ohne Kopf zu Boden stürzte, ergriff ihn eine nie gekannte Furcht. Er wurde bleich und rang nach Luft. Unfähig, sich zu wehren oder sich nach einer Deckung umzusehen, konnte er nur noch auf die Vollendung seines Schicksals warten. Das Eisen traf ihn in die rechte Seite. Ungehindert stieß Orlandos Balisarde durch den Leib des Serikaners, ehe sie in Blut getaucht auf der anderen Seite wieder austrat. Keiner bei den Ungläubigen hatte besser gekämpft als König Gradass. Ihn konnte nur der beste und berühmteste von allen Paladinen Karls des Großen besiegen.

Orlando empfand weder Freude noch Genugtuung. Ohne jeglichen Triumph sprang er aus dem Sattel. Seine Augen glänzten voller Tränen, während er zum erschlagenen treuen Freund Brandimart eilte. Vorsichtig nahm er ihm den Helm ab. Erst jetzt sah er, dass der Kopf von Brandimart durch die Brauen bis zum Nasenbein zerschlagen war. Trotzdem war noch ein Rest von Leben in ihm. Es reichte gerade noch für ein Gebet zum Himmel, mit dem er um Vergebung seiner Sünden bat. Orlando konnte seine Tränen nicht mehr länger halten.

»Du musst nicht … weinen«, hauchte der Sterbende. »Bete lieber für mich und kümmere dich um Florde…«

Weiter kam er nicht. Während er sein Leben aushauchte, nahm ein Chor von Engeln die Seele, die sie dem Menschen nur geliehen hatten, wieder zu sich hinauf.

Orlando blickte auf den toten Freund und weinte bitterlich über den Verlust des Mannes, der ihm so viel bedeutet hatte – mehr noch als ein Bruder.

Nicht weit entfernt lag Sobrin. Noch immer troff das Blut aus der Seite und aus seinen Wunden im Gesicht. Der alte Maure hatte mittlerweile so viel Blut verloren, dass sein Körper bereits kalt wurde. Direkt neben ihm lag Olivier eingeklemmt unter seinem Pferd. Ein wahnsinniger Schmerz durchzuckte sein Bein, als Orlando ihn endlich unter dem toten Pferd hervorzog. Er fürchtete, nie wieder stehen zu können, und war sich nicht einmal sicher, ob er überleben würde.

Sobrin war mittlerweile besinnungslos, sein Leben beinahe aus ihm herausgeflossen.

»Tragt ihn weg!«, befahl Orlando seinen Knappen. »Er ist für mich kein Feind mehr, sondern ein großer Kämpfer. Ich will, dass er die beste Arznei bekommt und gut gepflegt wird.« Wie schon nach anderen Kämpfen verrauchte seine Hitze schnell, und sein Groll legte sich. »Waffen und Pferde der Toten sind für mich«, sagte er. »Alles andere könnt ihr vom Tross euch teilen.«

Bedrückt verließen Orlando, Olivier und Samsonet die Insel. Sie hatten noch immer nicht verwunden, dass sie den Vierten von sich erschlagen zurücklassen mussten. Sie nahmen Sobrin mit, um seine Wunden heilen zu lassen. Obwohl Olivier inzwischen durch einen Medicus betreut wurde, besserte sich seine Verletzung nicht. Er krümmte sich vor Schmerzen, und die Paladine wussten nicht, was sie tun sollten.

Schließlich erinnerte sich der Kapitän des Schiffes daran, dass es eine kleine Insel in der Nähe gab.

»Dort soll seit vielen Jahren ein heilkundiger Klausner wohnen – ein Eremit, der jeden tauft, den das Meer ans Ufer seines Eilands treibt.«

Sie ahnten nicht, dass sie genau dort auch auf Ruggiero treffen würden.

Auswahl aus vielen weiteren, teilweise anachronistischen oder erfundenen Namen und Bezeichnungen

A

Agolant – Maure, Sarazenenkönig, Vater von Almont, Trojan und Galaciella, Großvater von Ruggiero und Marfisa

Agramant – Maure, Sarazenenkönig von Libyen, Sohn von Trojan, Oberbefehlshaber der Sarazeneninvasion gegen Karl den Großen im Frankenreich

Agrikalt – König von Amon, Heerführer der Sarazenen

Agri-Khan – König der Tartaren, Vater von Mandrikard, (bei Boiardo) belagert, um Angelicas Hand zu gewinnen, ihre Festung Albracca in Cathay und wird von Orlando erschlagen

Alard – ältester Sohn von Herzog Haimon und Beatrix, Bruder von Bradamante und Rinaldo

Alcest – von Thrazien, liebt Lydia und stirbt daran

Alcina – Fee, Zauberin mit eigener Insel, Halbschwester von Morgana und Logistilla, verwandelt abgelegte Liebhaber in Pflanzen und Tiere, vernarrt Astolf und Ruggiero, bis Melissa ihren Charme zerstört

Aldiger von Clermont – unehelicher Sohn von Buovo, Halbbruder von Vivian und Malegis

Alexandra – Frau in der Weiberstadt, liebt Elban

Almonio – treuer schottischer Diener Zerbins, hängt Odrich von Biscaya auf

Almont – Anführer der Sarazenen, Sohn von Agolant, Bruder von Trojan, Vater von Dardinell, tötet (bei Boiardo) Orlandos Vater Milon von Anglant sowie – zusammen mit seinem Bruder Ruggieros und Marfisas Vater Trojan – und schickt deren Mutter Galaciella, ihre Schwester, schwanger aufs Meer, Orlando tötet ihn und erbeutet seinen Helm und sein Schwert Durindana

Alzird – König der Tremisen, von Orlando beim Angriff auf Paris getötet

Andronika – Kardinaltugend der Stärke und Tapferkeit als Dame der Fee Logistilla, von dieser Ruggiero zu Hilfe geschickt

Aquilante der Schwarze – Sohn von Markgraf Olivier, Zwillingsbruder von Grifon dem Weißen

Arbant – Friesenprinz, Sohn von Friesenkönig Cimosco, kurz Ehemann von Olympia

Argalia – Bruder von Angelica, will mit einer goldenen Zauberlanze und einem unsichtbar machenden Zauberring gegen die Ritter Karls des Großen kämpfen, wird aber vom Sarazenen Ferragu getötet

Ariodant – italienischer Ritter, Liebhaber von Ginevra in Schottland

Aspromont – Platz in Kalabrien, an dem Sarazenenkönig Agolant die Invasion gegen Karl den Großen beginnt

Astolfo – in Liebesdingen enttäuschter König der Langobarden

Atlante – Zauberer aus dem nordafrikanischen Atlasgebirge, rettet Ruggiero und Marfisa als Säuglinge am Meer, Herr einer Burg in den Pyrenäen, versucht ständig, Ruggiero aus Kämpfen herauszuhalten

B

Bajard – Rinaldos Hengst, der wie ein Mensch denken kann und zwischendurch auch Gradass gehört

Balisarde – ursprünglich (bei Boiardo) von der Zauberin Falerina hergestellt, um Orlando zu töten, wird vom Dieb Brunell gestohlen, kommt in den Besitz von Ruggiero, wird von Orlando auf einem verlassenen Schiff vor Afrika gefunden, im Kampf benutzt und an Ruggiero zurückgegeben

Bardin – Gefolgsmann König Monodants, Erzieher Brandimarts

Batold – Brandimarts Pferd

Beatrix – Tochter von Baiernherzog Naims, Schwester von Amalia von Dänemark, Gattin von Herzog Haimon, Mutter von Rinaldo, Bradamante und weiteren Paladinen

Bianca – die weiße Fee, führt Grifon und Aquilante

Biren – Herzog von Seeland, Gatte Olympias, verlässt sie auf einer wüsten Insel

Brandimart – Sohn von König Monodant, getaufter Sarazene, Kampfgefährte und Freund von Orlando

Branzard – König, einer der drei Statthalter von Biserta

Brigliador – Orlandos Pferd, auch bei Mandrikard, Ruggiero und Agramant

Brunell – Baron, Dieb und Agent im Dienst von König Agramant

Buzifar – Vizekönig der Sarazenen, einer der drei Verteidiger von Biserta

C

Caligorant – grausamer, menschenfressender Riese in Ägypten

Chlodion – eifersüchtiger Prinz auf der Tristansburg

Cimosco – König der Friesen, erobert Holland, um seinen Sohn Arbant mit Hollands Olympia zu verheiraten

Corebo von Bilbao – entführt für Kronprinz Zerbin von Schottland Isabella von Galizien

D

Dalinda – Ginevras Hofdame, von Rinaldo aus Räuberhänden befreit

Dardinell – Sohn von Sarazenenkönig Almont, wird außerhalb von Paris von Rinaldo getötet

Dicilla – Kardinaltugend der Gerechtigkeit als Dame der Fee Logistilla, wird von dieser Ruggiero zu Hilfe geschickt

Doralis – Prinzessin von Granada, Tochter von Heidenkönig Stordilan, Braut von Rodomont und Mandrikard

Dudo – Sohn von Dänenkönig Ogier, Paladin, Kampfgefährte von Orlando

Durindana – das Wunderschwert gehörte zu den legendären Waffen des antiken Helden Hektor von Troja

E

Elias – biblischer Prophet bei Hesekiel, steigt mit einem feurigen Rösserwagen in den Himmel auf

Eremiten – einer im Atlantik führt Angelica in die Einsamkeit und in die Verbannung – ein anderer lebt auf einer Insel im Mittelmeer und tauft den Heiden Ruggiero

Eriphyle – Riesin auf Alcinas Insel, von Ruggiero bekämpft

F

Falerina – Fee, Zauberin, Königin von Organa, füttert (bei Boiardo) die Drachen am Eingang zu ihrem Unterseegarten mit Menschen

Falsiron – Bruder von Spaniens König Marsilo, Gatte von Lanfusa, Vater von Ferragu

Ferragu – Sarazenenheld, Neffe von Spaniens König Marsilo, unverwundbar bis auf den Nabel, verliebt in Angelica

Fiametta – junge Wirtstochter, geht mehreren Verehrern zur Hand

Flordelis – Gemahlin Brandimarts, sucht ihn monatelang von Frankreich bis Afrika

Flordespina – Tochter von Spaniens König Marsilo

Frontin – (Milchstirn) gutes Pferd, früher auch Frontalatte genannt

Fusberta – Rinaldos Schwert

G

Gabrina – hinterhältige Gemahlin von Argeus in Serbien

Galaciella – Tochter von Almont, Mutter von Marfisa und Ruggiero

Ginevra – Prinzessin von Schottland

Giocondo – einer der schönsten Männer und treuesten Männer der Welt, wird betrogen und schwört tausendfach Rache an den Frauen

Gradass – König von Serikana, will eigentlich nur das Zauberschwert Durindana und das wunderbare Ross Bajard für sich gewinnen, gerät aber bis in die Entscheidungskämpfe zwischen Christen und Muslimen

Grandon von Volterna – Spanier, einer der wildesten Kämpfer im Heer der Sarazenen, wird von Gräfin Bradamante besiegt

Grifon – Zwilling von Aquilante dem Schwarzen, Sohn von Markgraf Olivier von Vienne/Burgund, zieht mit Gefährten kämpfend durch die Welt

Guido von Borgonien und *Guido von Bordeaux,* zwei Paladine, die zumeist gemeinsam auftreten

Guido der Wilde – unehelicher Sohn von Herzog Haimon und seiner Mutter Constanze aus dem Mündungsdelta der Donau am Schwarzen Meer, letzter König der Weiberstadt, zieht mit Gefährten kämpfend durch die Welt

H

Haimon – Sohn von Bernhard von Clermont, Herzog der Dordogne auf Schloss Montalban, Vater von Rinaldo, Bradamante, Rinaldo, Richardet, verweigert Ruggiero die Hand seiner Tochter

Harpyien – gierige Fressvögel mit Frauenköpfen, suchen Senap von Äthiopien heim

Hermon von Holland – kämpft mit Zerbin, um ihm Gabrina zu nehmen

Hektor – legendärer Held von Troja, fällt im Zweikampf mit Achilles, sein Zauberpferd Rabikan, sein Schwert und sein Schild gelangen bis zu König Monodant, Astolf und Ruggiero

Hippalka – Milchschwester und Vertraute Bradamantes

Hippogryph – Flugtier des Zauberers Atlante aus einem Greifen und einem Pferd

I

Isabella – Prinzessin von Galizien, Braut von Schottenprinz Zerbin

K

Karl der Große – König der Franken und ab 800 auch Kaiser des Heiligen Römischen Reiches, kämpft verzweifelt gegen die immer wieder in den Süden des Frankenreiches einfallenden muselmanischen Eroberer

Kloridan – liebt/verehrt Prinz Dardinell, stirbt für seinen Freund Medor

L

Lanfusa – Mutter Ferragus, misshandelt die Gefangenen Malegis und Vivian

Latini, Faustus – Vertrauter des Langobardenkönigs Astolfo

Lipadusa – Insel zwischen Sizilien und Afrika (Lampedusa), der Platz für den Entscheidungskampf zwischen den besten Helden der Christen und der Heiden

Logistilla – gute Fee, Schwester Alcinas, nimmt Ruggiero auf und lehrt ihn, das Flügelpferd des Zauberers Atlante zu lenken

Lucina – Norandins Gemahlin, wird vom Ork geraubt

Lurcan – klagt Prinzessin Ginevra beim König von Schottland an

Lydia – in den Vorhof der Hölle verbannte Tochter des Lydierkönigs

M

Malegis – Paladin, fränkischer Zauberer und Magier, war mit anderen bereits in Angelicas Festung Albracca in Cathay und dann gefangen bei Lanfusa (nach Boiardo)

Mandrikard – Sohn des Tartarenkönigs Agri-Khan, will Alzird, den König der Tremisen in Algerien, und Manilard an Orlando rächen, verliebt in Doralis

Manilard – König von Norizia, wird vergebens bei der Heerschau erwartet

Marbalust – riesenhafter König von Oran

Marfisa – Königin von Persien, Tochter von Ruggiero II. und Galaciella, als Kind von ihrem Bruder Ruggiero getrennt, hat mehrere Könige besiegt und will es an der Seite der Sarazenen mit jedem Franken aufnehmen

Marganor – tyrannischer Graf und Frauenhasser

Marsilo – König von Spanien, muss mit dem Sarazenenkönig Agramant kämpfen, obwohl er der Schwiegervater Karls des Großen ist

Martan – Geliebter von Grifons Braut Orrigille, betrügt beim Turnier in Damascus

Medor – heidnischer Fußkrieger im Gefolge von Dardinell, erobert und heiratet Angelica

Melissa – gute Fee, Magierin, zeigt Bradamante die Gestalten ihrer Nachkommen und hilft ihr mehrfach

Merlin – Zauberer von König Artus' Hof, redet aus seinem Grab zu Bradamante, stellt auf einem Brunnen zukünftige Ereignisse dar

Michael – Erzengel, führt auf Gottes Befehl das Schweigen zum Ersatzheer der Briten und Schotten sowie die Zwietracht zu den Sarazenen

Monodant – König der fernen Inseln, Vater von Brandimart und Ziliant

Morgana – Zauberin, Fee, Halbschwester von Alcina und Logistilla

N

Naims – Herzog von Baiern, Vater von Beatrix und Armelina von Dänemark, erhält von Karl den Auftrag, Angelica zu bewachen

Neugier – häufig in Gesellschaft des Neides und der Zwietracht

Norandin – König von Syrien, erlebt ein böses Abenteuer mit dem Ork

O

Obert – König von Irland, Milchbruder Orlandos, verliebt sich in die von Orlando gerettete Olympia von Holland

Odrich – entführt Isabella für Zerbin

Ogier – König von Dänemark, Paladin Kaiser Karls, verheiratet mit Armelina, Tochter von Baiernherzog Naims, Vater von Dudo und den Paladinen *Berlingier, Avol, Avenien* und *Ottone*

Olind – adliger griechischer Reisender mit Gattin Drusilla

Olivier – Markgraf von Vienne/Burgund, Paladin Kaiser Karls, Vater von Grifon und Aquilante, Schwager von Orlando

Olympia – Tochter des Grafen von Holland, liebt Herzog Biren von Seeland und wird von Friesenkönig Cimosco, danach von den Mädchenfängern von Ebuda bedrängt und zweimal von Orlando gerettet

Ork – blinder Menschenfresser

Orka – jungfrauenverschlingendes Meerungetüm der Insel Ebuda

Orrigille – untreue Geliebte von Grifon

Orril – nahezu unbesiegbarer Straßenräuber am Nil bei Damietta

Otto – König von England, Paladin, Vater von Astolf

P

Paradies, irdisches – wurde im Mittelalter südlich von Äthiopien vermutet

Phronesia – Kardinaltugend der Klugheit als Dame der Fee Logistilla, von dieser Ruggiero zu Hilfe geschickt

Pinabello – Graf, Sohn des Grafen Anselm von Hauterieves, aus dem mit Clermont verfeindeten Geschlecht der Maganza (Mainzer)

Poliness – Herzog von Albany in Schottland, liebt angeblich Ginevra und Dalinda

R

Rabikan – Astolfs windschnelles Pferd, vorher bei Argalia

Richard – Bruder von Rinaldo und Bradamante

Richardet – Sohn von Herzog Haimon, Zwillingsbruder von Bradamante, verliebt sich in Flordespina, Tochter das spanischen Königs Marsilo

Rodomont – Maurenkönig von Sarza in Algerien, Nachfahre Nimrods von Babylon, liebt Doralis, die Prinzessin von Granada, verwundet Bradamante

S

Sakripant – Heidenkönig von Circassien am Schwarzen Meer, kämpft in Albracca gegen Agri-Khan um Angelica

Samsonet – Vizekönig von Jerusalem, getauft durch Orlando, zieht mit Gefährten kämpfend durch die Welt

Sarazenen – Sammelname für muselmanische Spanier, Nordafrikaner wie Mauren, Libyer und Berber sowie für Araber und weitere Islamgläubige

Schild von Atlante – schickt gleißende Lähmstrahlen aus, durch ein rotes Seidentuch geschützt

Senap – manchmal auch als legendärer Priester Johannes bezeichnet, blinder christlicher Imperator von Nubien (Äthiopien), Astolfs Verbündeter beim Kampf gegen Agramant

Serpentin – Anführer der Galizier mit gefeiten Waffen

Skythien – Tartarei, Königreich von Mandrikard (siehe Tartarei)

Sobrin – König von Garbo, Agramants weisester Berater und Heerführer

Sophrosyne – Kardinaltugend der Keuschheit und Mäßigung als Dame der Fee Logistilla, von dieser Ruggiero zu Hilfe geschickt

Stolz – der männliche (sdegno), befreit in Kriegergestalt Rinaldo vom Ungeheuer der Liebesleidenschaft

Stolz – Hochmut (superbia), geht mit der Zwietracht ins Sarazenenlager

Stordilan – König von Granada, Vater von Doralis

T

Tanaker – Sohn des Grafen Marganor, verliebt in die durchreisende verheiratete Drusilla

Tristan – Ritter der Tafelrunde, liebt nur *Isolde* und ist durch einen Zaubertrank gegen jede Anfechtung gefeit

Trojan – Sarazene, Sohn von König Almont, Bruder von Agolant

Turpin – legendärer Erzbischof von Reims und Chronist bei Karl dem Großen, vermeintlicher Verfasser der Ritterbücher

U

Ullania – Gesandte der Königin von Island, soll zusammen mit drei nordischen Königen einen goldenen Schild zu Karl dem Großen bringen, unterliegt aber Bradamante

V

Vergessen – bewacht die Ruhe des Schlafes

Vivian – Sohn von Buovo, Bruder von Malagis

X

Xylander – Sohn des Grafen Marganor, verliebt sich tragisch in die Frau eines durchreisenden griechischen Ritters

Z

Zauberbuch und Zauberhorn – Geschenke der Fee Logistilla an Prinz Astolf

Zerbin – Schottenprinz, Bruder von Ginevra, liebt Prinzessin Isabella von Galizien, kämpft mit den Franken

Ziliant – Sohn von König Monodant, Bruder von Brandimart, wurde (bei Boiardo) von Orlando aus den Liebesschlingen der Zauberin Morgana befreit

Zwietracht – von Erzengel Michael mit dem Hochmut zum Sarazenenlager geschickt, um die Krieger im Streit zu entzweien

Nachwort

Der Orlando furioso von Ludovico Ariosto (1474–1533) ist die Fortschreibung des Orlando Innamorato (der verliebte Roland), der beim Tod seines Autors, des Grafen Matteo Maria Boiardo (1441–1494), noch unvollendet war. Das in dreißig Jahren immer wieder umgeschriebene Heldengedicht von Ariost, der als Kind Boiardo noch persönlich kennengelernt hatte, besteht sowohl aus historisch belegten Ereignissen von der Antike bis in die Renaissance-Gegenwart als auch aus Sagen und Legenden aus dem Kenntnisstand der damaligen gebildeten Welt sowie aus reiner Phantasie. Zusätzlich fügt Ariost neue Entdeckungen und Erfindungen in sein großes Welttheater ein.

Ariost bricht mit allen klassischen Schreibregeln des Aristoteles, die noch heute als die Rezeptur für erfolgreiche Romane und Filme gelten. Bei Ariost handelt kein einzelner Held mit all seinen Konflikten und Schwierigkeiten, sondern eine Gruppe von ziemlich eigenwilligen und zumeist unsterblich verliebten Paladinen vom fiktiven Hof Karls des Großen in Paris.

Erstmals in der Literatur spielen (wie in der Renaissance danach sogar üblich) auch weibliche Helden gleichberechtigt in den schnell wechselnden Handlungssträngen mit.

Entscheidender Unterschied zu den klassischen Epen ist aber, dass der Orlando nicht belehren und moralisieren, sondern in erster Linie unterhalten soll.

Zu dieser Freiheit und Freude am Erzählen gehört auch die Zurückhaltung bei der Charakterisierung der handelnden Personen: Sie sind nicht zu vielschichtig, sondern mit voller Absicht »Rollenspieler« auf der Bühne der damals bekannten Welt.

Das Gedicht wurde anno 1504 begonnen und 1516 mit den ersten vierzig Gesängen in Ferrara veröffentlicht. Die offiziell endgültige Version von 1532 umfasst nach Hunderten von Veränderungen, Kürzungen, Verbesserungen und Erweiterungen 4.845 Achtzeiler in sechsundvierzig Gesängen.

Die immer wieder überraschenden und teilweise wie moderne Textbausteine verschiebbaren Szenen und Ereignisse sind tatsächlich das Resultat eines genialen literarischen Konzeptes, das durch die schnellen Veränderungen der literarischen, sprachlichen und ideologischen Verhältnisse zwischen der ersten und der letzten Ausgabe des Projekts beeinflusst wird.

Allein in den ersten hundert Jahren sind in Italien und Frankreich über zweihundert Auflagen erschienen, in deutscher Sprache im selben Zeitraum keine einzige. Bis heute ist es nicht gelungen, das sogenannte »Urmanuskript« von 1516 zu bestimmen. Von der ersten Auflage gibt es in der ganzen Welt nur zwölf Kopien, die aber keineswegs identisch sind. Eine davon liegt in Dresden. Es ist bekannt, dass Ariost schon während des ersten Drucks in Ferrara noch Änderungen und Umstellungen vornahm – und in den folgenden Jahren ständig hinzufügte, strich und änderte.

In den romanischen Ländern war der Orlando jahrhundertelang schon fast eine Pflichtlektüre der Gebildeten und zugleich der Unterhaltungsstoff, aus dem von Bänkelsängern rezitiert und am abendlichen Herdfeuer in den Herbergen vorgelesen wurde. Auch heute noch lernen die Italiener vom Brenner bis Sizilien zumindest die Anfangsverse auswendig (so wie wir früher Schillers »Glocke« oder Goethes »Osterspaziergang«).

Obwohl die Figuren und Episoden schnell auch bei höfischen und gelehrten Kreisen in Deutschland bekannt wurden, erschienen die ersten Teilübersetzungen von Diederich von dem Werder erst 1632. Der Obrist in schwedischen Diensten hatte in den Kampfpausen des Dreißigjährigen Krieges offenbar genügend Zeit für sein Steckenpferd. Dennoch schaffte er nur dreißig von den insgesamt sechsundvierzig Gesängen zu übertragen. Nach von dem Werder entstand vom ausgehenden 18. Jahrhundert bis heute nur eine Handvoll weitere Übertragungen ins Deutsche, zum Beispiel durch Wilhelm Heinse (Hannover 1783), Johann Diederich Gries (Jena 1804/08), Hermann Kurtz (Pforzheim 1840/41) und als bisher letzte von Alfons Kissner (München 1908).

Das gesamte französische Theater, Shakespeare, Goethe und Hegel verehrten Ariosts Orlando ebenso wie Jacob Burckhardt und Karl May. Zu seinen Fans darf man auch J. R. R. Tolkien, Umberto Eco und – kongenial – Monty Python rechnen.

Aber anders als in Frankreich, Spanien und neuerdings durch das Internet auch im angloamerikanischen Raum, wo es bereits Dutzende von Websites zum Thema Ariost/Orlando gibt, haben selbst die wohlmeinendsten Übertragungen die stets nach Tiefe und Sinn suchenden Deutschen bisher nicht zur fröhlichen Leichtigkeit von Ariost bekehren können. Deutsch gereimt, erinnert das Heldengedicht sehr an Richard Wagner – vorgetragen von Heinz Erhardt.

Der deutsche Anspruch etikettierte Ariosts Orlando lange als »Profanisierung der Mythologie« und warf ihm beleidigt vor, den Zerfall der klar geordneten mittelalterlichen Welt darzustellen. (Macht Tolkien mit dem »Herrn der Ringe« irgendetwas anderes?) Heute gibt es kaum eine mediäval gefärbte Fantasy-Geschichte, in der sich nicht Szenen und Situationen aus dem Orlando nachweisen ließen.

Ritterethos und Minne-Sinn liegen nicht so lange zurück wie die Götterwelt der Antike. Dennoch akzeptieren wir die hellenistischen Unwahrscheinlichkeiten und Monster des Pantheons als kulturelle europäische Ursuppe, während ein Zauberschwert Durindana oder ein Meeresungeheuer Orka zur Zeit der Medici, Luthers Thesen, Michelangelo und Leonardo da Vinci bei heutigen Lesern eher als Märchen gelten. Warum eigentlich? Sind Highlander oder Akte X realer?

Ludovico Ariosto hat die Rechte studiert und die niederen Priesterweihen empfangen. Er war Kommandant des berühmten Kastells von Canossa, Gesandter des Fürsten und Botschafter beim Papst. Er hat als Hofdichter, Theaterintendant und fürstlicher PR-Chef Dutzende VIPs aus Ferrara, Modena, Florenz, Mailand und Mitglieder wichtiger italienischer Familien in seinem Epos lobend erwähnen müssen. Ein Mann wie Machiavelli zum Beispiel war sehr verstimmt darüber, dass er nicht gebührend genannt wurde.

Das ursprüngliche Publikum für den Orlando war die musische Hofgesellschaft, in der die Frauen dominierten. Ein authentisches Zeugnis für die Rolle der Frau an den Fürstenhöfen der Renaissance bietet auch Baldassare Castiglione, der Ludovico Ariosto verehrte und in seinem Buch vom Hofmann »Il Cortegiano«, das später dem Freiherrn von Knigge als Vorlage diente, berichtet, wie die Damen und Ritter des Hofes von Urbino sich allabendlich versammelten, um sich Geschichten zu erzählen. Auch er schreibt weniger von männlichen Heldentaten als von selbstbewussten, kämpferischen Frauen und ritterlich Liebenden.

»Ariosts Orlando furioso«, schreibt Torquato Tasso, »wird wieder und wieder gelesen, von Männern wie Frauen jeden Alters, von allen Schichten der Bevölkerung; sie finden Vergnügen an ihm und an den phantastischen Abenteuern.«

In diesem Sinn soll die erste deutsche Romanversion dieses fünfhundert Jahre alten Bestsellers, für die neben Recherchen vor Ort sowohl die italienischen Quellen als auch englische, französische und deutsche Versionen und Kommentare verwendet wurden, ein amüsantes Welttheater und eine ungewöhnliche Lesefreude sein.

Unser Freund Ariost wird uns verzeihen, wenn wir gekürzt, zusammengefasst, manches für unsere Zeit erklärt und einige Dutzend Personen aus seinem eigenen VIP-Umfeld sowie seinerzeit übliche Ausführlichkeiten aus dem Orlando zum Mond des Vergessens geschickt haben. Wir sind ganz sicher, er hätte darüber geschmunzelt, mitgemacht und mit kreativem Elan sofort versucht, alles in unser heutiges Verständnis umzusetzen.

Thomas R. P. Mielke & Astrid Ann Jabusch
Berlin zum Orlando-Jubiläumsjahr 2016